La dernière hist

CW01657610

Christophe Deborsu

roman

Bente et Baudouin

BORGERHOFF
& LAMBERIGTS

À mes fils Jean, Pol et Roch Deborsu. À ma femme, Annick De Wit. Grâce à eux, mon cœur bat au bon rythme. Idéal pour la santé et pour écrire un livre.

À Jeannine Dehareng, ma titulaire en troisième secondaire au Collège Notre-Dame de la Paix à Erpent. Un jour, elle m'a donné 10/10 pour une élocution. Depuis, je me dis que tout est possible.

À tous ceux qui nous donnent 10/10. À vous.

Instructions pour l'utilisation de ce livre

J'ai écrit ce livre en néerlandais. La version française est une traduction, que j'ai évidemment réalisée du mieux que j'ai pu. Mais en tant que pur francophone, j'ai bien davantage travaillé le texte original. Si vous avez le choix, privilégiez donc le néerlandais. 'De toute façon, c'est toujours comme ça en Belgique,' diront en riant les lecteurs du sud du pays. Vous noterez aussi que ma maison d'édition - de Gand - m'a fait écrire deux livres pour le prix d'un. 'C'est toujours comme ça avec les Flamands,' riront derechef les francophones[1].

La numérotation des pages est également très belge. Numéros impairs dans la partie flamande : 1, 3, 5... Numéros pairs dans la partie en français : 2, 4, 6... C'est un clin d'œil à la scission de l'Université de Louvain et de sa bibliothèque en 1968. Les 800 000 livres aux références impaires sont restés à Louvain. Les 800 000 autres ont été transférés à Louvain-la-Neuve. Il fallait bien inventer une clé de répartition... pas si folle que ça : les livres d'une même série, par exemple les encyclopédies, portaient le même numéro, on ne les a pas séparés. Et aujourd'hui, les deux universités collaborent mieux que jamais.

Christophe Deborsu

1 La phrase sur 'les Flamands exploiteurs de francophones' ne figure pas dans la version néerlandaise. Question de ne pas braquer le lecteur du nord dès le début.

Prologue ou comment l'histoire finit (peut-être)

Baudouin Coignoul, printemps 2026, date et lieu exacts à déterminer
À la télévision, les images floues d'un drapeau belge. Des quidams ont apparemment filmés eux-mêmes. Les circonstances empêchent les médias d'envoyer leurs propres équipes de tournage aux 4 coins du royaume.

Autour de la tache noir-jaune-rouge qui gît sur le pavé, ça crie.

— Je m'en servirai pour récurer le sol, s'écrie un homme qui traverse l'image en brassant des bras. Ce pays n'a jamais été qu'un torchon. Quand on le tord, il en sort de l'eau sale. La Belgique appartient aux égouts de l'histoire.

Je m'appelle Baudouin Coignoul. On m'appelle aussi souvent Boudewijn. Vous apprendrez à me connaître en détail plus tard. Mais ceci déjà : je n'ai rien d'un technicien de surface. Je sais pourtant que le drapeau à l'image ne convient même pas comme torchon. Le pouvoir absorbant du nylon est plutôt limité. Jupiler est imprimé au beau milieu. Dans aucun autre pays, les publicitaires ne se permettraient d'apposer leur marque sur le drapeau national. Ça pourrait même leur valoir une amende. Mais ici, entre les latitudes 49°30' à Meerle et 51°30' à Torgny, rien n'est sacré. Oh, pardon pour ces détails inutiles. Ma vie part en vrille. J'ai tellement de choses en tête.

Exit donc les Belges. La seule nation au monde qui ignorait ce qui était commémoré lors de sa fête nationale et qui ne connaissait pas son hymne ou alors celui d'un grand pays voisin. On évite ainsi deux minutes de fausses notes au début de chaque match de football international. En ce sens, la Belgique participe à l'harmonie de l'univers. Quant à la fête nationale, si vous n'en connaissez pas non plus l'origine, voyez la note en bas de page[2], j'y ai beaucoup travaillé.

C'est la fin.

Oui, j'y suis pour quelque chose. Vous aussi, d'ailleurs. Car qu'avez-vous fait pour empêcher ça ? En quelques jours, chaque habitant de ce pays est devenu un supporter acharné de son propre côté de la frontière linguistique. Un fan voit tout en noir et blanc, même si ce ne sont pas les couleurs de son propre club.

Je n'ai pas osé croire ce qui était écrit dans un vieux livre acheté pour 5 euros dans une librairie d'occasion, *Dag, Bonjour!*, publié par un couple de journalistes, elle flamande, lui wallon : 'Si le démantèlement de la fédération se poursuit à ce rythme, le point final devrait être mis après la huitième ou la neuvième réforme de l'État, c'est-à-dire en 2026 ou 2033[3].' La presse se livre à son exagération habituelle pour gonfler les chiffres de vente. Une astuce usée et mésusée qui

2 Le premier roi des Belges, Léopold Ier, a prêté serment à Bruxelles le 21 juillet 1831, voilà la raison. Et merci d'avoir pris la peine de lire cette note !

3 Ce passage figure en toutes lettres dans A. De Wit & C. Deborsu, Dag, Bonjour! : Waarom Vlamingen en Walen gedoemd zijn om te scheiden (maar wij misschien niet), Gent, Borgerhoff & Lamberigts, 2014, page 138. Ce n'est pas de la publicité. Le livre est épuisé.

prévaut depuis que le journalisme existe, c'est-à-dire depuis trop longtemps. Heureusement, ça ne marche plus. Qui regarde encore la télévision ? Qui lit encore le journal ou un livre, à part vous ? Pourtant, aujourd'hui, je dois bien le constater : nous sommes en 2026 et le piège, nous y sommes tous tombés. Vous et moi. Tombés dans la tombe. De la Belgique.

PARTIE 1

Une histoire d'amour

Chapitre 1

Les débuts entre Bente et Baudouin

Baudouin, lundi 2 septembre 2019, 08h35, Essen

Je la vois. Nous sommes le lundi 2 septembre, à la fin de l'été 2019. Le plus chaud de tous les temps, comme tous les étés depuis le début du millénaire. Oui, je la vois. Blonde. Les yeux bleus. Grande. Svelte. Si flamande, en somme. Je veux dire : si sexy. Sa robe rouge sans manches met en valeur ses bras à peine bronzés. Ses longs doigts sont pleins de promesses. *Zwoel* - synonyme : *wulps* - synonyme : *opwindend* - synonyme : *heet*. Traduction : lascive - synonyme : voluptueuse - synonyme : excitante - synonyme : chaude. Je viens d'apprendre ces adjectifs en néerlandais. Je peux les utiliser immédiatement. Il est 8h35. Si ça c'est la Flandre, j'ai fait le bon choix.

Je m'appelle Baudouin Coignoul. J'ai 17 ans. Je suis en sixième secondaire au Collège Notre-Dame de Bellevue à Dinant[4]. Vous savez, l'imposante école qui ressemble tant à une école, sur la colline de l'autre côté de la Meuse, juste en face de la citadelle. Une cinquantaine de mètres au-dessus de la gare. D'ailleurs, si vous n'aimez pas prendre le train, nous sommes déjà en désaccord. L'automobile existe depuis 130 ans, c'est tellement dépassé. Je déteste les voitures. Je déteste surtout les 4x4. Grosse voiture, petite bite. J'aimerais condamner tous leurs propriétaires à l'exil dans les Alpes ou les Dolomites, là où leur monstre à vomir peut encore avoir une certaine utilité. Je n'aime pas non plus les pitbulls, les maîtres de pitbulls et le parti extrême en Flandre ; d'ailleurs, à mon avis, tout ça va ensemble. Quant au parti en question, je n'écris pas son nom, ce serait faire preuve d'un respect involontaire. En d'autres termes, je suis un jeune Wallon.

Dinant est surnommée *La Fille de Meuse*. Fille unique. Je suis si fier de la ville où je suis né - oui, nous avons même notre propre maternité - et où je vis toujours. Et pourtant, aujourd'hui, je suis à Essen, après exactement 3 heures et 12 minutes sur le rail.

4 Depuis 2018, le nom officiel de l'école est 'Collège Notre-Dame' tout court. Mais en 2019, on ne s'était pas encore vraiment adapté à la nouvelle appellation. Aujourd'hui non plus, d'ailleurs.

— Essen ? Pour quelques mois ? *Ouille*, c'est vraiment une ville fantôme, m'a dit la contrôleuse francophone alors que nous approchions de la 'destination finale de ce train', le terminus de la longue ligne de chemin de fer partant de Charleroi.

Les travailleurs de la SNCB sont probablement les seuls Wallons de l'histoire à avoir mis un pied à Essen avant moi. Ils sont à la Campine ce que Neil Armstrong et sa poignée de successeurs sont à la lune.

L'accompagnatrice, elle-même originaire de la région de Charleroi, a poursuivi :

— J'espère que vous avez apporté des provisions. Je ne sais même pas s'il y a un supermarché là-bas. Et ne vous attendez surtout pas à un accueil chaleureux. Plus on pénètre profondément en Flandre - et plus loin qu'ici, c'est impossible - moins les Flamands rient. Ils sont si froids qu'ils devraient être utilisés en masse contre le réchauffement climatique[5].

J'ai eu du mal à réprimer un sourire. Malgré leur caractère inquiétant, ces mots m'ont fait beaucoup de bien. Je me suis senti moins seul en accédant à cette terre inconnue. D'ailleurs, j'ai d'abord cru qu'Essen se trouvait en Allemagne. C'est encore pire : en Flandre.

Mon grand-père paternel m'a dit un jour :

— Pendant la Seconde Guerre mondiale, les Allemands n'ont pas eu d'autre choix que d'être nazis. Les Flamands, eux, ont décidé de leur plein gré de le devenir.

Celui du côté maternel avait un point de vue différent. J'y reviendrai.

Car ici et maintenant, je la vois. Entourée d'une sorte de haie d'honneur composée uniquement de garçons. Si la Flandre n'était habitée que de filles, le monde serait parfait. Cette fois, j'entends mon père parler :

— Le problème au nord, ce sont les hommes. Les sondages montrent qu'ils sont deux fois plus séparatistes que les femmes. Vive les Flamandes !

Les chiffres sont exacts. Mais la réalité n'est pas une somme de statistiques, je m'en rendrai très vite compte. Car mon séjour en Flandre va bouleverser ma vie. La vôtre aussi, d'ailleurs. Mais n'anticipons pas : se faire du souci à l'idée d'une catastrophe, c'est augmenter son ampleur.

Pendant les vacances, j'ai lu *Zomerhuis met zwembad* de l'auteur néerlandais Herman Koch. La traduction française, je le reconnais : *Villa avec piscine*, en livre de poche chez l'éditeur 10/18. Cadeau de ma mère pour lutter contre mon vague à l'âme. Tous ceux qui ont prétendu que l'adolescence est la plus belle période de la vie ont oublié à quel point un trou noir pouvait y être noir. Plus encore que la Meuse quand il pleut tout l'hiver. Il faut dire qu'on a tout connu chez nous. Ce 'Villa avec piscine' offert par maman ne fut en tout cas pas un

5 Ceci est la reconstitution d'un vrai dialogue avec une vraie accompagnatrice de train carolo sur la vraie ligne Charleroi-Essen. À la fin de la discussion, celui qui écrit ces lignes a souri, contrairement à ce qu'il prétend dans la version en néerlandais. En Belgique, on ne dit pas toujours la même chose des deux côtés de la frontière linguistique.

coup de génie. Le titre est trompeur. Le livre parle de vengeance et de meurtre. Mais un passage m'a marqué, c'est déjà mieux qu'aucun. Le héros s'exprime :

— Je l'ai regardée comme tout homme regarde une femme qu'il croise : pourrais-je le faire avec elle ?

Je me retourne. Elle s'est placée à trois mètres de moi. Elle parle à un groupe, toujours rien que des garçons. Comment peut-elle s'appeler ? Les seuls prénoms flamands que je connais sont Hilde, Marijke et Godelieve, pas vraiment lascif - synonyme : voluptueux - synonyme : excitant - synonyme : chaud. Quoi qu'il en soit, une interjection + un point d'exclamation résonnent dans tout mon corps en réponse à la question de Koch : Oui !

Reste cette interrogation : ressent-elle la même chose que moi ? Je repense à ce que mon professeur de néerlandais a répété si souvent l'an dernier. Jef Breugelmans est originaire d'Anvers. Il a épousé une Dinantaise. Dans notre vallée, il avait le choix entre devenir gérant de camping ou enseignant. La seule fois où il a dormi sous tente, il n'a pas pu fermer l'œil de la nuit. Le couple sur l'emplacement voisin a atteint un niveau de performance jamais entendu sous nos latitudes. Il a compté 5 fois et peut-être même 6. Son traumatisme fut double : un terrible manque de sommeil et la confirmation que certains hommes étaient en bien meilleure forme que lui. Il a donc choisi l'option collège de Bellevue. J'en suis toujours reconnaissant au couple de campeurs survitaminés.

Mais dans un domaine au moins, Breugelmans était lui aussi un champion : la promotion de sa langue maternelle. Sa formule restera à jamais gravée dans ma mémoire :

— Dans ma langue, le *ja* est plus court et plus facile à prononcer que le *nee*. Un *ja* flamand vient du cœur, d'un seul souffle. En français, c'est l'inverse : *oui* compte autant de lettres que *non* et oblige en plus à déplacer lèvres et mâchoires. Alors que *non* se prononce d'une traite. Regardez-moi quand je dis *oui*. Je dois presque faire une grimace. Et voyez maintenant, *ja* : ça vient naturellement, je n'ai même pas besoin d'articuler. Le français est la langue du *non*, *le* néerlandais celle du *oui*.

Nous nous sentions chaque fois obligés de regarder sa bouche et d'acquiescer.

J'espère maintenant de tout cœur que Breugelmans avait raison.

Bente Roosens, 2 septembre 2019, 08h40

Je m'appelle Bente Roosens. J'ai exactement 17 ans aujourd'hui. Ne me souhaitez pas un bon anniversaire : il n'y a qu'une chance sur 365 que vous lisiez ceci un 2 septembre.

J'habite à Essen, en Campine anversoise. On ne peut pas aller plus loin en Belgique. Sinon, il faut passer la limite avec les Pays-Bas. Je le fais régulièrement pour aller faire mes courses chez Albert Heijn à Roosendaal. Ouvert jusqu'à 18 heures le dimanche et environ 10 % moins cher qu'en Flandre. Bingo.

— Bente, il n'est pas surprenant que tu sois originaire d'Essen. Tu dépasses si souvent les bornes. Les bornes frontières, dans ton cas.

J'ai entendu ce genre de commentaires affligeants toute ma vie. De la bouche de gens qui n'habitent pas Essen. Pour nous, le mot frontière est très relatif.

Mais pour l'heure, je me trouve dans la cour du collège du Cœur Eucharistique. Ici on dit tout simplement 'le collège'. Avec plein d'amis autour de moi. Il s'en est pourtant fallu de peu que je ne doive quitter l'école. Ma mère :

— Bente, il est temps que tu comprennes ce que signifie le mot discipline. Toutes ces plaintes sur ton comportement en classe, j'en ai plus qu'assez. On aurait mieux fait de t'envoyer dans un internat. Ne serait-ce que pour n'avoir à lire les commentaires dans ton journal de classe qu'une fois par semaine, le vendredi soir. Tu es maintenant en rhéto, plus en primaires. Sois un peu adulte !

— Je n'ai que 17 ans, maman, je ne suis même pas majeure.

— Bon, d'accord. Alors, comporte-toi comme une enfant : obéis !

Ces plaintes constantes à mon sujet. Comme si je rendais la vie difficile au reste du monde. J'ai l'impression que chaque individu sur terre pense qu'il a une existence plus pénible que tous ses semblables réunis. Surtout quand je suis dans les parages.

Tiens, je vois un garçon qui me regarde. À part se masturber et aller sur TikTok, la chose la plus cool de la planète est d'être dévorée par des yeux aussi brillants que brûlants. Il détourne le regard quelques secondes quand je m'en aperçois. Mais il me refixe fissa. Ça se passe à chaque fois que j'enfile ma petite robe rouge. Même les garçons de mon âge craquent encore pour quelques centimètres en plus de peau visible, comme s'ils leur étaient destinés. #MeToo qui a vu le jour il y a seulement deux ans ne peut pas effacer 200 000 ans de comportements machistes. Les hommes restent des hommes. F*ck à toutes ces pénis à deux pattes. Et f*ck aussi à ma mère qui trouve que j'utilise trop souvent ce mot en F. Quand le soleil brille, je ne veux pas avoir trop chaud, point final. Et j'aime le rouge, tant qu'il ne s'agit pas de politique. D'ailleurs, que ces messieurs continuent à agir à notre guise. Ce sont nous, les femmes, qui décidons. Pour moi, il y a deux catégories d'hommes : les toi-pas et les toi-bien. J'adresse un large sourire à mon nouvel admirateur. Ça va le mettre en feu. Est-ce un toi-bien ou un toi-pas ? Je vais vite le déterminer. Il sera rapidement mis au courant.

J'entraîne mon groupe à quelques mètres de lui. Jamais vu ce type, me semble-t-il. Pourtant, je connais mon école sur le bout des doigts. Il semble tout découvrir, moi y compris. Quand il se retourne, clic-clac, je souris. Ça pourrait bientôt servir... De toute façon, je le dirai à Jian tout à l'heure. Ça le rendra jaloux, c'est exactement ce que je vise. Dans un couple, il ne faut pas hésiter à tourmenter l'autre si cela renforce la relation. Tant qu'on se fait plus de bien que de mal, l'amour peut grandir. Aimer et souffrir, c'est vivre deux fois.

Baudouin, 2 septembre 2019, 08h45
La cloche fait vibrer l'immense cour de récréation du collège. Ou est-ce cette fille ? Je me sens en pleine forme. Je fredonne les paroles du rappeur français Juul, un musicien connu en France et donc en Wallonie :

— C'est l'été : tous les jours, c'est samedi soir.[7]

Le soleil luit sur les hauts murs rouges de ma nouvelle école. La température augmente, il fera 22 degrés cet après-midi. Elle a vu mon air intéressé. J'aurais pu être plus discret. Mais il faut bien que quelqu'un fasse le premier pas, un regard est permis après tout. Je ne suis en Flandre que depuis une heure, ça passe vite. Chez nous, les Flamandes ont la réputation d'être des filles, disons, assez disponibles. Pourquoi ne pas en profiter ?

Il ne me reste plus qu'à espérer qu'elle soit dans ma classe. La rentrée scolaire, c'est le temps des rêves et des bonnes intentions. Si j'ai un jour une responsabilité dans ce pays, je propose tout de suite de fixer le Nouvel An au 1er septembre. Tout recommence après les vacances d'été. Et puis, on peut sauver des vies et des yeux grâce à ça. Tirer un feu d'artifice avec des moufles le 31 décembre fait chaque année pas mal de victimes. Bon, ce n'est pas mon problème le plus urgent. Je dois apprendre à agir et à penser comme un Flamand. Aller à l'essentiel. Davantage d'actes. Moins de mots. Moins de détours. Pas d'embrouilles. *Boenk erop*, comme ils disent : en plein dans le mille. Et en effet, plus tôt j'apprendrai si cette fille en rouge n'est pas qu'un mirage, mieux ce sera.

L'espoir est une bouée de sauvetage gonflable dont il vaut mieux, dans mon cas, qu'elle ne perce pas. Il est en effet fort ardu d'obtenir un kit de réparation dans une langue étrangère qu'on comprend à peine. Et là, tout va. J'ai à nouveau de la chance, ça ne cesse de se produire depuis mon arrivée à Essen. Je trouve ma nouvelle salle de classe juste avant le début du premier cours. Et je la vois entrer.

Avant que je ne puisse m'asseoir, le professeur commence.

— Bonjour à tous. Bienvenue en sixième secondaire. C'est votre dernière année au collège. Terminer en beauté est un art. Je compte sur l'artiste qui est en vous. Je vais commencer par une communication de service. Nous avons un nouvel élève, Baudouin Coignoul de Dinant. Est-ce que je prononce bien ? *Kwanioul ?*

— Euh...

— OK, merci pour cette réponse claire. Tu es donc wallon. Baudouin, bienvenue. Viens près de moi. Pourquoi es-tu ici à Essen ?

Je me fige, le regard fixe. Je ne comprends pas ce qu'il dit. Je me sens perdu, éperdu. Pourquoi toujours choisir ce qui est difficile. J'aurais tellement mieux fait de rester à Dinant

— Oui, hm... Vous pouvez répéter en français[6] ?

6 En Français dans la version originale.

— Ce n'est permis que pendant le cours de langues, Baudouin. Notre collège a été la toute première école secondaire de Flandre à passer entièrement au néerlandais. Tiens-toi bien, cela s'est passé alors que la Belgique existait déjà depuis plus de cent ans. Ce n'est qu'en 1931 que tous les cours se sont enfin déroulés dans notre langue. Ce qui restait de la section francophone du collège avait déménagé un an auparavant d'Essen vers Sirault, près de Mons. Pour la petite histoire, cette école a ensuite déménagé de Sirault vers Ottignies en Brabant wallon et s'appelle aujourd'hui le collège du Christ-Roi[7], un établissement de haut niveau m'a-t-on dit, normal puisque tout a commencé ici. Je m'appelle Marnix Roosens. J'enseigne l'histoire et aussi le grec et le latin. Tu peux d'ailleurs t'exprimer dans l'une de ces deux langues si tu le souhaites... *Loquerisne Latine*[8] ?

— Ave, bonjour, je ne sais dire que ça en... Sorry, meneer Roosens. Ik zal wel mijn best doen in het Vlaams[9].

Je jubile intérieurement. J'ai formulé correctement ma première phrase complète. Un sentiment de courte durée.

— 'En néerlandais', Baudouin, pas en *Vlaams*. Je sais que les Wallons disent souvent 'en flamand' pour souligner que presque personne dans le monde ne parle notre langue. C'est tout à fait faux. 24 millions d'habitants de notre planète ont le néerlandais comme langue maternelle, ce n'est pas rien. Pour le français, c'est 77 millions, pas beaucoup plus, finalement[10]. Allez, je vais résumer moi-même ce que je sais de toi. Tu viens étudier ici jusqu'à la fin du mois de décembre pour perfectionner ton néerlandais. À t'entendre, ça va te faire du bien, pardon pour cette petite pique amicale. En Flandre, nous sommes moins gentils entre nous que chez vous, en Wallonie. Nos exigences sont plus élevées. C'est aussi pour cela que notre économie tourne mieux. En janvier, tu retourneras donc à Dinant. Quatre mois, c'est très court. Il est dans ton intérêt de donner le meilleur de toi-même dès le premier jour. Es-tu d'accord avez ça ? Au fait, comprends-tu ce que je dis ? J'ai fait de mon mieux pour bien ar-ti-cu-ler.

— *Ja, ja, natuurlijk*[11].

Je réponds trois mots en néerlandais pour donner le change. Mais honnêtement ? Je ne capte rien. Ce professeur parle incroyablement plus vite que

7 Pour ceux qui veulent en savoir plus : en 1960, les Rédemptoristes achetèrent 7 hectares à Ottignies pour y construire un nouveau collège. Le déménagement de Sirault à Ottignies commença en 1965. Comme l'affirme Marnix Roosens, le Christ-Roi d'Ottignies est aujourd'hui considéré comme une très bonne école qui accueille près de 1400 élèves. Tout commença donc à Essen.

8 Sous-titre : Tu parles latin ?

9 Sous-titre : Désolé, Monsieur Roosens. Je ferai de mon mieux en flamand.

10 Marnix Roosens oublie les 200 millions de personnes, principalement en Afrique mais aussi en partie en Flandre, qui maîtrisent parfaitement le français en tant que deuxième langue. Il est pardonné (pour l'instant).

11 Traduction pour les Français qui lisent ce livre (en espérant qu'il y en aura) : Oui, oui, naturellement.

Monsieur Breugelmans l'an dernier à Dinant. Beaucoup de mes amis disent qu'il ne sert à rien d'apprendre cette langue inutile. Une vraie perte de temps. Car plein de Flamands ne parlent que leur dialecte, parfois uniquement intelligible dans leur village ou dans leur rue. C'est peut-être pour cela que je ne comprends pas Roosens. J'ai seulement saisi qu'il faisait de son mieux pour ar-ti-cu-ler, l'un des rares mots qui sont presque identiques dans nos deux langues. Avec cadeau, bureau et bateau. Non, pas bateau. Combien de mots en commun avons-nous ? J'ai cherché : personne ne s'est penché sur la question. Cela montre bien notre indifférence mutuelle, c'est triste. Une chose est sûre : le français ressemble nettement plus à l'anglais, avec 30 % de mots semblables. Tout ça grâce au francophone Guillaume le Conquérant, duc de Normandie. En 1066, il a débarqué en Angleterre. Il y a imposé sa langue maternelle. De nombreuses traces sont restées. Aujourd'hui encore, les menus sur les tables de Buckingham Palace sont rédigés en français. Guillaume aurait mieux fait d'envahir la Flandre. Ça m'aurait aidé. Ou suis-je déjà en train de chercher des excuses ?

Je sens que Monsieur Roosens se demande de plus en plus si je ne suis pas complètement largué. Il continue quand même :

— Je suis ton titulaire. Si tu as un problème, tu peux venir me voir. Au début, tu peux même t'exprimer en français. Compris[12] ?

— *Ja, ja, natuurlijk.*

— C'est sûr ?

— *Ja, ja, natuurlijk.*

— Très bien.

Je réalise trop tard que je réponds toujours par la même formule. J'entends des rires étouffés dans la salle de classe. Je souris. Je répète :

— *Ja, ja, natuurlijk.*

L'humour est l'arme des faibles. Même un jeune de 17 ans sait ce genre de choses. Cela semble fonctionner. La fille en rouge regarde la scène d'un air amusé. Monsieur Roosens, lui, reste imperturbable.

— Si tout te semble si 'naturel', c'est qu'un grand pas a déjà été franchi. Alors, Baudouin, à côté de qui t'assieds-tu ? De préférence à côté de quelqu'un qui parle beaucoup. La seule façon d'apprendre une langue est de l'utiliser le plus souvent possible, c'est aussi simple que cela. Bente Roosens, peux-tu t'occuper de Baudouin ?

Bente ? La fille en rouge ?

— Oui, Monsieur Roosens, répond-elle. Très volontiers. Ça me permettra d'améliorer mon français.

Ici, je dois interrompre l'histoire pendant cinq secondes. Pour un cri intérieur :

— Ouiiiiiiiiiiiiiiiiii !

12 En français dans le texte de l'autre côté du livre.

En langage humain, un oui avec des i à l'infini à la fin. Cela devait être écrit dans les étoiles et le ciel en était rempli lorsque je me suis levé bien trop tôt ce matin. D'accord, la formule est fleur bleue, mais si un adolescent ne l'est pas un peu, le monde devient si dur qu'il se brise, c'est une loi de la physique. Je n'ai quitté Dinant qu'à 5h08 par le premier train et je suis déjà en train de gagner le gros lot.

Je la regarde. Elle me regarde.

Cela n'arrive qu'une fois dans une vie.

Nous le savons tous les deux. Nous sommes faits l'un pour l'autre : 'Il n'y a pas de coïncidences, il n'y a que des rendez-vous', la célèbre phrase attribuée au poète français Paul Eluard que j'ai découverte en cinquième. On ne sait pas si elle est vraiment de lui, mais pour le coup, je m'en fous. Bente, c'est donc son prénom.

Pâmé sous l'effet de l'endorphine, j'entends mon professeur plaisanter :

— Tu peux aller t'asseoir, tu sais. Elle ne mord pas. Pour être clair, Baudouin : Bente est ma fille. Attention, Bente : pas de français avec Baudouin. Sinon, va plutôt étudier à Dinant. Je ne sais pas si j'en aurais des regrets.

Toute la classe sourit. Le bonheur peut être parfait. Une fille d'enseignant, par définition, est ouverte au monde et, je l'espère, à moi. Dans ce moment le plus beau qui soit, elle me chuchote à l'oreille :

— Baudouin...

Elle prononce mon prénom si doucement, comme si elle caressait tout mon corps de ses deux mains.

— Baudouin, je te présenterai *mijn lief* Jian pendant la pause de midi. Il est dans la classe voisine de la nôtre, en rhéto également. Je pense que vous vous entendrez bien. Et je suis ravie de connaître enfin un vrai Wallon. On parle si souvent de vous à la maison.

Bente s'exprime bien sûr en néerlandais. J'insère quelques mots de temps en temps, comme ici *mijn lief*, pour vous le rappeler.

Mais mon Dieu, '*mijn lief*', mon amoureux. Je sais trop bien ce que ces deux mots signifient.

Bente, 2 septembre 2019, 12h15

Le premier jour d'école est toujours le plus chouette de l'année. Mais cette fois, c'est la totale. C'est un véritable gimmick. Le nouveau Wallon répond : '*Ja, ja, natuurlijk*' à toutes les questions. Nous, on rit. Et les professeurs qui se succèdent se rendent vite compte que le garçon ne pige rien. Ou presque. Quand j'ai dit '*mijn lief*', j'ai remarqué qu'il a pâli. Pourquoi comprenons-nous mieux ce qui nous rend tristes que ce qui nous rend heureux ? Tant pis pour lui.

— Il ne faut pas épargner les Wallons, dit souvent ma mère. Car à propos d'épargne, nous Flamands mettons moins d'argent de côté à cause des transferts financiers vers le sud. Nous donnons chacun mille euros par an à ces francophones. Oui : toi, moi, ton père, ta sœur, toute la Flandre. Ce n'est plus de la générosité. C'est se tirer une balle dans le pied. Et je peux te l'assurer : ça fait mal.

— Houla ! As-tu déjà connu cela, une balle dans le pied ?

— Tais-toi un peu, Bente. Tu veux toujours avoir le dernier mot. Le dernier mot n'existe pas, sauf celui de quatre lettres : 'mort'. Aucune de nous deux n'est pressée d'y arriver. Écoute-moi bien : nous ne sommes pas généreux, nous sommes stupides. Et que font-ils pour mériter nos sous ? Rien du tout ! Ils ne travaillent pas. Conséquence : leurs caisses sont de plus en plus vides et ils demandent toujours plus. Je n'accepterais même pas cela de mes propres enfants. Encore moins de la part d'étrangers. Les Wallons, c'est du bidon.

Sa formule débile et qui rime la fait s'esclaffer, selon un autre de ses principes : 'Si je ne ris pas de mes propres blagues, qui le fera ?' Cette tirade maternelle est-elle une déformation professionnelle ou une réalité ? Un peu des deux, sans doute. Je la critique souvent. Mais je l'aime à tout moment. Et je dois reconnaître que ses analyses sont souvent justes.

En quatrième heure, Baudouin peut enfin briller. Au cours de français de Madame Van Tuijcom. On y parle que la langue de Molière, c'est à dire la sienne. À propos : chez nous en Flandre, tous les élèves sont obligés de suivre le français comme deuxième langue. Alors qu'il paraît que le néerlandais n'est pas obligatoire en Wallonie et que de moins en moins d'élèves le choisissent[13]. Après ça, que les Wallons ne disent pas qu'ils aiment la Belgique.

— Ah, un vrai francophone, extra, dit la professeure en français. Ça va faire monter le niveau de la classe, très bien. Tu vas aussi avancer des arguments wallons quand on analysera des textes, super ! Bon, on va éviter de parler politique. D'autant que tu es assis près de Bente.

13 Pour l'année scolaire 2022-2023, seuls 30 % des jeunes Wallons ont opté pour le néerlandais en première secondaire. 68 % pour l'anglais. 2 % pour l'allemand. La part du néerlandais diminue d'année en année. Il était encore choisi par 49 % des élèves en 2009-2010.

Cette fois, il a parfaitement compris, c'est sûr. Ses pupilles ont la forme de deux points d'interrogation, du moins c'est ainsi que je le vois. Toute la classe m'observe. Je balbutie :

On peut parler de tout, de politique aussi, aucun problème pour moi.

Le français n'a jamais été mon point fort. Mais cette fois-ci, je pense que je me suis bien débrouillée. Van Tuijcom demande alors si nous pouvons parler de nos vacances. Baudouin prend la parole en premier et la garde. Grâce à lui, nous restons à l'abri. Les Wallons n'ont pas que des mauvais côtés. Il nous explique que cet été, il a beaucoup lu et qu'il a aussi beaucoup joué au basket. Seul sur une petite place de Dinant, à shooter, shooter et courir d'un côté à l'autre du terrain. Comme ça doit être ennuyeux.

— J'adore le bruit soyeux de la balle quand elle fend le filet. Sloufff, 2 points, 3 points. À chaque fois, ça me fait du bien.

Sportif et romantique en plus. Je ne savais pas que le fait de marquer pouvait avoir un tel effet. La cloche retentit, un son encore plus agréable que celui d'un filet de basket où passe un ballon orange. Pause de midi. Enfin.

Je conduis Baudouin à travers les hauts et longs couloirs du collège jusqu'au réfectoire. C'est ce que m'a demandé Madame Van Tuijcom :

— Ma chère Bente, à sa place tu serais aussi heureuse d'avoir quelqu'un qui t'aide.

J'ai l'impression qu'elle se moque de moi. Comme si elle voulait dire : 'Occupe-toi bien de ton compatriote wallon, ça t'apprendra à être une flamingante.' Cette saillie d'une énième enseignante gauchiste ne m'atteint pas. Je suis le guide idéal. J'ai entendu mon père raconter l'histoire de notre école tant de fois. Je la répète avec encore plus de plaisir à un Wallon. J'articule avec soin, en espérant qu'il comprenne toutes les nuances :

— Si la Belgique n'avait pas gagné la Première Guerre mondiale grâce à la résistance héroïque des soldats flamands à l'Yser, nous parlerions probablement encore le français ici. J'en frémis, Baudouin. Le fait que, quelques années plus tard, nous ayons enfin pu bénéficier d'un enseignement secondaire dans notre langue maternelle était une sorte de récompense pour notre sacrifice en 14-18. Tu le savais ?

— Non, Bente. Désolé.

— Notre enseignement a connu un autre souci : la plupart des écoles flamandes, en tout cas dans l'enseignement catholique, ne sont devenues mixtes que dans le courant des années 1990. Ce long *apartheid* entre garçons et filles a fait en sorte que nous sommes restés trop longtemps des espèces de saintes nitouches, 'on n'avait jamais rien vu'. Quand les classes mixtes ont-elles été introduites dans les écoles wallonnes ?

— Au plus tard dans les années 1970. Ma mère s'est inscrite à Bellevue en 1972[14]. Avant ça, il n'y avait que des garçons.

— Heureusement, en ce qui concerne les filles, Essen était également d'avant-garde. Les premières sont arrivées ici dès 1974, seule une école flamande l'a fait avant nous[15]. Allez, tout ça, c'est du passé. Aujourd'hui, la pudibonderie n'est plus de mise. Encore moins chez moi, tu pourrais très vite le constater. Assez parlé : 2 euros pour le guide, je te prie.

14 Pour ceux qui veulent en savoir plus : en 1972, 12 premières jeunes filles sont arrivées à Bellevue. Leur nombre n'a ensuite cessé d'augmenter.

15 Une école à Lokeren. Plus de détails dans la version flamande. Car à part (dans le temps) pour le football : quel francophone va aujourd'hui à Lokeren ?

Baudouin, 2 septembre 2019, 12h25

Je donne 2 euros à Bente. Elle glousse. Elle refuse :

— Tu ne vas quand même pas me dire que les Wallons ont maintenant trop d'argent.

Je souris en retour et remets la pièce en poche. Grâce à cette histoire de pourboire, j'ai touché sa main. J'ai adoré. Et puis elle sent si bon. L'amour s'insinue aussi par le nez. La seule chose que mon père interdisait à ma mère était de changer de parfum, je sais maintenant pourquoi. Autre chose importante : Bente, je comprends ce qu'elle dit, contrairement à tous les autres ici. Sauf Madame Van Tuijcom en français, bien sûr.

Bente s'exprime lentement. En même temps, elle parle assez fort. Une langue étrangère a besoin de plus de volume pour pénétrer notre esprit. Ce n'est pas pour rien que les professeurs de langues parlent d'une voix puissante et que nous poussons le son de notre téléviseur quand nous regardons une émission étrangère. Une autre chose me marque : Bente roule les r, ce que les francophones considèrent comme le summum de la flamandité. Je n'ai pas la moindre objection. À Dinant, on dit que les filles du nord ont la langue plus agile grâce à ces r roulés et qu'elles embrassent donc mieux. Bente n'en est que plus séduisante. C'est sans doute aussi grâce à cette attirance physique que je la comprends si bien. Le désir décuple les 5 sens, je suis en train de le découvrir.

Jusqu'à présent, j'ai fait le malin. Mais avec les filles, j'ai peu d'expérience. À la fin de l'année scolaire dernière, j'ai eu une brève relation avec Emma, une camarade de classe à Bellevue. Le premier jour des vacances d'été, je lui ai touché les seins. Une primeur pour moi. Ça n'a duré que quelques secondes. C'était sur une de ces nombreuses petites plages secrètes le long de la Meuse, dans le bois entre Anseremme et Freyr en direction d'Hastière. Secrètes, c'est ce que je croyais. Le long de ces bandes de terre de trois ou quatre mètres de long et d'un à deux mètres de large - amplement suffisantes pour l'activité que j'avais en tête - serpente un sentier étroit. Je commençais à tenter ma chance lorsqu'un groupe de scouts flamands - il y en a décidément trop qui se promènent dans nos forêts - est passé par là. J'entends encore leur chanson. Un refrain horripilant : '*Ik heb de zon zien zakken in de zee*', 'J'ai vu le soleil s'enfoncer dans la mer'. Ce sont surtout mes espoirs qui ont coulé au fond de la Meuse, profonde de 5 mètres à cet endroit. Emma s'est immédiatement raidie. Elle y a vu un mauvais présage.

— Arrêtons. C'est mieux ainsi, je le sens maintenant. J'étais davantage en manque de tendresse que je ne te désirais vraiment. C'est fini entre nous. Mais restons amis, d'accord ?

Que pouvais-je répondre ? Me lancer dans une analyse sur la différence entre la tendresse et l'envie ? En déduire que l'une n'exclut pas l'autre ? Que les scouts flamands ne devraient pas décider de l'avenir de notre relation ? Rien de tout cela. J'ai répondu :

D'accord.

Je ne lui ai pas parlé depuis.

Bente, 2 septembre 2019, 12h28
Baudouin me paraît vraiment un grand romantique, un rêveur. Depuis qu'il a récupéré ses 2 euros, il reste silencieux. Il est dans son monde. Il se trouve à au moins 180 kilomètres de moi, ce qui doit correspondre à la distance entre Essen et Dinant. En tant qu'accompagnatrice qui soigne son job, comme le font toujours les Flamands, je me dois d'intervenir en posant une question :

— Dis, Baudouin, pourquoi es-tu ici ? Tu n'as pas vraiment répondu tout à l'heure.

— J'ai du mal à raconter toute l'histoire en néerlandais. Mais disons simplement qu'il vaut mieux connaître la première langue de son pays. Et je me rends compte depuis un certain temps que ce n'est pas le français.

En ce premier jour d'école, Baudouin parle beaucoup moins couramment ma langue, que ce que moi, Bente, je rapporte ici. Chaque phrase prend 2 à 3 fois plus de temps que ce que vous lisez, le tout entrecoupé d'un peu de français. Mais vous n'avez pas déboursé 24,99 euros pour un récit indigeste. En revanche, ma réponse correspond mot pour mot à ce que je lui ai rétorqué :

— Mes parents affirment pourtant que la plupart des Wallons estiment que le français ouvre encore toutes les portes et qu'ils ne doivent rien apprendre d'autre.

— C'est ce que nous pensions à l'époque de mes grands-parents, oui. Mais 3 des 4 sont déjà morts et enterrés. Enterrés par ma mère d'ailleurs. Elle est entrepreneuse de pompes funèbres à Dinant. Elle a aussi des clients néerlandophones. Des retraités flamands ou néerlandais qui passent leurs dernières années dans notre région. Ou des touristes du nord qui échangent une visite de Dinant contre un voyage au paradis, c'est plus définitif et c'est aussi plus cher. Enfin cher, ça va encore : chez nous, le prix des funérailles commence à 2 500 euros. Mais si maman ne parlait pas le néerlandais, tous ces gens iraient à la concurrence. Elle s'est également liée d'amitié avec Peter Helsen, un collègue d'Essen, lors d'une réunion de la Fédération Royale des entrepreneurs de pompes funèbres de Belgique. Oui, l'association existe encore, même si les règles sont de plus en plus différentes d'une région à l'autre. Exemple, un corbillard est toujours obligatoire en Flandre, mais pas en Wallonie, où les gens peuvent porter le cercueil sur leurs épaules, s'ils le désirent. Cela ne coûte rien. Cela ne pollue pas. Je reconnais cependant que ça n'arrive pas souvent. Peter et ma mère se voient une fois par an pour échanger des infos utiles. Au restaurant. En général à Dinant. Peter préfère manger le long de la Meuse que ma mère le long de votre cours d'eau local. Comment s'appelle-t-il d'ailleurs ?

— Ne sous-estime pas Essen. Nous en avons beaucoup, avec une mention spéciale pour notre unique Molenbeek. Je l'admets : presque toutes les communes flamandes ont un Molenbeek. Mais le nôtre est international. Il se prolonge jusqu'à Roosendaal.

— Tope-là ! Nous pique-niquerons un jour au bord du Molenbeek. Grâce à son confrère, ma mère a découvert Essen et cette école. Découverte est le mot juste. Pour nous, la Campine septentrionale est une terre aussi inexplorée que les deux pôles. En plus chaud et sans ours polaires, je viens seulement de m'en rendre compte.

Je note : sa blague n'est pas si mauvaise. Il continue sur sa lancée.

— Pour notre entreprise, la coopération Dinant-Essen est enrichissante à tous les niveaux, si tu vois ce que je veux dire. Elle apporte des connaissances et de l'argent. Les deux vont souvent de pair. C'est un des nombreux atouts de notre pays. Grâce à nos deux langues qui constituent souvent une frontière commerciale, des entreprises similaires de part et d'autre ne sont pas concurrentes. Elles peuvent se soutenir mutuellement. On peut donc dire, ça peut paraître étonnant, que la frontière linguistique renforce la devise belge, *'Eendracht maakt macht'. 'L'union fait la force, Tous ensemble, tous ensemble, weh, weh'.* Tu chantes avec moi ?

— Alléluia ! Es-tu toujours aussi belgicain ? interrompt Bente.

Soudain, son visage se ferme.

— Allons manger. Avec Jian.

Chapitre 2

Comment Jian Wang perd Bente

Baudouin, 2 septembre 2019, 12h33, Essen

Je me sens exactement comme le dindon de la fable du philosophe britannique Bertrand Russell. On en a discuté un jour en cours de religion. Cette dinde vit dans des conditions optimales. Elle est toujours nourrie à la même heure. Elle mange bien et à sa faim. Son enclos est propre et spacieux. La température est idéale. Elle a de bons camarades de jeu.

— Quel avenir fantastique je vais avoir, pense-t-elle.

Dans la mesure où une dinde peut penser, mais si c'est Russell qui l'écrit, qui suis-je pour en douter? Il était philosophe et a reçu le prix Nobel de littérature en 1950. Moi pas encore.

Puis vient la période de Noël. L'éleveur arrive. Est-ce un bonbon qu'il cache derrière son dos? C'est si gentil de sa part... Oh, la chose brille. C'est une hache. Splatch. Adieu la dinde. Sans aucun signe avant-coureur. C'est ce qui s'est passé avec cette chère Emma sur la petite plage d'Anseremme. Au sens figuré du moins ; physiquement, je suis indemne. Et maintenant je remets ça avec Bente. Cette fois, la hache se nomme Jian. De quelle malédiction suis-je frappé à 17 ans ? À cet âge, le poète Arthur Rimbaud qui vivait en amont de la Meuse à Charleville avait déjà toute une œuvre à son actif. Moi, ma vie est vide. Rimbaud a écrit:

'Dix-sept ans ! - On se laisse griser. La sève est du champagne et vous monte à la tête... On divague ; on se sent aux lèvres un baiser.'

Nulle griserie, tout est gris. Et d'un baiser, je ne peux que rêver. Jian est un Chinois flamand. Il n'y en a que quelques-uns comme lui sur terre, en l'occurrence en Flandre. Il est encore plus exotique que moi. Je dois accepter ma nouvelle défaite. Les lèvres de Bente s'éloignent à jamais. Sauf si je fais un arrêt cardiaque, j'aurais presque envie que ça m'arrive. Mais je n'aurais même pas conscience de son charmant bouche-à-bouche.

Je ne peux pas deviner à ce moment-là qu'un baiser et bien plus encore sont au programme. Et que je n'aurai pas assez de ma vie pour le regretter. C'est si dommage que la prémonition n'existe que dans la fiction.

Jian Wang, 2 septembre 2019, 12h34, réfectoire du collège

Jian Wang est le nom qui s'affiche sur ma carte d'identité belge. Parfois, on raccourcit mon prénom d'une lettre pour en faire Jan. Le i de la Chine disparaît. Comme ça, je suis vraiment l'un d'eux, disent-ils. Mais c'est quoi, cette idée ? Je suis bien sûr l'un des leurs. Enfin, pas tout à fait non plus. C'est compliqué. Mon père et ma mère tiennent un restaurant chinois à Essen ou dans les environs. Je ne vous donne pas l'adresse. Je ne veux pas que vous alliez troubler leur tranquillité.

Mes parents sont nés en Chine. Ils sont arrivés en Belgique à l'âge de 18 ans. C'était il y a une trentaine d'années, à la fin des années 1980. Ils ne se connaissaient même pas. Ils sont allés vivre chacun chez un oncle. La législation sur le regroupement familial permettait alors d'obtenir facilement des papiers. Ils ont d'abord travaillé dans l'entreprise de leur oncle respectif pour apprendre un peu de néerlandais et pour le remercier de son bon accueil. Était-ce pour permettre aux oncles de disposer d'un personnel quasi gratuit ? Ce n'était peut-être même pas l'intention. Je n'en sais rien.

Maman et papa se sont rencontrés pour la première fois en Belgique. En 1991. J'ignore si le rendez-vous a été arrangé. Les deux oncles étaient originaires de la même région en Chine, c'est vrai, mais ce n'est pas une preuve. D'ailleurs, même votre roi Philippe et sa chère Mathilde n'auraient jamais formé un couple sans l'intervention de leurs pères respectifs. C'est ce que j'ai entendu lors de la conférence d'un journaliste wallon, il y a deux ans, dans la salle Rex, pile en face de la gare à Essen. C'est ce beau bâtiment jaune et blanc qui ressemble tant à un cinéma et qui en a été un jusqu'en 1984. J'ai oublié le nom de l'orateur, il y a tant de francophones dans ce pays, ils se ressemblent tous[16]. Il nous a raconté que le roi Albert avait obligé Philippe à se trouver une épouse. Sinon, c'est Astrid qui montait sur le trône. Patrick d'Udekem d'Acoz voulait, lui, que toutes ses filles épousent des gens de la haute et de préférence très riches pour redresser sa situation financière fort précaire. Les futurs fiancés furent parqués dans le même groupe de prière et forcés de se rapprocher. En résumé, même si quelqu'un a organisé le mariage de mes père et mère, personne n'a de leçon à leur donner, pas même votre roi qui est aussi le mien. Désolé, je me laisse aller. Et je commence à avoir mal à la tête de faim à force d'attendre seul à table. Mais que fait Bente ?

Pour patienter, je continue à penser à mes parents. Ils s'entendaient bien et voulaient réussir dans la vie. Pour les Chinois d'ici, cela signifie 'ouvrir un chinois'. On ne doit même pas ajouter le substantif restaurant. C'est quand même bizarre, et ça ressemble à du racisme : comme si nous ne pouvions faire

16 Il s'agit probablement d'un certain Frédéric Deborsu, frère de Christophe. Frédéric qui a écrit le meilleur livre sur la monarchie belge : F. Deborsu, Questions royales, Bruxelles, Renaissance du livre, 2012. Il ne donne plus de conférences à ce sujet.

que cela, travailler dans l'horeca. Entre-temps, regardez bien ce que la Chine devient : bientôt la plus grande puissance économique du monde ! Nous sommes capables de tout. Papa et maman aussi. Ils ont obtenu un prêt de la famille et tout a commencé.

Je suis leur seul enfant. Ils n'avaient pas le temps d'en avoir plus. Ils ont travaillé toute leur vie 7 jours sur 7. Père en cuisine, mère au comptoir. Mais dès ma naissance, ils ont voulu ce qu'il y avait de mieux pour moi. La plus grande chambre à coucher de la maison. Les plus beaux jouets, avec ma gigantesque collection de Lego, je pourrais presque ouvrir un magasin. La meilleure école, ce que le collège, avec son latin obligatoire, reste plus que jamais. Je recevrai une voiture dès que j'atteindrai dix-huit ans, une Golf décapotable 1.4 TSI BlueMotion flambant neuve, Bente se réjouit déjà. Car toutes ces années, l'argent a coulé à flots.

Ah, mes parents... Moi aussi, je les aime beaucoup. Leur plus grand souhait est que j'épouse une Chinoise. Ils ne veulent pas que je me belgicise trop. La carte d'identité suffit amplement à leurs yeux.

Je vais devoir les décevoir, je le crains. Ou plutôt, je l'espère.

Jian Wang, 2 septembre 2019, 12h35
Bente s'assied enfin à côté de moi. Elle m'embrasse immédiatement sur la bouche. Dieu sait qu'elle sait y faire. Nous sommes maintenant en sixième, la dernière année. Nous sommes les rois du réfectoire et de toute l'école. Personne ne peut nous arrêter. Le surveillant fait semblant de ne rien voir et nous tourne le dos. L'amour gagne toujours ou mieux : *amor omnia vincit,* pour faire plaisir à Monsieur Roosens, il me donne aussi latin. Mais qui est ce type qui nous regarde avec des yeux aussi exorbités que mon berger malinois quand il ne reçoit pas à manger ?

Bente Roosens, 2 septembre 2019, 12h35
Je l'embrasse. Longuement. Langoureusement. Jusqu'à l'alanguir. Je ne veux pas qu'il oublie ce baiser. Le 'il' en question, c'est Baudouin. Je veux qu'il se rende compte du plaisir que ça procure, de m'embrasser. De ce que je vaux. Qu'il doit faire ressortir le conquérant qui est en lui pour me faire sienne. Un an s'est écoulé depuis nos débuts, Jian et moi. Il est temps de petit à petit penser à autre chose, à quelqu'un d'autre. Sauf que petit à petit ne fait pas partie de mon vocabulaire. Pourquoi pas le plus tôt possible ? Je ne crois pas que mon futur ex-amant pressente quoi que ce soit.

Notre baiser a commencé il y a 20 secondes. Je veux être sûre de l'effet produit sur mon nouvel ami wallon. Il a l'air encore plus pâle qu'un patient en soins intensifs, je le vois quand j'ouvre subrepticement un œil. J'espère quand même qu'il va tenir le coup. Mission accomplie, merci, Jian. Encore une fois, tu as fait ce que j'attendais de toi. Cela arrive trop souvent à mon goût. Je veux un vrai mec, pas une mauviette.

Je me redresse, le visage un peu rougi par tant de frottements.

— Baudouin, je te présente Jian, mon petit ami. Jian, voici Baudouin, le nouvel élève wallon de ma classe. Il est avec nous à Essen jusqu'à Noël.

— *Bonjour*, dit Jian en français.

Un mot suffit parfois à transformer une atmosphère tendue en une atmosphère très tendue. En l'occurrence, un mot dans la mauvaise langue.

— Bonjour, Jian. Je suis désolé de te demander ça : peux-tu me parler en néerlandais ? Après tout, je suis ici pour apprendre ta langue, enfin, je veux dire celle d'ici.

— Oh, *sorry*. Je voulais être courtois, comprends-tu ce mot ? J'ai l'impression que non. Alors je vais quand même traduire en français : 'Je voulais être poli'[17]. Et bien sûr, le néerlandais est ma langue. Le chinois aussi : *Ni hǎo*, Baudouin, bonjour[18]. Avec moi, tu as le choix : chinois, néerlandais, anglais ou français si les trois premières options s'avèrent par trop inaccessibles pour toi.

Je n'ai jamais entendu Jian aboyer de la sorte. D'habitude, il est gentil avec tout le monde. En cela, il est très différent de moi. Je peux être si cassante. Je suis la fille des hauts et des bas. Hypersensible. Pas lui. C'est pourquoi je l'ai choisi. Il me calme, me soigne. C'est parfois fatigant, même pour moi, de passer constamment d'un extrême à l'autre.

Jian signifie en chinois 'Dieu réconcilie et apporte la paix,' m'a-t-il dit. Ensemble, nous combinons le *Yin* et le *Yang* : des opposés qui ne peuvent exister qu'en relation l'un avec l'autre. Ils se propulsent mutuellement vers l'avant. Les Chinois ont tout compris bien avant nous. Jian est vraiment ma moitié, l'un de mes deux poumons. Mais je veux pouvoir respirer encore plus. Aujourd'hui, j'ai

17 En français dans le texte original.
18 Sous-titre (le seul du livre en chinois) : Ni hǎo signifie littéralement 'Toi bien'

davantage besoin de piment, de piquant que d'équilibre. Je ne vais certainement pas m'excuser de ce que je suis. Devenir quelqu'un d'autre, non merci : la place est déjà prise. Le juste milieu est tellement ennuyeux. Ça me fait penser aux conducteurs de la bande centrale sur autoroute. Ils évitent la voie de droite pour ne pas être constamment obligés de dépasser les véhicules lents, par paresse et par peur de l'accident. Et ils n'osent pas s'engager sur la bande de gauche parce qu'ils s'y font klaxonner par ceux à qui les limitations de vitesse semblent limiter l'espérance de vie. Non. *Let's rock !* Faites sonner les avertisseurs, ça doit bouger. Je veux avoir au moins une nouvelle idée par jour. Aujourd'hui, c'est : essayer quelqu'un de neuf.

Pendant ce temps, Baudouin paraît toujours aussi déterré. Un comble pour le fils d'une croque-mort. Je l'interpelle en feignant la plus parfaite innocence :

— Tu me fais penser à un chien battu, Baudouin. N'as-tu pas trouvé la matinée sympa ?

Les chiens battus ne sont généralement pas mon truc. Les chiens en général non plus, d'ailleurs. Je préfère les chats fiers et indépendants. Mais je ne peux pas expliquer pourquoi, Baudouin m'attire. Il se retourne. S'éloigne. Je me mets à le suivre. Je veux revenir aux prémices d'un amour. Sentir de nouveaux doigts sur mes seins. Un nouveau sexe dans mon sexe. Baudouin est d'ailleurs irrésistible avec son mètre 90, ses yeux aussi sombres que ses cheveux sont noirs et son corps puissant de basketteur, même si c'est dans l'insignifiante Dinant. J'étais fière d'être la seule au collège à avoir un ami chinois. Il n'y avait d'ailleurs qu'un seul exemplaire disponible. Un Wallon, n'est-ce pas aussi exceptionnel ? On n'en voit jamais dans les environs. Ce qui est rare a de la valeur. Il ne reste ici que quelques mois, ce sera facile de le jeter par la suite. Je souris en pensant à la réaction de mes parents. Jian était déjà difficile à accepter. Mais il y a pire que quelqu'un d'un autre continent : quelqu'un qui vient de l'autre côté de la frontière linguistique.

Jian Wang, 2 septembre 2019, 12h37

Hier soir, j'ai annoncé à mes parents que j'avais une petite amie belge. Ma mère s'est mise à pleurer :

— Oh, quelle tristesse. Mes petits-enfants ne me comprendront pas.

— Tu parles suffisamment bien le néerlandais, l'ai-je rassurée. Et pour les petits-enfants, je vais attendre un peu.

— Les Chinoises que je te présente ne sont-elles pas assez belles pour toi ?

La conversation n'a pas duré longtemps. Heureusement. Maman a vite séché ses larmes et est repartie vers le restaurant. Le travail est bien plus efficace pour oublier qu'une séance chez un psy. Mais dès le lendemain de mon outing, voilà que Bente part dans le sillage de cet abruti, ça me défonce le cœur. Si je suis à nouveau célibataire, je rendrai quatre personnes heureuses : mes parents, ça au moins, ça me réconforte un peu. Et les néo-tourtereaux. Mais qu'ils ne se réjouissent pas trop vite. Non, nous n'en sommes pas encore là.

Chapitre 3

Comment Bart De Wever disparaît

Bente, jeudi 19 février 2026, 18h00, Louvain
C'est Louvain et la nuit tombe. Je quitte notre kot à la Vaartstraat, la longue rue étroite entre le port de plaisance que l'ex-bourgmestre Tobback a fait construire sur le canal - un socialiste qui aime les bateaux de luxe, c'est exactement comme un végétalien avec un bon steak saignant dans son assiette, ça a un goût bizarre - et le palais de justice. En passant devant le palais avec mon chéri, nous échangeons un rapide regard. Non. Ne pas commencer à douter. Nous sommes ensemble depuis 6 ans et demi, plus de 2 000 jours. Nous savons ce que nous voulons. Ensemble.

Sur les façades que nous longeons, nous voyons je ne sais combien de sonnettes portant les prénoms d'étudiants du monde entier. Ce jeudi, soir de sortie, nombre d'entre eux seront à la fête. Nous aussi. D'une certaine manière.

— Bonne chance, chérie, dit-il.

— Bonne chance, chéri, je réponds.

Nous sommes si assortis. À la manière dont il m'enlace, je sais que tout va bien se passer.

Baudouin, 19 février 2026, 19h45
C'est Louvain et il fait froid. Tiensestraat 41, l'adresse du *Valk*. Le Faucon, disaient les francophones quand l'université de Louvain leur appartenait encore. Croyaient-ils.

Drôle d'oiseau que ce faucon. Bicéphale. D'un côté, un bâtiment de facture classique, aussi vieux que l'université – 601 ans tout de même –, le centre névralgique de la faculté de droit. Juste à côté, le *Nouveau Faucon* construit dans la seconde moitié du vingtième siècle. Un ensemble de dalles de béton grises et sans âme. À l'époque, les architectes pensaient sans doute que la crise économique nous étranglerait tous, que la fin du monde approchait, et qu'il était donc inutile de construire de belles choses. Je suis donc là, à attendre, sur le trottoir devant le portail. Avec Bente. Vu la personne que nous allons rencontrer, nous avions intérêt à arriver à temps.

Tout à l'heure, nous sommes allés dans un café pour tuer le temps. Quoique je déteste cette expression : le temps est le signe ultime de la vie. Vous l'avez constaté depuis le début de ce récit : mon cerveau ne peut s'empêcher de sauter sans cesse dans tous les sens, du coq à l'âne, *van de hak op de tak*. Je suis pire encore que la célèbre *Route des 36 Tournants* à Engis, entre Liège et Huy. Ça s'est peut-être encore aggravé depuis que je parle le néerlandais. Chaque langue génère une façon de penser distincte. En maîtriser deux occupe apparemment trop de place dans ma tête. Il y a aussi du positif : le multilinguisme ralentit le vieillissement du cerveau car il est davantage stimulé, dit la science. Mais à 23 ans, presque 24, l'avenir lointain, peu importe.

En décelant l'accent wallon que je ne pourrai jamais cacher, le patron du café à l'air fort âgé, est venu me parler.

— En vous voyant, j'ai l'impression d'apercevoir un fantôme. Six mois après leur départ définitif en 1979, tout le monde avait oublié qu'il y avait eu des étudiants wallons ici. Nous étions enfin parmi nous. C'est tout de suite devenu la chose la plus normale du monde. Sans chamailleries. Sans chichis. Autrement dit : sans vous.

Je ne lui ai pas répondu que de nombreux francophones appellent encore sa ville 'Louvain-la-Veuve', parce qu'ils s'imaginent que les habitants de Louvain sont en manque d'eux. Mon grand-père paternel le pensait aussi. Il a étudié ici il y a 60 ans. Ou plutôt, il y a séjourné. Car il n'a toujours pas obtenu son diplôme.

— Cette ville était la nôtre, dit-il. Nous avions été jetés dehors comme des illégaux, comme des sans-papiers. Dans notre propre pays. Et dire que nous n'avons rien vu venir.

Ce qui s'est passé à l'époque montre d'ailleurs que les Wallons et les Flamands vivent même l'histoire de Belgique de manière très différente. Oui, leur passé commun est également communautarisé. Je vous explique, en tant qu'historien en devenir. Les revendications flamandes ont vraiment pris leur essor lorsque des soldats flamands auraient été envoyés à la mort par des officiers francophones pendant la Première Guerre mondiale, à cause d'instructions en français qu'ils n'auraient pas comprises. J'emploie le conditionnel. Et même l'irréel. Car à y regarder de plus près, c'est tout simplement faux. Les ordres étaient généralement donnés à l'aide d'un sifflet ou de quelques mots de code, toujours les mêmes. Personne n'a donc perdu la vie par manque de compétences linguistiques. Il s'agissait d'un malaise social plus global. Sans le français, on ne pouvait que rêver d'atteindre les meilleurs emplois dans l'armée et le reste de la société. C'était évidemment révoltant. Sauf pour les francophones eux-mêmes, bien entendu.

Dans le sud du pays, les gens n'ont pris conscience de la fracture nord-sud que bien plus tard : dans les années 1960, lorsque l'économie wallonne s'est effondrée 'parce que les Flamands ne nous ont pas aidés' et quand nous nous sommes pris des pierres sur la tête à Louvain. La commotion fut davantage mentale que physique. Nous avons enfin perçu que la Belgique n'était plus notre bien exclusif.

C'est Louvain et il fait nuit. 19h50. Il arrive avec son chauffeur. Pas de garde du corps. Pas de police. Rien. À la Belge. Un nationaliste flamand devrait savoir que cet adjectif comporte des risques.

Bart De Wever sort de sa voiture. Il n'a même pas été difficile de le contacter. Presque tout le monde en Belgique semble avoir son numéro de téléphone portable : 0471/97... Il est donc là. Un peu plus petit que je ne le pensais, le pouvoir donne toujours une impression de grandeur. 1 mètre 78, je le découvrirai plus tard. Son chauffeur n'est pas plus imposant. Ni plus jeune. Cela nous facilitera la tâche.

Je sais qu'il n'aime pas serrer les mains. Je reste à un mètre cinquante de lui, lointain souvenir de l'époque du Covid. Surtout, j'essaie de rendre ma prononciation aussi flamande que possible. Je laisse rouler les r comme jamais auparavant. Même Bente, qui a fait cela toute sa vie, trouve que j'exagère : 'En parlant comme ça, tu me parais être un autre,' me tance-t-elle.

Un autre, c'est exactement ce que je veux être ce soir.

— Bonjour, Monsieur De Wever. Au nom du Cercle étudiant *La Dinantaise,* je vous souhaite la bienvenue. Nous avons reçu 1 000 demandes pour votre conférence. Nous avons dû en refuser la moitié. Afin d'accueillir un maximum de monde, votre prise de parole n'aura pas lieu au *Faucon* comme prévu, mais dans la Grote Aula, à 300 mètres d'ici. Je vous prie de bien vouloir m'excuser pour ce désagrément. Il est dû à votre popularité. Cela étant, vous êtes un marathonien. En termes de distance à parcourir, ça devrait aller.

— Oui, oui. Je vous suis.

Impossible de lire sur son visage s'il a apprécié ma remarque qui se voulait humoristique sur ses talents de coureur. Je l'avais pourtant bien préparée. Il détourne le regard vers son téléphone portable qui déborde de messages et de notifications. Je vois l'écran s'allumer en continu - bip, bip, bip sans hourra. Comment un être vivant peut-il supporter une telle avalanche numérique ? Mais c'est deux fois rien par rapport à ce qui va se passer dans les prochaines heures. Bon, de ça, il ne s'apercevra pas.

Nous nous dirigeons vers la Hogeschoolplein. Le Louvain sans vie de la mi-février. Nous ne croisons presque personne, c'est parfait. À part quelques cyclistes pressés qui veulent arriver à bon port avant la neige. Exactement ce à quoi je m'attendais.

Je ne lui propose pas de selfie. J'aurais peut-être dû. Aujourd'hui, les hommes politiques s'étonnent quand personne ne sort son téléphone pour une photo. Va pour une question :

— Vous auriez peut-être aimé revenir au *Faucon*. Une fois encore, pardonnez-moi. Vous avez commencé le droit ici, m'a-t-on dit ?

Bon sang, je me suis excusé deux fois en deux minutes, une habitude typiquement francophone. Je sais que les Flamands trouvent ça excessif et l'interprètent comme de l'hypocrisie. En français, s'excuser prend aussi davantage de temps. La seule formule valable est : 'Je vous prie de bien vouloir m'excuser'. Traduction en néerlandais : *'Sorry'.* Demander pardon est la coutume catholique par excellence, '*mea culpa, mea maxima culpa.*'[19] Mais les Belges du nord sont devenus des protestants dans l'âme. Ici, l'influence anglo-saxonne est désormais omniprésente, omnipotente. Dans le protestantisme, il n'est question ni de confession, ni de confessionnal. Moi et mes regrets éternels... Et dire que je croyais être devenu 100 % flamand...

Je continue à faire de mon mieux pour établir un contact humain avec le nationaliste venu d'Anvers. Et voilà qu'il me répond :

— Oui, j'ai fait deux ans de droit, après mes humanités. Ici, à Louvain. Nous avions des cours à la Grote Aula, c'est vrai. À l'époque, mon frère Bruno passait son doctorat en histoire à Gand. Je voulais choisir un autre type d'études que lui, dans une autre université. Seulement voilà : la volonté de se démarquer de son aîné ne fonctionne pas toujours. Deux années perdues. J'ai alors appris ce que signifiait l'échec. Cela m'a beaucoup aidé par la suite, notamment lors de notre défaite électorale il y a deux ans, en 2024. Tout ça pour finalement faire la même chose que Bruno. J'ai commencé l'histoire, d'abord à Anvers. Je suis revenu à Louvain pour les années de master parce qu'elles n'existaient pas encore dans la plus belle ville du monde. Mais parlons un peu de vous. Qui êtes-vous, au fait ?

— Je m'appelle Baudouin Coignoul. Je suis originaire de Dinant. Pour apprendre le néerlandais et mieux comprendre la Flandre, j'étudie l'histoire ici à la KU, ça nous fait un premier point commun. Je suis en quatrième année, en

19 Sous-titre : Par ma faute, ma très grande faute.

premier master. Avant cela, j'ai perdu deux ans sur les bancs de la faculté de droit, là aussi comme vous, mais dans mon cas à Namur. Encore une chose qui nous rassemble : je m'intéresse beaucoup à la politique. C'est pourquoi je vous ai invité, avec mon amie Bente et les membres de l'association étudiante *La Dinantaise*.

— Vous êtes wallon et vous avez conquis le cœur d'une de nos filles ? Bravo. Qu'étudiez-vous, mademoiselle ?

— Le marketing. J'ai mon diplôme depuis l'été dernier. Maintenant je travaille. Et je ne suis pas sa petite amie. Tout au plus, son ex-copine.

— Quand je vous ai vus, j'ai vraiment cru que vous étiez en couple, désolé. L'amour est la seule branche dans laquelle la politique ne devrait pas intervenir, c'est mieux pour les deux domaines. D'où venez-vous ?

— Essen, en province d'Anvers.

— Il n'est pas nécessaire de préciser qu'Essen se trouve dans ma circonscription, remarque-t-il, presque en riant. J'y suis venu pendant la campagne 2024.

En fait de rire, il oscille plutôt entre sourire et grimace. Mais il paraît tout à coup de bonne humeur.

— Je peux situer toutes les communes flamandes sur une carte muette. Dinant aussi, vous savez, Baudouin. Qu'est-ce que c'est que cette *Dinantaise,* d'ailleurs ? Ma porte-parole m'a dit tout à l'heure que je n'avais rien à craindre. Expliquez-moi.

— Dans les universités wallonnes, chaque ville a son association d'étudiants : *La Namuroise*, *La Binchoise*, *La Verviétoise*, etc. Comme je suis originaire de Dinant, j'ai refondé ici *La Dinantaise*. Elle existait avant la scission de l'université. Mon grand-père en était membre. Ces derniers mois, quelques Flamands ont également adhéré. Ça leur permet de perfectionner leur français. Et de voir de vrais Wallons de près.

— Je trouve ça très bien d'apprendre les langues étrangères. Moi-même, je parle mieux l'anglais et l'allemand que le français, mais je tente de me débrouiller. Parlons d'autre chose : votre prénom est-il une référence au roi Baudouin ?

Sans doute que oui. Même si cela ne m'a jamais été vraiment dit. Les enfants posent bien trop peu de questions à leurs parents et un jour, il est trop tard.

Bart De Wever n'entendra jamais ma réponse. Alors qu'il m'interroge, nous arrivons sur la Hogeschoolplein, reconnaissable à ses marronniers qui forment un élégant rectangle. Nous passons devant l'entrée du collège du Pape, là où libéraux et catholiques se réunirent pour préparer la révolution belge de 1830. Bart ne semble pas s'en soucier, lui qui n'a pourtant toujours pas digéré la séparation entre Belgique et Pays-Bas. La Belgique qui devint indépendante le 4 octobre 1830. Aucun compatriote ne connaît cette date. Bart peut-être, mais on ne peut pas dire qu'il soit très belge. Allez, ce n'est pas le moment d'étaler ma culture historique.

Il est temps d'agir.

Maintenant.

Baudouin, 19 février 2026, 19h55, Hogeschoolplein, Louvain
Thomas, Baptiste et Pierre-Loup ont garé leur camionnette blanche sur le trottoir devant le collège du Pape. Lorsque nous arrivons à sa hauteur, la porte s'ouvre d'un coup sec. Le trio, masqué et entièrement vêtu de noir, s'avance vers nous d'un pas décidé. Si je n'avais pas su de qui il s'agissait, je me serais imaginé un instant en pleine période de carnaval. Sauf qu'elle est déjà passée cette année et que Louvain n'a rien à voir avec Alost. Je veux dire : rien à voir avec Binche[20], il faut utiliser les mêmes références que les lecteurs, ai-je entendu quelque part. Sinon, on les perd.

Mes comparses ont imbibé des chiffons de Rohypnol, un puissant somnifère. Appelé aujourd'hui flunitrazépam, soyons précis. Celui qu'utilisait le pédophile carolo Marc Dutroux - pardon, le pédophile bruxellois, il est originaire de la capitale, il n'a déménagé vers Charleroi que sur le tard. Reste que si vous kidnappez quelqu'un, mieux vaut utiliser la méthode du grand maître.

Bente et moi nous écartons juste à temps. C'est facile quand on sait ce qui va se passer. Bart De Wever n'a pas cette chance. Il hésite sur la direction à prendre. Son chauffeur aussi. Dans ce genre de situation, la maxime flamande et d'ailleurs universelle 'Réfléchir avant d'agir' n'est pas appropriée. De loin, nous entendons les deux hommes s'interpeller :

— Viens par ici !

— Non, plutôt par là, il y a peut-être un autre groupe de l'autre côté de la rue...

20 Alost, entre Bruxelles et Gand, et Binche sont les deux villes carnavalesques les plus connues du pays.

Bart De Wever, 19 février 2026, 19h40
Je sens comme un bout de tissu sur mon visage. Tout le monde en Flandre et bien au-delà sait que je n'aime pas qu'on me touche. Cette odeur, c'est quoi ? Ce n'est certainement pas le moment de perdre connaissance. *Dum spiro, spero,* tant que je respire, il y a de l'espoir. Je me bats pour rester debout. Est-ce du poison ? On n'utilise quand même pas des stupéfiants contre moi, le chantre de la 'guerre contre la drogue'? En fait de respiration, je ferais peut-être mieux de la retenir. Ma porte-parole n'aurait jamais dû accepter cette conférence pour une association wallonne, même en terre flamande. Je me sens si faible. Tant d'années à un contre tous avec tant de succès pour finalement rendre les armes ici, sur cette place perdue de Louvain. La N-VA ne fait même pas partie de la majorité dans cette ville. La gauche est au pouvoir. Et on s'étonnera qu'il n'y ait pas un seul policier en rue. Oui, bon sang, que fait la police...la po...li...c...

Baudouin, 19 février 2026, 19h40

À l'heure qu'il est, je dois vous dire la vérité, toute la vérité : Bart De Wever n'a pas voulu participer à ce livre. Après ce qui lui est arrivé, on peut le comprendre. Je ne sais donc pas si le paragraphe précédent traduit exactement ses pensées. Mais ça ne doit pas être loin du compte. Sinon, il peut toujours exiger un droit de réponse. Ce sera de la publicité gratuite, toujours bon à prendre.

J'observe de loin mes amis qui les poussent, lui et son chauffeur, dans la camionnette et s'en vont dans la plus grande discrétion. Des moteurs qui rugissent et des pneus qui crissent après un enlèvement, c'est pour les amateurs qui veulent passer des nuits gratuites et bien au chaud à Louvain-Central dans les années qui viennent. Une précision au cas où : Louvain-Central n'est pas le nom d'une gare mais bien celui d'une prison. La visite du site à l'occasion de la Journée du Patrimoine me suffira amplement.

Quand on est témoin d'un enlèvement, il faut se dépêcher de le signaler. Sinon, ça devient vite suspect. Dans cette ville, il y a probablement beaucoup plus de caméras qui enregistrent nos faits et gestes qu'en Wallonie. C'est peut-être une bonne chose pour la sécurité de tous, mais moins pour notre projet actuel. Bente et moi courons vers la Grote Aula. L'auditoire est rempli à ras bord. Nous faisons une entrée remarquée, tout essoufflés. Lorsque nous montons sur scène, tout le monde nous applaudit. Après tout, nous sommes les organisateurs de l'événement et la Belgique a le meilleur public du monde. Les Belges sont bon enfant. La locution existe d'ailleurs telle quelle en néerlandais, *bon enfant,* elle figure au dictionnaire Van Dale, il suffit de la prononcer en prenant un accent flamand. Les bras plus ouverts que fermés, c'est nous. Plus encore en Flandre, on en reparle.

Je prends le micro en premier :

— Chers amis étudiants, j'ai quelque chose de terrible à vous annoncer. Bart De Wever a été emmené par des inconnus juste avant d'entrer dans cette salle. Cela avait tout d'un enlèvement. Nous n'avons pas pu résister. Les agresseurs ont pris nos téléphones portables pour que nous ne puissions pas donner l'alerte.

J'entends des jeunes hurler. Presque tous sortent leur propre smartphone. Certains commencent à pianoter fébrilement. Je suppose qu'ils veulent annoncer la grande nouvelle au monde entier, en tout cas à leur monde à eux. Mais la plupart forme le 112. Comme s'il s'agissait du concours 'Qui sauvera Bart en premier'. Précisément ce que j'espérais. Il y a tellement d'appels au même moment que les antennes de téléphonie mobile du quartier saturent. Lorsque le premier étudiant obtient enfin quelqu'un au bout du fil, cinq minutes se sont écoulées depuis l'enlèvement.

— Monsieur De Wever a été kidnappé.

— Qui, le politicien ?

— Oui, vous en connaissez un autre ? Pardon, je suis un peu tendu. Il devait s'exprimer devant les étudiants, dans le grand auditoire de la Hogeschoolplein.

— Vous êtes sur les lieux ? OK, on arrive. S'il s'agit d'une blague, vous le regretterez.

Une blague ? Si seulement c'en était une.

Chapitre 4

Comment la nuit d'Essen a un goût de trop peu

Baudouin, lundi 2 septembre 2019, 16h15, Spoorwegstraat, Essen
Ma première journée dans une école flamande a passé bien plus vite que je ne l'avais craint. J'ai mieux compris ce qu'on m'a dit que ce que j'ai laissé paraître. Se montrer plus faible qu'on ne l'est en réalité est l'approche wallonne par excellence. On ne peut qu'agréablement surprendre par la suite. C'est du moins mon intention. En premier lieu avec la belle Bente.

Le collège n'a plus d'internat. Je loge en ville. Ville, c'est beaucoup dire. Par rapport à Essen, Dinant est une mégapole. Où est la Meuse ? Où est le téléphérique ? Où est la citadelle ? Beaucoup de verdure, ça oui, même dans ce qu›ils appellent le centre. Et peu de monde en rue[21]. Moi qui pensais que la Flandre était pleine à craquer[22].

Ma logeuse est une certaine Rosa Roosens. Mes parents l'ont trouvée par l'intermédiaire de l'école. Roosens, comme Bente Roosens et son père, mon titulaire. C'est plus que probablement un hasard. Dans une commune aussi désolée, les cousins doivent se marier entre eux depuis des siècles. Les patronymes varient peu.

J'ai pu obtenir un vélo en prêt au collège. Je n'ai jamais vu un hangar à bicyclettes aussi énorme qu'ici. Ni un tel amoncellement de deux-roues au même endroit. Il faut être flamand pour retrouver le sien, ça fait un peu peloton du tour de France après une chute. Heureusement, le mien a été mis à part. Avec mon nom et un petit mot gentil collé à la selle, de qui, je ne sais pas : 'Pour Baudouin. Plein de plaisir à pédaler'.

21 Seule note en gras et en grand, compte tenu de son importance : PARDON À TOUS LES HABITANTS D'ESSEN QUI LISENT CE LIVRE EN FRANÇAIS. Dans nombre de ses analyses, Baudouin se trompe lourdement. Vous en aurez bientôt le cœur net.

22 Les faits : la Flandre a une densité de population de 492 habitants par km^2. En Wallonie, c'est 217 habitants par km^2, moins de la moitié.

Mon vélo n'a que trois vitesses. Ce n'est pas un souci. À Essen, je n'ai pas encore remarqué la moindre côte. La province d'Anvers est la plus plate du pays. Il y a donc au moins un avantage à vivre en dehors de la vallée de la Meuse.

Rosa Roosens habite à côté du *Rex*. Juste en face de la gare. Ce sera facile quand je viendrai chercher mes affaires le vendredi soir après l'école avant de prendre le train pour rentrer chez moi. *Le Rex* était un cinéma et est maintenant un bar fort sympathique, à en juger par le grand nombre de bières sur la carte. Il y a donc au moins un endroit où je pourrai donner rendez-vous à Bente. Presque tous les couples de la région ont dû s'embrasser ici pour la première fois, ça ouvre des perspectives. Il reste quatre jours. Quatre nuits. Contre toute attente, je ne suis pas pressé de regagner Dinant.

Je sonne. À 16h15, comme convenu. Les journées sont trop courtes pour ne pas arriver à l'heure.

— Bonjour, madame Roosens. Je suis Baudouin Coignoul de Dinant. Grand merci de m'accueillir chez vous.

J'ai un petit papier avec moi pour éviter de chercher mes mots. On n'a qu'une seule chance de faire bonne impression. Les repêchages ne sont possibles que dans certaines compétitions sportives, je le comprendrai de mieux en mieux dans les années à venir. Abandonner l'idée que 'tout s'arrange toujours', c'est accéder à l'âge adulte. Comme faire l'amour et payer des factures. Pour les factures, j'espère avoir encore un peu de temps.

— Bonjour Baudouin. Bienvenue à Essen. Bienvenue chez toi. Je suis heureuse que tu viennes habiter quelques mois ici. Mon mari est décédé il y a deux ans.

— Oh, je suis tout à fait désolé !

— Non, non, ne t'excuse pas. Il souffrait d'une maladie chronique musculaire depuis des années. Il a lui-même demandé que ça s'arrête. Il m'a alors fait promettre de vivre deux fois plus intensément après son départ. Il voulait que je célèbre la beauté de l'existence pour nous deux. Joli de sa part, tu ne trouves pas ? Il disait aussi : 'L'univers est en expansion, ne te fixe pas de limites.' Ne t'inquiète pas : tu n'atterris pas ici dans une chambre mortuaire. D'ailleurs, ce soir, nous allons dîner ensemble chez mon frère Marnix et sa femme Gella. Si tu es d'accord, évidemment. Ils ont une fille du même âge que toi, qui étudie également au collège.

— Roosens ? Vous parlez de Bente Roosens ?

— Oui. Tu la connais ?

— Ah ça oui. Elle est trop belle pour qu'on passe à côté. Son père est aussi l'un de mes professeurs. Ce que vous me proposez là ne peut pas être une coïncidence.

Message à moi-même à ce stade de l'histoire : n'essaie pas de faire des liens entre tout ce qui t'arrive. Il est vrai que cela rassure. Ça donne du sens à ce qu'on vit. Mais le pur hasard, le destin qui frappe à l'aveugle existe aussi. Je ne le sais que trop bien. Mieux vaut en tenir compte pour éviter les déceptions. Ce pessimisme latent est une attitude plus flamande que wallonne, je m'en rendrai compte par la suite. Et j'ai d'emblée la confirmation que c'est la seule tournure d'esprit correcte. Car Rosa Roosens continue.

— Bente semble déjà beaucoup t'impressionner. Attention, Baudouin, elle a un amoureux. Et une file impressionnante d'ex-petits amis. Plus longue qu'à la caisse de Lidl à Dinant le samedi matin. Il y a un Lidl dans ta ville, non ?

Je ne veux absolument pas parler de la vie sexuelle de Bente avec sa tante. J'embraye donc sur les supermarchés. Le sujet est moins sensible. Quoique.

— Oui, nous avons même un Aldi. Mais pas de Jumbo, ni d'Albert Heijn dont j'ai découvert l'existence sur des panneaux publicitaires en arrivant chez vous. Pour ce qui est des magasins à petit budget, la Flandre est imbattable, dit-on. Plus on a d'argent, moins on veut en dépenser. C'est ainsi que la plupart des Wallons considèrent les Flamands. Vous expliquez ça comment ?

— En fait, c'est surtout vrai chez nos propres voisins du nord. Le mot *'zuinig'*, économe, est beaucoup plus souvent prononcé avec un fort accent néerlandais. Les chaînes de magasins dont tu parles viennent d'ailleurs des Pays-Bas. Je trouve que tu as une drôle de vision de la Flandre, cher Baudouin. Nous, les Belges, nous sommes quand même tous des Bourguignons. Ce n'est pas ton avis ?

— Bourguignons ? À Dinant, ce mot est synonyme de misère absolue. Charles le Téméraire a rasé notre ville en 1466. Deux ans plus tard, c'était au tour de Liège.

Je n'ai pas encore réalisé que cette référence à l'époque bourguignonne et aux *bourgondiërs* est constamment utilisée par les Flamands pour affirmer qu'ils profitent de la vie. Il faut dire que dans les années 1400, à la cour de Philippe le Bon, c'était luxe, vins et volupté. Filles, je ne sais pas, mais sûrement. En Wallonie, nul besoin d'appeler le passé à la rescousse pour mettre en avant notre soif de vivre. Le mot wallon est en lui-même synonyme de *best life*, comme on dit aujourd'hui.

Ma logeuse sourit, ça me soulage.

— Tu as du répondant, cher Baudouin. Et tu es charmant. Nous allons très bien nous entendre. Maintenant, sérieusement. Je remarque que ton cœur frôle l'arythmie pour Bente. Que ce soit clair : je ne veux pas dire du mal de ma propre famille. Mais à ta place, je me méfierais. Tu constateras que ses préférences politiques et celles ses proches ne sont probablement pas les tiennes. Ni les miennes. La mère de Bente, ma belle-sœur Gella Geelkens, est assistante parlementaire d'une députée flamande du Vlaams Belang. Une ancienne Miss Belgique qui veut la fin du pays qui l'a couronnée, comprenne qui pourra. Connais-tu les valeurs de ce parti ?

— Anti-wallon, raciste, fasciste, fanatique, égoïste. Bente n'est certainement pas comme ça !

— Non, bien sûr que non. Personne ne peut être réduit à un programme politique, pas même Anke Van dermeersch[23] ou le président du parti Tom Van Grieken. Allez, viens, je vais te montrer la maison et ta chambre. Tu auras ensuite le temps de prendre une douche. Et puis nous partirons. Le soir, les Flamands mangent en moyenne à 18h15, les Wallons à 19h, je l'ai entendu cette semaine dans *Nieuwe Feiten* sur Radio 1. Je te recommande le podcast de cette émission. Tu y apprendras toutes sortes de choses et ça fera du bien à ton néerlandais. Il est de toute façon préférable de manger tôt pour rester svelte. Même les Bourguignons soignent leur forme physique.

23 Ex-Miss Belgique, en 1991 et aujourd'hui parlementaire pour le Vlaams Belang.

Bente, 2 septembre 2019, 17h15

La Spoorwegstraat de tante Rosa donne sur la Stationsstraat, la rue où j'habite. Rue du Chemin de fer. Rue de la Gare. Ne vous moquez pas de moi. Le train, c'est la base à Essen. Nous, les Essenois, pouvons être vraiment fiers. Nous avons la gare la plus septentrionale de Belgique. Le nord, c'est le top, à tous les égards. Pendant longtemps, cette gare a été un poste frontière important entre la Belgique et les Pays-Bas. Je vous donne un exemple : le bétail transitant entre les deux pays était placé dans des étables de quarantaine afin de vérifier que les animaux étaient vierges de maladies contagieuses. Grâce au train et à la frontière, des gens de toute la Belgique sont venus travailler et vivre ici.

J'ai 17 ans aujourd'hui. Je n'ai malheureusement jamais connu les postes de douane et les douaniers en costume d'apparat. Lorsque l'Europe a créé l'espace Schengen dans les années 1980 et a supprimé les contrôles, l'âge d'or d'Essen a pris fin. Heureusement, une évolution inattendue nous a évité de boire la tasse. Les riches Néerlandais se sont installés ici en masse. Ils venaient profiter d'une fiscalité plus avantageuse et d'une réglementation belge plus souple en matière de permis de bâtir. Leur présence est très visible. À Essen, les immeubles pourtant très récents dotés d'une tour médiévale ou même de douves ont toujours été érigés par nos voisins du nord. Grâce à eux, Essen a un air baroque. Et la frontière reste la baraka.

Mon père vient de m'apprendre que Baudouin Coignoul se joindra à nous pour le dîner. Je n'arrive pas à croire qu'il loge chez tante Rosa. Elle a toujours eu des goûts étranges. Son premier grand amour était un Maghrébin qui venait entretenir les rails, m'a révélé papa. J'espère qu'il s'est aussi bien occupé d'elle.

Ma mère a acheté des petits pains, du fromage et de la charcuterie :

— Tous les Belges aiment les pistolets, dit-elle. Ça n'existe d'ailleurs qu'ici. C'est ce que j'appelle le nationalisme de la boulangerie et de la boucherie. La seule chose que nous ayons encore en commun avec les Wallons, c'est ce que nous mangeons. Dans les magasins, l'assortiment est identique. Les folders publicitaires des grandes chaînes de supermarché restent les mêmes dans tout le pays. Dans l'assiette, on trouve exactement la même chose à Liège ou Anvers. La Belgique se limite à notre ventre. Un ventre bien souvent trop pansu. C'est le seul vestige de 189 ans de vie commune. Vraiment peu de chose.

Je réponds par un regard à la 'Oui, maman'. On sonne à la porte.

Bente, 2 septembre 2019, 18h30

Ma mère a fait un effort. En plus des pistolets, elle a préparé un pudding à la vanille pour le dessert. Ça, Baudouin a l'air d'adorer. Il n'arrête pas de se resservir. N'ont-ils pas assez à manger de l'autre côté de la frontière linguistique? Je vois le regard légèrement désapprobateur de mon père qui, comme d'habitude, aurait été heureux d'achever la crème vanille du soir au petit-déjeuner du lendemain. Il n'en reste rien.

Baudouin arrive à suivre la conversation. Il pose même quelques questions.

— Que faites-vous dans la vie?, demande-t-il à ma mère.

— Je travaille au parlement à Bruxelles.

Elle ne donne jamais de détails aux personnes qu'elle ne connaît pas bien. Et surtout pas à un francophone. Mais à en juger par la question suivante de Baudouin, il pourrait avoir eu vent de quelque chose.

— Rencontrez-vous parfois Bart De Wever dans les couloirs? J'ai vu quelques reportages sur lui. À la télévision francophone, je l'admets, c'était peut-être un peu subjectif. Mais comme il n'y pas de téléspectateurs flamands, personne ne proteste. Souhaite-t-il vraiment la scission de notre pays? Et vous, quel est votre avis là-dessus?

Je vois ma mère qui se demande que dire. Heureusement pour elle, ma sœur Lore, de deux ans ma cadette, la sauve en s'immisçant dans la discussion.

— La politique, ce n'est vraiment pas drôle. Parlons de sujets plus passionnants. Quel est le travail de tes parents, Baudouin?

Encore ses questions qui/quoi/où/comment. Elle est toujours aussi curieuse. Mais cette fois, j'écoute la réponse.

— Ma mère est entrepreneuse de pompes funèbres. C'est la seule suite de mot difficile que je connaisse en néerlandais. Mon père travaille à la ville de Dinant. Il est assistant social. Ils ont divorcé. C'est arrivé après la noyade de ma sœur Kim dans la Meuse. Il y a quatre ans, en 2015. Elle n'avait que 11 ans.

Baudouin, 2 septembre 2019, 18h35

Pourquoi parler de Kim ? Parce que je pense souvent à elle. Parce que je l'aimerai toujours. Parce qu'elle adorait aussi le pudding. À la maison, nous faisions des concours à qui en mangerait le plus et le plus vite. Je gagnais toujours.

— Quand je serai grande, sois sûr que je te battrai, disait-elle.

Cela n'arrivera pas.

Je sais aussi que raconter la noyade de ma petite sœur suscite de la sympathie. Révéler une tragédie qu'on a vécue se fait parfois dans son propre intérêt. Nous sommes tous pleins de doubles sens. Des êtres humains, quoi.

Je n'étais pas là cette nuit d'hiver de janvier 2015. Parti chez un ami pour jouer sur sa Playstation.

Ma sœur et mon père avaient décidé d'aller se promener sur le chemin de halage.

— Est-ce prudent ? La Meuse est haute. Il y a danger d'inondation. Et il fait déjà nuit, avait objecté ma mère.

— Tu es de Dinant si tu peux marcher le long de la Meuse avec ta fille par tous les temps, l'avait rassurée mon père. Chérie, ne l'avons-nous pas fait 1 000 fois ? Même et surtout quand nous étions enfants ?

Comme si son lieu de naissance faisait fonction d'assurance-vie. C'est d'ailleurs le mot le plus trompeur dans toutes les langues. Notre seule assurance, c'est de décéder.

Pour Kim, ce moment est venu très tôt.

Elle est tombée dans le fleuve. On ne saura jamais pourquoi. Mon père était en train de consulter une notification sur son téléphone portable. Il a entendu un petit cri. Il a pu saisir sa main pendant quelques secondes. Mais le débit était trop fort. La Meuse a toujours le dernier mot. Même pour ceux qui croient la connaître. Il a lâché Kim ou Kim l'a lâché. Il a plongé immédiatement dans l'eau glacée, déchaînée. Il était sûr de la retrouver. L'adrénaline donne des super-pouvoirs. À Dinant, quelques années plus tôt, un adolescent avait réussi à soulever à mains nues une camionnette de deux tonnes. Les jambes de son père étaient bloquées sous une roue. Il l'a libéré. Il avait la force d'une grue.

Cette fois, pas de miracle. Kim s'est comme évaporée. Papa a lui-même échappé de justesse à la noyade. Le courant pousse, repousse, si puissant. Il a lutté de tout son chagrin pour rester à la surface. En vain. Il a commencé à respirer de l'eau. Il allait perdre la vie, là, au milieu du fleuve, à quelques mètres de l'île d'Amour, un si bel endroit l'été[24]. Une branche basse qu'il a pu attraper l'a sauvé. Plus tard, il dira qu'il le regrettait.

— J'aurais dû faire attention au lieu de lire le dernier article sur l'attentat contre Charlie Hebdo. Tous ces gens étaient déjà morts. Kim ne l'était pas. Pas

24 L'île d'amour se situe réellement au milieu de la Meuse, sous le viaduc Charlemagne à Anseremme. Elle est privée. Mais c'est effectivement un très bel endroit l'été.

encore. Je n'aurais jamais dû lâcher sa main. Je lui ai donné la vie. Je lui ai reprise. C'est le monde à l'envers. Une vie sens dessus dessous est sans aucun sens.

Quand ça va mal, ça va mal. Le téléphone portable de mon père avait disparu dans les flots. Il a dû aller sonner aux maisons voisines pour prévenir les secours. Les trois premières ont gardé porte close, malgré la lumière à l'intérieur. On dit que les Wallons sont ouverts aux autres. Pas toujours[25]. Pas ce soir-là. Sa quatrième tentative fut enfin la bonne. Mais de trop précieuses minutes s'étaient écoulées.

Les pompiers retrouvèrent le corps de Kim le lendemain, un kilomètre en aval. La réaction de ma mère fut incroyablement courageuse - courageuse ou merci Xanax - dans le sens de : 'Ne vous affligez pas. Par-dessus tout, nous devrions être heureux et reconnaissants de l'avoir connue.' Elle a organisé les funérailles les plus émouvantes jamais vues ici à Dinant. Tout était le plus beau. Le plus grand. Le plus cher. Le plus tout ce que vous pouvez imaginer. De son côté, mon père s'est abîmé dans une profonde dépression. Lui qui n'était déjà pas gros a encore perdu 10 kilos et toute trace de joie.

Lorsqu'un enfant meurt, il y a deux types de couples : ceux qui en sortent plus soudés que jamais et ceux qui vivent la tragédie de manière si différente qu'ils s'engagent sur des voies divergentes. Dissonantes. Mes parents appartiennent à la seconde catégorie. Ma mère voulait continuer à vivre. Mon père s'est recroquevillé sur sa culpabilité. Notre famille en a perdu son équilibre.

Mais moi, je suis là.

Chez Bente Roosens. Après un repas aussi sobre que succinct, malgré le pudding. Dans une famille majoritairement féminine, il y a toujours trop peu sur la table. Mais le meilleur coupe-faim intervient. Elle met sa main dans la mienne. Oui, Bente Roosens. L'effet Kim a apparemment déclenché quelque chose en elle. Pourtant, je vous le jure : ce n'était pas de l'opportunisme. Cela m'a simplement fait plaisir de parler de ma sœur. Vous ne me croyez pas ?

— On va faire un tour dehors, murmure-t-elle. Si doucement que je n'entends que le mot 'dehors'. Je n'ai pas besoin de plus.

Le doux soleil de septembre, les rues d'Essen, je ne perçois rien de tout cela. Je la vois, elle. Son effet sur moi, vous pourriez le mesurer en posant votre main sur mon thorax : elle battrait la chamade.

Après quelques centaines de mètres, Bente reçoit un SMS de sa sœur. Elle me le montre : 'Tante Rosa vient de dire qu'elle reste ici toute la soirée. La voie est libre.'

— La voix est libre ? Que veut dire ta sœur ?

Je me donne un air angélique. Ma façon de lui dire : 'Où tu iras, j'irai.'

25 Les francophones sont en effet plus méfiants et donc moins ouverts à l'autre que les Flamands. Les chiffres proviennent de la grande European Values Study de 2011 : - 75 % des francophones sont plutôt méfiants envers autrui ; - 62 % des Flamands sont dans le même cas. Raison principale de ce surcroît de défiance francophone : l'enseignement. Plus haut est le diplôme, plus élevée est la confiance en l'autre. Cela favorise la Flandre mieux formée.

— Viens, je vais te montrer.

Au bout de cinq minutes, nous arrivons devant chez ma logeuse.

— C'est ça, la voie. J'espère que tu as ta clé sur toi.

— Oui. Je viens de la recevoir. Elle est neuve.

À ce stade, j'ai un aveu à faire. Je voudrais dire à Bente : 'Je ne l'ai jamais fait auparavant. J'espère que tu ne m'en voudras pas.' Mais devenir adulte, c'est aussi apprendre à mettre la vérité de côté. Pour éviter d'être ce magicien qui révèle son tour au public alors que personne ne le lui demande. D'ailleurs, j'ai l'impression d'attendre ce moment depuis 17 ans. De l'avoir vécu à de nombreuses reprises dans ma tête ou en regardant des films qui montraient le mode d'emploi. Je suis prêt.

Ça se passe donc comme ça, cette première fois mythique dont on se souvient jusque sur son lit de mort, du moins si on n'est pas en trop mauvais état. Je me rends compte maintenant que tout va très vite. Il faut que j'accède illico au top niveau. Car pour elle, bien sûr, ce n'est pas une primeur. Ça ne doit surtout pas me bloquer.

— Tu dors au premier étage, près de la salle de bains ?, chuchote-t-elle.

Il faudra que je me rappelle : la première fois, parler tout bas. Mais se souvenir n'a pas de sens : non, il n'y a pas de seconde première fois. Reste dans l'instant, Baudouin. Détends-toi. Profite.

— Oui, ma chambre est à côté de la salle d'eau.

— Je connais très bien l'endroit. J'y ai logé souvent, plus jeune, lorsque mes parents sortaient. Rosa et son mari n'ont jamais eu d'enfants. Ils aimaient que je sois là. Viens, Baudouin.

Elle monte les marches devant moi. Sa robe rouge froufroute sur ses hanches, à quelques centimètres de mon visage. Quelques millimètres de tissu me séparent du bonheur. J'ai tant de chance, je chancelle, mon cœur chavire.

Elle s'assied sur le lit. Je la rejoins. Peu de mots. Tant d'émotions.

— Tu te sens bien, Baudouin ?

— Oui.

Qu'auriez-vous répondu à ma place ?

Elle joint le geste à la parole. Le geste est doux. Ses doigts légers. Sa langue entraînée par ses r roulés m'entraîne au loin. Elle ferme les yeux. Je laisse les miens grand ouverts. Je trouve bizarre que de nouveaux amants gardent paupières closes. Aimer c'est aussi regarder. En tout cas, je le pense. En fait, je n'en sais rien.

Je veux pouvoir me souvenir de tout. Je sens / je goûte / j'entends / je touche / je vois. Ses seins blancs sont effectivement très blancs.

Un homme doit aussi prendre des initiatives. Dit-on. Je me lance. On ne dispose souvent que de quelques secondes pour prendre ses décisions les plus importantes. C'est sans doute pourquoi on se trompe si fréquemment.

Bente, 2 septembre 2019, 20h00

J'ai rencontré Baudouin pour la première fois ce matin. Cela ne fait pas très longtemps, c'est vrai. Même si j'ai déjà été plus rapide. Il y a deux mois, il ne m'a fallu que quelques minutes pour me glisser dans le lit ou plutôt sur un lit d'herbes tendres avec un certain Pablo. Jian aidait ses parents au restaurant. Nous n'avions pas prévu de nous voir ce soir-là. J'ai aperçu Pablo à la sortie de la gare. Nous avons échangé quelques mots en mauvais anglais. Quelquefois, il n'en faut pas davantage. Je l'ai emmené dans le jardin d'une camarade de classe que je savais en vacances avec sa famille. Avec leurs hautes haies, les jardins flamands résistent aux regards indiscrets. Que demander de plus ?

Pablo, l'Espagnol, m'a satisfaite comme aucun autre. Un homme sait qu'il vieillit lorsqu'il faiblit dès la deuxième fois. Mon amant d'un soir était manifestement loin de la retraite. Il a planté sa tente dans le jardin. J'ai dit à mes parents que j'étais chez une amie. Le lendemain, il est reparti. Pablo était un routard qui ne savait même pas ce qu'il cherchait à Essen. 'Moi', lui ai-je fait comprendre. Je n'ai pas conservé son numéro de portable. Il était impossible de faire mieux que cette nuit-là, dans un jardin d'Essen.

De son côté, Baudouin a clairement besoin d'entraînement. Je suis tout à fait disposée à y contribuer. Leçon 1 du manuel concis de séduction que je n'écrirai jamais, vous comprendrez pourquoi un jour : ne pas toujours tout donner trop vite. En matière de sexe, il arrive qu'une certaine retenue soit synonyme de plus de substance.

Je sens ses mains sous mon pull. Elles avancent fébrilement vers mes aréoles. Je n'y peux rien, elles réagissent immédiatement. Ce garçon a bel et bien du potentiel. Dommage que dans 10 secondes, je doive mettre le holà. Il faut que je l'arrête avant qu'il ne soit trop tard. Avant que je ne puisse plus rien contrôler.

— Désolé, Baudouin. Je ne me sens pas prête. Un baiser et un peu plus me suffisent. Plus une bonne discussion, bien sûr. Je propose qu'on en reste là.

'Ne pas se sentir prête', ça marche toujours. Et en effet :

— Je comprends, Bente. L'absence de oui veut dire non.

Un homme d'aujourd'hui, ce Baudouin. Il n'insiste pas. Un adepte du principe : *No dress is not a yes*[26]. Vu sa délicatesse, il adhérerait sûrement à cet autre adage que j'adore : 'Mon corps, c'est pas Tripadvisor : tes commentaires, tu te les gardes.' En fait, un homme normal.

— Nous avons le temps de voir venir. Jian est toujours dans ma vie. Reste discret, s'il te plaît, Baudouin. Je ne sais pas encore comment je vais lui annoncer ma décision. Si j'en prends une. Je ne veux surtout pas le blesser inutilement.

Est-ce que je suis sincère quand je dis que je ne veux pas faire de mal à Jian ? Quoi qu'il en soit, je suppose que Baudouin appréciera. J'ai soudain l'air moins impitoyable, même s'il s'agit d'un concurrent direct. Bien joué, Bente. Et maintenant, va-t'en.

— Ma tante va bientôt rentrer. Rendez-vous demain matin à l'école, Baudouin Coignoul. Dors bien.

26 Puisque le néerlandais est traduit, l'anglais aussi : L'absence de robe n'est pas un oui.

Baudouin, mardi 3 septembre 2019, minuit

Dors bien, dit-elle. Aimer, c'est jouir de temps en temps et ne pas perdre l'autre des yeux. Mais ce soir, c'est la cote d'exclusion. J'échoue sur les deux plans.

À dix-sept ans, un homme sait déjà comment revenir à soi après une telle dégelée. Penser à elle. À ce qui aurait pu se passer. Des images sur mon laptop m'apportent le surplus de soutien nécessaire. À ce propos, j'abhorre cette phrase qui pullule sur les réseaux sociaux: 'Le corps d'une femme n'est pas un PC'. Matériellement, c'est vrai. Mais stop à la culpabilisation. Un ordinateur portable peut faire beaucoup de bien. Demandez au portefeuille de Bill Gates.

Je n'utilise pas de mouchoir jetable. En tout point, la planète d'abord. Ça ne marche pas tout de suite. La première fois qui n'est pas devenue une première fois continue à me faire du mal. Puis j'entends la tante Rosa revenir. Elle ressemble un peu à sa nièce, c'est peut-être un effet de mon imagination mais c'est exactement ce dont j'ai besoin. 3 secondes plus tard, je dors.

Chapitre 5
Comment Dinant donne tant

Baudouin, vendredi 7 septembre 2019, 20h03, Dinant
Retour à la maison à Dinant, après 3 heures et 17 minutes de train. Je vais arrêter de mentionner mon temps de trajet à tout bout de champ. Les gens qui prennent les transports en commun s'auto-décernent souvent une sorte de statut de héros et jugent nécessaire de souligner tant et plus et de préférence en vert fluo quelle part de leurs heures si précieuses ils sacrifient à l'environnement, bien suprême de l'humanité. Ce n'est pas mon cas. Je trouve la voiture simplement plus stressante que le train. Sur les rails, j'ai un chauffeur personnel - je vous l'accorde, pas pour moi tout seul. Au moins, il y a des toilettes. J'ai de la place pour mes jambes. Et ce vendredi soir, j'arrive à l'horaire prévu, comme c'est le cas 9 fois sur 10. Bien plus souvent qu'en voiture si on veut être honnête. Davantage d'honnêteté pourrait d'ailleurs sauver l'humanité. Je fais de mon mieux de mon côté.

En quittant la gare, je me dirige vers le Pont Charles de Gaulle. C'est là, le 15 août 1914, que le futur président français, alors jeune lieutenant, a reçu une balle allemande dans la jambe. Avec sa compagnie, il voulait empêcher l'ennemi de franchir la Meuse. Ce premier contact qu'il attendait tant avec la guerre ne dura que 10 secondes et aurait pu être le dernier. Après quelques mètres sur le pont, il sent sur son genou quelque chose qui ressemble à un coup de fouet : la balle en question. Il est immédiatement évacué. Un sergent qui était à ses côtés est retrouvé mort. Si cela avait été lui, l'histoire du monde aurait probablement été différente. Et notre fier ouvrage d'art enjambant la Meuse aurait porté un nom moins clinquant.

Je m'engage à mon tour sur le pont. Je vois la citadelle et, en contrebas, les terrasses le long de la Meuse. Cette partie la plus joyeuse de ma ville s'appelle la Croisette. Oui, nous avons emprunté son nom à l'avenue qui longe la Méditerranée à Cannes. La Meuse est notre mer. Nous aussi, nous avons une *riviera* : une suite de bâtiments lovés les uns aux autres et tournés vers le fleuve. Ce soir, comme tous les vendredis soirs d'été, il y a plein de monde. Et de bonnes ondes. La nuit ne tombera que dans quelques heures. Je suis si heureux de retrouver la vraie vie, avec des gens qui rient et qui parlent français. Parfois aussi le néerlandais, c'est vrai. Mais ce soir, je ne veux plus les entendre.

Depuis notre trop courte nuit ensemble, je n'ai vu Bente qu'à l'école. En classe, je sens à certains de ses regards qu'elle se souvient de ce qui s'est passé, mais elle reste distante. 'Elle ne se sent pas prête,' j'ai enregistré. J'attends. Mais le soir, quand je me promène dans les rues d'Essen, je me sens si seul qu'il me semble reconnaître des gens de Dinant. Comme si je me construisais un monde imaginaire et familier pour tenir le coup. Alors qu'en réalité, non, non et non : aucun Dinantais à part moi n'est jamais venu à Essen. Chaque méprise renforce mon isolement.

Ici, dans ma ville natale, je connais tous les serveurs et presque tous les passants. Je salue de loin, ils me saluent en retour :

— Tout va bien ?, ai-je lu sur les lèvres ourlées d'un point d'interrogation d'une de mes amies.

— Oui, oui, je réponds en levant le pouce.

Après le pont et le virage, la rue Grande, celle du *Monopoly* belge. C'est là que j'habite, au-dessus de l'entreprise de ma mère. Les derniers visiteurs du funérarium bavardent sur le trottoir. Je connais cela depuis ma naissance, des gens en deuil sur le pas de ma porte. Je suis alors capable de me rendre invisible. Je monte par l'entrée privée. Sur le mur, le long de l'escalier, les photos de Kim sont alignées. Son visage si gai me fait toujours mal quand je reviens après quelques jours. Je ne veux pas le lui montrer. Je lui rends son sourire :

— Bonjour Kim.

On jurerait qu'elle répond. Parler aux morts ou au sujet des morts est la seule forme tangible de résurrection. Ma façon de soulager ma peine.

Ce soir, maman a exceptionnellement invité papa à la maison, pour fêter mon retour après cette première semaine à Essen. Trois ans après le divorce, l'atmosphère entre eux s'est un peu détendue. Ils peuvent enfin se voir sans se disputer dans la minute. Ce n'est pas que j'espère une réconciliation. En fait, ils n'auraient jamais dû se marier. Ils sont si mal assortis. Elle, la fervente catholique qui dirige une société prospère. Lui, le baba cool né 20 ans trop tard pour vivre Mai 68 et Woodstock 69. Il s'est pourtant à peine coupé les cheveux depuis. Et sa barbe n'a jamais connu de rasoir. Je vous l'ai dit : il est assistant social au CPAS de Dinant. Alors évidemment, je suis le plus mal placé pour affirmer que leur mariage était une erreur. Sans eux, je n'aurais jamais existé, toute relation a des avantages. Ma mère est tombée sous le charme du sentiment de liberté qu'il dégageait. Lui a craqué devant sa volonté d'excellence et sûrement aussi pour ses yeux verts et ses magnifiques jambes/fesses/seins, le genre d'éléments qui font s'assembler les contraires, mais avec une efficacité limitée dans le temps. Surtout quand les temps sont contraires.

Vinciane Lebrun, 7 septembre 2019, 20h25
Ce soir, j'ai préparé le plat préféré de Baudouin : des spaghettis carbonara garnis de frites. Une attaque à l'éthique de toute cuisinière, dit ma femme de ménage. Qu'importe : voyez comme il aime. Il le mérite tant.

C'est moi qui ai encouragé Baudouin à aller à Essen. Pour son néerlandais et donc pour son avenir. Même si les Flamands ne nous aiment pas, ils peuvent au moins nous donner un emploi. Et on veut tous le meilleur avenir pour ses enfants. D'ailleurs, vous ne m'entendrez dire que du bien de l'autre côté de la frontière linguistique. Nous vivons dans un pays hautement inflammable. Les allumettes sont à utiliser avec modération. Mieux vaut les garder en poche.

Je vais préparer un bain chaud pour Baudouin. La chaleur ouvre les vaisseaux sanguins. Elle détend, déstresse. Cela fera le plus grand bien à mon aîné, après une semaine entière dans le Grand Nord. Ensuite, j'aurai le temps de faire mes prières du soir. Enfin, si Vincent ne part pas trop tard.

— Le plat te plaît ?

— Oui, maman, c'est délicieux. Des spaghettis et des frites, il n'y a qu'ici que je peux manger ça. C'est une des définitions de l'amour : faire ensemble des choses que l'on ne peut pas faire avec quelqu'un d'autre.

— Brillamment dit, mon fils chéri. Je vais noter ça dans la liste de vos plus belles phrases, tes sœurs et toi, que je compile dans un carnet depuis votre naissance. Mais d'abord et avant tout : comment ça s'est passé à Essen ?

— Mieux que je ne le pensais. Surtout le premier jour.

Vincent Coignoul, 7 septembre 2019, 20h25

Ils se ressemblent tellement, Baudouin et Vinciane. Ils sont si proches. Voyez-les discuter. Chaque fois qu'ils sont ensemble, ils parlent pendant des heures. Je les envie. Je suis même un peu jaloux d'elle. Oui, je sais, c'est moi qui l'ai quittée, il y a 3 ans. Comme si je voulais me punir le plus durement possible. Elle voulait aller de l'avant. Avec son entreprise. Avec Claire et Baudouin. Avec la vie, elle qui s'occupe pourtant de défunts. Alors que pour moi, le temps s'était arrêté net, une seconde avant la chute de Kim dans la Meuse. Quand on est responsable d'une catastrophe, on n'a pas d'avenir. On passe son temps à regarder en arrière. À jauger causes et effets sans pouvoir modifier en quoi que ce soit le résultat final. On ressasse. On se tasse. On se venge sur soi-même. Cela n'a aucun sens, mais rien d'autre n'a de sens.

Je ne peux m'empêcher de reconstituer la scène une fois encore. Dans ma tête, tout finit bien. J'ai gardé mon téléphone portable en poche. Je vois à temps que Kim trébuche. Je la rattrape dans mes bras. Rien ne peut nous arriver.

— Kim chérie, nous formons quand même une super équipe.

— Tu es le meilleur papa du monde.

Nous nous embrassons. On rentre à la maison. Nous passons la soirée devant la cheminée qui crépite. Et ce soir, nous sommes réunis tous ensemble autour de Baudouin.

Je le sais mieux que personne : ça s'est terminé autrement. Depuis lors, je m'assure que mon sang atteigne encore mon cœur desséché en le diluant avec de l'alcool. Mauvais remède. Mais une pilule serait aussi addictive et pas plus efficace.

Cet après-midi, j'ai fait un effort gigantesque. Je n'ai pris qu'un verre. D'un trait. Juste avant mon départ. Pour étancher ma soif. Soyons honnêtes : pour me donner du courage. Je sais que Baudouin sait que je tâte trop de la bouteille. Que je n'ai plus travaillé depuis des mois. J'ose à peine quitter mon petit appartement d'Anseremme, à trois kilomètres d'ici, de peur que l'on ne devine mon état. Se voir malade dans le regard des autres rend encore plus souffrant. Et en tant qu'assistant social à la ville, je me dois d'être un modèle. Me montrer comme je suis désormais, pas question. Une infirmière à domicile passe tous les jours. Soi-disant pour un traitement. En réalité, pour s'assurer que je n'envisage pas sérieusement de quitter ce monde. Elle n'a rien à craindre. Le taux de suicide en Wallonie, le plus haut d'Europe après la Lituanie, est déjà assez élevé comme ça. Je ne veux pas devenir une statistique. L'anticonformiste en moi a toujours son mot à dire. Quand j'étais encore marié, j'affirmais que l'idée de vieillir avec Vinciane était mon meilleur antidote contre la peur de mourir. À la place, j'avale désormais un mélange de Johnnie Walker et de tranquillisants.

Mais ce soir, oublions tout ça. Je suis content d'être de retour à l'endroit où notre vie fut si heureuse. Depuis quelque temps, Baudouin vient moins souvent à Anseremme. Il y a cette parenthèse pour quelques mois à Essen. Et puis sa vie est ici. Avec sa sœur Claire, un peu avec Kim aussi. Ses photos dans la cage d'escalier... J'ai eu du mal à retenir mes larmes. Chaque fleur que je vois, j'ai envie de la déposer sur sa tombe.

Peu avant l'accident, je lui avais soufflé :

— Un jour, tu mourras sans doute. Peut-être jamais grâce aux progrès de la médecine. Mais tout ce que je te demande, c'est que si ça arrive, ce soit après moi.

Claire et Baudouin sont toujours là. Pour eux, je dois continuer. Un peu pour leur maman aussi. L'amour inconditionnel que l'on porte à ses enfants est un lien indéfectible. Elle est désormais mon ex-femme. Nous avons divorcé pour de bon. Elle que j'ai toujours admirée pour son intelligence. Pour ses pieds sur terre, remède à mon inconstance, parfois même inconsistance. Elle savait ce qu'elle voulait, je voulais ce qu'elle savait. Elle m'a débarrassé de mes incertitudes. Avec elle, il y avait un plan. Exactement comme sur le sentier d'une promenade balisée. Pas besoin de réfléchir à la direction à suivre. Il suffit de chercher les flèches. Elle était la flèche, la balise. Mais avec elle, je me sentais bien plus qu'un suiveur. Elle voyait davantage en moi que moi-même. Elle vantait mon imagination. Ma vision positive qui consistait à découvrir le flanc le moins escarpé de chaque montagne pour la franchir au mieux.

J'ai toujours admiré la façon dont elle dirigeait son entreprise. Elle en a hérité de son père Marcel Lebrun, disparu trop tôt, il y a presque 25 ans. Vinciane a rapidement pris la relève et développé l'affaire en offrant les meilleurs tarifs de la province tout en proposant le meilleur service, chapeau. *La Ryanair des Pompes funèbres*, l'ai-je parfois surnommée. Mais dans son cas, sans exploitation du personnel et sans suppléments déguisés. Michael O'Leary aurait mieux fait de l'appeler en tant que consultante. Les Funérailles Lebrun occupent à présent quatre immeubles de la rue Grande. Vinciane les a rachetés au fil des ans. Tout bonnement incroyable la manière dont elle a pu convaincre les Dinantais d'utiliser des cercueils en osier et même en carton, eux qui sont si attachés aux traditions.

— Ces types de cercueils sont rapidement biodégradables, tout comme nous, les êtres humains, expliquait-elle à ses clients. Ils sont donc parfaitement adaptés à nous.

Je ne sais pas si tous les acheteurs comprenaient. Le bénéfice pour leur portefeuille - à partir de 300 euros pour le carton - faisait le reste. Cette manière qu'a Vinciane à faire du commerce correspond à sa philosophie de vie :

— *Laissez les morts enterrer leurs morts*, dit l'évangile de Luc. Je dois avant tout prendre soin des vivants. Quant aux défunts, le Seigneur est déjà à l'œuvre.

Dieu ou plutôt dieu, nous y voilà. La seule chose qui m'a posé problème chez elle, c'est son enthousiasme débridé pour le renouveau charismatique, un mouvement au sein de l'église catholique qui met l'Esprit saint au centre de tout. En passant, vous l'avez peut-être remarqué : pour les membres de la trinité et autres bondieuseries, j'omets délibérément d'utiliser une majuscule. Ce qui n'existe pas ne mérite aucun traitement de faveur.

Un jour, j'ai assisté avec elle à une session de prières. L'un après l'autre, j'ai vu les participants s'exprimer comme s'ils étaient en contact direct avec l'esprit divin. L'un d'eux s'est exclamé :

— Le seigneur dit qu'il est très reconnaissant que nous l'invoquions.

Quelle formidable connexion avec le ciel, sans écouteur ni signal wifi ! Le moins que l'on puisse dire, c'est que c'est suspect. D'ailleurs, si dieu veut vraiment prouver qu'il existe :

Qu'il ramène à la vie quelqu'un du royaume des morts, je connais une bonne candidate.

Qu'il stoppe ses petits jeux avec nous. Faire savoir qu'on vit toujours est le moins que l'on puisse attendre d'un soi-disant 'père aimant'. Pourquoi ne se montre-t-il pas clairement une bonne fois pour toutes ?

Retour sur terre, dans ce que fut notre maison familiale. Je sens qu'il faut que je dise quelque chose. Sinon, Vinciane et Baudouin vont répéter que je me mue en fantôme. Il y en a déjà assez dans cette histoire.

— Baudouin, as-tu rencontré des gens sympas à Essen ?

— Euh… oui, papa. Je vais même t'avouer quelque chose. Je suis déjà un peu amoureux.

— Les choses avancent vite en Flandre. Comment s'appelle-t-elle ?

J'ai alors proposé de porter un toast à cette Bente, je n'aurais jamais dû. Mon ex a ouvert une bouteille de vin, l'idée était encore pire. C'était comme offrir une ceinture de bombes à un kamikaze en puissance, boum. Un deuxième, un troisième, un quatrième toast ont suivi, toujours à mon initiative, boum, boum, boum, boum. À la fin, je buvais seul. Vinciane m'a alors annoncé que soit j'arrêtais, soit je devais rentrer chez moi. J'étais tellement gêné de l'avoir déçue que je suis parti. Apparemment, elle me contrôle toujours. Bien qu'en fait d'emprise sur moi, l'alcool ait largement pris le dessus. J'ai vu que Baudouin avait l'air profondément déçu. Comme si je n'existais plus à ses yeux. De toute façon, j'étais trop imbibé pour formuler des excuses. Et qui croit encore à la sincérité d'un alcoolique ? Précision utile : j'avais bu bien plus d'un whisky en arrivant rue Grande. Je sais aussi parfaitement me mentir à moi-même.

Baudouin, 7 septembre 2019, 22h30

Une nouvelle fois, papa a filé. Maman est folle de rage. Et moi, dévasté par la tristesse. Grandir, c'est aussi surmonter une peur fondamentale, celle d'être source de déception pour ses parents. Mais un jour, les rôles s'inversent : le père déçoit le fils. Encore. Et encore. Pour éviter la déconvenue de trop, ne devrais-je pas l'effacer de ma mémoire ?

Lorsque ma mère me propose un bain chaud, je l'embrasse pour la remercier. Mais je vais directement au lit.

— Pardon, maman. C'est si gentil de ta part. Mais je suis vraiment fatigué. Et tellement désolé de ce qui s'est passé.

— *Slaapwel, lieverd*, répond-elle en néerlandais.

Mon chagrin à l'égard de mon père fait place à un autre type de frustration. Je déteste quand elle se met à me parler cette langue. Dans mon enfance, elle a essayé plusieurs fois. J'ai rejeté toutes ses tentatives. Changer de langue, c'est devenir une personne différente. Les mots employés déterminent qui vous êtes, votre façon de penser, la couleur de vos émotions. Deux langues différentes créent des frontières entre les peuples. Et entre les personnes. Il faut dire que maman a également étudié en Flandre. Un an et demi en Gestion d'entreprise dans une haute école à Malines. Si j'écris un an et demi, vous savez déjà que ça s'est mal terminé. Elle a bissé sa première. Elle n'a même pas bouclé sa seconde première. Elle n'a pas voulu se réinscrire en Wallonie et continuer à étudier. Cela aurait un peu été comme un footballeur transféré dans un grand club à l'étranger. Il revient au bout de quelques mois au pays parce qu'il n'est pas assez bon et détecte de la pitié dans le regard de ses amis. Ma mère a préféré tourner directement la page. Elle a commencé à travailler dans l'entreprise de pompes funèbres de son père à Dinant.

Enfin de retour dans mon lit, celui de toujours. Maman ne se contente pas de conserver les morts au frais. Après tous ces étés toujours plus torrides, elle a équipé toute la maison d'un système de climatisation. Elle a payé cette dépense a priori privée avec l'argent de la société, mais ne me dites pas que ce genre de choses n'arrive pas en Flandre. Peu me chaut : la température de ma chambre est idéale. Ça fait au moins une chose positive dans ma vie. Juste assez d'énergie pour me glisser dans les draps. Et envoyer un message à Bente : 'Toujours éveillée ?' J'espère qu'elle répondra par un 'oui'. Trois lettres, et même deux seulement en néerlandais, je ne demande pas grand-chose. Si elle le fait, je l'appelle. J'ai besoin de sa voix. Une voix, c'est si précieux. La première chose que l'on perçoit avant sa naissance, la dernière avant de mourir. Dans une relation aussi, on écoute encore plus qu'on ne regarde.

Rien.

Souffrir de nos jours, c'est guetter sur son écran un SMS qui ne vient pas. Je vérifie également mes boîtes Whatsapp, Instagram, Messenger et TikTok qui vient de démarrer en 2019.

Rien.

Je n'ose pas l'appeler moi-même. Malgré mon peu d'expérience, j'ai intégré que les filles d'aujourd'hui recalent un prétendant dès qu'il insiste trop.

Je dois être patient à un moment où je ne veux pas l'être.

Je gamberge.

Est-elle avec Jian ? Pas impossible. Chaque vendredi soir, Essen doit se transformer en un des hotspots mondiaux de la *night*. Je sais : l'ironie, c'est mal. Mais parfois, ça aide. Un peu.

Font-ils l'amour ? Peut-être, elle ne m'a pas dit clairement qu'elle le quittait. J'espère qu'elle fantasmera sur moi si cela se passe. Putain, Baudouin, ne sois pas si pathétique, mec ! Le pire n'arrive pas toujours. D'accord, parfois si.

Elle ne sait pas ce qu'elle rate. Sa place est ici, à mes côtés. Avec mes parents, le déclic aurait été immédiat. Ma mère aurait adoré montrer ses compétences linguistiques. Mon père n'aurait pas bu une goutte pour éviter de gâcher ce moment de grâce. Mais pourquoi je parle d'eux ? Je la veux contre moi. Ici. Où je commence à avoir froid. Putain d'air conditionné.

L'écran de mon téléphone reste vide.

Je veux disparaître dans le néant du noir ambiant. Je vis les minutes les plus sombres de l'histoire du monde, je pèse mes mots, comme toujours. Position fœtale. Une main sur l'oreille qui n'est pas contre le matelas pour ne plus rien entendre. Le pouce en bouche. Pourquoi devrais-je être gêné de l'admettre, cela m'aide énormément. Je redeviens instantanément un petit garçon de 5 ans. À cet âge, pas besoin de somnifère, c'est même totalement déconseillé. Je sombre. Non sans spasmes. Car mon pire cauchemar revient, celui des nuits d'angoisse. Je rêve que mon arrière-arrière-grand-père maternel Edmond Lebrun est exécuté par les Allemands, avec 673 autres citoyens de Dinant, le 23 août 1914. Cela s'est vraiment produit, malheureusement. Le massacre a eu lieu parce que des francs-tireurs locaux auraient fait feu sur des soldats allemands. Balivernes. On sait maintenant que les Boches avaient sous-estimé la résistance de l'armée belge au début de l'invasion. D'où leur gigantesque frustration. La présence de tireurs embusqués inventée par les Allemands leur a servi de prétexte pour se retourner contre les civils. Tuer en série aurait donc un effet calmant. Je ne peux rien faire. Je vois tous ces Dinantais tomber sous les balles. Ce jour-là, grande chance dans un immense malheur, mon arrière-arrière-grand-mère Marthe loge quelques jours chez ses parents à Ciney. En cet instant, elle ne sait rien de l'horreur qui se déroule à 15 kilomètres de là et qui la transforme en veuve pour la vie. Dans ses bras, un bébé qui dort paisiblement et dont je suis le descendant. Ce massacre fera de Dinant la ville martyre belge par excellence.

Il convaincra le reste du monde que l'armée allemande était du mauvais côté de l'histoire et incitera plus tard les Américains à s'engager à nos côtés. C'est ainsi que nous gagnerons la guerre.

À 1h44, je suis tiré d'un sommeil agité. Mon téléphone émet un léger bip. Le genre de son qui sauve une vie. C'est elle. Elle écrit.

— J'ai envie de toi. Fais de beaux rêves.

Je réponds par un cœur rouge. Mon cœur.

Chapitre 6

Comment une tache peut être indélébile

Aimé Lebrun, mercredi 14 juin 1995, 11h00,
Centre hospitalier régional, Namur
Je suis Aimé Lebrun, le grand-père de Vinciane. Le bébé qui dormait si bien dans les bras de sa maman à Ciney le 23 août 1914, c'est moi. Je vous parle du CHR à Namur. Ma chambre a une vue directe sur la citadelle. Dans trois décennies, Bart De Wever y passera la nuit la plus froide de son existence, après son enlèvement. À l'heure qui l'est, je ne sais rien de tout cela. Bart non plus d'ailleurs. En cette année 1995, il devient un assistant en histoire tout ce qu'il y a d'anonyme à l'université de Louvain.

Les machines qui maintiennent mon corps en vie ne cessent de crépiter sur la dernière ligne droite vers l'au-delà. Je le sais, je suis en train de crever. J'ai refusé d'être transféré à la Clinique Saint-Anne de Dinant. Tous mes proches y sont morts. Les murs de chaque chambre me rappellent leur décès. Surtout la mort de mon propre fils Marcel, il y a tout juste trois mois, en mars 1995. Renversé par une voiture alors qu'il se rendait à pied à la messe, à l'abbaye de Leffe. L'accident a eu lieu sur le boulevard Père Pire, le long de la Meuse, à 300 mètres de l'église abbatiale. Le père Dominique Pire est le dernier lauréat belge du prix Nobel de la Paix. Né à Dinant en 1910, il est notre plus grande fierté. Il a fait ses humanités à Bellevue, comme toute ma famille. Après son entrée chez les Dominicains, il a vécu au monastère de La Sarte, au sommet de la citadelle de Huy. Tous les Belges connaissent l'endroit, juste en face de la ligne d'arrivée de la Flèche wallonne, la célèbre course cycliste. Toute sa vie, il a eu vue sur Meuse, comme moi. Mais ses yeux si plein de chaleur portaient plus loin encore : vers le monde entier. Il y eut d'abord les Villages européens. Il les a créés en Autriche, en Allemagne et même en Belgique. Le but était d'offrir un toit aux apatrides de la Seconde Guerre mondiale qui n'avaient nulle part où aller. Le père Pire a reçu le prix Nobel pour cela, en 1958. Plus tard, il a lancé les Îles de Paix dans les pays en voie de développement. Un jour, je l'ai rencontré par hasard, il revenait de temps à temps à Dinant. Je m'en souviens comme si c'était hier. Ses mains larges et généreuses. Ses yeux espiègles. Ce léger accent de la vallée de la Meuse qui faisait chanter sa voix, la voix des sans-voix. Le fait que mon fils ait perdu la vie sur son boulevard me réconforte un peu. Mais l'accident a étouffé le rien de souffle qui me restait. Marcel n'avait que 54 ans. Dieu merci, Vinciane a déjà repris les Funérailles Lebrun. Elle fera ça bien, ma petite-fille.

Je n'ai jamais travaillé dans le secteur funéraire. Sauf à l'occasion, pour donner un coup de main. Dans mon costume noir, j'étais très crédible affirmait mon fils. Ma vie à moi, c'était ma ferme sur les hauteurs d'Anseremme. Je vous confie ceci pour me mettre en ordre avec ma conscience.

En tant que fermier, j'élevais principalement des bovins. Pendant la guerre, nos animaux sont devenus un trésor. Nous avions du lait, de la viande. Nous produisions du beurre. Que des denrées rares. Même les gens qui avaient des millions à la banque nous enviaient. Je gagnais soudain autant qu'eux. Oui, mes prix étaient élevés. Mais tous mes collègues pratiquaient les mêmes. Parmi mes clients, les grands-parents de Vincent Coignoul, l'homme qui allait épouser Vinciane 40 ans plus tard. Au passage, ce n'était pas le mariage que j'avais espéré pour elle. Un doux rêveur, ce Vincent. Pas un entrepreneur capable d'aider sa femme à développer son affaire. Des idées de gauche, une dégaine de gauche, deux mains gauches. 'Mon prolongement parfait,' prétendait Vinciane : 'Il est ce que je ne suis pas, il me rend plus complète'. À mon avis, c'était plutôt un poids, pour ne pas dire un boulet. En plus, il ne voulait pas d'enfants trop tôt pour 'profiter de la vie'. Grâce au portefeuille de sa femme, bien sûr. Honteux. Mais que suis-je en train de dire ? Les antidouleurs me font tourner la tête. Je perds le fil. Ah oui, Annie et Roger Coignoul, c'était le nom des grands-parents de Vincent. Alors, il faut appeler un chat un chat et un collabo un collabo : moi, j'étais alors ce qu'on appelle un collaborateur économique. Je détestais les Boches. Ils avaient tué mon père en 1914 et fait de ma mère une femme qui s'habillerait de noir jusqu'à la fin de ses jours. Je voulais seulement assurer l'avenir de ma famille et donner à manger au plus grand nombre. Je ne volais personne. Mes clients se sont juste montrés disposés à payer le prix fort. Pourquoi aurais-je refusé ? Je travaillais si dur. On peut parfois avoir de la chance, n'est-ce pas ? Celui qui gagne au Lotto aujourd'hui a bien moins de mérite que moi durant cette période si pénible.

Une fille d'Annie et Roger, autrement dit une tante de Vincent, est décédée pendant la guerre. La petite Micheline avait 9 mois. Elle était trop chétive, sa santé trop fragile. Une simple infection l'a emportée. Je me suis longtemps demandé si cela aurait changé quelque chose à son sort si j'avais vendu le lait à un tarif plus raisonnable. Mon questionnement a repris de plus belle lorsque Vinciane et Vincent se sont rencontrés. J'ai rapidement découvert les liens de parenté entre Micheline et lui. Des noms de famille rares comme Coignoul facilitent les recherches. Et puis les souvenirs ont afflué. Heureusement, Vincent ne semblait au courant de rien. Il ne l'est toujours pas, je crois, je ne parle presque plus jamais de la guerre. Vous devez me comprendre : au printemps 1943, tout le monde pensait que les Allemands resteraient pour toujours en Belgique. Le retour à la vie d'avant semblait exclu. Il fallait constituer des réserves financières, assurer ses arrières pour ne pas basculer. Oui, les gagnants font des perdants. Il s'agit de choisir le bon camp.

Après la guerre, je n'ai pas été condamné. Ni même poursuivi. Je n'étais que du menu fretin. Les tribunaux avaient déjà les mains pleines. Même l'opération Gutt ne m'a pas appauvri. Vous vous souvenez ? Après la Libération en 1944, le ministre des Finances, Camille Gutt, a pris des mesures pour lutter contre l'inflation. En raison de l'ampleur du marché noir pendant le conflit, les prix avaient grimpé à un niveau pas possible. Tous les Belges ont donc dû échanger leurs anciens billets de banque contre une quantité limitée de nouvelles coupures, maximum 2 000 nouveaux francs belges par personne. Diminuer le nombre de billets en circulation permettait aussi à l'État de réduire les fortunes mal acquises durant les années noires. Je possédais bien sûr nettement plus que la somme autorisée au blanchiment dans le coffre-fort sous mon lit. Je m'auto-proclamais 'l'homme au million'. Un individu peut être fier de sa réussite, non ? Aujourd'hui, la somme équivaudrait à plus de 2 millions d'euros. J'ai donc contacté des familles sans ressources pour qu'elles échangent une partie de mon argent à ma place. Pour ce service, elles recevaient un pourcentage des nouveaux billets, 20 %. Tout le monde était content, tel a toujours été mon premier but dans la vie. Et tout a un prix, c'est mon deuxième principe, je les ai donc bien rémunérées. C'est ainsi que j'ai pu récupérer mon million. Ni vu, ni connu, Monsieur Gutt n'a rien remarqué malgré ses yeux perçants. Vingt ans plus tard, j'ai donné une partie de cette somme à mon fils Marcel pour qu'il lance son entreprise de pompes funèbres. Mission accomplie, surtout quand je vois aujourd'hui Vinciane la reprendre avec tant de succès. La mort de la petite Micheline, en revanche, reste une tache. J'ai assisté à son enterrement. J'ai suivi de loin le cortège. Je ne voulais pas être vu, comme Zachée de l'Évangile perché sur son arbre. J'ai demandé pardon intérieurement. En guise de réponse, je n'ai perçu qu'une pluie de larmes.

Maintenant que vous m'avez entendu, j'espère que vous me cernez mieux. Si ce n'est pas le cas, je serai de toute façon oublié dans une ou deux générations. Aucun arrière-petit-enfant ne connaît son ancêtre. Chacun d'entre nous disparaît de la mémoire des vivants après 100 ans tout au plus, même ceux qui sont devenus un nom de rue. Il ne reste que cette vie éternelle à laquelle je crois plus que jamais, il ne manquerait plus que ça à quelques heures du grand rendez-vous. Que le Seigneur me pardonne. Et m'emmène avec lui. Au paradis. Je pense que c'est possible. Charité bien ordonnée commence par soi-même,

même des prêtres le disent. Et par sa famille. Sans l'argent de la guerre et sans diplôme, mon fils Marcel n'aurait jamais pu créer son entreprise. Et comment Vinciane aurait-elle pu la développer ? Mais à l'instant où je vous parle, je suis moins sûr de mon salut. Être mourant, c'est se mettre à douter. Je ne m'y attendais pas. Je ne suis que douleur. Dans ma tête. Dans tout mon corps. Malgré la machine à côté de moi, j'ai tant de mal à respirer. *Notre Père qui es aux cieux, que ton nom soit sanctifié, que ton règne vienne...* Et s'il te plaît, *délivre-nous du mal.*

Note 1 de l'auteur : Qu'avons-nous appris jusqu'à présent ?

En tant que lecteur, je n'aime pas ce qui interrompt une histoire. N'hésitez donc pas à sauter cette page. Je ne peux de toute façon pas voir ce que vous lisez ou pas, même si j'adorerais pouvoir le faire.

Pour ceux qui continuent à la lecture, 1 : Merci, et 2 : Qu'avons-nous appris jusqu'à présent ?

Que j'ai effectivement dû nettement plus travailler pour écrire ce livre en néerlandais que si je l'avais fait en français. Je voulais tant être 'le premier auteur wallon qui signe un roman flamand'. La vanité a un prix, je l'ai appris pour la vie.

En cours d'écriture, mon éditeur a eu plein de bonnes idées dont celle-ci. Il m'a demandé de traduire le texte original vers le français pour que les deux versions côte à côte s'assemblent en un livre vraiment belge.

Cette traduction, j'y ai pris beaucoup de plaisir.

Passer du néerlandais au français fait sonner sa langue maternelle d'une façon nouvelle. J'ai tenté d'aller toujours à l'essentiel et d'être économe en mots, notamment pour montrer aux Flamands qu'ils ont tort quand ils prétendent que nous avons toujours besoin de phrases plus nombreuses et plus longues qu'eux pour dire la même chose[27]. Dans la version française, j'ai aussi beaucoup joué sur les sons, entre prosonomasie et paronomase[28], comme on adore le faire en Flandre. Bon, j'espère ne pas être le seul à le remarquer.

Pour le reste, vous y voyez peut-être à présent plus clair sur le caractère des différents acteurs clés de cette histoire. Mes personnages wallons sont moins durs, un rien fleur bleue. Leurs pensées sont empreintes de plus de tours et détours que celles de leurs homologues flamands qui savent mieux ce qu'ils veulent et s'embarrassent moins de circonvolutions pour l'exprimer. Cela correspond-il à la vie en vrai ? Je vous laisse juge. En tout cas, si ce que je viens d'écrire des francophones est exact, votre réaction restera clémente.

Encore une chose à propos d'Essen. Les commentaires désobligeants de tel ou tel sont totalement déplacés. Personnellement, j'y ai toujours reçu un accueil très chaleureux. Et ça balance pas mal à la frontière. *Le Rex* a longtemps été l'eldorado de la scène pop de notre pays. Les groupes belges – OK, surtout flamands – sont tous venus y jouer, leur dernière étape avant de conquérir le marché néerlandais. La salle existe d'ailleurs toujours. Essen est enfin le paradis des randonneurs, idéal pour déstresser, 'déstr'ESSEN' disent en riant les habitants du cru. Je parlerai de tout ça aux accompagnateurs de train carolos et à Baudouin dès que je les vois.

27 Le texte français compte d'ailleurs moins de pages que le texte néerlandais, CQFD.

28 Prosonomasie : figure de style qui consiste à faire allusion à la ressemblance de sonorité qui se trouve entre différents mots dans une même phrase. Paronomase : figure de style qui consiste à employer dans une même phrase des mots dont le son est à peu près semblable, mais le sens différent. Dans les deux cas et pour faire simple : on joue sur les sons. Utiliser de temps en temps des mots compliqués dans un chapitre est, paraît-il, positif pour la crédibilité du livre.

Chapitre 7

Comment le néerlandais devient la langue de l'amour

Baudouin, dimanche 10 novembre 2019, 18h30, Dinant

C'est scientifiquement établi. Une autre façon d'affirmer que la thèse qu'on avance ne tolère pas la contradiction. Dans une relation, la phase passion dure un an à un an et demi. Après, c'est la rupture. Ou le grand amour, '*de ware liefde*' dans la langue de l'autre côté du livre. Je trouve d'ailleurs singulier que ce mot '*liefde*' soit l'anagramme de 'défilé'. Peut-être pour souligner que l'on y passe en revue toute la gamme des sentiments. Peut-être aussi à cause de l'aspect militaire du défilé : 'aimer c'est un verbe d'action', dit-on en Flandre. Je commence à apprécier cette approche disciplinée et rigoureuse. Surtout si elle m'aide à conquérir une Essenoise aux cheveux blonds. Ce soir, peut-être ?

Je connais Bente depuis un peu plus de deux mois. Elle vient à Dinant pour la première fois de sa vie. Lorsque je vais la chercher à la gare, elle est en pleine forme :

— Je suis heureuse que demain nous puissions fêter ensemble la seule victoire militaire de l'histoire de Belgique. Et quelle victoire ! Après quatre ans à ramper dans des tranchées. Protégés par l'inondation provoquée de l'Yser. Sans jamais vraiment se battre. Tu vois comme je suis modérée au final : même quand il s'agit de héros flamands, j'arrive à relativiser leurs exploits. Mais bon, grâce à eux, le 11 novembre est un jour de congé pour tout le monde. En Wallonie, congé ou pas, ça ne change de toute façon pas grand-chose, ha, ha !

Je ne peux pas m'empêcher de rire. Cette fille dominait déjà mes cinq sens. Maintenant, mon cerveau y passe. Elle a rompu avec Jian, m'a-t-elle assuré. Il se serait incliné. Je n'ai pas envie d'aller le vérifier auprès de lui. D'autant qu'il est ceinture noire de judo, paraît-il. Ou marron. Quelle que soit la couleur, j'ai peu de chance. Depuis la rupture, il reste d'ailleurs cloîtré à son domicile pour cause de maladie. Ce doit être une dépression post-Bente. Si elle l'a mis dans cet état, cela confirme que j'ai touché le gros lot.

Depuis quelques semaines, elle et moi allons nous promener dans les bois autour d'Essen tous les mercredis après-midi. J'apprends à connaître les Achterste et Wildertse Duinen : avec leurs belles étendues d'eau, on dirait presque la mer, à 150 kilomètres de la mer. Les bois d'Horendonk qui, comme tant d'autres endroits de la région, étaient le domaine exclusif des contrebandiers d'antan. Et bien sûr, la Kalmthoutse Heide, tous les Flamands connaissent. Bon, la vaste lande érigée en réserve naturelle ne s'étend pas jusqu'à Essen mais presque. Tout est encore plus beau en automne, saison d'or et de pluie qui ramène la vie. Avec Bente à mes côtés que je ne cesse d'embrasser. Et que voici aujourd'hui à Dinant.

Toute la soirée, j'ai envie de répéter la formule que l'on entend dans tous les jeux télévisés en Flandre : '*Stop de klok*,' Arrêtez le temps. On en resterait à ce plus intense moment de ma vie. De la sienne aussi, j'espère.

Nous dînons tous les deux au bord de la Meuse, sur la Croisette, à l'intérieur du restaurant, car il fait 3 degrés le long de l'eau. J'ai l'impression que tout le monde la regarde, ma Margot Robbie d'Essen. Si gracieuse dans sa robe rose. Je me sens si fier. Maman et Claire sont à la maison. Elles ont promis de se coucher tôt pour ne pas gêner. Elles tiennent parole. Une mère et une sœur tiennent toujours parole. C'est pour cela qu'elles sont mère et sœur.

Regardez bien la scène : nous montons les escaliers en nous couvrant de baisers. C'est un miracle qu'il n'y ait davantage d'accidents dans ces circonstances. Nous arrivons à l'étage sains et saufs. Il ne peut rien nous arriver d'autre que le meilleur.

J'ouvre la porte de ma chambre. Je souffle :

— Je n'ai jamais eu aussi peu envie de dormir.

Bente, 10 novembre 2019, 23h30

Baudouin dit :

— Je veux que le temps s'arrête.

Je me dis :

— Je trouve qu'arrêter le temps, c'est le perdre. Vais-je encore devoir attendre longtemps ?

Baudouin et moi sommes soit trop différents, soit nous nous complétons. Optons pour la seconde solution. Il dira que c'est là l'exemple même d'une Belgique qui s'assemble sans nécessairement se ressembler. Je lui répondrai que c'est une coïncidence. Je suis déjà à moitié nue dans son lit à Dinant. Ce n'est pas le meilleur moment pour se lancer dans des questions métaphysico-communautaires. Alors c'est vrai, je n'ai encore rien expliqué à Jian. Le fait qu'il souffre d'une pneumonie au plus mauvais moment depuis quelques semaines, ce n'est vraiment pas de chance pour lui. Je ne vais certainement pas lui rendre visite. Je suis déjà contente qu'il ne m'ait pas infectée. À chaque baiser de Baudouin, mes adieux à Jian se rapprochent. Ce soir, c'est la fin. Je peux paraître sans cœur. Je ne fais que suivre mon cœur.

Mais voilà que j'entends mon amant-pour-dans-pas-pour-très-longtemps se lancer dans une longue tirade sur les différences nord-sud en matière de séduction. Que ces Wallons sont bavards :

— Tu es bien placée pour le savoir, Bente. Les Flamandes sont directes, elles savent mieux ce qu'elles veulent. Avec elle, 'quand c'est OK, c'est OK'. En revanche, les Wallonnes ont besoin de plus de temps et de plus de mots avant de passer à l'action. Il faut leur faire la cour, elles nous font courir. Résultat, en Flandre, il suffit en moyenne de trois rendez-vous pour terminer au lit. En Wallonie, il en faut six, le double. Une fois encore, c'est scientifiquement établi : j'ai vu passer une étude universitaire à ce sujet[29].

Ça sert à ça, les universités : on peut accepter leurs conclusions sans devoir réfléchir. Pour le reste, waouh ! Le néerlandais de Baudouin commence à ressembler à quelque chose. Toujours un peu scolaire et un rien pompeux comme c'est souvent le cas avec les francophones qui pensent qu'on parle en vrai comme dans les livres, mais le niveau monte. Quant au 'quand c'est OK, c'est OK', il est plus que temps que lui montrer ce que ça signifie en pratique.

Je prends son visage entre mes mains. Je le regarde au fond des yeux et avec moi, ça va très loin :

— Arrête de trop penser. C'est comme cela que tu vas pouvoir arrêter le temps. Je m'appelle Bente Roosens et je viens d'Essen. Pour l'exclusivité de mon corps, il est trop tard. Pas pour celle de ma tête. Enfin, on verra. La nuit est trop courte pour rêver. Donne-moi ta main, tes deux mains. Cette fois, je vais te montrer le vrai chemin vers la Flandre.

29 Cette affirmation est basée sur le travail du regretté René Zayan, professeur de psychologie à l'UC Louvain.

Baudouin, lundi 11 novembre 2019, 11h00

Les cloches de la Collégiale me tirent du sommeil à 11h00 précises. Elles ont sonné au même moment en 1918 pour annoncer l'Armistice. Ce fut une célébration en mode mineur dans la ville martyre qu'était devenue Dinant. Même la libération n'a pu assécher les larmes. Le chagrin a presque duré un siècle. Ce n'est qu'en 2001 qu'un drapeau allemand a été hissé pour la première fois sur le pont Charles de Gaulle. Pour montrer aux touristes - ceux venus d'Allemagne, les autres le savaient déjà - que la paix était enfin vraiment revenue. Il a fallu toutes ces années pour apaiser la haine. Après la mort des derniers témoins.

Mais aujourd'hui, c'est la fête dans ma chambre. Le meilleur moyen de réaliser ses rêves, c'est de se réveiller. Je la regarde comme je n'ai jamais regardé personne. Je scrute chaque centimètre carré de sa peau nue. La peau d'un adulte en compte entre 15 et 20 000, cela me prend un certain temps. Et quand elle se réveillera, j'écouterai chaque nuance de sa voix. En français, voix et voie sont presque identiques, ça dit tout et ça mène loin. Grâce à ses mots, à leur son, j'ai découvert hier soir à quel point le néerlandais était la langue de l'amour. Moi qui imaginais jusqu'il y a peu que la nôtre l'était tellement plus. Ce privilège du français n'est pas exclusif.

Le néerlandais caresse, chhhh, gggg, sss, il berce, bruisse. La langue de l'envie, qui enivre.

Puis viennent les k plus carrés, celui des chocs, des crocs, de *ik kom klaar*[30]. Des sons bruts au souffle chaud.

À la fin, le néerlandais s'apaise, se fait soupir, le hmmm de Bente qui murmure : *liefde*[31].

30 Sous-titre : Je viens, je jouis.
31 Sous-titre : Amour

Chapitre 8

Comment un enlèvement prend en otage tout un pays

Boudewijn, vendredi 20 février 2026, 10h30, d'un endroit très discret
À chaque changement de personnage, vous trouvez le prénom de la personne qui parle, le lieu, la date et même l'heure en haut du paragraphe. Le Belge a une brique dans le ventre, dit-on en français. Les Flamands disent 'une brique dans l'estomac', *een baksteen in de maag*, nuance. Mais moi, c'est plutôt une montre que j'ai dans le corps, d'où cette omniprésence de l'heure. À ce propos, en néerlandais, une montre se dit *horloge*. Entre nos deux langues, il y a pas mal des faux amis, des mots semblables au sens différent. Entre les deux parties du pays aussi. Ma conviction à ce sujet ne cesse de grandir.

Encore une remarque à propos de mon prénom indiqué ci-dessus. Vous avez peut-être remarqué qu'il a évolué. Le roi de ce pays de pacotille en change aussi au gré des circonstances : *Philippe Léopold Louis Marie de Belgique* se transforme en néerlandais en *Filip Leopold Lodewijk Maria van België*. Son oncle faisait de même, passant allègrement de Baudouin à Boudewijn (même si l'allégresse n'était pas vraiment son fort). Pourquoi ne pourrais-je pas faire comme lui ? Et pourquoi n'aurais-je pas le droit de dire 'pays de pacotille', comme je viens de le faire ? Cela vous choque-t-il ? Vous trouvez que je ne suis plus le même ?

Quant à la montre que j'ai dans l'estomac ou dans le ventre c'est vous qui voyez, je ne vois pas le problème. La ponctualité donne de beaux résultats. Regardez comment nous avons enlevé De Wever. Tiptop en termes de tictac et de tactique. À propos de tiptop, tictac et tactique : les néerlandophones font toujours de leur mieux pour faire sonner leur langue en jouant sur les sons, j'essaie de les imiter. Certes, avec parfois moins de succès. Mais de la réussite, j'en ai au moins eu avec l'enlèvement.

Bart dort encore profondément. Le Rohypnol ou flunitrazépam (soyons précis) n'est presque plus prescrit comme somnifère mais reste très efficace. Nous sommes cachés dans un souterrain perdu au beau milieu de la citadelle de Namur. Cet endroit n'est indiqué nulle part, ni par une flèche, ni sur une carte.

Il n'est connu que par des gens de la région et encore, surtout des plus de 60 ans. Les jeunes ont coupé tout lien avec l'histoire et les jeux de plein air. Et les plus âgés ont les jambes trop lourdes pour arriver jusqu'ici. Qui viendrait chercher dans ce lieu le kidnappé le plus célèbre d'Europe ? D'accord, la citadelle a été en grande partie reconstruite par les Néerlandais au début du 19ème siècle et De Wever souhaite la réunification entre la Belgique et les Pays-Bas. Mais les émissions de télévision qui font résoudre des énigmes sur la base de tels indices, on ne voit ça qu'en Flandre avec *De Mol,* La Taupe, ou encore *Destination X*. En Wallonie, on ne se casse pas la tête à ce point[32].

Juste après l'enlèvement, j'ai été interrogé jusque tard dans la nuit par la police de Louvain. Vous qui lisez ces lignes êtes évidemment au courant de ce que chaque Belge et probablement chaque Européen vient d'apprendre : Bart De Wever que j'avais invité avec mon association étudiante *La Dinantaise* à prendre la parole hier soir au grand auditoire de la KU Leuven a été emmené dans une camionnette blanche par trois inconnus.

— Pourquoi avez-vous invité Bart De Wever ce soir-là ?

— Qu'avez-vous vu exactement dans la rue ?

— Pouvez-vous décrire les ravisseurs ?

Rien que des questions que j'avais prévues de la part des enquêteurs. J'ai pu tout parer :

— Je dirige la nouvelle association étudiante *La Dinantaise*. Nous avons organisé notre première conférence.

— Tout s'est passé très vite.

— Il faisait nuit noire.

Bente a eu droit aux mêmes interrogations. Elle me l'a dit lorsque nous sommes rentrés à notre kot au milieu de la nuit pour un peu nous reposer. L'histoire que nous avons racontée à De Wever sur notre rupture, c'est évidemment du pipeau. Cette fille me rend fou depuis 7 ans. Jour après jour. Avec elle, je veux constamment reporter à aujourd'hui ce que nous aurions pu faire demain.

À la gare de Louvain, nous avons pris le premier train du matin pour Namur. À 5h00, les quais sont quasi vides. Les wagons aussi. Surtout en première classe. Cette relique antisociale du 19ème siècle — mon gauchisme d'autrefois n'a pas l'air d'avoir complètement disparu — a parfois son utilité, et pas seulement pour être mieux assis. Personne à bord. Sauf l'accompagnateur de train. Mais il dort. Voilà ce que c'est de disposer de sièges trop moelleux. Notre photo vient de paraître sur tous les sites flamands qui comptent, de hln.be à hbvl.be. Nous y sommes présentés comme 'les organisateurs de la conférence, longuement interrogés'. Ce n'est vraiment pas le moment de nous faire remarquer. Nous

32 Le format Destination X a été racheté par la chaîne française M6. Et vu les accords entre M6 et RTL, l'émission a finalement été diffusée en Belgique francophone au début 2024. Les concepts flamands pénètrent donc finalement le marché du sud du pays. Mais après un détour par l'Hexagone.

descendons à Gembloux, la dernière grande gare avant la capitale wallonne. De là, nous prenons un bus. Les arrêts du TEC ne sont généralement pas équipés de caméras de surveillance. Nous passerons inaperçus, d'autant que le chauffeur de bus ne lève même pas les yeux de son GSM quand nous embarquons. Enfin, c'est ce que je crois.

Bente, 20 février 2026, 11h00

Les recrues de Boudewijn, les trois à la camionnette blanche, ont fait de l'enlèvement un succès. Les Wallons sont juste un peu moins bons que nous, c'est ainsi que les voient la plupart des Flamands. Ils réalisent encore parfois ce qu'on attend d'eux. Ils n'ont heureusement pas tout oublié de leurs heures de gloire économique entre 1830 et 1960. Leur industrie, de Cockerill au Val Saint-Lambert et au textile 'made in Verviers' dominait alors l'économie de la planète. La Wallonie fut numéro 2 mondiale de la prospérité entre 1860 et 1880, derrière l'Angleterre. Numéro 3 entre 1880 et 1914, derrière le Royaume-Uni et les États-Unis. Et maintenant, numéro... Non, mieux vaut ne pas chercher la réponse, le résultat compterait trop de chiffres.

De Wever est allongé sur un lit de camp. L'un de ses pieds est attaché par une longue chaîne à un anneau dans le mur. Une méthode moyenâgeuse dans un environnement qui l'est tout autant, le cadre historique est parfaitement cohérent. L'Anversois commence à se réveiller. Et là, il l'est tout à fait. Ses premiers mots sont en néerlandais.

— Où suis-je ? Qui êtes-vous ? Puis-je avoir un peu d'eau ?

Nous portons tous des cagoules trouées de deux simples orifices pour les yeux. Trouvées pour 4 euros chacune sur Amazon. Pour le prix, la visibilité reste bonne. Je distingue parfaitement un portefeuille qui tombe de la poche du pantalon d'un de nos trois jeunes complices. Peut-être devrais-je revoir mon opinion sur leur efficacité... Le distrait me remercie avec enthousiasme quand je le lui rends. Je ne réponds rien. Les garçons ne doivent pas savoir qui nous sommes, Boudewijn et moi. Moins ils nous entendront, mieux ça vaudra. J'ai des raisons de penser que la police les arrêtera avant nous.

Quand nous sommes avec De Wever, nous gardons également le silence. Après sa libération, il sera interrogé par les enquêteurs, il ne doit vraiment pas pouvoir nous identifier. Pour communiquer avec lui, nous avons une tablette. Boudewijn tape en anglais, la langue mondiale, celle qui rend anonyme.

— *Don't be afraid. You will be free soon. What need you*[33] ? (sic)

Il répond du tac au tac :

— *Who are you ? What do you want ? May I go to the toilet*[34] ?

Nous lui tendons un seau et lui tournons le dos. Qu'il tire son plan. Il est d'ailleurs fascinant de voir comment un être humain qui fut si longtemps l'homme le plus puissant du pays s'adapte aux circonstances. C'est précisément la raison pour laquelle nous, homo sapiens, avons connu un tel succès tout au long de l'histoire. La capacité d'adaptation est dans notre ADN. Dans le sien aussi. En quelques secondes, il est devenu la victime parfaite d'un enlèvement. Il pose les questions que tout kidnappé pose, enfin j'imagine. Il a directement

33 Sous-titre : N'ayez pas peur. Vous serez bientôt libre. Qu'avez-vous besoin ? (sic)
34 Sous-titre : Pas besoin de traduction. Même les ravisseurs ont compris immédiatement.

adopté l'attitude de soumission d'un être sans défense face à des étrangers qui ont le pouvoir de décision sur sa vie et son trépas. Ça ne l'empêche pas de tout de même poser une nouvelle question :

— *May I do something for you so that you can let me go*[35] ?

Si on lui avait demandé à ce moment-là de chanter l'hymne national wallon la main sur le cœur, il l'aurait fait. Mais la plupart des habitants du sud du pays ne connaissent même pas le Chant des Wallons, m'a expliqué Boudewijn. Et nous n'avons pas de temps à perdre en petits jeux psychologiques, toutes les polices du pays sont à nos trousses et il y en a beaucoup.

Il sera bientôt temps de libérer notre otage. Ce soir. Devant le Parlement de Wallonie, il n'y a pas meilleur endroit. C'est à 15 minutes à pied d'ici. Par des chemins que personne n'emprunte, encore moins à la nuit tombée, surtout en hiver. Belle trouvaille de mon Boudewijn.

En attendant, nous restons bien à l'abri dans notre souterrain. Je sais par expérience - je veux dire : en regardant Netflix - que la chose la plus difficile pour les victimes d'un rapt est d'ignorer quand elles seront libérées. L'incertitude nuit gravement au moral. Par commisération - vous voyez, je peux être gentille - j'écris sur la tablette :

— *You will be free this evening*[36].

En lisant ça, le bleu brûlant de ses yeux s'apaise. Mais il y subsiste de la méfiance. Celui qui a un jour déclaré que 'l'homme n'est pas bon par nature[37]' n'est pas du genre à rapidement baisser la garde. De Wever reste De Wever. *Forever.*

35 Sous-titre : Puis-je faire quelque chose pour vous de sorte que vous me laissiez partir ?

36 Sous-titre : Pas de sous-titre. Glissez-vous dans la peau d'un kidnappé, vous comprendrez tout de suite.

37 Bart De Wever a prononcé cette phrase dans une interview avec le journal journal De Standaard le 2 février 2013.

Bart De Wever, 20 février 2026, 11h30

Quand je me suis réveillé, j'ai pensé que c'en était fini pour moi. Je crains depuis le début que ma carrière politique ne se termine comme cela. Par ma mort. Depuis l'assassinat de l'homme politique néerlandais Pim Fortuyn en 2002, je me rends compte qu'un seul fou suffit et qu'il y en a de plus en plus. Au restaurant, par exemple, je m'assieds toujours dos au mur pour que personne ne puisse s'en prendre à moi par derrière[38].

On ne va pas se mentir, j'aurais mieux fait d'éviter de prononcer certaines phrases par le passé. Par exemple, quand j'ai traité de 'bouffon' le président de l'autre parti qui se dit plus flamand que flamand mais qui sert principalement l'intérêt belge en rendant notre nationalisme infréquentable[39]. Ou lorsque j'ai comparé les Wallons à des junkies dépendant d'un baxter flamand. Moi qui voulais passer pour un nationaliste rationnel, je suis resté un homme à la chair faible et au sang bouillonnant. Mais celui qui ne se laisse jamais aller ne dure pas en politique.

Ma fin est-elle vraiment proche ?

Je n'ai aucune idée de l'endroit où je peux être. Mes ravisseurs ont l'air très jeunes. Bien élevés, ça oui. Même si leur anglais ne témoigne pas d'une connaissance approfondie de la langue de mon ami Boris Johnson. Notre système scolaire n'est plus ce qu'il était. Peut-être tiendront-ils leur promesse ? Peut-être serai-je libre ce soir ? Cela semble trop beau pour être vrai. Ce genre de criminels est encore moins crédible qu'Alexander De Croo. Attendons de voir. D'ici là, je vais me montrer sous mon meilleur jour. Je n'ai pas le choix. Tout au long de ma carrière, j'ai suscité le respect et souvent même la crainte de mes interlocuteurs. Je viens de changer de statut. Aucun de mes électeurs, et j'en ai toujours eu beaucoup, ne peut m'aider. Ma tête connue non plus, que du contraire. Si je m'en sors vivant, je suis verni.

— *Willen jullie dat we het over de politiek hebben*[40] *?*, dis-je à tout hasard en néerlandais.

— *Zeker niet*, répond un jeune homme.

En néerlandais.

Il s'interrompt aussitôt.

Je ne sais pas pourquoi, j'ai l'impression de l'avoir déjà entendu quelque part. Mais il faut absolument que j'arrête avec mes idées lumineuses. Ces types vont bientôt penser que j'en sais trop et réellement me liquider. Garde ton sang-froid, Bart. Accepte que, pour une fois, tu n'as rien à dire, tout à subir. *Ita sit.* Ce qui signifie en latin : 'Ainsi soit-il.'

38 Réelle affirmation de Bart De Wever dans l'émission De Tafel van Gert (Play 4), le 2 novembre 2023.

39 Cette phrase alambiquée du leader de la N-VA qui, comme tout beau parleur, se perd parfois, vise en fait Tom Van Grieken, le leader du Vlaams Belang (Intérêt flamand).

40 Sous-titre 'Voulez-vous que nous parlions de politique ?'

Boudewijn, 20 février 2026, 19h00
J'écoute le journal de 19h00 sur une vieille radio portative. Nous avons bien sûr retiré les cartes SIM de nos smartphones pour éviter toute détection. À en croire les titres, le bulletin d'information sera entièrement consacré à l'enlèvement de Bart. Oui, je dis Bart. Après tout, nous participons à la même aventure. Au bout de quelques minutes, je pousse sur off. Je sens mon rythme cardiaque un peu trop s'accélérer. La police le cherche partout. Presque tous les Belges pensent l'avoir vu. Même topo dans le nord de la France, au Luxembourg, dans le sud des Pays-Bas et en Rhénanie-du-Nord-Westphalie. De Wever est devenu le sujet d'actualité numéro 1 en Europe. Heureusement, aucun nom de suspect n'a été cité. Mais il s'agit peut-être d'un stratagème des enquêteurs pour nous endormir.

Je ne tiens pas mes comparses au courant de ce que je viens d'entendre. Je ne veux pas les alarmer. Ils ne connaissent pas mon vrai nom. Je les ai approchés avec un profil anonyme sur les réseaux sociaux. Je leur ai fait croire que j'organisais une sorte de grand jeu scout. Qui donnerait lieu à un film. Bart De Wever était bien sûr au courant. L'initiative venait même de lui. Il voulait pouvoir utiliser la vidéo pour sa propre publicité. Il rêvait de redevenir l'homme politique flamand le plus populaire. Depuis quelques années, on réalise bien des vidéos avec des morts pour faire la promotion des partis politiques. Il y eut l'avatar de l'ancien premier ministre Jean-Luc Dehaene pour les chrétiens-démocrates du CD&V fin 2023. Puis la résurrection qui allait encore plus de soit de celui qu'on appelait 'Dieu', le socialiste Guy Spitaels, le dimanche de Pâques 2025. Alors pourquoi pas un faux enlèvement ?

Je l'ai répété à l'envi à mes amis : l'anonymat est un élément essentiel de notre expérience. Quand le film sortira, on fera le buzz en se présentant au public tous cagoulés, ça ne peut que marcher.

— Les deux *Daft Punk*[41] auraient-ils eu autant de succès sans leur casque, leur ai-je demandé ?

— Non, ont-ils répondu.

Ces garçons sont juste parfaits. Ils sont encore plus jeunes que moi, entre 17 et 18 ans je crois. Ils ont dit trouver mon projet 'stylé', 'trop bien', 'de la bombe' ou encore 'super nice'. De Wever est le seul homme politique flamand que tous les Wallons connaissent, quel que soit leur âge. Faire une opération comme ça avec lui, c'est tout simplement classe. J'ai bien sûr omis de mentionner qu'une prise d'otage entraîne une peine pouvant aller jusqu'à 30 ans de prison.

J'emmène le trio à l'écart, suffisamment loin de BDW pour qu'il ne nous entende pas. Toujours en anglais. Un anglais élémentaire, aussi proche que possible de celui de l'ex-président de l'Union européenne, Charles Michel, je veux m'assurer d'être compris. Je déguise ma voix en chuchotant, pour en cacher le timbre.

41 Vous savez bien, les deux Français casqués qui chantent : 'Around the world', 'One more time', 'I feel it coming'...

— Les gars, dans quelques minutes, je vais libérer notre otage. Avant cela, je récupérerai vos images. Lorsque le montage sera terminé, je vous recontacterai. Merci pour tout ce que vous avez fait jusqu'à présent. Bart a également agi à la perfection, quel bon comédien ! Notre film va connaître un succès monstrueux. Vous pouvez à présent rentrer chez vous. Dernière chose : ne parlez à personne de notre opération avant que je ne vous en donne le signal, pas même à vos parents ou à vos petites copines. Le secret sera notre succès. D'accord ?

— Oui, disent-ils en chœur.

Nouvelle illustration que les Wallons sont trop gentils. Davantage encore quand ils atteignent à peine l'âge adulte. Ça sert aussi à ça, la jeunesse.

Je reviens près de De Wever. Je lui passe des menottes, 30 euros sur Amazon, un enlèvement n'exige même pas un gros investissement. Et je le conduis à l'extérieur du souterrain. Je lui bande les yeux. Je lui colle de l'adhésif sur la bouche. Il n'a pas la moindre chance de s'enfuir, de voir ou de crier. Si, par un hasard très improbable, nous rencontrons quelqu'un, je plaquerai mon corps au sien et mimerai un baiser passionné. De la sorte, ses mains entravées et son visage resteront cachés. La citadelle est l'endroit où chaque Namurois est allé flirter au moins une fois dans sa vie. Personne ne trouvera cela étrange. Sauf lui, mais tant pis.

Bart marche à mes côtés. Nous progressons d'un pas alerte, presque allègre. Un otage exemplaire, vraiment. Nous nous dirigeons vers l'Hospice Saint-Gilles, l'ancien hôpital au confluent de la Sambre et de la Meuse, devenu en 1998 le Parlement de Wallonie. Je ne lui indique pas que le bâtiment a été érigé au 13ème siècle par Guy de Dampierre, comte de Flandre et de Namur. Nous ne sommes pas en train d'effectuer une visite guidée, et il le sait probablement déjà. Tout comme il sait sans doute que ledit Guy de Dampierre a pu acheter Namur en 1263 parce que le comte qui vendait avait accumulé trop de dettes. Le sud pauvre, le nord riche, rien ne semble avoir changé en huit siècles.

Je menotte mon otage à un des élégants montants métalliques qui recouvrent la façade de la nouvelle aile du parlement, celle où trônent les fameux sièges de bureau à 5 000 euros, dans la sombre, étroite et surtout vide rue Notre-Dame. Il pleut des cordes. Bart n'émet toujours pas le moindre son. Je n'ai même pas droit à un merci. Il aurait d'ailleurs eu du mal avec sa bouche scotchée. Je lui enlève son bandeau. Il semble hagard - vous ne l'avez jamais vu regarder une caméra comme ça. Mais dans ses pupilles pétille comme un apaisement : toute cette affaire pourrait bien se terminer.

Il ne devrait pas être découvert avant 5 à 10 minutes.

Bye bye, Bart. Je pars rapidement vers la gare des bus. De là, destination Gembloux où j'embarquerai dans un train vers Louvain. Bente s'est déjà éclipsée. Mieux vaut voyager chacun de notre côté pour ne pas attirer l'attention. Je me sens aussi fier qu'un footballeur qui gagne la Coupe du monde de football pour la première fois, un sentiment jusqu'ici inconnu dans notre futur ex-pays.

SITE WEB HLN.BE, FÉVRIER 2026

BREAKING : Bart De Wever retrouvé sain et sauf à Namur

NAMUR, 20 février 2026 - Dernière mise à jour : 21h57

L'homme fort de la N-VA, victime hier d'un enlèvement, a été repéré par un passant ce soir vers 20h05 à Namur. Il était enchaîné à une porte latérale de la Maison des parlementaires, la nouvelle aile du Parlement de Wallonie. Bart De Wever paraît en bonne santé. Ses ravisseurs restent pour l'instant introuvables. (À suivre)

BREAKING : Enlèvement de De Wever : le Vlaams Belang cinglant à l'égard du PS et des Wallons

BRUXELLES, 20 février 2026 - Dernière mise à jour : 23h04

Dans une première réaction, le président du Vlaams Belang a déclaré que la Wallonie portait une responsabilité écrasante dans l'enlèvement de Monsieur De Wever : 'Le climat anti-flamand créé depuis des années par le PS nous a conduit à cette situation. Je déconseille provisoirement aux Flamands d'encore traverser la frontière linguistique.' (À suivre)

BREAKING : Bart De Wever n'attaque pas frontalement la Wallonie

ANVERS, 21 février 2026 - Dernière mise à jour : 10h05

En ouverture de la première conférence de presse après sa libération, Bart De Wever s'est montré indulgent à l'égard de la Wallonie : 'Je ne sais pas si ce sont des activistes wallons qui m'ont kidnappé. Ce qui est sûr, c'est que la police fédérale de Namur s'est très bien occupée de moi.' (À suivre)

Isolde Van den Eynde, samedi 21 février 2026, 13h00, RTL House

Je suis Isolde, analyste politique au quotidien *Het Laatste Nieuws*, le journal le plus lu du pays. Surtout en Flandre, je vous l'accorde. Ce midi, RTL info m'a invitée en direct, comme cela se fait toujours plus souvent en Belgique : on propose à un journaliste venant de l'autre côté de la frontière linguistique d'expliquer ce qui s'y passe.

La présentatrice Caroline Fontenoy me demande ce que je pense de ces heures qui ébranlent l'État. Je réponds que la bonne nouvelle, c'est que Bart est libre. La mauvaise, c'est qu'il a été retrouvé à Namur, qui plus est devant le Parlement de Wallonie. Le lien avec le sud du pays est alors très vite établi dans la tête du Flamand moyen. Le Vlaams Belang hurle d'ailleurs son indignation. Plus encore que le propre parti de Bart qui semble attendre une réaction de son chef. Alors, évidemment, les ravisseurs courent toujours, attention aux conclusions hâtives. Mais la police fédérale de Namur a tout intérêt à obtenir rapidement des résultats. Sinon, la Flandre voudra envoyer ses propres enquêteurs, comme c'est le cas lorsqu'un avion occidental s'écrase dans un pays en voie de développement.

Oui, la Belgique est sous pression. C'était d'ailleurs peut-être l'intention des auteurs de l'enlèvement. Ils n'ont même pas demandé de rançon, c'est pour le moins inhabituel. Est-ce une nouvelle forme de terrorisme ? Au nom de la Wallonie ? De l'environnement ? D'Allah ? Je ne veux pas préjuger, une revendication peut encore arriver. En résumé : beaucoup de questions, peu de réponses. Dans ces conditions, la raison passe souvent au second plan. Et quand la raison disparaît, cela peut vite devenir dangereux. Je suis pacifiste. Mère de deux enfants. Je ne veux pas que la situation dégénère.

Chapitre 9

Comment un Wallon devint flamand

Baudouin, mardi 12 novembre 2019, 08h44, collège d'Essen
Le nombre croissant de personnes décédées dans le carnet d'adresses de son téléphone portable montre à quel point on vieillit. Je n'en ai qu'une seule : ma sœur Kim. Sa noyade dans la Meuse, lorsque papa n'a pas pu la sauver et a dû lui lâcher la main, m'a fait mûrir du jour au lendemain. Dans mon cas, cela revient à dire que ma foi aveugle en la vie a disparu. Effacer son numéro de mon téléphone signifierait la faire mourir à nouveau. Hors de question. L'unique avantage d'un décès est que cela ne touche la même personne qu'une seule fois. Sinon, nos cœurs se briseraient trop souvent.

On ne meurt qu'une fois, mais on vit chaque jour. C'est pourquoi, après quelques années difficiles, j'ai décidé d'être heureux le plus souvent possible. C'est aussi meilleur pour la santé. On dit que les gens épanouis sont moins souvent malades et vivent jusqu'à 5 ans de plus. Voire 20 ans de plus selon certaines études, oui, même en science il y a de la surenchère. Pour moi, le bonheur, c'est d'abord de penser davantage à soi. Et à Bente, bien sûr, qui, hier, a fait de moi un homme. Elle va d'ailleurs définitivement me façonner dans les années à venir. Je veux en finir avec la nostalgie, un mal si wallon qui paralyse l'épanouissement personnel. Nulle part au monde, on ne s'intéresse autant qu'en France et donc au sud de la Belgique aux vieilles histoires, aux vieilles stars, il faut dire, c'est vrai, que tout allait mieux avant, il y a bel et bien matière à vague à l'âme. Mais la énième émission sur Johnny Hallyday ou Annie Cordy, tous deux morts depuis deux mille ans, non merci. Le passé, c'est dépassé. C'est pour cela que le mot présent est synonyme de cadeau. Je veux le plaisir sans entrave. Plus loin dans ce récit, vous découvrirez comment j'y suis parvenu. Je suis sûr que vous recevrez cela comme une véritable leçon de vie. Mais je dois m'interrompre. La cloche du collège sonne l'heure de midi à Essen.

Jian, 12 novembre 2019, midi, réfectoire du collège

Bente n'a pas donné signe de vie depuis des semaines. Ce n'est vraiment pas ma faute si j'ai été malade pendant si longtemps. J'ai constaté sur les réseaux sociaux qu'elle était toujours en vie. Ça m'a au moins évité de devoir signaler sa disparition inquiétante à Child Focus. Non, non, je n'ai pas envie de rire. Cette fille m'a fait me crasher en plein vol. Et je volais très haut.

Aujourd'hui, je suis enfin revenu à l'école. Ce matin, elle m'a dit bonjour de loin. Comme si elle me connaissait à peine. Hier, pourtant, je lui ai envoyé ma plus belle déclaration d'amour. Un gros plan de mes yeux, et quelques mots : 'Regarde-toi dans mon regard. Tu es la femme la plus séduisante de la planète. Je suis si heureux que nous nous retrouvions demain'. Vous trouvez ça le plus parfait exemple du kitsch chinois ? Pardon si c'est le cas. Ce n'était que le reflet de mon état d'esprit. À refaire, j'aurais d'ailleurs dû écrire : 'Tu es la femme la plus cruelle sur terre'. Mais je ne savais pas qu'au moment même elle était à Dinant. Avec ce B. - son nom ne mérite plus d'être écrit en entier - qui la montait pour la première fois. Montait, oui. La vulgarité m'aide à tenir le coup.

Pendant la pause déjeuner, je pourrai enfin lui parler. J'espère. Qu'elle me dira qu'elle est passée à côté d'elle-même. À la recherche de je ne sais quoi. Avec n'importe qui. Pour se sortir d'Essen et d'un train-train trop plan-plan. Mais qu'elle a bien sûr vite compris à quel point c'était une erreur.

L'espoir fait vivre.

L'espoir fait souffrir encore plus.

Car aussitôt arrivée dans le réfectoire du collège dont la décoration est restée celle de sa construction il y a un siècle, c'est elle qui part à l'assaut. L'enfilade de hautes fenêtres qui donnent sa majesté à l'endroit ne laissait entrevoir que de fausses promesses.

— Nous avons assez joué au chat et à la souris. Je suis trop âgée pour cela. Tout est fini, Jian. Tu l'as deviné, je suppose, quand j'ai cessé de répondre à tes messages. Je ne vais même pas m'excuser. Je t'ai donné suffisamment de bons moments pour ne pas avoir à le faire. Ciao et bonne chance.

— Quoi, pourquoi une fin aussi brutale, Bente ? Tu me dois bien deux mots d'explication et même beaucoup plus que cela ? Tu as quelqu'un d'autre ? C'est ce Wallon ?

— Oui. J'ai quelqu'un d'autre. Et oui. C'est ce Wallon. Hier, c'était notre première nuit. Tu n'imagines même pas à quel point c'était mieux que chaque fois avec toi.

Mes poumons se bloquent à nouveau. Je crois que je suffoque. Mon premier grand amour : évanoui. Ça ne va d'ailleurs pas tarder à m'arriver à moi aussi. L'explication que je vais devoir donner à ma mère : impossible. Ma mère dont même le soulagement ne pourra pas me réconforter. Elle ne peut tout de même pas se réjouir à la vue de son fils mis K.-O. Tout cela me fait tellement mal que je recommence à tousser. J'espère que je vais refiler ma pneumonie à Bente. Mais même cela n'aura pas lieu. Je ne suis plus contagieux. Sinon, je ne serais pas en classe.

— Toi, Bente ? Avec un Wallon ? C'est une blague ou quoi ?

Elle s'éloigne déjà. B. l'a rejointe. J'en suis réduit à redevenir sur le champ un adolescent. Sans elle, terminés la vie large, le grand large. Je perçois encore un instant son odeur. Et sa chaleur que je ne sentirai plus jamais.

Marnix Roosens, 12 novembre 2019, 15h00, collège d'Essen

Je l'ai d'emblée observé en classe cet après-midi. Un Jian désespéré qui me regardait comme si je pouvais faire quelque chose pour lui. Car Bente a 'définitivement' rompu. Elle me l'a expliqué brièvement pendant le déjeuner. Quand votre fille met un terme à une relation, vous ne pouvez que suivre en tant que parent. Un chagrin d'amour est comme un aimant qui ne fonctionne plus et qui se brise par terre en mille morceaux. Mieux vaut faire semblant de ne rien voir sinon il faut aller chercher la ramassette.

Une heure auparavant, dans la classe voisine, Bente et Baudouin rayonnaient. Le garçon n'a jamais donné autant de bonnes réponses. Il commence vraiment à s'intégrer. Je suis aussi fier de ma fille. Elle obtient la plus grande distinction dans une nouvelle discipline : la conquête de la Wallonie. Pas de doute, cela servira un jour. Pour réussir dans quoi que ce soit, mieux vaut être persuadé d'y arriver. Et Bente ne doute jamais.

Leur histoire d'amour en elle-même ne me fascine guère. J'ai été jeune une fois, cela me suffit. C'était une période bien trop épuisante. Qui pour moi a duré trop longtemps. Mais après plus de 20 ans de mariage, j'ai décidé de me comporter en mari exemplaire.

Jusqu'il y a quelques années, j'ai eu pas mal d'aventures avec mes collègues. Après tout, un enseignant qui termine son travail à 16h00 au plus tard et bénéficie d'un jour de congé par semaine a le temps de se distraire. Après une longue carrière, les matières que j'enseigne ne nécessitent plus beaucoup de temps de préparation. L'histoire est l'histoire, c'est-à-dire passée. Le latin et le grec n'ont pas non plus considérablement évolué depuis 2 000 ans.

Ne vous y trompez pas : dès que je le peux, j'essaie de faire le lien entre le passé et l'actualité. Nos objectifs pédagogiques pour les langues anciennes précisent par exemple que 'les élèves devraient être capables de décrire les modèles culturels de l'Antiquité classique et de les comparer aux modèles contemporains.' Je dresse par exemple un parallèle entre les empereurs romains qui étaient des dictateurs et le dirigeant chinois Xi. Pas avec Vladimir Poutine. Je ne peux pas m'en empêcher, ce Russe au sourire en coin me plaît. D'ailleurs, le suffrage universel existe bel et bien dans son pays. Mais ces ajustements à la marge de mes cours me prennent peu de temps. Car l'actualité, je l'ai toujours suivie. J'avais donc de l'espace pour m'amuser.

Gella ne l'a jamais su. Quand vous allez voir ailleurs, vous devez faire preuve de respect. Autrement dit : le cacher à votre famille. Il y a déjà assez de souffrance sur terre comme ça. En fait, la vérité est secondaire par rapport au plaisir. Sur votre lit de mort, vous ne vous demanderez pas si 2 + 2 = 4, mais à quel point vous vous êtes marré ici-bas.

Entretemps, j'ai vieilli. L'excitation des rendez-vous secrets dans une voiture ou dans une chambre d'hôtel au-delà de la frontière me paraît en décalage avec mon âge. Surtout lorsque vous réservez un logement dans un improbable village néerlandais et que vous découvrez que le mari de la collègue avec laquelle vous montez dans votre chambre a eu la même idée que vous. Certes, pas avec votre propre femme. Pour le coup, je crois qu'il ne nous a pas vus. Mais ma partenaire d'un soir était si bouleversée d'avoir aperçu son conjoint que nous avons échangé une heure de batifolage contre un retour instantané au pays.

Pour le reste, j'entends tellement de publicités sur les problèmes masculins après 50 ans que je commence aussi à douter de moi. Hier, j'ai reçu une boîte d'Erox - 'Votre érection en 10 minutes' - dans ma boîte aux lettres. Veulent-ils vraiment nous faire croire que nous ne sommes plus capables de rien ? Les publicitaires, l'establishment, les gardiens du pouvoir et de l'argent : pourquoi restreignent-ils tant notre libre arbitre, notre liberté ? Plus encore en Belgique où nous subissons en plus la dictature du sud du pays ? Il est urgent d'y mettre un terme. Par le vote de lois, comme le fait Gella. Mon épouse est assistante parlementaire pour le Vlaams Belang. Ou par d'autres moyens. Oui, à cet égard, ce jeune Wallon peut jouer un rôle dans un plan plus vaste. Je vous en reparlerai en temps voulu.

J'ai récemment redécouvert à quel point la politique pouvait être amusante. Avec Gella et quelques autres, nous avons confectionné une burka. Un vieux drap, un peu de couture et le tour était joué. Tout ce qui rend notre société occidentale moins occidentale ou peut lui nuire est beaucoup trop accessible, pensez encore à l'arme favorite des terroristes : un couteau de cuisine à 10 euros.

Accoutrés de la sorte, nous sommes partis en voiture vers Bruxelles. L'objectif était de démontrer que l'interdiction de la burka soi-disant en vigueur en Belgique depuis 2011 reste lettre morte. En rue, nous avons croisé quelques policiers. Aucun n'a réagi, preuve s'il en est que notre société laisse piétiner ses valeurs. Nous ne pouvons plus tolérer ça. Nous avons tourné quelques vidéos et les avons publiées sur internet. Pour des raisons évidentes, je suis resté méconnaissable. Affublé d'une burka, ce n'est d'ailleurs pas difficile. Pour tout dire, je ne pense pas que la direction du collège aurait apprécié l'humour de notre action. Mais nous, qu'est-ce que nous avons ri !

La politique doit rester un jeu. Sinon, c'est intenable. Si leur boulot se limitait à réfléchir à des textes juridiques compliqués, la plupart des politiciens auraient plutôt choisi la carrière de professeur d'université : beaucoup moins de travail, beaucoup moins de stress et, proportionnellement au nombre d'heures prestées, beaucoup plus rentable. Mais non, ils restent avant tout des jouteurs, des joueurs. Comme moi. C'est pourquoi, lorsqu'il réussit un beau coup, on dit d'un homme politique qu'il 'score', qu'il marque des points. L'envie de jouer et les applaudissements dans les tribunes sont au moins aussi importants que l'idéologie. Qui reste toutefois importante. En tant que porteurs de burka ce jour-là à Bruxelles, nous nous sommes sentis particulièrement utiles. Nous avons pu montrer à tous la direction que prend notre société. Celle du grand remplacement, c'est-à-dire une population blanche petit à petit remplacée par des musulmans qui prennent toujours plus le pouvoir. Nous nous sommes en plus sentis uniques : nous étions ceux qui savaient vraiment ce qui se trame dans ce pays. Trop peu de Flamands en sont conscients. Pensez au Mahatma Gandhi en Inde. Lui aussi a dit : 'Même si 90 % des gens pensent A, cela ne veut pas dire que les 10 % restants qui pensent B ont tort.' Belle référence, en tout cas. Vous ne vous attendiez peut-être pas à ce que je mette en avant le père de la non-violence. Oui, pour l'instant, je suis minoritaire, mais ça peut changer. Moi aussi, je peux signifier quelque chose pour mon pays, la Flandre. Je ne suis pas pressé. Mes commanditaires non plus. On ne répare pas près de 200 ans de dégâts causés par la Belgique en quelques mois.

Marnix Roosens, 12 novembre 2019, 18h00, chez lui à Essen

Après les cours, Bente est passée chez ma sœur Rosa pour bavarder avec Baudouin. Ou plutôt pour baguenauder, je suis en forme aujourd'hui. Ils semblent déjà inséparables. Ça s'éternise. J'ai peur que ma fille aînée ne revienne pas à temps pour le repas du soir. Il faudra que je m'habitue dans les semaines qui viennent.

Hier soir, lorsque Bente est rentrée de Dinant par le dernier train, j'étais assis dans le salon. Je regardais la télévision. Gella dormait déjà.

— Bonsoir, papa. L'opération Dinant a été un succès.

— Bravo, Bente. Mais je tiens à être clair : je ne t'ai jamais demandé de te transformer en appât.

— Ne t'inquiète pas, papa. Je ne fais rien qui me déplaise. Ce type est assez maladroit, mais je l'aime bien en fait. D'abord un Chinois, puis un Wallon : plus c'est exotique, plus ça m'attire.

— Épargne-moi les détails, Bente. Et fais attention : tu pourrais tomber amoureuse.

— Ne t'inquiète pas, papa. Mes draps sont trop légers pour que Baudouin devienne un poids.

Vinciane Lebrun, vendredi 24 décembre 2019, 20h30, Dinant
Aujourd'hui, c'est probablement notre dernier réveillon de Noël ensemble et sans souci. L'année prochaine, Baudouin entrera à l'université. Pendant la période de Noël, il devra étudier pour les examens de janvier. Et après ses études, il quittera Dinant. Le temps est comme ce gaz inodore et incolore appelé monoxyde de carbone ou CO : on se rend souvent compte trop tard qu'il est trop tard. Ce soir, c'est la fin de l'enfance de mon fils. De notre vie de famille unie. Malgré nos drames, j'ai tout fait pour que Baudouin et sa sœur Claire aient une jeunesse aussi normale que possible. J'ai réussi. Je pense.

Nous sommes quatre autour de la table : Baudouin, Claire, Bente et moi. C'est aussi une nouveauté. Le noyau s'agrandit. Entre Baudouin et Bente, tout semble aller pour le mieux. Je les entends constamment converser en néerlandais. Je les vois collés l'un à l'autre : main dans la main, peau contre peau, un baiser par-ci, un baiser par-là, et surtout partout.

Avant que son amie n'arrive cet après-midi, j'ai demandé à mon fils :

— Penses-tu que Bente soit la femme de ta vie, Baudouin ?

— La femme de cette vie et de toutes les autres. Je sais ce que vous pensez : les amours adolescentes ne durent qu'un temps. Mais je me sens un adulte, après tout ce qui s'est passé ici. Comme toi, maman, j'espère qu'il y a une vie après la mort. Si cette vie éternelle existe, par définition, elle a débuté à notre naissance et même avant. Pour le bonheur suprême, inutile d'attendre. Pour moi, ça commence maintenant. Avec Bente.

— J'ai pensé la même chose quand j'ai rencontré papa. Regarde où ça nous a menés aujourd'hui... Ne brûle pas les étapes, Baudouin. Tu es encore si jeune. Les illusions conduisent à la désillusion.

— Maman, ce n'est pas parce que papa et toi avez échoué que nous n'avons aucune chance. Arrête de me voir comme une copie de toi-même. Je ne suis plus un bébé, j'ai déjà 17 ans. À cet âge, ton compositeur préféré Wolfgang Amadeus Mozart était *konzertmeister* à Salzbourg depuis quatre ans. Il avait effectué plusieurs tournées mondiales. Bente me fait voir les choses autrement. Et en mieux.

— Que veux-tu dire ? Peux-tu rendre cela concret pour que je comprenne ?

— Tant de choses... Que je dois cesser de couler à pic chaque jour avec Kim. Qu'il faut que je prenne de la distance avec le passé, sinon c'est lui qui me passera dessus. Il s'agit aussi de choses très concrètes. À propos de la Belgique, par exemple. Nous ne sommes pas un pays démocratique, contrairement à ce que nous pensons. Le Vlaams Belang est devenu le deuxième parti du pays lors des élections du 26 mai dernier. Pourtant, personne ne souhaite gouverner avec lui. Même moi, avant, je ne voulais pas prononcer le nom du Belang. Grâce à Bente, je comprends maintenant parfaitement ce que ce grand parti représente. Dans quelle mesure il nous libère. Ne me traite pas de raciste, une façon bien trop commode d'empêcher toute discussion constructive. Les vrais démocrates, ceux qui écoutent vraiment le peuple, c'est nous.

J'espérais avoir mal entendu. Mais, si. Il avait bien dit 'nous'. Nous du Vlaams Belang, donc. Soit je l'interrompais d'un grand cri. Soit je me servais un grand verre de Bourgogne. J'ai préféré le vin. Pour me calmer. Et j'ai entendu mon fils continuer à dériver :

— Élément aggravant : le premier parti flamand, la N-VA, est également privé du pouvoir au fédéral. C'est particulièrement regrettable, y compris pour la Wallonie. Les nationalistes flamands au pouvoir remettraient de l'ordre. 'Nous d'abord', n'est-ce pas la direction à suivre ? Je préfère mes parents à mes cousins. Mes cousins à mes voisins. Mes voisins à de parfaits inconnus. Des inconnus belges à des étrangers. Et Bente et toi à tous les autres.

J'ai retrouvé ma voix. De là à penser que je pouvais avoir de l'impact... Mon fils semblait tout à coup si loin.

— Je n'en crois pas mes oreilles, Baudouin. Tu reprends mot pour mot une déclaration de Jean-Marie Le Pen, le vieux et heureusement disgracié leader du Front national en France. Qu'en pensent tes amis d'ici quand ils t'entendent ?

— Je ne leur parle plus. Et je me fiche de ce qu'ils pourraient répondre. Bente et moi ne nous quittons plus ces derniers mois. Je n'ai besoin de personne d'autre. Elle me donne tout ce que je veux. Elle m'a rendu libre. Je ne veux plus porter le monde entier sur mes épaules, ça pourrait m'occasionner une fracture de la clavicule.

Mon cœur de mère a frémi. J'ai cru réentendre mon grand-père Aimé Lebrun, lorsqu'il avait un verre dans le nez à nos fêtes de famille. Ses *Nous d'abord* à la chaîne étaient en totale contradiction avec le 'Aimez-vous les uns les autres, comme je vous ai aimés' de l'Évangile. Quand je l'interpellais et lui disais, pour arrondir les angles, qu'il avait surtout trop bu, il me répondait :

— *In vino veritas*[42]. Jésus aimait d'ailleurs boire un coup lui aussi. Je maintiens.

Mon grand-père n'avait pas fait de longues études. Mais le latin, il avait presque tout retenu. Selon lui, cette langue pourtant morte renvoyait à nos racines : les écoles strictes d'autrefois, l'Église catholique, de préférence celle d'avant Vatican II. Après quelques verres supplémentaires - sa soif pouvait être inextinguible - il se mettait à parler de la guerre. Ce qu'il ne faisait jamais d'habitude.

— Eh oui, j'ai gagné beaucoup d'argent. Mais ne soyez pas hypocrites. Vous le savez comme moi. C'est aussi grâce à cette manne financière que vous en êtes là aujourd'hui. L'occupation était une période bénie si on la compare au monde d'aujourd'hui qui s'écroule.

42 Sous-titre : La vérité est dans le vin. Dans l'eau pétillante aussi.

Je l'ai plusieurs fois entendu tenir de tels propos les dernières années avant sa mort. Comme s'il voulait nous entraîner dans son propre passé avant son départ définitif. Bon sang ne peut mentir, dit-on. Mais je ne me sens pas responsable des erreurs commises plus de 20 ans avant ma naissance. J'ai pu prendre de la distance grâce à mon mari Vincent. Oui, je sais : mon ex-mari. Et voilà que les choses vont dans le mauvais sens avec Baudouin.

Mon fils a rompu le silence, niant une larme naissante et mon air anéanti :

— Allez, assez bavardé. Je dois aller chercher Bente à la gare.

Arrivés à la maison, ils ont immédiatement disparu dans la chambre de Baudouin. Le léger cliquetis d'une clé. La porte qui se clôt. Puis rien. Rien, finalement, c'est mieux. Ai-je du mal à admettre que mon fils devienne un adulte ? Une heure plus tard, j'ai dû crier 'à table' cinq fois et de plus en plus fort pour qu'ils fassent enfin leur apparition.

Il est déjà 20h30. La messe de minuit a lieu à 22h00. L'état de santé de notre vieux curé lui interdit de veiller tard. Mieux vaut l'épargner. S'il n'est plus là, sera-t-il remplacé ? En tout cas, il nous reste juste le temps de manger. Pas pour beaucoup discuter. Bente parle et comprend d'ailleurs à peine le français, l'enseignement flamand n'est plus ce qu'il était. Je l'entends plusieurs fois appeler mon Baudouin 'Boudewijn'. C'est sans doute un jeu entre eux. Je fais semblant de ne pas m'en apercevoir. Pourquoi devrais-je m'inquiéter ? Dès janvier, il revient au collège Bellevue, ici à Dinant. L'échange avec Essen n'aura duré que quatre mois. C'est fini. Tout rentre dans l'ordre.

Gella Geelkens, vendredi 31 décembre 2019, 21h00, Essen

En fait, ce jeune Wallon est très bien. Il a même un cadeau pour moi. Avec une notice historique. Il semble aimer beaucoup sa région.

— Je vous ai apporté des couques de Dinant pour la nouvelle année. Selon la légende, ce gâteau remonte au siège de la ville par Charles le Téméraire, duc de Bourgogne, en 1466. Les habitants de Dinant ont dû inventer une sorte de pâte pour se nourrir, faute d'approvisionnement extérieur. La couque est très dure. Elle se conserve donc très longtemps. Vous pouvez la tremper dans votre café. Ou la passer au micro-ondes pour pouvoir la mâcher. Évidemment, au Moyen-Âge, ni le café ni de tels fours n'existaient. Les gens avaient les mains et les dents nettement plus costaudes que nous. Ils vous dévoraient ça en un clin d'œil. À votre place, 6 siècles plus tard, je n'essayerais pas.

— C'est vraiment gentil tout plein, Baudouin. Et très joli. Surtout la couque en forme de Lion des Flandres. Où l'as-tu trouvée ?

— Je l'ai fait produire spécialement pour vous. À Bellevue, je suis en classe avec le fils de la pâtissière, ça aide. Dinant est une petite ville, tout le monde connaît presque tout le monde. Nous n'avons que 13 500 habitants, moins encore que les 19 000 d'Essen.

Bente est allée là-bas pour le réveillon de Noël. Baudouin passe la Saint-Sylvestre avec nous. C'est ce qu'on appelle la réciprocité. Ça existe partout dans le monde. Je veux dire dans le monde qui compte, à savoir sa partie occidentale. L'origine de cette réciprocité vient du droit romain. Je connais aussi l'histoire, voyez-vous. Cela vient de ma formation d'institutrice, le plus beau métier du monde si on ne le pratique pas trop longtemps. Mon mari, Marnix, m'a également aidée à comprendre pas mal de choses. Le principe de base du droit à l'époque de Rome et aujourd'hui encore est le suivant : 'Je te donne une chose ou un service. Tu offres ou fais quelque chose en retour'. D'un droit découle un devoir et vice versa. Le christianisme, qui s'est imposé dans le monde grâce aux empereurs romains, a simplement repris ce principe : 'Si je me comporte selon les règles du ciel, je suis sauvé, c'est dans mon contrat avec Dieu.' Toute récompense se mérite. Pourquoi diable notre société contemporaine a-t-elle renoncé à ce principe qui en est la base ?

Mais Bente et Baudouin ont clairement la tête ailleurs.

— Nous montons, annonce ma fille.

Depuis qu'ils sont ensemble, il y a presque deux mois, je ne l'ai pas vue plus d'une heure au total. Si je l'entends, cela se limite à son pas souple dans l'escalier, mêlé à celui de Baudouin.

— Vous allez faire dodo si tôt le soir du réveillon ? Il n'est que 21h00. Vous ne voulez pas prendre au moins un verre avec nous ?

Ils ne daignent même pas se retourner. J'ai dit 'faire dodo' pour m'imaginer une dernière fois que ma grande fille était encore un peu mon enfant. Mais les temps changent. Je dois l'accepter. Lore, la sœur de Bente, est de sortie avec des amis. Alors, profitons Marnix et moi de cette soirée de réveillon à nous deux.

— Santé, mon mari. Bonne année à nous.

Après quelques verres et un troisième grand paquet de chips - cette fois, c'est Marnix qui a fait les courses, les armoires et le frigo sont pleins -, il se lance :

— Chérie, ne devrions-nous pas imiter Bente et Baudouin ? Monter dans notre chambre et ne pas éteindre la lumière ? On se garde la raclette pour demain.

Que se passe-t-il ? A-t-il un accès d'euphorie en pensant à 2020 ? Le nombre est évidemment réjouissant : 20 sur 20, carton plein. C'est le bon moment pour se laisser aller.

— Tout à fait, mon cher mari. Lorsque nous habitions encore chez nos parents, nous n'aurions jamais eu l'autorisation de disparaître ainsi de la table de fête. Regagnons le temps perdu. Je veux jouir la première.

En montant les escaliers, je sens qu'il pense très fort à la suite. Comme lors de notre toute première fois.

Vincent Coignoul, 31 décembre 2019, 21h00, Anseremme

Je suis seul. Un soir où personne n'est seul. Sauf les gens dont je m'occupais quand je travaillais avant ma dépression comme assistant social à la ville de Dinant. De moi, personne ne se soucie. Claire et Baudouin ne sont pas ici cette année. Mon ex-femme doit être en train de faire la fête quelque part avec beaucoup d'amis, beaucoup d'alcool et beaucoup de nourriture. Quand on a de l'argent, c'est quand même plus simple d'être heureux.

Je suis seul. Et pas d'humeur à voir la même chose à la télévision pour la 54ème fois de suite un 31 décembre. 54 n'est pas un nombre en l'air, c'est mon âge. Je n'ai rien d'autre à faire que de penser, à un moment où penser me fait si mal. Car je n'ai pas de talent particulier, pas de hobby. J'ai l'impression de n'avoir rien appris de neuf depuis la fin de mes études. Où est mon projet de maîtriser une nouvelle langue ? De faire de la musique ? De courir un marathon ? Depuis mes 20 ans, j'ai si peu progressé. J'ai été trop absorbé par mon travail. Par ma famille.

Je réalise aussi de plus en plus que je fais partie d'une génération perdue, la dernière à avoir connu la domination wallonne. Cette première place sur la scène belge avait déjà disparu durant ma jeunesse, mais personne ne s'en rendait compte. Jusqu'à mon année de naissance, en 1965, les Wallons étaient plus riches que les Flamands. L'année d'après, le vent a tourné. Est-ce parce que j'étais venu au monde ? Parfois je me dis que je suis personnellement responsable du déclin wallon. Les crises se sont alors succédé, de la fermeture des aciéries à la descente aux enfers du Standard de Liège. Tout allait s'arranger, nous répétait-on. C'est allé de mal en pis. Qu'ai-je fait personnellement pour enrayer la chute ? *Nada*, rien. Que laisserai-je comme héritage à mes enfants ? Presque rien, bien moins que ce que j'ai reçu moi-même de mes parents. J'ai même privé de vie une de mes filles. Je fais partie d'une génération inutile. Sans intérêt. Dans mon cas personnel : nuisible.

Je quitte mon appartement de la rue Caussin à Anseremme pour aller me promener le long de la Meuse. Il est 21h00. La température est de 2 degrés, indique mon téléphone portable. Je vois deux personnes s'embrasser sur un banc. Le froid n'arrête pas l'amour, la pluie oui, mais il fait sec. J'arrive à l'endroit où Kim s'est noyée. Je me retourne. Je la vois tomber dans l'eau. Elle me supplie de l'aider. J'attrape sa main, puis je la lâche. Et soudain. C'est moi. Je ne comprends pas ce qui se passe. Je glisse à mon tour dans les flots glacés. Avec tout ce que j'ai bu aujourd'hui, je remarque vite que le courant est bien plus fort que moi. Mais que m'est-il arrivé ? Un soudain désir de mort ? Suis-je vraiment en train de me suicider[43] ? Mon expérience professionnelle m'a appris que vouloir en finir n'est pas nécessairement précédé d'un long processus de

43 Pour toute question sur le suicide, n'hésitez pas une seconde et appelez le 0800/32 123. Maintenant. Voor Vlaanderen bel je naar 1813. Nu.

réflexion. Cela peut relever d'une simple impulsion, si le passé du sujet s'y prête. Allez, c'est presque risible : je suis en train de mourir et j'utilise encore des termes aussi formels. Il s'agit d'une déformation professionnelle jusqu'à la tombe, dirait mon analyste. Je n'en ai pas. Ni analyste. Ni tombe. Mais pour la seconde, le trou est prêt. L'eau déferle, me défait. Pourtant, dans ma tête, c'est comme si tout se passait au ralenti. Je me souviens de l'histoire d'une jeune fille nommée Juliette. Elle avait 16 ans. Un matin à l'école, elle était tombée sur la photo de son petit ami en train d'en embrasser une autre. Sans réfléchir, elle a décidé de sauter par la fenêtre du quatrième étage. Lorsqu'elle s'est réveillée d'un long coma avec d'innombrables fractures, elle ne se souvenait même pas du motif de son acte. Alors à quoi sert-il de se donner la mort ?

Que va-t-il m'arriver maintenant ? Je ne vois plus rien. Je ne sais pas dans quelle direction aller. Où est la surface ? Où est l'oxygène ? À l'aide ! Je ne peux même pas crier. Cela ne durera plus longtemps. Je pèse une tonne, en plus des 2 litres d'alcool dans mon estomac. Cette fois, aucune branche pour me secourir. Pas d'île d'Amour à proximité. On n'a pas deux fois une seconde chance, ça se confirme. Dans mon cas, une fois était déjà de trop. Je respire de l'eau. Je sais qu'il ne faut pas. Après, il n'y a rien. Kim me sourit. Mes parents aussi. Adieu Claire. Adieu Baudouin. Je vous aime tant.

Claire, samedi 1er janvier 2020, 09h00, Dinant

Maman a conservé une ligne téléphonique fixe à la maison. 'Au cas où.' Ce cas où, c'est maintenant :

— Mademoiselle Coignoul, la police de Dinant au téléphone. D'abord, bonne année à vous. Désolé de vous réveiller. Êtes-vous seule à la maison ? Je n'arrive pas à joindre votre maman.

— Maman fête le Nouvel An avec des amis, tous entrepreneurs de pompes funèbres comme elle. Elle est absente jusqu'à ce soir. Quand ils se réunissent, ces gens-là s'amusent comme des enfants, elle le dit souvent. Une revanche sur les visages endeuillés et endoloris qu'ils doivent encaisser toute l'année. Puis-je vous aider ?

— Non, non, c'est gentil à vous. Mais j'ai tout de même une autre question. Avez-vous l'intention de rendre visite à votre père aujourd›hui ?

— Oui, je vais lui souhaiter une bonne année. Je m'apprête à partir à pied pour Anseremme. Dans une demi-heure, je serai chez de lui. Pourquoi me demandez-vous ça ?

— Restez à la maison, s'il vous plaît. Nous arrivons.

Le policier raccroche. Que peut faire d'autre une jeune fille de 15 ans qu'attendre. Dix minutes plus tard, ils sonnent. Ils sont deux. Dans ces cas-là, ils sont toujours deux, je le sais maintenant. Et toujours en uniforme : ça doit les rendre crédibles à 100 % et alléger leur tâche. C'est en effet l'État qui parle, pas eux-mêmes. Mais je le vois à leurs bras croisés et à leurs traits tendus : la mission reste difficile.

— Bonjour, mademoiselle. Nous sommes Serge et Mehdi de la police de Dinant. Puis-je d'abord vous proposer de vous asseoir ?

J'obtempère. Je ne vais pas leur compliquer la tâche. Je fais même de mon mieux pour les aider :

— J'ai réfléchi. Je pense deviner pourquoi vous êtes ici tous les deux. Quelque chose est arrivé à mon père. Est-il mort ?

— Oui, mademoiselle. Il a glissé dans la Meuse.

Les agents qui annoncent un décès ont pour consigne d'opter pour un message clair. Cela leur permet d'économiser du temps et de l'énergie. C'est aussi plus humain que de tourner autour de la mort pendant de longues minutes comme un vautour ou une hyène, pas vraiment des animaux de compagnie. Je ne souffre pas. Je ne sais pas pourquoi. Je pourrais en avoir honte. Ce n'est pas le cas. Je ressens quelque chose comme un léger électrochoc qui me fait du bien.

Je m'entends répondre aux policiers :

— Glissé dans la Meuse... comme Kim. C'est peut-être mieux ainsi. Depuis l'accident, il buvait tant. Comme s'il souhaitait aussi une mort liquide. Ça ne pouvait pas continuer comme ça.

— Vous allez bien, mademoiselle ? Avez-vous réussi à joindre votre mère entre-temps ?

— Non, elle n'a même pas son portable sur elle. Une fois par an à cette période, elle veut qu'on la laisse tranquille. Je ne sais pas exactement où elle se trouve. Je ne connais pas les personnes qui sont avec elle.

— Souhaitez-vous nous accompagner ? Nous répondrons à toutes vos questions. Nous pouvons vous apporter une aide psychologique.

La dernière chose que je veux, c'est me retrouver dans un commissariat de police. Avec un faux sapin de Noël. Pour de la fausse compassion.

— Non, merci. De l'aide, c'est papa qui aurait dû en recevoir. Maintenant, c'est trop tard.

— Vous êtes mineure. Nous ne pouvons pas vous laisser seule ici. Pouvons-nous vous conduire chez un proche ?

Maintenant, je ne peux plus dire non au Serge tout pâle et au grand Mehdi avec ses yeux en mode maximum de pitié. Non, je n'ai personne où aller. Va pour le commissariat.

Mon père. Mort.

Je me sens soudain encore plus abandonnée qu'un enfant de 6 ans à qui ses parents annoncent qu'il doit aller à l'internat. Au moins, à la fin de la semaine, il les reverra tous les deux. Oh, pardon papa. Pourquoi ne suis-je pas passée hier soir à Anseremme ? J'ai choisi une nuit de plaisir. J'hérite d'une vie de larmes. Je m'en veux tellement. Le monde pèse tout à coup trop lourd. Il va m'écraser. Je ne suis encore qu'une adolescente. J'ai besoin que tu me protèges. Que tu sois fier de moi. Tu ne sauras rien de mon mari. De ce que je ferai dans la vie. De tes petits-enfants. Je veux que tu reviennes. Je le veux maintenant.

J'arrive à peine à encore prononcer quelques mots :

— Je vais laisser un message à ma mère. Quand elle rentrera, elle viendra me chercher. Mon grand frère est également loin d'ici. Je dois le prévenir de toute urgence. Je vous suis. Voir mon père était la seule chose que je voulais faire aujourd'hui.

Rosa Roosens, 1er janvier 2020, 11h00, Essen

À sa mine, je vois tout de suite qu'il se passe quelque chose. Et que c'est grave. 'Mon père,' dit-il en un souffle. Il fait un geste de la main. Une croix sur son cœur. Décédé. Où ? Comment ? Il n'explique pas.

— Je pars maintenant pour Dinant. J'ai un train à la gare d'Essen à 11h31.

— Oh, Baudouin, sincères condoléances. Ça va aller pour prendre le train ? N'est-il pas préférable que je te conduise en voiture ?

— Non, merci, Rosa. Bente vient avec moi. Je t'avais promis de vider ma chambre cette semaine et de te rendre ma clé. Je veux juste te dire que ce ne sera pas possible. Pardon pour ça. Je reviendrai plus tard. Je pense que je serai à Essen tous les week-ends à partir de janvier après ma semaine d'école à Dinant. Je logerai chez Bente, ses parents sont d'accord. De moins en moins de choses et surtout de personnes me lient à ma ville.

Je suis tellement triste pour Baudouin. Il m'est si sympathique. Il a même réussi à me tutoyer, alors que les francophones ont apparemment beaucoup de mal à le faire. Lorsque je l'ai interpellé une première fois sur le sujet, sa réponse m'a surprise :

— Pour nous francophones, le tu est trop familier. Vulgaire même. Il n'est utilisé qu'en famille, entre amis ou envers les plus jeunes. Mes parents tutoient également leurs collègues du même échelon. Sinon, c'est 'vous', 'vous' et encore 'vous'. Le fait que les Flamands passent immédiatement au 'tu' alimente le cliché selon lequel vous n'êtes pas très raffinés, désolé de le dire. La langue française est plus formelle que le néerlandais. Un peu comme si le Roi Soleil Louis XIV était encore vivant alors qu'il a disparu il y a plus de 300 ans. La France est 'vieille France' : surannée, tout en distance. Dans l'hexagone on appelle encore monsieur ou madame quelqu'un que l'on connaît depuis 30 ans. Ça déteint sur la Wallonie, même si c'est moins extrême chez nous. Et oui : c'est pour cela que j'ai du mal à m'adresser à vous en vous disant tu. J'y verrais un manque de respect. Mais si tu le souhaites, je ferai de mon mieux.

Depuis, il a réussi. Il est toujours si délicat. Ah, Baudouin. Il vient de perdre son père. J'espère que mon frère et sa femme n'abuseront pas de son chagrin. Il se sentira seul au monde. Une personne sans attaches peut vite être muée en marionnette.

Vinciane Lebrun, mardi 6 janvier 2020, 11h00,
église Sainte-Anne, Anseremme

Tout au long de ma carrière, j'ai enterré tant de monde. J'ai une grande expérience, me direz-vous. Parfaitement inutile quand c'est un proche qui s'en va.

J'ignore si Vincent souhaitait un service religieux pour ses funérailles. Je pense que non. Mais il ne l'a jamais exclu. En fait, on n'en a jamais parlé. À 54 ans, on ne meurt pas. Va donc pour un enterrement catholique. On ne passe pas à côté de 2 000 ans de savoir-faire. Une cérémonie civile dans un crématorium est toujours si lugubre. J'en organise souvent. Cela me fait chaque fois penser aux Juifs gazés, puis brûlés. La cheminée, ce nuage de fumée, brrr... Baudouin et Claire sont d'accord avec moi : une messe ne peut pas faire de mal. Les morts sont de toute façon déjà occupés à autre chose dans ce parc d'attractions orgastique que doit être le paradis. C'est tout ce que j'espère pour le père de mes enfants.

Baudouin et Claire ne posent qu'une seule condition : pas à la Collégiale de Dinant comme pour Kim. Les personnes présentes ne feraient que mettre les deux messes en parallèle. La comparaison est l'une des plus grandes malédictions de notre temps, il y a toujours un perdant. Classer, c'est déclasser.

Ce sera donc l'église Sainte-Anne d'Anseremme. À quelques centaines de mètres de la dernière résidence de Vincent. Là où il a perdu la vie. Tout près de l'arrivée de la descente de la Lesse, qu'il n'avait d'ailleurs jamais faite : 'Je laisse ça aux touristes. Ici chez moi, je n'en serai jamais un.'

Je suis assise au premier rang, à côté de mes enfants. Mes collaborateurs devront se passer de moi aujourd'hui. Ils savent parfaitement comment procéder. Bien former son personnel est la clé de la réussite professionnelle. Avec un salaire juste. Et du respect. Derrière moi, je vois pas mal de clients. En tant qu'entrepreneuse de pompes funèbres, il faut connaître du monde, sinon vos corbillards restent vides. Certains sont peut-être venus voir à quel point je suis brisée. Va-t-elle fondre en larmes ? Va-t-elle pouvoir lire son texte ? Exactement comme d'autres se tiennent le long du parcours du Rallye des Ardennes en espérant un accident. Je vois aussi beaucoup de mes amis du Renouveau charismatique. On peut toujours compter sur eux. L'effet béni de l'Esprit Saint. Le Grand Patron doit être présent également. Fort discret, comme à son habitude. La dernière phrase de l'Évangile de Matthieu ne laisse toutefois aucun doute : 'Je suis avec vous tous les jours, jusqu'à la fin du monde.'

Avant qu'on n'en soit là, l'église est pleine ce matin. C'est si rare. Je n'arrive pas à me débarrasser de l'impression que ma génération a tout laisser filer. Qui, à part moi, va encore à la messe chaque dimanche ? Mes propres enfants m'accompagnent de temps à autre, mais parfois je me dis que c'est surtout pour me faire plaisir. À l'église, à 53 ans, je suis souvent la plus jeune. C'était si différent quand j'étais petite. Toute la ville était là. Ce n'est qu'en 6ème primaire que j'ai découvert qu'un de mes camarades de classe n'était pas croyant. J'ai eu beaucoup de peine pour lui. Parce qu'il ne serait pas sauvé. Aujourd'hui, la religion catholique est plus HS qu'IHS, le symbole des jésuites[44]. HS pour hors service. Pourtant, elle fut notre première source d'unité, même entre nous, les Belges. Quand j'étais jeune, un Wallon sur trois allait à la messe chaque semaine. En Flandre, 1 sur 2, guère plus. On croyait et on pensait de la même façon au nord et au sud. Aujourd'hui, pour tout le pays, c'est moins d'1 sur 50. Religion vient de *religare* en latin : relier. Sans lien, la Belgique va à vau-l'eau. Notre royaume est au bord de l'explosion depuis si longtemps qu'il vaut peut-être mieux qu'elle se produise enfin. Que moi, la grande belgicaine, je dise cela montre à quel point je suis désabusée. Mais c'est comme pour tout héritage : sortir de l'indivision soulage.

Les gens de mon âge, ceux qui gèrent notre société depuis tant d'années, ont connu tellement de ratés. Pourquoi avons-nous remplacé ce qui était sûr, rassurant, par de l'incertitude ? Parce que c'est mieux de changer ? Ridicule. L'équilibre est la valeur à viser. La stabilité. Se tenir sur ses deux pieds, c'est ce qui fait d'une personne une personne. Plus rien ne tient droit, aujourd'hui. Ma génération a failli. Un jour, je prierai mes enfants de bien vouloir m'excuser. Ce sentiment d'échec tourmentait Vincent encore bien plus que moi. Cela a certainement joué un rôle dans sa décision de ne pas survivre à Kim. Je le connais si bien. J'ai partagé sa vie. Et maintenant en partie sa mort. Malgré notre rupture. Malgré nos disputes. Je me rends compte aujourd'hui, grâce à lui, que le monde moderne est fait de modes, de niches, de caprices. Tant bouger donne le tournis, surtout aux plus fragiles. Puis ils tombent. Oh, Seigneur, prends pitié de mon mari.

44 Pour faire simple - il y a plusieurs explications - IHS est l'acronyme de Iesus Hominum Salvator, 'Jésus sauveur de l'humanité'.

Note 2 de l'auteur : Qu'avons-nous appris jusqu'à présent ?

Je, soussigné, Christophe Deborsu, interrompt le récit pour la deuxième fois. Je vous prie encore de bien vouloir m'excuser. Mais comme moi, vous en avez peut-être assez que les différents protagonistes fassent sans cesse référence à des 'plans', à des 'commanditaires', suivis par des 'je vous en reparlerai en temps voulu' parce que 'nous n'en sommes pas encore là'. On nous fait miroiter le plus beau des voyages sans nous en révéler la destination. Le procédé est clair. Il s'agit d'artifices pour inciter le lecteur à ne pas lâcher l'affaire. On en trouve plein sur internet, sous l'intitulé 'Comment écrire un livre' ou plus ambitieux encore : 'Comment trouver un éditeur'.

Les trucs et astuces, je les laisse aux illusionnistes. En tant que seule source habilitée à relater ce qui s'est passé toutes ces années entre Dinant et Essen, je vais désormais prendre mes responsabilités et raconter moi-même la suite. Sans me cacher derrière le témoignage des acteurs clés. En me plaçant devant eux, je veux aussi les protéger d'éventuelles représailles, vous comprendrez bientôt pourquoi (et voilà que je redérape déjà). En tout cas, pour leur éviter tout problème, vous ne trouverez nulle part leur adresse exacte, leurs coordonnées courriel ou leur numéro de téléphone.

Maintenant que j'ai la parole, je tire une nouvelle leçon des pages précédentes. Je ne sais pas si Bart De Wever se reconnaît dans la description qui est faite de lui dans cette Dernière histoire belge. Je l'apprendrai bien assez tôt. Du moins s'il lit ce livre. Personnellement, j'ai dévoré tous les siens. Mais oui, deux jeunes gens ont été arrêtés fin mars 2023 pour avoir voulu l'enlever et même l'occire. J'ai commencé à rédiger ce livre des années avant cela. Je n'allais pas m'arrêter à cause de deux hurluberlus qui ont rendu mon roman encore plus vrai. Quoi qu'il en soit : NE PAS FAIRE CELA dans le monde réel, ce qui est par ailleurs étonnamment similaire à ce qui va se passer dans les pages qui viennent.

PARTIE 2
Une histoire belge

Chapitre 10

Comment la police trouve une piste

Samedi 21 février 2026, 09h00,
Bureau de la Police judiciaire fédérale, Namur

René Bouchat est en fin de carrière à la police de Namur. 35 ans au service de l'État à lutter contre la criminalité. Ça lui pèse encore plus que son propre surpoids : 136 kilos. Il a déjà condamné quelques balances limitées à 120 au parc à conteneurs. Les modèles numériques, il déteste. 'Pas fiables,' dit-il.

À 56 ans, René s'estime trop vieux pour continuer à travailler dur. 'Place aux jeunes,' répète-t-il sans cesse. Non pas qu'il se soucie de la jeunesse. Il aspire simplement à la retraite. L'un de ses adages préférés - il en a beaucoup et les appelle lui-même, de manière un peu pédante, 'mes aphorismes' - est le suivant :

— Il n'y a aucun mérite à être jeune, bien au contraire. Cette engeance commet davantage de crimes. Et court bien trop vite pour moi.

On le voit : René Bouchat vire à l'aigre. Il le dit là aussi dans son style si particulier :

— Appelez-moi Monsieur Schweppes, une boisson un rien acide produite jusqu'il y a peu à Genval, en Brabant wallon. Mais désormais en France et en Espagne. Nous, Wallons, avons même perdu ce symbole de l'amertume qui résume pourtant si bien notre identité nationale. D'accord, surtout la mienne. On nous pique tout, alors là, vraiment tout.

Encore une chose : la flamanditude, René Bouchat, ce n'est pas son truc. Il est particulièrement fier de l'une de ses dernières formules qui date du printemps 2025, lorsque la Belgique s'est une fois encore montrée incapable de former un gouvernement fédéral pendant des mois. Selon lui, à cause de la rigidité flamande. Pour lui, flamandité et rigidité sont une tautologie :

— Il y a trois sortes de Flamands. 1. Les séparatistes. 2. Ceux qui veulent garder la Belgique parce que la Flandre y détient déjà tous les pouvoirs. Le troisième type ? Tous morts.

Pour l'ensemble de ces raisons, René Bouchat ne peut cacher sa surprise lorsque son supérieur lui demande de mener l'enquête sur l'enlèvement de Bart De Wever.

— Vous êtes sûr, chef? N'est-ce pas seulement parce que je suis par hasard de garde ce week-end? Vous connaissez quand même ma vision de la Belgique : les derniers vrais Belges sont les détenteurs d'une plaque d'immatriculation à 5 ou 6 caractères, une espèce en voie d'extinction. Dans un certain sens : heureusement. Vu leur âge encore plus avancé que le mien, ils représentent un véritable danger sur nos routes. Et vous me demandez de m'occuper de l'enlèvement d'un nationaliste flamand parce que sa non-résolution met le pays en danger? Vous n'êtes pas sérieux !

Le commissaire principal connaît le côté théâtral de René. Sa réplique est déjà prête. Elle cingle :

— Primo, René, oui : si nous ne coinçons pas les coupables assez vite, les Flamands vont se mettre à penser que toute la Wallonie est impliquée ou que nous sommes à nouveau en train de nous louper. C'est le meilleur moment pour prouver le contraire, ne pensez-vous pas en tant que Wallon et fier de l'être? Deuxièmement, le fait que vous ayez la même vision du pays que De Wever - en résumé : se séparer permet souvent de mieux s'apprécier - peut vous aider dans vos relations avec lui. Vous allez même adorer ça. J'ai assisté hier à son interrogatoire, juste après sa libération. Malgré les circonstances, il gardait la forme. Il a même plaisanté sur Namur : 'Si cette ville de province est une capitale, Anvers est la centre du monde. C'est d'ailleurs déjà le cas dans les faits.' Troisièmement : vos opinions politiques, je m'en contrefiche, pour autant que vous n'incitiez personne à la haine. D'ailleurs, il est de votre foutu devoir de garder vos opinions pour vous. Quatrièmement : René, je sais que vous ne le croyez pas vous-même, mais vous restez le meilleur policier que je connaisse. Savez-vous quel est le surnom que vous donnent vos collègues?

— Papy? L'ancêtre?

— Pas du tout, René. C'est *le Maigret de Namur,* le commissaire de police devenu mondialement célèbre grâce à l'écrivain liégeois Georges Simenon. Simenon est d'ailleurs l'auteur francophone qui a vendu le plus grand nombre de livres dans le monde, après Jules Verne et Alexandre Dumas. Plus d'un demi-milliard, pas mal pour un petit gars de chez nous. Tout comme Jules Amédée François Maigret - son vrai nom - vous ressemblez plus à un vendeur de pipes du magasin Roméo, ici à Namur, qu'à un fin limier. Mais toujours comme Maigret, vous illustrez mieux que quiconque mon aphorisme à moi : 'Les *petits Belges* sont moins petits qu'on ne croit.' À la fin de l'histoire, grâce à vous, le coupable est toujours attrapé. D'ailleurs, arrêtons d'affubler du qualificatif 'petit' tout ce dont on parle dans ce pays, *petit Belge*, *petit truc*, *petite minute*, ça nous coupe les ailes. Allez, trêve de blabla. Vous avez le choix entre trois options :

oui, oui ou oui. Vous pouvez constituer vous-même votre équipe d'enquêteurs. Et venez vite avec des résultats. Même si c'est contre votre gré, vous sauverez ce pays. Mon pays. Et, jusqu'à nouvel ordre, le vôtre.

Bouchat ne moufte pas. Remettre en question les ordres de son patron est aussi inutile que de discuter avec un arbitre après un coup de sifflet. Ça n'aboutit qu'à un carton rouge. Sur son ordinateur portable, il lit la déposition d'hier soir de Bart De Wever. Puis il se rend à pied au Parlement de Wallonie. À l'endroit où l'Anversois a été retrouvé. En chemin, sa pensée se libère.

— Bouger favorise la réflexion. Les philosophes grecs le savaient déjà : la vérité se découvre sur le terrain, pas dans les ordinateurs. Après plus de 2 000 ans, leurs textes sont toujours lus. Il fallait bien qu'ils aient raison quelque part. Je sais que je suis de la vieille école. Mais si mon patron estime que je reste le meilleur, pourquoi changer ?

René Bouchat est comme beaucoup d'entre nous. Un jour, il se considère comme le numéro 1 au classement mondial du pur génie, le lendemain comme le dernier de la classe. Le troisième jour, il ne se sait plus. Parfois, comme aujourd'hui, cela peut varier en quelques minutes.

De son bureau au parlement, il marche un quart d'heure, entre le gris foncé de la Sambre et celui plus clair des murs de la citadelle. L'endroit a quelque chose d'inquiétant malgré les cabines du téléphérique qui dansent dans l'air et font de leur mieux pour dérider l'atmosphère. La circulation si dense qui le rase fait voler les pans de son pantalon.

Dans le prolongement du parlement, Bouchat aperçoit la structure métallique de la Maison des Parlementaires à laquelle De Wever était menotté.

— Cela s'est donc terminé ici...

Pour résoudre une affaire, il est important de ressentir quasi physiquement ce que la victime a vécu. C'est ainsi que René a connu ses plus grands succès. L'empathie. Être une éponge. Oui, à la Maigret. Deux agents de la police locale sont de faction. Ce soir, on les verra sur toutes les chaînes de télévision du monde si l'on se fie au nombre de caméramans venus filmer ici ces dernières heures.

René lève les yeux vers la citadelle. Enfant de Namur, il la connaît sur le bout des doigts, sur le bout du cœur qui rajeunit à chaque fois qu'il l'observe. Au moins une fois par semaine, il gravit la Route Merveilleuse, l'avenue qui mène au sommet. Une sorte de pèlerinage, de rituel qu'il entreprend depuis l'enfance. Un peu comme s'il voulait voir se confirmer à chaque fois ce que pensent tous les Namurois : ils vivent bel et bien dans la plus belle ville du monde.

Longtemps, il est monté à pied. Aujourd'hui, le plus souvent en voiture. Ses jambes n'arrivent plus à porter ses 136 kilos sur la pente à 5 %. Il a vérifié : il n'y a qu'une seule artère sur terre qui porte ce magnifique nom de *Merveilleuse*. Lorsqu'elle a été construite au début du 20ème siècle, elle devait initialement s'appeler 'Avenue Pittoresque'. Mais pour des raisons de marketing touristique

– cela existait déjà – un échevin a estimé qu'une Route Merveilleuse serait plus attrayante. Et nettement plus conforme à la réalité.

— Il est tout de même dommage que la plus belle colline du pays soit associée à un fait divers aussi peu reluisant que l'enlèvement de ce Flamand, pense René. Rien que pour ça, il serait bon que je règle la question au plus tôt.

Il entame la montée lentement. Il ne veut pas arriver complètement démonté au sommet. Après un moment, il quitte la route principale pour suivre l'itinéraire que ses collègues ont reconstitué hier soir après le premier interrogatoire du membre le plus connu de la N-VA. Après 30 minutes de marche ininterrompue – son record au cours des cinq dernières années – il arrive devant l'entrée du souterrain où l'otage le plus célèbre du pays vient de passer près de 24 heures. Son pouls bat au moins à 150 mais il tient le coup, il est même fier de lui. C'est alors qu'il ressent comme une douche chaude à l'intérieur de son corps. Cet endroit, il le connaît. C'est là que, pour la première fois de sa vie, il a donné rendez-vous à une fille. Et cela s'était, disons, fort bien passé. Elle s'appelait Marie-Louise. L'odeur de sa peau, il la reconnaîtrait encore aujourd'hui. Son visage, vu la luminosité très relative dans le souterrain, peut-être pas.

— Je me demande si elle n'a pas davantage succombé à la magie du lieu qu'à mon charme, pense tout à coup la partie sombre de son cerveau.

Mais il redevient aussitôt après le policier déterminé qu'il est à nouveau depuis ce matin.

Personne ne s'aventure ici en hiver. Trop inaccessible, trop humide, trop loin. La porte d'entrée qui restait ouverte depuis des décennies est désormais scellée. Pas de police dans les parages, juste des paravents discrets qui isolent quelques mètres carrés devant le souterrain du monde extérieur. On dirait plus un chantier qu'une scène de crime. Pas de journalistes en vue non plus. Ils n'ont pas encore découvert l'endroit. Pour l'enquête, le plus tard sera le mieux. Et puis, il se passe quelque chose de tout à fait inattendu. Un cri de joie retentit. Toute la ville aurait pu l'entendre si chacun n'était pas tant préoccupé par sa propre existence. Un cri de René.

— *Eurêka !* Incroyable quand même que personne ne l'ait remarqué lors des premières fouilles. J'espère que la presse flamande n'en entendra pas parler. Sinon, nous en prendrons encore pour notre grade.

Que René Bouchat marche le visage penché vers le sol n'a rien à voir avec sa fausse modestie (parfois très relative), mais avec sa seconde nature d'enquêteur. Ça lui sert une nouvelle fois. Il remet en place sous sa ceinture ce qu'il appelle presque tendrement ses poignées d'amour dont chaque gramme est issu d'un moment de plaisir. Et il commence à se pencher. Il réussit à ramasser une carte d'identité qui traîne par terre. L'objet est à moitié recouvert de feuilles. Au recto, le nom d'un jeune Namurois : Thomas Cuypers, 18 ans. Le document a-t-il à voir avec l'enlèvement ? Il est en tout cas en parfait état.

À ce moment précis, un message apparaît sur le portable de René :

SUDINFO BREAKING : Que se passe-t-il en Flandre ?
Bruxelles, 21 février 2026 - Dernière mise à jour : 13h05

Coup de théâtre : sur le réseau social X, le Vlaams Belang exige l'indépendance immédiate de la Flandre. Autre grosse nouvelle : certaines sources annoncent que Bart De Wever va quitter la politique. (À suivre)

René soupire. Le soupir profond de celui qui se voyait héros avant de tomber de haut et que toute la ville aurait aussi perçu si elle avait mieux écouté.

Chapitre 11

Comment un enlèvement soulève un pays

21 février 2026, 13h30, Deurne
Bart De Wever écrit d'une traite. Il poste le message sans attendre sur son compte Instagram. Comme s'il avait peur de changer d'avis :

'Je n'ai pas toujours été moi-même ces dernières années. J'ai blessé beaucoup de gens. Je fais de la politique depuis trop longtemps[45]. Après ce qui m'est arrivé, ça ne peut plus continuer comme ça. Lorsque je suis rentré chez moi hier soir après ma libération, il y avait je ne sais combien d'équipes de tournage devant ma porte à Deurne. Pour la première fois de ma carrière, je les ai ignorées. Ce midi, après ma conférence de presse, ma femme et mes quatre enfants m'ont convoqué à ce qui ressemblait fort à un conseil de famille. Ils me l'ont fait jurer : j'arrête la politique et la vie publique. Dès aujourd'hui.

J'ai sacrifié mon existence et celle de mes proches à la cause flamande et à la ville d'Anvers. Cela a détruit la santé mentale d'une de mes filles pendant des mois. La politique aurait même pu me coûter la vie. Il y a une dizaine d'années, je me suis retrouvé à l'hôpital deux fois de suite à cause d'une grave infection. Ma carrière y était clairement pour quelque chose. Et maintenant, ce rapt. J'ai été élevé dans la religion catholique, bien que je ne croie plus en Dieu. Mais le martyre, non merci. Au lieu de mourir pour de bon, je me déclare politiquement mort, ça fait moins mal. Mon cœur saigne. Mais c'est mieux qu'une crise cardiaque.'

Tous les Belges qui possèdent un smartphone – tous les Belges, donc – reçoivent une ou plusieurs notifications de la nouvelle. La Belgique vire en vague de bips. Sur le plan politique, la N-VA sans De Wever se dit aussitôt prête à travailler avec le Vlaams Belang. La muraille de Chine entre les deux expressions du nationalisme flamand s'écroule d'un coup. Le communiqué de la

45 Ces premiers mots sont extraits d'une interview de Bart De Wever réalisée par Sander Van den Broecke dans Het Laatste Nieuws le 19 août 2023.

Nieuw-Vlaamse Alliantie qui tombe à l'instant se termine comme suit, on dirait qu'il émane de l'autre parti :

'La Wallonie se nourrit depuis trop longtemps de la sueur de la Flandre. Le rapt de Bart à Namur montre un degré zéro de gratitude de la part du sud. Qui ne témoigne d'aucun respect n'en mérite pas en retour. La Flandre et son argent aux Flamands. Si les Wallons s'opposent, qu'à cela ne tienne. À la fin, ce sont toujours eux qui perdent.'

Chapitre 12

Comment Baudouin devient toujours plus Boudewijn

Vendredi 27 septembre 2024, 16h13, Essen
En ce vendredi après-midi de fin septembre 2024, l'étudiant en week-end rentre à la maison. Chaque fois qu'il prend le train à Louvain et qu'il change à Malines, il ressent un élan de fierté lorsqu'il entend l'annonce : 'à destination d'Anvers et Essen'. Selon la voix numérique, les deux communes sont à égalité et il trouve cela parfaitement justifié. C'est ici qu'est sa place. Depuis 5 ans maintenant.

Aujourd'hui, quand Baudouin dit 'chez lui', il dit Essen. Et quand les Roosens parlent de Baudouin, ils disent depuis des années 'Boudewijn'. Alors bien sûr, en janvier 2020, notre héros revint étudier au Collège Notre-Dame de Bellevue à Dinant. Sur papier, l'échange avec la Flandre était limité à 4 mois. Mais il s'en tint à ce qu'il avait annoncé. Il passa presque tous les week-ends et jours fériés en Campine. Sa ville natale se limitait à la semaine, pour l'école. Quand on a 18 ans, l'amour physique défait aisément celui d'une mère.

Avec l'apparition du Covid, celui qui dans sa tête aussi était devenu Boudewijn passa finalement la plus grande partie du printemps 2020 chez Bente. Les cours à Dinant avaient lieu à distance et beaucoup furent supprimés. Tous les après-midis, c'était la fête aux quatre coins d'Essen. Qui compte heureusement et comme on le sait maintenant de nombreux endroits fort tranquilles. Le jeune homme n'eut pourtant aucun mal à obtenir son diplôme de fin d'études secondaires en juin. Grâce au virus, les examens finaux à Bellevue se réduisirent à une formalité.

Mais sa migration vers le nord nuisit considérablement aux résultats de Boudewijn lors de ses deux années de droit à l'Université de Namur. Il ne décollait plus d'Essen ou alors contraint et forcé, pour les cours obligatoires en présentiel. L'amour en tête, ça donne la tête en l'air. Conséquence : deux années d'échecs. Sauf dans la matière 'Terminologie juridique néerlandaise'. L'honneur était sauf, c'était en tout cas l'avis de l'intéressé. Bente, qui étudiait la communication à Anvers, rata deux fois elle aussi. L'échec, c'est toujours mieux à deux.

Le Dinantais-de-moins-en-moins-Dinantais se tourna ensuite vers l'histoire à la KU Leuven. Bente vers le marketing à l'UCLL, une haute école à Heverlee. Ils s'installèrent dans un seul et même kot. Ils se mirent à fréquenter les auditoires. Et à réussir.

Essen devint même un atout pour les études de Boudewijn. Il fit d'un ancien bourgmestre de la commune, Herman Suykerbuyk, le sujet d'un de ses travaux. Une vingtaine d'années plus tôt, le démocrate-chrétien qui était aussi député avait fait voter par le Parlement flamand un décret accordant des subsides aux victimes de la guerre, mais aussi à celles de l'épuration et de la répression. En termes simples : à des collaborateurs condamnés. L'idée que les collabos soient considérés comme des martyrs qu'il fallait indemniser indigna la Belgique francophone. La Cour constitutionnelle invalida d'ailleurs le texte, ce que Boudewijn n'apprécia pas. Le professeur qui supervisait son travail non plus. Cela lui valut d'excellents points.

Le jeune homme appelle désormais Essen sa ville rouge et cela n'a rien à voir avec la politique. La plupart des maisons sont construites en briques rouges provenant des nombreuses fours de la région : Brecht, Beerse, Sint-Lenaarts... Les briqueteries ont presque toutes disparu[46], mais la jolie couleur est restée. Quel contraste avec la pierre bleue omniprésente à Dinant. Fade. Et mal nommée : elle est aussi grise que la pluie de janvier[47].

Dans son peu de temps libre sans Bente, Boudewijn joue maintenant au basket dans l'équipe locale *Esbac Oxes*, en troisième provinciale anversoise. Les entraînements ont lieu au collège. Lorsqu'il s'approche de la salle de sport, il pense toujours à la première fois qu'il a vu son amie, ici, dans la cour de l'école. Lors des matchs, il reste souvent sur le banc. Même en sport amateur, le niveau est plus élevé en Flandre. Non pas que les gènes diffèrent entre le nord et le sud. Mais plus d'un siècle de luttes d'émancipation dans une Belgique qui semblait francophone et hostile a généralisé chez les Flamands l'idée qu'il faut se battre pour réussir, c'est en tout cas l'avis du jeune homme. D'où le phénomène des Flandriens en cyclisme, ces coureurs qui, le siècle dernier, se démenaient comme des dératés pour que leur famille ait à manger. Dans leur foulée, il y eut l'émergence de tous ces entrepreneurs flamands à succès, de Marc Coucke à Christian Van Thillo. Pendant ce temps, la Wallonie se reposait sur ses lauriers que Boudewijn estimait pourtant bien fanés. Le passé est encore plus traître que l'avenir.

Mais pour l'heure, le week-end ne fait que commencer. Et pour une fois, le train est ponctuel. Entrée en gare d'Essen à 16h13. Ces dernières années pourtant, les retards sur le rail s'accumulent. Pas aujourd'hui. Peut-être est-ce

46 La briqueterie Floren à Brecht est toujours en activité et appartient à un groupe britannique.

47 Pardon aux Dinantais pour cette réflexion absurde. Oui, depuis qu'il est devenu Boudewijn, le garçon commence franchement à dériver.

parce que les Wallons ont un jour de congé. Nous sommes le 27 septembre 2024, jour de la fête de la Fédération Wallonie-Bruxelles. Boudewijn s'en souvient tout à coup. Ça lui inspire une de ces réflexions qui lui viennent maintenant tout naturellement.

— Grâce au jour férié dans les écoles et les administrations, les francophones ont moins pris le train. Leur nonchalance à l'embarquement et au débarquement n'a donc pas pu causer de retards. On devrait leur donner encore plus de temps libre. L'économie belge ne le sentirait même pas. Et les navetteurs flamands s'en porteraient mieux.

Oui, les Wallons peuvent être trop durs avec eux-mêmes. Les ex-Wallons encore plus.

Boudewijn ne peut plus tolérer les incessants dysfonctionnements des chemins de fer. Pour lui, c'est la preuve ultime de l'échec de la Belgique. La SNCB est bien fédérale, non ? Elle est même administrée par un ministre francophone et Ecolo. En néerlandais le mot 'vert' est synonyme d'inexpérience, d'immaturité, de manque de qualification. Chose amusante : en français, ces caractéristiques sont liées au mot 'bleu', Boudewijn fait mine de l'oublier. Une chose est sûre : il préférerait effectuer le trajet vers l'université en voiture, au moins ça roule. Il demandera à nouveau à sa mère de lui en acheter une. De préférence un SUV, pour le confort et la sécurité. C'est à cela que sert une génitrice qui a de l'argent, après tout. Même si on ne va jamais la voir.

Boudewijn Coignoul sort de la gare. Il prend le temps d'aller sonner juste en face, à la porte de Rosa, la tante de Bente et son ancienne logeuse. La famille, c'est important, c'est certain. Elle se dit très contente de le voir. Ils s'installent sur la petite terrasse à l'arrière. Le temps est magnifique. L'humeur de Boudewijn est à l'avenant.

— Tante Rosa, j'ai tellement de chance d'être devenu un vrai Flamand. Le camp des vainqueurs est plus attrayant que celui des perdants. Je saisis à pleines mains l'opportunité que m'offre la Flandre de devenir l'un des siens. Un peu comme Moïse à qui Dieu a ouvert la Mer Rouge. Imagine-toi : ça n'a pas dû être évident d'oser passer entre ces deux murs d'eau. Dieu ne lui avait pas fourni d'assurance tous risques, c'était sûrement trop cher à l'époque. Moïse a eu la foi. Il a réussi. Moi aussi. J'ai traversé. Vers la Flandre.

Rosa Roosens est tout à coup très inquiète. Un individu qui se compare au héros du livre de l'Exode souffre d'un début de folie ou a pris les mauvaises pilules. Le résultat est d'ailleurs identique. Mais le garçon continue sur sa lancée :

— Depuis que j'ai commencé à étudier l'histoire à la KU Leuven, après mes deux ans de droit à l'UNamur, je me sens bien mieux dans ma peau. J'ai l'impression d'avoir davantage de valeur. As-tu vu les classements internationaux ? Gand et Louvain sont toujours dans le top 100 mondial, alors que les universités wallonnes ne le contemplent que de très loin. Tu vois la différence de prospérité entre les deux parties du pays ? Comment les gens d'ici s'habillent plus chic et plus cher ? Tous ces magasins de luxe ? Toutes ces voitures de luxe ? Il y a quatre fois plus de BMW au-dessus qu'en dessous de la frontière linguistique, on est tout en bas du classement, cela se voit jusqu'à notre position géographique dans la partie inférieure de la carte de Belgique. Même une ville super touristique comme Dinant ne se porte pas bien. La seule entreprise locale qui a une certaine célébrité est Leffe. Tu connais sûrement. C'est l'abbaye située à un kilomètre du centre-ville d'où provient l'une des bières les plus célèbres au monde. Mais 1 : La plupart des Belges, y compris les Wallons, pense que Leffe se trouve en Flandre, probablement parce que le propriétaire du nom, AB Inbev, fait mousser la planète depuis Louvain. Et 2 : La bière n'a jamais été brassée à Leffe. Elle est désormais produite à Louvain-même. Les abbés de Leffe perçoivent des royalties pour l'utilisation du nom de leur abbaye dans le monde entier. Ça fait d'ailleurs un nouveau transfert d'argent inutile du nord vers le sud. Je suppose que tu conclus comme moi : si même la marque dinantaise la plus connue fleure bon le Flamand, pourquoi ne pas le devenir moi aussi ? J'en suis si fier.

— Cher Baudouin...

— Boudewijn, tante Rosa, si tu veux bien.

— OK, si tu préfères. Je sais que mon frère et sa famille t'appellent comme ça. Un changement de prénom ne coûte que 140 euros en Belgique. Mais il faut avoir une bonne raison. Je me demande si à Dinant, ils valideront les motifs que tu viens de m'exposer...

— Tu as raison. Je vais me faire domicilier à Essen. J'y suis de toute façon très souvent. La commune acceptera sans problème mon nouveau prénom. Je devrais peut-être aussi penser à choisir un nouveau patronyme. En Flandre, personne ne peut écrire Coignoul correctement. *Kwa quoi ?* Mais j'ai l'impression que tu ne me comprends pas.

— Je vois surtout que tu as beaucoup changé depuis la première fois que je t'ai vu, il y a 5 ans. Je suis désolée de te dire cela. Tu étais un jeune étudiant tellement sympathique. Le charme wallon. La classe wallonne mêlée de modestie. Tu avais tant d'humour. Où tout cela est-il passé ? Tu es toujours aussi prévenant, ça oui. Je trouve ça mignon que tu me rendes visite alors que tu aurais pu faire quelque chose de bien plus agréable avec Bente. Mais je remarque une chose étrange. Je sais que tu es chrétien. Et pourtant, tu parles des 'vainqueurs', des 'plus forts'. J'ai arrêté d'aller à la messe il y a longtemps. Après toutes les histoires de pédophilie et d'adoption forcée dans l'église, j'ai choisi de me faire débaptiser. Une belle phrase de l'Évangile m'est pourtant restée en mémoire : 'Heureux les pauvres, car le royaume de Dieu est à vous[48].' Pardon de citer des

48 Luc 6:20.

références bibliques, c'est toi qui as commencé en te comparant à Moïse. Être moins riche n'est pas un péché. Ne pas être généreux, si.

— Être généreux avec des gens qui usent et abusent de votre bonté pour se la couler douce ? C'est ce que j'appelle le profitariat wallon. Et pour être clair, la paresse fait partie des sept péchés capitaux.

— Baudouin, reprends-toi ! Pourquoi tournes-tu le dos à ta propre région ? Tu lui tires même dans le dos. Si tu penses que les choses vont si mal, tu ferais mieux de te retrousser les manches plutôt que baisser ton pantalon et émigrer. Dans le parti extrême, comme tu le nommais à l'époque, ils n'aiment pas ça, les migrants. Tu deviens de plus en plus radical. J'espère que ce n'est pas à cause de mon frère Marnix et de la composante féminine de la famille. Je me demande s'ils ne t'ont pas lavé le cerveau, c'est allé si vite.

— Alors là, pas du tout. Ce genre de soupçon est totalement injuste. Bente est la femme de ma vie et je n'en ai qu'une. Et Marnix est l'être humain le plus fascinant que je connaisse. Surtout quand il commence à parler de l'histoire de ce pays qui n'en est pas un. Grâce à lui, j'ai énormément appris. Que tu doutes ainsi de ta propre famille, ça dépasse ce que je peux supporter. Merci pour ton accueil, tante Rosa. J'ai une urgence, je dois y aller.

— Mais tu n'as même pas pris de café. J'ai acheté des pralines. Tu adores ça, je m'en souviens.

— Au revoir !

Malgré son sac lourd de trop de cours, Boudewijn marche d'un pas rapide dans la Spoorwegstraat de son Essen. Il tourne à droite dans la Stationsstraat, là où habite Bente. Il sent son t-shirt s'agrandir de deux tailles sous l'effet de la colère. En tant que néo-Flamand, il essaie de ne pas le montrer. Il ne veut surtout pas être associé à ces Wallons trop bouillants qui perdent trop vite leur sang-froid. Il en est ainsi pour tout converti : on cherche avant tout à se montrer un adepte exemplaire de son nouveau camp.

Lorsqu'il arrive chez Bente, quelques minutes plus tard, il bout un peu moins. Mais que Rosa dénonce toute expression de fierté flamande, il ne peut vraiment pas le comprendre. Avoir des racines, c'est ce qui fait grandir une personne, un peuple. Qu'y a-t-il de mal à cela ? Il veut en discuter avec Bente. Mais il y a trop de monde à la maison, sa sœur Lore reçoit ses amis scouts. Son amie l'emmène alors vers le Musée de la Charette. Pas vers le Rex, comme ils l'auraient tous les deux souhaité. Le café n'ouvre qu'à 16h00 le vendredi. Et Rosa pourrait passer devant.

Boudewijn aurait-il imaginé pouvoir se retrouver ici quand il s'appelait encore Baudouin ? Jamais. Dans cet improbable musée avec sa 'collection unique de charrettes, de wagons et d'attelages', dixit son site internet, 300 au total. Aucun Wallon au monde ne connaît cet endroit. S'il avait le cœur à cela, il pourrait s'enorgueillir d'être le tout premier.

Bente essaie de lui remonter le moral.

— Regarde tous ces véhicules non motorisés, comme on dit ici. Il y a même un mobil-home *avant la lettre*, avec sa kitchenette 1900, une table et un lit. J'ignore si cet endroit est vraiment aussi unique qu'on le prétend. Mais il est là. Et on y est. Rien d'autre ne compte.

C'est d'abord à cela que servent les musées : arrêter le temps pour se poser soi, les collections, deux semaines après, on a quand même tout oublié. Pour atteindre le même résultat, Robotland, le nouveau 'parc d'attraction technologique' créé dans un ancien hangar des douanes n'était pas adapté. Mais haro sur l'énumération des différents attraits touristiques locaux. Vous ne lisez pas ces lignes pour organiser votre prochaine sortie dans une destination improbable. Mais bien pour voir la vérité en face quant au déroulement d'un enlèvement qui aura de grandes conséquences sur notre pays. Et qui tiendra toute l'Europe en haleine durant des mois.

Boudewijn peut enfin raconter à Bente ce qui s'est passé chez sa tante. Elle fait la moue.

— Je constate qu'elle fait une rechute. Il y a quelques années encore, elle détestait ce qui touchait de près ou de loin au nationalisme. Mais j'avais des raisons de penser qu'elle avait changé d'avis. À tort à t'entendre. À l'époque, elle correspondait à 100 % à la définition de 'woke'. Comme les wokistes purs et durs, elle estimait que les histoires sur notre passé qui pouvaient nous mener à des sentiments de fierté et de cohésion devaient être évitées comme la peste d'antan. Parce que ce passé regorgeait de principes à proscrire. Trop anti-noir. Anti-brun. Anti-jaune. Anti-rouge. Et aussi anti-femmes. Quand maman est devenue assistante parlementaire dans ce qu'elle considérait comme un parti extrême, Rosa a complètement coupé les ponts avec nous. Nous étions des parias. Je la voyais encore de temps en temps dans la rue ou au magasin, Essen est un village, tu le sais. Elle faisait semblant de ne pas me remarquer. Une attitude à côté de la plaque, si tu veux mon avis. Lorsque tu es exclue par des personnes qui se croient moralement supérieures, tu ressens une grande injustice. Cela renforce ta conviction que tu as raison et les autres tort. Il n'y a rien de pire que des proches qui te regardent de haut. Ils n'auront jamais le dessus. Seule ma petite sœur Lore a continué à soutenir Rosa, elle n'était encore qu'une enfant. Mais mes parents et moi formons une équipe très soudée.

— Quelle histoire ! Tu ne m'avais jamais raconté. Comment les choses ontelles alors pu s'arranger, en tout cas avant cet après-midi ?

La réconciliation avait eu lieu à la Noël 2018, quelques mois avant l'arrivée de Boudewijn à Essen. Tout débuta à la messe de minuit. Une fois à l'intérieur de l'église, Bente respira un bon coup. Elle le faisait à chaque fois qu'elle entrait dans un lieu de culte. Pour remplir ses poumons de cette odeur si familière d'encens, de détergent, de vieux murs et de vieilles personnes. Un parfum qui la rassurait. L'effet d'un doudou sur un enfant. Elle s'était préparée à une messe comme les autres années, avec quelques chants traditionnels et un service beaucoup trop long. Mais le curé prononça une homélie qui l'avait pour une fois maintenue éveillée : 'La paix dans le monde, c'est simple. Ça commence chez soi. C'est ce qui est écrit en toutes lettres dans l'Évangile de Matthieu *: Si tu te souviens que ton frère a quelque chose contre toi, laisse là ton offrande devant l'autel, et va d'abord te réconcilier avec lui*[49].'

Le texte avait aussi visiblement fait forte impression sur Gella, la mère de Bente. En rentrant à la maison, elle déclara :

— Marnix, n'est-il pas temps d'arrêter cette dispute ? Je sais que tu penses que Rosa devrait faire le premier pas parce que c'est elle qui a commencé. Mais c'est Noël. Ne faisons pas seulement le premier pas, faisons-en un grand. Je veux que nous formions à nouveau une famille.

Le lendemain, les Roosens de la Stationsstraat invitèrent la Roosens de la Spoorwegstraat. Tout le monde est libre le soir du 25 décembre. La tante vint. Elle s'excusa. L'esprit de Noël ne sauve pas le monde, mais il peut apaiser des tensions. Bente était présente, bien sûr.

— J'ai pleuré, Boudewijn, et tu sais que ça ne m'arrive pas souvent. Mais j'ai senti après coup que quelque chose restait cassé. Dans son regard, même inconsciemment, cette étiquette d'extrême droite nous collait à la peau comme l'étoile jaune restait fixée au revers des Juifs pendant la Seconde Guerre mondiale et, dans leur tête, bien après.. Ce que tu me révèles maintenant confirme mon sentiment. Elle ne veut vraiment pas comprendre. En réalité, le nationalisme flamand veille à ce que les membres les plus faibles de notre société soient protégés. Ils se sentent menacés par la mondialisation. Ils ne connaissent pas les langues étrangères. Ils ont un faible niveau d'éducation. Les étrangers peuvent leur prendre leur emploi à tout moment et dans la foulée, leur raison d'être. La parlementaire pour laquelle travaille ma maman le dit souvent : 'Le nationalisme flamand est comme une mère. Il prend soin de ses propres enfants. Il fait ce qu'il faut pour écarter tout péril.' Il n'y a rien de plus social. Mais Rosa ne veut visiblement toujours rien entendre. Au nom du politiquement correct. En fait de correction, je dirais plutôt corruption. Les partis politiques pourris qu'elle soutient, nous ont amenés là où nous sommes aujourd'hui. Dans une impasse. Par incompétence. Par appât du gain. Si je raconte cet incident à papa, je ne sais pas s'il voudra encore revoir sa chère sœur.

Les charrettes sont exposées dans des baraques en bois. Mais la plus grande partie du musée est à l'air libre. Boudewijn et Bente s'assoient sur un banc à l'ombre. Il lui souffle :

49 Mattieu 5:23-24.

— Après cinq ans ensemble, nous continuons à nous rapprocher. Tu me fais comprendre la vie si clairement. Et tu es si belle. Ceux qui ferment les yeux voient ce qu'ils veulent vraiment voir, prétend-on. Pour moi, c'est quand je les ouvre. Puis-je t'embrasser ?

Il s'en faut de peu que le vieux mobil-home ne serve à nouveau de nid d'amour. Bente, qui connaît la moitié du personnel du musée, met à temps le holà :

— Viens, rentrons à la maison. Mon père a une réunion de parents ce soir au collège. Ma mère rentrera tard de Bruxelles. Et Lore part en week-end avec les Scouts et Guides d'Essen-Heikant. Nous sommes seuls. Nous avons le temps. Je veux que tu me maintiennes en équilibre le plus longtemps possible sur ce fil si ténu avant l'extase. Jusqu'à ce que je te demande de le faire céder.

— T'ai-je jamais déçue ?

Vous pouvez souligner cette phrase de Boudewijn avec votre marqueur fluo ou le stylo à bille sur votre table de nuit. Elle résume ce qui va se passer.

Chapitre 13

Comment un policier namurois croit sauver le pays

Samedi 21 février 2026, 16h00, Namur
René Bouchat n'en croit pas ses oreilles. Le garçon qui lui est présenté passe à table en 10 secondes. Pas besoin de poser la moindre question. L'avocat qui accompagne ce Thomas Cuypers semble satisfait. Il travaille pro déo, ce n'est pas loin du bénévolat. Plus l'interrogatoire est court, mieux c'est. Il est déjà 16h00 et il a donné rendez-vous à son nouvel amant dans deux heures à l'hôtel Ibis de Namur. 89 euros la nuit. Même s'ils quittent la chambre au bout de 60 minutes, ce n'est pas cher payé pour sa dose hebdomadaire de plaisir. L'amour est le dernier risque non couvert par les assurances. Avec cet homme-là, il a décidé qu'il n'y aurait que du sexe. Son impatience n'en est pas moins grande.

La voix de René est chaleureuse et encourageante. Comme celle d'un professeur qu'on aime bien. Il tutoie Thomas pour recréer l'atmosphère scolaire familière à l'adolescent. Il ne le fait normalement jamais avec les suspects. Même les pires criminels méritent le respect, pense-t-il et le respect passe par le 'vous'. Mais quand on met quelqu'un en confiance, il en dit toujours plus. Ou même tout. Comme maintenant.

— Bonjour, maître Gendebien. Bonjour, monsieur Cuypers. Vous pouvez vous asseoir. Cher Thomas, pourrais-tu me dire où tu étais la nuit du...

— Ne vous donnez pas tant de peine. J'avoue. J'ai kidnappé Bart De Wever. J'ai 18 ans, je viens d'obtenir mon permis de conduire. J'étais au volant de la camionnette. Mais j'ai été piégé, monsieur le Commissaire. Le commanditaire de l'enlèvement m'a contacté via un site de messagerie crypté où nous étions actifs tous les deux.

— C'est très gentil à toi de m'appeler commissaire. Mais un simple monsieur Bouchat fera l'affaire. Ou René si tu préfères. Peux-tu me montrer les messages ?

— Tout a été effacé, ça faisait partie du deal. Je vais vous expliquer comment on s'est fait berner. Mon contact m'a fait croire que, comme moi, il adorait regarder des films policiers. On avait le même âge. Nous étions de la même région. Ça faisait beaucoup de points communs. En plus, il était méga sympa. Après quelques jours et bien davantage de messages, nous étions amis. Du moins, je le croyais. Puis, il a commencé à me dire qu'il avait une sorte de grand jeu en tête. Nous allions kidnapper quelqu'un d'important. La personne elle-même était au courant et se laisserait faire, m'a-t-il affirmé. Il a d'ailleurs rapidement révélé son identité : Bart De Wever. Waouh, le Flamand le plus connu, on pouvait difficilement faire plus stylé. Nous allions tout filmer et diffuser la vidéo sur le net. Cela semblait super excitant. En plus, les revenus après diffusion du film pouvaient être élevés, le super jackpot sans même un détour par le casino de Namur - je n'ai de toute façon pas encore l'âge pour y entrer. Il m'a aussi demandé de trouver deux autres jeunes pour renforcer notre équipe. Mes deux meilleurs potes ont tout de suite accepté. Nous sommes dans la même classe à l'école hôtelière de Namur. Elle est située à la citadelle, comme vous le savez, c'est pour ça que nous connaissons bien le site. Je veux que vous nous compreniez, Monsieur Bouchat. Nous sommes tous les trois en dernière année. Nous rêvons d'une vie belle et réussie. Nous voulons devenir des stars sans attendre les étoiles des beaux hôtels que nous dirigerons tôt ou tard. Une telle aventure, l'idée que nous pourrions devenir des YouTubers célèbres et en plus, *money money*, ça nous a fait vibrer.

Le policier songe à faire remarquer qu'un tel projet vaut entre 20 et 30 ans de prison dans le code pénal. Il se retient à temps. Il se montre plus empathique que jamais, ce qui, en termes policiers, signifie 'être sensible aux perceptions d'autrui'.

— Oui, oui, je vous comprends tous les trois. J'aurais probablement accepté moi aussi. Mais YouTube n'existait pas à mon époque. Et quels sont les noms de tes deux amis ?

— Baptiste Marlet et Pierre-Loup Thiran. Je vous donne leurs noms parce que je sais qu'ils veulent également être quittes de cette histoire.

— Comment ça ?

— C'est simple. Nous réalisons maintenant à quel point nous avons été abusés. Bart De Wever ne voulait absolument pas être enlevé. Depuis que nous savons quelles sont les conséquences, nous ne dormons plus. À tout moment, nous craignons d'être arrêtés. Nous préférons passer quelques heures au commissariat plutôt que nous sentir poursuivis par toutes les polices du pays. J'espère que les tribunaux nous pardonneront et que nous ne serons pas punis. Je me sens déjà nettement mieux depuis que je vous ai tout avoué.

René Bouchat acquiesce. Les policiers sont comme les journalistes. Aux gens qu'ils interrogent, ils essaient de donner l'impression d'être leurs meilleurs amis pour soutirer leurs secrets. Cette fois, René n'a même pas dû se forcer, ce garçon lui est naturellement sympathique. Plus étonnant encore : les personnes en aveu se révèlent plus souvent qu'on ne pense reconnaissantes après coup d'avoir pu se confier. Ça leur enlève un poids. Quel métier formidable.

— Je vous le répète, Monsieur Bouchat : nous avons été dupés. Nous n'avons rencontré physiquement mon contact qu'après avoir kidnappé De Wever. C'est nous qui avions choisi le lieu de détention, ce tunnel sous la citadelle. L'endroit est à la fois discret et romanesque, idéal pour le tournage de ce qu'on pensait être un film. Et c'est donc là que nous nous sommes vus pour la première fois. Vus, le mot est fort. On portait tous des cagoules pour passer pour de vrais gangsters. Je vous le jure : on n'imaginait absolument pas qu'on en était vraiment, des malfrats. Notre chef était accompagné d'une femme. Nous parlions anglais entre nous, soi-disant pour donner une dimension internationale au film. Mais c'était peut-être tout simplement parce qu'ils maniaient mal notre langue.

— Tu n'as vraiment aucune idée de qui sont ces deux personnes ?

— Non. Pas de nom, pas de visage, pas de traces. Même leur voix, ils la déformaient en parlant tout le temps tout bas. Il y a tout de même une chose dont je leur suis reconnaissant : ce 19 février, j'ai vécu un thriller grandeur nature. Il ne faut pas se mentir, ce furent les moments les plus excitants de mon existence. Mais puis-je à mon tour vous poser une question ?

— Tu peux toujours essayer.

— Pierre-Loup, Baptiste et moi voulions de toute façon nous rendre à la police. Nous allions le faire demain, dimanche, pour éviter de manquer une demi-journée d'école en venant la semaine prochaine. Comment avez-vous fait pour nous devancer ?

René se sent de plus en plus lié à Thomas. Ce garçon est un mélange de bonne volonté, d'envie de bien faire et de beaucoup de naïveté. Si wallon, en somme. Mais il ne pourra pas beaucoup fréquenter les cours dans les mois à venir, se dit-il.

Pour ce qui est de l'identification rapide, il décide d'être franc. Il explique qu'il a trouvé la carte d'identité de Thomas dans l'herbe, non loin du souterrain. Son intuition fonctionne à nouveau.

— Comme j'ai été bête de suivre ce beau parleur. Il m'a sûrement volé ma carte avant de la déposer là. Je suis tellement en colère contre lui, contre moi-même. Je veux coopérer avec vous au maximum pour le retrouver lui et sa complice. Mais ils ont été super habiles. Nous avons par exemple dû leur donner les téléphones portables que nous utilisions pour communiquer et filmer. Une fois encore : pas de traces. Ils nous ont offert le nouvel iPhone 16 en échange. C'était le marché. Sur ce point au moins, ils ont respecté le contrat. Quoi qu'il en soit, si j'apprends d'autres informations, je vous les communiquerai immédiatement. Puis-je rentrer chez moi maintenant ? Je dois absolument étudier. J'ai examen lundi.

— J'ai bien peur que non, Thomas.

— Excusez-moi, je dois y aller, glisse alors Maître Gendebien.

L'avocat est soulagé que l'interrogatoire finisse à temps pour son rendez-vous. Il part pour l'hôtel Ibis. Thomas vers la prison.

Chapitre 14

Comment naît un complot

Jeudi 25 décembre 2025, Essen et Dinant

Boudewijn Coignoul passe son cinquième Noël à Essen. Pour étudier, il s'est depuis longtemps installé dans un coin de la très grande chambre de Bente, au premier étage. Avec une table. Une chaise confortable (une Markus d'Ikea[50] – 'pour bien jouer, un basketteur a besoin de bonnes chaussures, pour étudier efficacement, un étudiant doit avoir la meilleure chaise', dit-il). Et une lampe puissante[51] – 'une bonne visibilité donne la bonne vision des choses'. Il a tout ce qu'il lui faut. Son premier examen d'une longue série est prévu le 15 janvier: 'Histoire économique après 1750'. Il est grand temps de s'y mettre.

Boudewijn ne rentre plus jamais à Dinant. Sauf quand sa mère supplie si fort qu'il cède, deux fois par an tout au plus. Plus du tout depuis l'été dernier. La semaine, c'est Louvain, le reste du temps, c'est Essen. Bente est diplômée en marketing depuis quelques mois. Elle travaille comme intérimaire dans une agence de publicité à Oud-Heverlee. Ils dorment ensemble tous les soirs, dans leur kot à Louvain ou à Essen chez Bente. En Campine, il se sentent presque à l'hôtel. Ils ne doivent pas faire les courses. Ils ne cuisinent pas. Même la lessive et le repassage, c'est pour Gella, tant elle est heureuse que sa fille aînée revienne encore à la maison. Car 'combien de temps cela va-t-il encore durer ?'.

Vinciane Lebrun n'a pas cette chance. En ce même jour de Noël à Dinant, elle se désole avec sa fille Claire.

— C'est comme si j'avais perdu un deuxième enfant après Kim. Baudouin nous a été enlevé par la Flandre et surtout par ces Roosens. Les personnes qui optent délibérément pour leur belle-famille le font généralement parce qu'elles ne se sentent pas assez aimées par ceux de leur sang. Mais Dieu sait que ce n'est pas le cas chez nous ! Toi et moi avons toujours fait de notre mieux pour lui. Il semble ensorcelé par ce qui ressemble à la secte d'Essen. Mon propre fils ne

50 Il ne s'agit pas ici de placement de produit. L'auteur du livre en a cinq chez lui. Il les a pour la plupart achetées sur 2ememain.be. Il en est très satisfait. Il est d'ailleurs assis sur une chaise Markus au moment où il écrit ces lignes.

51 Pour le coup, pas de marque. La lumière du soleil, c'est bien aussi.

répond pas à mes appels téléphoniques. Ni à mes innombrables messages. Je ne suis bonne qu'à payer sa chambre à Louvain, où il vit avec cette fille. Et à lui verser mensuellement et avec mansuétude une montagne d'argent de poche, 500 euros. La voiture qu'il m'a demandée, ça j'ai quand même refusé. 'Les transferts financiers sont comme une perfusion qui endort les Wallons,' fulminait-il la dernière fois que nous l'avons vu. 'Je paraphrase un Flamand bien connu,' avait-il ajouté. Cela devait être le gars de la N-VA, Bart De Wever, si je me souviens bien. Pour une fois, il mettait en avant un démocrate, on a vu pire. Pourtant, mon Baudouin qui se considère aujourd'hui comme un néerlandophone conserve un tempérament dont il dirait lui-même qu'il reste marqué par le sud du pays. Il a la chance que les Wallons travailleurs comme moi - et ils sont incroyablement plus nombreux qu'il ne le pense - aient un grand cœur et lui permettent d'avoir la belle vie. Mais je ne veux pas plaisanter sur le dos de mon fils. Depuis qu'il garde le silence, je vais à tâtons dans une ville sans soleil, comme il en existe dans le nord de la Finlande. Toi aussi, Claire, je le sais. Je ferais peut-être mieux de lui couper les vivres, comme il voudrait que les Flamands fassent avec la Wallonie. Qui sait? Lui aussi, cela l'inciterait peut-être à se reprendre. À moins qu'il ne coupe définitivement le fil qui le lie encore à nous. Même si j'estime difficile que les choses empirent. Comment en est-on arrivé là?

Claire a aujourd'hui 21 ans, deux ans de moins que son frère. Elle étudie la psychologie à l'université de Liège. Les personnes aux prises avec des pertes de repères comme sa mère, elle les entendra bientôt contre rémunération. Mais pour l'instant, elle est surtout une sœur sans frère. Dans la même ville sans vue ni vie que Vinciane. Elle est à la maison, à Dinant, pour préparer ses examens de janvier. Elle se sent choyée, presque à l'hôtel, comme Bente et son frère à Essen. En cela, les jeunes du monde entier se ressemblent, oui même les Belges de nord et sud. Ils sont peu pressés d'assurer certaines tâches obligatoires de la vie adulte. Car une fois que ça commence, il n'y a pas de retour en arrière.

Claire ressemble à son père: attachante, attentive. Mais sous la forme d'une jolie jeune femme. De beaux cheveux bruns. Des yeux sombres et brillants. Qui tendent aujourd'hui vers le noir. Si wallonne, en somme. Avant on aurait dit: si sexy. Son lien avec son frère se limite à la lecture de ses messages sur les réseaux sociaux. Elle observe avec tristesse le genre de posts qu'il publie:

'Un Flamand vit en moyenne 2 ans et 7 mois de plus qu'un Wallon. La faute au sud qui fume et boit plus. Et à la fin, c'est toujours la Flandre qui paie.'

Claire sait que les chiffres sont justes. Les Wallons sont également deux fois plus dépressifs que les Flamands. Mais rien à voir avec un mode de vie malsain consciemment choisi, comme le dénonce Baudouin. Une économie moins florissante nuit à la santé physique et mentale. Les gens ont moins d'argent pour prendre soin d'eux. Seule certitude: un message aussi brutal ne rendra pas les Wallons plus heureux.

Parfois, Baudouin s'inspire directement de la propagande du Vlaams Belang: 'La Flandre gère. La Wallonie digère'.

Cette fois, cela ne repose sur rien. Et cela tend vers le racisme. À tout le moins l'ostracisme: l'exclusion d'une personne ou d'un peuple. Or, qui exclut les autres se retrouve un jour tout seul.

Claire soupire:

— Je vis la même chose que toi, maman. Aucun contact personnel. Aucune réponse. D'une certaine manière, heureusement qu'il y a Facebook. Sinon, je pourrais penser qu'il est dans le même état que tes clients exposés en bas.

À 180 kilomètres plus au nord, chez les Roosens à Essen, on célèbre également Noël. Les fêtes religieuses n'ont pas encore été fédéralisées. Mais ici, aucune trace de tristesse. Pas de famille défaite. Les décorations de circonstance sont aussi envahissantes que sur les marchés de Noël des innombrables jardineries dont la Flandre regorge. Gella fait déborder sa maison de boules et d'étoiles, de la cave au grenier. Elle l'a fait comme chaque année, juste après la Saint-Nicolas.

— Je procède dans l'ordre. D'abord Saint-Nicolas, et puis Noël. Nous n'allons tout de même pas laisser la pression américaine dénaturer notre belle tradition du 6 décembre. Le sait-on aussi en Wallonie, Boudewijn ? Que leur Père Noël, *Santa Claus*, est une copie de notre saint Nicolas ? Importé aux États-Unis par les colons néerlandais au XVIIe siècle, à l'époque où New York s'appelait la Nouvelle-Amsterdam ? En Amérique, saint Nicolas a perdu la bataille, tout comme la langue néerlandaise d'ailleurs, qui aurait pourtant conquis le planète si les Néerlandais ne s'étaient pas laissés absorber par leur concurrent britannique. Mais je ne me laisserai pas faire comme nos voisins du Nord !

— Ce que les Wallons savent ou pas, je l'ignore désormais. Mais oui, je suis au courant, Gella. Vous aurez remarqué que j'étudie l'histoire. Et même autour de la Saint-Nicolas, il y a des différences entre le nord et le sud. En Flandre, saint Nicolas vient d'Espagne sur un cheval blanc. En Wallonie, il arrive du ciel sur un âne, à la façon du Christ le dimanche des Rameaux, lorsqu'il est entré à Jérusalem. Les Flamands ont en fait adopté la tradition néerlandaise, plus flamboyante. Les navires de la Compagnie des Indes orientales apportaient des friandises de l'Inde vers les Pays-Bas, après une escale en Espagne. D'où le lien bonbons/ saint Nicolas/Espagne. Le cheval blanc symbolisait un moyen de transport chic et rapide. Quant à l'occasion manquée par les Néerlandais du Nouveau Monde, c'est en effet vraiment dommage. La planète nous aurait appartenu.

Au menu, le grand classique de Noël: la dinde. Comme à Dinant. Nord et Sud gardent quand même encore beaucoup de points communs. Marnix Roosens est derrière les fourneaux. Il arbore un nouveau tablier de Noël, comme le veut la tradition familiale. *Les calories de Noël ne comptent pas*, est-il imprimé. Il vient de le recevoir, un cadeau de sa femme.

— Tu vois, Boudewijn, les nationalistes flamands sont des féministes. Même le soir de Noël, je cuisine. Je viens d'ouvrir une bouteille de vin. Trinquons, si tu veux. Je suis si heureux que tu combles notre Bente et toute notre famille.

Boudewijn et Marnix sont de plus en plus proches. L'étudiant admirait déjà son ancien professeur lors de son passage au collège. Depuis, leur complicité n'a fait qu'augmenter. À Essen, ils discutent souvent d'histoire et d'actualité, leurs deux passions. Pour Boudewijn, seul son intérêt pour Bente est plus grand. Aujourd'hui, la Première Guerre mondiale revient dans la conversation. Des soldats anglais et allemands auraient disputé des matchs de football pendant des trêves informelles de Noël, le 25 décembre 1914. Entre autres à Ploegsteert, en Wallonie. On dirait que Marnix donne cours. Toute la famille écoute. Toute la famille a d'ailleurs intérêt à l'écouter.

— Cette paix de Noël au front n'a duré que quelques heures. Le commandement des deux armées rivales n'apprécia que très modérément cette fraternisation. Il y avait une bataille à mener, une guerre à gagner. Ce conflit mondial entre Occidentaux reste pour moi un formidable gâchis. Cela n'enlève rien au fait que les Allemands ont fait de bonnes choses ici durant l'occupation. Pensez à l'université de Gand. Ils l'ont flamandisée, toutes les matières étaient enfin enseignées en néerlandais. Et que fit la Belgique après l'armistice ? On repassa au français, comme avant la guerre. Le sang versé par les fils de Flandre dans les tranchées ne leur avait donné aucun droit.

Marnix Roosens est un homme affable. Et un bon cuisinier. Mais sur le plan historique, il ressemble davantage à un conteur de fables qu'à Francis Balace ou Vincent Dujardin. À la fin de la Première Guerre mondiale, l'université de Gand s'était rangée derrière l'occupant et avait perdu tout crédit. Après l'armistice, de nombreux professeurs activistes - autre mot pour collabos - s'enfuirent en Allemagne. Alors, c'est vrai, le français fut réintroduit trop brutalement comme seule langue d'enseignement. Mais à partir de 1923, de plus en plus de cours furent donnés en néerlandais, pour atteindre la flamandisation complète en 1930. Même des personnes instruites et sensées comme Marnix Roosens détournent certains faits. Si tous les Marnix du monde s'en tenaient à la réalité, cela générerait moins d'approximations, vecteurs à leur tour de frustrations. Et moins d'extrêmes, de droite comme de gauche.

Mais passons à des sujets plus légers, c'est Noël après tout. Il n'y aura pas de neige en Flandre en cette fin décembre 2025. Cela ne gâche nullement la fête chez les Roosens. Ou quand même un peu. Lore, la jeune sœur de Bente, est assise sur le canapé beige à côté du sapin de Noël d'au moins trois mètres de haut. Elle fait grise mine lorsque son père reprend ses histoires de guerre aussi usées que les casques à pointe des Uhlans. Avec un air de : *'I couldn't care less'.* Les jeunes Flamandes utilisent si souvent l'anglais que cela se lit sur leur visage. Lore a 21 ans, comme Claire, la sœur de Baudouin. Elle étudie également la psychologie, mais à Anvers. Sa mère avait pourtant essayé de l'en dissuader.

— En tant que psychologue, tu ne rencontreras que des personnes déprimées. Ce n'est pas ça qui va mettre de la joie dans ta vie. Alors que les moments agréables sont déjà si rares. En plus, il n'y aura que des filles dans l'auditoire. Ce n'est pas là que tu vas rencontrer l'homme de ta vie.

Lore n'était pas pressée de se mettre en couple. Elle s'est donc inscrite. Elle réussit sans problème chaque année en juin. Elle est maintenant en premier master.

L'été dernier, elle a reçu le message d'une certaine Claire Coignoul sur son Instagram. Ce n'est pas qu'elle y soit très présente. Elle ne poste jamais rien, à part quelques photos de chiens et de chats pour se moquer d'elle-même. Mais les étudiants en psychologie doivent se familiariser avec les tendances de leur époque, trouve-t-elle. Pour la rendre meilleure. Elle a donc vu le message :

'Bonjour, Lore. Tu ne sais pas qui je suis. Mais tu connais mon grand frère Baudouin, le compagnon de ta sœur Bente. Je vois que tu étudies la psychologie. Moi aussi. Je sens déjà un lien. Je me rends compte que mon message peut te paraître bizarre. Mais ne pourrions-nous pas nous voir dans les semaines à venir ? J'ai quelques questions à te poser. Comme Baudouin, j'ai fait une partie de mes études en Flandre. Pas au collège d'Essen, mais à BIM-SEM, la grande école qui ressemble au château d'Harry Potter, en face de la gare de Malines-Nekkerspoel. Je ne voulais pas faire exactement la même chose que lui, tu sais comment sont les petites sœurs. En tout cas, tu n'auras même pas à faire l'effort de parler français avec moi. Mais si tu préfères, c'est avec plaisir bien sûr. À bientôt, j'espère. Claire'

Elles convinrent d'une rencontre, à la fin du mois de juillet. À mi-chemin entre Dinant et Essen, à Bruxelles.

— En terrain neutre, dirent-elles toutes les deux en riant lorsqu'elles se retrouvèrent à la gare de Bruxelles-Nord.

— Irait-on manger une glace ?, proposa Claire. Ou était-ce plutôt Lore.

Une glace, oui. Mais pas dans la gare du Nord dont la rénovation semblait avoir commencé dès son ouverture en 1952. C'était davantage un chantier permanent qu'un nœud de communication. Les travaux successifs laissaient derrière eux une accumulation de styles architecturaux hétéroclites dont la somme n'avait aucun style. On voyait ici parfaitement comment la capitale belge s'était auto-détruite sans que personne ne pense à appeler la ligne SOS Suicide. Cela déteignait sur le moral des voyageurs : ils paraissaient tous avoir perdu père et mère. Et leurs enfants, s'ils en avaient.

Claire et Lore quittèrent l'endroit le plus rapidement possible, au nom de leur équilibre mental. Tout de suite, les choses se mirent à couler de source entre elles. Comme si elles se connaissaient depuis des années. Elles se ressemblaient même physiquement. Des yeux un peu trop maquillés. Des cheveux bi- ou tricolores, voire plus. Pour ce premier après-midi ensemble, elles avaient chacune enfilé un jeans qui rivalisait avec le record du monde de trous en tous genres et un t-shirt blanc, en signe de pureté et d'innocence. Les psychologues pensent à tout. Pensent-ils.

Ce qui se passa ce jour-là dans la capitale fédérale entre les deux jeunes filles aura un impact majeur sur cette histoire. Désolé, il vous avait été promis que c'en était fini des *cliffhangers*, ces promesses (parfois en l'air, mais bien sûr pas ici) d'un moment haletant à suivre. On ne peut jamais faire entièrement confiance à un auteur wallon qui tourne le dos à sa langue maternelle, ça doit forcément cacher un gros problème.

Mais paix sur la terre, cher lecteur : aujourd'hui, c'est Noël. Aussi à Essen.

Lore regarde ses parents crier en chœur 'à table'. Son père a de moins en moins de cheveux. Sa mère toujours un peu plus de fesses. Mais à l'approche de la soixantaine, ils sont encore très bien pour leur âge. Gella porte une élégante robe verte, une des couleurs de Noël. Marnix a troqué son tablier contre un blazer bleu, son uniforme pour les soirées festives. Leur couple va également de mieux en mieux. Les portes qui claquent et les cœurs qui bloquent, c'était il y a longtemps. Ils se touchent à nouveau. Lorsque l'autre parle, c'est la chose la plus importante sur la planète à ce moment-là. Pourtant, en tant que psychologue en devenir, Lore se rend compte que quelque chose ne va pas. Ils sont de plus en plus guidés par ce que l'un de ses professeurs appelle 'l'idéologie affective'. Les émotions prennent le dessus, au détriment des arguments rationnels. Ils divisent de plus en plus la société entre le moi et les autres. C'est probablement cette convergence de vue qui refait battre leur cœur à l'unisson. À un rythme toujours plus échevelé. Ils fonctionnent exactement comme les jeunes, voire les très jeunes. Tout est *waouh*, *top*, *trop chanmé*, ou à l'inverse *la hess* et *zéro pointé*. C'est pour cela qu'ils ont une si bonne relation avec Bente et Baudouin qui vivent exactement comme eux et probablement à cause d'eux dans un monde en noir et blanc. Surtout blanc.

Pendant le repas, il y a une tradition chez les Roosens. Celle de la 'bonne discussion de Noël'. Avant le dessert, chacun expose ses attentes ou ses résolutions pour l'année à venir. Marnix commence.

— J'ai tellement envie d'enfin réaliser le rêve de ma vie. Le résultat des doubles élections de l'an dernier, le 9 juin et le 13 octobre 2024, donne tant d'espoir. Il est temps de voir advenir un État flamand à part entière qui ne se limite pas à l'autocollant VL à côté de la plaque d'immatriculation de notre voiture, une Peugeot bien sûr, avec son beau logo en forme de lion, symbole de la Flandre. Le Vlaams Belang et la N-VA doivent s'allier. Pourquoi Bart De Wever ne s'en rend-il pas compte ? Une Flandre indépendante, après tout, cela figure dans l'article 1 des statuts de son parti comme dans la Déclaration de Principes du nôtre. Vous me connaissez. Je n'ai pas l'habitude de m'apitoyer sur mon sort. Je laisse cela aux Wallons qui n'ont jamais assez et en veulent toujours plus. Encore une fois : sauf toi, Boudewijn. Avec Bente, tu as évidemment déjà reçu de notre part ce que nous avions de mieux à offrir. Mais sérieusement, je pose la question. Comment pourrais-je, comment pourrions-nous faire en sorte que la Flandre devienne notre pays dans les prochaines années ?

Lore détourne la tête. 'Arrête de radoter,' pense-t-elle si fort qu'elle le dit presque à voix haute. Toujours ce même rêve. Qui ne se réalisera jamais. La Belgique s'est tellement complexifiée au fil des ans que personne ne trouvera le mode d'emploi pour la démonter.

Mais Bente raisonne tout autrement. Elle se lève.

— Sur la base des résultats des scrutins de 2024, nous devrions en effet faire quelque chose. Je le dis tout net : puisque De Wever bloque, ne pourrions-nous pas le débloquer ? Cet homme est très accessible. Je viens de lire une interview de lui sur un site d'information, je ne sais plus lequel, ils répètent tous la même chose. Il y expliquait qu'il allait parler partout en Flandre, presque tous les soirs. Ne pouvons-nous pas faire quelque chose avec ça ?

Les yeux de Baudouin fondent comme la première bouchée de buche de Noël. En glace de préférence, ça va encore plus vite. Bente a toujours de nouvelles idées. Grâce à elle, le monde paraît clair et les solutions simples. Elle est si sûre d'elle. Ça lui plaît tellement, lui qui a encore trop souvent peur, bien qu'il s'en défende. Même chez les jeunes, il y a deux grandes catégories : ceux qui craignent le regard des autres au point d'hésiter à s'engager lorsqu'ils traversent un endroit où il y a du monde. Et les autres qui se sentent partout chez eux. Ça, c'est Bente.

Elle continue :

— Dans le domaine du marketing, on parle constamment d'USP, *Unique Selling Proposition*. Quelque chose que nous possédons, que le reste du monde n'a pas, et qui nous permettrait d'inonder le marché. Voilà où je veux en venir : nous sommes une famille flamande convaincue. Et nous comptons dans nos rangs un Wallon devenu flamand. C'est ça notre USP.

Le terme employé par Bente n'est vraiment pas nouveau, il a au moins 80 ans. Il a été inventé par un certain Rosser Reeves, un publicitaire américain. Lore ne semble d'ailleurs pas du tout impressionnée. Mais le père et la mère sont aux anges. Bente peut terminer son numéro :

— Boudewijn, es-tu l'un des nôtres ?

— Oui, ma chérie.

— Boudewijn Coignoul, ferais-tu quelque chose dont mon père, ma mère et toute notre famille te seront reconnaissants toute leur vie ?

— Oui, ma chérie.

— Je n'avais aucun doute à ce sujet. J'ai donc une proposition à faire pour que le rêve de papa, qui est aussi le nôtre, devienne réalité.

Le projet d'enlever l'homme fort de la N-VA, Bart De Wever, et de faire croire que les Wallons sont responsables, émerge ainsi pour la toute première fois. Bente argumente :

— De nos jours, en Flandre, le moindre incident prend immédiatement des proportions énormes. Notre presse transforme tout ce qui se passe en vrai désastre ou en super bonne nouvelle. Les médias ont trop longtemps vécu dans le carcan étroit de l'église ou d'un parti. Tout ici était fade et sans sel, à l'exception de quelques éditoriaux enflammés de faiseurs d'opinions tels Manu Ruys ou Hugo de Ridder. Tu m'as fait découvrir certains de leurs textes, papa. Et puis, il y a eu un tournant. Symbolisé par le premier slogan de notre première chaîne privée : *VTM kleurt je dag,* 'VTM donne de la couleur à votre journée'. C'était en 1989. Depuis, la Flandre n'est plus que teintes criardes et gros contrastes. Tout passe sous une sorte de loupe qui rend tout plus grave ou plus grand que ce n'est vraiment. Profitons-en pour réaliser une action dont l'ampleur décuplée par les médias ralliera plein de Flamands à notre cause.

Lorsque Bente s'exprime, ses parents Marnix et Gella ne cessent de hocher la tête. Sa force de persuasion et sa feinte spontanéité dépassent ce qu'ils pouvaient espérer. Son talent d'actrice est au moins aussi exceptionnel que celui du meilleur comédien flamand, Conner Rousseau. Et elle ne doit même pas s'habiller en lapin[52]. Elle maîtrise si bien l'art de manipuler Boudewijn. Le parti sera satisfait. Entre-temps, Marnix prend la parole.

— Ton analyse est parfaite, ma fille chérie. Maman et moi en avons fait l'expérience dans les années 1980 et 1990. Le corset que tu viens de décrire s'est effondré en quelques années : les églises se sont vidées, le CVP, le parti chrétien-démocrate, a perdu ses électeurs. La BRT, *Belgische Radio en Televisie,* est devenue la VRT avec le V de *Vlaams* et une programmation aussi commerciale qu'une chaîne de télévision privée. Pour beaucoup d'entre nous, l'envie de se faire plaisir est devenue aussi grande que la dette publique qui ne cessait de croître. La Flandre a perdu en stabilité, comme un adolescent en mal d'expériences, notamment au plan politique. Pour notre projet d'aujourd'hui, c'est une aubaine. On peut comparer cela à un bouchon de champagne qui saute après qu'on a bien secoué la bouteille. Il s'envole haut dans le ciel. Nous devons en tirer parti.

— C'est exactement ce qu'on va faire, papa. Une étincelle suffit pour déclencher un feu de joie. Ou un big-bang.

52 Conner Rousseau fut président du parti politique Vooruit, les socialistes flamands, jusqu'en novembre 2023. Il doit une partie de sa popularité à une participation très réussie à Masked Singer sur VTM. Il a terminé troisième. Il y était effectivement déguisé en lapin.

Lore n'ouvre pas la bouche de l'après-midi. Mais elle ne cesse d'avaler de travers. Les autres sont si concentrés sur leur plan qu'ils l'oublient. Seule sur le canapé, elle fixe les lumières du sapin.

— Ils vont penser que je médite, pense-t-elle. Même cela, ça les irrite. Tant mieux. Qu'ils comprennent seulement que dans ma tête, je suis à mille lieues d'ici et de leurs idées à deux balles.

Et oui : 'Tous ces exercices de méditation et le yoga n'ont rien à voir avec nos valeurs occidentales,' s'énerve sa mère chaque fois qu'elle voit une statue de bouddha dans une jardinerie de la région d'Essen. Et oui : en Flandre, il y en a tellement : des jardineries et plus encore des bouddhas. Mais ici et maintenant, l'esprit de Lore n'est pas vraiment envahi par la paix intérieure. Sur son canapé beige, elle commence à paniquer. Sa famille est en train de franchir la frontière vers l'illégalité. Alors que quand ils se comportent normalement, ses parents ne cessent de parler de loi et d'ordre.

Elle ne dit rien. Cela ne servirait à rien. Les autres trinquent à leur 'grand succès dans l'année qui vient'. Mais elle sent qu'elle doit faire quelque chose. Ce soir, elle contactera sa nouvelle amie Claire. Il sera peut-être encore temps de trouver la parade.

Note 3 de l'auteur : Qu'avons-nous appris jusqu'à présent ?

Les personnes animées par des idées d'extrême droite comme les Roosens peuvent être tout à fait sympathiques. Assurément davantage que leur programme politique. Je pourrais par exemple tout à fait reprendre la tradition de la 'bonne discussion de Noël' dans ma propre famille. Avec un résultat autre que chez les Roosens, c'est vrai.

En 2008, j'ai réalisé un long reportage télévisé sur Marie-Rose Morel, une députée du Vlaams Belang, très en vue à l'époque et aujourd'hui décédée. J'avais pris la résolution de ne pas lui serrer la main. Son parti était, à mes yeux, le diable incarné. Et vous connaissez la formule : 'Si tu touches le diable, il ne changera pas. Toi bien.'

Le premier jour du tournage, je sonne chez elle, dans un joli quartier résidentiel de Schoten, près d'Anvers. Elle ouvre et me donne illico un baiser sur la joue en guise de salut. Je n'ai pas le temps de dire ouf. Si vous montrez de l'aversion dès le début, le reportage que vous avez si longtemps préparé prend l'eau immédiatement. Mes bonnes intentions se sont donc envolées en 3 secondes.

Par la suite, la collaboration fut agréable avec Marie-Rose. Cela ne m'a pas empêché de centrer mon reportage sur les innombrables lacunes et raccourcis de son projet politique. Là où je veux en venir, c'est que tous les humains valent le coup à la base. Leurs idées pas toujours. Vouloir diaboliser quelqu'un n'est pas une solution. Le diable gagne à nouveau, sous forme des émotions négatives que la diabolisation engendre. Nous sommes alors tous perdants. Ce n'est en aucun cas l'intention de ce livre. Bisous dans l'au-delà, Marie-Rose.

Chapitre 15

Comment les psychologues ne savent pas tout de l'âme humaine

Dimanche 20 juillet 2025, 15h30, Parc Josaphat, Schaerbeek
C'est Bruxelles et c'est l'été. Et c'est la première fois que Lore Roosens et Claire Coignoul se voient après le message de Claire sur l'Instagram de Lore. On les retrouve alors qu'elles quittent la gare du Nord. Elles entament la montée vers le parc Josaphat, à Schaerbeek. En termes de relief, la capitale belge oscille entre collines et vallées. Elle est plus wallonne que flamande.

— Une boule de pistache, je vous prie. Dans un cornet.

— Pour moi aussi.

— Et un peu de chantilly.

— Pour moi aussi.

Est-ce Lore ou Claire qui parle ? Peu importe. Toutes deux ont un large sourire. Elles partagent le même goût pour la pistache et la crème fouettée. L'étudiant au comptoir du glacier Cocozza s'en mêle :

— La chantilly : dans le cornet ou sur la glace ?

— Dans le cornet, répond Lore.

— En Wallonie, c'est plus souvent au sommet des boules, précise Claire. Peut-on combiner, dessous et dessus ? Notre premier compromis à la belge.

Elles rient. La lumière du soleil se reflète sur leurs dents blanches comme la jeunesse. Le marchand de glace est ébloui. Elles sont si pleines de vie. Elles lui donnent envie. Il est juste assez professionnel pour ne pas griffonner discrètement son numéro de portable sur les serviettes. On ne sait jamais de nos jours. Avant aussi, il était souvent indiqué de s'abstenir, mais passons.

Le parc Josaphat ressemble à tous les autres parcs créés en Belgique entre la fin du 19ème siècle et le début du 20ème. Dans tout le pays, on a opté pour le style paysager anglais. Il n'y a ni symétrie ni équilibre : la nature reste maîtresse des lieux, contrairement au classicisme français avec ses lignes droites et ses haies bien taillées. Ce cachet anglais est toutefois moins chaotique qu'il n'en a l'air. Ce désordre bien ordonné ressemble parfaitement à la Belgique.

À Schaerbeek comme ailleurs, chaque parc a son petit bois. Ses chemins sinueux. Ses étangs peu profonds. Ses fausses grottes. Son mini-zoo avec des canards et des moutons qui paraissent tout aussi faux, jusqu'à ce que, malgré leur poids excessif dû à la suralimentation, ils se déplacent péniblement pour manger à nouveau. Et des bancs en bois pour bavarder. Mais les jeunes femmes décident de continuer à se promener. Marcher, c'est prouver à chaque foulée que la terre est solide. Que tout va bien. Elles ne sont ensemble que depuis une heure, mais elles savent déjà qu'elles peuvent se vouer une confiance totale. Ce genre de choses n'arrive presque jamais. Cela se passe aujourd'hui.

— Lore, puis-je te demander quelque chose de très personnel ?

— Vas-y, Claire. Nous nous voyons pour ça. Et pour l'instant, ça se passe hyper bien.

— Entièrement d'accord avec toi. Je ne sais pas si le coup de foudre amical existe dans la littérature scientifique. Un jour, nous écrirons ensemble à ce sujet. Mais d'abord ma question, je veux te la poser depuis si longtemps. Qu'arrive-t-il à Baudouin ? Tu le vois beaucoup plus souvent que moi, je crois.

— Oui, quand il n'est pas à Louvain, il est chez nous à Essen. Le plus souvent dans la chambre de ma sœur, à côté de la mienne.

— À Dinant, sa chambre à coucher jouxte aussi celle où je dors. Vide. Cela fait si longtemps que Baudouin n'est pas revenu. Il nous demande maintenant de l'appeler Boudewijn. Je ne le comprends plus. Tu le sais sans doute : ma sœur Kim s'est noyée dans la Meuse. Mon père n'a jamais pu l'accepter. Il s'est donné la mort quelques années plus tard. Mon frère et moi avons survécu chacun à notre manière. J'ai commencé des études de psychologie à Liège, pour approfondir ma connaissance de l'âme humaine. Pour aider les autres. Baudouin est parti vers le nord étudier l'histoire, une autre façon de sonder qui nous sommes. Entre ses humanités et la KU Leuven, il a échoué deux fois en première année de droit à Namur. Cela a attisé sa colère contre tout ce qui est wallon. L'environnement très flamand dans lequel il évolue n'a rien arrangé. Il a coupé ses racines. Il s'est perdu. Attention, je ne montre personne du doigt, ni lui, ni ta famille, j'ai d'ailleurs oublié de me vernir les ongles. Mais je suis si inquiète.

— J'aimerais beaucoup t'apaiser, chère Claire. À mon grand regret, c'est impossible. Je savais pour les drames dans ta famille. Chez les Guides, on dit que je porte le soleil dans ma poche, je te le donne. Vive la vie chérie ! Mais en effet, quand j'entends Baudouin, je constate qu'il trouve la sienne trop dure et injuste. En voulant rompre brutalement avec son passé, il s'est retrouvé encore plus seul. Et un solitaire vit en mauvaise compagnie.

Toutes à leur discussion, elles sont arrivées à ce qu'on appelle à Schaerbeek le séquoia géant. L'arbre le plus haut du parc Josaphat, 25 mètres entre la terre et les rares nuages de cet après-midi ensoleillé. Claire lève les yeux.

— Ce qui se passe entre Bente et Baudouin ressemble à ce que nos parents ont vécu. Mon père avait désespérément besoin que ma mère voie encore de la lumière après la noyade de Kim et la lui transmette. Le divorce a tout éteint. Il est maintenant - je l'espère - au ciel, l'endroit vers lequel pointe cet arbre magnifique. Non, tu ne m'as pas rassurée, Lore. Merci de me dire la vérité. Peut-on faire quelque chose pour aider Baudouin ?

— Nous pas, j'en ai bien peur. Dans ce genre de situation, les plus proches sont les plus repoussés. Peut-être ses amis de Dinant peuvent-ils intervenir ?

— Même avec eux, il a rompu les liens depuis qu'il est à Essen. En t'entendant, je comprends que Baudouin veuille se venger. En premier lieu sur ceux qu'il aimait. Parce qu'il nous associe à ce qui a mal tourné dans sa vie.

— Il est donc préférable de ne rien entreprendre, ni toi, ni ta maman. Mais peut-être que Dinant, en tant que ville, peut amener une solution. Dans sa ville natale, on retrouve tout ce qu'on a été. Lorsque l'on y revient, deux réactions extrêmes sont possibles. Soit on renie encore plus son passé parce qu'on ne se sent définitivement plus chez soi. Deuxième option : la ville où l'on est venu au monde permet de mieux voir ce monde. Les bons souvenirs refont surface. Tu as quitté ta ville mais elle ne t'a pas quitté. On réalise soudain à quel point l'endroit et les gens du cru ont manqué. On reprend ses esprits. En néerlandais, on dit : *Je komt weer bij je positieven*, tu en reviens au positif. Ça donne de l'espoir, tu ne trouves pas ?

— Dinant comme médicament. Merci, docteur Lore.

Chapitre 15 (bis)

Comment les psychologues ne savent décidément pas tout de l'âme humaine

Vendredi 2 janvier 2026, 11h48, gare de Hasselt
Cette fois, Lore et Claire cherchent un lieu de rendez-vous entre Liège, où Claire étudie, et Anvers, la ville universitaire de Lore. Il leur faut parler d'urgence de ce qui s'est passé à Noël chez les Roosens. Ce sera Hasselt. Et il neige. La gare beige et décrépie de 1964 aurait davantage sa place dans une ancienne république soviétique que dans le beau Limbourg. Mais elle a pour une fois un peu d'allure : la neige embellit le béton et la vie.

Les deux étudiantes restent à l'intérieur. Trop froid et trop peu de temps pour s'aventurer en ville. Elles n'en voient que l'énorme logo de la CSC Limburg sur le bâtiment situé face à l'entrée de la gare. Avec ce slogan en grosses lettres sur la façade : '*Your job, our work*', votre travail, notre travail.

— Bonne année 2026, Lore, dit Claire en arrivant. En parlant de travail : j'espère que nous ne serons pas retardées sur le chemin du retour. Je dois encore tant étudier. Toi aussi, je sais. Mais un flocon a autant d'effet sur un train belge qu'une souris sur un éléphant. Ou un coq sur un lion. Car tu ne le sais peut-être pas, Lore : dans la mythologie grecque, le coq qui chante fait fuir le lion. C'est aussi pour cette raison que le gallinacé est devenu le symbole de la Wallonie. Il ferait déguerpir le lion symbole de la Flandre, le *Vlaamse Leeuw*. On apprend ça à Dinant, au collège de Bellevue. Une bonne histoire belge, n'est-ce pas ?

— Attention, Claire : tes propos prennent un tour communautaire, tu suis l'exemple de ton frère, plaisante Lore. Et non : le chant du coq ne m'effraie pas comme chez les Grecs anciens. Je ne me sens d'ailleurs en aucun cas une lionne. Sinon, je viendrais te voir en consultation.

Comme Lore, Claire a des examens la semaine prochaine. Elle n'est venue à Hasselt que parce que Lore lui a dit que 'c'était très urgent' et que 'ça ne pouvait pas se faire par téléphone ou par Internet, on ne sait jamais, quelqu'un pourrait nous tenir à l'œil.'

Les futures psychologues sont restées en contact permanent ces derniers mois. Par messages. Ou en personne. Elles se sont vues un peu partout dans ce plat pays qui fait quelques rares incursions en hauteur, du télésiège Cordoba à Heuvelland en Flandre occidentale, au téléphérique de la citadelle de Dinant. *Collect moments, not things*, notre royaume, qui a moins à offrir aux touristes que la plupart des 192 autres pays du monde, s'y prête parfaitement. D'ailleurs, avec les Youth Tickets de la SNCB, cela ne coûte pratiquement rien pour les moins de 26 ans[53]. Lore, Claire. Claire, Lore : on pourrait presque parler de deux sœurs.

— As-tu reçu des nouvelles de Baudouin récemment ?, demande Lore.

— Rien de nouveau. En clair, pas de nouvelles.

— Alors, je dois te révéler quelque chose d'important, en toute discrétion.

Lore décrit ce qui s'est passé le jour de Noël à Essen. Et le plan insensé du reste de sa famille.

— Baudouin est tout à fait d'accord avec le rapt de De Wever. Bente assure qu'elle a trouvé le moyen pour que personne ne soit poursuivi. Mais même des criminels chevronnés comme Michel Fourniret ou Freddy Horion[54] ont un jour des ennuis malgré leurs épaisses lunettes de soleil. Désolé pour le trait d'humour, il s'agit plus de désespoir que d'une blague. Car je suis archi-inquiète. Bien plus que pour les points de mes examens. En même temps, je me sens si impuissante...

Claire et Lore tombent dans les bras l'une de l'autre. Elles partagent les mêmes larmes. Les personnes qu'elles aiment le plus au monde perdent le nord et les autres points cardinaux. Elles ne préviendront pas la police, cela ferait définitivement sauter tous les ponts entre Essen et Dinant et ils sont nombreux. Dans le hall de la gare de Hasselt, les autres passagers restent à distance. Ils regardent ailleurs. Ils ont déjà assez de soucis comme ça. Après quelques instants de sanglots étouffés, Claire retrouve sa voix.

— L'été dernier à Bruxelles, nous avons parlé de Dinant comme d'un médicament pour ramener Baudouin à la raison. Pour obtenir ce que nous n'avons pas encore obtenu, il est temps de faire quelque chose que nous n'avons pas encore fait. Ma maman fait partie d'un groupe de prière auquel appartient aussi un fonctionnaire de la ville. À mon avis, les liens terrestres sont d'ailleurs la seule utilité d'une telle activité. Soit. L'homme lui a dit que Baudouin devait venir faire renouveler sa carte d'identité à l'hôtel de ville d'ici quelques semaines. Une chance que mon frère n'ait pas encore élu domicile à Essen, probablement pour que maman continue à percevoir les allocations familiales et lui donne

53 Ici non plus, l'auteur ne touche pas un centime pour cette mention. Il s'agit d'un fait. Point. On se demande d'ailleurs pourquoi il se défend comme ça. Craint-il qu'on l'accuse de ne penser à l'argent ? Il faut dire que si c'était le cas, il n'aurait pas écrit un roman.

54 Freddy Horion est un assassin tristement célèbre en Flandre. Il a tué toute une famille en 1979. Au moment d'écrire ces lignes en 2024, il était toujours en prison.

de l'argent de poche en échange. Elle lui verse d'ailleurs beaucoup plus que ce qu'elle reçoit de la sécurité sociale et bien plus qu'à moi, il n'a vraiment pas à se plaindre. Il a rendez-vous au service de la population de Dinant le lundi 2 mars à 14h00. Je demanderai à son plus vieil ami Arthur d'aller flâner près de l'hôtel de ville à cette heure-là, comme par hasard. Il emmènera ensuite Baudouin sur les lieux où ils ont passé ensemble les meilleurs moments de leur enfance. L'escalier de 408 marches vers la citadelle, le plus long de Wallonie et donc de Belgique. Le terrain de basket où ils jouaient si souvent, enfin il verra. Pour le préparer, je donnerai d'abord à Arthur un cours de base sur la communication non violente. Beaucoup d'écoute. Et ne jamais blâmer l'autre, mais plutôt partir de ses sentiments à soi. Ne pas dire 'tu as fait une erreur' mais, par exemple, 'je me sens triste parce que…'. Dans le cas d'Arthur : triste parce qu'il pensait qu'ils se verraient plus souvent. L'amitié se nourrit de souvenirs, mais davantage encore de rencontres.

— Extra ! Le 2 mars, ça nous laisse le temps de tout organiser. Les examens seront terminés depuis longtemps. Je peux venir à Dinant ce jour-là, si c'est bien pour toi. J'espère seulement que nous n'aurons pas trop tardé.

Bart De Wever est enlevé le 19 février 2026 à Louvain.

Chapitre 16

Comment un match de football à Charleroi renverse Anvers[55]

Dimanche 1er mars 2026, 19h15, Stade du Pays de Charleroi

Les tribunes sont pleines à craquer. Au stade du Pays de Charleroi, cela signifie 15 000 spectateurs. Sur le plan sportif, le match n'a que peu d'importance. Il s'agit d'une demi-finale retour de la coupe de Belgique et il est d'ores et déjà acquis que l'Antwerp va se qualifier après sa victoire 5-1 au match aller. Mais les fans de football s'intéressent davantage à la politique qu'on imagine. Le fait que les deux partis nationalistes flamands optent désormais pour une division rapide du pays provoque une mobilisation générale. Certainement à Charleroi, l'autre cité ardente en Wallonie même si une première porte déjà ce nom[56]. Certainement contre Anvers, berceau du flamingantisme. Le football est devenu le moyen moderne de faire la guerre entre deux villes ou deux pays. De manière organisée. Un exutoire indispensable pour canaliser l'agressivité de la société. Pacifiquement, la plupart du temps. Pas ce soir.

En tribune 4, les ultras de l'équipe locale sont plus déchaînés que jamais. Ils scandent sans cesse 'Qui ne saute pas est un Flamand'. C'est unique en Division 1 A. Le Sporting de Charleroi, l'un des trois clubs wallons à évoluer à cet échelon[57], est la seule formation belge de haut niveau à ne pas avoir le moindre supporter flamand. À l'exception des parents du joueur néerlandophone qui est engagé dans l'équipe chaque saison dans l'unique but de donner des interviews aux

55 Ce chapitre est un clin d'œil au journaliste flamand Dirk Draulans. Dans l'un de ses nombreux ouvrages à succès, il avait imaginé qu'une rencontre de football joue un rôle dans l'effondrement de la Belgique. Ce scénario est d'ailleurs basé sur un exemple concret : en Yougoslavie, un match qui dégénéra en 1990 entre le Dinamo Zagreb et l'Étoile Rouge de Belgrade signifia le début de la fin du pays.

56 Officiellement, Liège est la 'Cité ardente'. Ce nom provient des étincelles qui jaillissaient des hauts-fourneaux et qui, la nuit, embrasaient le ciel liégeois. Comme celui de Charleroi. Quant à l'énergie qui émane des deux villes, l'ardeur est également équivalente. Et entraînante.

57 Avec le Standard de Liège et Eupen qui, administrativement en tout cas, est situé en Wallonie. Mais attention. Au moment où ce passage est rédigé, au début 2024, il est tout sauf sûr que ces trois clubs seront encore en D1A en 2026.

médias du nord. Le sponsor principal du club est en effet une entreprise européenne qui souhaite que sa marque soit promue des deux côtés du pays.

À l'autre bout du terrain, les supporters anversois sont presque aussi bruyants malgré leur nombre restreint. '*Walen buiten*,' chantent-ils, Les Wallons dehors, une évacuation de l'enceinte paraît pourtant peu probable. Ou le tout aussi sophistiqué : 'Et les Wallons, c'est du caca.' Ils déploient un énorme tifo : '*Bart, we love you*.' Leur bourgmestre, l'homme politique flamand le plus populaire du siècle, a été enlevé par des activistes wallons, ce qui l'a incité à prendre sa pension. Ils veulent absolument voir leur RAFC l'emporter une nouvelle fois ce soir pour montrer au sud du pays qui reste le patron dans le royaume : Anvers et son arrière-cour, c'est-à-dire le reste de la Flandre.

Il est 18h00. La nuit tombe. Les lumières des grands immeubles derrière le stade s'allument. La température est douce pour la saison. 'Un temps idéal pour le football,' commente le journaliste Peter Vandenbempt sur la flamande Radio 1. À côté de lui, Manu Jous fait chorus sur VivaCité. Pourtant, tous les observateurs sentent que la situation est incendiaire. Le feu ne tarde pas. Dès la 5ème minute, l'arbitre wallon – coïncidence ou pas – refuse de siffler un penalty en faveur des Anversois, malgré une faute flagrante : le meilleur buteur du Great Old a clairement été fauché dans le rectangle. Et à la dernière minute avant le repos, le même joueur est emmené sur une civière après un tacle bien trop appuyé. Vu la gravité de sa blessure, on le transfère sans tarder à l'hôpital Notre-Dame, qui n'est heureusement qu'à 300 mètres du stade. L'arbitre n'a adressé qu'une réprimande au fautif, pas même un carton jaune. La VAR de Tubize laisse faire. 'In-com-pré-hen-si-ble,' tempête Peter Vandenbempt.

Les premières notifications concernant l'état préoccupant du blessé arrivent pendant la mi-temps. Dès qu'ils les reçoivent sur leur téléphone, 200 supporters anversois voient rouge. Leur couleur. Ils escaladent les grilles. Pénètrent sur le terrain. Et passent à l'attaque. Les jeunes Zebrettes Dancers, les pom-pom girls locales, ont juste le temps d'interrompre leur danse au son de Beyoncé. Elles sprintent vers les vestiaires, plus vite encore que Nafissatou Thiam. Elles parviennent à s'échapper juste à temps. Les fans anversois hésitent alors un instant. Puis se précipitent comme un seul homme vers la tribune 4. C'est un combat à 1 contre 10. Même les Flamands sont perdants quand ils sont en tel sous-nombre. La police est prise de vitesse, comme dans les jours les plus sombres de l'affaire Dutroux, quand elle est intervenue trop tard malgré les alertes. Après quelques minutes de scènes à glacer le sang dont aucune âme sensible ou pas ne peut supporter la vue, on aperçoit quatre corps qui gisent sur l'herbe. Ils portent tous une écharpe blanche et rouge, les couleurs de la plus grande ville flamande. Une des écharpes a même servi à étrangler un des morts.

Marnix Roosens est supporter de l'Antwerp depuis l'enfance. Il est au stade. 'Je vais au foot pour me vider la tête,' aime-t-il à dire. Une tête effectivement trop pleine, on le sait tous maintenant. Il est assis au dernier rang de la tribune visiteurs. À ce moment précis, comme tout le monde, il semble abasourdi par ce qui vient de se passer. Devant une nuée de caméras, c'est-à-dire la Belgique entière.

— 'Ces fils de pute wallons en ont tué quatre d'entre nous !', entend-il autour de lui. C'est d'abord un murmure, dû à la sidération. Puis le son monte.

Marnix cache son écharpe sous son manteau. Il quitte le stade au plus vite. Avant que le noyau dur de Charleroi ne contre-attaque. Quelques supporters carolos sont en effet eux aussi au plus mal. Il ne va pas vers le bus qui l'a amené et qui l'attend. Ses amis et lui risqueraient d'être interceptés par des fans des Zèbres.

— Pour la santé, il n'y a rien de pire que de mourir, songe-t-il.

Il part à pied vers la gare. Ce n'est pas si loin. 25 minutes de marche selon Google Maps. Pour une fois, il se réjouit qu'il y ait une ligne de chemin de fer directe entre Charleroi et Anvers. Ce soir, il ne remettra pas pour la millième fois sur la table l'urgence de scinder la SNCB.

Sur le trajet vers Charleroi-Central, il ne croise presque personne. Mis à part d'innombrables ambulances et fourgons de police qui passent en trombe en sens inverse. Il tremble de tous ces membres. Ça ne l'empêche pas de marcher à toute allure dans la longue descente, ça doit être ça, l'instinct de survie. Il ne court pas. Cela attirerait trop l'attention.

Et pourtant.

Malgré le massacre qui vient de se dérouler sous ses yeux, un léger sourire point à la commissure de ses lèvres. En Belgique, les conflits communautaires n'avaient jusqu'à présent pas fait couler le moindre millilitre de sang. Dommage pour les quatre morts, bien sûr. Ils ont déjà mérité leur place dans le prochain *Canon de Flandre*, cet ouvrage qui retrace les grandes heures du nord du pays. Mais l'étincelle que Gella et lui ont allumée avec Bente et Boudewijn, et que les nationalistes flamands attendent depuis aussi longtemps que les Juifs le messie et Charleroi un titre de champion en D1A, cette étincelle est enfin en train de prendre.

La gare est en vue, de l'autre côté de la Sambre. Il passe le pont. À la voie 2, le train vers Anvers est prêt à partir. Dans son esprit, Marnix se défend déjà contre les critiques. Car la Flandre, à son grand regret, n'est pas un bloc homogène d'individus criant sans cesse 'que la Belgique crève', contrairement à ce que pensent de nombreux francophones. 'Pouvons-nous nous réjouir de ce qui s'est passé malgré le drame, Monsieur Roosens ?' 'C'est ma conviction, oui.' La Flandre était une nation. Elle va devenir un pays.

Chapitre 17

Comment Boudewijn se brise

Lundi 2 mars 2026, 10h30, Namur

Dans les locaux de la Police judiciaire fédérale, rue de l'Arsenal à Namur, entre Sambre et Cathédrale, les mines sont défaites. Le pays est quasi K.-O. depuis hier soir. Et la police est la cible de toutes les critiques, en rue comme dans les médias : 'Pourquoi si peu d'hommes à l'intérieur du stade alors que tous les feux étaient au rouge ?' La rue et les médias savent toujours tout mieux. Surtout le jour d'après.

Le commissariat long et trapu construit en 1859 occupe la moitié de la rue. Et là, parmi tous ces visages tristes se produit un phénomène hors du commun. Les longs couloirs donnent à la voix de René Bouchat une puissance encore plus grande que la sirène d'alarme posée sur le toit. Depuis que BE-Alert nous prévient des urgences sur nos portables, elle n'est d'ailleurs plus utilisée. En clair : la voix de Bouchat dépasse tout.

— *Eurêka !* (il se vante souvent d'avoir fait du grec ancien à l'athénée, alors que c'est à peu près le seul mot dont il se souvient.) *Eurêka*, j'ai trouvé les commanditaires. Le club d'étudiants *La Dinantaise* qui a invité Bart De Wever à Louvain est une coquille vide. Le site web annonçant la conférence n'a été créé qu'en janvier de cette année. Ce n'est d'ailleurs qu'à ce moment-là que Bart De Wever a été contacté. Il avait un trou dans son agenda, le 19 février. Et il répond oui aux étudiants aussi souvent que possible. Sympathique en soi, mais la preuve que même les nationalistes flamands peuvent être victimes de leur générosité. Il est urgent d'interpeller le prétendu président de cette *Dinantaise*, Baudouin Coignoul. Et son ex, Bente Roosens. Nos collègues de Louvain les ont déjà entendus peu après l'enlèvement. Mais ce que nous faisons nous-mêmes, nous le faisons bien mieux.

Et en effet, *La Dinantaise* n'est plus active à Louvain depuis que les derniers étudiants wallons ont quitté le Brabant flamand. Cela ne date pas d'hier. La division de l'Université de Louvain en deux ailes a été décidée en 1968. Les transferts massifs d'étudiants ont commencé en 1972. La faculté de philosophie et lettres fut la dernière à rejoindre Louvain-la-Neuve, à l'été 1979.

Son patron qui entend René vociférer sort de son bureau et l'interrompt.

— N'allez-vous pas trop vite en besogne, mon cher René? N'importe qui peut créer une association pour organiser une causerie sans la moindre formalité. Même avec l'homme fort de la N-VA. Une publication des statuts au Moniteur belge ou une reconnaissance universitaire ne sont pas nécessaires. Et si je ne m'abuse, ce Coignoul vient bel et bien de Dinant. Le nom de *Dinantaise* n'est même pas trompeur. Votre Eurêka n'est-il pas prématuré?

— En soi, vous avez raison, grand patron, sinon vous ne seriez ni grand ni patron. Mais ce n'est pas tout. J'ai présenté une photo de Coignoul en prison aux trois suspects que j'ai arrêtés Thomas, Pierre-Loup et Baptiste. Alors bien sûr, ils ne l'ont vu en vrai qu'avec une cagoule sur la tête. Mais sa taille, son allure, tout coïncide, ont-ils confirmé. Pour la jeune fille, c'est moins sûr, les témoins l'ont moins côtoyée, mais ils n'excluent rien. Autre chose: Monsieur De Wever vient de se souvenir de la réaction du chef de bande lorsqu'il a prononcé une phrase en néerlandais. Le garçon avait parfaitement compris. Cela tend à prouver que le leader du gang est bilingue, exactement comme Baudouin Coignoul. Cet individu exige maintenant qu'on l'appelle Boudewijn, paraît-il. Entre nous, quelqu'un qui demande une chose pareille éveille aussitôt en moi les plus sérieux soupçons. Je ne vois vraiment pas pourquoi un Wallon voudrait devenir Flamand. Je vous donne un exemple: quand ils veulent traverser un passage pour piéton et que le feu pour eux est rouge, ils attendent patiemment qu'il passe au vert au nord du pays. Même si cela prend un temps fou et qu'aucune voiture n'apparaît à l'horizon. Je l'ai vu de mes yeux vu lorsque j'ai été forcé par ma petite nièce d'aller avec elle au zoo d'Anvers. Vous développeriez un trouble du comportement pour moins que ça et c'est un policier qui parle. Moi, je reste plus que jamais wallon et fier de l'être ! Nos forêts, notre air pur, notre eau sans PFAS ou presque, notre marbre rose de Rance qu'on retrouve jusqu'à Versailles, notre chaleur humaine, ils ne nous les prendront jamais et ça a plus de valeur que tout leur or. Troisième point, big boss: les commanditaires du rapt ont toujours parlé anglais avec leurs complices, même si c'était en chuchotant. Lors de la confrontation que je vais organiser sans délai avec Thomas, Pierre-Loup, Baptiste et ces Bente et Baudouin, je les obligerai à parler tout bas dans la langue de Rishi Sunak. J'ai la quasi-certitude qu'il en résultera une identification formelle, en tout cas pour Baudouin. Le juge d'instruction partage ma conviction. J'obtiendrai un mandat d'arrêt dans les minutes qui viennent.

— Félicitations, René. Vous êtes vraiment le meilleur, frétille le grand patron qui se sent d'un coup encore un cran plus imposant. Le choix de Bouchat pour mener cette enquête était une nouvelle décision géniale de sa part.

Et maintenant, stop. René Bouchat ne dit pas tout. Il en a le droit, il veut faire de sa dernière grande affaire des adieux réussis, c'est notre rêve à tous. Lorsqu'hier matin, il a ouvert chez lui sa boîte courriel personnelle, ses yeux se sont immédiatement posés sur l'intitulé d'un message : 'Urgent : le ravisseur de Bart De Wever démasqué'. En pièce jointe, il y avait des images très nettes des moments clés de toute l'affaire : l'enlèvement à Louvain, la journée du lendemain dans le souterrain de la citadelle, la libération devant le Parlement de Wallonie, le retour à Louvain. Comme si un œil invisible avait suivi le jeune homme à la trace. Un œil et même une oreille. La question de De Wever en néerlandais et la réponse de Baudouin dans la même langue sont parfaitement audibles alors que rien de semblable ne figure au dossier, De Wever ne s'en était pas souvenu à cause du choc, oui, même lui a des faiblesses. Conclusion : en 2026, nous ne sommes plus jamais seuls. Mais comme par miracle, la présence de Bente semble avoir été gommée de toutes les scènes.

René a suffisamment d'expérience pour savoir qu'il doit garder le courriel par-devers lui. Vu la qualité de l'enregistrement, l'envoi est clairement issu d'un service secret étranger. Lequel ? Le monde est grand et pas tellement pavé de bonnes intentions. S'il ajoute les images au dossier judiciaire, elles seront immédiatement considérées comme des preuves obtenues illégalement. Il vaut donc mieux faire comme si son intuition lui avait permis de découvrir presque à coup sûr l'implication de Baudouin Coignoul. L'enthousiasme juvénile dont il n'a plus témoigné depuis au moins 25 ans fait le reste :

— J'ai contacté nos collègues de Dinant, jubile-t-il. Nous avons la baraka ! Coignoul doit aller chercher sa nouvelle carte d'identité à l'hôtel de ville cet après-midi même. Quant à Bente Roosens, je vais alerter la police fédérale d'Anvers. J'espère que nos chers collègues du nord accepteront encore de collaborer avec nous après les événements d'hier soir à Charleroi.

2 mars 2026, 14h00, Dinant

Boudewijn ne s'attendait pas du tout à cela. Le long voyage jusqu'à Dinant ne le laisse pas indifférent. Alors que son train en provenance de Namur longe la Meuse, les souvenirs affluent. Il les croyait enfouis aussi profondément que Kim et son père au cimetière.

À l'âge de 12 ans, il s'était écrié lors d'une promenade en famille :

— Les rochers, l'eau, les bois, les gens, tout est si beau. Je n'avais jamais réalisé à quel point notre vallée était magnifique.

— Je vois que tu grandis, lui avait répondu son père. Prendre de l'âge, c'est apprendre à admirer. Ceux qui vivent longtemps voient tant de merveilles.

Le regard toujours aussi positif de son père. En ce temps-là, en tout cas. C'est peut-être aussi cela qui l'a rendu inadapté à cette planète. 'Au ciel, il se sentira davantage chez lui,' tente de se convaincre le jeune homme. Il n'y arrive pas toujours.

Le train passe sur le pont d'acier entre Houx et Anhée, à cinq minutes du terminus. 'Ça sent la maison,' pensait-il chaque fois qu'il passait ici. L'odeur et la couleur de la Meuse. Le château médiéval de Poilvache, au sommet des rochers où les quatre fils Aymon se retranchèrent pour échapper à la colère de Charlemagne, la plus belle histoire de son enfance.

Mais le Boudewijn qu'il est devenu se rebiffe :

— Non, chez moi, maintenant, c'est Essen. Je ne reviens que pour des raisons administratives. Je vais faire le nécessaire pour me faire domicilier chez Bente dès que possible. C'est d'autant plus urgent après la nuit dernière, avec ce carnage dans la capitale du Pays noir qui n'a jamais aussi bien porté son nom. Tant pis pour les allocations familiales de ma mère. En Flandre, il y a beaucoup plus de possibilités qu'ici de trouver un job étudiant. Je ne dépendrai plus de personne.

Mais la Meuse est plus forte que tout homme. Il y a du soleil. Pas de vent. Le monde - ou est-ce le monde d'avant ? - se reflète en trois dimensions dans le lit du fleuve immobile. Baudouin, c'est à nouveau son prénom à cet instant, y distingue des images de gens et d'événements qui l'ont rendu si heureux. Jusqu'à ce que le train s'arrête. En cette gare de Dinant construite il n'y a pas si longtemps. On l'a voulue moderne, elle n'est que terne avec ses tristes dalles de béton déjà sales. C'est quand même insensé que la Belgique ait démoli tant de ses plus belles gares entre 1950 et 1980, l'ancienne station de Dinant y comprise. Le côté Boudewijn reprend le dessus. Le roulis des souvenirs stoppe net.

Surtout, ne penser à rien.

Passer au plus vite par l'hôtel de ville, puis repartir.

Il n'a pas du tout envie de voir sa mère et Claire. Pour éviter toute rencontre sur le trottoir, il prend le bus bien que la distance ne dépasse pas 600 mètres.

— Encore une fois, j'ai pensé à tout, se dit-il.

La suffisance est en toute chose le début de la fin. Mais sur le moment, ça lui échappe. Les formalités au guichet ne durent que deux minutes. Il n'a même pas dû faire la queue. Lorsqu'il sort, il voit son vieil ami Arthur littéralement fondre sur lui. Trop tard pour fuir.

— Hello, Baudouin. Quelle coïncidence ! C'est si bon de te voir, ça fait si longtemps. Je sais que tes études en Flandre te demandent beaucoup d'efforts. Félicitations à ce propos. Ça ne doit pas être simple dans une langue étrangère.

— Salut, Arthur. Je n'ai pas beaucoup de temps, tu sais...

— Mais puisque j'ai l'immense chance de te croiser, ne monterait-on pas ensemble au sommet de la citadelle, comme au bon vieux temps ? Mon père travaille toujours pour l'exploitant du site. J'ai conservé mes deux laissez-passer. Je t'emmène avec moi. Cela te fera le plus grand bien, le bon air de Dinant au sommet de la colline. Et la vue, bien sûr.

— Je dois prendre mon train...

— Je comprends, mais il faut prendre le temps avant qu'il ne t'emporte. Tout à l'heure, je dois me rendre à Bruxelles en voiture. Accompagne-moi jusque-là. Je te déposerai à n'importe quelle gare. Ça te prendra moins de temps que faire tout le trajet en train...

— Allez, d'accord. Mais je dois être parti dans une heure. C'est bon pour toi ?

— Pour toi, j'aurais repris la citadelle à Charles le Téméraire en 1466 à moi tout seul. Ça marche !

Ils commencent à gravir les 408 marches. La citadelle a arrêté tant d'invasions. Aujourd'hui, elle atténue le malaise dans la tête de Baudouin qui ne pourra jamais porter un autre prénom en ce lieu. La paix revient, celle de l'enfance, des lendemains sans chagrin. Arthur dit :

— Tu te rappelles quand tu as déclaré ici même et solennellement que nous vivions dans le plus bel endroit de l'univers, que nous avions tant de chance ? Le penses-tu encore ?

— Je ne me souviens pas, Arthur. Enfin, peut-être un peu. Et oui, bien sûr, c'est joli ici...

— Regrettes-tu de ne plus jamais venir à Dinant ?

— Je n'arrive plus à savoir ce que je pense vraiment. Je me sens complètement vidé. J'ai vécu des choses inouïes les jours derniers. Peut-être que je te raconterai plus tard. Mais pas maintenant. Je ne veux pas t'impliquer là-dedans.

Arthur a appris de Claire que Baudouin venait effectivement de commettre un acte grave. Elle n'a pas donné d'autres indications. Elle a ajouté qu'elle était infiniment désolée de ne pas être intervenue à temps. Et qu'il fallait malgré tout lui donner une nouvelle chance.

À quelques mètres d'eux, ils voient le téléphérique monter. Descendre. Et en mettre plein la vue aux touristes. Les vrais Dinantais, eux, prennent l'escalier. Leur escalier.

— Je suis si content que nous soyons ici ensemble, Baudouin. J'ai continué à jouer au basket. Toi aussi ?

— Oui, il y a une équipe à Essen. Je m'entraîne avec eux autant que possible. Pas assez souvent, car en semaine, je suis souvent retenu à Louvain. Lorsqu'il y a des matches, le coach ne me fait pas beaucoup jouer. Même dans notre sport, les Flamands sont supérieurs.

— Eh là, mon Baudouin, nous ne sommes pas si mauvais que ça ! Cette saison avec notre Royal Basket Club Herbuchenne Dinant, nous avons battu deux clubs flamands en coupe de Belgique : Basket Tongeren et BBC Schelle. Nous n'avons été éliminés par la suite que contre le grand Spirou Charleroi. Le nord ne gagne pas toujours. Et je peux te confirmer, moi qui suis infirmier à domicile à Dinant depuis trois ans et qui ai presque autant de patients d'ici que des Flamands : leur sang ne contient rien que nous n'ayons pas. J'ai pourtant l'impression bizarre que certains le croient.

— Parfois, je me rends compte que je surestime la Flandre. Désolé, Arthur.

— Nous parlons souvent de toi dans l'équipe, tu sais. Tu nous manques. À moi plus que tout.

— Je viendrai peut-être vous voir avant la fin du championnat...

Ils arrivent à la dernière marche. Ils s'apprêtent à se retourner pour regarder la Meuse et la ville 100 mètres plus bas. Arthur aperçoit alors une vingtaine de personnes en uniforme de police et en civil qui se dirigent vers eux. Ça surgit de partout.

— Ne bougez plus, messieurs. Les mains en l'air. Restez où vous êtes et rien de mal n'arrivera.

À certains moments de la vie, il n'y a qu'une seule solution : obéir. Ceux qui l'oublient ne sont parfois plus là pour témoigner. Baudouin et Arthur sont immédiatement menottés. Les joyeux touristes dans les cabines du téléphérique se transforment rapidement en paparazzis. Ils comprennent que quelque chose d'important est en train de se passer. Si les grands médias s'y intéressent, peut-être les photos rapporteront-elles de l'argent. Sinon, ce sera toujours bon pour leur propre TikTok ou Instagram avec une mention telle que : 'J'étais là lors de l'arrestation de...' De qui, au fait ?

Celui qui semble être le chef, un homme âgé en surpoids, arrive cahin-caha. Pas vraiment l'image que l'on se fait d'un flic d'élite.

— Baudouin Coignoul, je vous arrête pour l'enlèvement de Bart De Wever. Et vous, qui êtes-vous, monsieur ?

— Arthur Rabou, un ami de Baudouin. Mais je n'ai rien à voir avec cette affaire. La politique ne m'intéresse pas. Les faits divers encore moins. Et je ne peux pas imaginer que Baudouin ait fait quoi que ce soit de mal.

— Suivez-nous.

Chapitre 18
Comment la Belgique n'est plus la Belgique

Mardi 3 mars 2026, 14h00, Bruxelles
Parfois, les choses peuvent être très simples dans un pays très compliqué. Deux jours à peine après les incidents meurtriers au stade du Pays de Charleroi, de nombreuses associations nationalistes flamandes annoncent une grande marche sur Bruxelles. Elles exigent la scission immédiate du pays. Le Vlaams Belang et la N-VA annoncent leur participation. Le CD&V hésite comme les chrétiens-démocrates le font si souvent. Certaines habitudes bien belges demeurent même si les jours du royaume semblent comptés. Ce qui doit être la manifestation du siècle aura lieu dimanche prochain, le 8 mars. Le fait que l'action tombe le même jour que la Journée internationale des droits des femmes fait dire à certains qu'il s'agit dans les deux cas de se libérer d'un joug ancestral.

Sur les réseaux sociaux, les réponses positives aux appels à la mobilisation pleuvent. 500 000 Flamands sont d'ores et déjà attendus. En réponse, une contre-marche wallonne est lancée. Dans le sud du pays, l'initiative vient d'un groupe Facebook lancé vaille que vaille par quelques citoyens, en l'absence d'un véritable mouvement wallon ou bruxellois. Les derniers survivants du Rassemblement wallon, disparu depuis Mathusalem - c'est-à-dire en 1985 -, et du bruxellois Front des Francophones devenu le très modéré DéFI rejoignent les rangs épars des Belges les plus âgés. La contre-manifestation francophone ne s'en dirige pas moins vers un succès : 50 000 'je serai là' en quelques heures.

Le pays n'a plus connu une situation si proche de la révolution depuis sa création, en 1830. À l'exception notoire de la question royale. La démission du roi Léopold III le 31 juillet 1950 avait pu empêcher *in extremis* une Marche wallonne sur Bruxelles. Le chef de l'État était rentré au pays dix jours auparavant après un exil de sept ans en Allemagne, Autriche et Suisse. Son retour avait été rendu possible par un référendum début 1950, gagné grâce aux voix flamandes. Peu après son retour le 22 juillet, quatre personnes avaient été tuées lors d'une manifestation contre lui à Grâce-Berleur, près de Liège. Le projet de Marche wallonne était né dans la foulée. Si elle avait lieu, un véritable massacre menaçait dans la capitale. Léopold dut donc céder le trône en toute hâte et contre son gré. Son fils Baudouin, pas encore majeur, lui succéda en tant que prince royal. Un an plus tard, en 1951, il devint roi.

Aujourd'hui, mardi 3 mars 2026 à 14h00, un Comité de concertation se tient au Palais d'Egmont, près du Sablon à Bruxelles. Le Premier ministre fédéral et les Ministres-Présidents de toutes les entités fédérées se retrouvent. Malgré le réchauffement climatique et une météo digne du printemps avant le printemps, l'atmosphère est plus glaciale qu'autour de la base Princesse Elisabeth en Antarctique.

— Si nous ne faisons rien, la Belgique connaîtra une guerre civile ce week-end, laisse entendre le Premier ministre. La Sûreté de l'État évoque déjà des centaines de victimes potentielles.

Les épaules de la plupart des participants s'affaissent d'environ 10 centimètres. C'est probablement moins en réalité, mais c'est l'impression que cela donne. Tous sont conscients de vivre un moment historique en tant qu'acteur direct. C'est d'ailleurs pour cela qu'ils se sont lancés en politique. Maintenant que cela se produit, la tâche leur pèse plus que prévu. En entrant, ils ont tous vu la presse internationale qui les attendait. Des centaines de journalistes. 50 cameramen, avec pour conséquence une véritable pagaille devant le palais d'Egmont. Bruxelles compte, il est vrai, le plus grand nombre de correspondants étrangers sur terre après Washington. Mais surtout : le pays qui accueille la capitale de l'Europe et de l'OTAN est au bord de l'implosion, c'est une information d'importance mondiale. En coulisse, Paris, La Haye, Berlin et Luxembourg se déclarent d'ailleurs déjà prêtes à assumer l'un des deux rôles. Le Premier ministre hongrois Viktor Orbán tente de mettre en avant Budapest. Ses chances sont limitées.

Le Ministre-Président flamand s'éclaire la voix. Il a l'air moins déprimé que le reste de l'assemblée.

— Je pense qu'il n'y a qu'une seule solution. Chers compatriotes francophones, séparons-nous avant que la situation ne dégénère. Sinon, tous les citoyens de ce pays seront en danger de mort. Nous et nos familles y compris.

Personne ne proteste. Tous ont reçu de menaces venant de l'autre partie du royaume au cours des dernières heures. Quelqu'un qui craint pour la vie de ses proches est prêt à tous les compromis. Un francophone essaie quand même :

— Si nous scindons notre État, ne risquons-nous pas là aussi de déclencher une guerre entre Belges ? Nombreux sont ceux chez nous qui ne l'accepteront pas.

Le numéro 1 wallon s'empresse de le contredire :

— Malgré mon jeune âge, je me souviens très bien de ce qu'il s'est passé lorsque la RTBF a annoncé la fausse fin de la Belgique dans l'émission *Bye Bye*

Belgium en 2005. Beaucoup de gens ont cru que c'était réellement en train de se produire. Mais lorsque son bus est arrivé à la frontière entre Bruxelles et la Flandre et qu'elle a dû changer pour un véhicule De Lijn, une dame a demandé: 'Mon abonnement à la STIB, la société de transport bruxelloise, reste-t-il valable?' C'est la seule chose qui la préoccupait. Cela m'est toujours resté à l'esprit. Sur la base de cet exemple, je ne vois personne prendre les armes pour protéger la patrie en danger. Alors oui, séparons-nous. De manière ordonnée et consensuelle. Faisons en sorte que ce soit le dernier exemple d'une Belgique qui fonctionne. C'est la seule issue possible. Nos juristes inventeront bien quelque chose pour que cela corresponde à notre constitution. Sur ce point aussi, nous avons toujours été créatifs. Et annonçons notre décision au peuple dès ce soir, afin que le sang ne coule plus. Mourir pour ou contre un drapeau, c'est dépassé. Un Belge est quelqu'un qui pense que quand un étendard flotte au vent, c'est le signe d'une kermesse ou d'une fête au village. Cela doit rester ainsi les mois et années qui viennent.

Et une fois encore, personne ne proteste.

3 mars 2026, 19h00, Bruxelles

Ils sont assis côte à côte dans la salle de presse souterraine du 16, rue de la Loi. C'est là que le chef du gouvernement fédéral a ses bureaux depuis 1944. Avant la guerre, c'était au 18 de la même rue mais le bâtiment était devenu trop petit. Aujourd'hui, l'espace est également insuffisant au numéro 16. C'est pourquoi la salle de presse, appelée 'le bunker', se trouve au sous-sol depuis 1992. Plus bas, il n'y a pas. Cela en dit long sur la façon dont la politique considère les journalistes.

En ce 3 mars 2026, à 19h00, personne ne pense à ce genre de détails. Tous les gouvernements du pays se réunissent dans ladite salle de presse pour déclarer la mort dudit pays afin d'éviter d'autres décès. La plupart des chaînes d'information du monde retransmettent la conférence de presse en direct. Les télévisions francophones et flamandes aussi, bien sûr. La Belgique a pris de vitesse la Catalogne et l'Écosse dans leur volonté de divorce. La planète entière veut voir concrètement comment ça se passe, cette première séparation d'un pays occidental depuis 1945.

En fait, c'est extrêmement simple. Le Premier ministre prend la parole. Sur l'écran derrière lui, tous les présidents des partis siégeant au parlement apparaissent. Sauf les communistes. Le PTB est le dernier parti unitaire du pays. Mais on sait depuis les millions de victimes de Joseph Staline et de Mao Zedong qu'il vaut mieux ne pas l'associer aux décisions, sous peine de voir encore augmenter le nombre d'avis nécrologiques. Celui de la Belgique suffira.

La scène qui se déroule devant les yeux du monde devient une expression inédite d'unité nationale, avant de s'en aller ensuite chacun de son côté. Pas besoin de formules éclatantes. La déflagration en elle-même est assez puissante :

— Mesdames, Messieurs, trop de vies humaines ont déjà été perdues. Nous, les gardiens de la démocratie belge, devons avant tout veiller à l'intégrité physique de chaque citoyen. Nous avons donc accepté de dire adieu à notre royaume. Mais pour notre bien à tous, nous ne pouvons pas improviser. Le statut international des nouvelles entités reste à régler. Cela ne se fera pas du jour au lendemain. Quatre nouveaux pays verront donc le jour au plus tard le 21 juillet 2030, date où notre royaume devait fêter son bicentenaire : la Flandre, la Wallonie, Bruxelles et *l'Ostbelgien*. Ce jubilé sera un adieu. Si ces nouveaux États veulent continuer à travailler ensemble, ils le peuvent bien sûr. Quoi qu'il en soit, je lance un appel solennel à ceux qui voulaient défiler ce dimanche à Bruxelles : restez chez vous ! Vous avez été entendus. Vous pouvez en être sûrs : très bientôt, la Belgique n'existera plus.

Le discours du chef du gouvernement bat un dernier record de Belgique, celui de l'audience : 8 millions de téléspectateurs dans tout le pays. Ceux qui n'ont pas regardé étaient soit trop jeunes/trop vieux/trop malades/ou trop ivres. Tout se passe comme prévu : les deux marches rivales sur la capitale sont annulées.

3 mars 2026, 23h30, Anvers et Namur

Le soir-même, des fêtes spontanées ont lieu ici et là. Le point d'orgue a lieu en Flandre avec une édition spéciale de *Tomorrowland* organisée en quelques heures sur la Grand-Place d'Anvers. *Tomorrowland*, le pays du futur, aucun nom ne pouvait être plus symbolique. Au programme, rien que des DJ flamands d'envergure planétaire. Avec Dimitri Vegas & Like Mike, Lost Frequencies, Yves V, MATTN - le nom de scène d'Anouk Matton -, Charlotte De Witte, Wolfpack et Regi, ils sont assez nombreux pour faire danser Anvers deux jours et surtout deux nuits. Le seul francophone à figurer comme eux dans le Top 100 mondial des DJ, Henry PFR, a tout de même droit à une place sur le podium, Tomorrowland conserve ainsi un tout petit peu de son cachet international.

À 110 kilomètres d'Anvers, Baudouin Coignoul passe sa deuxième soirée à la prison de Namur. Le téléviseur est le seul signe d'une modernité à tout le moins relative dans sa cellule. Juste à côté trône un seau destiné à ses besoins primaires, comme s'il était nécessaire de lui rappeler en permanence où il se trouve. Dans la pièce, pas de vrais WC. Et à partir de 19h00, plus personne n'a le droit d'aller aux toilettes dans le couloir.

Baudouin regarde le dernier journal télévisé de la soirée. Il y découvre des images de la nuit précédente. Un drapeau au sol. Un homme qui dit :

— Ce pays n'a jamais été qu'un torchon. Quand on le tord, il en sort de l'eau sale. La Belgique appartient aux égouts de l'histoire.

Il n'en peut déjà plus. Il coupe la télé. Son compagnon de cellule dort depuis longtemps. Il a sifflé deux bouteilles de vodka à bas prix. Elles ont probablement été livrées par un drone. Mais apparemment, les autres prisonniers regardent pour une fois tous les nouvelles. Le son s'infiltre de partout, comme si tout le bâtiment voulait confronter Baudouin Coignoul à ce qu'il a fait.

Chapitre 19

Comment Essen défait Dinant

3 mars 2026, 14h00, police d'Essen

Bente Roosens et ses parents se présentent au point d'accueil local de la zone de police des Frontières à 14h00 précises. Un bâtiment en briques rouges, comme si souvent à Essen, à côté d'une salle de sport avec un grand parking. Dans une commune rurale comme il en existe d'ailleurs bien plus en Wallonie qu'en Flandre, il n'est presque jamais nécessaire de chercher une place pour se garer. Et c'est le plus souvent gratuit. Une (bien légère) compensation pour le surplus de dépenses en essence dû aux plus longues distances.

Les Roosens n'ont été convoqués que la veille au soir. Ils ne savent rien du motif. Disent-ils. Leur stratégie est bien rodée. Pensent-ils. Le policier d'environ 35 ans qui les interroge ressemble plus à un bon copain qu'à un rottweiler, ça se présente bien.

— Bonjour à tous. Merci d'être venus malgré l'invitation tardive.

— Bonjour, monsieur le Commissaire. Pouvons-nous savoir pourquoi nous sommes ici ?, demande Marnix.

— Oui, bien sûr. Mais je ne suis pas commissaire. Pas encore. Je suis inspecteur à la police judiciaire fédérale à Anvers. Je suis spécialement venu ici à Essen pour vous interroger. Mais dites Stijn comme avant, Monsieur Roosens. Stijn Gomins. Je vous ai eu comme professeur au collège, il y a une vingtaine d'années. J'en ai gardé un excellent souvenir.

— Merci, Stijn. Maintenant que tu le dis, je vois très bien qui tu es !

Pas du tout, évidemment. Mais Marnix le sait bien : il faut toujours faire semblant dans ce genre de situation. Tout le monde veut être reconnu par un ancien enseignant. Sinon, c'est comme si l'on avait compté pour rien dans sa jeunesse. En plus, le lien prof-élève lui procure un certain ascendant sur ce Stijn, c'est tout bénéfice.

— Oui, le bon vieux temps, monsieur Roosens... Mais venons-en aux faits. La police de Namur nous a contactés hier. Il s'agit de vous, Bente. Vous auriez participé à l'enlèvement de Bart De Wever. Je vous ai fait venir tous les trois pour recueillir un maximum d'informations d'un seul coup. Je vous présente ma collègue Carine Van den Broeck. Elle habite Kalmthout, non loin d'ici. Elle mènera l'interrogatoire avec moi. Dans la police, tout se fait à deux. Enfin, en général, et moins que je ne le souhaiterais. N'est-ce pas aussi ton avis, ma petite Carine ?

La pimpante quadragénaire reste silencieuse. Le clin d'œil salace de son collègue lorsqu'il a parlé d'activités en duo était plus qu'embarrassant. Le fait qu'elle soit à nouveau célibataire ne fait pas d'elle une proie. Quand elle était plus jeune, elle détestait déjà qu'un homme l'appelle 'mademoiselle', comme si ça lui donnait un droit sur elle, en tant que femme non mariée. Elle pense à la citation légendaire du film des frères Coen, *The Big Lebowski* : *Ce n'est pas le Vietnam, c'est du bowling. Il y a des règles.* Les règles sont claires : pas de pulsions sexuelles sur le lieu de travail, cela pourrait salir le tapis. Ce Stijn est incorrigible. Il est peut-être temps qu'elle en informe ses supérieurs.

De l'autre côté du bureau, Gella se tortille sur sa chaise. Depuis quelques jours, elle dort mal. Vers 3h00 ou 4h00 du matin, elle se réveille. Et elle n'arrive plus à retrouver le sommeil. 'Si vous ne supportez pas la chaleur, restez en dehors de la cuisine,' dit-on. Elle n'aurait pas dû y entrer. Son visage est à la fois pâle comme un cierge et aussi tiré que s'il avait subi un lifting raté. Elle explose.

— Ai-je bien entendu, Stijn ? Tu penses vraiment que ma fille, Marnix et moi avons manigancé ou réalisé l'enlèvement de De Wever ? J'espère que tu n'avales pas les ragots que les Wallons colportent, surtout après ce qu'ils nous ont fait subir ! Marnix était avant-hier au stade de Charleroi. Il a échappé de peu à une mort atroce. Un Carolo fou furieux a voulu l'étrangler. En disant ça, je sens moi-même l'écharpe se serrer autour de mon cou, mes poumons qui réclament de l'air, aargh ! Tu vois, nous savons mieux que quiconque de quoi nous parlons. D'ailleurs, nous nous rendrons samedi à Anvers aux funérailles nationales des quatre supporters assassinés. Et toi, tu accuses notre famille du pire ? Tu ferais mieux d'aller chercher les coupables là où ils se trouvent, de l'autre côté de la frontière linguistique, qui deviendra ce soir la frontière entre deux États, je l'espère profondément. Il ne t'a pas échappé, je suppose, que nos principaux ministres sont actuellement à Bruxelles pour déchiqueter la Belgique comme le vulgaire chiffon qu'elle a toujours été.

Carine regarde la scène d'un air presque goguenard. Comment Stijn va-t-il calmer cette femme qui paraît au bout de sa vie ?

— Désolé, je ne voulais pas vous irriter, Madame Roosens. En fait, non, je ne crois pas mes collègues wallons. Mais je n'ai pas été officiellement informé de la fin du royaume. Dans l'intervalle, je dois jouer le jeu correctement.

Marnix, Gella et Bente se regardent à la dérobée. L'indignation factice de la mère de famille a atteint son but. Le fait qu'elle soit réellement épuisée renforce encore sa crédibilité. Son langage corporel laisse presque entendre qu'elle va sauter par la fenêtre si le policier continue à lui poser des questions. Le fait qu'ils soient au rez-de-chaussée ne rend pas vraiment sa menace convaincante, mais ce n'est qu'un détail. Elle continue :

— À quelle date l'enlèvement dont vous soupçonnez à tort ma fille Bente s'est-il produit ?

— Je ne la soupçonne pas, je veux l'entendre, grosse nuance. Désolé de ne pas utiliser les bons mots. Je suppose que vous êtes au courant, comme à peu près tous les Belges : les faits dont il est question se sont déroulés le jeudi 19 février 2026 en soirée. Juste avant la conférence que Bente a organisée avec son ami Baudouin à Louvain. Bente ne peut donc pas avoir participé à l'enlèvement en tant que tel, elle est arrivée dans la salle quelques minutes après le rapt. Mais elle en est peut-être un des cerveaux. Et elle aurait pu rejoindre la bande pendant la nuit avec Baudouin. Ou devrais-je l'appeler Boudewijn ? Dans le dossier, les deux prénoms alternent.

— Baudouin ou Boudewijn, utilisez plutôt le premier. C'est comme ça qu'il s'appelait avant que nous le rencontrions. Je ne peux plus considérer quelqu'un en prison comme un membre de ma famille. Bente a d'ailleurs rompu. Si une jeune fille est signalée à ses côtés, n'oubliez pas qu'il a encore une sœur. Elle lui envoie constamment des messages sur les réseaux sociaux. Il ne m'étonnerait pas qu'elle ait trempé dans cette histoire. Mon cher Stijn, je peux te le jurer : Bente, elle, est totalement innocente. N'est-ce pas, ma chérie ?

— C'est tout à fait vrai, maman.

Gella se lance alors dans une nouvelle explication. Elle voit l'agente Carine qui note tout avec attention, preuve qu'elle est prise au sérieux. Pense-t-elle.

— Je vais vous révéler un fait important : j'ai assisté moi-même à la conférence de De Wever à Louvain, dans le but de soutenir ma fille. J'avais ensuite invité son ancien petit ami Baudouin et elle au restaurant pour fêter le succès de l'événement. Quelques membres de leur club étudiant, *La Dinantaise*, devaient nous accompagner. Je devais ensuite loger dans le petit appartement que Bente partageait avec Baudouin dans la Vaartstraat. Je leur avais spécialement acheté un canapé-lit pour les quelques fois par an où quelqu'un de la famille passe une nuit à Louvain, super pratique et économique. Mais à cause de l'enlèvement, nous avons dû modifier nos plans.

Gella s'arrête un instant. Marnix lui pose la main sur le bras. En surface, elle semble émue jusqu'au tréfonds. Au fond d'elle-même, elle se sent parfaite dans son rôle de *mater dolorosa* disculpant sa fille avec encore plus de vigueur que Sven Mary et Jean-Philippe Mayence réunis.

— Que s'est-il passé ensuite ?, l'encourage Stijn qui pense, à voir sa tête dévastée, qu'il doit la sortir d'un profond désespoir.

Gella Geelkens raconte qu'elle est rentrée seule à la Vaarstraat après la conférence avortée. Elle dormait déjà depuis quelques heures lorsque Bente et Baudouin sont arrivés à leur tour, après leur interrogatoire par la police. Elle s'est alors levée. Elle a tenté de les consoler. Ils étaient si déçus que leur rêve d'une soirée réussie se soit brisé. Ils craignaient également que la police ne continue à les tourmenter.

Lorsque Bente et elle se sont réveillées vers 11h00, Baudouin était parti. Elles ignoraient où. Vers midi, elles sont allées manger dans un restaurant. Puis elles ont regagné Essen. Gella ne voit 'pas, mais alors vraiment pas' comment Bente aurait pu participer à une action contre De Wever.

— Vous vous souvenez du nom du restaurant ?, demande Stijn.

— 'Al Parma', un italien dans la Tiensestraat qui est presque aussi vieux que l'université. Vous pouvez vérifier, le personnel nous a vues.

— On va contrôler. Comme vous vous en doutez, le témoignage d'une mère plaidant l'innocence de sa fille n'est pas une preuve concluante au regard de la loi. Nous avons besoin de plus. Dans votre cas, bien sûr, il s'agira d'une simple formalité. Je ferai ensuite savoir à mes collègues wallons qu'ils feraient mieux de chercher les ravisseurs parmi les leurs. Qu'ils cessent d'essayer de compromettre d'honnêtes Flamands comme vous. Pour le reste, comment allez-vous, Monsieur Roosens ? Cela fait bien trop longtemps !

Mercredi 4 mars 2026, 15h00, 'Al Parma', Louvain

— Bonjour, Madame. Je suis l'inspecteur Reginster de la police judiciaire de Louvain. Êtes-vous la patronne du restaurant ?

— Oui.

— J'ai une question à vous poser. Pouvez-vous jeter un œil à cette photo ? Ces deux dames sont-elles venues manger ici il y a deux semaines, le vendredi 20 février ?

— Je vois tant de gens... Ces deux-là ? Mère et fille ? Oui, en effet. Je me souviens que notre serveur n'était pas insensible aux charmes de la plus jeune. Puis-je avoir leurs noms pour vérifier si elles ont réservé ?

— Gella et Bente Roosens.

— En effet. Je les ai dans la liste des réservations. Vendredi 20 février à 12h30.

Jeudi 19 février 2026, 20h00, Louvain

Alors, que s'est-il réellement passé à Louvain, dans la nuit du 19 au 20 février 2026, après l'enlèvement de Bart De Wever ? La justice ne sait jamais tout. La vérité judiciaire est une fiction qui s'impose afin que l'État de droit reste debout. Une version plausible qui préserve la paix sociale sur la base de la décision d'un magistrat ou d'un tribunal. Découvrir la 'vraie' vérité, c'est quelquefois autre chose. Le privilège d'un service secret étranger très bien équipé ou - c'est un peu la même chose - d'un être suprême qui, s'il existe, verrait, saurait et dirigerait tout. Pour le coup, ce privilège est aussi le vôtre. Vous avez déjà lu tant de pages. Vous l'avez largement mérité.

Voici comment tout s'est déroulé.

Lorsqu'elle arrive à Louvain le soir de la conférence, Gella Geelkens sait évidemment ce qui l'attend. C'est son plan à elle. Pas seulement le sien, ni même celui de sa famille, mais ne compliquons pas trop pour l'instant. Quand elle voit Boudewijn et sa fille entrer en trombe dans l'auditoire, elle rayonne. Ça a marché. Elle n'a jamais été aussi fière. Elle a enfin posé un acte extraordinaire. Quelque chose dont l'histoire se souviendra. Pendant un instant, elle se sent au moins l'égale de héros flamands tels Jan Breydel ou Pieter De Coninck. Ces deux Brugeois ont initié la bataille des Éperons d'or, la victoire flamande la plus célèbre de l'histoire. C'était le 11 juillet 1302 à Courtrai face aux troupes françaises. Ce 11 juillet deviendra d'ailleurs bien plus tard la date de la fête flamande. Le duo donna donc forme à l'identité flamande. Gella Geelkens, elle, donnera aux Flamands une nation à part entière. Sans sa contribution, rien n'aurait été possible, même si le chemin reste long.

Elle n'est pas venue seule à Louvain. Dans l'auditoire, sa fille cadette, Lore, est assise à ses côtés. Elle ressemble de plus en plus à sa sœur Bente. La plus jeune est un peu moins sûre d'elle que l'aînée. Elle a moins l'air de dire 'je suis là, regardez-moi'. Elle n'en aimante pas moins tous les regards. Elle est aussi grande que Bente. Super belle comme diront désormais prudemment les hommes entre eux. Et blonde. Avant chaque session d'examen, elle retire soigneusement toute couleur exogène de sa coiffure. Elle a compris depuis longtemps qu'un style plus sage rapporte davantage de points, même en Faculté de psychologie qui n'a de décontractée que l'apparence. Plus de points, elle y tient.

Gella avait dû batailler ferme pour que Lore l'accompagne. Après une longue hésitation, elle dit enfin oui :

— Je vais venir avec toi, maman. Je trouve votre plan insensé. Je ne veux coopérer sous aucun prétexte. Je n'ai qu'un mot à dire : 'Stop'. Mais en tant que future psychologue qui se doit d'être là pour tout le monde, je ne vous laisserai pas tomber, ni ma sœur, ni toi. Vous aurez certainement besoin à un moment ou l'autre d'une assistance psychologique. Je me vois un peu comme la

Croix-Rouge : victimes ou coupables, j'assiste chacune et chacun sur le champ de bataille qu'est cette vie chérie.

— Victimes, c'est nous qui le sommes ! D'un pays qui ne nous a jamais aimées et qui le regrettera bientôt. En tout cas, merci Madame Henri Dunant.

— Il n'y a pas de quoi, maman. Le fondateur suisse de la Croix-Rouge est l'un de mes grands héros, tu le sais. J'ai toujours son poster dans ma chambre. Il a reçu le tout premier prix Nobel de la paix en 1901. Une paix que, malheureusement, tu mets en péril.

Dans la salle, Lore avait remarqué que les membres de l'organisation n'avaient pas grand-chose à voir avec Dinant. Mais plutôt avec la section jeune du Vlaams Belang campinois dont elle avait déjà vu des membres en compagnie de Bente et Baudouin. Après avoir quitté l'auditoire, Lore était allée dormir avec sa mère à la Vaartstraat. Et le midi d'après, elle s'était rendue avec elle au restaurant. Bente et Baudouin étaient partis depuis longtemps. Elle les avait entendus faire l'amour vers 4h00 du matin, comme souvent à Essen. Mais pour une fois, ça n'avait pas duré. Ils s'étaient volatilisés juste après.

Lorsque le serveur de l'Al Parma avait tenté une approche et l'avait appelée Bente après avoir vu son prénom sur la liste des réservations, elle n'avait fait aucun commentaire. La confusion avec sa grande sœur, elle y est si habituée qu'elle n'y prête plus attention. 'C'est le meilleur antidote au narcissisme,' pense-t-elle. Mais elle avait repoussé les compliments du jeune homme :

— Si je vous comprends bien, vous pensez que je suis la plus jolie femme qui ait jamais mangé ici et vous me demandez mon Instagram. Je vais plutôt vous donner celui de ma mère. Vous y verrez beaucoup plus de photos que sur le mien. Et en tant que MILF, elle est incroyablement plus excitante que moi. Sachez tout de même que mon père est collectionneur d'armes à feu. Vous voulez que je vous montre les images ?

Il n'avait pas insisté.

'Al Parma' sert la meilleure escalope de veau de Louvain, l'Escalope Special Tony. 'Fromage, jambon, sauce tomate, le tout gratiné au four', peut-on lire sur le menu[58]. La mère et la fille en ont toutefois laissé chacune la moitié sur leur assiette. Le stress est encore plus efficace que l'Ozempic pour moins manger. Puis elles ont pris la voiture en direction d'Essen. À Anvers, Gella a déposé Lore devant sa chambre d'étudiante.

— J'espère que je n'aurai pas à te rendre visite en prison la prochaine fois, maman.

58 Non, toujours pas de placement de produit. Mais oui, c'est délicieux. Et cela depuis presque aussi longtemps que l'université existe.

— Rassure-toi. Je fais le nécessaire pour que cela n'arrive jamais et pour donner un alibi à Bente. Je te dirai comment j'ai procédé. Je suis beaucoup plus préoccupée pour Boudewijn.

— Ne me dis pas qu'il va avoir des ennuis ! C'est un garçon si gentil qui fait partie de notre famille depuis si longtemps. Il mérite le respect.

— Au revoir, ma chérie. Étudie bien !

Samedi 21 février 2026, 4h30, citadelle de Namur

Les parents sont prêts à faire beaucoup, parfois trop, pour mettre leurs enfants à l'abri du vent, du froid ou de n'importe quoi. Il y a quelques années, une mère ukrainienne s'est perdue en hiver avec sa fille dans une région isolée. Olena a protégé son enfant de deux ans du froid à pierre fendre en utilisant son propre corps comme bouclier chauffant. La mère est morte. La petite fille, elle, a survécu. Il se pourrait que Gella Geelkens pense à ce genre d'histoire lorsqu'elle gare sa voiture rue des Canons à Namur. Autour de cette petite route pavée, au beau milieu de la citadelle, il n'y a pas de caméras de surveillance. Gella a emprunté le véhicule d'un ami. Pour passer encore plus inaperçue.

Elle doit agir vite. Ce samedi, c'est jour de marché au centre-ville. Des dizaines de personnes viendront se parquer ici dans quelques heures. C'est l'un des rares endroits de la capitale wallonne où le stationnement est gratuit[59].

Gella vit les jours les plus exaltants de son existence. Encore plus beaux que lorsque toutes les pistes de danse de la Campine anversoise lui appartenaient et qu'elle enfilait les flirts. Une époque où elle n'avait pas de rides. Pas d'âge. Pas de ventre. Pas de crainte. Pas de limites. Charmante – comme le disent discrètement les hommes entre eux – elle l'est toujours. Mais elle n'en prend plus assez conscience à 60 ans. Elle pensait jusqu'à il y a quelques semaines qu'elle régressait dans tous les domaines : au travail, dans sa vie privée, hormonalement, intérieurement, extérieurement. Lorsque son mari la bombardait de 'sixty est le new sexy', elle le croyait de moins en moins. Les compliments qui nous touchent le plus viennent souvent d'inconnus. Curieux, n'est-ce pas, c'est pour ça qu'on va voir ailleurs. Cela lui était arrivé quelques fois après son mariage. Elle l'avait presque oublié. Le plus souvent à la vitesse grand V, dans les WC du parlement. Lui assis sur la planche. Elle assise sur lui. Et c'est déjà fini. Pas vraiment le style de scènes romantiques que l'on découvre dans les films qu'elle préfère, *The Holiday* avec Cameron Diaz ou encore *Barbie*. Mais depuis Noël, elle a un but avec un grand, un très grand B. Elle se sent ressusciter. Avant même le jugement dernier. C'est encore mieux.

Hier soir, après la libération de De Wever devant le Parlement de Wallonie, sa fille Bente a quitté Namur. À la gare, elle s'est jointe à un groupe de jeunes voyageurs pour se fondre dans la foule. La grande capuche de son training camouflait son visage. Pour une fois, elle voulait être tout sauf photogénique. Sur le chemin d'Essen, elle a changé plusieurs fois de tenue dans les toilettes du train. Elle s'est rassise à chaque fois à un endroit différent pour rendre son identification impossible. Une fois à Essen, elle a rassuré ses parents. Tout s'était bien passé.

59 Il y a aussi quelques places gratuites à la rue Bord de l'Eau, entre la Sambre et la citadelle. Conseil d'ami.

— J'ai même eu un gros coup de chance : je n'ai pas eu besoin d'élaborer de stratégie pour subtiliser la carte d'identité de l'un des trois garçons, comme c'était prévu dans le plan. L'un d'eux a perdu son portefeuille devant l'entrée du souterrain. Je l'ai ramassé et lui ai rendu. Vous auriez dû voir son soulagement : 'Formidable que tu aies été si attentive ! Merci ! Je propose qu'on insère dans notre film cet incident de la-chute-du-portefeuille-qui-aurait-pu-nous-être-fatale. Cela donnera encore plus de suspense à l'ensemble.' En parlant de suspense : ce que le garçon n'a pas vu, c'est que j'avais transféré sa pièce d'identité dans ma propre poche. Je n'ai pas immédiatement posé la carte quelque part. L'un des trois aurait pu le remarquer. Ils ne sont pas aveugles à ce point.

Gella Geelkens lève les bras en l'air en signe de victoire. Quelle immense réussite ! Seul bémol : sa nuit sera à nouveau très courte. Pas grave. Sa devise est celle de Napoléon, les seuls mots français qu'elle aime prononcer :

'Quand on veut, on peut. Et quand on peut, on doit.'

Gella a donc quitté Essen à 2h30 du matin. Un collègue collaborateur parlementaire du Vlaams Belang avait garé sa voiture devant son domicile et mis la clé dans la boîte aux lettres. Le périphérique d'Anvers sans embouteillage. Bruxelles sans encombre. Après 1 heure 45 de route, Namur. En entrant dans la ville, elle a à peine jeté un œil à la Meuse et à la lune qui semblaient briller ensemble.

Elle dispose des coordonnées GPS de l'ex-lieu de détention de De Wever et d'une lampe torche, ça doit suffire. Elle dépose la carte de Thomas Cuypers près du souterrain, sous l'un des paravents de la police qui en barrent l'entrée. Dans les prochaines heures, toute la Flandre saura que les ravisseurs de De Wever étaient, comme on pouvait s'y attendre, des Wallons. Sa fille sera définitivement hors de cause.

Et maintenant, s'éclipser au plus vite. Surtout ne pas s'assoupir au volant, ce serait trop bête. La fatigue est une erreur. Elle ne peut jamais servir d'excuse. Ceux qui veulent, peuvent. Ceux qui peuvent, doivent. À 7h00, elle est de retour dans son lit. Aujourd'hui, c'est samedi. À côté d'elle, Marnix ne se réveille même pas. Un enseignant est programmé pour profiter le plus longtemps possible de sa couette le week-end[60]. Elle pourra récupérer.

60 Les enseignants un rien feignants, c'est comme ça que les voit Gella. Pas l'auteur de ce livre dont les parents étaient tous deux profs. Le week-end, ils se levaient aux aurores. Cela n'arrangeait absolument pas les 3 adolescents à la maison.

Chapitre 20

Comment quelques minutes changent tout

Vendredi 20 février 2026, 04h00, Louvain

Lore ne s'est pas trompée. Bente et Baudouin ont fait l'amour vite et fort la nuit qui a suivi l'enlèvement. À l'initiative de Bente, comme souvent.

— La fatigue est une erreur, affirme l'aînée des filles Roosens. Elle ne peut en aucun cas servir d'excuse.

Elle qui va et vient sur lui. Lui sous elle qui fait tout pour avoir l'air en forme. Et qui lui dit tout bas :

— C'est tout simplement merveilleux de jouir dans quelqu'un que j'aime tant.

Ce qu'il fait avec beaucoup de grâce et un léger gémissement.

— C'est mon tour, décrète-t-elle.

Mais juste avant qu'il ne commence à la satisfaire oralement - une formule plus légère que la traduction du mot *beffen*, 'brouter le cresson' (*sic*), d'après le très sérieux dictionnaire *Van Dale*, c'est le premier mot dit vulgaire qu'un étudiant francophone apprend en arrivant en Flandre -, elle prend sa tête dans ses mains :

— J'ai arrêté la pilule il y a quinze jours. Je me suis dit : si notre plan fonctionne, je veux un enfant avec toi.

Baudouin sort du lit. Comme quelqu'un qui croise un objet précieux sur sa route et qui freine pour le ramasser en douceur au lieu de le percuter. Il réfléchit. Puis lui sourit :

— Ma chérie... En termes de quantité de sperme, j'ai fait de mon mieux, sans même savoir. Ce que tu veux, je le veux. Un bébé y compris.

— Fort bien. Maintenant, tais-toi. C'est à moi.

Note 4 de l'auteur : Instructions pour la poursuite de la lecture

Un livre, deux fins

La fin de ce livre et (peut-être) de la Belgique approche.

Le destin du pays est entre nos mains. Il ne peut pas être dicté par un romancier plein de bonnes ou de mauvaises intentions. Chaque Belge, c'est-à-dire nous tous, déterminons le cours de l'histoire.

Vous avez donc le choix entre deux fins possibles à ce récit. Ce que vous lirez ensuite sera le dénouement que vous souhaitez.

Pour vous aider à choisir, j'ai mis au point un autotest. En fonction de votre résultat, vous saurez s'il est préférable pour vous d'opter pour la Fin 1 ou la Fin 2. Ou pour les deux.

Bon test ! La Belgique doit rester un plaisir même si elle disparaît.

Autotest : combien de points pour quelle fin ?

Ceux qui obtiennent 5 points lisent la Fin 1. Ceux qui atteignent 15 points lisent la Fin 2.

Grâce aux lignes pointillées, vous pouvez découper la partie que vous souhaitez écarter. Ainsi, ce livre devient vraiment le vôtre. Et aussi plus léger.

Ceux qui recueillent entre 6 et 14 points lisent la Fin 1 et la Fin 2 et seront ensuite à même de décider ce qu'ils ou elles veulent vraiment faire de cet État.

Évidemment, si vous avez 5 ou 15 points, vous êtes libre de lire la Fin qui vous est interdite. Comme le pays, ce livre vous appartient à 100 %, parce que vous l'avez reçu en cadeau, emprunté, acheté, trouvé ou volé. Mais à votre place, je ne dérogerais pas au règlement. Vos convictions de base pourraient être trop lourdement remises en question. Si vous osez quand même, vous comprendrez vite pourquoi il valait peut-être mieux pas.

Autotest : les questions

Question 1 : Je vote pour un parti d'extrême droite :

à chaque scrutin et la prochaine fois encore :	1 point
cela m'est déjà arrivé :	2 points
jamais de la vie :	3 points

Question 2 : Mon personnage favori jusqu'ici est :

Bente :	1 point
Baudouin/Boudewijn (ou vice-versa) :	2 points
Lore (ou est-ce Claire ?) :	3 points

Question 3 : La Belgique éclatera :

au plus tard en 2026[61] :	1 point
entre 2026 et 2130 :	2 points
vous rigolez ou quoi ? :	3 points

Question 4 : Quand vous entendez le Chant des Wallons, vous êtes :

au bord de l'extase :	1 point
ni figue, ni raisin :	2 points
Je ne sais pas ce qu'est le Chant des Wallons :	3 points

Question 5 : Vous qualifiez les Flamands de :

étrangers :	1 point
compatriotes :	2 points
frères et/ou sœurs et/ou adelphes[62] :	3 points

= 5 : lire Fin 1
≥ 6 et ≤ 14 : lire Fin 1 et Fin 2
= 15 : lire Fin 2

61 Remplacez 2026 par l'année où vous lisez ce livre si cela se passe après 2026, ce dont je vous remercie.

62 Adelphe = lien de parenté qui unit les enfants nés des mêmes parents, sans distinction de genre. Les mots récents ont aussi leur place ici.

Fin 1

La Belgique tombe

Chapitre 1.21

Comment Bente change d'avis

Mardi 4 mars 2026, 18h00, Essen

Bente est de retour chez elle, à Essen, après l'interrogatoire au poste de police. Elle est assise à table avec ses parents. Dans le salon. Le sapin de Noël n'a pas bougé. Personne n'a eu le temps de l'enlever. La télévision est allumée. Une nouvelle édition spéciale de VRT NWS commence. Un seul thème : 'La Flandre, et après ?' Gella coupe le son. Les images parlent d'elles-mêmes : l'après-Belgique a commencé.

Marnix a commandé trop de plats à emporter au restaurant chinois 'Xiang Yang' de la Stationsstraat. C'est délicieux et surtout très proche. Vous connaissez maintenant le vrai nom du restaurant des parents de Jian, l'ex de Bente.

Marnix rallume les lumières clignotantes de l'arbre de Noël. La fête peut commencer. Toutes les pièces du puzzle se sont emboîtées pour un parfait démantèlement. Grâce aux médias traditionnels et aux réseaux sociaux qui font toujours plus fonction d'accélérateur d'incendie, la Belgique se consume.

Marnix Roosens n'est pas pour autant libéré de tous ses soucis. Il fronce ses sourcils noirs, parsemés de quelques poils blancs. Il faudra qu'il pense à les éliminer. Ou il le demandera à sa femme, elle adore manier la pince à épiler.

Marnix se fait grave :

— Bente, es-tu sûre que Baudouin ne parlera pas ? Qu'il ne nous dénoncera pas, ni toi, ni nous ?

— Oui, papa.

— Pourquoi un oui si affirmatif ?

— Grâce à ce nouveau test de grossesse digital ! Il est capable de détecter une maternité 6 jours avant l'absence de règles. Oui, je suis enceinte. J'ai fait parvenir une photo du test positif à Baudouin par l'intermédiaire de son avocate. Et non, on ne dénonce pas la mère de son enfant. Les grands-parents non plus.

Gella est encore plus pâle que le présumé linceul du Christ à Turin. Heureusement pour elle, son visage est en meilleur état que celui de Jésus sur le tissu. Devenir grand-mère ne l'emballe clairement pas. Elle prend place à côté de sa fille comme on le fait avec quelqu'un qui vient d'annoncer qu'il mourra dans quelques mois et de qui on porte déjà le deuil.

— Tu prends la pilule, pourtant ! Je vais chercher les boîtes moi-même à la pharmacie pour me sentir jeune. Te voilà donc enceinte d'un criminel wallon. Que s'est-il passé pour l'amour de Dieu ?

Gella a déjà oublié que le crime en question fut son initiative à elle. Ça lui permet d'oublier le côté sombre de son succès. Sa fille répond calmement. Elle n'avait pas espéré des cris de joie de ses parents.

— Pourquoi un bébé ? Je ne sais pas vraiment moi-même. Peut-être parce que, comme toujours, je veux me distinguer des autres. De ces filles qui entendent être tellement 'sûres' et attendent si longtemps pour tomber enceintes qu'il est déjà trop tard. Peut-être que j'étais simplement amoureuse. Je ne le suis plus. En se faisant arrêter, Boudewijn a échoué. Les Wallons restent des Wallons, c'est-à-dire des perdants. Quelqu'un comme lui ne me fera plus jamais tourner la tête. Mais la raison principale de cette grossesse est qu'elle rendait notre plan encore plus parfait. Personne ne me l'a demandé. C'est moi qui l'ai imaginé. Et ça aussi, ça a réussi. Cela devrait vous réjouir.

— Que vas-tu faire de cet enfant, maintenant ?

Bente pose inconsciemment ses deux mains sur son ventre. Durant quelques secondes, elle a du mal. Elle se ressaisit vite.

— Je vais garder l'embryon - je préfère ne pas dire enfant - quelques semaines, jusqu'à la première échographie. Je l'enverrai à Baudouin, comme preuve ultime. Afin de le faire taire pour de bon. À ce moment, personne ne verra encore que je suis enceinte. Ce sera le moment idéal pour avorter. Je ne pense pas rendre service à ce bébé à moitié wallon en le laissant venir au monde chez nous en Flandre. Pensez aux enfants métis pendant la période coloniale au Congo. Ils ont été si mal traités et s'en plaignent encore aujourd'hui. Je sais que l'avortement sonne comme un sacrilège à vos oreilles. Personnellement, je ne crois plus vraiment en Dieu depuis longtemps. Sauf pour la galerie. Parce que ça fait chic. Parce que plus personne n'a la foi, en tout cas chez les jeunes. Encore une fois, en tant que l'éternelle rebelle que j'aime être. La religion, c'est comme le sexe. Il faut en avoir envie. Je ne vois pas pourquoi Dieu, s'il existe, serait en colère. Jésus a dit quelque chose qui me rassure complètement : 'Ses nombreux péchés ont été pardonnés : car elle a beaucoup aimé[63].' Sur ce point, il n'a pas de quoi se plaindre de moi, je pense.

Les mains de Bente ont quitté son ventre pour revenir sur la table. Elles ne tremblent plus. Gella le voit :

— Je t'accompagnerai à l'hôpital. Ta maman ne t'abandonnera jamais, ma chérie.

63 Luc 7:47.

Marnix et Gella veulent donner un gros câlin à Bente, comme ils l'ont si souvent fait quand elle était petite. Ils s'avancent vers leur fille qui s'est levée et s'approche de l'arbre de Noël qui clignote comme ça depuis 3 mois, avec une crèche à ses pieds. 'Le symbole d'un enfant qui sauve le monde,' pense Marnix sans le vouloir. Mais Bente monte déjà dans sa chambre.

Allongée sur son lit, elle hume une dernière fois l'oreiller sur lequel Baudouin dormait. Elle parle à haute voix :

— Désolée, Boudewijn, que ça se passe comme ça. J'espère que tu ne resteras pas trop longtemps enfermé. Et que tu te construiras une belle vie après ta libération. Je ne donnerai pas de prénom à ton fils ou ta fille qui n'existera jamais. Je ne veux pas perdre de temps avec ça. Je n'espère même pas que tu me pardonnes. Tu ne connaîtras jamais la vérité. Je veux effacer au plus vite de ma mémoire ces dernières années, jusqu'après l'avortement.

Elle part pour le Rex. Là, au café, elle rencontrera sûrement quelques amis d'enfance. Comme beaucoup de jeunes adultes et probablement nombre d'entre nous, Bente rêve d'un retour à l'insouciance. Elle veut vivre vite en se fichant des radars. Boire comme une outre en oubliant ceux qui ont soif. Dépenser plein sans craindre d'avoir moins.

- Au début, je pensais que je pourrais mener une telle existence avec Baudouin. Mais ce garçon a été mon prolongement au lieu de m'élever. Comme sont bizarres les hommes d'aujourd'hui : ils confondent aimer et s'aplatir. Je suis restée avec lui trop longtemps. À cause de mes parents. À cause du plan. À cause de la Flandre. Après ce sacrifice, j'espère que mon nouveau pays ne me décevra pas.

Chapitre 1.22

Comment la Belgique se coupe en 4

Il ne fut même pas nécessaire d'attendre jusqu'en 2030. Ce vendredi 19 mars 2027 à 19h00, le moment est mûr. Quatre parlements, flamand, wallon, bruxellois et germanophone, proclament chacun leur indépendance. Une séparation exactement au même moment et dans une atmosphère de 'restons amis'. L'objectif est de montrer au monde entier que nous, les ex-Belges, restons des gens de confiance. Avec qui on peut commercer.

Il a fallu à peine plus d'un an pour parvenir à un accord. Un pays qui n'a jamais existé se dissout rapidement. Hasard ou non, le 19 mars est le jour où l'on célèbre Saint-Joseph, le saint patron de la Belgique. Joseph a déjà dû accepter que son fils ne soit pas le sien. Maintenant, il perd un des pays de son portefeuille. Il lui reste encore la Chine et les États-Unis, ça le consolera un peu.

La communauté internationale ne peut rien faire d'autre qu'accepter la situation. Les quatre nouveaux États deviennent membres des Nations Unies, de l'Union européenne et de l'OTAN. Ça leur fait déjà des liens malgré la séparation.

Deux jours plus tard, le dimanche 21 mars 2027, la fête de la Libération sur la Grand-Place d'Anvers connaît un succès retentissant. Plus de Tomorrowland, les riverains ne s'en plaindront pas. On boit, on trinque, on écoute quelques discours. Bart De Wever devient chef d'État par intérim en attendant l'élection du premier président flamand. Il prend la parole du balcon de l'hôtel de ville :

— Chers compatriotes, après mon enlèvement, j'ai connu des moments délicats. Je me suis soudain senti si vulnérable. Merci encore pour votre soutien. Maintenant, je suis prêt à assumer une nouvelle mission politique temporaire. Dès que notre premier président à part entière sera élu, je me retirerai définitivement. Aujourd'hui, c'est le premier jour du printemps. Le printemps de la Flandre. Bonjour, la Flandre !

Personne ne le croit quand il prétend comme si souvent que c'est son dernier mandat. Mais la foule l'acclame.

Quelque part dans la masse : Bente. Un journaliste d'investigation du nouveau site d'information à succès *Vrij Vlaanderen* révèle son vrai rôle dans le processus d'indépendance, mais sans la nommer. Dans l'article, elle jure que Baudouin et elle ont agi seuls pour enlever De Wever. La police ne montre aucun zèle à l'identifier. Elle a déjà bien trop de travail pour mettre sur pied la nouvelle Maréchaussée flamande.

La séparation coûte cher à la Flandre. Les Wallons et les Bruxellois réussissent parfaitement à appliquer leur règle d'or de gauche : 'Faire payer les riches autant que possible'. Les germanophones, pourtant plus à droite et toujours adroits, profitent également de cette manne venue du nord. Le trésor flamand est désormais vide, mais au moins, il est flamand.

Les trois autres nouveaux États ne célèbrent officiellement leur nouvelle liberté que le 21 juillet, en tant qu'héritiers fidèles de l'ancienne Belgique. La Wallonie et Bruxelles font la fête ensemble et forment un nouveau pays confédéral sous le nom de Belgique du Sud. Le roi Philippe en devient chef de l'État. Élisabeth se prépare déjà à lui succéder, avec d'énormes dépenses en perspective pour la grande fête populaire après son couronnement. Philippe et surtout Mathilde exigent et obtiennent une pension 'à la hauteur de leurs mérites', c'est-à-dire colossale. La Belgique du Sud ne peut alors rien faire d'autre qu'augmenter considérablement les allocations de tous ceux qui ne sont ni rois, ni reines et ça fait beaucoup de monde. Si cela continue, l'argent flamand qui a afflué lors de la scission comme la lave en Islande ou les kayaks sur la Lesse sera rapidement épuisé. En attendant, qu'est-ce qu'on s'éclate au sud ! On annonce que de plus en plus de Flamands veulent y immigrer.

L'Ostbelgien veut, quant à elle, Astrid comme reine. La princesse refuse. Elle souhaite profiter de la dernière phase de sa vie avec son riche mari en toute tranquillité. Les germanophones choisissent finalement Delphine et Laurent pour diriger en duo le pays, c'est inédit. La logique est la suivante : plus il y a de couronnes, plus il y a de touristes. Un investissement rentable, à Eupen on a toujours su compter. Le demi-frère et la demi-sœur reçoivent chacun une aile du château médiéval de Raeren, qui abritait jusqu'alors le Musée de la Poterie. Les mauvaises langues diront que peu de choses changeront.

Chapitre 1.23

Comment tout finit

Un nombre premier est un nombre entier supérieur à 1 qui n'a que deux diviseurs : 1 et lui-même. Le nombre premier 23, comme le numéro de ce chapitre, a donc quelque chose d'unique et de mystérieux. Cela vaut également pour l'avenir post-belge, tout aussi incertain que ne fût celui du pays original. Nous vivons dans l'endroit le plus fascinant du monde, quelle chance ! 23 est enfin le chiffre porte-bonheur de l'auteur de ce livre, né le 23 avril 1965. C'est pourquoi il tenait absolument à terminer avec le chapitre 23. Ce n'est pas qu'il soit superstitieux. Mais bon.

'*Bis repetita placent*,' diraient Marnix Roosens et Bart De Wever. Il est en effet bon de le répéter : l'avenir n'est écrit nulle part. Tout comme les lignes qui suivent n'existent pas lorsque le journaliste qui se prend pour un écrivain entame cette phrase sur son clavier. Le contenu du vrai chapitre 23 est de votre responsabilité. Et de celle de nos héros.

À propos : vous vous demandez peut-être ce qui arrive à Bente et Baudouin.

En 2027, la jeune femme de 25 ans révèle enfin au grand public qu'elle est l'héroïne secrète dont *Vrij Vlaanderen* avait annoncé l'existence de manière anonyme l'année avant. Elle devient immédiatement une *Bekende Vlaming* de première classe - oui, même chez les Flamands célèbres, il y a différentes catégories. À l'automne 2027, elle est élue au premier Parlement flamand souverain. Mais lors des élections suivantes en 2032, le Vlaams Belang subit une lourde défaite. Le parti avait entre-temps dévoilé définitivement sa véritable nature : intolérant, ce qui n'est pas nouveau et apparemment pas un véritable obstacle pour voter pour lui. Mais surtout : inefficace. Le VB a enchaîné des réformes majeures qui manquent leur cible ou font une cible de ce qui ne devrait pas l'être puis les réformes des réformes qui aggravent encore la situation. Le 'bricolage' ou 'bric-à-brac belge' dont le parti se gaussait autrefois, il en a fait sa manière de gouverner. Après cette période plus noire que noire, la Flandre démocratique, qui ne s'en sortait finalement pas si mal auparavant, revient au pouvoir. La République flamande devient alors une force motrice en Europe.

Après sa brève carrière parlementaire, Bente mène une vie anonyme à Anvers. Elle devient gérante d'une boutique de vêtements. Elle ne voit ses parents et sa sœur Lore que le jour de Noël, le seul moment où ils ont tous le courage de faire comme s'ils formaient une famille normale. Lore est psychologue à Poperinge, à 180 kilomètres d'Essen, la plus grande distance possible en Flandre. Elle aussi ne rentre à la maison qu'une seule fois par an. Personne n'ose relancer la tradition de la 'bonne discussion de Noël' lorsque chacun exprimait ses rêves ou ses résolutions pour l'année à venir. Bente épouse un professeur de français qui, si vous le regardez bien, ressemble beaucoup à Baudouin. Elle n'aura pas d'enfants :

— J'ai été enceinte une fois pendant deux mois. Ce qui est fait est fait.

Et Baudouin ? Trois ans de prison ne l'ont pas anéanti. 'Je n'ai jamais eu autant de temps libre que derrière les barreaux,' dit-il avec une pointe d'ironie. Il en profite pour terminer ses études d'histoire, cette fois en français à l'UC Louvain et, bien sûr, à distance. Son mémoire porte un titre un peu long : 'Comment la Wallonie a été une puissance économique pendant plus d'un siècle et peut le redevenir.' Il vit à nouveau à Dinant. Le long de la Meuse, dans laquelle il croit voir le reflet de sa sœur Kim et de son père lorsque le vent tombe et le soleil monte.

Dans la ville, de moins en moins de gens murmurent que c'est 'le Baudouin qui a détruit la Belgique.' Il reprend progressivement l'entreprise de sa mère et devient un entrepreneur de pompes funèbres prospère.

— J'ai même donné un tombeau au pays. C'est une excellente publicité, dit-il maintenant en riant.

Il épouse une professeure de néerlandais qui, si vous la regardez bien, ressemble beaucoup à Bente. Il a trois enfants. Sa sœur Claire est la marraine de l'aîné. Elle est psychologue à Dinant. Sur le mur de la salle d'attente de son cabinet, il y a cette phrase du poète wallon Achille Chavée : 'Pardonnons au pluriel pour être sûrs de n'oublier personne.'

Après l'indépendance, la Wallonie-Bruxelles se porte économiquement mieux que prévu après cinq années difficiles. Celui qui touche le fond rebondit, c'est connu. Les touristes flamands reviennent en masse dans la vallée de la Meuse. L'animosité entre Wallons et Flamands d'immédiatement après la séparation - 'rester bons amis' était plus un vœu qu'une réalité à l'époque - a disparu. En Belgique, le royaume des arrangeurs, tout trouve rapidement une solution : petit pays, petits drames. Les quatre nouvelles nations perpétuent à merveille cette tradition. Alors à Dinant, quand un touriste du nord le reconnaît et lui parle, Baudouin répond toujours la même chose :

— Vous êtes ici chez vous. Bienvenue en Wallonie.

FIN 1

Fin 2

La Belgique monte

Chapitre 2.21

Comment Bente se brise à son tour

Mardi 4 mars 2026, 18h00, Essen

Bente est de retour chez elle, à Essen, après l'interrogatoire au poste de police. Elle est assise à table avec ses parents. Dans le salon. Le sapin de Noël n'a pas bougé. Personne n'a eu le temps de l'enlever. La télévision est allumée. Une nouvelle édition spéciale de VRT NWS commence. Un seul thème: 'La Flandre, et après?' Gella coupe le son. Les images parlent d'elles-mêmes: l'après-Belgique a commencé.

Marnix a commandé trop de plats à emporter au restaurant chinois 'Xiang Yang' de la Stationsstraat. C'est délicieux et surtout très proche. Vous connaissez maintenant le vrai nom du restaurant des parents de Jian, l'ex de Bente. Le jeune homme est lui-même derrière le comptoir. D'excellente humeur.

— Bonjour, monsieur Roosens. Quelle bonne surprise ! Comment va Bente ?

— En pleine forme. Et toi ?

— De mon côté, tout est parfait. Je vais bientôt reprendre le restaurant et me marier.

Marnix ne veut pas en savoir plus. On l'attend à la maison. Il prend congé au plus vite.

Marnix rallume la guirlande lumineuse de l'arbre de Noël. La fête peut commencer. Toutes les pièces du puzzle se sont emboîtées. Ou presque. Car Lore est hors d'elle. Furieuse contre son père et encore plus contre sa mère. Elle se sent mésusée, abusée. Et ils n'ont pas voulu écouter. Les sourds n'entendent pas le tonnerre. Chez ses parents, c'est pire: ils ne voient même pas qu'il pleut.

Mais quelqu'un d'autre inquiète encore plus Marnix Roosens. Il fronce ses sourcils noirs, parsemés de quelques poils blancs. Il faudra qu'il pense à les éliminer. Ou il le demandera à sa femme, elle adore manier la pince à épiler: 'Ça va vite, on voit vraiment ce qu'on fait,' s'enthousiasme Gella à chaque fois. Mais fi des soucis de sourcils. Marnix se fait grave:

— Bente, es-tu sûre que Baudouin ne parlera pas ? Qu'il ne nous dénoncera pas, ni toi, ni nous ?

— On n'est jamais sûr de rien, papa. Je n'aurais par exemple jamais imaginé que la carte d'identité de Thomas Cuypers que j'ai donnée à maman mènerait la police sur la piste de mon homme. Pourquoi ne m'avez-vous pas mise en garde ? Je n'ai que 23 ans. J'ai l'air solide, oui. Mais j'ai été si naïve, et c'est votre faute ! La justice wallonne risque de le punir très sévèrement. Elle ne lui pardonnera jamais d'être à l'origine de la scission de la Belgique. Sans nous, les Wallons perdent 25 % de leurs ressources. Un médecin sur quatre en moins. Un enseignant sur quatre en moins. Un bus sur quatre en moins. Oui, même un gardien de prison sur quatre en moins, ça permettra peut-être à Baudouin de se faire la belle, mais je n'ai vraiment pas envie de rire. Je ne souhaite même pas ça à mon pire ennemi.

Les sourcils poivre et un peu trop sel de Marnix formaient jusqu'ici le M de malaise. Il se muent en V de vindicte. Il se cramponne à l'accoudoir de son canapé pour se calmer. La fête se termine sur le champ. Pourquoi ne peut-on pas se réjouir plus de quelques minutes sur cette foutue planète ? À côté de lui, Gella roule des yeux si fort qu'elle fait penser au sapin de Noël qui clignote. Elle parle en premier :

— Je n'en crois pas mes oreilles. On dirait que tu plains ton ex et les Wallons. Arrête ça tout de suite ! Nous ne sommes pas responsables de leur situation, que du contraire. Depuis 50 ans, ils vont pour ainsi dire tous les jours gratuitement à la foire grâce à l'argent flamand, et ça en fait des enfants gâtés. Après ça, ils prétendront qu'ils manquent de motivation parce que nous ne leur avons pas assez fourni de manèges. Ils se fichent de nous.

Bente n'est pas impressionnée. Elle est faite du même bois que ses parents : le chêne de Campine. En un mot : solide.

— Ce n'est pas parce que ta métaphore paraît amusante qu'elle est vraie, maman. Toutes les anciennes régions industrielles d'Europe ont eu besoin de décennies après la crise des années 1970 pour remonter lentement vers le sommet. Pense au Nord de la France. Même au Limbourg. Je sais que je vous surprends avec ma nouvelle vision des choses. Mais je le réalise seulement maintenant : vous saviez pertinemment que Baudouin finirait tôt ou tard - et plutôt tôt que tard - en prison. Ça me met en furie. Il n'est pas mon ex, comme tu le répètes, maman. Mais vous êtes peut-être bien mes ex-parents. Vous m'avez caché la vérité. Ce que je ressens maintenant est exactement la même chose que le jour où j'ai appris que saint Nicolas n'existait pas. Tout le monde se souvient de ce moment, moi aussi bien sûr. Une copine me l'avait révélé, soi-disant pour me rendre service. Je la déteste encore pour ça. J'ai alors commencé à remettre en question tout ce que vous m'aviez raconté jusqu'alors. Je ne croyais même plus en Dieu. Si saint Nicolas était un mensonge, pourquoi son supérieur hiérarchique n'en était-il pas un ? Honnêtement, je pense que j'ai perdu la foi à ce moment-là. Depuis, je fais semblant pour vous faire plaisir. Je suis plutôt douée pour ça. Vous m'avez si souvent déçue...

— Mais tu n'es plus une enfant, essaie Marnix.

— Bien plus que je ne le pensais, j'en ai peur. Sinon, je ne vous aurais pas laissé jouer avec ma candeur. C'est fini maintenant.

Bente craque. Quelques-unes de ses remarques étaient, comme souvent, plus tranchantes qu'elle ne l'aurait voulu, comme celle à propos de ses 'ex-parents'. Mais elle ne maîtrise plus ses émotions. Après l'interrogatoire de police, elle est montée dans sa chambre pour se remettre. Sur son téléphone, elle a regardé ses photos avec Baudouin. Celles des premiers temps au collège. Elle a redécouvert une vidéo où il commençait à parler le néerlandais. C'était si mignon. Si touchant. Elle se souvient de ce que Baudouin lui disait au début de leur relation. Sur les jeunes Wallons, lui y compris, qui allaient sauver la Wallonie. Sur la façon dont ils s'inspiraient de l'exemple flamand. C'est la raison pour laquelle d'ailleurs, il était venu étudier à Essen à l'âge de 17 ans.

Il ne savait pas ce qui l'attendait.

Qu'il rencontrerait les mauvaises personnes au mauvais moment.

Qu'à cause de cela, il porterait un coup sous la ceinture à ses presque 5 millions de compatriotes au sud du pays, un exploit que même des champions de MMA tels Conor McGregor et Chabib Noermagomedov n'auraient pas pu mener à bien. Même en recrutant quelques camarades.

— Je suppose que mes parents ne connaissent rien non plus au MMA, pense-t-elle. Ils deviennent vraiment vieux. De nos jours, ce *Mixed Martial Arts* est pourtant le sport de combat numéro un dans le monde.

Marnix tente toujours de reprendre le fil. Sa chère fille semble complètement déboussolée. Le fait qu'elle ait regardé ce matin l'interview sur YouTube d'un certain Noermagomedov ne le rassure pas du tout.

Il profite du silence pour contre-attaquer.

— Ma chérie, que se passe-t-il ? Ta maman ne savait évidemment pas que les policiers wallons feraient si vite le lien avec Baudouin. Pour une fois qu'ils font du bon travail. L'exception qui confirme la règle. Ça arrive.

— Ça arrive ? Mon Baudouin est en prison ! Avec sa photo en première page de tous les journaux du monde ! Et qui est responsable ? Mes parents. Et moi, qu'il appelle la femme de sa vie, et qui l'ai pourtant ruinée.

Bon, bon, bon, bon. Léger retour en arrière. Ce que Bente vit à ce moment précis est surprenant. Une sorte de conversion instantanée, comme il arrive quelquefois dans l'histoire. L'apôtre Paul qui tombe de son cheval en route vers Damas. De persécuteur acharné des chrétiens, il devient leur plus fidèle disciple. François d'Assise qui entend une voix lui demander : 'Qui dois-tu servir : le maître ou le serviteur ?' Lui, qui est si riche, choisit le serviteur. Le journaliste hongrois-britannique Arthur Kœstler qui devient soudainement communiste en 1931 après avoir réalisé que son propre père a été ruiné par le capitalisme. En 1938, il quittera le parti aussi subitement, indigné des méfaits de Staline en Union soviétique. On pourrait même ajouter l'exemple de l'ancien président des socialistes flamands de Vooruit, Conner Rousseau, lorsqu'il se met à dire que les Roms doivent être maîtrisés à coups de matraque. Après vérification, non; c'était plutôt un problème du genre : 'Arrête de boire.'

Ce type de conversion instantanée est donc rare. Mais rare arrive. Surtout chez les jeunes. À cause d'un bouleversement imprévu, ils évoluent en un rien de temps d'un système de valeurs à un autre. Ils changent alors de famille d'idées et font tout pour s'adapter à leur nouvel environnement afin de devenir cohérents avec leur nouveau groupe et avec eux-mêmes. Exactement ce qui est arrivé à Baudouin lorsqu'il est devenu Boudewijn. Cette conversion ne vient pas de nulle part. Il y a souvent quelque chose de latent. Chez Baudouin, deux deuils, deux années de droit ratées à Namur, son isolement à Essen. Chez Bente, cela a à voir avec tant de beaux moments dans les premières années avec Baudouin. À sa manière, elle reste follement amoureuse de ce garçon. Puis il y a ce sentiment récent d'avoir été complètement dupée par ses parents.

Fin du retour en arrière. L'histoire ne s'arrête jamais.

Bente remonte dans sa chambre. Son refuge depuis l'enfance. Elle ferme la porte à clé, comme avant. Au grand dam de ses parents : 'Imagine qu'il y ait un incendie et que tu ne puisses pas ouvrir !'

Il n'y a jamais eu d'incendie.

Soudain, elle sent quelque chose dans son ventre. Une sorte de crampe dans l'utérus. Cela ne dure que quelques secondes. 'C'est parce que j'ai arrêté de prendre la pilule,' se dit-elle.

Son téléphone sonne. Un numéro fixe commençant par 081, l'indicatif de Namur.

— Bonjour, chérie. Je t'appelle de la prison. Je te dérange ?

— Toi, me déranger ? Tu es fou ou quoi ?

— Fou, sûrement. De toi, encore plus. J'ai peu de temps. Je ne peux appeler que 5 minutes, désolé pour ça.

— Raconte-moi vite comment tu vas !

— Je suis plutôt bien traité. Le personnel et mes nouveaux collègues, tu vois de qui je parle, ne sont pas agressifs envers moi. Plutôt résignés. Avec toutes les conséquences de la chute de la Belgique qu'ils découvrent à la télévision, ils tombent eux-mêmes dans un trou noir. Ils cherchent davantage un matelas pour amortir la culbute que quelqu'un à blâmer. Mais je me demande de plus en plus si nous avons bien agi. Je vois la tristesse de mes codétenus. Celle des gardiens. Je reconnais leur accent, celui de ma province, la province de Namur. Cette insistance qu'on met ici sur les i, c'est si touchant. Les Anversois prononcent d'ailleurs leurs i de la même manière exagérément longue, une ressemblance qui m'attendrissait tant, au début à Essen. Alors oui, tous ceux qui sont ici sont des gens comme moi. Et oui, ils sont tellement inquiets. Parler de perte d'argent bien à l'abri en Flandre, à distance, loin de toute chaleur humaine est une chose. Voir trembler ceux à qui on s'identifie en est une autre.

Bente a l'impression d'entendre parler le Baudouin d'autrefois. Le garçon dont elle était tombée amoureuse. Avant sa transformation. Par elle.

— Je ne vais pas trop en dire au téléphone. Tu es sûrement sur écoute. Mais ce que tu me racontes maintenant me touche tant, chéri. On parlera beaucoup plus lorsque je viendrai te rendre visite à Namur. Aujourd'hui, je ne pouvais pas à cause de cet interrogatoire à la police.

— En parlant de visite : je viens d'avoir mon premier parloir avec ma sœur Claire et ta sœur Lore. Savais-tu qu'elles se connaissaient ?

— Pas du tout. Quelle surprise !

Bente entend quelqu'un crier 'Coignoul, c'est l'heure'. Un long bip remplace sa voix.

4 mars, 12h30, Namur

Claire et Lore ont enfilé les vêtements les plus sages de leur penderie. Lorsqu'on entre pour la première fois dans un établissement pénitentiaire, même en tant que visiteuses, on ne veut pas se faire remarquer.

On dirait presque des jumelles tant elles sont assorties. Chacune porte un pantalon noir et une veste gris foncé sur un sobre t-shirt blanc, celui de leur première rencontre. Elles aiment les symboles. Sans ça, elles n'auraient pas étudié la psychologie. Elles marchent toujours au même tempo, sans y penser. Même les cailloux sur le trottoir crissent en duo sous leurs semelles.

La prison de Namur se trouve à 200 mètres de la gare. Une proximité héritée de la seconde moitié du 19ème siècle, lorsque les deux bâtiments ont été construits. On savait déjà que les détenus qui entretiennent davantage de contacts avec leur famille se comportent de manière plus disciplinée.

Claire et Lore ont 60 minutes devant elles. Les visites ne commencent qu'à 13h30. À côté de l'imposant édifice, il y a deux brasseries. Elles choisissent 'La Belle Époque'. Le nom leur semble de bon augure.

Reste cette constatation qui les consterne : Baudouin est en prison. Son avenir se limite pour une durée indéterminée à une vue restreinte sur 4 murs.

— On n'a pas d'autre choix que de rester optimistes, dit Claire en s'asseyant à la table brun foncé.

Optimistes, en tout cas quand elles seront devant Baudouin. Lui dire qu'il a toute sa vie pour réussir sa vie. Qu'il peut descendre de sa croix, lui qui parfois se laisse aller au mysticisme, on a besoin du bois pour un feu de joie. Bon, ce genre de propos sonnerait bien dans une réunion scoute. Mais ce-qui-sonne-bien-à-une-réunion-scoute est-il toujours réaliste ? Comme la plupart des Wallons, Claire a une tendance exagérée à penser que tout s'arrange toujours. Ça va si mal en Wallonie depuis des décennies que c'est la seule façon de tenir le coup. Les Flamands ont moins besoin de l'antienne 'le futur est rose'. Parce que leur meilleure situation de départ ne les oblige pas à se consoler en imaginant un sauvetage qui, de toute façon n'arrive pas.

Le serveur ne peut réprimer une grimace en entendant Claire et Lore deviser en néerlandais.

— La cinquième colonne arrive, souffle-t-il à un collègue.

Mais son visage s'éclaircit lorsqu'il découvre combien les filles sont jolies. La beauté fonctionne mieux que la meilleure lettre de recommandation. Sur les conseils du garçon, elles commandent chacune un plat du jour. 13 euros par personne.

— Je te mets au défi de trouver un prix aussi bas pour un repas au restaurant dans une grande ville flamande, plaisante Claire.

Elle a raison. La restauration wallonne est presque 20 % moins chère que la flamande. Tout simplement parce que les Wallons gagnent presque 20 % en moins. Il faut toujours s'adapter à sa clientèle. Se remplir l'estomac sans vider son portefeuille, les Flamands devraient venir manger et boire chez nous encore plus souvent.

Les deux jeunes femmes sont fatiguées après la cascade d'émotions des derniers jours. Et cette cascade ressemblait plus aux chutes du Niagara qu'à celle de Coo. Elles lèvent leur Coca Zéro à 2,60 euros à la santé de Baudouin qui - à seulement 25 mètres à vol d'oiseau - pense encore que seule sa propre sœur lui rend visite.

— Tu sais quoi, Claire : je pense que Bente, mes parents et lui ont souffert et souffrent peut-être encore du syndrome de Dunning-Kruger, énonce Lore. Tu en as probablement aussi entendu parler au cours, à Liège.

En 1999, David Dunning et Justin Kruger, deux psychologues américains, ont prouvé que beaucoup d'entre nous doutent trop peu. Ces 'beaucoup d'entre nous' - ou plutôt 'beaucoup d'entre eux', car le principe d'un tel syndrome est que ceux qui en souffrent ne le savent pas - ces gens-là donc, nourrissent une confiance en soi exagérée. C'est précisément pourquoi ils sont incapables de réaliser qu'ils se surestiment. Même si vous leur prouvez noir sur blanc qu'ils ont tort, ils ne vous croiront pas.

Les deux jeunes filles ne le savent que trop bien : la psychologie peut clarifier beaucoup de choses a posteriori. Agir préventivement est une autre affaire. En cet instant, elles se sentent comme des sismologues qui n'ont pas pu prédire un tremblement de terre mais qui l'expliquent parfaitement après coup. En attendant, le mal est fait.

— Intéressant ce syndrome de Dunning-Kruger, répond Claire. Ça me rappelle un récent mot de l'année en Belgique francophone : *ultracrépidarianisme*. Cela signifie quelque chose comme : 'donner son avis à l'emporte-pièce sur un sujet qu'on ne maîtrise pas.' Le mot vient d'une citation latine de Pline l'Ancien : '*Sutor, ne supra crepidam*.' L'histoire est la suivante. Un peintre expose ses œuvres. Un cordonnier passe par là. Il trouve une sandale - *crepida* en latin - mal dessinée sur l'une des toiles et le dit. Le lendemain, ce même cordonnier revient et fait cette fois une remarque sur l'ensemble du tableau. Réponse de l'artiste : '*Sutor, ne supra crepidam*.' Cordonnier, pas au-dessus de la sandale. Autrement dit, ne va pas au-delà de tes compétences. Les personnes les plus intelligentes peuvent aussi tomber dans ce piège de la suffisance. Les gens au Q.I. élevé sont même quelquefois les plus arrogants, au nom de 'nous sommes les plus malins, on a d'office tout bon.' S'ils se trompent, ils se trompent fort. Cela explique également ce qui est arrivé à tes parents.

Leur commande arrive vite. Dans un restaurant près d'une prison, on n'attend pas, la patience, c'est pour la maison d'en face.

— Bon appétit, Claire, *primum edere deinde filosofare* : d'abord manger puis philosopher. Ventre plein, esprit plein. Cet américain-frites nous fera du bien.

Le plat du jour à 13 euros s'avère être un choix revigorant. Puis il est temps de faire la queue devant la porte en bois de la prison. Le bâtiment de 1874 en forme d'étoile domine les maisons environnantes du paisible quartier résidentiel de Bomel. Contraste étrange entre la vie normale et des gens qui ne voient le monde qu'à travers barreaux et fil barbelé. Les échos réels ou imaginaires de pas sur le sol froid flottent dans l'air. Il y a pourtant ici peu de place pour le romantisme. Le bâtiment fait plus vieux que ses 150 ans. Ses briques brunes s'effritent peu à peu. Juste pas assez pour l'organisation d'une journée portes ouvertes permanente, au grand regret des résidents.

Dans la file, une grande majorité de femmes, souvent avec de jeunes enfants dans les bras. Après un quart d'heure d'attente, tout le monde entre. Passé le portique de détection de métaux, un couloir au sol froid qui existe donc vraiment. Et puis : la salle des visiteurs.

Les prisonniers et leurs proches se tombent dans les bras dans un joyeux tumulte. Baudouin est assis dans un coin, à la table la plus éloignée. Gardé par deux surveillants. Ou plutôt protégé. Contre d'éventuelles représailles des codétenus et de leur famille. Contre des photos intempestives.

Quand il voit Claire et Lore ensemble, le prisonnier est stupéfait.

— Bonjour, Claire, ça me fait si plaisir que tu sois là. Et quelle surprise que vous soyez deux ! Bonjour, Lore. Je suis tellement heureux de ta présence. Vous vous connaissez ou vous êtes ensemble par hasard ?

— Bonjour, Baudouin. Non, ce n'est pas un hasard. Nous sommes inséparables depuis quelques mois, répond Claire. Ou est-ce Lore.

— C'est quand même fou que je ne le sache pas ! Pourquoi avez-vous gardé le secret ?

— Parce que le moment n'était pas encore venu, répond Lore. Parce que mes parents et toi étiez en train de préparer un plan parfaitement tordu. Nous voulions agir à temps pour vous faire changer d'avis. L'effet surprise de notre nouvelle amitié était notre arme secrète. Mais nous avons agi trop tard. Avec l'amour, le timing est la notion le plus importante sur terre.

Baudouin est ému. Il avait deux anges gardiens. Il ne les a pas vus. La visibilité est d'ailleurs un problème récurrent avec ce type de créatures. Il paraît fatigué. Le premier homme qui dort bien lors de sa première nuit en prison doit encore naître. Les draps rêches frottaient contre sa peau. Il se retournait sans arrêt. Chaque bruit venant du couloir ou des autres cellules semblait amplifié. Une première nuit en prison est en même temps un retour à la réalité. Pour la première fois, on observe le monde dont on est maintenant séparé d'une distance qui peut être salutaire.

Au parloir, Baudouin entame une auto-analyse, un phénomène fréquent lorsqu'une, et *a fortiori* deux psychologues sont à proximité :

— On croyait tous les quatre tellement que notre plan était génial. Même en vous liguant toutes les deux, vous n'auriez pas pu nous convaincre du contraire. Bente, ses parents et moi, nous foncions à toute vitesse dans un tunnel sans sortie intermédiaire, comme le sont la plupart des tunnels d'ailleurs. Par la suite, à force de présenter les choses comme un jeu à mes jeunes complices, j'ai fini par croire moi-même que c'en était un. Je marchais à côté de la réalité. À voir où je me retrouve, clairement, elle m'a rattrapé.

Cette fois, c'est Claire qui prend la parole :

— Nous ne saurons jamais si nous aurions pu te faire changer d'avis. Ce qui est certain, Baudouin, c'est que tu as été piégé.

— Piégé ?

Baudouin mériterait soit l'Ensor soit le Magritte du meilleur acteur - les Flamands comme les francophones donnent le nom d'un peintre à leurs prix cinématographiques les plus importants. Ou alors il est réellement surpris. La seconde option est la plus plausible. Une lueur de soulagement apparaît dans ses yeux. Va-t-il lui-même enfin mieux comprendre ce qui lui est arrivé ?

— Oui, Baudouin. Mes parents ont fait de Bente un instrument pour arriver à leurs fins. Et tous les trois, ils ont fait de même avec toi. Tu étais un outil, un objet jetable qui se retrouve maintenant dans la poubelle de la société : cette prison. Entre-temps, tu as fait exactement ce qu'ils attendaient de toi. Eux et d'autres. Je ne peux pas t'en dire plus ici et maintenant : les murs ont des oreilles, *de muren hebben oren*. Tu vois : nous avons tant d'expressions identiques en néerlandais et en français. Nos langues ne sont pas des frontières, je sais que ça n'a pas toujours été ton avis.

Baudouin a le regard perdu, même si les yeux ne portent jamais loin en prison. Il marmonne plus qu'il ne parle.

— J'étais tellement amoureux de Bente. J'ai voulu à tout prix que toutes les personnes de son entourage m'aiment. Mais être aimé de tous revient à être apprécié du premier venu, je le réalise maintenant. Si je vous comprends bien, Bente est autant victime que moi. Je ne lui reproche rien. Plus il y a de distance entre nous, plus il m'est difficile de respirer.

Lore et Claire voient Baudouin submergé par l'émotion. C'est le bon moment pour accélérer son processus de prise de conscience. Son processus de déradicalisation, si vous préférez. Le parti auquel il s'est longtemps identifié s'auto-proclame 'radical mais pas marginal' pour quelque chose. Sur l'absence de marginalité, il y a matière à débat, mais passons.

Les deux futures psychologues sont d'accord : même l'homme le plus égaré peut se redécouvrir, comme on retrouve un objet perdu. Elles présentent à Baudouin un schéma de ce qu'il a vécu. Mettre des mots sur une blessure aide parfois mieux qu'un pansement.

— Lore et moi avons noté sur cette feuille comment tu as changé étape par étape. Dis-nous si tu te reconnais là-dedans.

Elles lisent alternativement les 5 points:

1. D'abord, tu te convaincs que quelqu'un d'autre est à l'origine de tes problèmes. Toi, bien sûr, on ne peut rien te reprocher, tu fais le maximum.

2. Peu à peu, tu ne respectes plus que ceux qui vivent la même chose que toi. Tu ne t'assembles plus qu'avec qui te ressemble.

3. Tu interprètes chaque critique sur ton groupe ou sur toi comme une forme d'injustice.

4. Tu as le droit de te faire justice toi-même, car la justice est de ton côté.

5. Puis tu enlèves Bart De Wever, avec toutes les conséquences que cela implique[64].

À chaque point, la tête de Baudouin s'affaisse un peu plus, jusqu'à presque toucher ses genoux. Elle reste juste assez émergente pour encore entendre les filles. Et leur répondre:

— Du très beau boulot, mesdames. J'ai l'impression que vous avez lu dans mon âme. Oui, c'est ce qui s'est passé. Mais Lore, comprends-tu pourquoi tes parents ont vécu ce processus avant d'y entraîner Bente et puis moi? Puis-je les voir comme des zombies qui ne cherchent qu'à infecter des gens sains?

— Tu as trop regardé *The Walking Dead* ou *The Last of Us*, Baudouin. Je les comparerais plutôt à des missionnaires qui veulent convertir autant de personnes que possible parce qu'ils ont eux-mêmes une foi aveugle. Et il y a une dimension supplémentaire: la crainte. Mes parents ont avant tout peur, comme un missionnaire avait une sainte frousse de l'enfer.

— Peur de quoi?

— Ils craignent de perdre ce qu'ils ont rendu possible - en réalité surtout ce que leurs parents et grands-parents ont construit: une Flandre prospère. Elle ne l'est pas depuis si longtemps. Les premiers 100 ans de la Belgique ont été une période de misère pour sa partie nord. Rien ne fonctionnait. Tandis que la Wallonie tournait à plein régime. Ce que de plus en plus de Flamands appréhendent, c'est une rechute sans parachute.

Lore décrit ici le 'syndrome flamand du nouveau riche'. La peur chez certains au nord que les trois voitures dans l'entrée du garage devant la villa se réduisent à deux ou même une seule. Celui qui en souffre est constamment préoccupé par le lendemain, tandis qu'un Wallon dirait - en caricaturant un peu voire un peu beaucoup - que le lendemain prendra soin de lui-même.

Lore se penche en avant et pose la main sur celle de Baudouin pour lui faire sentir qu'elle ne formule pas le moindre reproche, elle pose juste un diagnostic.

64 Ces 5 points étaient librement adaptés d'un travail de l'écrivain français Eric-Emmanuel Schmitt.

Claire fait de même, avec plus d'insistance, comme seule une sœur le peut. Aux autres tables, tout le monde parle fort et gaiement. Personne ne fait attention à eux. Les gardiens tapotent sur leur GSM. L'un d'eux est clairement en train de jouer à *Super Mario Run*. De tout son corps, il essaie d'éviter les pièges sur le parcours.

Lore peut continuer à parler librement. Sa voix est aussi douce que l'a été sa jeunesse, avant que sa mère ne commence à travailler pour le Belang.

— Au fur et à mesure que je grandissais, j'entendais mes parents parler de plus en plus en termes de moins. De minorité. D'infériorité. Du genre : 'Il n'y a plus assez d'argent pour tout le monde, nous devons nous protéger contre ceux qui nous en prennent trop : les Wallons et les migrants.' J'aurais voulu avoir la présence d'esprit ou le courage de répliquer : 'Ne pensons pas à moins, mais à plus. Les Belges, nord et sud confondus, sont les gens les plus riches du monde, profitons-en[65]. Ne cultivons pas un ennemi commun mais une volonté commune. La Flandre n'est pas si plate que ça. Allons sur une colline, regardons l'horizon.' Je ne l'ai pas fait. Trop d'entre nous n'ont pas réagi. Et regardez où nous en sommes maintenant.

Ce que Lore ne dit pas, c'est qu'une classe moyenne paniquée, ça existe aussi en Wallonie-Bruxelles. Mais au sud du pays, il s'agit plutôt du 'syndrome francophone du nouveau pauvre'. La constatation inquiétante que l'État et les entités fédérées wallonne et bruxelloise, qui ont longtemps été un filet de sécurité, ne le seront bientôt plus, faute d'argent. On va devoir sauver sa peau tout seul. En raison de la tradition industrielle rouge foncée dans le sud, les victimes de ce syndrome auront tendance à se tourner vers l'extrême gauche. Oui, même ceux qui ont un peu d'argent. Les communistes ne visent après tout que les 'millionnaires', n'est-ce pas, comme un Robin des Bois moderne qui redistribuerait généreusement son butin. De la sorte, les Wallons inquiets pourraient troquer leur peur contre une interprétation quotidienne de l'Internationale tout en hissant le drapeau rouge frappé du marteau et de la faucille. Mais le leader liégeois du parti est tellement sympa, n'est-ce pas ?

Dans la salle des visiteurs de la prison de Namur, le temps est compté. Oui, dans la vie, l'amour et le timing sont l'essentiel.

Claire voit tout le monde s'en aller. Elle se dépêche de poser une dernière question.

— Ce que je trouve fascinant, c'est que tu t'es embarqué là-dedans en gardant une certaine distance, comme quelqu'un qui dort mais sait qu'il dort. Cela explique probablement pourquoi tu t'es soudainement réveillé. Allez, je vais

65 L'ensemble des Belges avait effectivement le plus haut revenu médian du monde en 2022, 228 594 euros chacun. Cette première place était une première dans l'histoire. Tout cela est consigné dans le Global Wealth Report du Credit Suisse et UBS, paru en août 2023. Les Australiens étaient deuxièmes.

arrêter de donner moi-même la réponse à mes propres questions, les psychologues le font trop souvent. Sais-tu comment tu t'es laissé prendre ?

Baudouin est tellement heureux de cette conversation. Il a retrouvé sa sœur. Il fait enfin connaissance avec sa vraie belle-sœur.

— Je pense que cela peut arriver à tout le monde. Il y a un extrémiste en chacun de nous. Parfois, cela ne dure que quelques secondes. Comme tout à l'heure pour moi. Le gardien qui devait me sortir de ma cellule ne trouvait pas la bonne clé. J'ai alors pensé, en Flamand que je suis encore un peu : 'Ces Wallons restent vraiment des incapables.' Mais j'ai immédiatement chassé cette pensée lorsque son collègue a ouvert la porte en 1, 2, 3. D'autres personnes restent toute leur vie dans une spirale négative. La négativité est un animal vorace qui sait parfaitement ce qui le fera grandir.

Claire embrasse son frère comme seule une sœur le peut.

— Je vais essayer d'appeler Bente tout à l'heure, dit Baudouin avant de retourner en cellule. J'espère que nous pourrons sauver notre relation. Et, qui sait, le pays.

Chapitre 2.22

Comment la Belgique devient une meilleure Belgique (et Boudewijn un meilleur Baudouin)

Le prince Laurent avait senti sa chance. Il avait proposé aux quatre futurs nouveaux pays de devenir leur nouveau roi. Il se considérait comme le mieux placé.

— Je suis le membre le plus populaire de la famille royale. Je suis aussi le plus jeune, donc pas besoin de financer ma retraite de sitôt ni des funérailles nationales. Le plus jeune à part Delphine, bien sûr. Mais les gens la reconnaîtraient à peine en rue. Et puis, elle se plaint tout le temps et ne parle pas le néerlandais.

Partout, on l'accueille avec bienveillance. Même en Flandre, où l'on pense pourtant à un président. Dans ce cas, Laurent se dit prêt à se présenter aux élections. Mais au moment où à 62 ans l'enfant terrible de la monarchie peut enfin obtenir le job de sa vie, un flash d'actualité tombe comme une bombe sur la Villa Clémentine[66] et partout dans le pays : Bente et Baudouin donnent leur première interview, le dimanche de Pâques 5 avril 2026.

À la une des nouveaux sites Internet à succès *Vrij Vlaanderen, La Wallonie libre*, *Bruxelles libérée* et *Freies Ostbelgien* – les patrons de presse des 4 futurs pays pensent apparemment toujours de la même manière quand il s'agit de trouver un nom – le même titre apparaît pour lancer l'entretien retransmis en direct : 'Interview exclusive avec les témoins clés : *La chute de la Belgique était un piège*.'

Bente est assise dans un studio loué par les quatre médias au Grand-Duché de Luxembourg, histoire de ne favoriser aucun des futurs États. On dirait que la fin de la Belgique enrichira surtout les pays voisins. La jeune femme est vêtue de blanc, presque aussi sobrement que la Vierge Marie qui serait apparue une trentaine de fois à Beauraing près de Dinant, entre 1932 et 1933. Seule la couronne manque. Baudouin, lui, est toujours derrière les barreaux à Namur. Mais comme presque tous les détenus du pays, il a réussi à faire entrer en douce un smartphone. Les images de sa cellule sont d'excellente qualité. La 5G a été

66 La Villa Clémentine dans la Jezus Eiklaan à Tervueren est le domicile du Prince Laurent. Une maison bourgeoise plus qu'un château.

installée dans la capitale wallonne juste avant la séparation annoncée. Compte tenu de la situation financière précaire de la Wallonie, cela n'aurait probablement plus été une priorité après.

Après l'introduction de la journaliste, Bente commence par un aveu :

— C'est moi, et moi seule, qui ai convaincu Baudouin d'enlever Bart De Wever. Il devait recruter des jeunes de Namur et leur faire croire que c'était une sorte de jeu. Notre intention était de faire accuser des Wallons du rapt pour provoquer la chute du royaume.

La journaliste attend patiemment la fin des explications de Bente, sans l'interrompre. En 2026, les spectateurs en ont plus qu'assez des discussions trop animées qu'on n'arrive plus à suivre.

— Vous parlez de 'moi' puis de 'notre intention'. Avez-vous agi seule, oui ou non ?

— Je n'étais pas seule. Ma mère est assistante parlementaire pour le Vlaams Belang. Des personnalités importantes du parti ont conçu le plan de A à Z et le lui ont imposé. Je ne révélerai pas leurs noms. Les personnes concernées se vautreraient immédiatement dans le rôle de victimes qu'ils adorent pour en tirer un profit électoral. Je le reconnais, c'était amené de manière voilée. Dans le style de 'Ce serait bien que vous le fassiez', 'Nous apprécierions beaucoup que...' et ainsi de suite. Mais une contrainte reste contrainte, même si elle est douce. Comment pouvait-elle résister à l'appareil du parti ? Et à la pression d'un pays étranger, vous voyez sûrement duquel je veux parler. Il a le même saint patron que la Belgique[67] même s'il ne lui veut pas que du bien. Je n'en dirai pas plus. Il y des nations qu'il vaut mieux ne pas citer si l'on ne veut pas avoir des problèmes de santé. Pour éviter tout malentendu, je dirai simplement que le nom de ce pays commence par un C. Pas par E et U. Et que son rôle a sans doute été bien plus grand que je ne l'imagine. Baudouin, lui, n'a jamais rien su de tout cela. Il a participé parce qu'il m'aimait.

La jeune femme regarde l'image de son amant dans sa cellule. Elle mime un baiser. L'intervieweuse laisse faire. 'Un bon moment de TV', comme on disait à l'âge d'or de la télévision. Après 3 secondes de silence, elle sent qu'il est bon d'intervenir. Sinon, les spectateurs pourraient penser à un problème technique et décrocher.

— Je comprends votre émotion. Mais avez-vous des preuves tangibles de ce que vous avancez ?

L'accent de la journaliste, ici en néerlandais avec Bente, est parfait. Elle maîtrise si bien les 3 langues nationales que personne ne sait de quel côté du pays elle vient. Sa mère est wallonne, son père flamand et elle vit depuis sa naissance à Eupen. Elle paraît neutre, un atout fantastique. Mais elle ne travaille

67 Sur Saint-Joseph, patron de la Belgique, mais aussi de la Chine et des États-Unis, voir aussi le chapitre 1.22.

que depuis quelques années, c'est trop tard. En Belgique, chacun était identifié selon sa langue maternelle et son lieu de résidence d'un côté ou l'autre de la frontière linguistique. La compétition constante qu'était le royaume ne pouvait pas se dérouler équitablement, faute d'arbitre impartial.

Bente répond :

— Je n'ai pas de preuves, non. Le président du Vlaams Belang n'est pas pour rien le fils d'un ancien gendarme. Et la puissance étrangère contrôle une bonne partie de l'internet. Mais quand je vois aujourd'hui les conséquences de ce que nous avons fait, je me dégoûte. Les Wallons et les Bruxellois vont s'appauvrir considérablement. Par ricochet, toute l'Europe nous accuse, nous les Flamands, d'égoïsme pur. Il y a plus d'un siècle, au début de la Première Guerre mondiale, le monde libre a soutenu notre pays contre l'agression allemande. Nous étions la *Poor Little Belgium*. Aujourd'hui, c'est la Flandre qui est devenue l'agresseur contre cette 'Pauvre petite Wallonie-Bruxelles'. Les touristes se rendent déjà moins dans nos villes d'art et à la mer. Bientôt, ils ne viendront plus du tout. Les carnets de commandes de nos entreprises commencent à se vider. Dans une guerre sans armes, la perception donne la victoire. Nous sommes défaits à plate couture.

— Oui, c'est en effet la situation actuelle. Baudouin, avez-vous quelque chose à ajouter ?

L'image se fige un instant. Ce n'est vraiment pas le moment, pense la journaliste qui mène l'interview de sa vie. Après cinq secondes de flottement technique qui manquent de lui causer coup sur coup un ulcère puis une crise cardiaque, elle voit Baudouin Coignoul redevenir net. 'Avoir de la chance est la qualité professionnelle numéro un', a-t-elle souvent entendu dire par des collègues plus âgés. Check !

Baudouin porte également une chemise blanche, la couleur est visiblement à la mode en ce beau jour. Il a l'air un peu plus vieux que sur les photos qui ont été diffusées jusqu'à présent. Quelque chose en lui a manifestement changé.

— Je veux d'abord dire que j'aime Bente plus que jamais. La force de mes sentiments est la meilleure preuve que ce qu'elle dit est vrai. Je sais que le parti extrême va tout nier en bloc et dans toutes les langues, enfin surtout en néerlandais. Et je ne vous parle même pas de la puissance étrangère. Mais ne vous laissez pas berner. Celui qui vous dit ça a été crédule pendant des années et en subit maintenant les conséquences. Je n'ai pas causé seul la chute de la Belgique. Avec moi, vous êtes tous tombés dans le piège. Mais il est encore temps de nous en extirper. J'appelle donc tous les politiciens du nord, du centre, de l'est et du sud à revenir sur la séparation annoncée. Elle se fonde sur une tromperie. Dans un État de droit, le dol conduit à l'annulation de toute disposition. Je souhaite enfin partager quelque chose de plus personnel avec vous. Bente et moi, nous attendons un enfant ensemble. Nous voulons qu'il ou elle naisse belge.

Le cerveau de la journaliste est inondé d'hormones du bonheur. Une *happy end* aussi inattendue aura au moins les honneurs de la rétrospective de l'année. Voire de la décennie. Le sourire plus large que large qui deviendra plus tard sa marque de fabrique inonde son visage. Pas seulement pour l'enfant à venir. Avec cette interview de sa vie, sa carrière professionnelle est sur orbite.

Presque tous les Belges voient l'entretien exclusif en direct ou en différé. Le parti politique mis en cause utilise comme prévu toute sa force de persuasion et l'intelligence artificielle pour détruire la crédibilité de Bente et Baudouin (probablement en étroite collaboration avec la puissance étrangère, mais pour notre bien à tous, il faut vraiment arrêter de parler d'elle). Du trafic de drogue attribué à Baudouin – 'Même pendant son interview, il avait l'air défoncé', 'Un de ses clients témoigne' – à des mœurs très légères ou même de la débauche concernant Bente – '2 000 euros la nuit mais apparemment ça valait le coup', 'La moitié allait à son proxénète wallon', 'Exclusif : les images qui montrent tout', etc., etc. Gella Geelkens, la mère de Bente, fait l'objet d'une pression immense pour contredire sa propre fille. Elle refuse. Cette affaire a failli lui coûter sa famille, c'est tout ce qui lui reste. Marnix soutient sa femme. Elle perd son emploi de collaboratrice parlementaire. Lui conserve le sien. Le collège d'Essen montre que son cœur est aussi bon qu'eucharistique[68]. Le couple envisage d'ouvrir un B&B en Norvège, la nouvelle terre promise pour les Flamands, ont-ils découvert à la télévision, car là au moins, il y a encore de la place. Mais pas trop vite, après la naissance de leur premier petit-enfant.

Pendant ce temps, une sorte d'opinion publique belge réémerge. Les syndicats, toujours unitaires, envisagent d'organiser la plus grande marche sur Bruxelles de tous les temps pour obtenir le retrait de ce '*Vaarwel België*/Belgique Adieu'. Le monde politique craint à nouveau de grands troubles. Cinq jours après l'interview, le 10 avril, les discussions sur la séparation s'arrêtent. Seul un parti s'y oppose, celui dont les initiales sont V et B, ça étonne peu.

Des négociations sont menées pour construire une 'Belgique 2.0', avec l'accent sur davantage de contacts entre les régions et entre les gens. Le fait d'avoir été au bord du gouffre suscite dans la population un regain d'intérêt mutuel. On se rend souvent compte de l'importance d'une chose lorsqu'on risque de la perdre, et souvent il est trop tard. Pas ici.

Le 21 juillet 2030, la plus belle fête jamais vue dans ce pays a lieu à l'occasion des 200 ans de l'indépendance belge. Les Wallons viennent célébrer en Flandre et vice versa. Cela entraîne quelques nuits torrides. Et pas mal d'unions mixtes.

Les Flamands apprennent des Wallons que se saluer à distance d'un simple 'hoi' ou 'hey' et en rester là est un peu court. Une poignée de main, un baiser, un encouragement, une félicitation rendent notre pays froid un peu plus

68 Pour rappel, le nom entier du collège est : Le collège du Cœur eucharistique.

chaleureux. Les sondages montrent ce qui est une réalité depuis deux siècles : les citoyens des deux côtés pensent généralement la même chose sur tous les grands sujets. Près de 600 ans d'histoire commune depuis les Bourguignons de Bart Van Loo ne s'effacent comme ça. Tout a en effet commencé en 1464 avec les États généraux à Bruges, sous Philippe le Bon. Depuis, toutes les provinces belges sont restées ensemble au sein d'un seul et même pays. À l'exception de la Principauté de Liège qui n'a rejoint le reste qu'en 1794, à la période française. Les Liégeois aiment à se singulariser. Comme les Anversois en Flandre, avec leur étrange nostalgie pour la réunification entre Pays-Bas du nord et du sud, de Groningue à Herne. Mais tout cela, c'est (pour presque tout le monde) du passé.

Pour faire de ce pays qui a presque disparu un véritable nouvel État, l'enseignement est désormais dispensé en quatre langues : néerlandais, français, allemand et anglais, comme cela se fait au Grand-Duché. Une chaîne d'information vraiment nationale voit le jour. Toutes ses émissions sont bilingues. À l'exemple de ce qui se pratique en Afrique, le journal télévisé y est présenté par un duo de journalistes francophone et néerlandophone qui, pour la petite et la grande histoire, forment rapidement un couple.

La Belgique devient un symbole mondial de l'amour qui peut renaître. Des touristes du monde entier viennent en masse renouveler leurs vœux de mariage dans l'une de nos nombreuses églises ou châteaux, nous en possédons plus par habitant que n'importe quel autre pays sur terre. Notre royaume '*where love wins*[69]' est élu 'Personne de l'année 2030' par le magazine *Time*. Nos entreprises profitent pleinement de cet engouement. '*Made in Belgium*' est comparé dans un journal d'affaires américain que la grandiloquence n'effraie pas, à '*Made in Paradise*'.

69 Sous-titre : Où l'amour l'emporte.

Chapitre 2.23

Comment tout finit

Un nombre premier est un nombre entier supérieur à 1 qui n'a que deux diviseurs : 1 et lui-même. Le nombre premier 23, comme le numéro de ce chapitre, a donc quelque chose d'unique et de mystérieux. Cela vaut également pour l'avenir de la nouvelle Belgique, qui reste incertain, rien n'est jamais acquis. Nous vivons toujours dans l'endroit le plus fascinant du monde, quelle chance ! 23 est enfin le chiffre porte-bonheur de l'auteur de ce livre, né le 23 avril 1965. C'est pourquoi il tenait absolument à terminer avec le chapitre 23. Ce n'est pas qu'il soit superstitieux. Un peu quand même.

'*Bis repetita placent*', diraient Marnix Roosens et Bart De Wever. Il est en effet bon de le répéter : l'avenir n'est écrit nulle part. Tout comme les lignes qui suivent n'existent pas lorsque le journaliste qui se prend pour un écrivain entame cette phrase sur son clavier. Le contenu du vrai chapitre 23 est de votre responsabilité. Et de celle de nos héros.

À propos : vous vous demandez peut-être ce qui est arrivé à Bente et Baudouin.

Le Dinantais est libéré de la prison de Namur quelques jours après sa double interview avec Bente. Il reçoit exceptionnellement une grâce pour services rendus au pays qu'il a sauvé après l'avoir quasi détruit. Le smartphone avec lequel il a donné l'interview le jour de Pâques est confisqué. Une procédure disciplinaire belge reste une procédure disciplinaire belge. Un jour, l'appareil sera probablement mis aux enchères chez *Christie's* ou *Sotheby's*, mais il est encore un peu tôt pour s'inscrire à la vente.

En 2030 – l'année des grandes célébrations du bicentenaire – Bente et Baudouin attendent leur deuxième bébé. L'indétrônable bourgmestre d'Anvers, Bart De Wever, a déjà accepté d'en être le parrain. Il vient d'acheter une maison dans la vallée de la Meuse. Peut-être viendra-t-il y vivre après sa retraite ? Le policier René Bouchat sera alors son voisin. Leurs discussions animées assureront une animation permanente dans le quartier. Ils pourraient même parler de leurs expériences respectives avec des services secrets étrangers[70]. Bente et Baudouin organisent des randonnées dans tout le pays pour renforcer la

70 Quand j'écris ces lignes, au début 2024, on ne sait rien d'activités d'espionnage d'un service étranger à l'encontre de Bart De Wever. Mais, vu l'évolution du monde, beaucoup de choses peuvent se passer en 2 ou 3 ans... Dans ce livre, tout est vrai sauf ce qui ne l'est pas.

compréhension mutuelle entre ses faces nord et sud. Marcher ensemble fait des merveilles. L'homme est devenu humain lorsqu'il s'est levé et a appris à se déplacer sur ses deux pieds. Son horizon est devenu le monde. Le soir, après l'arrivée, Baudouin aime raconter une courte histoire un peu romancée qui montre qu'il reste quelque chose de son côté mystique. Mystique et sympathique :

— Je me sens comme un voleur qui vint en Flandre pour dérober le trésor flamand : le sexe et l'argent. Mais j'ai été pris en flagrant délit. J'ai alors découvert que j'avais en fait trouvé autre chose de bien plus précieux : la femme de ma vie. Et moi-même.

Chaque année à Noël, le couple mixte le plus célèbre du pays se rend à Dinant. Les parents de Bente reviennent spécialement de Norvège. Adrien Joveneau les a contactés pour son émission *Les Belges du bout du monde*. Ils gardent leur réponse en suspens. Tante Rosa est là, ainsi que Lore, Claire et maman Vinciane. La 'bonne conversation de Noël' s'est déplacée d'Essen à la Wallonie, avec une nouvelle condition : les rêves ou les projets politiques sont strictement interdits. Claire vient de reprendre l'entreprise de sa mère, avec Lore. Les deux psychologues-entrepreneuses de pompes funèbres organisent, en plus des funérailles, un accompagnement mental avec comme devise 'la mort est le signe ultime de la vie'. Leur affaire ne cesse de prospérer. Lore va bientôt se marier avec Arthur, le meilleur ami de Baudouin qui l'accompagnait lors de son arrestation. Claire n'a pas encore trouvé l'âme sœur. Elle s'occupe de sa mère qui souffre d'une forme rare de démence précoce. Non, la vraie vie n'est pas un monde idéal.

Ce jour de Noël 2030, un surprenant soleil d'hiver revêt la Meuse et Dinant d'une fine couche d'or. Toute la compagnie se promène le long du chemin de halage jusqu'au rocher Bayard à la frontière d'Anseremme. En chemin, un touriste du nord reconnaît Bente et Baudouin. Le couple n'a pas le temps de répondre. Vinciane les devance. Elle décédera quelques semaines plus tard. Voici les dernières paroles sensées qu'elle ne prononcera jamais :

— Vous êtes ici chez vous. Bienvenue en Wallonie.

FIN 2

Épilogue
ou la vraie fin de l'histoire

Concernant l'affaire Bente et Baudouin, vous connaissez maintenant la vérité. Ou presque. Car, alors que mon enquête se termine, moi, Christophe Deborsu, j'apprends - ou ai-je rêvé ? - que tante Rosa fait partie de l'association belgicaine BBX2, l'acronyme de 'Bloc Belge - Belgische Beweging'. Durant toutes ces années, elle a paradoxalement œuvré pour radicaliser davantage son frère Marnix et sa femme Gella, afin qu'ils concrétisent leur dessein de porter un coup fatal à la Belgique. Lore, sa nièce préférée, l'avait avertie du projet. La jeune femme était d'ailleurs elle-même membre de BBX2. C'est pourquoi, début 2026, elle n'avait par exemple pas insisté auprès de son amie Claire pour une intervention rapide auprès de Baudouin, alors qu'elle savait parfaitement que l'enlèvement de Bart De Wever aurait lieu dès le 19 février. Rosa et Lore pensaient que si cela arrivait, la Belgique montrerait sa résilience et en sortirait plus forte que jamais, comme le prouve effectivement la Fin 2 de ce livre. Dans cette affaire - si je suis bien réveillé -, les véritables Deus ex machina étaient donc Rosa et Lore. Et non pas les autres Roosens, leur parti ou (éventuellement, mais je n'insiste pas) une puissance étrangère. Comme on le dit joliment en néerlandais : Wie een kuil graaft voor een ander valt er zelf in - 'Celui qui creuse un trou pour un autre y tombe lui-même'. En clair : tel est pris qui croyait prendre. Entre les latitudes 49°30 à Meerle et 51°30 à Torgny, c'est-à-dire en Belgique, tout n'est décidément pas toujours comme on croit. Quand le reste de la famille découvrira ceci en lisant ces quelques lignes, je ne sais pas comment elle réagira.

Laquelle des deux fins de ce livre va-t-elle donc l'emporter dans la réalité ? Ici aussi, la réponse est très incertaine. Le premier jour, je choisis la Fin 1. Le lendemain, la Fin 2. Le troisième jour, je ne sais plus.

Oui, il reste encore tant à apprendre. Mais il y a encore mieux à faire.

Car nous n'avons même pas encore levé notre verre au *Rex* à Essen ou sur la Croisette à Dinant : un Demi-Demi ou *Half-en-half*, une boisson composée pour la moitié de bulles pour l'autre de vin blanc. À chacun son envie. Nous avons tant à partager.

Ne plus écrire. Voir plus. Faire plus. Ensemble.

FIN
(la vraie)

Rochefort 1995 - Namur, Dinant, Essen et Schelle 2024

Merci encore à :

Ma femme Annick De Wit, ma première lectrice, ma première en (presque) tout. Tout comme mes fils Jean, Pol en Roch Deborsu : l'idée des deux fins est de Jean. Mon père Philippe Deborsu qui a grandi à Anseremme et qui a relu la traduction française avec ma mère Marie-Céline Destoquay qui venait donc souvent à Dinant mais n'est jamais allée de sa vie à Essen. Ma sœur Nathalie a aussi tout revu et je lui en ai fait voir. Axel Tixhon, historien et ancien bourgmestre de Dinant. Frans Schrauwen, ancien bourgmestre d'Essen et historien local. Wekke Buyens de la commune d'Essen. Kevin Ruyts, directeur du collège à Essen. Hans Suijkerbuijk, ex-Essen et maintenant Schelle. Tanné Bogaerts pour ses leçons de vie. Feu le père Jef Breugelmans qui a été mon professeur de néerlandais et me manque. Le formateur de l'Institut Scheidegger qui m'a appris la dactylo à l'aveugle, j'ai oublié son nom, pas la technique. Mon hp-laptop pavilion 14-dv1. Mon *Dikke Van Dale* et mon *Grand Robert*. Het Belang van Limburg, le journal dans lequel j'écris (avec grand plaisir) chaque mardi et qui me fait joyeusement réfléchir sur ce pays. La RTBF (avant) et RTL (maintenant) qui m'ouvrent au monde. Tous les sympathisants des partis extrêmes qui ont continué à lire jusqu'au bout (ceux qui ont arrêté aussi, mais un peu moins). Les rédactrices finales de première classe Beatrijs et An, deux sœurs qui (r)assurent. Le rédacteur Nils De Malsche qui allie jeunesse et talent, tout le monde en rêve. Bente Roosens et Baudouin Coignoul, qui, à mes yeux, existent vraiment. Et l'éditeur Sam De Graeve qui, heureusement, existe encore bien plus, j'ai toujours pu compter sur lui. Son regard toujours positif et sa vista ont permis un miracle : ce livre.

Processus d'écriture

Ce livre a été écrit :

- pendant la marche et la course à pied : c'est à ce moment que viennent les meilleures idées, car le corps produit des endorphines et de la sérotonine ; ne me demandez pas comment cela fonctionne, le fait est que cela fonctionne.
- pendant le sommeil : le carnet de notes et les stylos à bille à côté de mon lit sont mon plus grand trésor (matériel).
- dans le train : écrire, c'est voyager.
- à mes bureaux : j'en ai deux, à Namur et à Schelle.
- toujours et partout : c'est ce qu'on appelle être possédé par son roman, qui est désormais en votre possession.

Réflexion après coup :

Comme l'a dit la baronne et journaliste (ou l'inverse) Mia Doornaert : 'Le plus amusant dans un livre, c'est de l'avoir écrit'.

Comme le disait un libraire de Namur : 'Si tous les livres vendus avaient été lus, notre chiffre d'affaires ne serait pas fameux'. Puisque vous êtes arrivé jusqu'ici, encore un tout grand merci.

Du même auteur

Deborsu, C., *Dag Vlaanderen! : Hoe Walen écht leven en denken!*, Gand, Borgerhoff & Lamberigts, 2011.
De Wit, A. & Deborsu, C., *Dag, Bonjour!: Waarom Vlamingen en Walen gedoemd zijn om te scheiden (maar wij misschien niet)*, Gand, Borgerhoff & Lamberigts, 2014.
Deborsu, C., *Le Petit Deborsu Namen,* Anvers, Manteau, 2016.

BORGERHOFF
& LAMBERIGTS

Gand, Belgique
info@borgerhoff-lamberigts.be
www.borgerhoff-lamberigts.be

ISBN 9789464778281
NUR 301
Thema FBA
D2024/11.089/117

Auteur : Christophe Deborsu
Coördination : Sam De Graeve, Nils De Malsche, Joni Verhulst
Rédaction : Beatrijs Vermaercke, AB Correct
Conception : Mary Mamian
Couverture : Herman Houbrechts
Images de la couverture : Johan Jacobs

Imprimé en Europe

Premier tirage : avril 2024
Deuxième tirage : avril 2024
Troisième tirage : mai 2024

Christophe Deborsu

roman

Bente en Boudewijn

Een Belgisch liefdesverhaal

BORGERHOFF & LAMBERIGTS

Voor mijn zonen Jean, Pol en Roch Deborsu. Voor mijn vrouw, Annick De Wit. Dankzij hen klopt mijn hart. Goed voor de gezondheid en om te schrijven.

Voor VRT-collega Greet Nagels. Ze stuurde me op het juiste moment deze Vlaamse spreuk door, toen ik de moed bijna had opgegeven: 'En de boer, hij ploegde voort.'

Voor de boer. Voor u.

Gebruiksaanwijzing bij dit boek

Ik heb deze roman in het Nederlands geschreven. De Franse versie is een vertaling, die ik uiteraard zo goed mogelijk heb verzorgd. Maar als *pur francophone* heb ik meer - veel meer, dus - aan de originele Nederlandstalige tekst gezwoegd. Ik waande me bijna een hardwerkende Vlaming.[1] Als u kunt kiezen, voorrang aan het Nederlands, dus. 'In België is het altijd zo,' zullen de Franstalige lezers al monkelend opmerken.

De nummering van de pagina's is ook heel Belgisch. Oneven nummers in het Vlaamse gedeelte: 1, 3, 5... Even nummers in *la partie en français*: 2, 4, 6... Dit is een knipoog naar de splitsing van de Leuvense universiteit en van haar bibliotheek in 1968. De achthonderdduizend boeken met oneven referenties bleven in Leuven. De achthonderd-duizend andere verhuisden naar Louvain-la-Neuve. Men moest toen wel een verdeelsleutel bedenken... die eigenlijk niet zo absurd was. Boekenreeksen zoals encyclopedieën droegen hetzelfde nummer, dus die bleven volledig. En vandaag werken de twee universiteiten beter dan ooit samen.

Christophe Deborsu

1 Deze zin over de hardwerkende Vlaming wordt in de Franstalige versie niet vertaald. Bij de Walen zou het de indruk kunnen wekken dat ik me te veel met het noorden van het land identificeer. Geen goede start.

Proloog of hoe het verhaal (misschien) afloopt

Baudouin Coignoul, voorjaar 2026, exacte datum en plaats nader te bepalen

Op tv, een paar onscherpe beelden van een Belgische vlag. De omstanders hebben blijkbaar zelf gefilmd. Door de omstandigheden kunnen de media geen eigen cameraploegen uitsturen naar alle uithoeken van het land.

Rond die vage veeg zwart-geel-rood op de straatstenen, een joelende menigte.

— Ik zal er de vloer mee kuisen, roept een man die molenwiekend door het beeld stuitert. Dit land was nooit anders dan een vod, een dweil. Als je het uitwrong, kwam er vuil water uit. België hoort in de riolen van de geschiedenis.

Mijn naam is Baudouin Coignoul. Ik word ook vaak Boudewijn genoemd. U zal straks uitvoerig kennis met mij maken. Nu al dit: ik ben geen kuisman. Maar ik weet dat die vlag zelfs als dweil niet geschikt is. De absorberende kracht van nylon is nogal beperkt. Jupiler staat pal in het midden afgebeeld. In geen enkel ander land zouden reclamemensen het toegelaten achten zo'n merknaam op de driekleur te zetten. Daarop zou minstens een boete staan. Maar hier, tussen 49°30′ noorderbreedte in Meerle en 51°30' in Torgny, is niets heilig. O, sorry voor die onnodige details. Alles draait in mijn kop. Vanavond heb ik zoveel aan mijn hoofd.

Weg dus met de Belgen. Het enige volk op aarde dat niet wist wat er op zijn nationale feestdag werd herdacht en dat zijn volkslied niet kende, of dan het verkeerde. Het vermeed wel twee minuten vals zingen aan het begin van elke internationale voetbalwedstrijd. In die zin kwam België de harmonie van het universum ten goede. Wat die feestdag betreft, als u het ook niet weet, zie onderstaande noot[2], ik heb er nogal wat werk in gestoken.

Het is gebeurd. *Fini.*

2 Op 21 juli 1831 legde de eerste koning der Belgen, Leopold I, de eed af in Brussel. Vandaar. En dank dat u de moeite deed om deze voetnoot te lezen!

Ja, ik zit er voor iets tussen. U ook, trouwens. Want wat hebt u gedaan om dit tegen te houden? Iedereen in dit land is sinds een paar dagen fanatiek gaan supporteren voor zijn eigen deelstaat. Een fan ziet alles zwart-wit, ook al zijn dat niet de kleuren van zijn eigen club.

Ik durfde niet te geloven wat er stond in een oud boek dat ik voor vijf euro kocht in een tweedehands boekhandel, *Dag, Bonjour*!, geschreven door een Vlaams-Waals koppel journalisten: 'Als het demonteren van de federatie aan dit tempo aanhoudt, zou het eindpunt bij de achtste of negende staatshervorming moeten worden gezet, namelijk in 2026 of 2033.'[3] De pers doet standaard aan overdrijving om de verkoopcijfers op te krikken. Een zielig trucje dat even lang bestaat als de journalistiek, namelijk veel te lang. Gelukkig marcheert het niet meer. Wie kijkt nog tv? Wie leest nog de krant of een boek, behalve u? Maar vandaag moet ik wel vaststellen: het is 2026 en we zijn allemaal in de val gelokt. U en ik. De val van België.

3 Dit staat inderdaad met zoveel woorden in A. De Wit & C. Deborsu, *Dag, Bonjour! Waarom Vlamingen en Walen gedoemd zijn om te scheiden (maar wij misschien niet)*, Gent, Borgerhoff & Lamberigts, 2014, op bladzijde 138. Het is geen reclame. Het boek is uitverkocht.

DEEL 1

Een liefdesverhaal

Hoofdstuk 1

Hoe het begint tussen Bente en Baudouin

Baudouin, maandag 2 september 2019, 08u35, Essen

Ik zie haar. Het is maandag 2 september aan het einde van de zomer van 2019. De warmste aller tijden, zoals alle zomers sinds het begin van het millennium. Mij een zorg: ik zie haar. Blond. Blauwe ogen. Groot. Slank. Zo Vlaams, denk ik dan. Ik bedoel: zo sexy. Haar rode, mouwloze jurkje laat haar amper gebruinde armen zien. Haar lange vingers zijn vol beloftes. Zwoel - synoniem: wulps - synoniem: opwindend - synoniem: heet. Deze Nederlandse bijvoeglijke naamwoorden heb ik pas geleerd. Ik kan ze meteen allemaal gebruiken. Het is 8u35. Als dit Vlaanderen is, heb ik de goede keuze gemaakt.

Ik ben Baudouin Coignoul, 17. Ik zit in het zesde middelbaar van het Collège Notre-Dame de Bellevue in Dinant. U weet wel, het statige schoolgebouw dat zo op een statig schoolgebouw lijkt, op de heuvel aan de overkant van de Maas, recht tegenover de citadel. Een vijftigtal meter boven het treinstation. Tussen twee haakjes: als u niet graag de trein neemt, zijn we het al meteen oneens. De auto is zo passé, hij bestaat al 130 jaar. Ik haat auto's. Ik haat vooral de 4x4's. Grote wagen, kleine pik. Ik zou hun eigenaars allemaal willen verbannen naar de Alpen of de Dolomieten, waar hun misselijkmakende monsters misschien nog enig nut hebben. Ik heb ook een hekel aan pitbulls, de bazen van pitbulls en aan de extreemrechtse partij in Vlaanderen, naar mijn mening gaan ze trouwens vaak samen. Wat de partij betreft: haar naam schrijf ik niet

op, het zou van onbedoeld respect getuigen. Met andere woorden: ik ben een jonge Waal.

Dinant wordt *La Fille de Meuse* genoemd, de enige echte dochter van de Maas. Ik ben zo fier op de stad waar ik geboren werd - ja, we hebben zelfs een eigen kraamkliniek - en waar ik nog altijd woon. En toch sta ik vandaag in Essen, na exact 3 uur en 12 minuten op de trein.

— Essen? Voor een paar maanden? Oei, dat is echt een spookstad, zei de Franstalige treinbegeleidster me toen we 'de eindbestemming van deze trein' naderden, de terminus van de lange spoorweglijn die start in Charleroi.

Volgens mij zijn de Waalse werknemers van de NMBS de enige Walen in de geschiedenis die vóór mij een voet in Essen hebben gezet. Ze zijn voor de verre Kempen wat Neil Armstrong en zijn schare opvolgers voor de maan betekenen.

De begeleidster, die zelf uit de streek van Charleroi komt, was op dreef:

— Ik hoop dat je een overlevingspakket hebt meegenomen. Ik weet niet eens of er daar een supermarkt is. En verwacht zeker geen warm onthaal. Hoe verder in Vlaanderen - en verder dan hier kan niet - hoe minder die Vlamingen lachen. Ze zijn zo koud in de omgang dat ze massaal tegen de opwarming van de aarde zouden moeten worden ingezet.[4]

Ik kon moeilijk een glimlach onderdrukken. Ondanks haar onheilspellende woorden deed de treinbegeleidster me ontzettend deugd. Ik voelde me minder alleen bij het betreden van die onbekende wereld. Ik dacht trouwens eerst dat Essen zich in Duitsland bevond. Het is nog erger: Vlaanderen.

Mijn grootvader langs vaderskant zei ooit:

4 Dit is de reconstructie van een echte dialoog met een echte treinbegeleidster uit het echte Charleroi op de echte spoorweglijn Charleroi-Essen. In het echt heeft diegene die deze regels schrijft op het einde niet geglimlacht. Geloof hem niet als hij in de Franse versie het tegendeel beweert. In België vertelt men niet altijd hetzelfde aan beide kanten van de taalgrens.

— Tijdens de Tweede Wereldoorlog hadden de Duitsers geen andere keuze dan nazi te zijn. Maar de Vlamingen beslisten vrijwillig om het te worden.

Die langs moederskant zag dat helemaal anders. Ik kom daar nog op terug.

Maar nu zie ik haar. Omringd door een soort erehaag die alleen uit jongens bestaat. Als Vlaanderen alleen door meisjes zou worden bewoond, zou de wereld perfect zijn, zie ik hier meteen al, op mijn eerste schooldag. Kalm blijven, Baudouin. Deze keer hoor ik mijn vader aan het woord:

— Het probleem van Vlaanderen, dat zijn de Vlaamse mannen. Peilingen tonen aan dat ze twee keer separatistischer zijn dan de vrouwen. *Vive les Flamandes! Leve de Vlaamse vrouwen!*

De cijfers kloppen. Maar de werkelijkheid is geen som van statistieken, het wordt me eerlang duidelijk. Want mijn verblijf in Vlaanderen zal mijn leven overhoopgooien. Het uwe trouwens ook. Maar niet op de feiten vooruitlopen: je zorgen maken om een toekomstige catastrofe doet ze nog in omvang toenemen.

Tijdens de vakantie heb ik *Zomerhuis met zwembad* van de Nederlandse auteur Herman Koch gelezen. Toegegeven: de Franse vertaling, *Villa avec piscine*, in pocketvorm bij uitgeverij 10-18. Cadeau van mijn moeder om mijn sombere gedachten te bestrijden. Iedereen die zegt dat je tienerjaren de schoonste van je leven zijn, is eventjes vergeten hoe zwart een zwart gat toen kon zijn. Donkerder dan de Maas als het de hele winter regent. Wij hebben thuis al wel wat meegemaakt. Geen geniale zet, in elk geval, die *Villa avec piscine* van mijn moeder. De droomtitel is misleidend. Het boek gaat over wraak en moord. Maar één passus is me bijgebleven, dat is beter dan geen enkele. In de originele versie moet het ongeveer zo klinken. De held spreekt.

— Ik keek naar haar zoals iedere man naar een nieuwe vrouw kijkt: zou ik het ermee kunnen?

Ik keer me om. Ze is op drie meter van mij komen staan. Ze spreekt met een groepje medeleerlingen, nog altijd niets dan jongens. Hoe kan zij heten? De enige Vlaamse voornamen die ik ken zijn Hilde, Marijke en

Godelieve, niet bepaald zwoel/wulps/opwindend/heet. Ik hoop dat het iets anders is. In elk geval: een tussenwerpsel + uitroepteken weerklinkt in mijn hele lichaam als antwoord op Koch: Ja!

Blijft dé vraag: voelt ze hetzelfde als ik? Ik denk aan wat mijn leerkracht Nederlands vorig jaar zo vaak herhaalde. Jef Breugelmans is van Antwerpen. Hij trouwde met een Dinantse. In onze vallei kon hij kiezen tussen uitbater van een camping worden of in het onderwijs stappen. De enige keer dat hij op een kampeerterrein had geslapen, had hij geen oog dichtgedaan. Het koppel in de tent naast de zijne haalde immers een nooit eerder gehoord prestatieniveau. Hij had vijf keer geteld en misschien zelfs een zesde. Zijn trauma was dubbel: te weinig slaap en de bevestiging dat sommige mannen veel beter in vorm waren dan hij. Hij koos voor het college Bellevue. Ik ben het ijverige campingkoppel nog altijd dankbaar.

In minstens één domein was Breugelmans wel een kampioen: het promoten van zijn moedertaal. Deze opmerking zal me altijd bijblijven:

— In mijn taal is *ja* korter en gemakkelijker uit te spreken dan *nee*. Een Vlaamse *ja* komt uit het hart, in één adem. In het Frans is het anders: *oui* telt evenveel letters als *non* en verplicht bovendien de lippen te tuiten, terwijl *non* in één ruk komt. Kijk naar mij als ik *oui* zeg. Het vergt een hele inspanning. En zie nu, *ja*: het gaat vanzelf, ik hoef niet eens te articuleren. Het Frans is de taal van de *non*, het Nederlands die van de *ja*.

We voelden ons telkens verplicht om naar zijn mond te kijken en bevestigend te knikken.

Nu hoop ik met heel mijn hart dat Breugelmans gelijk had.

Bente Roosens, 2 september 2019, 08u40

Ik heet Bente Roosens, vandaag precies zeventien jaar. Wens me geen gelukkige verjaardag: er is maar één kans op 365 dat u dit op een 2 september leest.

Ik woon in Essen, in de Antwerpse Kempen. Verder kan je niet geraken in België. Anders steek je de Nederlandse grens over. Ik doe het geregeld om te gaan shoppen bij Albert Heijn in Roosendaal. Zondag tot 18u00 open en zowat tien procent goedkoper dan bij ons. Bingo.

— Bente, niet verwonderlijk dat je van Essen bent. Je bent zelf een grensgeval.

Die opmerkingen hoor ik al heel mijn leven. Dat gezeur. Uiteraard uit de mond van mensen die zelf niet in Essen wonen. Want voor ons is het begrip grens heel relatief.

Maar vandaag sta ik weer op het schoolplein van het College van het Eucharistisch Hart, iedereen zegt simpelweg 'het college'. Met vrienden rond me heen. Het heeft weinig gescheeld of ik was hier weg.

Mijn ma:

— Bente, het wordt tijd dat je beseft wat het woord discipline betekent. Al die klachten over je gedrag op school, ik ben ze meer dan beu. We hadden jou beter ergens op internaat gestuurd. Al was het maar om slechts één keer per week de opmerkingen in je klasagenda te moeten lezen. Je zit nu in de retorica, niet op de lagere school. Word eens volwassen!

— Ik ben maar zeventien. Niet eens meerderjarig.

— OK, prima, gedraag je dan als een kind: gehoorzaam!

Die constante klachten over mij. Alsof ik de rest van de wereld het leven moeilijk maak. Ik heb de indruk dat elk individu op aarde denkt dat hij het harder te verduren heeft dan al zijn medemensen samen. Zeker als ik in de buurt ben.

Tiens, ik zie een jongen die mij aanstaart. Behalve masturberen en op TikTok gaan, is met zulke hongerige ogen worden verslonden zowat het gaafste wat er is. Hij kijkt even weg als ik het opmerk. Maar daar is hij weer. Dat gebeurt elke keer als ik mijn korte rode jurk draag. Ook jongemannen vallen nog altijd voor een paar centimeter meer blote huid, alsof die uitsluitend voor hen bedoeld zijn. #MeToo, dat pas twee

jaar geleden is ontstaan, kan tweehonderdduizend jaar machogedrag niet zomaar wissen. Mannen blijven nu eenmaal mannen. F*ck al die piemels op twee poten. En ook f*ck mijn moeder die vindt dat ik dat f-woord te vaak gebruik. Als de zon schijnt, wil ik het niet te warm hebben, punt. En ik hou van rood, zolang het niet over politiek gaat. Overigens: laat die heren maar naar onze pijpen dansen. Wij vrouwen beslissen. Voor mij zijn er twee categorieën mannen: de jij-niet en de jij-wel. Ik zal mijn nieuwe aanbidder een brede glimlach schenken. Hij zal het gegarandeerd warm krijgen. Of hij een jij-wel of jij-niet wordt? Ik zal het gauw bepalen. Hij verneemt het even snel.

Ik dirigeer het groepje maten rond mij tot op een paar meter van hem. Een onbekende, zo te zien, want ik ken ongeveer heel mijn school. Hij lijkt alles te ontdekken, mij incluis. Als hij zich omdraait, klikklak, glimlach ik. Het komt misschien gauw van pas... Ik zal het straks in elk geval aan Jian vertellen. Het zal hem jaloers maken, en dat is ook precies mijn bedoeling. Je hoeft geen schrik te hebben om de ander pijn te doen als dat je relatie prikkelt. Zolang je elkaar meer goed dan zeer doet, kan de liefde groeien. Afzien en liefhebben, dat is twee keer leven.

Baudouin, 2 september 2019, 08u45

De bel doet de enorme speelplaats van het college trillen. Of is het dat meisje? Ik voel me in opperbeste stemming. Ik neurie de woorden van de Franse rapper Juul, een van de bekendste muzikanten van Frankrijk en dus van Wallonië:

— *C'est l'été : tous les jours, c'est samedi soir.* In de zomer is het elke dag zaterdagavond.

De zon maakt de hoge rode muren van mijn nieuwe school nog mooier. De temperatuur stijgt, het wordt 22 graden vanmiddag. Ze zag dat ik geïnteresseerd keek. Ik was misschien best discreter geweest. Iemand moet wel de eerste stap zetten, een blik mag toch. Ik ben pas een uur in Vlaanderen, het gaat wel best snel. De Vlaamse dames hebben bij ons de reputatie, hoe zal ik het zeggen, gemakkelijk beschikbaar te zijn. Waarom zou ik er niet zo snel mogelijk van profiteren?

Nu maar hopen dat ze in mijn klas zit. Het begin van het schooljaar is het moment voor dromen en goede voornemens. Als ik ooit enige verantwoordelijkheid draag in dit land, stel ik meteen voor nieuwjaar op 1 september te leggen. Alles herbegint toch na de zomervakantie. Je kunt daar bovendien levens en ogen mee redden: vuurpijlen afschieten met wanten aan op 31 december is niet bepaald handig. Maar goed, dat is nu niet het dringendste probleem. Ik moet leren handelen en denken zoals een Vlaming. Ter zake. Meer daden. Minder woorden. Minder omwegen. Geen kronkels. *Boenk* erop. En inderdaad: hoe sneller ik de interesse van dat meisje in het rood kan checken, hoe beter.

Hoop is een opblaasbare reddingsboei die in mijn geval beter niet wordt doorprikt. In een vreemde taal die je amper verstaat geraak je namelijk moeilijk aan een reparatieset. Maar voorlopig gaat alles goed. Ik heb alweer geluk, het blijft maar duren sinds ik in Essen ben. Mijn nieuwe klaslokaal vind ik net voor de eerste les begint. En ik zie haar binnenkomen.

Voor ik ergens kan gaan zitten, begint de leraar.

— Dag allemaal. Welkom in het zesde middelbaar. Uw laatste jaar in het college. Eindigen in schoonheid is een kunst. Ik reken op de artiest in

elk van jullie. Ik begin met een dienstmededeling. We hebben een nieuwe leerling, Baudouin Coignoul uit Dinant. Spreek ik het goed uit? *Kwanioel?*

— Hm...

— Oké, dank voor het duidelijke antwoord. Je bent een Waal, dus. Baudouin, *bienvenue*, welkom. Kom maar bij me staan. Wat kom je hier doen?

Ik verstar, verstijf, verstom. Ik versta hem niet. Ik voel me al hopeloos verloren. Waarom altijd maar 'moeilijk kan ook' kiezen. Ik was beter in Dinant gebleven:

— Ja, hm, ... Ik... *Vous pouvez répéter en français?*[5]

— Dat kan alleen tijdens de les Frans, Baudouin. Ons college was de allereerste secundaire school in Vlaanderen die volledig op het Nederlands overschakelde. Stel je voor, het gebeurde toen België al meer dan honderd jaar bestond. Pas in 1931 werden alle lessen in onze taal gegeven. Wat overbleef van de Franstalige afdeling was één jaar vroeger, in 1930, definitief naar Sirault bij Bergen verhuisd.[6] Sindsdien is de enige voertaal hier het Nederlands, *le néerlandais*. Mijn naam is Marnix Roosens. Ik geef geschiedenis en ook Grieks en Latijn. Je kunt ook in een van die twee talen je uitleg doen als je wil... *Loquerisne Latine*?[7]

— *Ave*, dag, *je ne sais dire que ça en latin*[8]... Sorry, meneer Roosens. Ik zal wel mijn best doen in het Vlaams.

Ik jubel innerlijk. Ik heb mijn eerste volle zin correct geformuleerd. Een gevoel van korte duur.

— In het Nederlands, Baudouin. Ik weet dat de Walen vaak 'het Vlaams' zeggen, om te benadrukken dat bijna niemand in de wereld onze taal spreekt. Niet doen. Voor 24 miljoen inwoners van onze planeet is Nederlands hun moedertaal, niet slecht toch. Voor het Frans is het

5 Ondertiteling (voor zover nodig): Kunt u dat in het Frans herhalen?

6 Het Waalse college in Sirault verhuisde in de jaren zestig naar Ottignies om het 'collège du Christ-Roi' te worden, een bekende en goede school in Waals-Brabant.

7 Ondertiteling (in het Latijn, deze keer): Spreek je Latijn?

8 Ondertiteling: Ave, dag, ik kan niets anders zeggen in het Latijn.

77 miljoen, niet zoveel meer.[9] Ik zal zelf samenvatten wat ik van jou weet. Je komt hier tot eind december studeren om je Nederlands bij te schaven. Zo te horen is het een goed idee, sorry voor de vriendelijke sneer. In Vlaanderen zijn we minder lief voor elkaar dan bij jullie. Onze eisen liggen hoger. Daarom is onze economische situatie ook beter. In januari keer je dus terug naar Dinant. Vier maanden is kort. Je hebt er alle belang bij om je vanaf dag één maximaal in te zetten. Ben je er klaar voor? Trouwens, versta je nu wat ik zeg? Ik heb mijn best gedaan om goed te ar-ti-cu-le-ren.

— Ja, ja. Natuurlijk!

Bijna niets, dus. Die leerkracht spreekt ontzettend veel sneller dan meneer Breugelmans vorig jaar in Dinant. Veel van mijn vrienden zeggen trouwens dat het geen zin heeft om die nutteloze taal te leren. Tijdverlies, in feite. Omdat zoveel Vlamingen uitsluitend hun dialect spreken, soms alleen verstaanbaar in hun eigen dorp of zelfs straat. Misschien kan ik daarom Roosens niet begrijpen. Ik heb alleen gesnapt dat hij zijn best deed om te ar-ti-cu-le-ren, een van de weinige woorden die bijna dezelfde zijn in onze twee talen, naast cadeau, bureau en *bateau*. Nee, *bateau* niet. Over hoeveel gemeenschappelijke woorden gaat het? Ik heb het opgezocht: niemand heeft dit ooit bestudeerd. Het toont onze wederzijdse onverschilligheid aan, zo triest. Het Frans lijkt sowieso meer op het Engels, met 30% identieke woorden. Met dank aan de Franstalige Willem de Veroveraar, hertog van Normandië. In 1066 palmde hij Engeland in. Hij legde er zijn moedertaal op. De menukaarten op de tafels van Buckingham Palace zijn tot de dag van vandaag geschreven in het Frans. Willem was beter Vlaanderen binnengedrongen. Het had me geholpen. Of ben ik al op zoek naar excuses?

Ik zie dat Roosens zich steeds meer afvraagt of ik volg. Hij gaat toch door.

9 De heer Roosens vergeet de tweehonderd miljoen mensen, vooral in Afrika maar ook voor een deel in Vlaanderen, die het Frans als tweede taal perfect kunnen hanteren. Het is hem (voorlopig) vergeven.

— Ik ben je klastitularis, *ton titulaire*. Als je een probleem hebt, kan je bij mij terecht. In het begin zelfs in het Frans. *Compris,* begrepen?

— Ja, ja. Natuurlijk!

— Zeker?

— Ja, ja. Natuurlijk!

— Prima.

Ik besef te laat dat ik constant met dezelfde formule antwoord. Ik hoor een zacht gelach vanuit de klas. Ik herhaal:

— Ja, ja. Natuurlijk, dus.

Wie niet kan imponeren kiest beter voor humor. Zelfs een zeventienjarige weet zoiets. Het lijkt te werken. Het rode meisje kijkt geamuseerd toe. Meneer Roosens zelf verroert geen vin.

— Als alles je 'natuurlijk' lijkt, is al een grote stap gezet. Welnu, Baudouin, naast wie ga je zitten? Best naast iemand die veel praat. De enige manier om een taal te leren is die zo vaak mogelijk gebruiken, zo eenvoudig is het. Bente Roosens, zou je je over Baudouin willen ontfermen?

Bente? Het meisje in het rood?

— Ja, mijnheer Roosens. Heel graag. Mijn Frans zal er alleen maar op vooruitgaan.

Hier moet ik het verhaal vijf seconden onderbreken.

Voor een innerlijke kreet.

Ouiiiiiiiiiiiiiiiiiiiiiii![10]

In menselijke taal: een *oui* met i's tot in het oneindige.

Het moet in de sterren geschreven hebben gestaan en de hemel zat er vol van toen ik vanochtend veel te vroeg opstond. Klinkt wat melig, maar als een tiener dat niet een beetje is, wordt de wereld zo hard dat hij breekt, dit is een wet uit de fysica. Ik heb Dinant pas om 5u08 met de eerste trein verlaten en win hier al meteen de hoofdprijs.

Ik kijk naar haar.

10 Ondertiteling: Jaaaaaaaaaaaaaaaaaaaaaaa! Met andere woorden, een ja met a's tot in het oneindige.

Zij kijkt naar mij.

Het gebeurt slechts één keer in een leven. We weten het allebei. We zijn voor elkaar gemaakt: ‘Er is geen toeval, er zijn alleen afspraken,’ luidt de beroemde zin van de Franse dichter Paul Eluard die ik in het vijfde middelbaar heb ontdekt. Het is niet zeker dat die quote echt van hem is, maar dat kan me echt niet schelen. Bente heet ze dus.

Door de endorfineroes heen, hoor ik mijn leerkracht schertsen:

— Je mag gaan zitten, hoor. Je ziet er verbouwereerd uit. Ze bijt niet, *elle ne mord pas*. Voor alle duidelijkheid, Baudouin: Bente is mijn dochter. Opgelet, Bente, geen Frans met Baudouin. Anders ga jij maar in Dinant studeren. Ik weet niet of ik het spijtig zou vinden.

Hilariteit alom. Geluk kan volmaakt zijn. De dochter van een leraar staat per definitie open voor de wereld en, hoop ik met heel mijn hart, voor mij. Op dit mooiste moment ooit fluistert ze in mijn oor:

— Baudouin...

Ze spreekt mijn voornaam zo zacht uit, alsof ze met haar twee handen over mijn hele lichaam streelt. Nou ja, zo voelt het aan.

— Baudouin, ik zal je tijdens de middagpauze aan mijn lief Jian voorstellen. Hij zit nu in de klas naast de onze, ook in het zesde. Ik denk dat jullie goed overeen zullen komen. En ik ben tevreden dat ik eindelijk een echte Waal kan leren kennen. Thuis praten we zo vaak over jullie.

‘Mijn lief,’ zei ze.

Ik weet maar al te goed wat dat woord betekent.

Bente, 2 september 2019, 12u15

De eerste schooldag is altijd de leukste van het jaar, maar nu in 2019 helemaal. Het wordt een gimmick. De nieuwe Waal antwoordt 'Ja, ja. Natuurlijk!' op alle vragen. We blijven lachen. En elke nieuwe leerkracht heeft snel door dat hij niets snapt. Of bijna niets. Toen ik 'mijn lief' zei, zag ik wel dat hij verbleekte. Waarom begrijpen we allemaal beter wat ons triestig maakt dan wat ons vrolijk stemt? Jammer voor hem.

— Een Waal moet je niet sparen, zegt mijn moeder altijd. Want door de financiële transfers sparen wij, Vlamingen, net minder. We geven elk duizend euro per jaar aan die Franstaligen. Ja: jij, ik, je pa, je zus, heel Vlaanderen. Het is geen gulheid meer. Het is onszelf in de voet schieten. Ik kan het je verzekeren: het doet pijn.

— Amai, heb je dat al meegemaakt, een kogel in je voet?, vraag ik.

— Zwijg. Jij wil altijd het laatste woord hebben. Het laatste woord bestaat niet, behalve dat ene met vier letters: dood. Geen van ons twee heeft dit als onmiddellijke doelstelling. Luister goed, Bente: we zijn niet vrijgevig, we zijn vrij dom. En wat doen zij om onze centen te verdienen? Niets! Ze werken niet. Gevolg: hun kas raakt steeds leger en ze vragen altijd meer. Van mijn eigen kinderen zou ik dat niet pikken. Nog veel minder van die vreemdelingen. Elke Waal is een kwaal.

Haar woordspeling doet haar schateren, volgens een ander van haar principes: 'Als ik niet om mijn eigen grappen lach, wie dan wel?' Is die moederlijke tirade beroepsmisvorming of werkelijkheid? Allebei zeker. Ik ben vaak kritisch voor haar. Soms te, liefde kent geen grenzen. Maar ik moet erkennen dat haar analyses dikwijls kloppen.

In het vierde uur is Baudouin eindelijk in staat om te schitteren. In de Franse les van mevrouw Van Tuijcom. Bij ons moeten alle leerlingen Frans als tweede taal volgen. Terwijl het blijkbaar niet verplicht is om Nederlands te leren in Wallonië. Steeds minder leerlingen kiezen

ervoor. In één woord: lamentabel.[11] De Walen moeten dus niet beweren dat ze van België houden.

— *Ah, un vrai Francophone, chouette ! Ça va faire monter le niveau de la classe en français, très bien. Tu vas aussi avancer des arguments wallons quand on analysera des textes, super ! Bon, on va éviter de parler politique. D'autant que tu es assis près de Bente.*[12]

Dit heeft hij uiteraard perfect verstaan. Zijn pupillen hebben de vorm van twee vraagtekens; zo zie ik het in elk geval. De hele klas staart mij aan. Ik stamel snel:

— *On peut parler de tout, de politique aussi, aucun problème.*[13]

Frans is nooit mijn sterkste punt geweest. Maar ik vind dat ik ditmaal mijn plan niet zo slecht trek. Daarop vraagt Van Tuijcom of we iets over onze vakantie kunnen vertellen. Baudouin krijgt als eerste het woord. Dankzij hem blijven wij voorlopig buiten schot, Walen hebben niet alleen slechte kanten. Hij legt uit dat hij veel heeft gelezen en ook veel basket heeft gespeeld. Alleen op een pleintje in Dinant, shotten, shotten, lopen van de ene kant van de baan naar de andere. Hoe saai moet dat zijn.

— *J'adore le bruit soyeux de la balle quand elle fend le filet. Slouff, 2 points, 3 points. A chaque fois, ça me fait du bien.*[14]

Sportman en romanticus bovendien. Ik wist niet dat scoren zo'n effect kon hebben. De bel weerklinkt, een nog leuker geluid dan dat van een basketbalnet. Middagpauze. Eindelijk.

11 In het schooljaar 2022-2023 koos slechts 30% van de jonge Walen voor het Nederlands in het eerste middelbaar, 68% voor het Engels, 2% voor het Duits. Het aandeel van het Nederlands daalt jaar na jaar. In 2009-2010 opteerde 49% van de leerlingen voor de eerste taal van het land.

12 Ondertiteling: 'Ah, een echte Franstalige, leuk. Dat zal het niveau van het Frans van de hele klas optillen, heel goed. Je zal ook Waalse argumenten kunnen aanhalen als we teksten analyseren, prima! Welnu, we zullen het niet over politiek hebben. Je zit bovendien naast Bente.'

13 Ondertiteling: 'We kunnen het over alles hebben, ook over politiek, geen probleem.'

14 Ondertiteling: 'Ik hoor graag het zijdeachtige geluid van de bal als hij het net binnensluipt. *Sloeff*, 2 punten, 3 punten. Het doet me telkens weer deugd.'

Ik leid Baudouin door de hoge en lange gangen van het college naar de refter. Mevrouw Van Tuijcom had me dat uitdrukkelijk gevraagd:

— *Ma chère Bente, à sa place tu serais aussi heureuse de recevoir du soutien.*[15]

Ik heb de indruk dat ze me uitlacht. In de zin van 'zorg goed voor je Waalse landgenoot, dat zal je leren om een flamingante te zijn.' Zo'n steek van de zoveelste linkse leerkracht kan mij niet schelen. Ik ben de perfecte gids. Ik heb mijn vader de geschiedenis van onze school zo vaak horen vertellen en herhaal die met extra plezier aan een Waal. Heel goed ar-ti-cu-le-rend, in de hoop dat hij alle nuances verstaat:

— Als België de Eerste Wereldoorlog niet had gewonnen dankzij de heroïsche weerstand van de Vlaamse soldaten aan de IJzer, zouden we hier waarschijnlijk nog Frans spreken. Ik huiver ervan, Baudouin. Dat we een paar jaar later eindelijk secundair onderwijs in onze moedertaal konden volgen was een soort beloning daarvoor. Wist je dat?

— Nee Bente. Sorry.

— Ons onderwijs heeft nog een ander probleem gekend. De meeste Vlaamse scholen, zeker de katholieke, zijn pas in de jaren negentig gemengd geworden. Deze lange apartheid tussen jongens en meisjes heeft ervoor gezorgd dat wij Vlamingen te lang preuts en braaf zijn gebleven. Wanneer werden gemengde klassen ingevoerd in Wallonië?

— Uiterlijk in de jaren zeventig. Mijn moeder schreef zich in 1972 in op Bellevue. Daarvoor was het een jongensschool.

— Gelukkig was ons college ook vooruitstrevend wat meisjes betreft. De eerste meisjes kwamen hier al in 1974, slechts in één Vlaamse school was dat eerder gebeurd.[16] Ach, dat is allemaal verleden tijd. Preutsheid is hier niet meer aan de orde. En al helemaal niet bij mij, dat zal je wel snel merken. Genoeg gepraat: twee euro voor de gids, alsjeblieft.

15 Ondertiteling: 'Beste Bente, in zijn plaats zou je ook blij zijn dat je steun krijgt.'

16 De eerste gemengde katholieke school in Vlaanderen bevindt zich in Lokeren en heet nu VLOT! De Latijnse afdeling van de meisjesschool Onze-Lieve-Vrouw-Presentatie bleek op het einde van de jaren zestig niet langer levensvatbaar en werd op 1 september 1969 integraal overgeheveld naar een jongensschool, het Sint-Lodewijkscollege. Zo werd daar in een klap de Latijnse van het eerste tot en met het zesde jaar gemengd.

Baudouin, 2 september 2019, 12u25

Ik geef Bente twee euro. Ze giechelt. Ze weigert:

— Je gaat me nu niet wijsmaken dat Walen plots te veel geld hebben.

Ik neem het op als een grapje en steek het muntstuk weer in mijn broekzak. Dankzij dat voorval heb ik haar hand aangeraakt, wat een aangenaam gevoel. Ze ruikt ook zo lekker. Liefde gaat door de neus. Het enige wat mijn vader mijn moeder verbood was van parfum te veranderen, ik begrijp nu waarom. Nog iets belangrijks: Bente versta ik, in tegenstelling tot alle andere mensen hier. Op mevrouw Van Tuijcom van Frans na, uiteraard.

Bente praat rustig. En tegelijkertijd luid genoeg. Voor een vreemde taal is meer volume nodig opdat die tot onze geest zou doordringen. Niet voor niets spreken taalleerkrachten met forse stem en zetten we het geluid van de tv luider als we naar een buitenlandse uitzending kijken. Bente rolt wel de r'en, wat Franstaligen het toppunt vinden van Vlaams-zijn. Maar geen bezwaar. In Dinant zeggen ze dat die uit het Noorden dankzij hun tongpunt-r een lenigere tong hebben en daarom beter kussen. Het maakt Bente des te aantrekkelijker en fysieke interesse zorgt er op een mysterieuze manier ook voor dat je alles beter verstaat. Verlangen ontwikkelt de vijf zintuigen, begin ik te ontdekken.

Ik heb tot nu toe nogal stoer gedaan, maar met meisjes heb ik weinig ervaring. Op het einde van vorig schooljaar had ik wel kort iets met Emma, een klasgenote op Bellevue. De eerste dag van de zomervakantie heb ik haar borsten even aangeraakt, een première voor mij. Het was op een van de vele geheime strandjes langs de Maas, in het bos tussen Anseremme en Freyr, in de richting van Hastière. Geheim, dat dacht ik. Langs die strandjes van drie, vier meter lang en één à twee meter breed - zeker voldoende voor de activiteit die ik in gedachten had - loopt een smal pad. Ik stond op het punt verder mijn kans te wagen toen een groep Vlaamse scouts - er lopen er beslist te veel rond in onze bossen - arriveerde. Ik hoor nog hun lied, zo'n onnozel refrein: 'Ik heb de zon zien zakken in de zee'... Vooral mijn hoop op meer zakte tot op de bodem van de Maas, exact vijf meter diep op die plaats. Emma verstijfde meteen. Ze zag het als een voorteken.

— Laten we er maar mee stoppen. Het is beter zo, ik voel het nu. Ik had je meer nodig dan dat ik je echt wilde. Het is gedaan tussen ons. Maar we blijven vrienden, akkoord?

Wat kon ik antwoorden? Een tirade afsteken over het verschil tussen behoefte en wil? Dat het ene het andere niet uitsluit? Dat Vlaamse scouts niet in onze plaats over de toekomst van onze relatie moesten beslissen? Het werd:

— Akkoord.

Ik heb haar sindsdien niet meer gesproken.

Bente, 2 september 2019, 12u28

Baudouin is heus een romantische ziel, een dromer. Sinds hij zijn twee euro heeft teruggenomen, heeft hij niets meer gezegd. Zo te zien zit hij in zijn eigen wereld. Minstens 180 kilometer van mij, dat moet ongeveer de afstand zijn tussen Essen en Dinant. Als plichtsbewuste begeleidster, zo zijn wij Vlamingen, moet ik ingrijpen met een vraag.

— Zeg, Baudouin, waarom ben je hier eigenlijk? Je antwoord bleef redelijk vaag in de klas.

— Het is nog moeilijk voor mij om het complete verhaal in het Nederlands te doen. Maar laten we zeggen: omdat je de eerste taal van je land maar beter kent. En ik besef al een tijdje dat dat niet het Frans is.

Baudouin spreekt op die eerste schooldag veel minder vloeiend dan hoe ik, Bente, het neerpen. Iedere zin neemt twee à drie keer meer tijd in beslag dan wat ik hem hier in de mond leg, met nogal wat Franse woorden ertussen. Maar u hebt geen 24,99 euro betaald voor iets tragisch traags en ronduit onleesbaars. Dit is wel exact wat ik antwoordde:

— Mijn ouders beweren nochtans dat de meeste Walen zichzelf wijsmaken dat het Frans nog altijd alle deuren opent en dat andere talen leren niet hoeft.

— Zo dachten we ten tijde van mijn grootouders, ja. Maar drie van de vier zijn al dood en begraven. Begraven door mijn moeder overigens. Ze is *croquemort*[17] in Dinant. Ze heeft ook Nederlandstalige klanten. Familie van Vlaamse of Nederlandse gepensioneerden die hun laatste jaren in onze streek doorbrengen. Of van toeristen uit het noorden die een toer door Dinant ruilen voor een tocht naar de hemel. Die duurt langer en is ook duurder, haha, de goedkoopste uitvaart bij ons kost tweeduizend vijfhonderd euro. Als mama geen Nederlands sprak, zouden al die mensen bij haar concurrenten gaan aankloppen. Ze is ook bevriend geraakt met Peter Hensen, een collega hier in Essen,

17 Ondertiteling: begrafenisondernemer. *Croquemort* bestaat wel in sommige Vlaamse streektalen, het dialect heeft soms Franse wortels. Nog een woordje over de etymologie: om zeker te zijn dat iemand dood was, beet men vroeger in de tenen. Een *croquemort* is dus letterlijk een dodenbijter.

tijdens een bijeenkomst van de Koninklijke Federatie van de Belgische Uitvaartsector. Ja, de vereniging bestaat nog altijd, hoewel de regels tussen de gewesten steeds meer verschillen. Zo is een lijkwagen altijd verplicht in Vlaanderen maar niet in Wallonië, waar men de doodskist op zijn schouders mag vervoeren. Het kost niets. Het vervuilt niet. Peter en mijn ma zien elkaar één keer per jaar om tips en nuttige info uit te wisselen. Op restaurant. Meestal in Dinant. Peter eet liever langs de Maas dan mijn moeder langs jullie lokale waterloop. Hoe heet die trouwens?

— Onderschat Essen niet. We hebben er veel, met speciale vermelding voor onze unieke Molenbeek. Ik geef toe: bijna elke Vlaamse gemeente heeft een Molenbeek. Maar de onze is wel internationaal, want die loopt verder naar Roosendaal.

— Check! We zullen ooit naast de Molenbeek gaan picknicken. Maar dankzij haar confrater heeft mijn moeder dus Essen en deze school ontdekt. 'Ontdekt' is het juiste woord. Voor ons zijn de Noorderkempen evenveel *terra incognita* als de Zuid- en Noordpool. Ietsje warmer en zonder ijsberen, besef ik nu pas.

Ik noteer: geen slechte grap. Hij gaat door op zijn elan.

— Voor ons bedrijf is de samenwerking Dinant-Essen verrijkend op alle vlakken, als je begrijpt wat ik bedoel. Ze brengt kennis en geld op. Die twee gaan vaak samen. Het is een van de vele troeven van ons land. Dankzij de taal, die vaak ook een commerciële grens vormt, zijn gelijkaardige bedrijven aan weerskanten geen concurrenten. Ze kunnen elkaar steunen. Je zou dus kunnen zeggen, verrassend genoeg, dat de taalgrens de Belgische wapenspreuk 'Eendracht maakt macht' nog eens versterkt. '*L'union fait la force, tous ensemble, tous ensemble,*[18] *weh, weh...*' Zing je niet mee?

— Alleluia! Ben je altijd zo belgicistisch?, onderbreekt Bente.

Plots lacht ze niet meer.

— Kom, we gaan eten. Met Jian.

18 Ondertiteling: 'Iedereen samen, iedereen samen.' Toch?

Hoofdstuk 2

Hoe Jian Wang Bente verliest

Baudouin, 2 september 2019, 12u33, Essen

Ik voel me net de kalkoen in de fabel van de Britse filosoof Bertrand Russell die we ooit bespraken in de les godsdienst. Die kalkoen leeft in optimale omstandigheden. Zij wordt altijd op hetzelfde tijdstip gevoerd. Ze eet goed en genoeg. Haar hok is proper en ruim, de temperatuur ideaal. Ze heeft leuke speelkameraadjes.

— Wat een fantastische toekomst ga ik tegemoet, denkt ze.

In zoverre een kalkoen kan denken, maar bij Russell is dat wel het geval, wie ben ik dan om daaraan te twijfelen? Hij was filosoof en kreeg in 1950 de Nobelprijs voor Literatuur. Ik nog niet.

En dan komt de kerstperiode. De boer duikt op. Is dat een snoepje dat hij achter zijn rug verstopt? Zo lief... O, het ding glinstert. Het is een hakbijl. Klats. Weg kalkoen. Zonder enig voorteken. Zo geschiedde al met mijn liefje Emma op dat strandje in Anseremme. Figuurlijk tenminste; fysiek ben ik ongedeerd. En nu *bis in idem*[19] met Bente. De hakbijl heet nu Jian. Met welke vloek ben ik op mijn zeventiende beladen? Op die leeftijd had de dichter Arthur Rimbaud, die stroomopwaarts langs

19 Ondertiteling: Twee keer hetzelfde. Eigenlijk begrijp ik ook meer van het Latijn dan ik denk.

de Maas in Charleville woonde, een heel oeuvre op zijn conto. Ik alleen maar pech. Rimbaud schreef:

'Zeventien! Je zuipt je lazarus. Je drinkt champagne en het stijgt je naar je hoofd. Je daast. Dan voel je op je lippen plots een kus.'[20]

Niets daarvan. Jian is een Vlaamse Chinees. Zo zijn er maar een paar duizend op aarde, meer bepaald in Vlaanderen. Hij is nog veel exotischer dan ik. Ik moet mijn zoveelste nederlaag aanvaarden. De lippen van Bente zijn me definitief ontglipt. Behalve als ik een hartaanval krijg. Maar haar mond-op-mondbeademing zou ik niet eens bewust meemaken.

Ik kan op dat moment niet raden dat er een kus en veel meer zal volgen. En dat ik er mijn hele leven spijt van zou kunnen hebben. Zo jammer dat voorgevoel slechts in fictie bestaat.

20 Fragment uit 'On n'est pas sérieux quand on a 17 ans', 'Je bent niet al te serieus, met zeventien'. Vertaling: Jan Kal.

Jian Wang, 2 september 2019, 12u34, refter van het college

Jian Wang staat op mijn Belgische identiteitskaart. Soms korten ze mijn voornaam met één letter af en wordt het Jan. De i van China weg. Zo ben ik een van hen. Wat heeft het voor zin? Ik bén een van hen. En ook weer niet. Het zij zo. Mijn vader en moeder baten een Chinees restaurant uit in of rond Essen. Waar precies vertel ik niet. Ik wil niet dat u hen sommige details die ik nu zal verklappen onder de neus wrijft. Ze verdienen beter.

Mijn ouders werden geboren in China. Op hun achttiende arriveerden ze in België. Ik spreek van ongeveer dertig jaar geleden, eind van de jaren tachtig. Ze kenden elkaar niet eens. Ze gingen elk bij een oom wonen, de wetgeving over gezinshereniging maakte het toen gemakkelijk om papieren voor België te krijgen. Ze werkten eerst in de zaak van hun respectievelijke oom om wat Nederlands te leren en als dank voor het goede onthaal. Dat de ooms zo quasi gratis personeel kregen, werd nooit in vraag gesteld. Het was misschien niet eens hun bedoeling. Ik weet het niet.

Pa en ma kwamen elkaar dus voor het eerst tegen in België, in 1991. Geen idee of de ontmoeting gearrangeerd was. De twee ooms kwamen uit dezelfde Chinese streek, dat wel, maar dat is geen bewijs. Trouwens, ook uw koning Filip en zijn lieve Mathilde waren nooit een koppel geworden zonder toedoen van hun twee vaders. Ik hoorde dat op een lezing van een Waalse journalist twee jaar geleden in de zaal Rex tegenover het station van Essen. Dat is het met affiches beplakte gebouw dat zo op een cinema lijkt en er tot 1984 inderdaad ook één was. De naam van de spreker ben ik kwijt, er zijn zoveel Franstaligen in dit land, ze lijken allemaal op elkaar.[21] Hij vertelde ons dat koning Albert Filip verplichtte om een echtgenote te vinden. Anders kreeg Astrid de troon. En Patrick d'Udekem d'Acoz wilde dat al zijn dochters met mensen met

21 Dit gaat waarschijnlijk om een zekere Frédéric Deborsu, de broer van Christophe. Frédéric schreef een boek over de Belgische monarchie: F. Deborsu, *Koningskwesties*, Gent, Agora, 2012, maar lezingen over dat onderwerp geeft hij niet meer.

aanzien en liefst veel geld zouden huwen om zijn precaire financiële situatie recht te zetten. De verloofden in spe werden in dezelfde gebedsgroep geduwd en gedwongen naar elkaar toe te groeien. Samengevat: zelfs als iemand de trouw van mijn ouders regelde, heeft niemand hen de les te spellen, zelfs jullie koning niet die ook de mijne is. Sorry, ik laat me gaan. En ik krijg hoofdpijn van de honger hier alleen aan tafel. Waar blijft Bente?

In afwachting en omdat er eten ter sprake komt, denk ik verder aan mijn ouders. Ze kwamen goed overeen en wilden slagen in het leven. Voor Chinezen van hier wil dat zeggen: 'een Chinees' openen. Het zelfstandig naamwoord restaurant hoeft er niet eens bij te worden vermeld. Dat is toch raar, naar en neigt naar racisme: alsof we alleen maar dat kunnen, in de horeca werken. Kijk naar wat China ondertussen geworden is, binnenkort de grootste economische macht ter wereld! We zijn tot alles in staat. Mijn vader en moeder kregen een lening van de familie en klaar was kees.

Ik ben hun enige kind. Ze hadden geen tijd voor meer. Ze werkten heel hun leven zeven dagen op zeven. Vader achter het fornuis, moeder achter de toog. Maar ze wilden van meet af aan het allerbeste voor mij. Thuis de grootste slaapkamer en het mooiste speelgoed. Met mijn reusachtige verzameling Lego zou ik bijna een winkel kunnen openen. De beste school, wat het college met zijn verplicht Latijn zeker is. Een kunstminnende school is het ook: de gebroeders Walschaerts van het fantastische muzikale duo Kommil Foo hebben hier niet toevallig gestudeerd. Een wagen krijg ik straks op mijn achttiende, een splinternieuwe Golf cabrio 1,4 TSI BlueMotion weet ik al, mijn lief kijkt er nu al naar uit. Want het geld stroomde al die jaren binnen. Ons restaurant 'China loves you' draait nog altijd op volle toeren. Terloops gezegd: 'China loves you' is uiteraard de echte naam niet. U hebt eventjes gedacht dat ik mezelf had verraden. Zo naïef ben ik niet. Als ik de familiezaak ooit overneem, zal ik die zo omdopen: 'China loves you'. Het klinkt veel aantrekkelijker dan 'De Chinese Muur'. Nee, dit is evenmin de echte naam maar wel de meest courante voor een oosters restaurant in België.

Ach, mijn ouders... ik zie ze ook heel graag. Ze wensen niets liever dan dat ik met een Chinese trouw. Zo zou ik niet volledig 'verbelgen'. De identiteitskaart volstaat ruimschoots in hun ogen.

Ik zal ze moeten teleurstellen, vrees ik. Of juister: hoop ik.

Jian Wang, 2 september 2019, 12u35

Bente komt eindelijk naast me zitten. Ze geeft me direct een kus op de mond, heerlijk. We zitten nu in het zesde, het laatste jaar. We zijn de koningen van de refter en omgeving. Niemand kan ons tegenhouden. De surveillant doet alsof hij niets merkt en keert zich om. *Love always wins* of nog beter: *amor omnia vincit*, om meneer Roosens te plezieren. Hij geeft me ook Latijn. Maar wie is de gast die ons gadeslaat met even vragende ogen als mijn Mechelse herder als hij geen eten krijgt?

Bente Roosens, 2 september 2019, 12u35

Ik kus hem. Lang. Gul. Tot het me duizelt. Bij hem. Ik wil dat hij deze kus nooit vergeet. De 'hij' in kwestie is Baudouin. Ik wil dat hij inziet wat een kus van mij doet, hoezeer ik de moeite ben en dat hij de veroveraar in zich moet bovenhalen om mij op zijn beurt te krijgen. Het is al één jaar aan tussen Jian en mij. Ik moet stilaan aan iemand anders beginnen denken. Behalve dat stilaan niet tot mijn woordenschat behoort. Waarom niet zo snel mogelijk? Ik geloof niet dat mijn toekomstig ex-lief iets door heeft.

We kussen al twintig seconden. Ik wil zeker zijn van het effect op mijn Waalse pupil. Die ziet er bleker uit dan een patiënt op een afdeling intensieve zorgen, zie ik in een flits. Ik hoop toch dat hij het zal redden. Opdracht volbracht, dank je wel, Jian. Je deed alweer wat ik van jou verwachtte. Het gebeurt nu te vaak naar mijn smaak. Ik wil een man, geen knecht.

Ik sta recht, mijn gezicht is toch een beetje rood aangelopen, voel ik.

— Baudouin, dit is Jian, mijn vriend. Jian, dit is Baudouin, mijn nieuwe Waalse klasgenoot. Hij zit bij ons in Essen tot de kerstvakantie.

— *Bonjour*, zegt Jian.

Eén woord volstaat soms om van een gespannen sfeer een heel gespannen sfeer te maken. *In casu* een woord in de verkeerde taal.

— Dag Jian. Sorry dat ik je dit vraag: kun je met mij Nederlands spreken? Ik ben ten slotte hier om jouw taal, enfin, ik bedoel die van hier, te leren.

— Excuseer! Ik wilde hoffelijk zijn, versta je dat woord? Ik heb de indruk van niet. *Je voulais être poli.* En natuurlijk is Nederlands mijn taal. Chinees ook: *Ni hǎo*[22], Baudouin. Met mij heb je de keuze: Chinees, Nederlands, Engels, of Frans als de drie eerste toch te moeilijk blijken...

Ik heb Jian nooit zo horen blaffen. Hij is doorgaans vriendelijk tegen iedereen. Zo'n contrast met mezelf. Ik kan zo verkrampen. Ik ben het

22 Ondertiteling (de enige van het Chinees naar het Nederlands): Hallo (letterlijk: 'Jij goed').

meisje van de ups en downs. Overgevoelig. En soms schiet ik uit. Hij normaal niet. Daarom koos ik voor hem. Hij verzacht, verzorgt. Het is soms vermoeiend, zelfs voor mij, om continu van het ene uiterste in het andere te vallen.

Jian betekent 'God is verzoenend en brengt rust' in het Chinees, heeft hij me verteld. Samen combineren we de *Yin* en de *Yang*: tegenpolen die alleen kunnen bestaan in relatie tot elkaar. Ze stuwen elkaar voort. De Chinezen wisten het al veel langer dan wij. Jian is echt mijn wederhelft, één van mijn twee longen. Maar ik wil nog meer kunnen ademen. Steeds vaker voel ik: ik heb meer pit nodig dan evenwicht. Ik ga me toch niet excuseren voor wie ik ben. Iemand anders worden, nee bedankt: die plaats is al ingenomen. De middenlijn is zo saai. Het doet me denken aan de middenvakrijders op de snelweg. Ze mijden de rechterrijstrook om niet constant verplicht te worden de trage voertuigen in te halen. Uit luiheid en uit vrees voor een ongeval. En ze durven de linkerrijstrook niet op omdat je daar toeterende snelheidsovertreders achter je krijgt voor wie de snelheidsbeperkingen de levensverwachting lijken te beperken. Maar hé. *Let's rock!* Het moet swingen, swipen. Ik wil minstens één nieuw idee per dag hebben. Vandaag is het: iemand nieuw uitproberen.

Ondertussen blijft Baudouin beteuterd kijken.

— Je ziet er uit als een geslagen hond, Baudouin. Vond je de voormiddag niet leuk?, opper ik, de onschuld zelve.

Geslagen honden zijn doorgaans niet mijn ding. Honden in het algemeen niet. Ik heb liever de fiere en zelfstandige katten. Maar ik kan niet verklaren waarom, ik voel even met Baudouin mee. Hij draait zich om. Loopt weg. Ik volg hem. Ik wil opnieuw vlinders in mijn buik. Nieuwe vingers op mijn borsten. Baudouin oogt trouwens onweerstaanbaar met zijn 1 meter 90, zijn ogen zo somber als zijn haar zwart is en zijn sterke lichaam van een basketbalspeler, al is het in het onbeduidende Dinant. Ik ging er prat op als enige op het college een Chinese vriend te hebben. Er was trouwens maar één exemplaar beschikbaar. Een Waal, is dat niet even uitzonderlijk? Je ziet ze hier nooit, en wat zeldzaam is heeft nog meer waarde. Hij blijft maar een paar maanden. Ik ben er zo nodig

snel van af. Ik lach al als ik bedenk hoe mijn ouders zullen reageren. Jian was al moeilijk te aanvaarden. Maar één ding is erger dan iemand van over verre grenzen: iemand van de andere kant van de taalgrens.

Jian Wang, 2 september 2019, 12u37

Toen ik aan mijn ouders vertelde dat ik een Belgisch lief had, begon mijn moeder te wenen:

— O, hoe erg. Mijn kleinkinderen zullen me niet verstaan.

— Je spreekt toch goed Nederlands, suste ik. En met kleinkinderen wil ik zeker nog even wachten.

— Zijn de Chinese meisjes die ik je voorstel niet mooi genoeg?

Het gesprek had niet lang geduurd. Gelukkig. Ma droogde haar tranen en ging terug naar het restaurant. Werken doet nog beter vergeten dan een bezoek aan een psycholoog. Maar niet lang na mijn outing vertrekt Bente in het zog van die onnozelaar, wat een chaos. Als ik weer single ben, zal ik minstens vier mensen gelukkig maken: mijn ouders, dat biedt enige troost. Plus de neo-tortelduifjes. Maar dat gun ik hun niet. Nee, zover zijn we nog niet.

Hoofdstuk 3

Hoe Bart De Wever verdwijnt

Bente, donderdag 19 februari 2026, 18u00, Leuven

Het is Leuven en het wordt donker. Ik verlaat ons kot in de Vaartstraat, de lange en smalle weg tussen de jachthaven die ex-burgemeester Tobback op de Vaart heeft laten bouwen - een socialist die luxeboten lust, het is net een veganist met een goede steak saignant op zijn bord, het smaakt raar - en het justitiepaleis. Als mijn lief en ik het gerechtsgebouw zien, wisselen we een snelle blik uit. Nee, niet beginnen te twijfelen. We zijn nu 6,5 jaar samen, meer dan tweeduizend dagen. We weten wat we aan elkaar hebben.

Op de meeste voordeuren die we passeren zien we ik weet niet hoeveel bellen met voornamen van studenten uit de hele wereld. Op deze donderdagavond, traditioneel een uitgangsavond, zullen velen van hen feest vieren. Wij ook in zekere zin.

— Succes schat, zegt hij.

— Succes schat, antwoord ik.

We zijn zo goed op elkaar afgestemd. Aan de manier waarop hij me kust weet ik dat het zal lukken.

Baudouin, 19 februari 2026, 19u45, Leuven

Het is Leuven en het is koud. Tiensestraat 41, het adres van De Valk. *Le Faucon*, zeiden de Franstaligen toen de Leuvense universiteit nog van hen was. Geloofden ze.

Rare vogel, die valk. Tweekoppig. Aan de ene kant een classicistisch pand dat even oud is als de universiteit - toch al 601 jaar — en het zenuwcentrum van de Rechtsfaculteit. Daarnaast De Nieuwe Valk dat er nog maar een paar decennia staat. Een en al zielloze grijze betonplaten. In die tijd dachten de architecten allicht dat de economische crisis ons allemaal zou wurgen en dat het einde van de wereld nabij was, zodat het geen zin meer had om iets moois te bedenken. Hier wacht ik dus, op de stoep voor het portaal. Samen met Bente. Gezien de persoon met wie we hebben afgesproken kunnen we maar beter op tijd zijn.

Daarnet zaten we nog op café om de tijd te doden. Een *contradictio in terminis*[23] eigenlijk: tijd is het ultieme teken van leven. U hebt het al wel gemerkt: mijn brein kan het niet laten constant zijsprongen te maken, van de hak op de tak, *du coq à l'âne*. Ik wring me in alle bochten, net de *Route des 36 Tournants* in Engis bij Hoei. Misschien nog meer sinds ik ook het Nederlands ben gaan beheersen. Elke taal genereert een eigen gedachtegoed. De twee die ik spreek nemen blijkbaar te veel plaats in in mijn hoofd. Meertaligheid vertraagt weliswaar de veroudering van de hersenen omdat die meer worden geprikkeld, zegt de wetenschap. Maar op mijn 23e, bijna 24, is waardig ouder worden niet mijn grootste bekommernis.

Toen hij het Waalse accent hoorde dat ik nooit zal kunnen verbergen, kwam de zeventigjarige uitbater met me spreken.

— U bent precies een spook. Zes maanden na hun definitieve vertrek in 1979, was iedereen vergeten dat er hier ooit Waalse studenten zaten. We waren eindelijk onder ons. Het werd dadelijk de normaalste zaak ter wereld. Zonder geruzie. Zonder gezever. Met andere woorden: zonder jullie.

23 Ondertiteling: tegenstrijdigheid tot in het oneindige.

Ik antwoordde hem niet dat veel Franstaligen zijn stad nog altijd '*Louvain-la*-Veuve', Leuven-de-Weduwe, noemen, omdat zij er wel van uitgaan dat de Leuvenaars hen missen. Zo ook mijn grootvader langs vaderskant. Hij studeerde hier zestig jaar geleden. Of eerder: verbleef. Zijn diploma heeft hij nooit behaald.

— Deze stad was van ons, zegt hij. We werden als illegalen, als sans-papiers buitengesmeten. In ons eigen land. We hadden dat hoegenaamd niet zien aankomen.

Wat er toen gebeurde, illustreert dat Walen en Vlamingen de Belgische geschiedenis anders ervaren. Zelfs de communautaire problematiek is communautair getint. Ik verklaar me nader, als historicus in spe. De Vlaamse weerstand kwam pas echt van de grond toen de Vlaamse soldaten tijdens de Eerste Wereldoorlog door Franstalige officieren zogezegd de dood werden ingestuurd met hun onverstaanbare instructies in het Frans. Bij nader inzien klopt dat niet. De bevelen werden meestal met een fluitsignaal of een paar steeds weerkerende codewoorden gegeven. Niemand stierf door een gebrek aan talenkennis. Het ging meer om een sociale malaise. Zonder Frans kon men toen alleen maar dromen van de top in het leger en de hele maatschappij, stuitend toch. Behalve voor de Franstaligen zelf, natuurlijk.

In het zuiden van het land zijn ze zich maar veel later bewust geworden van de noord-zuidkloof: pas in de jaren zestig, toen de Waalse economie in elkaar zakte 'omdat de Vlamingen ons niet hielpen' en toen we Leuvense stenen op onze kop kregen. Met vooral een mentale hersenschudding tot gevolg. Nee, heel België was niet meer enkel van ons.

Maar we zijn in Leuven en het is nu echt donker. 19u50. Hij komt eraan met zijn chauffeur. Geen lijfwacht. Geen politie. Niets. Op zijn Belgisch. Een Vlaams-nationalist zou moeten weten dat dit bijvoeglijke naamwoord risico's inhoudt.

Bart De Wever stapt uit zijn wagen. Het was niet eens moeilijk om hem te contacteren. Quasi iedereen in België lijkt over zijn gsm-nummer te beschikken: 0471/97... Hij is er dus. In het echt. Iets kleiner dan ik dacht, van mensen met macht denken we altijd dat ze groter zijn

dan in het echt. Eén meter 78, zal ik later te weten komen. Zijn chauffeur is niet groter. Ook niet jonger. Dat zal onze taak vergemakkelijken.

Ik weet dat hij niet graag handen schudt. Ik blijf op anderhalve meter van hem staan, een verre herinnering aan de Covid-periode. En vooral: ik probeer mijn uitspraak zo Vlaams mogelijk te laten klinken. De r'en laat ik rollen als nooit tevoren. Bente, die het al haar hele leven doet, vindt dat nochtans overdreven: 'Zo lijk je iemand anders,' oppert ze.

Iemand anders is precies wat ik vanavond wil zijn.

— Dag, meneer De Wever. In naam van Studentenkring *La Dinantaise* heet ik u van harte welkom. We kregen duizend inschrijvingen voor uw lezing. We hebben de helft moeten weigeren. Om toch zo veel mogelijk studenten toe te laten, zal uw spreekbeurt niet hier in De Valk plaatsvinden zoals voorzien, maar wel in de Grote Aula, op driehonderd meter van hier. Ik wil me echt excuseren voor dit ongemak. Het is aan uw populariteit te danken. U bent een marathonloper, qua afstand zal het wel gaan, zeker?

— Ja, ja. Ik volg u.

Onmogelijk aan zijn gezicht te zien of hij mijn grapje over zijn loopvermogen heeft gesmaakt. Ik had het nochtans grondig voorbereid. Hij kijkt naar zijn gsm, die bulkt van de berichten en de meldingen. Ik zie het schermpje doorlopend oplichten - piep, piep, piep, zonder hoera. Hoe kan een levend wezen zo'n constante digitale lawine doorstaan? Maar dit is nog twee keer niets vergeleken met wat er in de komende uren zal gebeuren. Hij zal er echter niets van merken.

We vertrekken richting Hogeschoolplein. Het Leuven zonder leven van midden februari. We kruisen bijna niemand, prima. Op een paar gehaaste fietsers na die voor de sneeuw ergens moeten zijn. Exact wat ik verwachtte. Ik stel hem geen selfie voor. Ik had het misschien moeten doen. Politici vinden het nu raar als dat niet gebeurt. Een vraagje dan maar.

— U was misschien graag naar De Valk teruggekeerd. Ik wil me nog een keer verontschuldigen dat het anders is gelopen. Want u hebt toch rechten gestudeerd, heb ik me laten vertellen?

Verdorie, ik heb me twee keer geëxcuseerd in twee minuten, een typisch Franstalige gewoonte. Ik weet dat Vlamingen dat overdreven en dus snel schijnheilig vinden. In het Frans neemt zich verontschuldigen ook meer tijd in beslag. De enige geldige formule is: '*Je vous prie de bien vouloir m'excuser.*' Vertaling in het Nederlands: 'Sorry.' Om vergiffenis vragen is nochtans een katholieke gewoonte bij uitstek, '*mea culpa, mea maxima culpa*'.[24] Maar Vlamingen zijn in de geest al lang protestant geworden. De Angelsaksische invloed is hier nu allesoverheersend. En in het protestantisme is er geen sprake van biecht of biechtstoel. Ik loop dus hopeloos achter met mijn spijtbetuigingen aan de lopende band, ik dacht nochtans een volbloed Vlaming te zijn geworden.

Ik blijf mijn best doen om een menselijk contact te leggen met de Antwerpse nationalist. En zie, hij reageert:

— Ja, ik heb twee jaar rechten gestudeerd na mijn humaniora. Hier in Leuven. We hadden trouwens ook les in de Grote Aula. Mijn oudste broer Bruno was bezig aan zijn doctoraat geschiedenis in Gent. Ik wilde per se een andere studierichting kiezen en ook elders. De dwarsligger in mij, het marcheert niet altijd. Twee verloren jaren. Ik heb toen wel geleerd wat mislukken betekent. Het heeft me later veel geholpen, ook bij onze verkiezingsnederlaag van twee jaar geleden, in 2024. Daarna ben ik dan toch hetzelfde gaan studeren als Bruno: geschiedenis. Eerst in Antwerpen. Ik kwam terug naar Leuven voor de masterjaren, want die bestonden nog niet in de mooiste stad ter wereld. Maar laten we het over u hebben. Wie bent u eigenlijk?

— Mijn naam is Baudouin Coignoul. Ik kom uit Dinant. Om Nederlands te leren en om Vlaanderen beter te begrijpen studeer ik geschiedenis hier aan de KU. Ik zit in het vierde jaar, de eerste master. Net als u ben ik hiervoor twee jaar kwijtgespeeld in de rechtsfaculteit. In Namen in mijn geval. Ik volg ook de politiek met passie. Daarom heb ik u samen met mijn vriendin Bente en de leden van de Studentenclub *La Dinantaise* uitgenodigd.

24 Ondertiteling: Door mijn schuld, mijn grootste schuld.

— U bent Waal en u hebt een van onze meisjes ingepikt? Bravo. Wat studeert u, juffrouw?

— Marketing. Ik ben wel vorige zomer afgestudeerd. Nu werk ik. En ik ben zijn vriendin niet. Hoogstens zijn ex-vriendin.

— Toen ik jullie zag, dacht ik dat jullie een koppel waren, mijn excuses. Liefde is de enige branche waarin de politiek niet moet tussenkomen. Het is beter voor beide domeinen. Waar komt u zelf vandaan?

— Essen, provincie Antwerpen.

— Dat Essen in mijn kieskring ligt, hoef je niet te preciseren. Ik ben er nog even geweest tijdens de campagne van 2024.

Hij lacht erbij. Het is eerder iets tussen een lach en een grijns, maar hij glimt.

— Ik kan alle Vlaamse gemeenten op een blinde kaart situeren. Dinant ook, hoor, Baudouin. Wat is die *Dinantaise*, overigens? Mijn woordvoerster zei me daarstraks dat ik niets te vrezen had. Vertel.

— Aan de Waalse universiteiten heeft elke stad haar studentenvereniging, *La Namuroise, La Binchoise, La Verviétoise* enzovoort. Omdat ik zelf van Dinant ben, heb ik *La Dinantaise* hier heropgericht. Mijn grootvader was lid toen hij vóór Leuven Vlaams hier studeerde. Ook een paar Vlamingen hebben zich aangesloten, we staan open voor de wereld. Zo kunnen ze nog een beetje Frans leren. En echte Walen in het echt zien.

— Ik vind dat goed, vreemde talen leren. Zelf spreek ik beter Engels en zelfs Duits dan Frans, maar ik probeer mijn plan te trekken. Iets anders: is jouw voornaam een verwijzing naar koning Boudewijn?

Waarschijnlijk wel, hoewel het mij nooit uitdrukkelijk is gezegd. Kinderen stellen te weinig vragen aan hun ouders en dan is het te laat.

Bart De Wever zal mijn antwoord nooit horen. Als hij dit vraagt, komen we op het Hogeschoolplein aan, zo herkenbaar aan zijn kastanjebomen, die een statige rechthoek vormen. We passeren voor de ingang van het Pauscollege, waar de liberalen en de katholieken samenkwamen om de Belgische Revolutie van 1830 voor te bereiden. Bart lijkt zich van geen kwaad bewust, hij die de scheiding der Nederlanden nog altijd maar niets vindt. België werd op 4 oktober 1830 definitief onafhankelijk.

Die datum kent geen enkele Belg. De Wever wellicht wel, maar heel Belgisch is hij niet. Welnu, het is niet het moment om mijn parate kennis te etaleren.

Tijd voor actie.

Nu.

Baudouin, 19 februari 2026, 19u55, Hogeschoolplein in Leuven

Thomas, Baptiste en Pierre-Loup hebben hun witte bestelwagen op de stoep voor het Pauscollege geparkeerd. Als we daar aankomen, gaat het portier met een ruk open. Het trio, gemaskerd en volledig in het zwart gekleed, komt plots op ons af. Als ik niet geweten had wie ze waren, dan had ik me heel even in de carnavalsperiode gewaand, behalve dat ze dit jaar al voorbij is en dat Leuven niets met Binche te maken heeft. Ik bedoel: met Aalst[25], je moet dezelfde referenties gebruiken als je lezers heb ik ergens gehoord, anders raak je hen kwijt.

Mijn kompanen hebben vodden doordrenkt met het slaapmiddel Rohypnol, vandaag flunitrazepam genoemd om precies te zijn. Exact de manier waarop de Waalse pedofiel Marc Dutroux - pardon: de Brusselse pedofiel, zijn wortels liggen in de hoofdstad, niet alles wat slecht is, komt uit Charleroi, wel veel[26] - zijn slachtoffers verdoofde. Het heeft zijn efficiëntie bewezen. Als je iemand kidnapt, gebruik je het best de methode van de grote meester.

Bente en ik maken ons op tijd uit de voeten. Gemakkelijk als je op de hoogte bent van wat er gaat gebeuren. Bart De Wever heeft dat geluk niet. Hij aarzelt over de te volgen richting. Zijn chauffeur ook. In zo'n situatie is de oer-Vlaamse spreuk 'Bezint eer gij begint' niet toepasselijk. Van ver horen we de twee mannen roepen:

— Kom langs hier!

— Nee, opgelet, misschien is er een andere groep aan de overkant...

25 Binche bij Charleroi en Aalst bij Aalst zijn de twee bekendste carnavalssteden van het land.

26 Die 'wel veel' staat niet in de Franse vertaling. Te stuitend. En vooral: onwaar. Foute opmerking van Baudouin.

Bart De Wever, 19 februari 2026, 19u40

Ik voel een stuk stof op mijn gezicht. Iedereen in Vlaanderen en ver erbuiten weet toch dat ik niet graag word aangeraakt. Die geur, wat kan het zijn? Het is nu niet het moment om het bewustzijn te verliezen. *Dum spiro, spero,* zo lang ik adem, is er hoop. Knokken om overeind te blijven. Is het vergif? Zijn het verdovende middelen, tegen mij, de grote leider van de *War on Drugs*? Misschien hou ik mijn adem beter in. Mijn woordvoerster had nooit moeten toezeggen voor die lezing voor een Waalse vereniging. Ik voel me zo zwak. Zoveel jaren van één tegen allen met zoveel succes om hier op dit stomme Leuvense plein het pleit te verliezen. We zitten niet eens in de meerderheid in deze stad. Links is aan de macht. Daarom heb ik uiteraard geen enkele politieman op straat gezien. Ja, verdorie, wat doet de politie... de po...li...t...

Baudouin, 19 februari 2026, 19u40

Eerlijk is eerlijk: Bart De Wever heeft niet aan dit boek willen meewerken. Na wat hem overkomen is, alle begrip. Ik weet dus niet of dit exact zijn gedachten waren. Ik zal er niet ver naast zitten. Anders moet hij maar een recht van antwoord eisen. Dat zou gratis reclame opleveren, altijd goed.

Ik observeer van ver hoe mijn vrienden hem en zijn chauffeur in het busje duwen en in alle stilte vertrekken. Ronkende motoren en piepende banden na een kidnapping, dat is voor amateurs die zo snel mogelijk een warme plek in Leuven Centraal ambiëren. Een bezoek ter plaatse naar aanleiding van Open Monumentendag zal ruimschoots volstaan.

Je moet je wel haasten als je een misdrijf signaleert. Anders komt het verdacht over. En amateurs zijn we beslist niet. Bente en ik rennen richting de Grote Aula. In deze stad zijn er hoogstwaarschijnlijk veel meer camera's die onze bewegingen registreren dan in Wallonië. Goed voor ieders veiligheid, maar minder voor wat we hier doen. We komen buiten adem binnen. Het auditorium is zoals verwacht tot de nok gevuld. Als we het podium opgaan, begint iedereen te applaudisseren. We zijn nu eenmaal de organisatoren van het evenement en Vlaanderen[27] heeft het beste publiek ter wereld, met meer open dan gekruiste armen.

Ik neem als eerste de microfoon:

— Beste medestudenten, ik heb iets vreselijks te melden. Bart De Wever is hier quasi voor de deur door onbekenden meegenomen. Het leek op een ontvoering. We konden niets doen. De daders hebben onze gsm's meegenomen opdat we geen alarm zouden kunnen slaan.

Ik hoor studenten gillen. Bijna allemaal halen ze hun gsm boven. Sommigen beginnen koortsachtig te tikken. Ik neem aan dat ze de wereld - of eerder hun eigen wereld - het grote nieuws willen verkondigen. Maar de meesten bellen 112. Alsof het een wedstrijd 'Wie redt Bart als eerste' is. Exact waar ik op rekende. Er zijn zoveel oproepen

27 In de Franse versie is het 'Belgique' in plaats van Vlaanderen. Volgens het hierboven vermelde principe: je moet dezelfde referenties gebruiken als je lezers.

tegelijk dat de gsm-masten in de buurt tilt slaan. Als de eerste student eindelijk iemand aan de lijn krijgt, zijn er vijf minuten voorbij.

— Meneer De Wever is ontvoerd.

— Wie, de politicus?

— Ja, kent u een andere? Sorry, ik ben redelijk gespannen. Hij kwam voor de studenten praten hier in de Grote Aula, op het Hogeschoolplein.

— Bent u ter plaatse? Oké, we komen eraan. Als dit een grap is, krijgt u er spijt van.

Een grap? Was het maar waar.

Hoofdstuk 4

Hoe de Essense nacht smaakt naar meer

Baudouin, maandag 2 september 2019, 16u15, Spoorwegstraat in Essen

Mijn eerste Vlaamse schooldag ging veel sneller voorbij dan ik had gevreesd. Ik verstond meer dan ik liet uitschijnen. Er zwakker uitzien dan je werkelijk bent is de Waalse aanpak bij uitstek. Zo kun je later alleen maar aangenaam verrassen. Dat is tenminste mijn bedoeling. Ook met de knappe Bente.

Het college heeft geen internaat meer. Ik logeer in de stad. Stad is veel gezegd. Vergeleken met Essen is Dinant een megalopolis. Waar is de Maas? Waar is de kabelbaan? Waar is de citadel? Veel groen, dat wel, zelfs in wat ze het centrum noemen. En weinig mensen op straat.[28] En ik die dacht dat Vlaanderen vol liep.[29]

Mijn gastvrouw is een zekere Rosa Roosens. Mijn ouders hebben haar via de school gevonden. Roosens, zoals Bente en mijn klastitularis. Het zal toeval zijn. In zo'n afgelegen gemeente huwen vast al

28 De enige noot deels in het vet en in het groot, gelet op het belang ervan: *SORRY AAN ALLE ESSENAARS*. Baudouin heeft zich weer schromelijk vergist.

29 De feiten: Vlaanderen heeft een bevolkingsdichtheid van 492 inwoners per vierkante kilometer, Wallonië telt 217 inwoners per vierkante kilometer. Minder dan de helft.

eeuwenlang neven en nichten met elkaar, waardoor er weinig variatie is in de achternamen.

Ik heb een fiets van het college kunnen lenen. Zo'n grote fietsenstalling als hier heb ik nog nooit gezien. Zo'n hoop tweewielers op één plek evenmin. Je moet een Vlaming zijn om de jouwe in een dergelijke massa terug te kunnen vinden, het doet denken aan het peloton van de Tour de France na een massale valpartij. Gelukkig is de mijne apart gezet. Met mijn naam erop en een paar lieve woorden, van wie weet ik niet: 'Voor Baudouin. Veel fietsgenot.'

Mijn nieuwe velo heeft slechts drie versnellingen. Het kan geen kwaad. In Essen heb ik tot nu toe geen enkele helling gezien. De provincie Antwerpen is de platste van het land. Er is dus toch één voordeel aan wonen buiten de Maasvallei.

Rosa Roosens woont naast De Rex. Recht tegenover het station. Handig als ik mijn spullen vrijdagavond na school kom halen voor ik in de trein terug naar huis stap. De Rex was een cinema en is nu een leuk café, aan het aantal biersoorten op de kaart te zien. Er bestaat dus wel degelijk één plaats in het dorp om met Bente af te spreken. Zowat alle koppels in de streek moeten elkaar hier voor het eerst hebben gekust. Nog vier dagen te gaan. En vier nachten. Tegen alle verwachtingen in ben ik helemaal niet gehaast om terug te keren naar Dinant.

Ik bel aan. Om 16u15, zoals afgesproken. De dagen zijn te kort om niet op tijd te komen.

— Dag, mevrouw Roosens. Ik ben Baudouin Coignoul uit Dinant, uw nieuwe kotstudent. Super merci dat ik bij u thuis mag logeren.

Ik heb een spiekbriefje bij om niet naar mijn woorden te moeten zoeken. Je hebt maar één kans om een goede indruk te maken, herkansing is alleen mogelijk in sommige sportcompetities, ik zal het in de komende jaren steeds beter begrijpen. Afstand nemen van het alles-komt-goedprincipe is volwassen worden. Net als om de maand vrijen en facturen betalen. Voor dat laatste heb ik nog een beetje tijd.

— Dag Baudouin. Welkom in Essen. En welkom thuis. Ik ben blij dat je me enkele maanden gezelschap komt houden. Mijn man is twee jaar geleden overleden.

— O, sorry!

— Nee, geen sorry. Hij leed al jaren aan een chronische spierziekte. Hij vroeg zelf om er een einde aan te maken. Hij heeft me toen laten beloven dat ik na zijn vertrek dubbel zo intens zou leven opdat ik de schoonheid van het bestaan voor ons allebei zou blijven beleven. Ontroerend van hem, vind je niet? Hij zei ook: 'Het universum breidt constant uit, waarom zouden we onszelf begrenzen.' Je komt hier niet in een rouwkamer terecht, wees gerust. Vanavond gaan we trouwens samen uit eten bij mijn broer Marnix en zijn vrouw Gella. Als je het goed vindt, tenminste. Ze hebben een dochter die dezelfde leeftijd heeft als jij en die ook in het college zit.

— Roosens? Het gaat toch niet over Bente Roosens?

— Jawel. Ken je haar?

— Jazeker, je kunt er niet naast kijken, zo mooi is ze, amai. Haar vader is ook een van mijn leerkrachten. Dit kan echt geen toeval zijn.

Bericht aan mezelf in deze fase van het verhaal: niet al te ijverig overal verbanden proberen te leggen. Dit stelt weliswaar gerust. Je spiegelt je voor dat het leven zin heeft. Maar bruut toeval, het noodlot, bestaat ook. Ik weet het maar al te goed. Je kan er maar beter rekening mee houden om grote ontgoochelingen te vermijden. Een meer Vlaamse dan Waalse houding, zal ik later leren. Ik krijg trouwens meteen de bevestiging dat dit de enige correcte attitude is. Want Rosa Roosens blijft praten.

— Bente heeft blijkbaar al veel indruk op jou gemaakt. Opgelet, Baudouin: ze heeft een lief. En een heel indrukwekkende rij ex-liefjes, langer dan voor de kassa van de Lidl in Dinant op zaterdagochtend. Er is toch een Lidl in jouw stad?

Ik wil het met haar tante hoegenaamd niet over het seksleven van Bente hebben. De supermarkten dan maar. Een minder delicaat onderwerp, hoewel.

— Ja. We hebben zelfs een Aldi. Maar geen Jumbo, geen Albert Heijn, waarvan ik het bestaan onderweg naar hier op reclameborden heb ontdekt. Wat lowbudgetwinkels betreft, is Vlaanderen onklopbaar, zo te zien. Hoe meer geld mensen hebben, hoe minder ze willen uitgeven.

Dat denken de meeste Walen tenminste van de Vlamingen. Hoe verklaart u dat?

— Wat je vertelt, geldt vooral voor onze noorderburen. Het woord 'zuinig' wordt veel vaker met een zwaar Hollands accent uitgesproken. De winkelketens waarover je spreekt zijn trouwens Nederlands. Je hebt een rare visie over Vlaanderen, beste Baudouin. Wij, Belgen, zijn toch allemaal Bourgondiërs.

— *Bourguignons?* In Dinant staat dat woord synoniem voor ellende. Karel de Stoute heeft onze stad in 1466 met de grond gelijk gemaakt. Twee jaar later was het de beurt aan Luik.

Ik heb nog niet door dat die verwijzing naar de Bourgondische tijd door de Vlamingen constant wordt gebruikt als verwijzing naar het goede leven. Aan het hof van Filips de Goede in de vijftiende eeuw was er inderdaad wijn, luxe en vertier. Meisjes weet ik niet, maar dat zal wel. Niemand doet dat in Wallonië. Het hoeft niet: Waals zijn is op zich synoniem voor *best life*, zoals het vandaag klinkt. We moeten het verleden niet te hulp roepen om onze knaldrang te bejubelen.

Mijn nieuwe kotbazin glimlacht, oef.

— Je bent ad rem. En charmant. We gaan goed overeenkomen. Nu serieus, ik merk dat je een boontje hebt voor Bente. Ik wil natuurlijk niets slechts vertellen over mijn eigen familie, maar in jouw plaats zou ik op mijn hoede blijven. Je zal merken dat de politieke voorkeuren van haar gezin waarschijnlijk niet de jouwe zijn. Ook niet de mijne, voor alle duidelijkheid. De moeder van Bente, mijn schoonzus Gella Geelkens, is parlementair medewerkster van een volksvertegenwoordiger van het Vlaams Belang. Een gewezen Miss België die het einde wil van het land dat haar heeft bekroond, begrijpe wie kan. Weet je waar die partij voor staat?

— Anti-Waals, racist, fascist, fanatiek, egoïst. Bente is toch zo niet!

— Nee, nee, natuurlijk niet. Niemand kan tot een partijprogramma worden gereduceerd, zelfs Anke Van dermeersch[30] of Tom Van Grieken niet. Kom, ik zal je het huis en je slaapkamer laten zien. Je hebt dan de tijd om te douchen. En dan zijn we direct weg. 's Avonds eten Vlamingen normaal om 18u15, Walen om 19u00, hoorde ik deze week nog in *Nieuwe Feiten* op Radio 1. Ik beveel je de podcast van dat programma aan. Je leert van alles bij. Vroeg eten is overigens beter om fit te blijven. Zelfs Bourgondiërs werken aan hun conditie.

30 Ze werd Miss België in 1991 en zetelt vandaag voor het Vlaams Belang in het parlement, na een omweg via de Open VLD.

Bente, 2 september 2019, 17u15

De Spoorwegstraat van tante Rosa geeft uit op de Stationsstraat waar ik woon. Spoorweg. Station. Niet lachen, de trein is iets fundamenteels in Essen. Wij, Essenaars, mogen oprecht trots zijn. We hebben de meest noordelijke treinhalte van België. Noord is top, op alle vlakken. Dit station was lange tijd een cruciale grenspost tussen België en Nederland. Ik geef u een voorbeeld: het vee dat tussen beide landen circuleerde, werd hier in quarantainestallen geplaatst om de dieren te controleren op besmettelijke ziekten. Dankzij trein en grens zijn mensen van heel België hier komen werken en wonen.

Als zeventienjarige heb ik fysieke douaneposten en douaniers in vol ornaat jammer genoeg nooit gekend. Toen Europa in de jaren tachtig de Schengenzone heeft ingesteld en de controles heeft afgeschaft, was die gouden periode voorbij. Of juist niet. Want toen kwamen de rijke Nederlanders hier massaal wonen. Ze profiteerden van een lagere fiscaliteit en van onze laksere bouwreglementen. Hun aanwezigheid is bijzonder zichtbaar. Nieuwbouw in de buurt met een toren of zelfs een slotgracht wordt sowieso door een van onze noorderburen bewoond. Dankzij hen ziet Essen er plechtstatig uit en blijft de grens een goudmijn. De oranje streep op het logo van de gemeente is niet alleen maar te danken aan de lange lijst CD&V-burgemeesters.

Ik verneem net van mijn vader dat Baudouin Coignoul straks bij ons komt eten. Niet te geloven dat hij uitgerekend bij tante Rosa logeert. Ze heeft altijd een rare smaak gehad. Haar eerste grote liefde was een Maghrebijn die het spoor kwam onderhouden, heeft mijn pa ooit verklapt. Ik hoop dat hij ook even goed voor haar heeft gezorgd.

Mijn moeder heeft broodjes, kaas en wat ander beleg gekocht.

— Elke Belg lust toch pistolets, zegt ze. Die vind je alleen maar hier. Ik noem dat het nationalisme van de bakkerij en de beenhouwerij. Het enige wat we nog met de Walen gemeen hebben, is wat we eten. In de winkels is het assortiment identiek. De reclamefolders van de grote supermarktketens zijn trouwens dezelfde in heel het land. Op je bord krijg je precies hetzelfde in Luik als in Antwerpen. België gaat door de

maag. In een vaak te dikke buik, dat wel. Dat is het enige overblijfsel van 189 jaar samen. Echt niet veel.

Ik antwoord met een blik à la 'Ja, ma'. De bel gaat.

Bente, 2 september 2019, 18u30

Mijn ma heeft wel een beetje moeite gedaan. Ze heeft zelfs vanillepudding gemaakt als dessert. Baudouin is daar blijkbaar dol op. Hij blijft maar opscheppen. Krijgen ze niet genoeg eten over de taalgrens? Ik zie de licht afkeurende blik van mijn vader, die zoals gewoonlijk zo graag de rest van de avondpudding bij het ontbijt had verorberd. Er blijft *just niks* over.

Baudouin lijkt het gesprek verrassend goed te kunnen volgen. Hij stelt zelfs een paar vragen.

— Wat doet u in het leven, vraagt hij aan mijn moeder.

— Ik werk in het parlement in Brussel.

Ze geeft nooit details aan mensen die ze niet goed kent. En zeker niet aan een Franstalige. Alles op z'n tijd. Maar aan de volgende vraag van Baudouin te horen weet hij blijkbaar toch wel iets.

— Ziet u soms Bart De Wever in de wandelgangen? Ik heb een paar reportages over hem gezien. Op de Franstalige tv, ik geef het toe, dus misschien was de toon een beetje subjectief, maar er zijn toch geen Vlaamse kijkers die zouden kunnen protesteren. Wil hij echt dat ons land splitst? En wat denkt u er zelf van?

Ik zie mijn ma bezorgd kijken. Gelukkig hoeft ze niet te antwoorden, want mijn twee jaar jongere zus Lore mengt zich plots in de discussie.

— Politiek is allesbehalve boeiend. Laten we het over iets leukers hebben. Wat doen jouw ouders, Baudouin?

Alweer haar wie/wat/waar/hoe-vragen. Ze is altijd zo nieuwsgierig. Deze keer luister ik wel naar het antwoord.

— Mijn moeder is begrafenisonderneemster. Dat is het enige moeilijke Nederlandse woord dat ik ken. Mijn vader werkt bij de stad Dinant. Hij is maatschappelijk assistent. Ze zijn gescheiden sinds mijn zus Kim in de Maas is verdronken. Vier jaar geleden, in 2015. Ze was pas elf.

Baudouin, 2 september 2019, 18u35

Waarom iets zeggen over Kim? Omdat ik zo vaak aan haar denk. Omdat ik altijd van haar zal houden. Omdat zij ook pudding lustte. Thuis deden we wedstrijdjes om wie het snelst en het meest kon eten. Ik won altijd.

— Als ik groot ben, zal ik je zeker verslaan, zei ze.

Het zal niet gebeuren.

Ik weet ook dat iets vertellen over de verdrinking van mijn kleine zus medeleven opwekt. Een drama uit je eigen leven opdiepen doe je soms uit eigenbelang. We zitten allemaal vol dubbele bodems. Mensen dus eigenlijk.

Ik was er niet bij op die winteravond in januari 2015. Bij een vriend gaan gamen. Mijn zus en mijn pa wilden vertrekken voor een wandeling langs het jaagpad.

— Is het wel veilig? Het water staat hoog. Er is overstromingsgevaar en het is al donker, had mijn moeder geopperd.

— Je bent van Dinant als je in alle weersomstandigheden met je dochter langs de Maas kan stappen, had mijn vader gesust. Schat, hebben we het al niet zo vaak gedaan? Ook en vooral als kind?

Alsof je geboorteplaats een levensverzekering is. Het meest bedrieglijke woord in elke taal ooit. Onze enige zekerheid is de dood.

Voor Kim kwam die wel heel vroeg.

Ze gleed uit en viel in de rivier. We zullen nooit weten waarom. Mijn vader was net naar een bericht op zijn gsm aan het kijken. Hij hoorde een korte kreet. Hij kon haar hand een paar seconden vastgrijpen, maar de stroming was te fel. De Maas heeft altijd het laatste woord. Ook voor wie haar door en door meent te kennen. Hij loste Kim of Kim loste hem. Meteen daarna dook hij in het woeste en ijskoude water. Hij was niet kansloos. Adrenaline geeft mensen superkrachten. In Dinant had een paar jaar eerder een tiener met zijn blote handen een zware pick-up kunnen optillen. De benen van zijn vader lagen onder een wiel. Hij had de kracht van een kraan. Hij kon zijn pa bevrijden.

Deze keer gebeurde er helaas geen wonder. Papa heeft Kim nooit kunnen terugvinden. Hij ontsnapte zelf net aan de dood. De stroom sleurde hem mee. Hij had steeds meer moeite om boven te blijven. Hij

begon water in te ademen. Hij stierf bijna in het midden van de rivier, op enkele meters van het Liefdeseiland, zo'n droomplek bij mooi weer.[31] Hij kon een laaghangende tak grijpen en wist zich zo te redden. Later zou hij zeggen dat hij daar spijt van had.

— Ik had beter moeten opletten in plaats van het recentste bericht over de aanslag tegen Charlie Hebdo te lezen. Al die mensen waren al overleden. Kim toen nog niet. Ik had haar nooit mogen loslaten. Ik heb haar het leven geschonken. Ik lig aan de oorzaak van haar dood. Dit is de wereld op zijn kop. Een leven ondersteboven heeft geen zin meer.

Als het slecht gaat, gaat alles slecht. De gsm van mijn vader was in de golven verdwenen. Hij moest bij naburige huizen gaan aanbellen om de hulpdiensten te verwittigen. Bij de eerste drie deed niemand open ondanks het licht binnen. Men zegt dat de Walen gastvrij zijn. Die avond niet, nee. En in werkelijkheid minder dan men zegt.[32] Bij zijn vierde poging had hij eindelijk succes. Zo zijn er kostbare minuten weggetikt.

De brandweer heeft het lichaam van Kim de dag erna teruggevonden, één kilometer stroomafwaarts. Mijn moeder heeft ongelooflijk moedig gereageerd - moedig of merci Xanax? - in de zin van: 'Niet treuren. We moeten vooral blij en dankbaar zijn dat we haar hebben gekend.' Ze organiseerde de ontroerendste begrafenis ooit hier in Dinant. De mooiste. De grootste. De duurste. De alles wat je je kunt indenken. Mijn vader verzonk in een diepe depressie. Hij was al niet dik en verloor nog eens 10 kilo en elke zweem van vreugde.

Bij de dood van een kind zijn er twee soorten koppels: diegenen die er hechter dan ooit uitkomen en zij die het drama verwerken op een te verschillende manier. Mijn ouders horen bij categorie twee. Mijn moeder

31 Dat *'île d'Amour'* onder het viaduct Charlemagne bestaat echt en ligt midden in de Maas, in Anseremme. Het is private eigendom, maar het is echt wel een zeer mooie plek in de zomer.

32 Franstaligen zijn inderdaad achterdochtiger en dus minder open dan Vlamingen. Die vaststelling komt uit de grote *European Values Study* uit 2011: - 75% van de Franstaligen staat eerder wantrouwend ten opzichte van hun medemensen; - voor 62% van de Vlamingen is dat ook het geval. Hoofdoorzaak: het onderwijs. Hoe hoger het diploma, hoe groter het vertrouwen, wat Vlaanderen met zijn hogere opleidingsniveau ten goede komt.

wilde voortleven. Mijn pa hinkte door zijn schuldgevoel achterop. Ons hele gezin geraakte uit evenwicht.

Maar hier ben ik dus.

Bij Bente Roosens thuis, na afloop van het sobere broodmaal ondanks de pudding. Bij een gezin met een meerderheid aan vrouwen komt er altijd te weinig op tafel. Maar de beste hongerstiller is op komst. Ze legt haar hand in de mijne. Ja, Bente Roosens. Het Kim-effect heeft bij haar blijkbaar iets in gang gezet. Eerlijk: het was niet uit plat opportunisme. Het deed me simpelweg deugd om over mijn zus te praten. Gelooft u mij niet?

— Zullen we even naar buiten gaan?, fluistert ze. Zo stil dat ik alleen het woord buiten hoor. Meer is niet nodig.

De zachte septemberzon, de straten van Essen, ik zie er niets van. Ik zie alleen haar. Haar effect op mij zou u met uw hand op mijn borstkas kunnen meten. U zou die werkelijk op en neer zien wippen.

Na een paar honderd meter krijgt ze een sms'je van haar zus. Ze laat het me zien: 'Tante heeft net gezegd dat ze de hele avond hier blijft. De weg is vrij.'

— De weg is vrij? Wat wil je zus zeggen?

Ik veins meer onschuld dan ik in me heb. Mijn manier om haar te zeggen: 'Ga je gang, ik volg je.'

— Kom, ik zal het je laten zien.

Na vijf minuten komen we aan voor de deur van Rosa, mijn kotmadam.

— Hier is de weg. Ik hoop dat je de sleutel bij hebt.

— Ja. Pas gekregen. Als nieuw.

En dan moet ik iets bekennen. Ik zou Bente willen zeggen: 'Ik heb het nog nooit gedaan. Ik hoop dat je het niet erg vindt.' Maar volwassen worden is ook de waarheid leren opzijzetten. Ik voel dat ik met die commentaar de magie van het moment kapot zou maken. Zoals de tovenaar die zijn trucje aan zijn publiek onthult terwijl niemand ernaar vraagt. Overigens: ik heb de indruk dat ik al zeventien jaar op dit moment wacht en dat ik het al heel vaak in gedachten heb beleefd of terwijl ik naar films keek die de gebruiksaanwijzing toonden. Ik ben er klaar voor.

Zo is het dus, die mythische eerste keer die men zich tot op zijn sterfbed zal herinneren, als men tenminste niet in een te slechte staat verkeert.

Het gaat ineens zo snel, besef ik nu. Ik moet per direct een topniveau halen. Voor haar is het uiteraard geen première. Het mag mijn enthousiasme niet fnuiken.

— Slaap je op de eerste verdieping, naast de badkamer?, hoor ik haar alweer murmelen.

Ik prent mezelf in: bij de eerste keer zacht praten. Hoewel mezelf iets inprenten geen zin heeft: nee, er komt geen tweede eerste keer, je weet het toch, Baudouin. Ontspan. Geniet.

— Ja, naast de badkamer.

— Ik ken de plaats goed. Ik heb er zo vaak gelogeerd wanneer mijn ouders uitgingen. Tante Rosa en haar man hebben nooit kinderen gehad. Ze zagen me graag komen.

Ze loopt voor mij de trap op. Haar rode kleed ruist over haar billen, op een paar centimeter van mijn gezicht. Een paar millimeter stof scheiden mij van het opperste geluk. Ik bof, ik blink, mijn hart bonkt.

Ze gaat op het bed zitten en ik volg haar voorbeeld. Weinig woorden. Veel emoties.

— Voel je je goed, Baudouin?

— Ja.

Wat had u in mijn plaats geantwoord?

Ze voegt de daad bij het woord. Die daad is zacht. Haar vingers zo licht. Haar lippen strelend. Haar tong getraind door de rollende r's houdt haar belofte. Ze sluit haar ogen. Ik de mijne niet. Ik vind het zo bizar dat nieuwe geliefden zo vaak niet kijken. Liefhebben is ook elkaar zien. Denk ik. Ik weet van niks. Ik doe het toch.

Ik wil me alles kunnen herinneren. Ik voel / ik proef / ik hoor / ik ruik / ik zie. Haar witte borsten zijn inderdaad heel wit.

Een man moet ook het initiatief nemen. Zeggen ze. Ik ga ervoor. Je hebt vaak maar een paar seconden om de belangrijkste beslissingen te nemen. Daarom vergis je je ook zo dikwijls.

Bente, 2 september 2019, 20u00

Ik heb Baudouin pas deze ochtend voor het eerst ontmoet. Kort geleden, da's waar. Al kan het korter. Het is niet gelogen dat ik twee maanden geleden maar een paar minuutjes nodig had om met die Pablo in bed of eerder in het gras te duiken. Jian was zijn ouders aan het helpen in het restaurant. We zouden elkaar die avond niet zien. Pablo kwam uit het station. We wisselden een paar woorden in pover Engels. Meer moet het soms niet zijn. Ik nam hem mee naar de tuin van een klasgenote van wie ik wist dat ze op vakantie was. Met hun hoge hagen zijn de Vlaamse tuinen bestand tegen te nieuwsgierige blikken. Nee, meer moet het niet zijn.

Pablo, de Spanjaard, bevredigde mij als geen ander. Een man weet dat hij oud wordt als hij bij de tweede keer hapert. Mijn minnaar van één nacht was duidelijk nog ver van zijn pensioen. Hij zette zijn tent op in de tuin. Ik liet mijn ouders weten dat ik bij een vriendin bleef slapen. De dag erna was hij weg. Een rugzaktoerist die niet eens wist wat hij in Essen zocht. 'Mij', had ik hem duidelijk gemaakt. Zijn gsm-nummer had ik niet eens opgeslagen. Een vervolg kon niet mooier worden.

Baudouin moet nog wat oefenen, zal ik maar zeggen. Ik wil hem daar gerust bij helpen. Les 1 van het beknopte handboek verleiding dat ik het best nooit schrijf, u begrijpt ooit waarom: niet altijd te snel alles geven. Bij seks is je inhouden soms gelijk aan meer inhoud. Ik voel zijn handen onder mijn trui nu koortsachtig zoeken naar mijn borsten. Ik hou ze niet tegen, ze reageren terstond. Die jongen heeft potentieel. Dan toch. Wat een zonde dat het binnen tien seconden stopt. Ik moet hem een halt toeroepen, voor het te laat is. Voor ik niets meer kan controleren.

— Sorry, Baudouin. Ik voel me niet klaar. Een kus en een beetje meer was voor mij genoeg. Plus een goede babbel. Ik stel voor dat we het hierbij laten.

'Zich niet klaar voelen', het werkt altijd. En inderdaad.

— Alle begrip, Bente. Geen ja is gelijk aan nee.

Een moderne man, die Baudouin. Hij dringt niet eens aan. Een aanhanger van het gezonde principe: *No dress is not a yes.* En, gezien zijn tact, zeker ook van die andere quote die ik net ontdekte: 'Mijn lichaam

is geen TripAdvisor. Je commentaar hou je voor jezelf.' Eigenlijk een doodnormale mens.

— We hebben tijd. Jian is er ook nog. Discreet blijven, Baudouin. Ik weet nog niet hoe ik het hem moet vertellen. Als ik het hem al zal zeggen. Ik wil hem niet onnodig kwetsen.

Meen ik wat ik zeg over Jian geen pijn doen? Ik ga er hoe dan ook van uit dat Baudouin het zal appreciëren. Ik zie er opeens minder genadeloos uit, al gaat het over een directe concurrent. Goed gespeeld, Bente. En nu wegwezen.

— Mijn tante komt dadelijk terug. Tot morgenvroeg op school, Baudouin Coignoul. Slaapwel.

Baudouin, dinsdag 3 september 2019, middernacht

Slaapwel, zei ze. Liefhebben is af en toe klaarkomen en vooral de ander in de ogen kijken. Geen van beide vannacht.

Op zijn zeventiende weet een man al wat hij het best doet om tot rust te komen na zo'n afgang. Aan haar denken. Aan wat had kunnen gebeuren. Mijn computer zorgt voor de ondersteunende beelden. En f*ck die zin op de sociale media: 'Een vrouwenlichaam is geen computer'. Fysiek klopt het. Maar stop schuldgevoel. Een laptop kan ook deugd doen. Vraag het aan de portemonnee van Bill Gates.

Ik gebruik geen wegwerpzakdoek. In alles primeert de planeet. Het lukt ook niet meteen. De eerste keer die geen eerste keer werd, blijft me dwarszitten. Dan hoor ik tante Rosa terugkomen. Ze lijkt een beetje op haar nicht. Het is misschien een effect van mijn verbeelding, maar het is net wat ik nodig heb. Drie seconden later slaap ik.

Hoofdstuk 5

Hoe Dinant tot iets dient

Baudouin, vrijdag 7 september 2019, 20u03, Dinant

Terug thuis, na 3 uur en 17 minuten op de trein. Ik ga stoppen mijn reistijd elke keer te vermelden. Mensen die het openbaar vervoer nemen meten zichzelf vaak een soort heldenstatus toe en achten het nodig het liefst in fluogroen te benadrukken hoeveel van hun kostbare tijd ze voor het milieu, het opperste goed van de mensheid, opofferen. Niet zo bij mij. Ik vind de wagen gewoon stresserender dan het spoor. Op de trein heb ik een persoonlijke chauffeur - oké, niet voor mij alleen. Er is tenminste een toilet. Ik heb plaats voor mijn benen. En, net als vanavond, kom ik negen keer op tien op tijd aan, veel vaker dan met de auto om eerlijk te zijn. Meer eerlijkheid zou trouwens de mensheid kunnen redden. Ik doe mijn best.

Bij het verlaten van het station loop ik richting de Pont Charles de Gaulle. Daar kreeg de toenmalige luitenant en Franse president in spe op 15 augustus 1914 een Duitse kogel in het been. Met zijn compagnie wilde hij de vijand beletten de Maas over te steken. Zijn eerste contact met de oorlog waar hij zo naar uitkeek, duurde maar tien seconden en had het allerlaatste kunnen worden. Na een paar meter op de brug voelde hij iets als een zweepslag op zijn knie. De bewuste kogel dus. Hij werd meteen afgevoerd. Naast hem zeeg zijn sergeant dood neer. Was hij het zelf geweest, dan had de wereldgeschiedenis er allicht anders uitgezien. En had de brug op de Maas een minder bekende naam gekregen.

Ik steek nu op mijn beurt de brug over. Ik zie de citadel en daaronder de terrassen langs de Maas. De vrolijkste strook van mijn stad heet La Croisette, vernoemd naar de mooie laan langs de Middellandse Zee in Cannes. De Maas is onze oceaan. Ook wij hebben een *rivièra*: een dijk, een rij appartementen met zicht op het water en veel volk, veel sfeer. De avond valt pas over enkele uren. Zo blij dat ik opnieuw in het echte leven ben beland, met mensen die lachen en Frans spreken. Soms ook Nederlands, dat is waar. Maar vanavond wil ik hen niet meer horen.

Sinds onze korte nacht samen kom ik Bente alleen nog op school tegen. In de klas zie ik soms heel kort aan haar blik dat ze zich herinnert wat er is gebeurd, meer niet. 'Ze voelt zich niet klaar.' Geen probleem, ik zal wachten. Maar als ik 's avonds in Essen op straat wandel, voel ik me nu zo alleen dat ik mensen van thuis hier meen te herkennen. Zinsverbijstering moet zoiets heten. De basisbehoefte om een vertrouwde omgeving voor werkelijkheid te nemen. Dat klopt uiteraard langs geen kanten. Ik ben beslist de enige Dinantees die Essen ooit bezocht. Elke vergissing versterkt nog eens mijn eenzaamheid.

Hier in mijn eigen stad ken ik alle kelners en veel voorbijgangers. Ik wuif van ver, ze wuiven terug:

— Alles in orde?, lees ik op de lippen van een van mijn vrienden.

— Ja, ja, antwoord ik met de duim omhoog.

Na de brug en de bocht kom ik in de Rue Grande, die van de Belgische *Monopoly*. De Meir op zijn Dinants, een beetje smaller, dat wel. Hier woon ik, boven de zaak van mijn moeder. De laatste bezoekers van het funerarium slaan een babbel op de stoep. Ik maak dat sinds mijn geboorte mee, mensen in rouw voor mijn deur. Ik kan me dan onzichtbaar maken. Ik ga via de privé-ingang naar boven. Op de muur langs de trap hangen veel foto's van Kim. Haar glimlach doet me altijd pijn als ik na een paar dagen terugkom. Ik wil het haar niet laten zien en glimlach terug:

— Dag Kim.

Je zou zweren dat ze antwoordt. Praten met of over de doden is de enige tastbare vorm van verrijzenis. Mijn manier om de pijn te verzachten.

Mama heeft per uitzondering mijn vader uitgenodigd om mijn terugkeer van die eerste week in Essen te vieren. Drie jaar na de scheiding gaat het er gemoedelijker aan toe tussen hen. Ze kunnen elkaar eindelijk zien zonder onmiddellijk ruzie te maken. Niet dat ik op een verzoening hoop. Eigenlijk hadden ze nooit moeten trouwen. Ze passen echt niet bij elkaar. Zij de vrome katholiek die een succesvolle onderneming leidt. Hij een *baba cool*[33] die twintig jaar te laat werd geboren om mei 1968 en Woodstock 1969 mee te maken. Zijn haar heeft hij sindsdien amper geknipt. Zijn baard ook niet. Ik zei het al: hij is maatschappelijk assistent bij het OCMW van Dinant. Ik ben natuurlijk het slechtst geplaatst om te poneren dat ze niets bij elkaar te zoeken hadden. Foute relaties hebben hun goede kanten: zonder hen had ik uiteraard nooit bestaan. Zij viel voor zijn wilde inborst en het vrijheidsgevoel dat hij uitstraalde. Hij voor haar doorzettingsvermogen en allicht ook voor haar groene ogen en mooie benen/billen/borsten, lijm voor tegenpolen, maar dat blijft meestal niet duren.

33 Ondertiteling: *soixante-huitard*, of: 'iemand die leeft in de geest van mei 1968'.

Vinciane Lebrun, 7 september 2019, 20u25

Ik heb vanavond Baudouins lievelingsgerecht klaargemaakt: spaghetti carbonara met frietjes erbij. Een smet op het blazoen van elke chef-kok, zegt mijn kuisvrouw. Niet erg. Zie hem smullen, mijn kind. Hij verdient het zo hard.

Ik heb Baudouin aangemoedigd om naar Essen te gaan. Voor zijn Nederlands en dus voor zijn toekomst. Zelfs al kunnen de Vlamingen ons niet luchten, ze kunnen ons altijd werk verschaffen. En je wil de beste toekomst voor je kinderen. Trouwens: over de andere kant van de taalgrens niets dan goeds. We leven in een erg ontvlambaar land. Lucifers met mate gebruiken. Of nog beter: in je binnenzak houden.

Ik zal voor hem straks een warm bad laten vollopen. Hitte heelt, zet de bloedvaten open. Het ontstrest, onthaast, ontspant. Ik gun het mijn oudste zo, na een hele week in het hoge noorden. En ik heb dan tijd voor het avondgebed. Als Vincent dan al vertrokken is tenminste.

— Smaakt het?

— Ja mams, keilekker. Spaghetti en frietjes, alleen hier kan ik zoiets eten. Het is de definitie van liefde: samen dingen doen die je met niemand anders kan doen.

— Prachtig gezegd, schat. Die hoort zeker thuis in mijn schriftje.

Sinds ik kinderen heb, schrijf ik hun mooiste uitspraken op en lees ze af en toe voor. Ze vinden dat best grappig.

— Maar eerst en vooral: hoe ging het in Essen?

— Toch beter dan ik dacht. Zeker de eerste dag.

Vincent Coignoul, 7 september 2019, 20u25

Ze lijken zo op elkaar, Baudouin en Vinciane. Ze zijn zo close. Zie ze bezig. Telkens als ze samen zijn, praten ze urenlang. Ik benijd hen. Ik benijd haar. Ja, ik weet het, ik ben zelf vertrokken, drie jaar geleden. Alsof ik mezelf zo hard mogelijk wilde straffen. Zij wilde verder, met haar bedrijf, met Claire en Baudouin, met het leven, zij die nochtans voor de doden zorgt. Voor mij had de tijd toen gewoon mogen blijven stilstaan. Liefst van al één seconde voor de val van Kim in de Maas. Als je verantwoordelijk bent voor een catastrofe, heb je geen toekomst meer. Je kijkt heel je leven achteruit. Obsessief op zoek naar oorzaken en gevolgen zonder dat je het eindresultaat kan ombuigen. Het schuurt. Constant. Het vreet je op. Je neemt wraak op jezelf. Het heeft geen zin, maar niets anders heeft nog zin.

Ik kan het niet laten de scène voor de zoveelste keer te reconstrueren, maar dan met een goede afloop. Ik kijk niet naar mijn gsm. Ik zie op tijd dat Kim struikelt. Ik vang haar in mijn armen op. We lachen.

Ik roep:

— We zijn toch een goed team!

Ze roept terug:

— En je bent de beste papa ter wereld.

We knuffelen. We gaan naar huis. We brengen de avond door voor de knetterende open haard. En 's avonds zijn we met z'n allen samen.

Ik besef het als geen ander: het liep anders af. Sindsdien zorg ik ervoor dat mijn bloed mijn lege hart alsnog bereikt door het met alcohol aan te lengen. Foute medicatie, maar een pil is niet efficiënter en minstens even verslavend.

Vanmiddag heb ik een gigantische inspanning gedaan: slechts één glaasje op. In één teug wel. Net voor mijn vertrek. Om mijn dorst te lessen, of eerlijker: om mezelf moed in te drinken. Ik weet dat Baudouin het weet, dat ik aan de fles ben. Dat ik al maanden niet meer werk. Ik durf mijn appartementje in Anseremme op drie kilometer van hier nog amper te verlaten uit vrees dat iemand zou zien hoe slecht ik het stel. Jezelf ziek zien in andermans ogen maakt nog zieker. En als maatschappelijk assistent voor de stad heb ik een voorbeeldfunctie. Mij zo tonen, *no way*. Een

verpleegster van het Wit-Gele Kruis komt dagelijks langs. Zogezegd voor een behandeling. Eigenlijk om er zeker van te zijn dat ik toch niet ernstig overweeg uit het leven te stappen. *Quod non.* De Waalse zelfmoordcijfers, de hoogste van Europa na Litouwen, zijn al hoog genoeg. Ik wil niet eindigen in een statistiek. De anticonformist in mij heeft het nog een beetje voor het zeggen. Ik zei tijdens mijn huwelijk dat het idee van oud worden met Vinciane het beste geneesmiddel was tegen de vrees om te sterven. In plaats daarvan slik ik nu een mix van Johnnie Walker en tranquillizers.

In elk geval: ik ben blij dat ik sinds een paar minuten in Dinant ben, op de plaats waar ons leven zo gelukkig is geweest. De laatste tijd komt Baudouin minder vaak naar Anseremme. Door zijn verblijf in Essen, natuurlijk. En nu is zijn leven hier. Met zijn zus Claire, ook een beetje met Kim. Haar foto's in de traphal... ik kan mijn tranen moeilijk inhouden. Elke bloem die ik zie, wil ik nog altijd naar haar graf brengen.

Kort vóór het ongeval had ik haar gezegd:

— Ooit ga je waarschijnlijk sterven. Misschien niet eens, dankzij de vooruitgang van de geneeskunde. Maar het enige wat ik wil als het toch gebeurt, is dat het na mij is.

Claire en Baudouin zijn er nog. Voor hen moet ik verder. Ook een beetje voor hun mama. De onvoorwaardelijke liefde die we voor onze kinderen hebben maakt dat we een onverbrekelijke band blijven hebben. Ze is mijn ex-vrouw ondertussen. We zijn voorgoed gescheiden. Ik heb haar altijd zo bewonderd voor haar intelligentie. Voor haar voeten op de grond, een antigif voor mijn zweverigheid. Ze wist wat ze wilde, ik wilde wat ze wist. Ze verloste me van mijn onzekerheden. Met haar was er een plan. Precies zoals op het parcours van een bewegwijzerde wandeling. Niet hoeven nadenken over de te volgen richting, alleen de pijltjes zoeken. Ze was de pijl, de spil. Met haar voelde ik me nochtans veel meer dan een volger. Ze zag meer in mij dan ikzelf. Zij prees mijn fantasie, mijn positieve blik die bij elke berg de minst steile flank wist te ontdekken om die op ons gemak te kunnen beklimmen.

Ik heb altijd ook opgekeken naar de manier waarop ze haar bedrijf leidde. Bijna 25 jaar geleden heeft ze het geërfd van haar vader Marcel Lebrun, die veel te jong overleed. Hoe Vinciane de zaak snel overnam

en deed groeien door de beste tarieven van de provincie aan te bieden zonder aan de service te raken, chapeau. *De Ryanair van de begrafenissector*, noemde ik haar soms. Maar in haar geval zonder uitbuiting van het personeel en verdoken supplementen. Michael O'Leary had haar beter als adviseur geraadpleegd. Funérailles Lebrun bezet intussen vier panden van de Rue Grande, die Vinciane in de loop der jaren heeft opgekocht. Ongelooflijk hoe ze de gewoonlijk zo traditiegetrouwe Dinantezen die niet van crematie wilden horen, massaal kon overtuigen rieten en zelfs kartonnen kisten te gebruiken.

— Ze zijn snel biologisch afbreekbaar en wij mensen zijn dat ook, zei ze. Dat gaat goed samen.

Ik weet niet of de klanten dat allemaal begrepen. Het voordeel voor hun portemonnee - vanaf driehonderd euro voor karton - deed de rest. Haar manier van ondernemen stemt overeen met haar manier van zien:

— *Laat de doden hun doden begraven,* staat er in het evangelie van Lucas. Ik moet vooral goed voor de levenden zorgen. Voor de overledenen is God al bezig.

God, of eerder god, hier zijn we. Het enige wat me aan haar irriteerde, was haar tomeloze enthousiasme voor de charismatische vernieuwing, een beweging binnen de katholieke kerk die de heilige geest centraal zet. U hebt het misschien opgemerkt: voor de leden van de drievuldigheid gebruik ik bewust geen hoofdletter. Wat niet bestaat, verdient geen voorkeursbehandeling.

Ik ben één keer mee geweest naar een gebedssessie. Ik zag de aanwezigen één na één het woord nemen alsof ze in direct contact stonden met de heilige geest. Een van hen prevelde:

— De heer zegt heel dankbaar te zijn dat we tot hem bidden.

Zo'n goede connectie, zonder oortje of Wi-Fi, da's op z'n minst verdacht. Trouwens, als god echt wil bewijzen dat hij bestaat:

dat hij dan minstens één iemand uit het rijk der doden laat terugkeren, ik ken een goede kandidate;

laat hem dan stoppen met spelletjes te spelen met ons. Laten weten dat je nog leeft is toch het minste wat je van een zogenaamde liefdevolle vader zou verwachten. Waarom toont hij zich niet voor eens en voor altijd?

Terug naar de aarde, in wat onze gezinswoning was. Ik voel dat ik nu iets moet zeggen. Anders gaan Vinciane en Baudouin herhalen dat ik een spook word. Er zijn er al genoeg in dit verhaal.

— Baudouin, heb je leuke mensen ontmoet in Essen?

— Hmm... ja, paps. Ik zal je zelfs iets verklappen. Ik ben al een beetje verliefd.

— Wow, het gaat inderdaad snel in Vlaanderen. Hoe heet ze?

Ik ben dan zo stom geweest een toost op die Bente uit te brengen. Mijn ex had wijn voorzien. Dat was ook onverantwoord. Alsof je een bomgordel cadeau geeft aan een kandidaat-zelfmoordterrorist, boem! Een tweede, derde, vierde toost volgden, nu op mijn eigen initiatief, boem!, boem!, boem! Op het einde dronk ik alleen. Waarop Vinciane aankondigde dat ik ofwel moest stoppen, ofwel terug naar huis moest gaan. Ik was zo beschaamd dat ik haar teleurgesteld had, dat ik opkraste. Ze heeft me blijkbaar nog onder controle. Hoewel alcohol het qua greep op mij grotendeels van haar heeft overgenomen. Ik zag dat mijn Baudouin diep ontgoocheld keek. Alsof ik voor hem al deels dood was. Ik was in elk geval te veel in de wind om degelijke excuses te formuleren. Maar wie gelooft er nog in de oprechtheid van een alcoholicus? Ter verduidelijking: ik had veel meer dan één whisky op toen ik in de Rue Grande arriveerde. Ook tegen mezelf kan ik goed liegen.

Baudouin, 7 september 2019, 22u30

Alweer papa die ladderzat op de vlucht slaat. Mama zot van woede. En ik kapot van verdriet. Opgroeien komt ook neer op het overwinnen van de fundamentele angst om je ouders teleur te stellen. Maar op een dag zijn de rollen omgekeerd: de vader ontgoochelt de zoon. Alweer. En nog een keer. Zou ik hem niet beter uit mijn geheugen wissen om de zoveelste nieuwe teleurstelling te vermijden?

Als mijn moeder een warm bad voorstelt, geef ik haar een kus en ga rechtstreeks naar mijn bed.

— Sorry, mams, zo lief van jou, maar ik ben echt moe. En zo triest door wat er daarnet gebeurde.

— *Slaapwel, lieverd*, antwoordt ze in het Nederlands.

Ik vervang mijn verdriet over mijn bezopen vader door een welkome frustratie. Ik heb het echt niet graag als ze in die taal begint te spreken. In mijn kindertijd probeerde ze een paar keer. Ik wees al haar pogingen af. Van taal veranderen is een andere persoon worden. De taal die je spreekt bepaalt wie je bent, je denkkader, de manier waarop je emoties beleeft. Ik weet niet of taal 'gans het volk is'. Ze is in elk geval 'gans de mens'. Mama heeft natuurlijk ook in Vlaanderen gestudeerd. Anderhalf jaar bedrijfskunde op een hogeschool in Mechelen. Als ik anderhalf schrijf, weet u al dat het haar niet lukte. Eerste jaar gebist. Tweede keer het eerste niet afgemaakt. Ze wilde zich daarna in Wallonië niet meer inschrijven om verder te studeren. Het had te veel geleken op een voetballer die naar een grote club in het buitenland verkast, na een paar maanden terugkomt omdat hij toch niet goed genoeg was en vervolgens leedvermaak bespeurt in de blik van al wie hij kent. Ze besliste daarom de pagina onmiddellijk om te draaien en begon bij haar vader in Dinant te werken.

Eindelijk terug in mijn eigen bed. Mama koelt niet alleen de doden. Na al die te warme zomers heeft ze ons hele huis in Dinant met airco uitgerust. Dit werd met geld van het bedrijf betaald, maar zeg me niet dat zoiets in Vlaanderen niet gebeurt. Het is dus heerlijk fris op mijn slaapkamer. Er is toch iets positiefs in mijn leven. Net genoeg energie om van onder mijn donsdeken een bericht naar Bente te sturen. 'Nog

wakker?' Ik hoop dat ze met een 'ja' antwoordt. Twee letters, ik vraag niet veel. Als ze een teken geeft, bel ik haar. Ik heb haar stem nodig. Een stem is zo waardevol. Het eerste wat we voor onze geboorte waarnemen, het laatste voor we sterven. In een relatie luisteren we ook nog meer dan we kijken.

Niets.

Het moderne lijden is op een sms'je wachten dat maar niet komt. Ik check ook mijn mailbox, Whatsapp, Instagram, Messenger en TikTok, dat in 2019 pas begint op te komen.

Nog altijd niets.

Ik durf niet zelf te telefoneren. Vrouwen schijnen definitief af te knappen als hun aanbidders te veel aandringen. Ik heb weinig ervaring, maar zoveel weet ik al zeker.

Ik moet geduld hebben op een moment dat ik geen geduld wil hebben.

Ik baal.

Zou ze bij Jian zijn? Waarschijnlijk. Een vrijdagavond in Essen, dat moet een hoogtepunt van wereldformaat zijn. Ironie is iets rottigs, maar soms helpt het. Een beetje.

Zijn ze de liefde aan het bedrijven? Misschien, ze heeft me niet expliciet gezegd dat ze hem zou verlaten. Ik hoop dat ze mijn lichaam voor ogen heeft als het toch gebeurt. *Putain*, Baudouin, niet zo zielig doen, man! Het ergste gebeurt niet altijd. Oké, soms wel.

Ze weet niet wat ze mist. Haar plaats is hier, naast mij. Met mijn ouders zou het onmiddellijk hebben geklikt. Mijn moeder had zo graag haar talenkennis geëtaleerd. Mijn vader had eens niet gedronken om dat moment *de grâce* of van genade niet te bederven. Maar wat bazel ik over hen? Ik wil haar tegen mijn lijf. Dat verdomme afkoelt. Kloteairco.

Mijn telefoon blijft stil.

Dan wil ik ook in het niets belanden. Na een van de meest gerateerde avonden van de wereldgeschiedenis, en ik wik mijn woorden, zoals altijd. Foetushouding. Een hand op mijn oor om niets meer te horen, duim in mijn mond. Waarom zou ik beschaamd zijn om dit toe te geven, het helpt enorm. Ik word meteen weer een jongen van vijf. Op die

leeftijd heb je geen slaapmiddel nodig, het is zelfs volstrekt uit den boze. Ik zink weg. Heel even. Want mijn ergste nachtmerrie komt terug, die van de bange nachten. Ik droom over mijn over-over-grootvader langs moederskant, Edmond Lebrun, die door de Duitsers wordt terechtgesteld, samen met 673 andere burgers van Dinant op 23 augustus 1914. Echt gebeurd, spijtig genoeg. Dat bloedbad vond plaats als vergelding omdat lokale scherpschutters zogezegd Duitse soldaten onder vuur hadden genomen. Larie. Men weet nu dat de moffen de weerstand van het Belgische leger hadden onderschat. Vandaar hun enorme frustratie. De door de Duitsers verzonnen aanwezigheid van scherpschutters diende als smoes om zich tegen de burgers te keren. Doden zou dus een kalmerend effect hebben. Ik zie al die mensen onder de kogels bezwijken. Ik kan niets doen. Mijn over-over-grootmoeder Marthe logeert in die dagen bij haar ouders in Ciney. Als bij wonder. Op dat moment weet ze niets van de gruwel die zich maar vijftien kilometer verderop afspeelt en waardoor ze weduwe voor het leven zal worden. Bij haar een baby die rustig slaapt en van wie ik afstam. Deze slachtpartij zal van Dinant de Belgische martelaarsstad bij uitstek maken. Ze zal de rest van de wereld ervan overtuigen dat het Duitse leger aan de slechte kant van de geschiedenis staat en later een invloed hebben op het engagement van de Amerikanen aan onze zijde. Zo winnen we de oorlog.

Om 1u44 word ik uit mijn onrustige slaap gehaald. Mijn gsm piept. Het soort geluid dat een leven redt. Zij is het. Ze schrijft:

— Ik heb zin in jou. Zoete en zotte dromen.

Ik antwoord met een rood hartje. Mijn hart.

Hoofdstuk 6

Hoe zwart is de smet?

Aimé Lebrun, woensdag 14 juni 1995, 11u00, Centre hospitalier régional, Namen

Ik ben Aimé Lebrun, de grootvader van Vinciane. De baby die zo goed sliep bij zijn mama in Ciney op 23 augustus 1914. Ik schrijf deze woorden vanuit het Centre hospitalier régional[34] in Namen. Mijn kamer kijkt rechtstreeks uit op de citadel waar Bart De Wever over drie decennia de koudste nacht van zijn bestaan zal doorbrengen, na zijn ontvoering. Op dit moment weet ik daar nog niets van. Bart evenmin. In 1995 wordt hij een anonieme assistent aan de KU Leuven.

De machines die mijn schonkige lijf in leven moeten houden voor de laatste rechte lijn kraken van de inspanning. Mijn zwoegende longen overstemmen ze nog. Ik heb geweigerd te worden overgebracht naar de Clinique Saint-Anne in Dinant. Al mijn naasten zijn er overleden. De muren van elke kamer doen me denken aan hun dood. Vooral aan die van mijn eigen zoon Marcel, slechts drie maanden geleden, in maart 1995. Door een wagen overreden terwijl hij te voet naar de mis ging in de abdij van Leffe. Het gebeurde op de Boulevard Père Pire, langs de Maas, op driehonderd meter van de kerk. Pater Dominique Pire is de laatste Belgische winnaar van de Nobelprijs voor de vrede. Geboren in Dinant in 1910 en daarom onze grote trots. Hij heeft zijn humaniora gedaan in Bellevue, net als de rest van mijn familie. Toen hij bij de Dominicanen intrad, ging hij in het klooster van La Sarte

34 Equivalent van Algemeen Ziekenhuis.

wonen op de citadel van Hoei. Iedere Belg kent die plaats omdat daar de Waalse Pijl aankomt. Zijn hele leven lang heeft hij zicht gehad op de Maas, zoals ik. Hij had ook een warme blik op de hele wereld met zijn Europadorpen. Dat waren plekken die hij creëerde in Oostenrijk, Duitsland en zelfs België waar staatlozen uit de Tweede Wereldoorlog onderdak vonden. Daarvoor ontving hij in 1958 de Nobelprijs. Later stichtte hij Vredeseilanden in de derde wereld. Ik heb Pater Pire een keer kort ontmoet, hij kwam af en toe terug naar Dinant. Ik herinner het me alsof het gisteren was. Zijn grote en genereuze handen. Zijn schalkse ogen. Zijn lichte accent uit de Maasvallei sierde zijn stem, de stem van de stemlozen. Alsof het gisteren was. Het biedt enige troost dat mijn zoon op zijn Boulevard het leven liet, maar het ongeval heeft wel mijn levensvuur geblust. Marcel was maar 54. Gelukkig kon Vinciane de Funérailles Lebrun meteen overnemen. Zijn levenswerk is nu het hare.

Zelf heb ik nooit in de begrafenisbranche gewerkt. Al heb ik af en toe weleens geholpen. In mijn zwarte kostuum straalde ik volgens mijn zoon geloofwaardigheid uit. Maar eigenlijk had ik een boerderij in Anseremme. Ik vertrouw u dit toe om mijn geweten te zuiveren.

Als boer teelde ik vooral vee. Tijdens de oorlog werden onze beesten een schat. We hadden melk en vlees. We maakten boter. Zelfs mensen met miljoenen op de bank benijdden ons. Ik verdiende opeens evenveel als zij. Ja, mijn prijzen waren hoog. Maar al mijn collega's deden hetzelfde. Onder mijn klanten, zo bleek achteraf, waren de grootouders van Vincent Coignoul, de man die veertig jaar later met mijn kleindochter Vinciane zou huwen. Terloops gezegd: het was niet het huwelijk dat ik voor haar had gedroomd. Een dromer, die Vincent, dat wel. Geen ondernemer die zijn vrouw kon helpen haar zaak uit te bouwen. Linkse ideeën, links uiterlijk, twee linkse handen. 'Mijn perfecte verlengstuk,' zei Vinciane. 'Hij is wie ik niet ben, hij maakt mij completer.' Eerder een blok aan haar been, is mijn gedacht. Op de koop toe wilde hij niet te snel kinderen om 'van het mooie leven te genieten'. Op kosten van zijn vrouw, natuurlijk. Zoiets had ik nooit gedurfd. Soit. De pijnstillers doen mijn geest afdwalen. Ik ben de draad kwijt. O ja, Annie en Roger Coignoul, zo heetten zijn grootouders. Je moet een kat een kat noemen

en een *collabo* een *collabo*: ik was toen een economische collaborateur. De moffen haatte ik. Ze hadden mijn vader in 1914 vermoord en van mijn moeder een vrouw gemaakt die zich tot het einde in het zwart zou kleden. Ik wilde alleen de toekomst van mijn gezin veiligstellen en zo veel mogelijk mensen te eten geven. Ik stal van niemand. Zij toonden zich bereid om veel te betalen. Waarom zou ik hebben geweigerd? Ik werkte zo hard. Je kunt soms geluk hebben in het leven, niet? Wie vandaag de Lotto wint, verdient het veel minder dan ik in die aartsmoeilijke tijden.

Een dochter van Annie en Roger, een tante van Vincent dus, stierf tijdens de oorlog. De kleine Micheline was nog maar een zuigeling, negen maanden oud. Te mager. Ik heb me lang afgevraagd of het iets aan haar lot had veranderd als ik de melk aan een normalere prijs had verkocht. Het werd nog erger toen Vinciane en Vincent elkaar ontmoetten. Ik heb de familiebanden tussen Micheline en hem snel ontdekt. Zeldzame achternamen zoals Coignoul maken het opsporingswerk gemakkelijk. En dan stroomden de herinneringen binnen. Gelukkig wist Vincent nergens van. Nog altijd niet, denk ik, ik praat bijna nooit meer over de oorlog. U moet me begrijpen: in de lente van 1943 dacht iedereen dat de Duitsers voor eens en voor altijd in België waren. Een terugkeer naar het leven van vroeger leek uitgesloten. We moesten financiële reserves aanleggen. Ja, winnaars maken verliezers. Het komt erop aan het juiste kamp te kiezen.

Na de oorlog ben ik niet veroordeeld. Niet eens vervolgd. Ik was een te kleine garnaal. Het gerecht had de handen vol. Zelfs de Gutt-operatie heeft me niet verarmd. Weet u nog? Na de bevrijding in 1944 nam de toenmalige minister van Financiën Camille Gutt maatregelen om de inflatie aan te pakken. Door de enorme omvang van de zwarte markt tijdens het conflict waren de prijzen ongezien hoog. Alle Belgen moesten daarom al hun oude bankbriefjes inruilen voor een beperkte som nieuwe biljetten, maximaal tweeduizend nieuwe Belgische frank per persoon. Zo kon de staat diegenen die zich tijdens de zwarte jaren buitensporig hadden verrijkt, financieel intomen. Ik had natuurlijk veel meer in de kluis onder mijn bed. Ik noemde mezelf 'de man van

één miljoen', een mens mag toch ook trots zijn op zijn succes, het komt vandaag overeen met meer dan twee miljoen euro. Ik nam dus contact op met arme en kroostrijke gezinnen opdat ze in mijn plaats een deel van mijn geld zouden inruilen. Als wederdienst kregen ze twintig procent van de witgewassen som. Iedereen content, dat is altijd mijn levensmotto geweest. Alles heeft een prijs, dat is mijn tweede levensprincipe. Zo heb ik mijn miljoen kunnen recupereren. Mijnheer Gutt heeft er niets van gemerkt, ondanks zijn scherpe blik. Een deel van dat bedrag gaf ik later aan mijn zoon Marcel voor de opstart van zijn begrafenisonderneming. Opdracht volbracht, zeker als ik nu zie hoe fantastisch Vinciane het doet. De dood van baby Micheline blijft echter een smet. Ik ben naar haar begrafenis geweest. Ik volgde de lange stoet van ver. Ik wilde niet gezien worden, zoals Zacheüs in zijn boom uit het evangelie. Ik vroeg haar innerlijk om vergiffenis. Bij wijze van antwoord zag ik slechts een regen van tranen.

Nu u dit hebt gelezen, hoop ik dat u me beter begrijpt. Zo niet ben ik over één of twee generaties toch vergeten. Geen enkel achterkleinkind kent zijn voorvader. Iedereen is na maximaal honderd jaar volledig uit het straatbeeld verdwenen, zelfs wie een straatnaam is geworden. Dan rest alleen dat eeuwige leven waarin ik meer dan ooit geloof. Het zou er nog aan mankeren op enkele uren van de grote afspraak. Ik hoop dat de Heer me vergeeft en mij in het paradijs opneemt. Het kan, denk ik. Naastenliefde begint bij jezelf, heb ik dikwijls van priesters zelf gehoord. En bij je familie. Zonder het geld van de bezetting en zonder diploma had mijn zoon Marcel zijn begrafeniszaak nooit kunnen opstarten. Wat had Vinciane dan gedaan? Maar op dit eigenste moment ben ik minder zeker van mijn redding. Sterven is twijfelen. Ik had dit niet verwacht. Ik ben één en al pijn. In mijn hoofd. In mijn hele lichaam. Ondanks de machine naast me kan ik nog amper ademen. *Onze Vader, die in de hemel zijt, uw naam worde geheiligd, uw rijk kome*. En alsjeblieft: *Verlos ons van het kwade.*

Noot 1 van de auteur: wat hebben we tot nu toe geleerd?

Als lezer haat ik hoofdstukken die het verhaal onderbreken. Voel u daarom vrij om deze bladzijde over te slaan. Ik zie niet wat u leest, al zou ik het graag willen.

Voor wie blijft lezen, 1: Dank, 2: Wat hebben we tot nu toe geleerd?

Ikzelf alvast dit. Ik wilde zo graag de 'eerste Waalse auteur van een Vlaamse roman' worden. Het kostte me veel meer tijd en energie dan ik dacht. Aangezien zes maanden vakantie of een halfjaar slapen geen optie is, onthoud ik het best dat ijdelheid een prijs heeft.

Maar het was de moeite waard.

Want ik ben verliefd op een Vlaamse en op haar taal, zoals Baudouin-Boudewijn dat ook is. Bente lijkt trouwens op Annick, als het tenminste niet gaat over politiek. Mijn vrouw en ik hebben het zo vaak over dit boek gehad dat het quasi een annex werd van ons eigen Belgische liefdesverhaal.

Er bestaat een meer praktische reden om in het Nederlands te schrijven: Vlamingen hebben meer geld om boeken te kopen dan Walen. Er zijn bijna drie keer meer boekenwinkels in het noorden van het land, denk maar aan de 140 Standaard Boekhandels tussen De Panne en Maaseik en aan het vijftigtal onafhankelijke boekhandelaars tussen Zedelgem en Genk. Een roman is niet minder een roman als meer mensen lezen. Ik blijf tenslotte een kleine Belgische zelfstandige.

Nog iets over Essen. De denigrerende commentaren van sommigen kloppen langs geen kanten. Ik ben er altijd hartelijk ontvangen. Het bruist aan de grens. De Rex was lang het eldorado van de Belpop. Alle Belgische bands kwamen er spelen, hun laatste etappe vóór de verovering van de Nederlandse markt. De zaal is er nog. Essen is ook een wandelparadijs, 'de beste plek om te Ontstr'Essen', lachen de *locals*. Ik zal het er eerstdaags met de treinbegeleiders en met Baudouin over hebben.

Ten slotte: ik weet niet of Bart De Wever zich herkent in hoe ik hem omschrijf. Ik zal het snel genoeg weten. Als hij tenminste dit boek leest. Ik heb persoonlijk al de zijne verslonden. En ja, twee jongemannen zijn eind maart 2023 opgepakt omdat ze hem wilden vermoorden en misschien eerst ontvoeren. Ik was toen al lang aan het schrijven. Ik wilde niet stoppen omwille van twee onnozelaars die mijn roman nog reëler maakten. In elk geval: NIET DOEN in de echte wereld, die voor de rest verrassend lijkt op wat er zich hierna zal afspelen.

Hoofdstuk 7

Hoe Nederlands de taal van de liefde wordt

Baudouin, zondag 10 november 2019, 18u30, Dinant

Het is wetenschappelijk bewezen. Een andere manier om te zeggen dat de stelling die volgt geen tegenspraak duldt. Verliefdheid - *passion* in het Frans - duurt één tot anderhalf jaar max. Daarna komt de breuk. Of de ware liefde. Ik vind het trouwens merkwaardig dat in het Nederlands liefde een anagram is van defilé. Allicht om te benadrukken dat alle gevoelens de revue passeren. Misschien ook door het militaire aspect van defileren: 'liefde is een werkwoord', zeggen ze in Vlaanderen. Ik begin die gedisciplineerde en strakke aanpak steeds meer te appreciëren. Zeker als het me helpt om een Vlaamse blondine te veroveren. Vanavond, misschien?

Na iets meer dan twee maanden komt ze voor de eerste keer in haar leven naar Dinant. Als ik haar aan het treinstation ga halen, is ze helemaal in haar nopjes:

— Ik ben blij dat we de enige militaire overwinning uit de Belgische geschiedenis morgen samen kunnen vieren. Wat een zege... Na vier jaar kruipend door de loopgraven, beschermd door de kunstmatige overstroming van de IJzer. Zonder echt te strijden. Je ziet hoe gematigd ik toch ben: zelfs als het vooral over Vlaamse helden gaat, kan ik hun exploten enigszins relativeren. Maar *bon*, zo is 11 november een vrije dag voor iedereen. Voor Wallonië verandert het niet veel, haha!

Ik kan mijn lach niet inhouden. Dit meisje had mijn vijf zintuigen al overmeesterd. Nu is ze mijn hersenen aan het inpalmen. Ze heeft het uitgemaakt met Jian, heeft ze me verzekerd. Hij zou zich erbij neergelegd hebben. Ik voel me niet geroepen om het bij hem te gaan checken. Hij heeft een zwarte gordel in het judo. Of bruin. Wat de kleur ook is: ik maak weinig kans. Sinds de breuk zit hij overigens ziek thuis. Dit moet een post-Bente-depressie zijn. De bevestiging dat ik zelf de hoofdprijs heb gewonnen.

De laatste weken gaan zij en ik elke woensdagnamiddag in de bossen rond Essen wandelen. Ik maak kennis met de Achterste en Wildertse Duinen: met hun mooie vijvers lijkt het haast op de zee, maar dan wel 150 kilometer verder. Je hebt er ook de Horendonkse bossen, die zoals zoveel plaatsen in de buurt het exclusieve domein waren van de smokkelaars van weleer. En natuurlijk ook de Kalmthoutse Heide, niet Essen, maar toch bijna. Allemaal verrassend mooi met de herfst die komt, een seizoen van goud en regen die regenereert. Met Bente en haar steeds vurigere kussen naast mij. Zoals ze nu ook is in Dinant.

De hele avond wil ik constant de formule herhalen die je hoort in elk spelprogramma op de Vlaamse tv: 'Stop de klok'. Stop de tijd.

De tijd van mijn leven. Ook van het hare, hoop ik.

We eten met ons tweeën langs de Maas, op La Croisette. Binnen natuurlijk, langs het water is het maar drie graden. Ik heb de indruk dat iedereen naar haar kijkt, naar mijn Margot Robbie van Essen. Zo gracieus in haar zwierige roze jurk. Ik voel me trots, opgetogen. Stop de tijd. Maar de avond valt. Mama en Claire zijn thuis. Ze hebben beloofd vroeg te gaan slapen om niet in de weg te lopen. Ze houden woord. Een moeder en een zus houden altijd woord. Daarvoor zijn ze moeder en zus.

En kijk: we gaan de trap al kussend op. Ik begrijp niet waarom er in die omstandigheden niet veel meer ongevallen gebeuren. Gezond en wel bereiken we de eerste verdieping. Niets kan ons overkomen, behalve het allermooiste.

Ik open de deur van mijn slaapkamer. Ik zeg:

— Ik heb nooit zo weinig zin gehad om te gaan slapen.

Bente, 10 november 2019, 23u30

Baudouin zegt:

— Ik wil dat de tijd stopt.

Ik denk:

— Ik wil voort. De tijd stilleggen is tijd verliezen. Hoelang zal ik op de climax moeten wachten?

Baudouin en ik zijn ofwel te verschillend, of we vullen elkaar aan. Laten we voor dat tweede gaan. Hij zou beweren dat dat complementaire België typeert. Ik zou hem antwoorden dat het toeval is. Doet er niet toe. Ik lig al halfnaakt in zijn bed in Dinant. Het is niet het beste moment om met zowel metafysisch als communautair verscheurende vragen bezig te zijn. Natuurlijk heb ik nog niets gezegd tegen Jian. Dat hij op het meest verkeerde moment al weken een longontsteking heeft, is echt pech voor hem. Ik breng hem zeker geen bezoek. Ik ben al blij dat hij me niet heeft besmet. Met elke kus aan Baudouin wuif ik hem steeds verder uit. Vanavond definitief. Ik kan harteloos lijken. Ik volg gewoon mijn hart.

Maar dan hoor ik mijn minnaar-van-binnen-enkele-minuten een lange tirade afsteken over noord-zuid-verschillen in het verleiden. Wat zijn die Walen praatziek:

— Ik leer je toch niets bij, Bente. Vlaamse meisjes zijn rechttoe rechtaan, ze weten heel goed wat ze willen. Terwijl de Waalsen meer tijd en woorden nodig hebben voor ze in actie schieten. Je moet ze meer het hof maken, *faire la cour.* Het Vlaamse *boenkerop,* of 'een ja volstaat' is minder aan hen besteed. Gevolg: in Vlaanderen heb je maar drie afspraken nodig om in bed te belanden. In Wallonië zes, het dubbele. Eens te meer: het is wetenschappelijk bewezen, ik heb er een studie over zien passeren.

Als de wetenschap het zegt... Voor de rest, wauw, zijn Nederlands begint ergens op te lijken. Wel nog wat schools en hoogdravend zoals vaak met de Franstaligen die denken dat ze moeten praten zoals in de boeken. Op de *boenkerop* na. Ik zal hem meteen laten voelen wat dát in de praktijk betekent.

Ik neem zijn gezicht tussen mijn handen. Ik kijk diep in zijn ogen en ik verdrink er bijna in:

— Stop met nadenken. Zo zal de tijd echt stilstaan. Ik ben Bente Roosens uit Essen. Voor de exclusiviteit van mijn lichaam is het te laat. Niet voor die van mijn geest. Misschien. De nacht is te kort om te dromen. Geef me je hand, je twee handen. Deze keer toon ik je de echte weg naar Vlaanderen.

Baudouin, maandag 11 november 2019, 11u00

De klokken van de Collegiale halen me uit mijn slaap om 11u00 stipt, het moment waarop ze ook in 1918 luidden om de Wapenstilstand te vieren. Een feest in mineur in de martelaarsstad die Dinant na de massa-executie was geworden. Zelfs de bevrijding kon de tranen niet drogen. Dat verdriet duurde bijna een volle eeuw. Pas in 2001 is voor het eerst opnieuw een Duitse vlag gehesen op de Pont Charles de Gaulle. Om de toeristen te tonen - de Duitsers, de anderen wisten het al - dat de vrede eindelijk echt heerste. Omdat de haat toen pas was gaan liggen, na de dood van de laatste getuigen.

Vandaag is het feest in mijn slaapkamer. De beste manier om je dromen waar te maken is wakker te worden. Nu eerst naar haar kijken zoals ik nog nooit naar iemand heb gekeken. Ik verken elke vierkante centimeter blote huid. De huid van een volwassen persoon telt er tussen de vijftien- en de twintigduizend. Het houdt me wel een tijdje bezig. Straks, als ze wakker wordt, zal ik luisteren naar elke nuance in haar stem. In het Frans is *la voix* bijna hetzelfde als *la voie*[35], dat zegt veel en leidt ver. Dankzij haar woorden, hoe zij klinkt, waar zij me naartoe brengt, heb ik vannacht ontdekt waarom het Nederlands de taal van de liefde is.

Het Nederlands streelt, chhhh, gggg, sss. De taal van het geritsel, van de wrijving. Van goesting, van *ik zie je graag*.

Dan komen de k's van rikketik, de hak op de tak, van klaarkomen. Rauwe klanken met een warme adem, een ware smaak.

Op het einde, het Nederlands dat smelt, Bentes zachte hmmm in een zucht: liefde.

35 Ondertiteling: *la voix* = de stem; *la voie* = de weg.

Hoofdstuk 8

Hoe een ontvoering een heel land gijzelt

Boudewijn, vrijdag 20 februari 2026, 10u30, vanuit een schuilplaats

Bij elke personagewissel vindt u de voornaam van de persoon die spreekt, de plaats, de datum en zelfs het uur bovenaan de paragraaf. Die alomtegenwoordigheid van het uur komt door het horloge, *la montre*, dat ik in mij heb. De Belg heeft een baksteen in de maag, zegt men in het Nederlands. Voor de Franstaligen is dat een baksteen in de buik, *une brique dans le ventre*, nuance. Maar voor mij is het dus eerder een horloge. In het Frans is *une horloge* dan weer een klok. In onze twee talen zijn er wel meer valse vrienden, woorden die op elkaar lijken maar die een andere betekenis hebben. In onze twee landsdelen ook. Mijn overtuiging op dat vlak blijft alsmaar groeien.

Nog een opmerking over mijn voornaam hierboven. U hebt vast en zeker opgemerkt dat die is veranderd. De koning van dit apenland doet het ook, zijn voornaam aanpassen aan de omstandigheden: *Filip Leopold Lodewijk Maria van België* wordt in het Frans *Philippe Léopold Louis Marie de Belgique*. Zijn oom schakelde idem dito over van Baudouin naar Boudewijn. Waarom zou ik niet hetzelfde mogen doen als hij? En waarom zou ik niet apenland mogen zeggen, zoals ik net deed? Schokt het u? Dat ik veranderd ben?

Wat betreft het horloge in mijn maag of buik of waar u ook wil: er is toch niets mis mee? Precisiewerk werkt. Kijk hoe we De Wever hebben

ontvoerd. Tiptop op het vlak van tiktak en tactiek. Over die tiktak en tactiek gesproken: Nederlandstaligen doen altijd hun best om hun taal mooi te doen klinken, ik probeer ze te evenaren. Toegegeven, soms met minder succes dan de N-VA'er.

Bart is nog steeds in een diepe slaap. Rohypnol of flunitrazepam (laten we precies zijn) wordt vrijwel niet meer voorgeschreven, maar blijft superefficiënt. We zitten in onze schuilplaats in een godverlaten tunnel van de citadel van Namen. Deze plaats wordt nergens aangeduid. Alleen mensen van de streek kennen ze en dan nog meestal enkel zestigplussers. De jongeren hebben de draad met de geschiedenis én met het buitenspelen doorgeknipt en de ouderen zijn te versleten om tot hier te geraken. Wie zou de bekendste ontvoerde mens van Europa hier komen zoeken? Akkoord, de huidige versie van de citadel is hoofdzakelijk in het begin van de negentiende eeuw door de Hollanders heropgebouwd en BDW wil de hereniging van België en Nederland. Maar Waalse speurders kijken niet naar *De Mol* of *Bestemming X*. Ze zullen daar geen hint in zien.

Net na de ontvoering ben ik tot diep in de nacht door de Leuvense politie ondervraagd. U die deze regels leest, bent uiteraard op de hoogte van wat iedere Belg en waarschijnlijk elke Europeaan vandaag heeft vernomen: met mijn studentenkring *La Dinantaise* heb ik Bart De Wever uitgenodigd om de avond voordien in de Grote Aula van de KU Leuven te spreken. Bij zijn aankomst is hij door drie onbekenden in een witte bestelwagen gesleurd.

— Waarom hebt u Bart De Wever uitgenodigd voor een lezing?

— Wat hebt u op straat exact gezien?

— Kunt u de kidnappers beschrijven?

Allemaal voorspelbare vragen van de speurders. Ik kon alles pareren:

— Ik leid de nieuwe studentenclub, *La Dinantaise*. We organiseerden onze eerste lezing, daarom wilden we een grote naam.

— Het ging zo snel.

— Het was pikdonker.

Bente kreeg precies dezelfde vragen voorgeschoteld, zei ze mij toen we midden in de nacht naar ons kot gingen om toch een beetje uit te

rusten. Dat verhaal dat we aan De Wever vertelden dat 'we uit elkaar zijn' klopt niet. Het was een afleidingsmanoeuvre. Dit meisje maakt mij al zeven jaar stapelgek. Dag na dag. Met haar wil ik constant vandaag al beleven wat we morgen hadden kunnen doen.

We hebben vanmorgen vroeg de eerste trein van Leuven naar Namen genomen. Om 5u00 zijn de stations quasi leeg. De treinen ook. Zeker in eerste klasse. Dat antisociale overblijfsel uit de negentiende eeuw — tja, de linksheid in mij is toch niet helemaal verdwenen — heeft soms zijn nut en niet alleen voor de knusse zetels. Niemand te zien, op de treinbegeleider na. Maar hij slaapt, het nefaste gevolg van te veel comfort. Onze foto staat op alle websites die tellen, van hln.be tot hbvl.be, als 'de organisatoren die lang zijn ondervraagd'. Het is heus niet het moment om op te vallen. We stappen uit in Gembloers, het laatste station vóór de Waalse hoofdstad. Vandaaruit nemen we een bus. Bushaltes zijn doorgaans niet met bewakingscamera's uitgerust. De chauffeur kijkt zelfs niet op van zijn gsm als we instappen. Van ons geen spoor. Hoop ik.

Bente, 20 februari 2026, 11u00

De rekruten van Boudewijn met hun witte bestelwagen hebben de ontvoering tot een goed einde gebracht. Al bij al zijn de Walen slechts een beetje minder goed dan wij, zo denken de meeste Vlamingen. Ze doen soms nog wat van hen wordt verwacht. Ze hebben gelukkig niet alles verleerd van hun economische glorieperiode tussen 1830 en 1960. Hun industrie van Cockerill tot Val Saint Lambert en textiel '*made in* Verviers' beheersten toen de wereldeconomie. Nummer twee in de wereld tussen 1860 en 1880, na Engeland. Nummer drie tussen 1880 en 1914, achter het VK en de VS. En nu nummer... Nee, het antwoord beter niet zoeken, het getal zou te veel cijfers bevatten.

De Wever ligt op een veldbed. Een van zijn voeten is met een lange ketting vastgemaakt aan een ring in de muur. Een middeleeuwse methode in een eeuwenoude omgeving, het historische plaatje klopt. Hij wordt stilaan wakker:

— Waar ben ik? Wie zijn jullie? Mag ik een beetje water?

We dragen allemaal een bivakmuts met slechts twee gaten voor de ogen. Gevonden voor vier euro per stuk op Amazon. Ondanks de lage prijs belemmert ze ons zicht niet. Ik heb net een portefeuille zien vallen uit de broekzak van een van de drie jonge handlangers. Misschien moet ik mijn mening toch herzien over de Waalse efficiëntie. Hij heeft me enthousiast bedankt toen ik hem die teruggaf. Ik heb niets geantwoord. De jongens moeten niet weten wie Boudewijn en ik zijn. Hoe minder ze ons horen, hoe beter. Ik heb redenen om te denken dat ze vóór ons door de politie zullen worden aangehouden.

Als we bij De Wever zijn, spreken we helemaal niet. Na zijn vrijlating wordt hij sowieso door de speurders verhoord, hij mag ons echt niet kunnen identificeren. Om met hem te communiceren, hebben we een tablet. Baudouin typt in het Engels, de wereldtaal die anoniem maakt.

— *Don't be afraid. You will be free soon. What need you?*[36] (*sic*)

Hij antwoordt stante pede:

36 Geen ondertiteling: De Wever verstond het ook onmiddellijk.

— *Who are you? What do you want? May I go to the toilet?*[37]

We geven hem een emmer en draaien ons om. Dat hij maar zijn plan trekt. Hij is pas 55, slank en sportief. Dat mag geen probleem zijn. Het is overigens fascinerend om te zien hoe een mens, zo lang de machtigste man van het land, zich aan de omstandigheden aanpast. Daarom juist zijn wij, homo sapiens, zo succesvol geweest in de geschiedenis. Adaptatie zit in ons DNA. In het zijne ook. Hij werd in een paar seconden het perfecte slachtoffer van een ontvoering. Hij stelt de standaardvragen die elke ontvoerde stelt, daar ga ik toch van uit. Hij neemt de onderdanige houding aan die een hulpeloze het best aanneemt tegenover onbekenden die de macht hebben over zijn leven. En over zijn primaire behoeften. Nadat die achter de rug zijn, zegt hij:

— *May I do something for you so that you can let me go?*[38]

Als we hem op dat ogenblik gevraagd hadden het Waalse volkslied aan te heffen met de hand op het hart, had hij het gedaan. Maar hun volkslied kennen de meeste inwoners van Zuid-België niet eens, heeft Boudewijn mij verteld. En we hebben geen tijd te verspillen aan psychologische spelletjes. Alle speurders van het land zijn naar ons op zoek en ze zijn met veel.

Vannacht wordt het tijd om onze gijzelaar vrij te laten. Vóór het Waalse parlement, een betere plaats is er niet. Op vijftien minuten te voet van hier. Via paden die niemand gebruikt, nog minder als de nacht valt, zeker in de winter. Goed gevonden van mijn Boudewijn.

In afwachting blijven we allemaal in onze schuilkelder. Ik weet uit ervaring - ik bedoel: door naar Netflix te kijken - dat het moeilijkste voor gekidnapte mensen is dat ze niet weten wanneer ze vrijkomen. Onzekerheid brengt het moreel ernstige schade toe. Uit barmhartigheid - u ziet, ik kan ook vriendelijk zijn - schrijf ik op de tablet:

— *You will be free this evening.*[39]

37 Geen vertaling, zelfs de ontvoerders verstonden het onmiddellijk.
38 Ondertiteling: Kan ik iets voor jullie doen zodat jullie me laten gaan?
39 Geen ondertitel: in de situatie van Bart De Wever had u het ook terstond begrepen.

Als hij dat leest, rolt hij alweer met zijn ogen. Hemelsblauw. Opgelucht. Maar nog altijd op zijn hoede. De man van 'de mens is niet van nature goed'[40], van 'zet die *ploat* af'.[41] De Wever blijft De Wever. *Forever.*

40 Bart De Wever zei dit in een interview met *De Standaard* op 2 februari 2013.
41 'Zet die ploat af' werd in oktober 2012 uitgesproken, na de overwinning bij de gemeenteraadsverkiezingen in Antwerpen.

Bart De Wever, 20 februari 2026, 11u30

Toen ik wakker werd, dacht ik dat het zover was. Ik vreesde van in het begin dat mijn politieke carrière zo kon eindigen. Met mijn dood. Sinds de moord op de Nederlander Pim Fortuyn in 2002 besef ik dat één gek volstaat en er lopen er steeds meer rond. Op restaurant zit ik bijvoorbeeld altijd met mijn rug naar de muur zodat niemand mij langs achteren kan belagen.[42] Ik had beter een paar woorden niet in de mond genomen. Die 'paljas' aan het adres van de voorzitter van de andere partij die Vlaamser dan Vlaams beweert te zijn en vooral het Belgische Belang dient door het Vlaams-nationalisme *infréquentable*[43] te maken. Of toen ik de Walen vergeleek met junkies die aan het infuus van Vlaanderen hangen. Ik die voor een rationele nationalist wilde doorgaan, bleef een mens van zwak vlees en kolkend bloed. Maar zonder jezelf af een toe een uitlaatklep te gunnen, houd je het in de politiek niet vol.

Is mijn einde echt nabij?

Ik weet helemaal niet waar ik ben. Mijn ontvoerders zien er jong uit. Goed opgevoed. Hun Engels getuigt weliswaar niet van een grondige kennis van de taal van mijn vriend Boris Johnson. Ons onderwijs is niet meer wat het is geweest. Misschien houden ze woord. Misschien word ik vanavond vrijgelaten. Het lijkt me te mooi om waar te zijn. Dat soort criminelen is nog ongeloofwaardiger dan Alexander De Croo. Afwachten. Ik zal me vooral van mijn beste kant laten zien. Ik heb geen keuze. Ik heb gedurende mijn hele carrière respect en vaak zelfs vrees opgewekt bij mijn gesprekspartners. Die machtspositie ben ik ineens volledig kwijt. Mijn kiezers, en ik heb er altijd zoveel gehad, kunnen me niet helpen. Ik heb evenmin iets aan mijn bekende kop, wel integendeel. Het is wat het is. Ik moet ze nu vooral te vriend houden. Als ik hier levend uitkom, zal ik niet klagen.

42 Echt gezegd door Bart De Wever in de *Tafel van Gert* (Play 4) op 2 november 2023.
43 Ondertiteling: waarmee men niet kan omgaan. Dus, 1: Ja, Bart De Wever gebruikt ook Franse woorden; 2: Het Frans kan bondiger zijn dan het Nederlands.

— Willen jullie dat we het over de politiek hebben?, probeer ik zonder tablet in het Nederlands.

— Zeker niet, reageert een jongeman luidop. Ook in het Nederlands.

Waarop hij prompt zwijgt.

Ik weet niet waarom, ik heb de indruk dat ik hem al ergens heb gehoord. Maar ik moet dringend stoppen met mijn lumineuze ideeën. Die kerels gaan binnenkort denken dat ik te veel weet en mij van kant maken. Rustig, Bart, rustig. Aanvaard dat je voor één keer niets te zeggen hebt. *Ita sit*. Wat Latijns is voor ‘het zij zo’.

Boudewijn, 20 februari 2026, 19u00

Ik volg het nieuws van 19u00 op een oude radio die ik speciaal heb meegenomen. We hebben de simkaarten uit onze gsm's uiteraard verwijderd om elk spoor te wissen. Als ik de hoofdpunten mag geloven, is het nieuwsbulletin volledig aan de ontvoering van Bart gewijd. Ja, ik zeg Bart. We nemen ten slotte deel aan hetzelfde avontuur. Na een paar minuten stop ik met luisteren. Ik voel mijn hartslag de hoogte in gaan. De politie zoekt hem quasi overal in het land. Bijna elke Belg denkt hem gezien te hebben. Zelfde scenario in Noord-Frankrijk, Luxemburg, Zuid-Nederland en Noordrijn-Westfalen. De Wever is het Europese nieuwsitem nummer één geworden. Namen wordt gelukkig niet genoemd. Het is misschien een list van de politie om ons niet te alarmeren.

Ik vertel mijn kompanen niet wat ik juist hoorde. Ik wil ze niet bang maken. Ze kennen mijn echte naam niet. Ik heb hen benaderd met een naamloos profiel op de sociale media. Hen wijsgemaakt dat het om een soort scoutsspel ging en dat Bart op de hoogte was. Het initiatief kwam zogezegd van hemzelf. Ik vertelde hen dat hij zich volledig zou laten doen om daarna de beelden voor zijn eigen reclame te gebruiken. Hij zou opnieuw de populairste Vlaamse politicus willen worden. Sinds enkele jaren worden er zelfs filmpjes met overledenen gemaakt om politieke partijen te promoten. Er was de avatar van oud-premier Jean-Luc Dehaene voor de CD&V eind 2023, die ook Wallonië bereikte. En daarna, met Pasen 2025, de nog meer voor de hand liggende herrijzenis van een overleden Waalse socialist die men God noemde, Guy '*Dieu*' Spitaels. Waarom geen video over een nepontvoering?

Anonimiteit maakt wezenlijk deel uit van ons experiment, ik heb het ik weet niet hoe vaak herhaald. Als de film wordt uitgebracht, zullen makers met een bivakmuts meer in de smaak vallen dan snotneuzen, dat is toch evident.

— Hadden de twee bandleden van Daft Punk[44] evenveel succes gehad zonder hun helm op, heb ik hen gevraagd?

44 U weet wel, die van 'Around the world', 'One more time', 'I feel it coming'...

Nee, antwoordden ze.

Die jongens zijn echt perfect.

Mijn vrienden van één dag zijn nog jonger dan ik, zeventien of achttien, denk ik. Ze vonden mijn project 'kapot leuk', 'graaf', 'amai hoe nice', dat waren hun eerste woorden toen ik mijn plannen concreter uitlegde. De Antwerpenaar is de enige Vlaamse politicus die elke Waal kent, ongeacht zijn leeftijd. Iets met hem doen, dat is pas stijlvol. Dat gijzelnemers een gevangenisstraf tot dertig jaar riskeren heb ik er niet bij vermeld.

Ik neem de drie jongens even apart, ver genoeg van Bart opdat hij ons niet kan horen. Nog altijd in het Engels. Zo gebrekkig mogelijk, heel dicht bij dat van de voormalige president van de Europese Unie, Charles Michel, om er zeker van te zijn dat ze me begrijpen. Ik fluister bewust opdat ze mijn stem achteraf niet zouden herkennen.

— Jongens, over enkele minuten zal ik onze gijzelaar laten gaan. Ik zal alle beelden die we gemaakt hebben verzamelen en als de montage klaar is, zal ik opnieuw contact opnemen. Bedankt voor alles wat jullie tot hiertoe hebben gedaan. Bart heeft ook perfect geacteerd. Onze film wordt een klinkend succes. Jullie kunnen gaan. Nog iets essentieels: niemand iets over onze operatie vertellen voor ik jullie een seintje geef, zelfs niet aan jullie ouders of liefjes. Het geheim wordt ons succes. Afgesproken?

Ja, dus. Walen zijn te lief. Des te meer als ze piepjong zijn, natuurlijk. Daarvoor dient de jeugd.

Ik ga naar De Wever. Wat ik hem zeg, blijft voorlopig onder ons. Ik doe hem handboeien om. Ook daar heb ik aan gedacht, 30 euro op Amazon, iemand ontvoeren vergt niet eens een grote investering. En ik neem hem mee naar buiten. Ik heb hem ook geblinddoekt. Zijn mond is dichtgekleefd met tape. Vluchten, zien en schreeuwen zijn uitgesloten. Als we per onwaarschijnlijk toeval iemand tegenkomen zal ik mijn lichaam op het zijne plakken en doen alsof ik hem op de mond kus. Zo blijven zijn handen en zijn gezicht verborgen. De citadel is de plek waar elke Namenaar minstens één keer in zijn leven is gaan flirten. Niemand zal het raar vinden behalve hij, maar *tant pis*.

Onze Bart loopt netjes in de pas naast me. Zijn handen op zijn gerechte rug. Voorbeeldige gegijzelde, echt. Richting het Hospice Saint-Gilles nu, het oude gekkenhuis aan de samenvloeiing van Samber en Maas dat in 1998 het Parlement de Wallonie is geworden. U ziet maar het verband dat u wilt zien. Dat het gebouw is opgericht in de dertiende eeuw door Gwijde Van Dampierre, graaf van Vlaanderen én van Namen, zeg ik hem niet. We zijn niet op excursie en hij weet het wellicht toch al. Zoals hij waarschijnlijk ook weet dat Gwijde het Graafschap Namen in 1263 kon kopen omdat de toenmalige Naamse vorst te veel schulden had. Het arme Zuiden, het rijke Noorden: in acht eeuwen is er niets veranderd.

Ik keten hem met de handboeien vast aan een van de ijzeren sierstaven die de gevel bedekken van het nieuwe Huis van de Waalse parlementsleden, naast het parlement zelf, in de smalle, donkere en vooral lege Rue Notre-Dame. Het regent nu pijpenstelen. Bart geeft nog steeds geen kik. Een dank u krijg ik niet. Is ook moeilijk met een dichtgetapete mond. Ik verwijder zijn blinddoek. Zijn blik staat verwilderd - zo heb je hem nog nooit in een camera zien kijken - maar verraadt toch al een beetje opluchting over de vrijlating, waarin ook hij nu wellicht voorzichtig begint te geloven. Ik ga ervan uit dat hij over maximaal vijf tot tien minuten wordt ontdekt. Nu, dag dan maar? Ik haast mij naar een bus die mij naar Gembloers en dan naar Leuven moet brengen. Bente is al weg. Beter elk apart reizen om onopgemerkt te blijven. Ik voel me zo fier als een voetballer die voor het eerst het WK wint, een tot nu toe onbekend gevoel in dit binnenkort ex-land.

WEBSITE HLN.BE, FEBRUARI 2026

NET BINNEN: Bart De Wever gezond en wel teruggevonden in Namen
NAMEN 20 februari 2026 – Laatste update: 21u57

De ontvoerde N-VA-topman werd vanavond rond 20u05 in Namen door een toevallige voorbijganger opgemerkt. Hij stond vastgeketend aan een zijdeur van het Waals parlement. Bart De Wever is ongedeerd. De daders zijn voorlopig spoorloos. (Wordt vervolgd)

NET BINNEN: Ontvoering De Wever: Vlaams Belang vernietigend over PS en Wallonië
BRUSSEL 20 februari 2026 – Laatste update: 23u04

In een eerste reactie zei de voorzitter van het Vlaams Belang dat Wallonië een verpletterende verantwoordelijkheid draagt bij de ontvoering van N-VA-topman De Wever: 'Het anti-Vlaams klimaat dat al jaren door de PS wordt gevoed heeft tot deze situatie geleid. Ik raad de Vlamingen voorlopig af de taalgrens nog eens over te steken.' (Wordt vervolgd)

NET BINNEN: Bart De Wever valt Wallonië niet frontaal aan
ANTWERPEN 21 februari 2026 - Laatste update: 10u05

Bij de aanvang van zijn eerste persconferentie na zijn vrijlating in het Antwerpse stadhuis was Bart De Wever mild voor Wallonië: 'Ik weet niet of Waalse activisten mij hebben ontvoerd. Het enige wat vaststaat is dat de Naamse federale politie mij heel goed heeft opgevangen.' (Wordt vervolgd)

Isolde Van den Eynde, zaterdag 21 februari 2026, 13u00, RTL House in Brussel

Ik ben Isolde, politiek analiste bij *Het Laatste Nieuws*. U kent me van de krant, van hln.be of van *De Afspraak* op de VRT. Deze middag heeft het RTL-Nieuws me uitgenodigd, zoals men steeds vaker doet in België: een journalist van over de taalgrens aan het woord laten over wat leeft aan de andere kant. Maar vandaag geen communautair gekeuvel: er is een staatscrisis aan de gang.

Ankervrouw Caroline Fontenoy vraagt mij hoe ik terugblik op de voorbije spannende uren. Het goede nieuws is dat Bart vrij is, antwoord ik. Het slechte nieuws is dat hij in Namen is teruggevonden, vóór het Waals parlement dan nog. De link met het zuiden van het land is bij de modale Vlaming dan heel snel gelegd. Het Vlaams Belang schreeuwt zijn verontwaardiging overigens al uit. Meer dan de eigen partij van Bart, die lijkt te wachten op een reactie van haar kopman. De ontvoerders zijn natuurlijk nog niet gevonden. De federale politie van Namen heeft er alle belang bij snel resultaten te boeken, anders zal Vlaanderen eigen speurders op pad willen sturen, zoals wanneer een westers vliegtuig neerstort in een ontwikkelingsland.

Ja, België staat onder druk. Was dat misschien de bedoeling van de daders? Ze hebben niet eens geld geëist, bijzonder vreemd. Gaat het om een nieuwe vorm van terrorisme? Voor Wallonië? Voor het milieu? Voor Allah? Ik wil niet op de feiten vooruitlopen, een opeising kan nog komen. Kortom: veel vragen, weinig antwoorden. In deze omstandigheden verdwijnt de rede op de achtergrond, het kan snel gevaarlijk worden. Ik ben een pacifist. Een moeder van twee. Ik wil niet dat de situatie uit de hand loopt.

Hoofdstuk 9

Hoe een Waal vervlaamste

Baudouin, dinsdag 12 november 2019, 08u44, college Essen

Dat je ouder wordt, zie je aan het groeiende aantal doden in het adresboek van je gsm. Ik heb er maar één: mijn lieve zus Kim. Haar verdrinking in de Maas maakte me in één klap rijper, een ander woord voor ongeruster. Het blinde vertrouwen in het leven was voorbij. Haar nummer uit mijn telefoon wissen had haar tweede dood betekend, terwijl het enige voordeel van een overlijden is dat het maar één keer gebeurt. Ons hart zou anders te vaak breken.

Je sterft maar één keer, maar je leeft wél elke dag. Daarom heb ik na een paar aartsmoeilijke jaren beslist om elke dag gelukkig te zijn. Het is ook beter voor de gezondheid. Gelukkige mensen zouden minder vaak ziek zijn en tot vijf jaar langer leven. Zelfs twintig jaar langer volgens sommige studies. Ja, ja, ook in de wetenschap bestaat er zoiets als opbod. Geluk betekent voor mij in de eerste plaats meer aan mezelf denken. En aan Bente natuurlijk, die gisteren een man van mij heeft gemaakt. Dat zal me in de komende jaren grondig veranderen. Weg met de heimwee die zo Waals is en die de zelfontplooiing fnuikt. Nergens in de wereld is er zoveel aandacht als in Frankrijk en Wallonië voor oude verhalen, voor oude sterren van toen alles zoveel beter ging. Er zijn redenen tot piekeren. Maar de zoveelste tv-uitzending over de al tweeduizend jaar dode Johnny Hallyday of Annie Cordy, *non merci*. Laten we met onze

tijd mee zijn, voor die van vroeger is het te laat. Ik wil tomeloos kunnen genieten. Verderop in dit relaas ontdekt u hoe ik daar meesterlijk in geslaagd ben. U leest dit zonder twijfel als een echte levensles. Maar ik moet mezelf onderbreken. De bel gaat. Middagpauze.

Jian, 12 november 2019, middag, in de refter van het college

Bente heeft wekenlang geen teken van leven gegeven. Het is toch mijn schuld niet dat ik lang ziek was. Ik zag op sociale media wel dat ze nog leefde, ik hoefde alvast geen onrustwekkende verdwijning te melden bij Child Focus. Nee, nee, ik heb geen zin om te lachen. Dat meisje doet me in volle vlucht crashen. En ik vloog heel hoog.

Vandaag ben ik eindelijk terug op school. Deze ochtend zei ze me van ver goeiendag. Alsof ik een vreemde ben. Precies om dat te benadrukken. Gisteren heb ik haar nochtans mijn mooiste liefdesverklaring gestuurd. Een close-up van mijn ogen, en een paar woorden: 'Zie jezelf in mijn blik. Je bent de aantrekkelijkste vrouw op de planeet. Zo blij dat we morgen weer bij elkaar zijn.' Is dat Chinese kitsch? Pardon zeg. Het is zoals het klinkt: hartverscheurend. De 'onverbiddelijkste vrouw' had ik moeten schrijven. Ik wist toen zelfs nog niet dat zij op dat moment in Dinant was. Met die B. - zijn naam verdient het niet langer voluit te worden neergeschreven - die haar voor het eerst bereed. Bereed, ja. Vulgair klinken helpt mij om mijn afkeer te ventileren.

Tijdens de middagpauze kan ik haar eindelijk spreken. Ik heb goeie hoop. Dat ze zal zeggen dat ze zichzelf eventjes is voorbijgelopen. Op zoek naar weet ik veel. Met weet ik veel wie. Om even te ontsnappen uit Essen misschien. Tegen de routine, tegen rust en roest. Tegen de afstomping door een leven zonder reliëf. Maar dat ze snel begrepen heeft hoezeer dat een vergissing was.

Hoop doet leven.

Hoop doet nog meer lijden.

Want ze valt zelf meteen met de deur in huis in de refter van het college, die er nog precies uitziet als een eeuwigheid geleden, met zijn hoge guillotineramen die slechts uitkijken op valse beloftes.

— We hebben genoeg kat en muis gespeeld. Ik ben daar te oud voor. Het is gedaan, Jian. Ik vermoed dat je het toch wel doorhad toen ik niet meer op je berichten reageerde. Ik zeg niet eens sorry. Ik heb je genoeg mooie momenten bezorgd om me niet te moeten excuseren. *Bye bye* en veel geluk.

— Wat? Hoezo? Waarom zo'n brutaal einde, Bente? Je bent me toch enkele woorden uitleg verschuldigd en zelfs veel meer dan dat? Heb je iemand anders? Is het die Waal?

— Ja. Ik heb iemand anders. En ja, het is die Waal. Gisteren was onze eerste keer, ik weet niet hoeveel heter dan elke keer met jou.

Mijn longen doen het opeens niet meer. Ik denk dat ik stik. Mijn eerste grote liefde: weg. De uitleg die ik straks aan mijn moeder moet geven: onzegbaar. Mijn ma zal me niet eens troosten door haar opluchting. Haar zoon verslagen en zij superblij. Het doet allemaal zoveel pijn dat ik weer begin te hoesten. Ik hoop dat Bente nu zelf een longontsteking krijgt. Maar ook dat zal me niet worden gegund. Ik ben niet meer besmettelijk, anders zou ik hier niet zijn.

— Jij, Bente. Met een Waal? Is dat een grap of zo?

Ze loopt al weg, die verdomde B. in haar kielzog. Mijn schamele puberleven uit, want dat is het op slag opnieuw geworden. Waardeloos zonder haar. Ik ruik nog even haar geur. Haar warmte zal ik nooit meer voelen.

Marnix Roosens, 12 november 2019, 15u00, college Essen

Ik zie het deze namiddag meteen in de klas. Een wanhopige Jian die naar me staart alsof ik iets voor hem zou kunnen doen. Bente heeft het 'definitief' uitgemaakt. Dat heeft ze me tijdens de middagpauze kort gezegd. Als je dochter er een einde aan maakt, doe je dat als ouder ook. Ik kijk om. Liefdesverdriet is als een magneet die niet meer werkt en in duizend stukken op de grond valt. Beter doen alsof je niets ziet, anders moet je de rommel opkuisen.

Tijdens mijn vorige les, een uur geleden, zaten Bente en Baudouin te glunderen. Die jongen heeft nog nooit zoveel goede antwoorden gegeven. Hij begint zich beslist te integreren. En ik ben fier op mijn dochter. Ze behaalt de grootste onderscheiding in een nieuwe discipline: Walen strikken. Dat kan ooit goed van pas komen. Om iets te bereiken, ben je het best volledig overtuigd van je eigen gelijk. Voor haar is dat geen enkel probleem.

Hun liefdesverhaal zelf kan me weinig boeien. Ik ben ooit jong geweest, dat volstaat. Ik voel helemaal geen behoefte om een tweede jeugd te beleven, dat was een veel te vermoeiende periode die bij mij te lang heeft geduurd. Maar na meer dan twintig jaar huwelijk heb ik beslist me als een voorbeeldige echtgenoot te gedragen.

Vroeger heb ik een paar avontuurtjes gehad met collega's. Een leerkracht die ten laatste om 16u00 klaar is met werken en één vrije dag per week heeft, moet zich toch ergens mee bezighouden. Na een lange carrière vergen de vakken die ik geef niet veel voorbereidingstijd meer. Geschiedenis is geschiedenis, namelijk afgelopen. Latijn en Grieks zijn in tweeduizend jaar ook niet zodanig geëvolueerd dat je de leerstof voortdurend moet updaten.

Vergis u niet: ik probeer zo veel mogelijk de oudheid aan de actualiteit te linken. In onze onderwijsdoelen staat er trouwens: 'De leerlingen moeten cultuurpatronen uit de klassieke oudheid kunnen beschrijven en vergelijken met wat er vandaag gebeurt.' Zo leg ik bijvoorbeeld een verband tussen de Romeinse keizers die dictators waren en de Chinese leider Xi. Niet met Vladimir Poetin. Ik kan er niks aan doen, die Rus heb ik in al zijn schalksheid altijd sympathiek gevonden. Er is trouwens

algemeen stemrecht in zijn land. Dit gezegd zijnde: de actualiteit volg ik sowieso. Die aanpassingen in de rand van mijn lessen hebben me nooit veel tijd gekost. Ik had dus ruimte om me te amuseren.

Gella heeft het nooit geweten. Als je vreemdgaat, moet je bovenal respect tonen en dat is: het voor je gezin verborgen houden. Er is al genoeg ellende in de wereld. Eigenlijk is de waarheid ondergeschikt aan het plezier. Op je sterfbed vraag je je niet af of twee en twee vier is, maar wel of het allemaal leuk was.

Ondertussen word ik ouder. De spanning van de geheime dates in een wagen of in een hotelkamer voorbij de grens vind ik ronduit niet meer passen bij mijn leeftijd. Zeker niet als je een accommodatie boekt in een klein Nederlands dorp en vaststelt dat de man van de collega met wie je daar bent, hetzelfde idee had. Weliswaar niet met je eigen vrouw. Ik denk wel dat hij ons niet zag. Maar mijn minnares was zo ontdaan dat we een uur plezier maken in bed ruilden voor een uur naar België terugrijden.

Ik zie zoveel reclame over mannelijke problemen na 50 jaar dat ik aan mezelf ook begin te twijfelen. Gisteren kreeg ik een doos Erox – *'Uw erectie in 10 minuten'* – in mijn brievenbus. Willen ze ons echt allemaal doen geloven dat we het niet meer kunnen? De reclamemakers, het establishment, de hoeders van de wet en van het geld: waarom beperken ze onze vrije wil, onze vrijheid? Nog meer in België, waar we de dictatuur van de zuidkant bovendien ondergaan. We moeten daar dringend paal en perk aan stellen. Via het goedkeuren van wetteksten, zoals Gella doet als parlementair medewerkster voor het Vlaams Belang, of op andere manieren. Ja, die jonge Waal zou daar een rol in kunnen spelen.

Ik heb recent herontdekt hoe amusant de politiek kan zijn. Met Gella en een paar anderen hebben we een boerka gemaakt. Een oud laken, een beetje naaiwerk en dat was het. Alles wat onze westerse samenleving minder westers maakt of kan vernielen is veel te gemakkelijk en goedkoop te produceren. Denk bijvoorbeeld ook aan het geliefkoosde wapen van de terroristen: een keukenmes van tien euro.

Daarmee uitgedost zijn we met de wagen naar Brussel gereden. De bedoeling was aan te tonen dat het verbod op de boerka dat in België sinds 2011 bestaat, dode letter blijft. Op straat zijn we een paar keer

flikken gekruist. Niemand reageerde. Dat bewijs hebben we weer geleverd: we laten met onze normen en waarden sollen. Zo kan het niet verder. We hebben leuke filmpjes gedraaid en ze op sociale media gepubliceerd. Ik bleef natuurlijk onherkenbaar, niet eens moeilijk met een boerka aan. Ik denk niet dat de directie van het College de humor van onze actie zou hebben gesmaakt. Maar wat hebben we zelf gelachen. Zot doen is zo leuk.

Politiek is geen stiel. Politiek blijft een spel. Anders is het onhoudbaar. Als het uitsluitend zou gaan om het zich buigen over ingewikkelde wetteksten, dan hadden de meeste politiekers voor een carrière als universiteitsprofessor gekozen: veel minder arbeidsintensief en in verhouding met het aantal gepresteerde uren veel rendabeler. Maar nee, ze blijven in eerste instantie spelers, zoals ik. Daarom zeggen we, als hij succes boekt, dat een politicus 'scoort'. Spelinzicht en applaus op de tribune zijn minstens even belangrijk als ideologie. Die uiteraard een rol blijft spelen. Als boerkadrager die dag in Brussel hebben we ons overigens bijzonder nuttig gevoeld. We konden iedereen laten zien waar onze samenleving naartoe gaat. Naar een omvolking met de moslims die de blanke bevolking in de westerse wereld aan het wegjagen zijn. En die steeds meer de macht grijpen. We voelden ons eveneens uniek: als degenen die echt weten wat er in dit land aan het gebeuren is. Dat beseffen nog te weinig Vlamingen. Denk aan Mahatma Gandhi in India. Ook hij zei: 'Zelfs als negentig procent van de mensen A denkt, betekent het niet dat de tien procent B-denkers ongelijk hebben.' Mooi toch dat ik de grondlegger van het geweldloos verzet aanhaal. Dat had u allicht niet van mij verwacht. Voorlopig behoor ik tot een minderheid, maar dat kan veranderen. Ook ik kan iets betekenen voor mijn land, Vlaanderen. Ik ben niet gehaast. Mijn opdrachtgevers evenmin. Bijna tweehonderd jaar onrecht fiks je niet in een paar maanden.

Marnix Roosens, 12 november 2019, 18u00, thuis in Essen

Na school is Bente even bij mijn zus Rosa langs geweest om met Baudouin bij te kletsen. Of bij te seksen, ik ben in vorm vandaag. Ze lijken nu al onafscheidelijk. Ik vrees dat mijn oudste dochter niet op tijd zal zijn voor het avondeten. Dat is al een paar dagen zo. Ik zal er de komende weken aan moeten wennen.

Gisterenavond, nadat Bente met de laatste trein was thuisgekomen, zat ik in de woonkamer tv te kijken. Gella was al gaan slapen.

— Goedenavond, pa. Operatie Dinant is een succes geworden.

— Bravo, Bente. Ik wil toch heel duidelijk zijn: ik heb je nooit gevraagd om jezelf als een lokmiddel voor te doen.

— Nee, nee. Ik vind dit juist leuk. Die jongen is wat onhandig, maar ik heb hem eigenlijk wel graag. Eerst een Chinees en nu een Waal: hoe exotischer, hoe liever.

— Bespaar me de details, Bente. Zorg er maar voor dat je niet verliefd wordt.

— Wees gerust, pa. Lakens zijn te licht om er een zwaar probleem van te maken.

Vinciane Lebrun, vrijdag 24 december 2019, 20u30, Dinant

Vandaag is het waarschijnlijk onze laatste rustige kerstavond samen. Volgend jaar gaat Baudouin studeren aan de universiteit. Tijdens de kerstperiode zal hij moeten blokken voor zijn examens in januari. En na zijn studies zal hij Dinant verlaten. Tijd is als CO of koolstofmonoxide, dat geurloos en kleurloos gas dat je al sluipend te pakken krijgt: je voelt vaak te laat dat het te laat is. Vanavond is het feitelijke einde van zijn kindertijd. Van ons zorgeloze gezinsleven, ondanks het drama. Ik heb er alles aan gedaan om Baudouin en zijn zus Claire een zo normaal mogelijke jeugd te geven. Dat is wel gelukt, denk ik.

We zitten met z'n vieren rond de tafel: Baudouin, Claire, Bente en ik. Dit is ook al nieuw. Het gezin breidt uit. Ik weet niet voor hoelang. Tussen Baudouin en Bente lijkt het prima te gaan. Ik hoor hen vaak in het Nederlands praten. Ik zie ze letterlijk aan elkaar plakken: hand in hand, huid tegen huid, een kus hier, een kus daar, en vooral overal.

Vóór het meisje deze namiddag aankwam, vroeg ik hem:

— Denk je dat Bente de vrouw van je leven is, Baudouin?

— De vrouw van dit en al mijn andere levens. Ik weet wat je denkt: tienerliefde duurt maar een tijdje. Maar ik voel me geen tiener meer, na alles wat hier is gebeurd. Ik hoop net als jij dat er een leven is na de dood. Als dat eeuwige leven bestaat, is het per definitie al vóór onze geboorte begonnen. Op het opperste geluk moeten we dus niet wachten. Het begint nu. Met Bente.

— Zo dacht ik ook toen ik papa ontmoette. En zie ons vandaag... Loop niet te hard van stapel, Baudouin. Je bent nog zo jong. Illusie leidt tot desillusie.

— Mama, het is niet omdat papa en jij faalden dat wij geen kans maken. Stop met mij als een kopie van jezelf te zien. Een baby ben ik niet meer, ik ben al zeventien. Op die leeftijd was je favoriete componist Wolfgang Amadeus Mozart al vier jaar *Konzertmeister* in Salzburg. Hij had er al meerdere wereldtournees opzitten. Bente doet me alles anders en beter zien.

— Wat bedoel je concreet?

— Er zijn zoveel dingen... Dat ik niet elke dag opnieuw met Kim als een baksteen moet zinken, bij wijze van spreken. Dat ik het verleden moet loslaten, anders stik ik. Maar - als je het dan toch concreet wil - het gaat ook over België, bijvoorbeeld. We zijn geen democratisch land, mama, in tegenstelling tot wat we denken. Het Vlaams Belang is bij de verkiezingen van 26 mei de tweede partij van het land geworden, maar niemand wil met haar regeren. Vroeger wilde ik de naam van het Belang niet eens in de mond nemen. Dankzij Bente begrijp ik nu perfect waar het voor staat, hoe die grote partij ons vrijer zal maken. Noem me daarom geen racist, dat is een veel te gemakkelijke manier om elke gezonde discussie onmogelijk te maken. De echte democraten, die echt naar het volk luisteren, dat zijn wij.

Ik hoopte dat ik hem niet goed had gehoord. Maar, jawel. Mijn zoon zei 'wij'. Wij van het Vlaams Belang. Ofwel kon ik hem met een kreet onderbreken, ofwel schonk ik een groot glas Bourgogne uit voor mezelf. Ik koos voor de wijn. Om te bekomen. Maar ik hoorde mijn zoon nog verder afglijden.

— Ook de eerste Vlaamse partij, de N-VA, wordt overigens van de macht op federaal vlak verdreven. Bijzonder betreurenswaardig, zelfs voor Wallonië. Met de Vlaams-nationalisten aan de macht zou er bij ons eindelijk orde op zaken komen. Eigen volk eerst, gaat dat niet de goede richting uit? Ik zie mijn zussen liever dan mijn neven en nichten. Mijn neven en nichten liever dan mijn buren. Mijn buren liever dan wildvreemden. Belgische wildvreemden liever dan vreemdelingen. En Bente en jou liever dan iedereen.

Ik vond mijn stem weer, maar twijfelde meteen of wat ik zei ook maar enige impact zou kunnen hebben op mijn zoon, die opeens o zo ver heen leek.

— Amai, Baudouin. Je neemt klakkeloos een uitspraak over van Jean-Marie Le Pen, de hoogbejaarde en gelukkig in ongenade gevallen leider van het Front National in Frankrijk. Wat vinden je vrienden van hier als je dat zegt?

— Ik praat niet meer met hen. Wat zij denken kan me niet schelen. Bente en ik zijn de laatste maanden constant samen. Ik heb niemand

anders nodig. Ze geeft me alles wat ik nodig heb. Ze heeft me bevrijd. Ik wil de hele wereld niet meer op mijn schouders dragen. Ik houd er alleen maar een geblokkeerde rug aan over.

Mijn moederhart stokte. Ik hoorde net mijn grootvader Aimé toen hij een glaasje te veel op had op familiefeesten. Zijn herhaaldelijke *Nous d'abord,* Wij eerst, stond totaal haaks op het 'Zoals ik jullie heb liefgehad, zo moeten jullie elkaar liefhebben' van het evangelie. Als ik hem erop aansprak en zei, om de plooien alsnog glad te strijken, dat hij vooral te veel had gedronken, antwoordde hij:

— *In vino veritas.*[45] Christus dronk overigens ook. Ik blijf erbij.

Mijn grootvader was fan van het Latijn. Hij had niet lang gestudeerd, maar hij had haast alles onthouden. Ook omdat die op papier dode taal volgens hem naar onze roots verwees: de strenge scholen van toen, de katholieke Kerk, liefst nog die van vóór Vaticanum II. Na nog een paar glaasjes - zijn dorst was soms niet te lessen - begon hij over de oorlog. Wat hij normaal nooit deed. Hij stamelde:

— Ja, ik heb veel geld verdiend. Maar wees niet schijnheilig. Het is dankzij dat financiële manna dat wij vandaag allemaal zo goed boeren. De bezetting was een gezegende periode als ik nu zie hoe onze wereld vergaat.

Ik heb de laatste jaren voor zijn dood zulke uitspraken een paar keer moeten horen. Alsof hij ons in zijn eigen verleden wilde meesleuren voor zijn definitieve vertrek. Ik voel me niet verantwoordelijk voor fouten van meer dan twintig jaar vóór mijn geboorte. Ik heb daar afstand van kunnen nemen dankzij mijn man Vincent. Ja, mijn ex-man. En nu gaat het met Baudouin de verkeerde kant op. Nee, toch! Het bloed kruipt waar het niet gaan kan, zegt men. In het geval van mijn zoon en tot mijn immense spijt veel vlugger dan de maximale snelheid van 1,4 kilometer per uur waarmee het in een menselijk lichaam circuleert.

Baudouin doorbrak mijn stilte en negeerde een opkomende traan in mijn ogen:

45 In wijn schuilt waarheid. In een Spa bruis ook.

— Allez, genoeg gebabbeld. Ik moet Bente ophalen aan het station.

Toen ze thuiskwamen, verdwenen ze meteen naar Baudouins kamer. Het doffe geluid van een sleutel. Deur op slot. En dan niets. Niets is beter. Heb ik het moeilijk met het feit dat mijn zoon volwassen wordt? Ook dat nog. Een uur later moest ik een vijftal keer en steeds luider '*à table*' schreeuwen tot zij eindelijk naar beneden kwamen.

Het is inmiddels al halfnegen. De middernachtmis is om 22u00 gepland omdat de gezondheidstoestand van onze oude pastoor het niet toelaat te laat te gaan slapen. We kunnen hem best sparen. Zullen we nog iemand anders krijgen als hij er niet meer is? Er blijft net tijd genoeg over om te eten. Niet om verder te praten. Zeker niet over zussen, nichten, buren en nog minder over vreemdelingen. Trouwens: Bente spreekt en verstaat amper Frans, het Vlaamse onderwijs heeft wel degelijk een probleem. Ik hoor haar mijn Baudouin een paar keer Boudewijn noemen. Het zal een spelletje onder elkaar zijn, ik doe maar alsof ik het niet merk. Overdrijf ik niet te veel? Waarom zou ik ongerust zijn? Begin januari keert hij terug naar het Bellevuecollege, hier in Dinant. Het uitwisselingsprogramma met het college in Essen duurde maar vier maanden. Die zijn voorbij. Alles zal weldra weer bij het oude zijn.

Gella Geelkens, vrijdag 31 december 2019, 21u00, Essen

Eigenlijk is die jonge Waal best oké. Hij heeft zelfs een attentie bij voor mij. Met een hele historische handleiding erbij, de opschepper.

— Ik heb een paar *couques de Dinant*[46] meegebracht voor Nieuwjaar. Volgens de legende dateert het koekje al van tijdens het beleg van de stad door de Bourgondische keizer Karel de Stoute in 1466. De inwoners van Dinant moesten een speciaal soort deeg bedenken bij gebrek aan bevoorrading van buitenaf. De koek is heel hard en daarom lang houdbaar. U kunt hem in uw koffie dopen. Of in de microgolf stoppen om hem zachter te maken. In de middeleeuwen hadden ze noch koffie, noch een microgolf, maar wel sterkere handen en tanden. Ze aten 'm zo op. Ik raad u niet aan om het te proberen.

— Heel lief, Boudewijn. En ook heel mooi! Vooral de koek die de vorm heeft van een Vlaamse Leeuw. Hoe heb je die kunnen vinden?

— Speciaal voor u laten maken. Op Bellevue zit ik in de klas met de zoon van de bakker, dat helpt. Dinant is een kleine stad, iedereen kent bijna iedereen. Er zijn maar 13.500 inwoners, nog minder dan de 19.000 van Essen.

Bente is op kerstavond in Dinant geweest. Boudewijn op oudejaarsavond bij ons. Dat heet wederkerigheid. Zo gaat het overal in de wereld. Ik bedoel in de wereld die ertoe doet, namelijk ons westerse gedeelte. De oorsprong van die reciprociteit stamt uit het Romeinsrecht. Ik ken ook iets van geschiedenis, hè. Dat komt door mijn opleiding als onderwijzeres, de mooiste job van de wereld als je ze niet te lang uitoefent. Veel van mijn historische inzichten heb ik ook van mijn man Marnix geleerd. Het basisprincipe van het recht ten tijde van Rome en eigenlijk nu nog is: 'Ik geef jou iets, je doet iets in ruil.' Van een recht komt een plicht en vice versa. Het christendom, dat dankzij Romeinse keizers de wereld inpalmde, heeft dat simpelweg overgenomen: 'Ik gedraag me naar de hemelse regels, ik word gered, dat staat in mijn contract met

46 *Couques de Dinant*, sorry, onvertaalbaar. Toch een poging: Dinantse koekjes.

God.' Een beloning moet je verdienen. Waarom heeft onze hedendaagse samenleving dat grotendeels laten vallen?

Maar Bente en Boudewijn denken duidelijk aan iets anders.

— We gaan naar boven, kondigt mijn dochter aan.

Sinds ze samen zijn, bijna twee maanden, heb ik haar in totaal niet meer dan één uur gezien. Als ik iets van haar hoor, zijn het haar soepele passen naast die van Baudouin als ze de trap opgaan.

— Zo vroeg gaan slapen op oudejaarsavond? Het is nog maar 21u00. Willen jullie niet minstens een glaasje met ons drinken?

Ze zijn al weg. Ik zei 'gaan slapen' om een laatste keer te kunnen denken dat mijn dochter nog een beetje mijn kind was. Maar die tijd is voorbij. Ik moet het aanvaarden. Bentes zus Lore is gaan feesten met vrienden. Dan zullen Marnix en ik samen maar van de avond genieten.

— Gezondheid, Marnix. Gelukkig Nieuwjaar alvast.

Na een paar glazen en een derde groot pak chips - deze keer had Marnix de boodschappen gedaan, de kasten en de frigo zitten overvol - zegt mijn man ineens:

— Schat, zouden we niet hetzelfde doen als Bente en Boudewijn? Naar boven gaan zonder te gaan slapen? De raclette houden we voor morgen.

Wat krijgt hij nu? Een vlaag van euforie in de aanloop naar 2020? Nu al? Verheugend getal, dat wel: 20 op 20. Het wordt alvast een topjaar. Komaan dan.

— Zeker, allerliefste echtgenoot. Toen we nog thuis woonden, was het niet waar geweest, naar boven verdwijnen van de feesttafel. Laten we de verloren tijd inhalen. Ik wil als eerste klaarkomen.

Als ik de trap opga, voel ik dat hij achter mij heel sterk aan het vervolg denkt. Zoals bij de allereerste keer.

Vincent Coignoul, 31 december 2019, 21u00, Anseremme

Ik ben moederziel alleen, op een avond dat niemand alleen is. Behalve de mensen over wie ik me ontfermde toen ik, vóór mijn depressie, nog kon werken als maatschappelijk assistent bij de stad Dinant. Met mij houdt niemand zich bezig. Claire en Baudouin zijn er dit jaar niet. Mijn ex-vrouw moet ergens met veel vrienden, veel drank en veel eten aan het vieren zijn. Als je veel geld hebt, is het toch gemakkelijker om gelukkig te zijn.

Ik ben alleen. Helemaal geen zin om voor de 54e keer op rij op 31 december hetzelfde te zien op tv. Ik ben 54 en heb niets anders te doen dan nadenken op een moment dat nadenken zoveel pijn doet. Want ja, ik heb geen speciaal talent, geen hobby. Ik heb de indruk dat ik sinds het einde van mijn studies niets meer heb bijgeleerd. Waar is het plan gebleven om een nieuwe taal te leren? Om muziek te spelen? Om een marathon te lopen? Sinds mijn twintigste ben ik er niet op vooruitgegaan. Ik heb me laten opslorpen door mijn werk, door mijn gezin.

Ik kom ook steeds meer tot de vaststelling dat ik deel uitmaak van een verloren generatie, de laatste die de Waalse dominantie heeft gekend. Die eerste plaats op het Belgische podium was tijdens mijn jeugd al weg, maar we beseften het nog niet. Tot mijn geboortejaar 1965 waren de Walen rijker dan de Vlamingen. Vanaf 1966 is het tij gekeerd. Is het omdat ik geboren was? Ergens voel ik me persoonlijk verantwoordelijk voor de Waalse teloorgang. Er volgde crisis na crisis, van de sluiting van de staalfabrieken tot de afdaling naar de hel van Standard Luik. Het ging altijd goedkomen, maar het werd alsmaar erger. Wat heb ik persoonlijk gedaan om dit tegen te houden? Niets, nul, *nada*. Wat zal ik mijn kinderen nalaten? Bijna *nada*, veel minder dan wat ik zelf kreeg. Een van de drie heb ik zelfs het leven benomen. We zijn een generatie voor niets geweest. Nutteloos. Irrelevant. In mijn eigen geval: schadelijk.

Ik verlaat mijn appartementje aan de Rue Caussin in Anseremme voor een wandeling langs de Maas. Het is 21u00. Twee graden, zegt mijn gsm. Ik zie twee mensen kussen op een bank. De kou houdt de liefde niet tegen, de regen wel, maar het blijft droog. Ik kom bij de plaats waar Kim verdronk. Ik keer me om. Ik zie haar in het water vallen. Ze smeekt

om hulp. Ik grijp haar hand, ik laat haar los. En plots... daar ga ik. Ik begrijp niet wat er gebeurt. Ik glijd nu zelf in het ijskoude water. Door alles wat ik vandaag heb gedronken, merk ik snel dat ik tegen de rivier niet kan winnen. Wow, wat ís dit? Een opstoot van doodsverlangen? Heb ik werkelijk zelfmoord willen plegen?[47] Ik weet uit mijn werkervaring dat daar niet noodzakelijk een lang denkproces aan voorafgaat. Het kan ook impulsief gebeuren, als de voorgeschiedenis van de betrokkene zich daartoe leent - ik ben aan het sterven en gebruik nog zulke formele termen, beroepsmisvorming tot in het graf, zou mijn psycholoog zeggen. Ik heb er geen. Geen psycholoog. Geen graf. Maar dat tweede komt. Het water raast. Mijn gedachten gaan in slow motion. Ik reflecteer. Hoe raar. Ik herinner me het verhaal van ene Juliette. Ze was zestien. Op school had ze een foto van haar vriend gezien, waarop hij kuste met een ander. Zonder na te denken besliste ze door het raam van de vierde verdieping te springen. Toen ze met ontelbare breuken en na een lange coma wakker werd, wist ze zelfs niet meer waarom ze dat had gedaan. Waarom zou ik dan voor de dood kiezen?

Ik zie niets meer. Ik weet niet welke richting ik uit moet. Waar is het oppervlak? Waar is er nog lucht? Help! Ik kan niet eens schreeuwen. Wat gaat er nu met mij gebeuren? Lang zal het niet meer duren. Ik voel dat ik een ton weeg, plus de twee liter alcohol in mijn maag. Deze keer geen reddende tak. Geen Liefdeseiland. Je krijgt geen twee keer op rij een herkansing. Eén maal was in mijn geval al één te veel. Ik adem water in. Ik weet dat ik dit niet moet doen. Zo sterf je dus. Kim glimlacht naar me. Mijn ouders ook. *Adieu Claire. Adieu Baudouin. Je vous aime tant.*[48]

47 Bij elke vraag over zelfmoord, aarzel geen seconde en bel het nummer 1813. Liever te vroeg dan te laat. *Pour la Belgique francophone, le numéro est 0800/32 123. Oui, plutôt trop tôt que trop tard.*

48 Vaarwel, Claire. Vaarwel, Baudouin. Ik zie jullie zo graag.

Claire, zaterdag 1 januari 2020, 09u00, Dinant

Mama heeft thuis nog altijd een vaste telefoonlijn. 'Voor het geval dat.' Dat geval is nu:

— Juffrouw Coignoul, met de politie van Dinant. Gelukkig Nieuwjaar, om te beginnen. Sorry dat ik u misschien wakker maak. Bent u alleen thuis? Ik kan uw mama niet bereiken.

— Ja, mama is Nieuwjaar aan het vieren met vrienden, begrafenisondernemers net als zij. Als die mensen feesten, dan kunnen ze zich onvoorstelbaar uitleven, weet ik van haar. Een revanche op de rouwende gezichten het hele jaar door. Kan ik u helpen?

— Nee, nee. Of toch nog een vraagje. Was u van plan om vandaag een bezoek aan uw papa te brengen?

— Jazeker, ik ga hem een gelukkig jaar wensen. Ik sta klaar om te voet naar Anseremme te vertrekken. Binnen een halfuur ben ik bij hem. Waarom vraagt u dat?

— Blijft u maar thuis. We komen naar daar.

De politieman haakt in. Wat kan een meisje van vijftien anders doen dan wachten? Tien minuten later bellen ze aan. Ze zijn met z'n tweeën. In zulke gevallen zijn ze altijd met z'n tweeën, weet ik nu. In uniform: het is de overheid die spreekt via hen, niet hun persoon, het moet hun taak verlichten. Maar ik zie het aan hun gekruiste armen en ernstige gezichten: het blijft een zware opdracht.

— Dag, juffrouw. We zijn Serge en Mehdi van de politie van Dinant. Zullen we gaan zitten?

Gewillig neem ik een stoel. Ik zal hun taak niet bemoeilijken. Ik doe zelfs mijn best om hen te helpen:

— Ik heb nagedacht. Ik kan al raden waarom jullie hier zijn, denk ik. Er is iets gebeurd met mijn papa. Is hij dood?

— Ja, juffrouw. Hij is in de Maas gevallen.

Agenten die een dood aankondigen hebben, moeten altijd voor de korte pijn gaan. Dat bespaart hun tijd en energie. Het is ook menselijker dan minutenlang rond de dood heen te draaien zoals een gier of een hyena, niet echt gezelschapsdieren. Pijn doet het niet. Heel raar. Ik zou me erover kunnen schamen, maar dat doe ik niet. Ik voel iets als

een lichte elektroshock die geneest. Een vreemd soort opluchting die binnensijpelt. Langs de zijkanten van mijn hals tot in mijn hoofd. Als een dikke stroop, maar onmiskenbaar: opluchting.

Ik hoor mezelf iets terugzeggen tegen de agenten.

— In de Maas gevallen... zoals Kim. Het is misschien beter zo. Sinds het ongeval dronk hij zoveel. Alsof hij zelf een liquide dood wenste. Zo kon het niet verder.

— Gaat het, juffrouw? Hebt u ondertussen uw mama kunnen bereiken?

— Nee, ze heeft haar gsm niet eens bij zich. Eén keer per jaar rond deze tijd wil ze met rust worden gelaten. Ik weet niet precies waar ze is. En de mensen die bij haar zijn, ken ik niet.

— Wilt u met ons meekomen? We zullen al uw vragen beantwoorden. We kunnen voor psychologische hulp zorgen.

Het laatste wat ik wil, is naar een politiekantoor gaan nu. Met zijn nepkerstboom. Voor nepcompassie.

— Nee, nee, dank u. Hulp, die had papa moeten krijgen. Nu is het te laat.

— U bent minderjarig. We kunnen u hier niet alleen achterlaten. Kunnen we u naar een familielid brengen?

Nu hebben ze me. De bleke Serge en de grote Mehdi met zijn puppyogen vol medelijden. Neen, er is niemand.

En mijn vader: dood.

Ik voel me opeens nog meer verlaten dan een kind van zes aan wie zijn ouders aankondigen dat hij naar het internaat moet. Maar op het einde van de week zal hij hen tenminste weerzien. O sorry, papa! Waarom ben ik gisterenavond niet langsgekomen in Anseremme? Voor een nachtje plezier. Een leven lang tranen. Ik neem het mezelf zo kwalijk. De wereld weegt te zwaar. Ik word verpletterd. Ik ben nog maar een tiener. Ik heb je bescherming nodig. Iemand die fier is op mij. Je zal nooit weten wie mijn man wordt. Welke job ik zal hebben. Wie je kleinkinderen zijn. Ik wil je terug. Bij mij. Ik wil het nu.

Ik kan nog amper articuleren:

— Ik zal een briefje voor mijn moeder achterlaten. Als ze terug is, zal ze me komen halen. Ook mijn grote broer is ver weg. Ik moet hem dringend verwittigen. Ik volg jullie. Mijn vader opzoeken was het enige wat ik vandaag wilde doen.

Rosa Roosens, 1 januari 2020, 11u00, Essen

Aan zijn gezicht zie ik meteen dat er iets is. Iets ergs. 'Mijn vader,' fluistert hij. Hij maakt een gebaar met zijn hand. Een kruis op zijn hart. Overleden. Waar? Hoe? Hij vertelt het niet.

— Ik vertrek nu naar Dinant. Ik heb een trein in Essen om 11u31.

— Innige deelneming, allerbeste Baudouin. Zal het gaan om de trein te nemen? Zou ik je niet beter brengen met de wagen?

— Nee, dank je, Rosa. Bente gaat met me mee. Ik had je beloofd mijn kamer deze week leeg te maken en mijn sleutel terug te brengen. Ik wil je alleen zeggen dat het niet zal lukken. Sorry daarvoor. Ik kom later nog terug. Ik denk dat ik vanaf januari elk weekend naar Essen kom na mijn week op school in Dinant. Maar dan bij Bente thuis, haar ouders vinden het goed. Er is steeds minder dat me aan mijn stad bindt.

Ik vind het zo erg voor Baudouin. Hij lijkt zo sympathiek. Hij is er zelfs in geslaagd me te tutoyeren, terwijl Franstaligen daar blijkbaar grote moeite mee hebben. Toen ik hem daar eens iets over vroeg, was ik verbaasd over zijn antwoord:

— Voor ons Franstaligen, is een '*tu*' te familiair. Vulgair zelfs. Het wordt alleen gebruikt in de familie, onder vrienden en tegenover kinderen. Mijn ouders zullen ook hun collega's van hetzelfde echelon tutoyeren. Voor de rest is het *vous*, *vous* en nog eens *vous*. Dat Vlamingen meteen naar '*tu*' overgaan, voedt het cliché dat jullie boeren zijn, sorry dat ik het zo zeg. De Franse taal is formeler dan het Nederlands, ziet u... Precies zoals in de tijd van Lodewijk XIV, terwijl de Zonnekoning driehonderd jaar geleden stierf. Frankrijk is *vieille France*: oud, versleten, alles is afstand. In dat land noem je iemand die je al dertig jaar kent nog altijd monsieur of madame. Dat alles laat zijn sporen na in Wallonië. Daarom heb ik dus moeite om u met 'je' aan te spreken. Ik zou het als een gebrek aan respect zien. Maar als *jij* het wil, zal ik mijn best doen.

Sindsdien lukt het. Zo lief van Baudouin. Ach, Baudouin. Nu is hij zijn vader kwijt. Ik hoop dat mijn broer en zijn vrouw zijn verdriet niet zullen misbruiken. Hij zal zich alleen voelen op de wereld. Een mens zonder banden vorm je snel om tot een handpop.

Vinciane Lebrun, dinsdag 6 januari 2020, 11u00, kerk Sainte-Anne, Anseremme

In mijn hele carrière heb ik zoveel mensen ten grave gedragen. Ervaring zat, zou je zeggen. Totaal nutteloos bij de dood van zijn naasten.

Ik weet niet eens of Vincent een kerkdienst voor zijn begrafenis had gewenst. Ik denk van niet. Maar hij heeft het niet uitgesloten. Eigenlijk hebben we het daar nooit uitdrukkelijk over gehad. Op je 54e sterf je niet. Een katholieke uitvaart dan maar. Tweeduizend jaar knowhow leg je niet zomaar naast je neer. Zo'n burgerlijke ceremonie in een crematorium is altijd zo luguber. Ik organiseer ze aan de lopende band. Maar het doet me ergens denken – en sorry aan iedereen die er wel voor kiest, ik blijf een bedrijfsleidster die niemand voor het hoofd wil stoten – aan het verassen van de Joden. De schoorsteen, die rookwolk, brrr... Baudouin en Claire volgen me daarin: een mis kan geen kwaad. De doden zijn toch met andere dingen bezig in het fantastische pretpark genaamd de Hemel. Ik mag het tenminste hopen voor de vader van mijn kinderen.

Baudouin en Claire hebben maar één voorwaarde gesteld: niet in de Collegiale van Dinant zoals met Kim. Iedereen zou de twee diensten maar vergelijken. Vergelijking is een van de grootste vloeken van onze tijd en doet automatisch iemand of iets onrecht aan: klasseren is *deklasseren*.

De kerk Sainte-Anne van Anseremme dan maar, de deelgemeente waar Vincent het laatst woonde. Waar hij stierf. Op enkele meters van de aankomst van de afvaart van de Lesse, die hij overigens nooit deed, want dat vond hij 'iets voor de toeristen'.

Ik zit op de eerste rij, naast mijn kinderen. Mijn personeel zal mij vandaag moeten missen. Ze weten perfect wat ze moeten doen. Je werknemers goed opleiden is de sleutel tot professioneel succes. Samen met een eerlijk loon. En respect. Achter mij zie ik nogal wat klanten. Als begrafenisonderneemster moet je veel volk kennen, anders blijven je lijkwagens leeg. Misschien komen sommigen kijken hoe kapot ik ben. Zal ze huilen? Zal ze haar tekst kunnen voorlezen? Precies zoals sommigen langs het parcours van de *Rallye des Ardennes* staan in de hoop dat er een ongeval gebeurt. Ik zie ook veel van mijn vrienden van de charismatische vernieuwing. Op hen kan je altijd rekenen. Het gezegende effect van

de Heilige Geest. De Grote Baas moet ook aanwezig zijn. Hij wil niet opvallen, naar goede gewoonte. De laatste zin van het evangelie van Mattheus laat er nochtans geen twijfel over bestaan: 'Ik ben met jullie, alle dagen, tot aan de voltooiing van deze wereld.'

Voor het zover is, zit de kerk al vol vanochtend. Dat gebeurt maar zelden. Ik kan me niet van de indruk ontdoen dat mijn generatie alles is kwijtgespeeld. Wie gaat er nog elke zondag naar de mis, behalve ik? Mijn eigen kinderen niet eens meer zo dikwijls en vooral om mij een plezier te doen, denk ik. In de kerk ben ik met mijn 53 jaar vaak de jongste. Het was zo anders toen ik zelf klein was. Iedereen kwam. Ik heb pas in het zesde leerjaar ontdekt dat een van mijn schoolmaatjes niet gelovig was. Ik had zoveel medelijden met hem omdat hij niet zou worden gered. Nu is godsdienst buiten gebruik. Het was nochtans onze eerste bron van samenhorigheid, ook tussen de Belgen onderling. Toen ik klein was, ging één Waal op drie wekelijks naar de mis. In Vlaanderen was het één op twee, niet veel meer. Men geloofde en dacht dus op dezelfde manier. Vandaag is het in heel het land minder dan één op vijftig. Religie komt van het Latijnse *religare*: verbinden. Zonder bindmiddel gaat België naar de knoppen. Ons koninkrijk staat nu al zo lang op ontploffen dat het misschien beter is dat het eindelijk gebeurt. Dat ik, de grote belgicist, dit zeg, laat zien hoe wanhopig ik word. Maar het is zoals in elke erfeniskwestie: uit de onverdeeldheid stappen brengt soelaas.

Wat hebben de mensen van mijn leeftijd, diegenen die het al zo lang voor het zeggen hebben, verkeerd gedaan? Waarom hebben we het zekere door het onzekere vervangen? Omdat verandering leuk is? Belachelijk. Evenwicht is nodig. Stabiliteit. Op onze twee benen staan is wat een mens een mens maakt. Alles is nu zo wankel. Mijn generatie heeft dit niet kunnen verhelpen. Ik zal mijn kinderen ooit mijn excuses aanbieden. Dat gevoel van gefaald te hebben was bij Vincent nog sterker. Ook daarom heeft hij Kim niet langer willen overleven. Ik ken hem zo goed. Ik deelde zijn leven. En nu deels zijn dood. Ondanks de breuk, de ruzies. Ik besef het vandaag, dankzij hem: de moderne wereld is er een van rages, van grillen, van niches. Zoveel bewegen doet vooral de zwaksten onder ons wankelen. En dan vallen ze. O, God, ontferm U over mijn man.

Noot 2 van de auteur: wat hebben we tot nu toe geleerd?

Ik, Christophe Deborsu, kom voor de tweede keer tussen. Sorry nog eens. Maar zoals ik, vindt u het wellicht stilaan te veel van het goede dat de verschillende protagonisten blijven verwijzen naar 'plannen', naar 'een doorbraak' 'waarover later meer' want 'de tijd is niet rijp om', zonder dat u weet waarover ze het precies hebben. Het gaat duidelijk om kunstgrepen om de lezer aan te sporen het boek verder te lezen, uitgebreid uiteengezet in bijdragen die op het internet floreren onder zoekopdrachten als 'Hoe schrijf ik een boek' of, nog ambitieuzer, 'Hoe vind ik een uitgever'.

Trucs zijn er voor tovenaars. Als de echte verslaggever van wat er tussen Dinant en Essen al die jaren is gebeurd, neem ik de touwtjes in handen en vertel het vervolg zelf. Zonder mij nog achter de getuigenis van de hoofdrolspelers te verstoppen. Ik wil ze daarmee ook beschermen tegen mogelijke wraakacties, u zal snel begrijpen waarom (sorry, ik herval weer in die slechte gewoonte). Om hen problemen te besparen, vindt u in elk geval nergens hun thuisadres, e-mail of gsm-nummer.

Nu ik aan zet ben, trek ik een andere les uit de vorige bladzijden. Tijdens een werkvergadering in het Gentse café 'Het Moment' kwam uitgever Sam De Graeve (alweer) met een uitstekend idee. Hij vroeg me mijn originele tekst in het Nederlands naar het Frans te vertalen om er met de twee versies samen een heuse Belgische roman van te maken.

Ik heb er veel plezier aan beleefd.

Door het Nederlands weer om te zetten naar het Frans, heb ik bij mezelf een nieuwe manier ontdekt om met mijn moedertaal om te gaan. Ik maakte bewust gebruik van minder woorden – deels om het Vlaamse cliché over 'Franstaligen hebben altijd meer en langere zinnen nodig om hetzelfde te zeggen' te ontkrachten.[49] En in het Nederlands speelde ik – wat Vlamingen zo vaak en zo mooi doen – meer met geluiden dan in mijn Frans. Nu, ik hoop dat ik niet de enige ben die het opmerkt. U kunt er zelf over oordelen als u dit boek omdraait.

Maar goed, terug naar de intriges. In het meervoud. Meerlaags is een must. Dit staat ook in 'Hoe schrijf ik een boek?'

49 Er zijn trouwens minders pagina's in de Franse versie. Overtuigd?

DEEL 2

Een Belgisch verhaal

Hoofdstuk 10

Hoe een speurder een spoor vindt

Zaterdag 21 februari 2026, 09u00, kantoor van de Federale Gerechtelijke Politie, Namen

René Bouchat is *fin de carrière* bij de politie in Namen. Vijfendertig jaar ten dienste van de staat om de misdaad te bestrijden. Ze wegen nog zwaarder dan zijn eigen 136 kilo. Hij heeft al een paar weegschalen die slechts tot 120 kg gingen tot het containerpark veroordeeld. Digitale modellen wil hij niet, wegens 'niet betrouwbaar'.

Op zijn 56e vindt hij zichzelf te oud om hard te blijven werken. '*Place aux jeunes,* nu is de jeugd aan de beurt' herhaalt hij tot vervelens toe. Niet dat hij de jeugd een warm hart toedraagt. Hij wil gewoonweg van zijn werk af zijn. Een van zijn favoriete quotes – hij heeft er veel en noemt die zelf wat pedant 'mijn aforismen' – gaat zo: 'Er is geen enkele verdienste aan jong zijn, wel integendeel. Die mensen plegen meer misdrijven. En ze rennen te snel voor mij.'

Het mag duidelijk zijn: René Bouchat helt steeds meer over naar de zure kant. Nog een uitspraak van hem: 'Noem mij Monsieur Schweppes, naar de wrange frisdrank die tot voor kort in het Waals-Brabantse Genval werd geproduceerd, maar nu in Frankrijk en Spanje. Wij, Walen, verliezen ons symbool van bitterheid terwijl het ons nationaal gevoel zo goed typeert. Oké, vooral het mijne. Alles maar dan ook alles wordt ons afgepakt.'

Nog iets: Vlaamsgezindheid is niet bepaald zijn ding. René Bouchat is bijzonder fier op een van zijn nieuwste vondsten die uit het voorjaar van 2025 stamt, toen België maandenlang geen federale regering kon vormen, bekend refrein. Volgens hem wegens de Vlaamse stugheid. 'Vlaamse stugheid' is in zijn ogen een pleonasme.

— Er bestaan drie soorten Vlamingen: 1. De separatisten. 2. Diegenen die België enkel willen behouden omdat Vlaanderen het land in zijn macht heeft. De derde soort? Allemaal dood.

Om al die redenen kan René Bouchat zijn grote verbazing niet verbergen als zijn overste hem vraagt het onderzoek naar de ontvoering van Bart De Wever te leiden.

— Bent u zeker, chef? Is het niet alleen omdat ik dit weekend toevallig van wacht ben? U kent toch mijn visie over België: de laatste Belgen zijn de houders van een nummerplaat met 5 of 6 tekens, een soort die met uitsterven wordt bedreigd. In zekere zin: gelukkig maar. Gelet op hun nog hogere leeftijd dan de mijne vormen ze een dodelijk gevaar op onze wegen. En u vraagt dat ik me bezighoud met de ontvoering van een Vlaams-nationalist omdat het land daardoor op springen staat? Dat meent u toch niet!

De hoofdcommissaris kent de theatrale kant van René. Hij heeft zijn repliek al klaar:

— Primo, René, ja: als we de daders niet snel genoeg vatten, zullen steeds meer Vlamingen denken dat ongeveer heel Wallonië bij de zaak betrokken is of dat we alweer niet deugen. Het is het beste moment om het tegendeel te bewijzen, vindt u niet, als fiere Waal? Ten tweede: dat u er dezelfde opvatting over het land op nahoudt als De Wever - samengevat: uit elkaar gaan laat vaak toe elkaar beter te waarderen - zal u misschien helpen in uw contacten met hem. U zal het leuk vinden. Ik heb gisteren zijn verhoor bijgewoond net na zijn bevrijding. Ondanks alles was hij in vorm. Hij maakte zelfs een grapje over Namen: 'Als deze provinciestad een hoofdstad kan zijn, is Antwerpen de hoofdstad van de wereld. Dat is trouwens wel degelijk het geval.' In de derde plaats: uw politieke opvattingen, *je m'en fous,* die kunnen mij niet schelen, zolang u niemand tot haat aanzet. Het is overigens uw verdomde plicht om

uw mening voor u te houden. Ten vierde: René, ik weet dat u het zelf niet gelooft, maar u blijft de beste politieman die ik ken. Weet u wat uw bijnaam is onder de collega's?

— *Papy*? Opa?

— Nee, René. *De Naamse Maigret,* de politiecommissaris die wereldberoemd werd dankzij de Luikse schrijver Georges Simenon. Simenon is trouwens de Franstalige auteur die de meeste boeken wereldwijd heeft verkocht, na Jules Verne en Alexandre Dumas. Meer dan een half miljard, niet slecht voor een kleine Belg. En zoals Jules Amedée François Maigret - zijn echte naam - lijkt u meer op een verkoper van de Naamse pijpenwinkel Roméo dan op een kwieke speurder. Maar, nog altijd zoals Maigret, illustreert u beter dan wie ook een spreuk die deze keer van mij is: '*Les petits Belges*[50] zijn groter dan men denkt.' Op het einde van het verhaal wordt de dader dankzij u altijd gevat. Trouwens, laten we ophouden alles klein te noemen of constant verkleinwoorden te gebruiken in dit land: *petits Belges,* trucje, minuutje, het maakt ons machteloos. Maar genoeg blabla. U hebt de keuze tussen twee antwoorden: ja of ja. U kunt uw onderzoeksteam zelf samenstellen. Ga uw gang. En kom snel met resultaten. Of u nu wil of niet, u zal dit land redden. Mijn land en tot nader order het uwe.

Bouchat geeft geen kik. Zulke bevelen van de grote baas in twijfel trekken is even zinloos als discussiëren met een scheidsrechter na een fluitsignaal. Het levert alleen een rode kaart op. Op zijn laptop leest hij de ondervraging van De Wever over wat er gebeurd is. En dan gaat hij te voet naar het Waalse parlement, de plaats waar de Antwerpenaar is teruggevonden. Onderweg denkt hij:

— Een beetje bewegen zet aan tot nadenken. De Griekse filosofen wisten het al: de waarheid ontdek je op het terrein, niet in computers. Na meer dan tweeduizend jaar worden hun teksten nog altijd gelezen, ergens moeten ze dus wel gelijk hebben gehad. Ik weet dat

50 '*Les Petits Belges*', 'de kleine Belgen', is een bijnaam die de Franstalige Belgen zelf graag gebruiken, bijvoorbeeld in de sport, om zich voor te doen als underdogs.

ik van de oude stempel ben. Maar als mijn baas mij de beste vindt, waarom dan veranderen?

René Bouchat is zoals zovelen van ons. De ene dag acht hij zich nummer één op de wereldranglijst, de andere de slechtste van de klas. De derde dag weet hij het niet meer. Soms, zoals vandaag, kan het in een paar minuten veranderen.

Van zijn bureau tot het parlement stapt hij een kwartier, tussen de grijze Samber en de hoge, iets minder grijze muren van de citadel. De plek heeft iets onheilspellends, ondanks de door de lucht dansende cabines van de kabelbaan die hun best doen om voor wat sfeer te zorgen. Het verkeer vlak naast hem raast zo hard voorbij dat zijn jaspanden ervan opwaaien.

Voor het parlement kijkt Bouchat naar de metalen structuur van het bijgebouw waaraan De Wever werd vastgeketend.

— Hier was hij dus...

Om een zaak op te lossen is het belangrijk om zelf quasi fysiek te voelen wat het slachtoffer heeft meegemaakt. Zo heeft René zijn grootste successen geboekt. Empathie. Een spons zijn. Ja, à la Maigret. Twee agenten van de lokale politie houden de wacht. Vanavond zullen ze op elke tv-zender van de wereld te zien zijn, als je afgaat op het aantal cameralui dat de afgelopen uren de plaats is komen filmen.

René kijkt omhoog naar de citadel. Als kind van Namen kent hij die door en door. Zijn hart wordt een stuk jonger telkens als hij haar ziet. De *Route Merveilleuse*, de epische weg naar de top, beklimt hij minstens één keer per week. Een soort bedevaart die hij al als kind met zijn ouders ondernam. Om telkens opnieuw de bevestiging te krijgen dat hij in de mooiste stad ter wereld woont, zoals elke Namenaar. Vroeger klom hij altijd te voet tot boven, nu steeds vaker met de wagen. Zijn benen krijgen zijn soortelijke massa, zijn 136 kilo zuiver aan de haak, niet meer zo soepel over de vijf procent hellingsgraad. Hij is het nagegaan: er is maar één route op aarde die deze naam draagt, de *Prachtige weg*. Toen ze in het begin van de twintigste eeuw werd aangelegd, zou ze aanvankelijk '*Avenue Pittoresque*' heten, maar om toeristen aan te trekken - dat

bestond blijkbaar toen al - vond een toenmalige schepen dat een *Route Merveilleuse* meer aantrok. En meer met de waarheid strookte.

— Jammer toch dat de mooiste heuvel van het land met zo'n lelijk fait divers wordt vereenzelvigd als de ontvoering van die Vlaamse janker, denkt René. Het zou inderdaad goed zijn dat ik dit zo snel mogelijk oplos.

Hij begint rustig aan de klim, kwestie van niet onmiddellijk naar adem te moeten happen. Hij verlaat de hoofdweg om de weg te volgen die zijn collega's gisterenavond hebben gereconstrueerd na het eerste verhoor van de N-VA'er. Na dertig minuten non-stop stappen - zijn record van de afgelopen vijf jaar - arriveert hij met een hartslag van 150 maar trots op zichzelf voor de ingang van de ondergrondse gang waar de bekendste gijzelaar van het land vastzat. Het valt René eensklaps te binnen dat hij deze plek in feite heel goed kent. Een flits van herkenning overspoelt hem als een lekker warme douche. Hier heeft hij voor de eerste keer in zijn leven met een meisje afgesproken. Dat verliep, laat ons zeggen, uitstekend. Marie-Louise heette ze. De geur van haar huid zou hij vandaag nog herkennen. Haar gezicht, door het karige licht in de ondergrondse gang, allicht niet.

— Ik vraag me af of ze niet eerder bezweek voor de magie van de plek dan voor mijn charme, denkt de somber gestemde mens in hem.

Maar onmiddellijk daarna wordt hij opnieuw de herboren doelmatige politieman.

Niemand waagt zich hier in de winter. Te onbereikbaar, te vochtig, te ver. De ingangsdeur die al decennia altijd openblijft, is nu verzegeld. Geen politie in de buurt, alleen maar discrete schermen die een paar vierkante meter ruimte vóór de ondergrondse gang van de buitenwereld isoleren. Het ziet er meer uit als een werf dan als een plaats delict. Ook geen journalisten te zien. Ze hebben de plek nog niet ontdekt. Hoe later, hoe beter voor het onderzoek. En dan gebeurt er iets geheel onverwachts. Een vreugdekreet die de hele stad had kunnen horen als iedereen niet zoveel met zichzelf bezig zou zijn. De gil van René.

— *Eureka!* Ongelooflijk toch dat niemand dit bij de eerste vaststellingen heeft gezien. Ik hoop dat de Vlaamse pers het nooit verneemt, anders gaat ze ons alweer laksheid verwijten.

Dat de blik van René Bouchat vaak naar de grond is gericht, heeft niks te maken met zijn (soms heel relatieve) valse bescheidenheid, wel met zijn tweede natuur als speurder. Die zorgt opnieuw voor een beslissende ontdekking. Hij duwt een vetrol - elke gram het gevolg van genot - weer op zijn plaats onder zijn gordel. Hij bukt traag en raapt met een bijzonder genoegen een identiteitskaart op van de grond.

Het ding lag half onder de bladeren. Op de voorkant staat de naam van een jonge kerel uit het Naamse: Thomas Cuypers, 18 jaar oud. Misschien heeft de kaart niets te maken met de ontvoering. Of juist wel. Er is geen schrammetje op te zien.

Op dat ogenblik verschijnt er een bericht op de gsm van René:

SUDINFO BREAKING: Wat gebeurt er in Vlaanderen?
Brussel, 21 februari 2026 – Laatste update: 13u05

Op X eist het Vlaams Belang nu de onmiddellijke onafhankelijkheid van Vlaanderen. Ondertussen ziet het ernaar uit dat Bart De Wever uit de politiek zal stappen. (Wordt vervolgd)

René zucht. De diepe zucht van iemand die zichzelf plots als een held zag, vlak voor zijn droombeeld aan diggelen viel, en die de hele stad ook had waargenomen als ze beter luisterde.

Hoofdstuk 11

Hoe een ontvoering een land veroordeelt

21 februari 2026, 13u30, Deurne

Bart De Wever schrijft dit in één ruk en zet het ineens op Instagram. Alsof hij bang is nog van mening te zullen veranderen:

'Ik was de voorbije jaren niet altijd mezelf. Ik heb veel mensen gekwetst. Ik ben gewoon al veel te lang bezig met politiek.[51] Na wat mij nu is overkomen, kan ik niet meer verder. Toen ik gisterenavond na mijn vrijlating thuiskwam, stonden er ik weet niet hoeveel cameraploegen voor mijn deur in Deurne. Ik heb ze voor de eerste keer in mijn loopbaan volledig genegeerd. Deze middag, na mijn persconferentie, hebben mijn vrouw en mijn vier kinderen mij voor een soort gezinsraad ontboden. Ze hebben het me doen zweren: ik stop met de politiek en met het publieke leven. Nu.

Ik heb mijn bestaan en ergens ook dat van mijn meest dierbaren aan de Vlaamse zaak en aan de stad Antwerpen opgeofferd. Een van onze dochters heeft een hele tijd mentale problemen gehad. De politiek had me zelfs het leven kunnen kosten. Een tiental jaar geleden ben ik twee keer op rij in het ziekenhuis beland wegens een zware infectie. Mijn carrière zat er duidelijk voor iets tussen. En nu dit. Ontvoerd. Ik ben

51 Die eerste woorden zijn een fragment uit een interview van Sander Van den Broecke met Bart De Wever in *Het Laatste Nieuws* op 19 augustus 2023.

katholiek opgevoed maar ik geloof niet meer in God. Dus het martelaarschap nee bedankt. In plaats van werkelijk te sterven, verklaar ik mezelf politiek dood, dat doet minder pijn. Mijn hart bloedt, dat wel. Maar het is beter dan een hartinfarct.'

Iedere Belg met een smartphone - iedere Belg dus - krijgt één of meerdere meldingen van dit nieuws. België wordt een biepgolf. Op politiek vlak kondigt de N-VA zonder Bart meteen aan dat ze niet meer uitsluit met het Vlaams Belang te zullen samenwerken. Zonder de grote leider stort de Chinese Muur tussen de twee strekkingen van het Vlaams-nationalisme in één klap in. Het communiqué dat de Nieuw-Vlaamse Alliantie uitstuurt eindigt als volgt, je zou zweren dat het van die andere partij komt:

'Wallonië is al lang het zwakke broertje dat teert op het zweet van Vlaanderen.[52] Wat er met Bart in Namen is gebeurd, laat zien dat er van enige erkentelijkheid in het zuiden van het land geen sprake is. Wie geen respect toont, moet geen respect verwachten. Vlaamse centen voor Vlaamse mensen. Vlaanderen moet autonoom worden. Als de Walen zich verzetten, geen zorg. Op het einde verliezen ze toch altijd.'

52 Deze zin is door Barbara Pas van het Vlaams Belang al in de mond genomen. Ere - enfin, tot op zekere hoogte - wie ere toekomt.

Hoofdstuk 12

Hoe Baudouin steeds meer Boudewijn wordt

Vrijdag 27 september 2024, 16u13, Essen

Op deze vrijdagnamiddag eind september 2024 keert de student terug naar huis. Telkens wanneer hij de trein neemt vanuit Leuven en in Mechelen overstapt, voelt hij een vlaag van fierheid als de omroepster 'met bestemming Antwerpen én Essen' uitspreekt. Volgens de digitale stem zijn de twee gemeentes aan elkaar gewaagd en dat vindt hij helemaal terecht. Hier hoort hij te zijn. Al vijf jaar.

Als Baudouin nu 'thuis' zegt, bedoelt hij Essen. En als de Roosens Baudouin bedoelen, zeggen ze al jaren Boudewijn. Na zijn terugkeer naar het Collège Notre-Dame de Bellevue in januari 2020 hield onze held vast aan zijn voornemen: bijna alle weekends en vakanties bracht hij exclusief in de Kempen door. De familie langs de Maas moest zich met de weekdagen op school tevredenstellen. Op zijn achttiende is de fysieke aantrekkingskracht vaak sterker dan de moederliefde.

Door de uitbraak van de Covid-pandemie kon diegene die ook zichzelf voortaan Boudewijn noemde zelfs een groot deel van de warme lente van 2020 doorbrengen bij Bente thuis. Dankzij het virus werden de lessen vanop afstand gegeven of werden ze afgeschaft. Het was elke namiddag feest in alle uithoeken van Essen, dat gelukkig zoals men nu weet veel rustige plaatsen telt. De jongeman behaalde probleemloos zijn diploma secundair onderwijs. Covid had de eindexamens op Bellevue herleid tot een formaliteit.

In september 2020 ging hij rechten studeren aan de Universiteit van Namen. Te veel liefde aan zijn hoofd belette zijn brein zich met iets anders te vullen. Hij verschanste zich opnieuw in Essen, kwam bijna nooit meer naar Dinant en ging even weinig naar de unief. Gevolg: twee jaar op rij gebuisd. Behalve op 'Juridisch taalgebruik in het Nederlands'. De eer was gered, zo dacht de betrokkene tenminste. Bente, die communicatie studeerde in Antwerpen, faalde ook twee keer. Mislukken is altijd beter met z'n tweeën.

De steeds-minder-Dinantse Dinantees schakelde dan maar over naar geschiedenis aan de KU Leuven. Zij naar marketing aan de UCLL, een hogeschool in Heverlee. Ze deelden een kot, werden eindelijk gespot in de aula's, en slaagden.

Sinds die tijd werd Essen voor Boudewijn zelfs een troef op studievlak. Zo maakte hij van een oud-burgemeester van de gemeente, Herman Suykerbuyk, het onderwerp van een van zijn eindejaarsopdrachten. De Vlaamsgezinde christendemocraat die ook volksvertegenwoordiger was, had een twintigtal jaar eerder een decreet door het Vlaams Parlement laten goedkeuren dat subsidies verleende aan de slachtoffers van de oorlog, maar ook van epuratie en repressie. In mensentaal: aan bestrafte collaborateurs. Het idee dat die collaborateurs als martelaren werden beschouwd die bovendien moesten worden vergoed, volstond om Franstalig België in rep en roer te zetten. Het Grondwettelijk Hof vernietigde de tekst, wat Boudewijn maar niets vond. De professor die zijn paper moest beoordelen, deelde zijn mening. Dat leverde hem voortreffelijke punten op.

Boudewijn noemt Essen voortaan zijn 'rode stad', en dat heeft niets te maken met politiek. De meeste gebouwen zijn hier gemetseld met de rode bakstenen van de talrijke steenbakkerijen uit de buurt: Brecht, Beerse, Sint-Lenaarts... De ovens zijn op één na[53] allemaal verdwenen, de mooie kleur blijft. Wat een contrast met de alomtegenwoordige, fletse

53 De steenbakkerij Floren in Brecht is nog in werking en sinds 2019 eigendom van een Britse onderneming.

en verkeerd genoemde blauwe steen in Dinant, die even grijs is als de regen van januari.

In zijn weinige vrije tijd zonder Bente speelt Boudewijn nu basket bij de lokale *Esbac Oxes*, in de derde provinciale. De ploeg traint in het college. Als hij in de buurt van de sporthal komt, denkt hij altijd aan de eerste keer dat hij zijn vriendin zag, hier, op de speelplaats. Tijdens de wedstrijden zit hij veel op de bank. Ook in de amateursport is het niveau hoger in Vlaanderen. Niet dat de genen tussen noord en zuid verschillen, maar meer dan een eeuw ontvoogdingsstrijd in een België dat francofoon was en vijandig aanvoelde, heeft de idee dat 'men moet knokken om te slagen' in Vlaanderen overal ingang doen vinden. Denk aan het fenomeen van de flandriens in het wielrennen, die renners die zich vorige eeuw als bezetenen uitsloofden zodat hun familie te eten had. Denk aan de opkomst van zoveel succesvolle ondernemers, van Willy Naessens en Fernand Huts tot Christian Van Thillo, terwijl Wallonië op zijn lauweren rustte na zijn baanbrekende economische successen, ondertussen meer dan een halve eeuw geleden. Het verleden is nog verraderlijker dan de toekomst.

Ondertussen is het weekend pas begonnen. En voor één keer is de trein stipt op tijd, 16u13. De jongste jaren gaat het van kwaad naar erger op dat vlak. Vandaag niet. Misschien omdat de Walen een dag vrij hebben. Het is vandaag 27 september 2024, het Feest van de Fédération Wallonie-Bruxelles. Dat weet Baudouin nog van de tijd van toen. Hij denkt, op een manier waarop hij nu al lang denkt:

— Door de vrije dag op school en in de administratie nemen minder Franstaligen de trein. Daardoor heeft hun nonchalance bij het in- en uitstappen geen vertraging kunnen veroorzaken. Ze zouden nog meer feestdagen moeten hebben. De Belgische economie zou het niet eens voelen. De Vlaamse spoorweggebruikers wel.

Ja, Walen kunnen (te) streng zijn voor zichzelf. Ex-Walen nog strenger.

Boudewijn kan de constante haperingen van het spoor niet meer verdragen. Het levert volgens hem het ultieme bewijs dat België faalt. Is de NMBS federaal of niet? Ja dus. Op de koop toe beheerd door een

minister van Ecolo. Het woord 'groen' betekent niet toevallig 'onervaren, onrijp, ongeschikt'. Grappig genoeg: in het Frans worden die kenmerken geassocieerd met het woord 'blauw', *bleu*. Dat lijkt Boudewijn gemakshalve te vergeten. Hij zou de reis van en naar de universiteit met de wagen willen afleggen. Hij zal zijn moeder nog eens vragen of ze er een voor hem wil kopen. Liefst een SUV, voor het comfort en de veiligheid. Daar dient een mama met geld toch voor? Zelfs als je haar nooit opzoekt.

Vanavond heeft Boudewijn Coignoul tijd om bij Rosa, de tante van Bente en zijn vroegere kotmadam, te gaan aanbellen. Net zoals op zijn eerste dag in Essen. Familie is belangrijk, zoveel is zeker. Ze zegt dat ze het leuk vindt dat hij langskomt. Ze gaan op het kleine terras zitten van haar al even kleine huis tegenover het station. Het weer is prachtig. De stemming van Boudewijn opperbest.

— Tante Rosa, ik prijs me zo gelukkig dat ik een heuse Vlaming ben geworden. Het kamp van de winnaars spreekt toch iedereen meer aan dan dat van de verliezers. De kans die Vlaanderen mij heeft geboden om een van de zijnen te worden, grijp ik met beide handen. Een beetje zoals Mozes voor wie God de Rode Zee opende. Beeld je in: Mozes moest tussen die twee muren van water door durven gaan. God had hem geen omniumverzekering gegeven, dat was waarschijnlijk te duur in die tijd. Hij heeft vertrouwen gehad. Dit is hem gelukt. Mij ook. Ik ben overgestoken. Naar Vlaanderen.

Rosa Roosens schrikt. Een jongeman die zich met Mozes vergelijkt, lijdt aan grootheidswaanzin of heeft verkeerde pillen geslikt. Het resultaat is overigens hetzelfde. Maar de jongen blijft praten:

— Sinds ik na twee mislukte jaren rechten aan de UNamur geschiedenis aan de KU Leuven ben gaan doen, voel ik me zoveel beter in mijn vel. Alsof ik meer waard ben. Heb je de internationale rankings gezien? Gent en Leuven staan altijd in de wereldwijde top 100, terwijl de Waalse uniefs daar alleen maar van kunnen dromen. Ambiëren is een Vlaams werkwoord met het trema op de ë als een kroon op het werk. Zie je het hemelsbrede verschil in welvaart tussen de twee landsdelen? Hoe de mensen zich hier mooier en duurder kleden? Al die stijlvolle winkels?

Die chique wagens op straat? Er rijden vier keer meer BMW's boven dan onder de taalgrens, in alles bengelen we aan de staart van het klassement, dat is ook te zien aan onze geografische plaats onderaan op de landkaart. Zelfs een supertoeristisch stadje als Dinant doet het niet goed. Het enige bekende bedrijf van de gemeente is Leffe. Je weet wel, de abdij op één kilometer van het stadscentrum waar een van de bekendste bieren ter wereld vandaan komt. Maar 1: de meeste Belgen, de Walen inbegrepen, denken dat Leffe in Vlaanderen ligt. Waarschijnlijk omdat de eigenaar van de naam, AB Inbev, de planeet vanuit Leuven onder schuim zet. En 2: het bier is nooit in Leffe geproduceerd. Het gebeurt nu in Leuven zelf. De paters van Leffe krijgen royalty's voor het gebruik van de naam van hun abdij in de hele wereld, opnieuw onnodige geldtransfers. Maar zie: ook het beroemdste Dinantse merk is Vlaams. Waarom zou ik het zelf niet zijn? Ik ben er zo trots op.

— Lieve Baudouin...

— Boudewijn, tante Rosa, als je het niet erg vindt.

— Oké, als je dat liever hebt. Ik weet dat ze je bij mijn broer zo noemen. Een voornaamsverandering kost maar 140 euro in België, maar je moet wel een gewichtige reden hebben. Ik vraag me af of ze in Dinant zo'n vervlaamsing om de redenen die je net aangaf zullen goedkeuren...

— Je hebt gelijk. Ik zal me in Essen laten domiciliëren. Ik ben hier toch zo vaak. De gemeente zal mijn nieuwe voornaam probleemloos aanvaarden. Misschien moet ik er ook aan denken een nieuwe familienaam te kiezen. In Vlaanderen kan niemand Coignoul correct schrijven. *Kwa wat?* Maar ik heb de indruk dat je me niet begrijpt.

— Ik zie vooral dat je veel veranderd bent sinds de eerste keer dat ik je zag, vijf jaar geleden. Sorry dat ik het moet zeggen. Je was zo'n sympathieke jongen. De Waalse charme. De Waalse flair. De Waalse bescheidenheid. Je had zoveel humor. Waar is die gebleven? Je bent nog altijd even lief, dat wel. Ik vind het zo schattig dat je me een bezoek brengt terwijl je iets veel leukers had kunnen doen met Bente. Maar iets vind ik heel raar. Ik weet dat je christelijk opgevoed bent. En toch heb je de mond vol van 'de winnaars' en 'de sterksten'. Ik ga al lang niet meer naar de mis. Na al die zaken over pedofilie en gedwongen adoptie

in de kerk heb ik me laten ontdopen. Eén mooie zin in het evangelie is me toch bijgebleven: 'Gelukkig jullie die arm zijn, want van jullie is het koninkrijk van God.'[54] Sorry dat ik religieuze referenties aanhaal, maar je bent er zelf mee begonnen door jezelf met Mozes te vergelijken. Minder rijk zijn is geen zonde. Niet gul zijn is dat wel.

— Gul zijn tegenover mensen die je generositeit misbruiken om geen bal meer te moeten doen? Dat noem ik het Waalse profitariaat. En voor alle duidelijkheid: luiheid behoort wel tot de zeven hoofdzonden.

— Baudouin, toch! Waarom keer je je eigen gewest zo de rug toe? Je schiet het zelfs in de rug. Als je vindt dat het zo slecht gaat, zou je beter je mouwen opstropen dan je broek laten zakken en emigreren. Bij de extreme partij, zoals je destijds zei, hebben ze dat niet graag, migranten. Je wordt mettertijd steeds radicaler. Ik hoop dat dat niet komt door mijn broer Marnix en zijn dames. Hebben ze je niet volledig gebrainwasht? Het ging zo snel...

— Nee, helemaal niet. Ik vind het echt niet fair dat u zo negatief doet over hen. Bente is de vrouw van mijn leven en ik heb er maar één. En Marnix is de boeiendste mens die ik ken. Zeker als hij begint over de geschiedenis van dit land dat er geen is. Dankzij hem heb ik zoveel bijgeleerd. Dat u uw eigen familie zo beschimpt, vind ik er echt over. Dank voor het goede onthaal, tante Rosa. Ik moet dringend weg.

— Maar je hebt niet eens een koffie gehad. Ik heb pralines gekocht. Je bent daar dol op, dat herinner ik me nog goed.

— Daag!

Ondanks zijn zware tas vol cursussen stapt Boudewijn razendsnel door de Spoorwegstraat in zijn Essen. Dan naar rechts. Hier is de Stationsstraat waar Bente woont. Hij voelt zijn T-shirt twee maten groter worden van woede, maar als neo-Vlaming probeert hij dat niet te laten zien. Hij wil vooral niet met de Waalse onstuimigheid geassocieerd worden. Zo hoort dat voor een bekeerling: hij tracht zich bovenal een voorbeeldige aanhanger van zijn nieuwe kamp te tonen.

54 Lucas 6:20.

Als hij na enkele minuten bij Bente aankomt, kolkt hij al wat minder. Maar dat Rosa elke uiting van Vlaamse fierheid aan de kaak stelt, dat kan hij echt niet begrijpen. Wortels hebben is wat iemand, wat een volk doet groeien. Wat is daar mis mee? Hij wil er met Bente over discussiëren. Maar er is te veel volk in huis, haar zus Lore ontvangt haar scoutsvrienden. Zijn lief trekt hem mee terug de straat op en zet koers naar het Essense Karrenmuseum. Niet naar de meer voor de hand liggende Rex, die op vrijdag al om 16u00 opengaat; Rosa zou daar voorbij kunnen komen.

Had Boudewijn ooit kunnen denken hier te belanden toen hij nog Baudouin heette? Uiteraard niet. In dit museum met zijn 'unieke verzameling karren, wagens en koetsen', volgens de webstek. Driehonderd in totaal. Geen Waal ter wereld kent deze plek. Hij nu wel, dus.

Bente probeert Boudewijn op te vrolijken:

— Zie al die ongemotoriseerde voertuigen, zoals ze hier zo mooi zeggen. Alleen de paarden ontbreken. Hier zelfs een mobilhome *avant la lettre*, met een keukentje, een tafel en een bed. Ik weet niet of deze plek enig in zijn soort is, maar het is hier. Wij zijn hier. Dat is wat telt.

Daarvoor dienen musea in eerste instantie: de tijd stilzetten om weer tot jezelf te komen, de inhoud van de verzamelingen vergeet je toch na twee weken. Daarvoor was ook Robotland, het nieuwe 'technisch pretpark' in een oude douaneloods, de recentste Essense trots, ongeschikt geweest. Maar genoeg plaatselijke bezienswaardigheden. U leest dit niet om uw volgende uitstapje te regelen. Wel om voor het eerst de volledige waarheid onder ogen te zien over de aanloop naar een ontvoering die grote gevolgen zal hebben voor een land en een zaak die heel Europa maanden in de ban zal houden.

Boudewijn kan Bente eindelijk vertellen wat er bij haar tante is gebeurd. Zij zucht:

— Ik stel vast dat ze aan het hervallen is. Alles wat naar nationalisme rook, vond ze tot een paar jaar geleden maar niks. Ik had redenen om te denken dat ze haar mening had bijgesteld. Ten onrechte, als ik je nu zo hoor. Zeker is dat ze vroeger voor honderd procent aan de definitie van woke beantwoordde. Zo vond ze, zoals de zuiverste wokisten,

dat de verhalen over ons verleden die tot gevoelens van trots en verbinding konden leiden te mijden waren als de pest. Omdat dat verleden foute principes beleed. Antizwart. Antibruin. Antigeel. Antirood. Ook antivrouw. Toen mama parlementair medewerkster werd bij een volgens haar extreme partij, heeft tante de banden met ons volledig doorgeknipt. We waren paria's. Ik zag haar nog af en toe op straat of in de winkel. Ze deed alsof ze me niet opmerkte. Een totaal verkeerde houding als je het mij vraagt. Als je je uitgesloten voelt door mensen die zich moreel superieur wanen, voelt dat als een onrecht aan. Het sterkt je in je overtuiging dat je gelijk hebt en zij niet. Er is niets ergerlijkers dan je eigen familie die op je neerkijkt. Des te meer als ze er zelf naast zitten. Alleen mijn kleine zus Lore bleef tante Rosa steunen, ze was nog maar een kind. Maar mijn ouders en ik vormen een hecht team.

— Tjongejonge... dit heb je me nooit verteld. Hoe is het dan de afgelopen jaren toch goed kunnen komen? Vóór vanmiddag, dus?

De verzoening gebeurde met kerst in 2018, een aantal maanden vóór Boudewijn in Essen aankwam. Bij het begin van de nachtmis in de Onze-Lieve-Vrouw Geboortekerk had Bente diep ingeademd. Dat doet ze elke keer ze een kerk betreedt. Om haar longen te vullen met die vertrouwde geur van wierook, schoonmaakmiddel, oude muren en oude mensen. Een geur die haar gemoedsrust geeft. Precies het effect van een knuffel op een peuter. Ze bereidde zich voor op een viering zoals alle andere jaren, met een paar leuke meezingers en een veel te lange dienst. Maar de pastoor had een sterke preek gehouden die haar voor één keer wakker had gehouden. 'Vrede op aarde is vrij simpel. Het begint thuis. Dit staat met zoveel woorden in het evangelie van Mattheüs: 'Wanneer je je herinnert dat je broeder of zuster je iets verwijt, laat je gave bij het altaar achter, ga je eerst met die ander verzoenen en kom daarna je offer brengen.'[55]

De tekst was ook Gella, de moeder van Bente, opgevallen. Onderweg naar huis zei ze:

55 Mattheüs 5:23-24.

— Marnix, wordt het geen tijd dat de ruzie stopt? Ik weet dat je vindt dat Rosa de eerste stap moet zetten omdat zij is begonnen. Maar het is kerst. Laten we niet alleen de eerste, maar ook een grote stap zetten om er komaf mee te maken. Ik wil dat we weer een familie vormen.

De dag erna nodigden de Roosens van de Stationsstraat die van de Spoorwegstraat uit. Iedereen is toch vrij op 25 december 's avonds. Rosa kwam. Ze excuseerde zich. Eindelijk. De kerstsfeer zal de wereld niet redden, maar kan sommige scheve situaties wel rechttrekken. Bente was er natuurlijk bij.

— Ik huilde mee, Boudewijn, en je weet dat ik dat niet snel doe. Maar ik voelde nadien dat er iets gebroken bleef. Alsof in haar ogen, al was het onbewust, dat extreemrechtse etiket aan ons bleef kleven zoals de gele ster aan de revers van de Joden tijdens de Tweede Wereldoorlog en, in hun hoofd, nog veel langer. Wat je me nu vertelt, bevestigt mijn aanvoelen. Ze wil het werkelijk niet begrijpen. Vlaams-nationalisme zorgt er juist voor dat de zwakkeren in onze samenleving aan hun trekken komen. Ze voelen zich bedreigd door de globalisering. Ze kennen geen vreemde talen. Ze zijn niet hoog opgeleid. Mensen uit vreemde landen kunnen hun werk op elk moment afpakken en in het verlengde daarvan hun bestaansreden. Het parlementslid voor wie mijn mama werkt, zegt het vaak: 'Vlaams-nationalisme is als een moeder. Het zorgt voor zijn eigen kinderen. Het doet het nodige om wat of wie een gevaar voor hen kan betekenen, te weren.' Socialer kan niet. Maar Rosa wil er duidelijk niets van weten. In naam van de politieke correctheid. Ik zou willen zeggen: van de politieke corruptie. Alle foute politieke partijen die zij aanhangt, hebben ons gebracht waar we nu zijn. In een impasse. Door onkunde. Door geldbejag. Als ik dit voorval aan papa doorvertel, weet ik niet of hij zijn lieve zus nog zal willen zien.

De karren worden in houten barakken tentoongesteld. Maar het gros van het bij nader inzien charmante museum is in open lucht. Boudewijn en Bente gaan op een bank in de schaduw zitten. Hij fluistert:

— Na vijf jaar worden we nog altijd closer en closer. Je legt het zo helder en mooi uit. En je bent zo knap. Wie zijn ogen dicht doet, ziet wat of wie hij echt wil zien. Voor mij is het zodra ik ze open. Mag ik je kussen?

Het scheelt weinig of de oude mobilhome doet opnieuw dienst als liefdesnest. Bente, die de helft van het museumpersoneel kent, zegt net op tijd:

— Kom, we gaan terug naar huis. Mijn vader heeft vanavond oudercontact in het college. Mijn moeder blijft laat in Brussel en Lore vertrekt op weekend met de Scouts en Gidsen van Essen-Heikant. We zijn alleen. We hebben de tijd. Ik wil dat je me zo lang mogelijk laat balanceren op de rand van het genot. Tot ik over die rand wil.

— Heb ik je ooit teleurgesteld?

U mag die laatste zin van Boudewijn met uw gele fluostift of de balpen op uw nachtkastje zeker onderlijnen. Hij vat perfect samen wat er nu te gebeuren staat.

Hoofdstuk 13

Hoe een Naamse politieman het land denkt te redden

Zaterdag 21 februari 2026, 16u00, Namen

René Bouchat kan zijn oren niet geloven. De jongen die voor hem wordt voorgeleid bekent binnen de tien seconden. De politieman hoeft niet eens een vraag te stellen. De advocaat die deze Thomas Cuypers begeleidt, kijkt tevreden toe. Hij werkt pro Deo. Veel zal hij aan deze zaak niet verdienen. Hij wil daarom niets liever dan dat de ondervraging niet te lang duurt. Het is al 16u00 en hij heeft twee uur later met zijn nieuwe minnaar afgesproken in het Naamse Ibis Hotel. Slechts 89 euro voor een nacht. Al verlaten ze de kamer na 60 minuten, dan nog is dat niet duur om wekelijks aan zijn trekken te komen. Liefde is het allerlaatste risico dat niet door een verzekering wordt gedekt. Met deze man heeft hij daarom beslist dat het slechts om seks zou gaan. Het maakt zijn ongeduld er niet minder op.

De stem van René is warm en aanmoedigend. Net als die van je favoriete leerkracht. Hij tutoyeert Thomas om voor de tiener een vertrouwde schoolsfeer te creëren. Dat doet hij anders quasi nooit met verdachten. Zelfs de beestachtigste misdadigers verdienen respect, vindt hij, en respect is 'vous'. Maar als je iemand geruststelt, vertelt hij altijd meer. Of alles, zoals nu.

— Dag, meester Gendebien. Dag, meneer Cuypers. Jullie mogen gaan zitten. Beste Thomas, kun je me alstublieft vertellen waar je was in de nacht van...

— Doe geen moeite, ik zal u alles vertellen. Ik heb Bart De Wever ontvoerd. Ik ben achttien. Ik heb net mijn rijbewijs gehaald. Ik zat achter het stuur van de camionette. Maar ik ben in de val gelokt, meneer de commissaris. De opdrachtgever heeft mij gecontacteerd via een versleuteld berichtensysteem waarop we beiden actief waren.

— Zo vriendelijk dat je me commissaris noemt. Meneer Bouchat volstaat. Of zelfs René als je dat liever hebt. Kun je de berichten laten zien?

— Nee. Alles is gewist. Dat maakte deel uit van de deal. Ik zal u uitleggen hoe ik ben misleid. Die kerel zei dat hij zoals ik dolgraag naar politiefilms keek. Hij was ongeveer zo oud als ik. We waren van dezelfde streek. Dat zijn veel gemeenschappelijke punten. Hij deed zich bovendien megaleuk voor. Na een paar dagen en veel berichten waren we vrienden. Dat dacht ik tenminste. En dan begon hij te vertellen dat hij een soort groot spel voor ogen had. We gingen een belangrijk iemand ontvoeren. De persoon zelf was op de hoogte en zou zich laten doen, beweerde hij. Hij verklapte trouwens snel zijn identiteit: De Wever. Wow, de bekendste Vlaming, vetter kon niet. We zouden alles filmen en een video op sociale media zetten. Dat zag er superspannend uit. De opbrengst van de film op het internet kon bovendien hoog oplopen, zo had hij mij wijsgemaakt. Een superjackpot zonder omweg via het casino van Namen. Ik ben trouwens nog te jong om daar binnen te mogen. Hij vroeg me om nog twee jongeren te zoeken die ons team konden versterken. Mijn twee beste maten zagen dat onmiddellijk zitten. We zitten in dezelfde klas op de hotelschool van Namen. Die bevindt zich op de citadel, zoals u weet. Daarom kennen we de hele site zo goed. Ik hoop dat u ons begrijpt, meneer Bouchat. We zijn alle drie leerlingen uit het laatste jaar. We dromen van een mooi en succesvol leven. We willen sterren worden zonder te wachten op die van de dure hotels die we vroeg of laat zullen uitbaten. Een leuk avontuur, het idee dat we bekende YouTubers konden worden en bovendien kassa kassa, het was een fantastisch vooruitzicht.

De politieman wil opwerpen dat zo'n vooruitzicht in het Strafwetboek tussen twintig en dertig jaar cel kan kosten. Hij houdt zich net op tijd in. Hij toont zich empathischer dan ooit, wat ook in een politieomgeving betekent: *'zich inleven in de belevingswereld van anderen'.*

— Ja, ja, ik begrijp het. Ik had hoogstwaarschijnlijk hetzelfde gedaan, maar YouTube bestond niet in mijn tijd. En hoe heten je twee vrienden?

— Baptiste Marlet en Pierre-Loup Thiran. Ik geef u hun namen omdat ik weet dat ze er ook vanaf willen zijn.

— Hoezo?

— We beseffen nu hoezeer we misbruikt zijn. Bart De Wever wilde zich duidelijk niet laten ontvoeren. Sinds we weten wat de gevolgen zijn, slapen we niet meer. We denken dat we elk moment kunnen worden gearresteerd. Nog liever een paar uur op het commissariaat doorbrengen dan gezocht worden door alle politiekorpsen van het land. Ik hoop dat het gerecht ons kan vergeven en dat we niet worden gestraft. Ik voel me al veel beter nu ik u alles heb opgebiecht.

René Bouchat knikt. Politiemensen zijn als journalisten. Bij diegenen aan wie ze vragen stellen, proberen ze de schijn te wekken dat ze hun beste vrienden zijn om hen hun geheimen te ontfutselen. En die mensen blijken daar nadien dankbaar voor te zijn omdat ze hun hart hebben kunnen luchten, wat een fantastische job. Deze keer heeft René zich niet te veel moeten forceren. Die jongen lijkt hem best sympathiek.

— Ik zeg het nog eens, meneer Bouchat: we zijn om de tuin geleid. We hebben mijn contactpersoon pas in het echt ontmoet nadat we De Wever voor hem hadden gekidnapt. De locatie voor de korte hechtenis, die coole tunnel onder de citadel, kozen we zelf omwille van zijn discrete en romaneske karakter. Het was om te filmen, hè! En daar zijn we elkaar voor het eerst tegengekomen. Maar gezien hebben we elkaar niet. We droegen allemaal een bivakmuts om voor echte gangsters door te gaan. Ik zweer het u: we konden ons niet indenken dat we echte misdadigers waren. Onze chef had iemand bij zich, een vrouw. We spraken Engels met elkaar, zogezegd om de film die we draaiden een internationale dimensie te geven. Misschien was het gewoonweg omdat zij niet goed Frans spreken.

— Je hebt dus helemaal geen idee wie zij kunnen zijn?

— Nee. Geen naam, geen gezicht, geen spoor. Zelfs hun stem werd vervormd door het fluisteren. Voor één ding ben ik hen wel dankbaar: op die bewuste 19 februari verliep alles perfect. Het was alsof ik een thriller in het echt beleefde. Ik kan het niet ontkennen, het waren de opwindendste momenten van mijn hele leven. Maar mag ik u op mijn beurt een vraagje stellen?

— Je kunt altijd proberen.

— Pierre-Loup, Baptiste en ik wilden ons sowieso bij de politie aangeven. We gingen het morgen, zondag doen om volgende week geen schooldag te moeten missen. Hoe komt het dat u ons voor was?

René voelt zich steeds meer met Thomas verbonden. Die jongen is een mix van goede wil, gedrevenheid en zoveel naïviteit. Zo herkenbaar Waals. Hij zal in de komende maanden weinig naar de les kunnen gaan, denkt hij automatisch.

Over de snelle identificatie beslist hij wel open kaart te spelen. Hij legt uit dat hij de identiteitskaart van Thomas heeft gevonden, in het gras naast de ondergrondse gang. Zijn intuïtie werkt weer.

— Hoe dom ben ik geweest om die mooiprater te volgen? Hij zal mijn kaart hebben gepikt en daar hebben neergelegd. Ik ben zo boos op hem en op mezelf. Ik wil volledig meewerken om hem en dat meisje te vinden. Maar ze zijn superslim geweest. Zo moesten we de gsm's waarmee we hebben gecommuniceerd en gefilmd aan hen geven. Alweer: geen spoor. We hebben in de plaats allemaal de nieuwste iPhone gekregen. Op dat punt zijn ze onze afspraak nagekomen. Maar goed, als ik meer info heb, geef ik u die direct door. Mag ik dan nu terug naar huis? Ik moet dringend studeren. Ik heb maandag examen.

— Ik vrees van niet, Thomas.

— Excuseer me, ik moet gaan, zegt meester Gendebien. Zo opgelucht dat de ondervraging voor hem net op tijd afloopt.

Hij vertrekt naar Hotel Ibis. Thomas naar de gevangenis.

Hoofdstuk 14

Hoe een complot tot stand komt

Donderdag 25 december 2025, Essen en Dinant

Boudewijn Coignoul brengt zijn vijfde kerstperiode op rij door in Essen. Om te studeren heeft hij zich al sinds een tijdje mogen installeren in een hoek van de heel grote slaapkamer van Bente op de eerste verdieping. Met een tafel, een comfortabele stoel, een Markus van Ikea[56] – 'om goed te spelen heeft een basketter topschoenen nodig, om efficiënt te studeren moet een student over de beste stoel beschikken', zegt hij – en een krachtige lamp[57] – 'goed zicht geeft inzicht'. Meer moet dat niet zijn. Eerste examen van een lange reeks staat gepland op 15 januari: 'Economische geschiedenis na 1750'. Hoog tijd om eraan te beginnen.

Boudewijn komt niet meer in Dinant. Behalve als zijn moeder zo hard smeekt dat hij zwicht, hooguit twee keer per jaar. Sinds vorige zomer helemaal niet meer. Het is Leuven in de week, Essen de rest van de tijd. Bente heeft haar diploma marketing al een paar maanden op zak. Ze werkt als interim bij een reclamebureau in Oud-Heverlee. Ze slapen nog altijd elke nacht samen, op hun Leuvense kot of bij Bente thuis. Hotel Mama Gella is zalig. Als ze in Essen zijn, hoeven ze geen boodschappen te doen of te koken. Zelfs wassen en strijken doet Gella,

56 Dit is geen *product placement*. De auteur heeft er vijf thuis, zelf gekocht (meestal op tweedehands.be), is er heel content mee en zit op een Markus als hij dit schrijft.
57 Nee, geen merk deze keer. Genoeg zonlicht is ook goed.

zo blij is ze dat haar oudste dochter nog eens naar huis komt. Want 'hoelang zal dat nog duren?'

Vinciane Lebrun heeft dat geluk niet. Op deze kerstdag in Dinant zegt ze tegen haar dochter Claire:

— Het is alsof ik na Kim een tweede kind heb verloren. Baudouin is ons door Vlaanderen en vooral dat gezin Roosens ontnomen. Mensen die bewust voor hun schoonfamilie kiezen, doen dat meestal omdat ze zich door hun eigen gezin niet genoeg gesteund of geliefd voelen. Maar bij ons is dat toch niet zo? Jij en ik hebben altijd ons best voor hem gedaan. Hij lijkt wel behekst. Die vormen precies een sekte daar in Essen. Mijn eigen zoon beantwoordt mijn telefoontjes niet. Mijn talloze berichten evenmin. Ik ben alleen maar goed om zijn kot in Leuven te betalen, waar hij ook weer met dat meisje woont. En om maandelijks veel zakgeld te storten, 500 euro nog wel. De wagen die hij vroeg, die heb ik wel geweigerd. Weet je nog, Claire? 'Geldtransfers zijn als een infuus dat de Walen in slaap wiegt,' fulmineerde hij de laatste keer dat we hem zagen. 'Ik parafraseer een bekende Vlaams-nationalist,' zei hij nog. Die van de N-VA, Bart De Wever, als ik me goed herinner. Voor één keer schoof hij een democraat naar voren, het is vaak erger geweest. Toch heeft mijn Baudouin nog altijd een heel zuidelijk temperament. Hij boft dat hardwerkende Walen zoals ik - en er zijn er ontzettend veel meer dan hij nu denkt - een groot hart hebben en hem een comfortabel leven gunnen. Maar ik wil geen grapjes maken over mijn lieve zoon. Sinds hij niet meer antwoordt, dool ik op de tast door een stad zonder zon, zoals dat bestaat in het noorden van Finland. Jij ook, weet ik. Ik zou hem misschien best op droog zaad zetten. Wie weet dat het hem wakker schudt, volgens zijn eigen recept over het zuiden van het land. Of zal hij integendeel door het lint gaan en het flinterdunne lijntje dat ons nog bindt doorknippen? Al denk ik dat het moeilijk nog erger kan worden. Hoe is het zover kunnen komen?

Claire is nu 21, twee jaar jonger dan haar broer. Ze studeert psychologie in Luik. Mensen die worstelen met verlies of emoties zoals haar moeder zal zij binnenkort tegen betaling ontvangen. Maar op dit moment is ze een zus zonder broer. In dezelfde stad zonder zicht noch

zon als Vinciane. Ze is thuis in Dinant om haar examens van januari voor te bereiden. Hotel Mama, u weet wel. Op dat vlak lijken alle jongeren ter wereld op elkaar, ja zelfs de Belgen van noord en zuid. Ze hebben geen van allen haast om sommige verplichtingen die horen bij het volwassen worden op zich te nemen. Als het eenmaal begonnen is, is er geen weg meer terug.

Claire is precies haar vader: innemend, gevoelig. Maar dan in de vorm van een mooie jonge vrouw. Bruin haar. Felle donkere ogen, die vandaag naar zwart neigen. Zo Waals, eigenlijk. Vroeger had men eraan toegevoegd: zo sexy. Haar band met haar broer beperkt zich tot het lezen van zijn posts op sociale media. Ze ziet met lede ogen aan wat voor berichten hij publiceert:

‘Een Vlaming leeft gemiddeld twee jaar en zeven maanden langer dan een Waal. De schuld van het Zuiden, dat meer drinkt en meer rookt. En op het einde moet Vlaanderen altijd betalen.’

Claire weet dat de cijfers kloppen. De Walen zijn ook twee keer depressiever dan de Vlamingen. Maar dat heeft niets met een zogenaamd bewust gekozen ongezonde levensstijl te maken, zoals Baudouin lijkt te denken. Een zwakkere economie is nu eenmaal slecht voor de fysieke en mentale gezondheid, mensen hebben gewoonweg minder geld om zich goed te verzorgen. Zo’n brutale boodschap zal de Walen in ieder geval niet vrolijker maken.

Soms is de toon van Baudouins berichten nog erger en direct geïnspireerd op de propaganda van het Vlaams Belang: ‘Vlaanderen creëert. Wallonië verteert.’

Op niets gestoeld. Naar racisme neigend. Of tenminste ostracisme: het uitsluiten van een persoon of een volk. En wie anderen blijft uitsluiten, eindigt op een dag helemaal alleen.

Claire zucht:

— Ik maak hetzelfde mee als jij, mama. Nul persoonlijk contact. Geen antwoord op mijn berichten. In zekere zin gelukkig maar dat er zoiets als Facebook bestaat. Anders zou ik nog denken dat hij in dezelfde staat verkeert als de tijdelijke bewoners van je koelkamer.

180 kilometer noordwaarts, bij de Roosens in Essen, wordt er vandaag ook kerst gevierd. Religieuze feesten zijn nog niet gefederaliseerd. Maar van treurnis hier geen sprake. Geen falende familie. Kerstdecoratie is even prominent aanwezig als op de kerstmarkten en de talloze tuincentra die Vlaanderen rijk is. Moeder Gella heeft, zoals elk jaar net na Sinterklaas, haar huis van kelder tot zolder vol ballen en sterren gepropt.

— Eerst de Sint, dan kerst. We gaan toch niet onder druk van Amerika onze mooie traditie op 6 december laten verwateren? Weten ze dat ook in Wallonië, Boudewijn? Dat hun kerstman, *Santa Claus*, een kopie is van onze Sinterklaas? Geïmporteerd in de VS door Nederlandse kolonisten in de zeventiende eeuw, toen New York 'New Amsterdam' heette. In Amerika heeft de Sint het pleit verloren, zoals de Nederlandse taal overigens, die de planeet had veroverd als de Hollanders van de Nieuwe Wereld geen nederlaag hadden geleden tegen hun Britse concurrenten. Maar ik zal me niet laten doen zoals onze noorderburen!

— Wat de Walen weten, wil ik niet meer weten. Maar ja, ik ben op de hoogte, Gella. Je zal gemerkt hebben dat ik geschiedenis studeer. En zelfs rond de Sint en *Le Grand Saint*, zoals hij in Wallonië wordt genoemd, zijn er verschillen tussen noord en zuid. In Vlaanderen komt Sinterklaas uit Spanje op een wit paard. De Waalse *Saint-Nicolas* komt uit de hemel gevlogen, op een bescheiden ezel, zoals Christus toen hij op Palmzondag Jeruzalem binnenreed. Vlamingen hebben eigenlijk de meer flamboyante Nederlandse traditie overgenomen. Schepen van de Oost-Indische Compagnie brachten lekkernijen uit India mee naar Nederland, na een tussenstop in Spanje. Vandaar de link tussen suikergoed, Nikolaas en Spanje. Het witte paard symboliseerde op zijn beurt een waardig en snel vervoermiddel. Voor het Nederlands was het een gemiste kans, zo jammer inderdaad. De wereld zou van ons zijn geweest.

Op het middagmenu staat de ultieme kerstklassieker: kalkoen. Zoals op hetzelfde moment in Dinant overigens. Noord en zuid hebben toch nog gemeenschappelijke punten. Marnix Roosens staat achter het fornuis met een kerstschort aan, zoals het hoort. *Christmas calories don't count*, staat erop. Net van zijn vrouw cadeau gekregen.

— Zie je, Boudewijn, Vlaams-nationalisten zijn feministen. Ook op kerstdag kook ik. Laten we op jou klinken. Ik ben zo blij dat je onze Bente en ons hele gezin gelukkig maakt.

Boudewijn en Marnix hebben elkaar gevonden. De student bewondert zijn gewezen leerkracht al van in zijn periode op het college. Sindsdien is de klik alleen maar verstevigd. Thuis in Essen voeren ze vurige gesprekken over geschiedenis en actualiteit, hun gezamenlijke passie. Bij Boudewijn is alleen zijn interesse voor Bente groter. Vandaag komt de Eerste Wereldoorlog nog eens ter sprake, en dat Engelse en Duitse soldaten voetbalwedstrijden zouden hebben gespeeld tijdens een informeel kerstbestand op 25 december 1914. Onder andere in het Belgische Ploegsteert. Marnix lijkt wel les te geven. Iedereen luistert. En moet luisteren.

— Die kerstvrede aan het front heeft maar een paar uur geduurd. De legerleiding kon de tijdelijke verbroedering maar matig appreciëren. Er moest worden gevochten, er was een oorlog te winnen. Dat wereldconflict onder westerlingen blijf ik zo jammer vinden. Het neemt niet weg dat de Duitsers hier goede dingen deden tijdens de bezetting. Denk maar aan de universiteit van Gent. Die werd vernederlandst. En wat deden de Belgen na de wapenstilstand: alle lessen weer volledig in het Frans, zoals vóór de oorlog. Het bloed van onze Vlaamse jongens in de loopgraven achter de IJzer gaf ons geen rechten.

Marnix Roosens is een aardige man. En een goede kok. Maar qua historisch inzicht heeft hij meer weg van een fabelschrijver dan van Bruno De Wever. Op het einde van de Eerste Wereldoorlog had de Gentse universiteit zich volledig achter de bezetter geschaard en daardoor alle krediet verloren. Na het conflict vluchtten veel activistische professoren - een ander woord voor zwarten - naar Duitsland. Het Frans werd toen inderdaad te brutaal heringevoerd als enige onderwijstaal. Maar vanaf 1923 vonden steeds meer colleges in het Nederlands plaats, om tot een volledige vernederlandsing te komen in 1930. Ook opgeleide en verstandige mensen zoals Marnix Roosens kunnen soms lichtzinnig omgaan met de feiten. Anders zou er in de wereld nergens meer sprake zijn van frustratie en onrecht. Noch van extreemrechts.

Over naar lichtere onderwerpen, het is tenslotte kerst. Eind december 2025 valt er geen sneeuw over Vlaanderen. Het kan de pret bij de Roosens niet drukken. Of toch een beetje. Daar, op de beige sofa naast de minstens drie meter hoge kerstboom zit Lore, de jongere zus van Bente. Ze kijkt zuur tijdens het oprakelen van die oorlogsverhalen, net zo versleten als de puntige helmen van de ulanen van toen. Met een air van: '*I couldn't care less*.' Jonge Vlaamse vrouwen gebruiken het Engels zo vaak dat het van hun gezicht afstraalt. Lore is 21, zoals Claire, de zus van Boudewijn. Ze studeert ook psychologie, maar dan in Antwerpen. Haar moeder had nochtans geprobeerd haar op andere gedachten te brengen.

— Als psychologe ontmoet je alleen maar depri's. Leuk is anders. Terwijl de mooie momenten al zo schaars zijn. Bovendien zitten er alleen maar meisjes in de aula. De man van je leven ga je op die manier nooit ontmoeten.

Een relatie vond Lore niet dringend. Ze schreef zich in. Ze is er elk jaar probleemloos door in juni en zit nu in de eerste master.

Vorige zomer kreeg ze een boodschap van een zekere Claire Coignoul op haar Instagram. Niet dat ze er zelf veel naar kijkt. En iets posten doet ze nooit, op een paar foto's van honden en katten na om met zichzelf te lachen. Maar wie psychologie studeert, moet mee zijn met de uitwassen van zijn tijd, vindt ze. Om die tijd beter te helpen maken. Ze zag dus het bericht.

'Dag, Lore. Je kent mij niet. Maar wel mijn grote broer Baudouin, de vriend van je zus Bente. Ik zie dat je psychologie studeert. Ik ook. Ik voel al een link. Ik besef dat mijn bericht bizar kan overkomen, maar zouden we in de komende weken niet samen eens gaan wandelen? Ik heb een paar vragen voor jou. Zoals Baudouin heb ik een deel van mijn studies in Vlaanderen gevolgd. Niet in Essen, wel op BIM-SEM, de school met een eigen internaat dat op het kasteel van Harry Potter lijkt, tegenover het station Mechelen-Nekkerspoel. Ik wilde niet klakkeloos hetzelfde doen als hij, je weet hoe jongere zussen zijn. Je zal niet eens moeite moeten doen om Frans met mij te spreken. Maar als je het liever hebt, graag uiteraard. Tot gauw, hoop ik. Claire.'

Ze spraken eind juli af. Halfweg tussen Dinant en Essen, in Brussel.

— Op neutraal terrein, hadden ze allebei al lachend gezegd toen ze elkaar voor het eerst ontmoetten in het station van Brussel-Noord.

— Zullen we een ijsje gaan eten?, vulde Claire aan. Of was het Lore?

Ja, natuurlijk. Maar liever niet in Brussel-Noord zelf, waarvan de renovatie al bij de opening in 1952 lijkt te zijn begonnen. Het is meer een permanente bouwwerf dan een station. Het resultaat van al die werken is een opeenhoping van verschillende bouwstijlen, wat vooral geen stijl heeft. Hier is perfect te zien hoe de Belgische hoofdstad zichzelf heeft verminkt, vernietigd zonder dat wie dan ook eraan gedacht heeft de zelfmoordlijn te bellen. Niet verwonderlijk dat alle treinreizigers die passeren net hun vader én hun moeder verloren lijken te hebben. En ook hun kinderen, als ze er al zouden hebben.

Claire en Lore verlieten het station zo snel mogelijk, voor hun mentaal evenwicht. Het liep meteen als vanzelf tussen die twee. Alsof ze elkaar al jarenlang kenden. Ze leken zelfs op elkaar. Allebei droegen ze overdreven veel make-up rond de ogen. Hun kapsel was twee-, drie- of meerkleurig. En op die eerste namiddag samen hadden ze een jeans met een wereldrecord aan scheuren aangetrokken en een witte T-shirt, als teken van zuiverheid en onschuld. Psychologen denken aan alles. Denken ze.

Wat die dag in de federale hoofdstad tussen beide meisjes gebeurde, zal een grote impact hebben op dit verhaal. Sorry, er werd u beloofd dat er geen cliffhangers meer zouden opduiken. Een Waalse auteur is helaas nooit volledig te vertrouwen.

Maar vrede op aarde, beste lezer: vandaag is het kerst. Ook in Essen dus.

Lore kijkt naar haar ouders als ze in koor 'aan tafel' roepen. Haar vader met steeds minder haar. Haar moeder met elk jaar een beetje meer kont. Ze zien er nochtans goed uit voor hun leeftijd, zoals dat heet. Ze gaan stilaan richting de zestig. Gella draagt een elegant groen kleed, de kleur van kerst. Marnix heeft zijn kerstschort geruild voor een blauwe blazer, zijn vest voor feestavonden. Als koppel gaan ze ook de goede kant uit. De slaande deuren en de harten op slot zijn al lang voorbij. Ze raken elkaar opnieuw aan. Ze zijn er opnieuw voor elkaar. Als

de ander iets zegt, lijkt dat het belangrijkste wat er zich op dat moment op de aardbol afspeelt. Maar als psychologe in spe ziet Lore dat er toch iets scheelt. Ze laten zich steeds meer leiden door wat een van haar proffen 'affectieve ideologie' noemt: de emoties nemen het voortouw. Weg met de rationele argumenten. Ze verdelen de samenleving steeds meer tussen het eigene en het andere. Misschien is dat juist de reden waarom de frequentie van hun hartslag weer op elkaar is afgestemd. Altijd op een heel hoog tempo. Ze functioneren net als jongeren. Alles is *wauw*, *jeezes*, *straf* of *nul komma nul*. Daarom hebben ze zo'n goede band met Bente en Boudewijn, die precies zoals zij en allicht door hen in een zwart-witwereld leven. Vooral wit.

Tijdens het kerstmaal bestaat er een jarenlange traditie bij de Roosens. Die van 'het goede kerstgesprek'. Vóór het dessert kan iedereen zeggen wat haar of zijn verwachtingen of voornemens zijn voor het komende jaar. Marnix begint.

— Ik wil zo graag dat mijn levensdroom eindelijk wordt gerealiseerd. De verkiezingsresultaten van vorig jaar, op 9 juni en 13 oktober 2024, openen perspectieven. Laten we voor een volwaardige Vlaamse staat gaan die zich niet beperkt tot de sticker VL naast de nummerplaat op onze wagen, een Peugeot natuurlijk, met zijn mooie leeuwen-logo. Het Vlaams Belang en de N-VA moeten daarom aan hetzelfde zeel trekken. Waarom ziet Bart De Wever dat niet in? Een onafhankelijk Vlaanderen, dat staat toch in artikel 1 van de statuten van zijn partij en in de Beginselverklaring van de onze. Jullie kennen mij. Ik heb niet de gewoonte om aan zelfbeklag te doen. Dat laat ik over aan de Walen, die nooit genoeg hebben en altijd meer willen. Alweer: behalve jij, Boudewijn. Met Bente heb je weliswaar al heel veel van ons gekregen. Maar serieus, ik stel jullie de vraag. Hoe zou ik, hoe zouden wij een doorbraak kunnen forceren opdat Vlaanderen in het komende jaar ons land zou worden?

Lore draait het hoofd weg. 'Stop met zagen,' denkt ze zo hard dat ze het bijna luidop zegt. Altijd diezelfde droom, het gebeurt toch nooit. België is in de loop der jaren dermate ingewikkeld gemaakt dat niemand de gebruiksaanwijzing zal vinden om het te ontmantelen.

Maar Bente denkt er volledig anders over. Zij staat op.

— Op basis van de stembusuitslagen van 2024 moeten we inderdaad iets ondernemen. Ik zal zeggen wat ik denk: vermits De Wever alles blokkeert, kunnen wij niet zelf iets teweegbrengen dat hem buitenspel zet? Die man is heel toegankelijk, heel bereikbaar. Ik heb pas nog een interview met hem gelezen op een of andere nieuwssite, ik weet niet meer welke, ze herhalen allemaal hetzelfde. Hij zei dat hij overal in Vlaanderen speecht. Bijna elke avond. Kunnen we daar niets mee doen?

Baudouin smelt, als de eerste hap van een kerststronk. Eerder een ijsstronk, dat gaat nog sneller. Bente heeft altijd nieuwe ideeën. Dankzij haar oogt de wereld overzichtelijk en de oplossing simpel. Ze is zo zelfzeker en dat doet hem - die nog te vaak schrik heeft hoewel hij het ontkent - zo'n deugd. Ook bij jongelui bestaan er twee soorten mensen: diegenen die bang zijn van andermans blikken als ze een overvol plein moeten oversteken en liefst een andere weg kiezen. En de anderen die zich overal thuis voelen. Bij die laatsten hoort Bente.

Ze zet door:

— In de marketing is er constant sprake van USP, een *Unique Selling Proposition*. Iets waarover wij beschikken en de rest van de wereld niet. Iets wat ons in staat zal stellen de markt te overspoelen of naar onze hand te zetten. Welnu, als overtuigd Vlaams gezin tellen we in onze rangen een Waal die ondertussen meer Vlaming dan Waal is geworden. Iets unieks. Onze USP.

Het begrip dat Bente gebruikt is echt niet nieuw, minstens tachtig jaar oud. Uitgevonden door een zekere Rosser Reeves, een Amerikaanse reclameman. Lore lijkt allerminst onder de indruk, vader en moeder des te meer. Bente heeft Boudewijn beet.

— Boudewijn, ben je een van ons?

— Ja, schat.

— Boudewijn Coignoul, zou je iets willen doen waarvoor mijn vader, mijn moeder en ons hele gezin je hun leven lang erkentelijk zullen zijn?

— Ja, schat.

— Daar twijfelde ik niet aan. Dan heb ik een voorstel om papa's droom die ook de onze is, waar te maken.

Zo duikt voor het eerst het plan op om N-VA-voorzitter Bart De Wever te ontvoeren en te doen geloven dat enkele Walen daar verantwoordelijk voor zijn. Bente blijft argumenteren:

— In Vlaanderen neemt het kleinste voorval nu meteen grote proporties aan. Onze pers maakt van alles wat er gebeurt een regelrechte ramp of een goednieuwsshow. De media hebben te lang in een keurslijf gezeten, van de kerk, van een partij. Alles was hier slap en zouteloos, op de columns van opiniemakers genre Manu Ruys en Hugo de Ridder na. Je hebt me een paar van hun teksten laten ontdekken, papa. In 1989 kwam er dan een keerpunt, samen met de eerste slogan van onze eerste commerciële zender: 'VTM kleurt je dag'. Sindsdien is Vlaanderen een en al felle tinten en contrast, een en al vergrootglas. Laten we daarvan profiteren door een actie te bedenken die dankzij onze hoogsensitieve media genoeg Vlaamse zielen zich aan onze kant doet scharen.

Terwijl Bente praat, zijn haar ouders Marnix en Gella constant aan het knikken. Haar overtuigingskracht en gespeelde spontaneïteit overtreft hun verwachtingen. Haar acteertalent is even uitzonderlijk als dat van de beste Vlaamse stand-upcomedian Conner Rousseau. En zij hoeft zich niet als een konijn te verkleden. Ze weet zo goed hoe ze Boudewijn moet manipuleren. De partij zal tevreden zijn. Ondertussen neemt Marnix het woord.

— Je analyse klopt, mijn lieve dochter. Mama en ik hebben dit zelf meegemaakt in de jaren tachtig en negentig. Het korset dat je zojuist beschreef, viel in een paar jaar weg: de kerken liepen leeg, de CVP speelde haar kiezers kwijt, de BRT werd VRT en even commercieel als die andere zender. De drang om zich eindelijk uit te leven werd bij velen van ons even groot als de alsmaar groeiende staatsschuld. Eigenlijk veel te groot. Vlaanderen is als een herboren tiener totaal onstabiel geworden, zeker op politiek vlak. Maar voor ons plan vandaag is dat net een meevaller. Je kan het vergelijken met een champagnekurk die op de bevrijding wacht na het schudden van de fles. Elke knal scheert hoge toppen. Daar moeten we op inspelen.

— Dat gaan we doen, papa. Een knal veroorzaken. Een vonk die een vreugdevuur teweegbrengt. Of een *big bang*.

Die hele namiddag geeft Lore geen kik. Haar mond blijft dicht, maar ze verslikt zich in wat ze hoort. De anderen zijn zo intens bezig met het uitwerken van hun idee dat ze haar vergeten. In haar eentje op de sofa, staart ze alleen maar naar de lichtjes in de boom.

— Ze zullen denken dat ik aan het mediteren ben, denkt ze. Ook dat vinden ze ergerlijk. Des te beter. Dat ze maar begrijpen dat ik in mijn hoofd mijlenver van hier ben, en van hun bedenkelijke plannen.

En ja: 'Al die meditatie- en yogatoestanden hebben niets met onze westerse waarden te maken,' foetert haar mama telkens ze een boeddhabeeld ziet in een of ander tuincentrum in en rond Essen. Er zijn er zo veel. Tuincentra en vooral boeddha's. Maar hier en nu kent Lores geest geen innerlijke rust. Op haar beige sofa krijgt ze een paniekaanval. Haar gezin is bezig de grens van de illegaliteit over te steken, terwijl haar ouders normaal gezien constant de mond vol hebben van *law and order*. Boudewijn wordt daarin meegesleurd.

Ze zegt niets. Het zou toch niets uithalen. Ze zijn op hun 'oorverdovend succes van volgend jaar' aan het toosten. Maar ze voelt dat ze iets moet doen. Vanavond zal ze haar nieuwe vriendin Claire contacteren. Misschien is er nog tijd om te reageren.

Noot 3 van de auteur: wat hebben we tot nu toe geleerd?

Mensen met extreemrechtse ideeën zoals de Roosens zijn vaak best sympathiek. Alvast sympathieker dan hun politieke programma. De traditie van het 'goede kerstgesprek' zou ik bijvoorbeeld in mijn eigen gezin kunnen overnemen. Met een andere uitkomst dan bij de Roosens, dat wel.

In 2008 draaide ik een lange tv-reportage over Marie-Rose Morel, de ondertussen overleden VB-politica. Ik had me voorgenomen te vermijden haar de hand te schudden. Haar partij was in mijn ogen de baarlijke duivel. En u kent de uitdrukking: 'Als je de duivel aanraakt, zal hij niet veranderen. Jij wel.'

Op de eerste draaidag belde ik aan bij haar thuis in een groene wijk van Schoten. Ze deed open een gaf me een klinkende kus op de wang bij wijze van begroeting. Ik kon er niet aan ontsnappen. Als ik van in het begin mijn afkeer had laten blijken, was de hele reportage die ik al zo lang voorbereidde meteen om zeep. Al mijn goede voornemens waren in drie seconden weg.

Ik heb nadien goed met Marie-Rose kunnen samenwerken en zelfs nog leuk kunnen napraten. Het heeft me niet belet in mijn reportage op de ontelbare hiaten in haar politiek project te focussen. Maar mijn punt is: alle mensen deugen, hun ideeën niet altijd. Iemand willen demoniseren is geen oplossing. Dan wint de duivel alweer, namelijk de negatieve emoties die de demonisering teweegbrengt. Daar verliezen we allemaal bij. Dat is allerminst de bedoeling van dit boek. Kus in het hiernamaals, Marie-Rose.

Hoofdstuk 15

Hoe psychologen niet alles weten over het leven

Zondag 20 juli 2025, 15u30, Josaphatpark, Schaarbeek

Het is Brussel en het is zomer. Het is de eerste keer dat Lore Roosens en Claire Coignoul elkaar zien na het bericht van Claire aan Lore via Instagram. We vinden hen terug terwijl ze het Noordstation verlaten. Ze beginnen aan de klim naar het Josaphatpark in Schaarbeek. Qua reliëf laveert de Belgische hoofdstad tussen berg en dal en is ze meer Waals dan Vlaams.

— Een bol pistache, alstublieft. In een hoorntje.

— Voor mij ook.

— En een beetje slagroom.

— Voor mij ook.

Zegt Lore dat nu, of Claire? Het doet er niet toe. Ze moeten allebei lachen. Zelfs dat delen ze, hetzelfde favoriete ijs. De student aan de toog van crèmerie Cocozza komt tussen:

— De slagroom: in het hoorntje of op het ijs?

— In het hoorntje, zegt Lore.

— In Wallonië is het vaker op de bol, antwoordt Claire. Kunnen we combineren, erop én eronder? Ons eerste *compromis à la belge.*[58]

Alweer lachen ze. Het licht van de zon weerkaatst op hun tanden, even parelwit als de jeugd. De ijscoman is verblind. Hij kan niet anders dan hen op hun wenken te bedienen. Ze zijn zo vol leven. Ze geven hem zin. Hij is net professioneel genoeg om zijn gsm-nummer niet stiekem op de servetten neer te krabbelen. Je weet maar nooit tegenwoordig. Vroeger deed je er ook vaak beter aan je in te houden, maar soit.

Het Josaphatpark lijkt op alle andere Belgische parken die zijn aangelegd aan het einde van de negentiende, begin twintigste eeuw. Overal in het land koos men voor de Engelse landschapsstijl. Geen symmetrie, geen evenwicht, de wispelturige natuur blijft de baas, in tegenstelling tot het Franse classicisme met zijn rechte lijnen en zijn perfect gesnoeide hagen. Maar die Engelse stempel is minder chaotisch dan het lijkt. Die geordende wanorde is een perfecte weerspiegeling van België.

Zoals hier in Schaarbeek heeft elk park bij ons zijn kleine bosjes, kronkelige paden, valse grotten, ondiepe vijvers, soms een mini-dierentuin met een paar eenden en geiten die er nep uitzien. Tot ze ondanks hun overgewicht, te wijten aan het te veel voederen, toch minimaal bewegen om nog eens te eten. Daarnaast zijn er ook steevast hier en daar houten banken om gezellig te keuvelen. De meisjes beslissen toch te blijven wandelen. Door te stappen lever je met elke pas het bewijs dat de aarde standhoudt. Dat alles in orde is. Ze zijn nog maar een uur samen, maar ze weten al dat ze elkaar volledig kunnen vertrouwen. Zoiets gebeurt bijna nooit. Maar het gebeurt vandaag tussen hen.

— Lore, mag ik je iets persoonlijks vragen?

— Ga je gang, Claire. Daarvoor zijn we hier toch samen? En het moet gezegd: het valt tot nu toe reuze mee.

— Dat vind ik ook. Ik weet niet of er volgens de wetenschappelijke literatuur zoiets bestaat als vriendschap op het eerste gezicht. We zullen

58 Ondertiteling: Compromis à la belge. Ja. Oui.

er samen iets over schrijven. Maar eerst de vraag die ik al zo lang wil stellen: hoe is het met Baudouin? Jij ziet hem veel vaker dan ik, denk ik.

— Ja, als hij niet in Leuven zit, is hij bij ons in Essen. Het vaakst op de kamer van mijn zus, naast de mijne.

— In Dinant ligt zijn slaapkamer ook naast de mijne. Leeg. Baudouin hebben we al zolang niet meer gezien. Ook aan ons vraagt hij nu dat we hem Boudewijn noemen. Ik begrijp hem niet meer. Je weet het misschien: mijn zus Kim is tien jaar geleden verdronken in de Maas. Mijn vader heeft dat nooit kunnen aanvaarden en is in 2019 uit het leven gestapt. Mijn broer en ik hebben het elk op onze eigen manier verwerkt. Ik ben psychologie gaan studeren in Luik, om me in de menselijke ziel te verdiepen. Om anderen te helpen. Baudouin ging naar het Noorden om geschiedenis te doen, een andere manier om beter te weten wie we zijn. Dat hij - tussen zijn humaniora en de KU Leuven - het eerste jaar rechten heeft moeten overdoen in Namen, heeft zijn woede tegen alles wat Waals is nog aangewakkerd. Dat hij toevallig in een Vlaamsgezind nest was terechtgekomen, heeft het nog veel erger gemaakt. Hij is zijn wortels en zichzelf kwijt. Pas op, ik wijs niemand met de vinger, noch hem, noch je gezin, ik ben trouwens vergeten mijn nagels te lakken. Maar ik ben zo ongerust.

— Ik zou je graag willen troosten, lieve Claire, maar ik kan het tot mijn grote spijt niet. Ik ben op de hoogte van dat grote verdriet in je familie. Bij de Gidsen zeiden ze dat ik een zonnetje in mijn broekzak droeg. Ik geef je dat mee. Leve het lieve leven! Maar inderdaad, als ik Baudouin bezig hoor, stel ik vast dat hij het zijne te hard en te oneerlijk vindt. Door abrupt met zijn verleden te willen breken, is hij nog eenzamer geworden. En een eenzame mens leeft nu eenmaal in slecht gezelschap.

Ze zijn ondertussen aangekomen bij de zogenoemde mammoetboom. Een reuzensequoia. De hoogste boom van het Josaphatpark, 25 meter tussen de aarde en de schaarse wolken op deze zonnige namiddag. Claire kijkt naar boven.

— Wat er zich tussen Bente en Baudouin afspeelt, lijkt op wat onze ouders hebben meegemaakt. Mijn pa had mijn moeder broodnodig om

nog ergens het licht te zien na de dood van Kim. De scheiding heeft de laatste gensters in zijn hoofd gedoofd. Hij is nu - hoop ik - in de hemel, ergens waar deze sequoia naar wijst. Je hebt me inderdaad niet gerustgesteld, Lore. Bedankt om de waarheid te vertellen. Kunnen we iets doen om Baudouin te helpen?

— Wijzelf niet, vrees ik. Wie het dichtstbij staat, wordt het hardst weggeduwd. Misschien zijn vrienden in Dinant?

— Zelfs met hen heeft hij gebroken sinds hij in Essen zit. Als ik je zo bezig hoor, begrijp ik dat Baudouin een soort revanche wil nemen. Op iedereen die hij vroeger liefhad. Omdat hij ons associeert met wat er misging in zijn leven.

— Daarom is het beter dat jij en je mama zelf niets ondernemen. Maar misschien kan Dinant als stad voor een doorbraak zorgen. In je geboortestad kom je alles tegen wat je ooit was. Bij een terugkeer zijn er twee tegenovergestelde reacties mogelijk. Ofwel je verleden nog meer verloochenen omdat je je er definitief niet meer thuis voelt. Tweede optie: de stad waar je het levenslicht zag, laat je dat licht weer zien. De leuke herinneringen komen weer tevoorschijn. Je bent weg uit je stad maar je stad is niet weg uit jou. Je beseft plots hoe je de plek en de mensen hebt gemist. Je komt weer bij je positieven, een mooie Vlaamse uitdrukking toch.

— Dinant als medicament. Dank je, dokter Lore.

Hoofdstuk 15 (bis)

Hoe psychologen nog altijd niet alles over het leven weten

Vrijdag 2 januari 2026, 11u48, station Hasselt

Lore en Claire spreken deze keer af tussen Luik, waar Claire studeert, en Antwerpen, de studentenstad van Lore. Ze moeten dringend overleggen over wat er met kerst gebeurd is bij de Roosens. Het wordt Hasselt en het sneeuwt. Het afgeleefde beigekleurige station uit 1964 zou beter passen in een oude Sovjetrepubliek dan in het mooie Limburg, maar heeft voor een keer een beetje cachet: sneeuw maakt beton en het leven mooier.

De twee studentes blijven binnen. Te koud en te weinig tijd om de stad in te trekken. Het enige wat ze ervan zien is het enorme logo van ACV Limburg op het gebouw tegenover de ingang van het station met daaronder die slagzin in grote letters: ‘Uw job, ons werk’.

– Gelukkig 2026, Lore, zegt Claire als ze aankomt. Over werk gesproken: ik hoop dat we straks op de terugweg geen vertraging hebben. Ik moet nog zoveel studeren. Jij ook, weet ik. Maar een vlokje sneeuw heeft evenveel effect op een Belgische trein als een muis op een olifant. Of een haan op een leeuw. Want je weet het allicht niet, Lore: in de Griekse mythologie schrikt de kraaiende haan de leeuw af. Dat geldt natuurlijk ook voor de Vlaamse Leeuw. Daarom ook werd de haan het symbool van Wallonië. Dat leerden we op het college Bellevue. Een leuke Belgische mop, toch!

— Opgelet, Claire: je gaat de communautaire toer op, naar het voorbeeld van je broer, grapt Lore. En nee: hanen jagen mij geen angst aan zoals bij de Oude Grieken, ik voel me trouwens absoluut geen leeuwin. Anders zou ik bij jou op consult komen.

Net als Lore heeft Claire volgende week al examens. Ze kwam alleen maar naar Hasselt omdat Lore haar na kerst zei dat 'het heel dringend was' en dat het 'niet via de telefoon of het internet kon, je weet maar nooit dat iemand ons in de gaten houdt.'

De psychologen in spe zijn de jongste maanden constant in contact gebleven. Via berichten. Of in levenden lijve. Het gebeurde een beetje overal in dit vlakke land, met een paar hoogtepunten, van de zetellift Cordoba in het Heuvelland tot de kabelbaan van de citadel van Dinant. *Collect moments, not things*, ons koninkrijk, dat toeristisch minder te bieden heeft dan de meeste van de 192 andere landen in de wereld, leent zich daar perfect toe. Met de Youth Tickets van de NMBS kost het trouwens quasi niets voor min-26-jarigen.[59] Lore, Claire. Claire, Lore: je zou nu bijna van twee zusjes kunnen spreken.

— Heb je onlangs nog iets van Baudouin gehoord?, vraagt Lore.

— Niets nieuws. Dat betekent geen nieuws.

— Ik moet je iets vertellen, in alle discretie.

Lore beschrijft de kerstdag in Essen. En het gestoorde plan van de rest van haar gezin.

— Baudouin is volledig mee. Bente zegt dat ze iets bedacht heeft om aan elke vervolging te ontsnappen. Maar zelfs ervaren criminelen als Michel Fourniret of Freddy Horion lopen ooit tegen de lamp, ondanks hun zwarte zonnebril. Sorry voor mijn bedenkelijke humor, het is meer uit wanhoop dan een poging om grappig te zijn, want ik ben superongerust. Veel meer dan over de resultaten van mijn examens. Ik voel me tegelijkertijd zo machteloos.

59 Nee, de auteur krijgt geen cent voor deze vermelding. Het is een feit. Punt. Je kunt je trouwens afvragen waarom hij zich zo verdedigt. Is hij bang dat ze hem ervan zouden beschuldigen te veel aan geld te denken? Als dat het geval was, dan zou hij toch geen roman geschreven hebben...

Claire en Lore vallen in elkaars armen. Delen dezelfde tranen. De mensen van wie ze het meest houden, zijn het noorden kwijt en ook alle andere windstreken. De politie verwittigen zullen ze in elk geval niet doen, het zou alle bruggen tussen Essen en Dinant opblazen en er zijn er een pak. In de hal van het Hasseltse station blijven de andere passagiers op afstand. Ze kijken weg. Ze hebben zelf zorgen genoeg. Na een moment van gedempt gesnik vindt Claire haar stem weer.

— Vorige zomer in Brussel hadden we het over Dinant als medicament om Baudouin weer bij zinnen te krijgen. Om te bereiken wat ons nog niet is gelukt, wordt het tijd om iets te doen wat we nog niet hebben geprobeerd. Mijn moeder zit samen met een ambtenaar van de stad in een gebedsgroep. Aardse connecties zijn in mijn ogen het enige nut van zo'n gezelschap. Hij heeft haar verteld dat Baudouin binnen enkele weken zijn nieuwe identiteitskaart in het stadhuis moet komen aanvragen. Mijn broer heeft ermee gedreigd, maar heeft zich nog niet in Essen laten domiciliëren. Waarschijnlijk opdat mama de kinderbijslag zou blijven innen en hem in ruil zakgeld zou geven. Ze stort hem overigens veel meer dan ze van de sociale zekerheid krijgt en aanzienlijk meer dan aan mij, hij heeft echt niet te klagen. Hij heeft een afspraak op de dienst bevolking van Dinant op maandag 2 maart om 14u00. Ik zal aan zijn jeugdvriend Arthur vragen om op dat moment toevallig in de buurt van het stadhuis te gaan flaneren. Hij zal Baudouin dan meenemen naar plaatsen waar ze samen de mooiste momenten uit hun jeugd hebben doorgebracht. De trap van 408 treden naar de citadel, de langste van Wallonië en dus van België. Het basketbalplein waar ze zo vaak speelden, enfin, hij ziet wel. Arthur geef ik eerst een basiscursus in geweldloze communicatie. Veel luisteren. En de ander geen verwijten maken, maar eerder uiting geven aan zijn eigen gevoelens. Niet zeggen: 'Je hebt een vergissing gemaakt', maar bijvoorbeeld wel: 'Ik voel me triestig of verdrietig omdat...' In het geval van Arthur: triestig omdat hij ervan uitging dat ze elkaar nog vaak zouden zien. Vriendschap wordt gevoed door herinneringen, maar eerst en vooral door ontmoetingen.

— Toppie! 2 maart, dat geeft ons de tijd om alles goed te organiseren. De examens zijn dan al lang gedaan. Ik kan die dag naar Dinant komen als je wil. Ik hoop alleen dat we niet te laat zijn met ons plan.

Bart De Wever wordt al op 19 februari 2026 in Leuven ontvoerd.

Hoofdstuk 16

Hoe een voetbalwedstrijd in Charleroi Antwerpen op stelten zet[60]

Zondag 1 maart 2026, 19u15, Stade du Pays de Charleroi

Het stadion zit nokvol. In het Stade du Pays de Charleroi betekent dat vijftienduizend toeschouwers. Sportief gezien heeft de wedstrijd weinig belang. Het gaat om de terugwedstrijd van de halve finale van de Beker van België, en het staat vast dat Antwerp het zal halen na zijn 5-1-zege in de heenmatch. Maar voetbalsupporters zijn meer in politiek geïnteresseerd dan je soms denkt. Dat twee Vlaams-nationalistische partijen het land nu liefst binnen de kortste keren zouden willen scheiden, zorgt voor een algemene mobilisatie. Zeker in Charleroi, de echte Waalse Vurige Stede, hoewel een andere die bijnaam draagt.[61] Zeker tegen Antwerpen, de bakermat van het flamingantisme. Voetbal is de moderne manier geworden om oorlog te voeren tussen twee steden of

60 Dit hoofdstuk is een knipoog naar de Vlaamse journalist Dirk Draulans. Hij bedacht in een van zijn talrijke en altijd geslaagde boeken dat zo'n voetbalwedstrijd een rol kon spelen in het uiteenrafelen van België. In Joegoslavië betekende een match die in 1990 ontaardde tussen Dinamo Zagreb en Rode Ster Belgrado werkelijk het begin van het einde voor het land.

61 Officieel is Luik de 'Vurige Stede'. De benaming is afkomstig van de vonken die uit de schoorstenen van de hoogovens spatten en de Luikse hemel 's nachts vuurrood kleurden. Het onstuimige karakter van de Luikenaars wordt door die naam extra in de verf gezet. Die twee kenmerken gelden evenzeer voor de Carolo's.

twee landen. Op een georganiseerde manier. Een broodnodige uitlaatklep om de agressiviteit in de samenleving te kanaliseren. Vreedzaam, meestal. Vanavond niet.

In tribune 4 zijn de ultra's van de thuisploeg uitzinniger dan ooit. Voortdurend zingen ze: '*Qui ne saute pas est un Flamand*', 'Al wie da nie springt, is ne Vlaming'. Een unicum in de eerste voetbalklasse: Sporting Charleroi – een van de slechts drie Waalse clubs in de hoogste afdeling[62] – is de enige Belgische topclub zonder de minste Vlaamse supporter. Op de ouders van die ene Vlaamse speler na die elk seizoen in de ploeg zit om toch maar interviews aan de media van het Noorden te kunnen geven. De hoofdsponsor is een Europees bedrijf dat ondanks alles zijn merk nog gepromoot wil zien in beide landsdelen.

Aan de overkant van het veld, in het bezoekersvakje, zijn de supporters van Antwerp ondanks hun veel kleiner aantal bijna even luidruchtig. 'Walen buiten' heffen ze aan. Of het even beruchte en des te geraffineerdere: '*Et les Wallons, c'est du caca.*'[63] Ze hebben een grote tifo mee: '*Bart, we love you.*' Hun burgemeester, de populairste politicus van de eeuw, is door Waalse criminelen eventjes ontvoerd en tot een voortijdig pensioen gedwongen. Ze willen RAFC vanavond absoluut nog eens zien winnen om het zuiden van het land te laten zien wie hoe dan ook de baas blijft in dit koninkrijk: Antwerpen en zijn parking, namelijk heel Vlaanderen.

Het is 18u00. De avond valt. De lichten in de hoge flatgebouwen achter het stadion floepen aan. De temperatuur is zacht, een lentedag voor het lente is. 'Ideaal voetbalweer,' zegt Peter Vandenbempt op Radio 1. En toch voelt elke waarnemer rond het veld hoe ontvlambaar de situatie is. De brand blijft niet lang uit. Al in de vijfde minuut weigert de – toeval of niet – Waalse scheids een flagrante strafschop te fluiten ten voordele van de Antwerpenaren. De beste schutter van de Great Old

62 Met Standard Luik en Eupen, dat administratief gezien in Wallonië ligt. Deze regels worden geschreven in het voorjaar 2024. Het is zeer de vraag of die drie clubs nog altijd in de Jupiler Pro League zullen zitten in 2026.

63 Ondertiteling: nee, toch maar niet.

is nochtans duidelijk in de rechthoek neergehaald. In de laatste minuut voor de rust wordt diezelfde speler op een brancard naar de kleedkamer gedragen na een veel te zware tackle. En gelet op de ernst van zijn kwetsuur meteen naar het ziekenhuis Notre-Dame, dat zich gelukkig maar op driehonderd meter van het stadion bevindt. De arbiter geeft enkel maar een berisping aan de schuldige, niet eens een gele kaart. De VAR in Tubeke heeft laten begaan. 'On-be-grij-pe-lijk,' sakkert Peter Vandenbempt op Radio 1.

Als ze op hun gsm tijdens de pauze het bericht over de ernst van de blessure ontvangen, lopen tweehonderd Antwerpse fans simultaan rood aan. Hun kleur. Ze beklimmen de hekken, lopen het veld op. Ten aanval. O ja. De jonge Zebrettes Dancers, de lokale cheerleaders, onderbreken meteen hun ingestudeerde *tribal dance* op de tonen van Beyoncé, spurten sneller dan Nafissatou Thiam naar de vestiaires en kunnen net op tijd ontsnappen. De Antwerpenaren aarzelen even en snellen dan als één man richting de volle tribune 4. Het wordt een strijd van één tegen tien. Zelfs Vlamingen moeten met zo'n minderheid het onderspit delven. De politie wordt in snelheid gepakt, zoals in de somberste dagen van de Dutroux-zaak toen ze ondanks alle rode knipperlichten niet ingreep. Na enkele minuten bloedstollende taferelen die geen enkele gevoelige ziel - in feite niemand - ooit wil zien, blijkt dat er vier lichamen op het gras liggen. Roerloos. Ze dragen allemaal een wit-rode sjaal. Eén van de vier is er zelfs mee gewurgd.

Als trouwe Antwerpsupporter staat Marnix Roosens in het stadion. 'Ik ga naar het voetbal om mijn veel te volle hoofd wat leeg te maken,' vertelt hij graag. Hij zit veilig op de laatste rij in de *Tribune visiteurs,* de bezoekerstribune. Op dit eigenste moment kijkt hij zoals iedereen compleet, maar echt totaal verbouwereerd naar wat er zich zonet heeft afgespeeld, voor de ogen van een vol stadion en van de camera's, dit wil zeggen van heel België.

— 'Die Waalse hoerenzonen hebben er vier van ons vermoord!', hoort hij rondgaan. Gefluisterd uit ongeloof, steeds harder, steeds nijdiger, dan woedend.

Marnix verstopt zijn sjaal onder zijn trui en verlaat zo snel hij kan het stadion. Voordat de harde kern van Charleroi in de tegenaanval gaat, want ook een paar Carolo's zijn er erg aan toe. Hij loopt niet naar zijn supportersbus. Daar worden zijn maten en hij misschien opgewacht door Zebrafans.

— Voor de gezondheid is er niets slechter dan doodgaan, prevelt hij.

Hij vertrekt te voet naar het station. Zo ver is het niet. 25 minuten stappen volgens Google Maps. Voor één keer is hij blij dat er een directe spoorlijn bestaat tussen Charleroi en Antwerpen. Vanavond zal hij niet voor de duizendste keer herhalen dat de NMBS dringend moet worden gesplitst.

Onderweg naar Charleroi-Centraal ziet hij bijna niemand, op ontelbare loeiende ambulances en politiecombi's na die voorbijrazen in de andere richting. Hij probeert met diepe ademteugen te bekomen van de schrik. Hij heeft nog steeds de daver op zijn lijf, wat hem niet belet om in de lange afdaling pijlsnel te gaan, overlevingsinstinct heet zoiets. Hij loopt niet. Het zou de aandacht te veel op hem vestigen. En toch. Hij voelt, ondanks de slachtpartij die zich zonet voor zijn ogen voltrok, zijn mondhoeken trekken, richting een lichte glimlach. In België hadden de communautaire geschillen tot nu toe geen milliliter bloed doen vloeien. Dat is nu finaal veranderd. Erg jammer voor de vier doden, natuurlijk. Ze hebben hun plaats in de volgende *Canon van Vlaanderen* verdiend. Maar de vonk die Gella en hij met Bente en Boudewijn aanstaken en waar Vlaams-nationalisten even lang op hebben gewacht als de Joden op hun messias en Charleroi op een kampioenstitel in D1A, slaat nu eindelijk over.

Het station is in zicht, aan de overkant van de Samber. De brug over. Op spoor 2 staat de trein vertrekkensklaar. In zijn hoofd verdedigt Marnix zich al tegenover de criticasters: Vlaanderen is tot zijn spijt geen homogeen blok van mensen die van de ochtend tot de avond onophoudelijk 'België barst' roepen, in tegenstelling tot wat veel Walen denken. 'Mogen we daar ook content over zijn ondanks het drama, meneer Roosens?' 'Ik zou het geloven, ja.' Vlaanderen was al een natie. Het wordt een land.

Hoofdstuk 17

Hoe Boudewijn breekt

Maandag 2 maart 2026, 10u30, Namen

Op het kantoor van de federale gerechtelijke politie in de Naamse Rue de l'Arsenal, tussen Samber en kathedraal, kijkt iedereen somber. Het land is sinds gisterenavond quasi KO. En de politie is alweer kop van jut, op straat en in de media: 'Waarom zo weinig manschappen in het stadion van Charleroi terwijl iedereen vermoedde dat het ging ontaarden?' De straat en de media weten het altijd beter. Vooral de dag erna.

Het lange en lage commissariaat uit 1859 neemt de helft van de straat in. En daar, tussen al die droevige gezichten, gebeurt er iets uitzonderlijks. De kale gangen geven de stem van René Bouchat nog meer volume dan de oude alarmsirene op het dak. Sinds het ontstaan van BE-Alert, dat ons in geval van nood meteen via onze gsm verwittigt, is ze overigens in onbruik geraakt. Kortom: Bouchat brult.

— *Eureka!* (hij laat vaak met trots uitschijnen dat hij in het secundair onderwijs Grieks-Latijnse deed, alhoewel dit het enige Oudgriekse woord is dat hij uit die periode heeft onthouden). *Eureka*, ik heb de opdrachtgevers gevonden! De studentenclub *La Dinantaise* die Bart De Wever in Leuven heeft uitgenodigd, is fake. De website met de aankondiging van de lezing is pas in januari van dit jaar aangemaakt. De Wever is op dat moment gecontacteerd. Hij had toevallig een gaatje in zijn agenda op 19 februari. En hij antwoordt zo vaak mogelijk positief op vragen van studenten. Op zich sympathiek, maar het bewijs dat zelfs Vlaams-nationalisten het slachtoffer kunnen worden van hun eigen generositeit. We moeten de zogenaamde preses van *La Dinantaise*, Baudouin Coignoul, dringend aan de tand voelen. En zijn ex, Bente

Roosens. Onze Leuvense collega's hebben het kort na de ontvoering al eens gedaan. Maar wat we zelf doen, doen we veel beter.

La Dinantaise is sinds de laatste Waalse studenten Vlaams-Brabant hebben verlaten inderdaad niet meer actief in Leuven. En dat was niet gisteren. De splitsing van de Leuvense universiteit in twee vleugels werd in 1968 beslist. Het massale vertrek begon in 1972. De Faculteit Letteren en Wijsbegeerte vervoegde Louvain-la-Neuve als laatste in de zomer van 1979.

Zijn baas, die René hoort bulderen, komt uit zijn bureau en onderbreekt hem.

— Gaat u voor één keer niet overhaast te werk, René? Iedereen kan zonder enige formaliteit een feitelijke vereniging oprichten om een causerie te organiseren, zelfs met de topman van de N-VA. Statuten in het Staatsblad of een erkenning door de universiteit zijn absoluut niet nodig. En als ik me niet vergis is die Coignoul wel van Dinant. De naam *La Dinantaise* is niet eens misleidend. Is uw 'Eureka' niet wat voorbarig?

— Gelijk hebt u, grote baas, anders zou u noch groot noch baas zijn. Het is niet alles. Ik heb vooral een foto van Coignoul voorgelegd aan onze drie verdachten in de gevangenis, Thomas, Pierre-Loup en Baptiste. Dat konden ze in Leuven nog niet doen, ik had hen toen nog niet gevat. Ze hebben hem in het echt alleen maar met een bivakmuts op gezien. Maar zijn lengte, zijn lichaamsbouw, zijn hele allure kloppen perfect, bevestigen ze. Voor die van het meisje is het minder duidelijk, ze hebben haar ook minder gezien, maar ze sluiten niets uit. Plus: de heer De Wever heeft zich net herinnerd dat de bendeleider heeft gereageerd toen hij iets in het Nederlands zei. Hij leek hem perfect te verstaan. Het wijst alweer richting Coignoul, die tweetalig is. Hij laat zich zelfs Boudewijn noemen, naar verluidt. Onder ons gezegd: iemand die zoiets doet, moet toch een zwaar mentaal probleem hebben. Ik zie geen enkele reden voor een Waal om Vlaming te willen worden. Stel je voor: als ze in het Noorden een zebrapad willen oversteken en het licht op rood staat, wachten ze tot het groen wordt, zelfs als het minutenlang duurt en er in de verste verten geen wagen te bekennen valt. Ik heb het met mijn eigen ogen gezien toen ik door mijn nichtje gedwongen werd om met

haar naar de dierentuin van Antwerpen te gaan. Je zou voor minder een gedragsstoornis ontwikkelen, en het is een politieman die spreekt. Zelf blijf ik meer dan ooit Waal en daar ben ik fier op. Onze valleien, onze bossen, onze zuivere lucht, ons water, ons roze marmer uit Philippeville die men tot in Versailles vindt, onze lieve mensen, dat pakken ze ons nooit af en heeft meer waarde dan hun goud. Derde punt, grote baas: het koppel opdrachtgevers sprak altijd Engels met zijn medeplichtigen. Dit betekent dat Thomas, Pierre-Loup en Baptiste de Engelse stem van hun twee chefs hebben gehoord, hoewel ze altijd fluisterden om moeilijker te worden herkend. Bij de eerste confrontatie zal ik hen verplichten om samen in de taal van Rishi Sunak al mompelend te discussiëren. Het kan niet anders dan dat dit een formele identificatie van Baudouin en misschien van Bente oplevert. De onderzoeksrechter deelt mijn overtuiging. Ik krijg straks een aanhoudingsmandaat.

— Proficiat, René. Je blijft de beste, glundert de grote baas, die zich ineens nog groter voelt. De keuze om René dit onderzoek te laten leiden was alweer een geniale zet van hem.

Even stoppen nu. René Bouchat vertelt niet alles. Het is hem gegund, hij wil van zijn laatste grote zaak een afscheid in schoonheid maken, daar droomt iedereen van. Toen hij gisterenochtend thuis zijn persoonlijke mailbox opende, viel zijn oog onmiddellijk op de aanhef van een bericht: 'Dringend: de ontvoerder van Bart De Wever ontmaskerd.' In de bijlage stonden er scherpe beelden van de sleutelmomenten van de hele zaak: de ontvoering zelf in Leuven, de dag erna in de ondergrondse gang van de citadel, de vrijlating voor het Waals parlement, de terugkeer naar Leuven. Alsof een onzichtbaar oog de jongeman overal was gevolgd. Een oog en ook een oor! Het antwoord van Baudouin in het Nederlands aan De Wever dat nergens in het dossier staat, is perfect te horen, de Antwerpenaar had het zich door de schok niet herinnerd, ook hij heeft zijn zwakke momenten. Besluit: in 2026 zijn we nergens meer alleen. Maar als bij wonder lijkt de aanwezigheid van Bente uit alle scènes te zijn weggegomd.

René heeft genoeg ervaring om te weten dat hij de e-mail voor zich moet houden. Gelet op de kwaliteit van het materiaal komt het

overduidelijk van een buitenlandse geheime dienst. Welke blijft voorlopig een raadsel, de wereld is zo groot en niet echt geplaveid met goede bedoelingen. Maar als hij de beelden in het gerechtelijke dossier opneemt, zal het meteen als onrechtmatig verkregen bewijsmateriaal worden beschouwd. Een wijzere houding is te doen alsof zijn eigen intuïtie voor een doorbraak heeft gezorgd. Dat het waar is, is niet belangrijk, wel dat het waar lijkt. Een jongensachtig enthousiasme waarvan hij al minstens 25 jaar niet meer heeft getuigd, doet de rest:

— Ik heb contact opgenomen met onze collega's in Dinant, bazuint hij verder rond. We boffen! Coignoul moet net vanmiddag zijn nieuwe identiteitskaart op het stadhuis aanvragen. Wat Bente Roosens betreft, zal ik de federale politie in Antwerpen verwittigen. Ik hoop dat die nog met ons wil samenwerken na wat er gisterenavond in Charleroi is gebeurd.

2 maart 2026, 14u00, Dinant

Boudewijn had dit helemaal niet verwacht. De lange reis naar Dinant laat hem niet onberoerd. Als zijn trein vanaf Namen langs de Maas rijdt, stromen de herinneringen binnen die hij even lang en diep begraven dacht als Kim en zijn pa.

Toen hij twaalf was, had hij tijdens een wandeling met het hele gezin geroepen:

— De rotsen, het water, de bossen, de mensen, alles is hier zo mooi. Ik heb tot nu toe nooit beseft hoe prachtig onze vallei is.

— Daaraan zie ik dat je volwassen wordt, had zijn vader geantwoord. Ouder worden is leren bewonderen. Wie lang leeft, ziet zoveel schoonheid.

De steeds zo positieve kijk van zijn vader. Toen nog, in ieder geval. Die maakte hem misschien wel onaangepast aan deze planeet. 'In de hemel is hij beter op zijn plaats,' probeert de jongeman zichzelf te overtuigen. Het werkt niet altijd.

De trein schraapt over de stalen brug tussen Houx en Anhée, op vijf minuten van de eindbestemming. 'Het ruikt naar thuis,' dacht hij telkens als hij vroeger hier was. De geur en kleur van de Maas. Het middeleeuwse kasteel van Poilvache boven op de rotsen, waar de Vier Heemskinderen zich verschansten om aan de woede van Karel de Grote te ontsnappen, het mooiste verhaal uit zijn kindertijd.

De Boudewijn die hij is geworden spartelt tegen:

— Nee, thuis is nu Essen. Ik kom hier alleen terug om administratieve redenen. Ik doe er best aan me zo snel mogelijk bij Bente te laten domiciliëren. Nog meer na gisteravond, na de slachtpartij in de hoofdstad van het Zwarte Land dat zijn naam nooit zo terecht heeft gedragen. De kinderbijslag van mijn moeder ten spijt. In Vlaanderen zijn er veel meer mogelijkheden dan hier om aan een studentenjob te geraken. Ik zal dan helemaal van niemand meer afhankelijk zijn.

Maar de Maas is sterker dan wie ook. Er is zon. Geen wind. De wereld - of is het de wereld van weleer? - weerspiegelt in drie dimensies in het rimpelloze water. Hij is weer Baudouin. Hij ziet er flarden in, flitsen van mensen en gebeurtenissen die er niet meer zijn of zijn

vervlogen en die hem zo gelukkig maakten. Tot de trein stopt. In het grauwe, uit intussen vuile betonplaten opgetrokken en nochtans recente *Gare de Dinant*. Toch *crazy* dat België bijna al zijn mooiste treinstations tussen 1950 en 1980 heeft afgebroken, dat van Dinant inbegrepen. Boudewijn is terstond terug van eventjes weggeweest. Daar kan hij de rollende golven van zijn gevoelens eindelijk stilleggen.

Vooral aan niets meer denken.

Vooral snel naar het stadhuis en dan weg.

Zijn moeder en Claire wil hij hoegenaamd niet zien. Om elke ontmoeting op straat te vermijden, neemt hij de bus, hoewel het maar zeshonderd meter ver is.

— Ik heb alweer aan alles gedacht, valt hem te binnen.

Zelfgenoegzaamheid is in alles het begin van het einde, maar dat ontgaat hem nu even. De plichtplegingen aan het loket duren maar twee minuten. Hij hoeft niet eens aan te schuiven. Als hij buitenkomt, ziet hij zijn oude vriend Arthur plots op hem afkomen. Te laat om te vluchten.

— Dag, Baudouin. Wat een toeval! Wat ben ik blij je te zien, het is al zo lang geleden. Ik weet dat je studie daar in Vlaanderen veel van jou vergt. Proficiat overigens. Het moet niet simpel zijn in een vreemde taal.

— Dag Arthur. Ik heb niet veel tijd...

— Nu je in Dinant bent, zullen we nog eens te voet naar de top van de citadel wandelen zoals in de goede oude tijd? Mijn vader werkt nog altijd voor de uitbater van de site. Mijn twee gratis passen heb ik nog altijd, zoals vroeger. Ik neem je mee. Het zal je deugd doen, die goede Dinantse lucht boven op de heuvel. En het uitzicht natuurlijk.

— Ik moet op tijd zijn voor mijn trein...

— Tsst. Tijd moet je nemen voor hij je wegneemt. Ik moet straks met de wagen naar Brussel. Je kan meerijden. Ik zet je af aan eender welk station. Dat zal sneller gaan dan het hele traject met de trein...

— Dat doen we. Maar binnen een uur moet ik absoluut weg zijn. Lukt dat?

— Voor jou zou ik in 1466 op eigen kracht de citadel op Karel De Stoute hebben heroverd. Natuurlijk lukt dat!

Ze beginnen aan de 408 treden. De citadel heeft zoveel invasies gestopt. Ze doet dat nu met de malaise van Baudouin, die hier nooit een andere voornaam zal kunnen dragen. Hij komt tot rust. De rust van vroeger, die van de morgen zonder zorgen. Arthur zegt:

— Weet je nog dat je hier ooit plechtig verklaarde dat we op de mooiste plek van het universum woonden, dat we *chançards* waren. Vind je dat nog altijd?

— Ik weet het niet meer, Arthur. Vandaag misschien opnieuw een beetje.

— Heb je er spijt van dat je nooit meer naar Dinant komt?

— Ik kan zelf niet meer zo goed achterhalen wat ik echt denk. Ik voel me zo moe vandaag. Ik heb de laatste dagen gigantisch veel meegemaakt. Ik zal het je misschien ooit vertellen. Nu niet. Ik wil je er niet bij betrekken.

Arthur heeft van Claire gehoord dat Baudouin inderdaad onlangs iets ergs heeft gedaan. Zij gaf geen verdere uitleg. Ze voegde eraan toe dat ze er onmetelijk veel spijt van had dat ze niet op tijd was tussengekomen. Baudouin moest ondanks alles een nieuwe kans krijgen.

Op een paar meter van hen zien ze de kabelbaan op en neer gaan, vol vrolijke toeristen. Echte Dinantezen nemen de trap. Hun trap.

— Ik ben zo blij dat we hier samen zijn, Baudouin. Ik ben blijven basketten. Jij ook?

— Ja. Er is een team in Essen. Ik train zo veel mogelijk mee. Het kan vaak niet, tijdens de week blijf ik dikwijls in Leuven. Als er wedstrijden zijn, zit ik meestal op de bank. Zelfs in onze sport zijn de Vlamingen superieur.

— Wacht, we zijn toch niet zo slecht! Dit seizoen hebben we met onze Royal Basket Club Herbuchenne Dinant twee Vlaamse clubs verslagen in de beker van België: Basket Tongeren en BBC Schelle. Om dan pas tegen het grote Spirou Charleroi te sneuvelen. Het Noorden wint niet altijd, zie je. Ik kan het je verzekeren, ik die al drie jaar thuisverpleger ben in Dinant, met bijna evenveel patiënten van hier als Vlaamse inwijkelingen: hun bloed bevat niets wat wij niet hebben. Ik heb nochtans de bizarre indruk dat sommigen dat geloven.

— Soms besef ik dat ik Vlaanderen overschat, sorry, Arthur.

— We spreken vaak over jou in de ploeg. We missen jou. Ik het meest van allemaal.

— Misschien kom ik voor het einde van het seizoen naar jullie kijken...

Ze komen aan op de laatste trede. Ze staan op het punt zich om te draaien naar de Maas en de stad honderd meter lager. Arthur ziet dan een twintigtal mensen, sommigen in politie-uniform, anderen in burger op hen afstormen. Ze lijken van overal te komen.

— Rustig aan, jongens. Handen omhoog. Blijf staan waar je staat en dan zal er niets gebeuren.

Op sommige momenten in een mensenleven is er maar één optie: gehoorzamen. Wie dat vergeet, is er vaak niet meer om het achteraf na te vertellen. Baudouin en zijn vriend worden meteen in de boeien geslagen. De vrolijke toeristen in de cabines van de kabelbaan veranderen prompt in een ketting van paparazzi. Ze zien dat er iets belangrijks gebeurt. Als de grote media interesse tonen, zullen de foto's misschien wat geld opleveren. Anders is het altijd leuk voor op de eigen TikTok of Instagram. 'Ik was daar bij de aanhouding van...' Van wie eigenlijk?

De chef van de politieploeg, althans daar lijkt hij op - een oude man met overgewicht, niet bepaald het beeld dat men heeft van een eliteflik - komt al hinkend tevoorschijn.

— Baudouin Coignoul, ik houd u aan voor de ontvoering van Bart De Wever. En wie bent u, meneer?

— Arthur Rabou, een vriend van Baudouin. Maar ik heb niets met deze zaak te maken. Politiek interesseert me niet. De faits divers nog minder. En ik kan me niet indenken dat Baudouin iets heeft misdaan.

— Komt u maar mee.

Hoofdstuk 18

Hoe België niet meer België is

Dinsdag 3 maart 2026, 14u00, Brussel

Soms kunnen de zaken heel simpel verlopen in een heel ingewikkeld land. Amper twee dagen na de dodelijke rellen in het stadion van Charleroi kondigen talrijke nationalistische verenigingen in Vlaanderen een grote mars op Brussel aan om de onmiddellijke splitsing van het land te eisen. Vlaams Belang en N-VA sluiten zich aan. De CD&V aarzelt, sommige Belgische constanten blijven, zelfs nu de dagen van het koninkrijk geteld lijken. Wat de betoging van de eeuw moet worden, zal volgende zondag, op 8 maart, plaatsvinden. Dat de actie op dezelfde dag valt als de Internationale Vrouwendag, doet sommigen beweren dat het in beide gevallen om de bevrijding van een eeuwenoud juk gaat.

Op de sociale media regent het positieve antwoorden op de oproepen tot deelname. Vijfhonderdduizend Vlamingen worden alvast verwacht. Als reactie wordt er een Waalse tegenmars op poten gezet. In het zuiden van het land gaat het initiatief uit van een Facebookgroep die een paar burgers snel snel lanceren, bij gebrek aan een Waalse of Brusselse beweging: de laatste levende gewezen leden van het sinds Metusalem opgedoekte *Rassemblement wallon* – in 1985 om precies te zijn – en van het in het slappe *DéFI* omgevormde Brusselse *Front des Francophones* komen stilaan in aanmerking als oudste Belgen. Gigantisch succes naar Franstalige normen: vijftigduizend 'ik doe mee's' in een paar uur.

Zo'n revolutionaire toestand heeft het land sinds zijn ontstaan in 1830 niet meer gekend. Op de Koningskwestie na. Het ontslag van koning Leopold III op 31 juli 1950 had een Waalse *Marche sur Bruxelles* in extremis kunnen tegenhouden. Het staatshoofd was tien dagen voordien naar ons land teruggekeerd na een ballingschap van zeven jaar in Duitsland, Oostenrijk en Zwitserland. Hij mocht zijn functie weer opnemen na een referendum begin 1950, gewonnen dankzij de Vlaamse stemmen. Er waren meteen vier doden gevallen tijdens een manifestatie tegen hem in Grâce-Berleur[64] bij Luik. Het idee van een Waalse mars vloeide daaruit voort. Als ze had plaatsgevonden, dreigde een nog grotere slachtpartij in de hoofdstad. Daarom heeft Leopold in allerijl en dik tegen zijn zin troonsafstand moeten doen. Zijn zoon Boudewijn, die nog niet meerderjarig was, volgde hem eerst op als koninklijke prins. Een jaar later, in 1951, werd hij koning.

Op deze dinsdag 3 maart 2026 om 14u00 komt het Overlegcomité samen in het Brusselse Egmontpaleis, naast de Zavel. De federale premier en de minister-presidenten van alle deelstaten komen samen. Ondanks de klimaatopwarming en het aanhoudende lenteweer vóór de lente is de sfeer kouder dan rond de Prinses Elisabeth-basis op Antarctica.

— Als we niets doen, is het dit weekend burgeroorlog in België, oppert de eerste minister. De Staatsveiligheid maakt al gewag van honderden potentiële slachtoffers.

De schouders van de meeste aanwezigen zakken een tiental centimeter. Dat zal in werkelijkheid hoogstwaarschijnlijk minder zijn, maar die indruk geeft het wel. Ze zijn er zich allemaal van bewust dat ze een historisch moment beleven, en wel als hoofdrolspelers - daarvoor doet een mens trouwens aan politiek. Nu puntje bij paaltje komt, blijkt het zwaarder te wegen dan gedacht. Bij hun aankomst aan het Egmontpaleis moesten ze zich een weg banen door een kluwen van internationale pers

64 Grâce-Berleur is nu een deelgemeente van Grâce-Hollogne. De manifestatie vond plaats op 30 juli 1950. De koning was op 22 juli naar België teruggekeerd.

om binnen te geraken. Honderden hongerige journalisten en wel vijftig cameraploegen staan hen daarbuiten nog steeds op te wachten. Brussel herbergt het grootste aantal buitenlandse correspondenten op aarde na Washington. Maar vooral: het land dat de hoofdstad van Europa en van de NAVO herbergt, staat op springen, dat is wereldnieuws. Achter de coulissen staan Parijs, Den Haag, Berlijn en Luxemburg-stad al klaar om een van die twee rollen over te nemen. De Hongaarse premier Viktor Orbán schuift Boedapest naar voren. Hij maakt maar weinig kans.

De Vlaamse minister-president schraapt zijn keel. Hij ziet er minder terneergeslagen uit dan de rest van het gezelschap.

— Ik denk dat er maar één oplossing is. Beste Franstalige landgenoten, laten we scheiden voordat de toestand totaal ontaardt. Anders verkeren alle burgers van dit land in levensgevaar. Wijzelf en onze families in de eerste plaats.

Niemand protesteert. Allemaal krijgen ze de laatste uren dreigboodschappen van de overkant. Iemand die vreest voor het leven van zijn naasten is tot veel compromissen in staat. Een Franstalige probeert het toch nog eens:

— Als we het land opdoeken, riskeren we dan ook niet een oorlog tussen de Belgen te ontketenen? Veel mensen bij ons zullen dat nooit pikken.

De nummer één van Wallonië spreekt hem prompt tegen:

— Ondanks mijn jonge leeftijd herinner ik me heel goed wat er gebeurde toen de RTBF in 2005 het einde van België aankondigde in het nepprogramma *Bye Bye Belgium*. Veel mensen dachten dat het echt aan het gebeuren was. Toen haar bus aan de grens tussen Brussel en Vlaanderen aankwam en ze op een voertuig van De Lijn moest overstappen, vroeg één vrouw: 'Blijft mijn abonnement op de Brusselse vervoersmaatschappij MIVB geldig?' Dat was het enige wat haar bezighield. Dat is me altijd bijgebleven. Ik zie daarom niet zo snel iemand de wapens opnemen om ons vaderland te beschermen. Ja, dus: *Séparons-nous*, laten we scheiden. Op een ordentelijke en consensuele manier. Laten we hiervan het laatste voorbeeld van een Belgisch compromis maken. Dat is de enige uitweg. Onze juristen vinden zeker wel iets uit

om dit met onze grondwet te laten rijmen. Ook daarin zijn we altijd creatief geweest. En laten we onze beslissing vanavond al aan de bevolking meedelen zodat er geen bloed meer vloeit. Sterven voor of tegen een vlag is niet meer van deze tijd. Een Belg is iemand die denkt dat het kermis is zodra er ergens een vaandel wappert. Zo moet het de komende maanden en jaren blijven.

En ook nu is er niemand die protesteert.

3 maart 2026, 19u00, Brussel

Ze zitten zij aan zij in de ondergrondse perszaal van de Wetstraat 16, de plaats waar de federale regeringsleider sinds 1944 zijn kantoren heeft. Voor de oorlog was dat in de Wetstraat 18. Maar dat gebouw was ondertussen te klein geworden. In nummer 16 is er nu ook te weinig plaats. Daarom bevindt de perszaal, 'de bunker' genoemd, zich sinds 1992 in de kelder. Lager is er niet. Dat zegt iets over hoe de politiek naar journalisten kijkt.

Op 3 maart 2026 om 19u00 denkt niemand aan dat soort trivia. Alle overheden van het land zitten samen in die bunker om dat eigenste land dood te verklaren om nog meer doden te vermijden. De meeste nieuwszenders op aarde zenden de persconferentie live uit. Alle Vlaamse en Waalse tv-journaals uiteraard ook. België heeft Catalonië en Schotland in snelheid gepakt in hun wil om te scheiden. Iedereen die een beetje voeling heeft met de actualiteit wil zien hoe het *in concreto* verloopt, zo'n westerse natie die uiteenspat, de eerste sinds 1945.

Het is in feite vrij simpel. De premier neemt het woord. Op het scherm achter hem verschijnen alle voorzitters van de partijen die in het parlement zitten in beeld, op de unitaristische communisten van PTB-PVDA na. Maar van hen is sinds de miljoenen slachtoffers van Jozef Stalin en Mao Zedong geweten dat ze het best worden gemeden, anders kan het aantal overlijdensberichten nog oplopen. Dat van België volstaat.

Het tafereel dat zich voor de ogen van de wereld afspeelt, wordt vreemd genoeg een onuitgegeven uiting van nationale eenheid, om daarna elk zijn eigen weg te gaan. Er zijn geen bombastische formules nodig, de bom *an sich* is krachtig genoeg:

— Dames en heren, er zijn al te veel mensenlevens verloren gegaan. Wij, de behoeders van de Belgische democratie, moeten in eerste instantie over de fysieke integriteit van elke burger waken. We zijn derhalve overeengekomen afscheid te nemen van ons koninkrijk. Maar voor het welzijn van ons allemaal mogen we nu niet beginnen te improviseren. Het internationale statuut van de nieuwe entiteiten moet nog worden geregeld. Het zal niet van de ene dag op de andere gebeuren. Vier nieuwe landen zullen dus uiterlijk op 21 juli 2030 ontstaan, de dag dat ons

koninkrijk zijn tweehonderdste verjaardag moest vieren: Vlaanderen, Wallonië, Brussel en *Ostbelgien*. Het jubileum wordt een afscheid. Als die nieuwe staten willen blijven samenwerken, kan dat uiteraard. Ik doe in elk geval een plechtige oproep aan wie nu zondag door Brussel wilde marcheren: blijf alstublieft thuis! U bent gehoord. Het staat vast: België houdt binnenkort op te bestaan.

De toespraak van de premier breekt een laatste Belgische record: acht miljoen kijkers in heel het land. Wie niet keek, was ofwel te jong/te oud/te ziek/te zat. De twee rivaliserende marsen op de hoofdstad worden terstond geschrapt.

3 maart 2026, 23u30, Antwerpen en Namen

Hier en daar ontstaan er spontane feesten. Het moet gezegd: vooral in Vlaanderen, met als hoogtepunt een in een paar uur georganiseerde speciale editie van Tomorrowland - een symbolischere naam kon niet - op de Grote Markt in Antwerpen. Op het programma uitsluitend Vlaamse top-dj's. Met Dimitri Vegas & Like Mike, Lost Frequencies, Yves V, MATTN - de artiestennaam van Anouk Matton - Charlotte De Witte, Wolfpack en Regi blijken er genoeg te bestaan om twee dagen en vooral nachten aan een stuk te dansen. De enige Franstalige die samen met hen in de wereldwijde dj's Top 100 zit, Henry PFR, krijgt toch een plaats op het podium, Tomorrowland behoudt zo toch iets van zijn internationale karakter.

Op 110 kilometer van Antwerpen brengt Baudouin Coignoul zijn tweede avond door in de gevangenis van Namen. Het tv-toestel is het enige teken van steeds relatievere moderniteit in zijn cel. Daarnaast staat er een emmer om zijn behoeftes te doen. Om hem er constant aan te herinneren waar hij zit. In de cel, zonder wc. En vanaf 19u00 mag niemand nog naar het toilet op de gang.

Baudouin kijkt naar het journaal Laat. Hij ziet beelden van de volksfeesten van vorige nacht. Een vlag op de grond. Een man die zegt:

— Ik zal er de vloer mee kuisen, dit land was nooit anders dan een vod, een dweil. Als je het uitwrong, kwam er vuil water uit.

Hij kan het niet meer aan. Zet de tv uit. Zijn celgenoot slaapt al lang. Hij heeft twee flessen goedkope wodka op. Die zijn waarschijnlijk door een drone geleverd. Maar blijkbaar kijken de overige gevangenen voor één keer allemaal naar het nieuws. De klank sijpelt van overal binnen alsof het hele gebouw Baudouin Coignoul voorgoed wil confronteren met wat hij heeft gedaan.

Hoofdstuk 19

Hoe Essen van Dinant wint

3 maart 2026, 14u00, politiekantoor van Essen

Bente Roosens en haar ouders melden zich om 14u00 stipt aan bij het lokaal onthaalpunt van de politiezone Grens in Essen. Een gebouw in rode baksteen, zoals zo vaak in de omgeving, naast een sporthal met een grote parking. In een kleine gemeente moet er bijna nooit naar een parkeerplaats worden gezocht. Ze zijn over het algemeen gratis. Dat compenseert (een beetje) de hogere uitgaven wegens de langere afstanden.

De Roosens zijn pas gisterenavond laat ontboden. Ze hebben geen enkele twijfel over de reden voor de oproeping. Zeggen ze. Hun strategie staat op punt. Denken ze. De politieman van ongeveer 35 lijkt meer op een goede maat dan op een rottweiler. Het begint goed.

— Dag, iedereen. Dank om te komen ondanks de late uitnodiging.

— Dag, mijnheer de commissaris. Mogen we weten waarom we hier zijn?, vraagt Marnix.

— Jazeker. Maar ik ben geen commissaris. Nog niet. Ik werk als inspecteur voor de Federale Gerechtelijke Politie in Antwerpen. Ik ben speciaal voor uw verhoor naar Essen gekomen. Ik woon toch in de buurt. Zeg maar Stijn, zoals vroeger, Stijn Gomins. Ik heb u als klastitularis gehad op het college, meneer Roosens. Een twintigtal jaar geleden. Ik vond u een formidabele leerkracht.

— Dank je, Stijn. Nu je het zegt, herken ik je weer!

Helemaal niet, dus. Maar doen alsof helpt altijd, in zo'n situatie, dat weet Marnix maar al te goed. Iedereen wil door een oud-leerkracht worden herkend. Anders is het net alsof men als jonge gast niets heeft betekend. Dankzij de voormalige leraar-leerlingrelatie krijgt hij bovendien enig overwicht op deze Stijn, echt een droomstart.

— Ja, de goede oude tijd, meneer Roosens... Maar nu, ter zake. De politie van Namen heeft ons gisteren gecontacteerd. Bente, je zou actief aan de ontvoering van Bart De Wever hebben deelgenomen. Ik heb jullie alle drie laten komen om ineens zo veel mogelijk informatie te vergaren. Dit is mijn collega Carine Van den Broeck. Ze woont in Kalmthout, ook niet ver van hier. Zij zal jullie samen met mij ondervragen. Bij de politie doen we alles met z'n tweeën. Enfin, meestal en minder dan ik zelf zou willen. Vind je niet, mijn Carinetje?

De zwierige veertigster zwijgt. De schunnige knipoog van haar collega toen hij het had over activiteiten in duo was meer dan gênant. Dat ze net weer single is geworden, maakt van haar geen prooi. Toen ze jonger was, had ze er al een hekel aan dat een man haar met 'juffrouw' aansprak, alsof het hem een recht op haar als ongetrouwde vrouw verschafte. Ze denkt aan de legendarische quote uit de film *The Big Lebowski* van de gebroeders Coen: '*This is not Vietnam, this is bowling. There are rules.*' En de regels zijn: geen seksuele driften op de werkvloer, dat maakt vlekken op het tapijt. Die Stijn is onverbeterlijk. Het wordt misschien tijd dat ze haar oversten inlicht.

Aan de overkant van het bureau zit Gella op haar stoel te draaien. De jongste dagen slaapt ze slecht. Rond 3u00 of 4u00 's nachts wordt ze wakker. Daarna blijft ze woelen in haar bed. '*If you can't stand the heat, stay out of the kitchen,*' zeggen ze, alweer in het schoon Vlaams. Ze had de keuken niet moeten binnenkomen. Haar lijkbleke gezicht is even getrokken als na een mislukte facelift. Ze ontploft:

— Heb ik je goed gehoord, Stijn? Denk je echt dat mijn dochter en wij de ontvoering van De Wever hebben bekokstoofd of uitgevoerd? Jij slikt het Waalse geroddel toch niet meer sedert wat ze ons hebben aangedaan, hoop ik! Marnix stond eergisteren in het stadion van Charleroi. Hij is op het nippertje aan een gruwelijke dood ontsnapt. Een wilde Waal

wilde hem wurgen. Terwijl ik het zeg, voel ik zelf de sjaal die rond mijn nek wordt aangetrokken en de lucht die uit mijn longen wordt geperst, aargh! Je ziet: we weten als geen ander waarover we spreken. We gaan trouwens nu zaterdag naar de staatsbegrafenis van de vier vermoorde supporters in Antwerpen. En je verdenkt ons gezin van het ergste? Ga de schuldigen beter zoeken waar ze zijn, aan de overkant van de taalgrens, die vanavond haast zeker een staatsgrens wordt. Het is je hopelijk niet ontgaan dat onze voornaamste ministers op dit moment in Brussel België verscheuren als de vod die het altijd is geweest.

Carine kijkt bijna geamuseerd toe. Hoe gaat Stijn die vrouw, die duidelijk over haar toeren is, kalmeren?

— Sorry, ik wilde u niet kwaad maken, mevrouw Roosens. Eigenlijk geloof ik mijn Waalse collega's niet, nee. Maar ik ben niet officieel op de hoogte gebracht van het einde van het koninkrijk. In afwachting moet ik het spel correct meespelen.

Marnix, Gella en Bente werpen elkaar een snelle blik toe. Zo te zien heeft de gespeelde verontwaardiging van de moeder haar doel bereikt. Dat ze werkelijk uitgeput is, verhoogt haar geloofwaardigheid nog. Haar lichaamstaal laat quasi verstaan dat ze door het raam zal springen als de politieman blijft doorvragen. Het feit dat ze op de gelijkvloerse verdieping zitten, maakt haar dreigement niet echt overtuigend, maar dat is bijzaak. Ze gaat door op haar elan.

— Op welke datum gebeurde de ontvoering waarvan u mijn dochter ten onrechte verdenkt?

— Kleine nuance: ik verdenk haar niet. Ik wil haar horen. Sorry dat ik de juiste woorden niet heb gebruikt. Ik neem aan dat u op de hoogte bent, zoals zowat elke Belg: de bewuste feiten vonden plaats op donderdag 19 februari 2026 's avonds. Net voor de lezing die Bente met haar vriend Baudouin in Leuven organiseerde. Bente kan dus moeilijk zelf hebben deelgenomen. Ze kwam aan in de zaal een paar minuten na het voorval. Maar ze is misschien een van de bedenkers. En ze zou de bende 's nachts met Baudouin hebben kunnen vervoegd. Of moet ik hem Boudewijn noemen? In het dossier draagt hij afwisselend beide voornamen.

— Baudouin of Boudewijn, gebruik maar het eerste, zoals hij heette voor we hem leerden kennen. Iemand die in de bak zit, zie ik niet meer als een familielid. Bente heeft het trouwens uitgemaakt. Je zegt dat er een jonge vrouw bij hem is gesignaleerd: vergeet niet dat hij nog een zusje heeft. Die stuurt hem constant berichten via de sociale media, je kunt het gemakkelijk controleren. Het zou van haar een verdachte kunnen maken, lijkt me. Awel Stijn: ik kan je verzekeren dat onze Bente totaal onschuldig is. Nietwaar, mijn schat?

— Helemaal waar, mams.

Gella begint aan een nieuwe uitleg. Zij ziet agente Carine alles zorgvuldig noteren, het bewijs dat ze ernstig wordt genomen, denkt ze.

— Ik zal jullie iets belangrijks onthullen. Ik zat in de Grote Aula bij de lezing van De Wever, om mijn dochter te steunen. De bedoeling was dat we achteraf samen met haar en haar voormalige vriend Baudouin op restaurant zouden gaan, om het succes van het evenement te vieren. Een paar leden van hun studentenclub *La Dinantaise* zouden meekomen. Ik zou nadien bij Bente blijven slapen, op het appartementje dat ze met Baudouin deelde in de Vaartstraat. Ik heb speciaal een slaapbank voor hen gekocht voor de paar keer per jaar dat iemand van de familie een nacht in Leuven doorbrengt, superpraktisch en voordelig. Door de ontvoering is ons plan echter in het honderd gelopen.

Gella stopt even. Marnix legt zijn hand op haar arm. Aan de buitenkant ziet ze er diep ontroerd uit. Vanbinnen voelt ze zich perfect in haar rol van *mater dolorosa* die haar ten onrechte beschuldigde dochter met nog meer vuur en passie vrijpleit dan Sven Mary en Jef Vermassen samen.

— Wat is er dan gebeurd?, lanceert Stijn, die bij het zien van haar getormenteerde gezicht medelijden met haar lijkt te krijgen.

Gella Geelkens vertelt dat ze na de mislukte lezing alleen naar de Vaarstraat is gestapt. Ze sliep al een paar uur toen Bente en Baudouin na hun verhoor door de politie in het midden van de nacht zijn komen opdagen. Ze is opgestaan en heeft hen proberen te troosten. Ze waren zo ontgoocheld dat hun droom over een geslaagde lezing aan diggelen was geslagen. Bang ook dat de politie hen verder zou ambeteren.

Toen de twee dames omstreeks 11u00 wakker werden, was Baudouin weg. Waarnaartoe wisten ze niet. Over de middag zijn ze op restaurant gaan eten en zijn dan naar Essen teruggekeerd. Gella ziet 'echt, maar dan ook echt niet' in hoe Bente aan een actie tegen De Wever had kunnen meedoen.

— Welk restaurant was het?, vraagt Stijn.

— Al Parma, een Italiaan in de Tiensestraat die bijna even oud is als de universiteit. Je kan dat verifiëren. Ze hebben ons zeker gezien.

— Doe ik zeker. Zoals jullie vermoeden, is de getuigenis van een moeder om de onschuld van haar dochter aan te tonen volgens de wet geen sluitend bewijs. We hebben meer nodig. In jullie geval wordt het natuurlijk een simpele formaliteit. En dan zal ik mijn Waalse collega's op de hoogte brengen dat ze de ontvoerders het best bij hun eigen mensen zoeken. Ze moeten stoppen met eerlijke Vlamingen als jullie mee in het bad proberen te trekken. Voor de rest, hoe gaat het met u, meneer Roosens? Het is veel te lang geleden!

Woensdag 4 maart 2026, 15u00, Al Parma Leuven

— Dag, mevrouw. Agent Reginster van de Gerechtelijke Politie Leuven. Bent u de eigenares van het restaurant?

— Ja.

— Ik heb een vraagje voor u. Kunt u deze foto eens bekijken? Zijn deze twee dames twee weken geleden over de middag bij u komen eten, op vrijdag 20 februari?

— Ik zie zoveel volk... Die twee? Moeder en dochter? Jazeker. Ik weet nog dat onze kelner niet ongevoelig was voor de charmes van de jongste. Mag ik hun naam? Dan kan ik opzoeken of ze hadden gereserveerd.

— Gella en Bente Roosens.

— Inderdaad. Ik zie hun beide namen in de reserveringslijst. Boeking op vrijdag 20 februari om 12u30.

Donderdag 19 februari 2026, 20u00, Leuven

Wat is er dus echt gebeurd in Leuven, de nacht van 19 op 20 februari 2026, na de ontvoering van Bart De Wever? Justitie weet nooit alles. De gerechtelijke waarheid is een obligate fictie opdat de rechtstaat overeind zou blijven. Iets wat algemeen aannemelijk is om de sociale rust te bewaren op grond van de beslissing van een magistraat of van een rechtbank. De 'echte' waarheid ontdekken is nog iets anders. Het voorrecht van een prima uitgeruste buitenlandse geheime dienst of - het komt ongeveer op hetzelfde neer - van een opperwezen dat alles ziet, weet en regisseert, als dat zou bestaan. En voorzeker uw voorrecht in deze zaak. U hebt al zoveel pagina's gelezen. U hebt het dik verdiend.

Het ging dus eigenlijk als volgt.

Als ze op de avond van de lezing in Leuven aankomt, weet Gella Geelkens uiteraard wat er op til is. Het is haar plan. Niet alleen het hare en dat van haar gezin, maar laten we het nu niet te ingewikkeld maken. Als ze Boudewijn en haar dochter buiten adem de Grote Aula ziet binnenstormen, glundert ze: het is gelukt. Ze heeft zich nooit zo fier gevoeld. Eindelijk heeft ze iets markants gedaan. Iets wat in de geschiedenisboeken zal komen. Ze voelt zich eventjes de gelijke van Vlaamse helden als Jan Breydel en Pieter De Coninck, die de zege afdwongen tegen de Fransen op 11 juli 1302, bij de Guldensporenslag. Zij lagen aan de oorsprong van de Vlaamse identiteit. Zij, Gella Geelkens, zal de Vlamingen een eigen natie geven, nog straffer. Zonder haar inbreng was dat allemaal niet mogelijk geweest.

Maar ze weet ook dat het nu pas begint.

Ze is niet alleen naar de lezing gekomen. Naast haar zit haar dochter Lore. Die lijkt steeds meer op haar grote zus Bente. De jongste is wel wat minder zelfzeker dan de oudste. Minder de neiging van 'hier ben ik, kijk naar mij'. Maar daarom niet minder een magneet voor andermans blikken. Met dezelfde lengte als Bente. Ook *keischoon*, zouden mannen voortaan voorzichtig onder elkaar zeggen. En blond. Vóór elke examenzittijd haalt ze elk excentriek kleurtje uit haar kapsel. Ze heeft al lang door dat een bravere stijl meer punten oplevert, zelfs in de ogenschijnlijk ongedwongen Faculteit Psychologie. Meer punten, dat wil ze graag.

Gella had moeten aandringen opdat Lore zou meekomen. Na lang aarzelen had ze toegezegd:

— Ik zal meekomen, mama. Ik vind jullie plan krankzinnig. Ik wil er in geen geval aan meedoen. Ik heb er maar twee woorden voor: stop ermee. Maar als toekomstige psychologe die er voor iedereen is, zal ik mijn zus en jou niet laten vallen. Psychologische bijstand zullen jullie na afloop zeker nodig hebben. Ik zie mezelf een beetje als het Rode Kruis: slachtoffers of daders, ik sta iedereen bij op het slagveld dat dit lieve leven in werkelijkheid is.

— Slachtoffers, dat zijn wij. Van een land dat ons nooit heeft gemogen en dat er binnenkort spijt van heeft. In elk geval: dank, mevrouw Henri Dunant.

— Geen dank, mama. De Zwitserse oprichter van het Rode Kruis is een van mijn grote helden, dat weet je. Ik heb nog altijd zijn foto op mijn kamer. Hij kreeg de allereerste Nobelprijs voor de Vrede in 1901. Een vrede die je jammer genoeg zelf in gevaar brengt.

In de Grote Aula had Lore opgemerkt dat de leden van de organisatie weinig met Dinant te maken hadden. Veel meer met een groep van de Kempense jongerenafdeling van het Vlaams Belang die ze al in het gezelschap van Bente en Baudouin had gezien. Na de ontruiming van de zaal was Lore met haar moeder in de Vaartstraat gaan slapen. En de middag erna was ze alleen met haar gaan eten. Bente en Boudewijn waren al lang weg. Ze had hen rond 4u00 horen vrijen, zoals zo vaak in Essen. Maar deze keer ging het uitzonderlijk snel. Ze waren kort daarna vertrokken.

Toen de kelner van Al Parma een toenaderingspoging had ondernomen en haar Bente had genoemd omdat hij haar voornaam op de reservatielijst had gezien, had zij geen opmerking gemaakt. Wat de foute voornaam betreft: ze is het al jaren zo gewoon als Bente te worden aangesproken, dat ze er geen aandacht meer aan schenkt. 'Het is het beste tegengif tegen narcisme,' denkt ze. De complimenten van de jongeman had ze wel afgeketst:

— Als ik je goed begrijp, vind je me de mooiste vrouw die hier ooit heeft gegeten en vraag je mijn Instagram. Ik zal je die van mijn mama

geven. Je zal veel meer foto's kunnen zien dan op de mijne. En als MILF is ze ontzettend veel opwindender dan ik. U moet wel weten dat mijn vader een wapenfreak is. Zal ik u ook beelden van hem tonen?

Hij had niet verder aangedrongen.

Al Parma serveert de beste kalfsschnitzel van Leuven, de Escalope Special Tony. 'Kaas, hesp, tomatensaus, gegratineerd in de oven' staat er op de kaart.[65] Moeder en dochter hadden elk de helft laten liggen. Stress is nog effectiever dan Ozempic om minder te eten. En dan zijn ze met de auto richting Essen gereden. In Antwerpen heeft Gella Lore voor haar kot afgezet.

— Ik hoop dat ik je de volgende keer niet in de gevangenis moet gaan bezoeken, mama.

— Wees gerust. Ik zorg ervoor dat dat nooit zal gebeuren en Bente een alibi bezorgen. Ik vertel je ooit hoe. Ik maak me veel meer zorgen om Boudewijn.

— Hij gaat toch niet in de problemen komen? Zo'n lieve jongen die al zo lang deel uitmaakt van ons gezin. Hij verdient respect.

— Dag, lieverd. Veel studiegenot!

65 Nee, ook nu geen productplacement. Maar ja: heerlijk, al bijna even lang als de universiteit bestaat.

Zaterdag 21 februari 2026, 04u30, citadel van Namen

Ouders zijn tot veel, soms tot alles in staat om hun kinderen uit de wind te zetten, uit de kou of uit *whatever* te halen. Een paar jaar geleden is een Oekraïense moeder met haar dochter tijdens de winter verdwaald in een afgelegen gebied. Olena beschermde haar tweejarig kind tegen de extreem lage temperatuur door haar eigen lichaam als een warm schild te gebruiken. De mama overleefde het niet. Het meisje wel. Het zou kunnen dat Gella Geelkens aan dat soort verhalen denkt als zij haar auto parkeert in de Rue des Canons in Namen. Op die godverlaten kasseiweg halfweg tussen de Samber en de top van de citadel zijn er geen bewakingscamera's. Gella heeft de auto overigens van een vriend geleend. Geen onnodige risico's.

Ze moet snel handelen. Het is vandaag markt in het centrum van de stad. Tientallen mensen zullen over een paar uur hier komen parkeren, het is een van de schaarse plekken in de Waalse hoofdstad waar het gratis mag.[66]

Gella beleeft de meest fantastische dagen van haar bestaan. Nog *neiger* dan toen alle dansvloeren van de Antwerpse Kempen van haar waren en ze de liefjes aan elkaar reeg. Toen ze nog geen rimpels had. Geen leeftijd. Geen buik. Geen schroom. Geen grenzen. Bekoorlijk – dat is tenminste wat mannen discreet onder elkaar zeggen – is ze nog altijd, maar ze beseft het niet meer genoeg op haar zestigste. Ze dacht tot een paar weken geleden dat ze op alle vlakken op haar retour was: op haar werk, in haar privé, hormonaal, innerlijk, uiterlijk. Als haar echtgenoot voor de zoveelste keer '*sixty is the new sexy*' herhaalde, geloofde ze hem steeds minder. Complimenten die ons het meest raken komen het vaakst van onbekenden, raar toch, daarom neemt iemand een minnaar. Het was haar als getrouwde vrouw een paar keer overkomen, ze was het bijna vergeten, het vaakst in de rapte, in de toiletten van het parlement. Hij op de toiletbril, zij bovenop hem en het was voorbij. Niet de stijl

66 Tip van een vriend: er zijn ook een paar gratis parkeerplaatsen in de Rue Bord de l'Eau, tussen de Samber en de citadel.

van romantische scènes die je ziet in de films waar ze graag naar kijkt, van *The Holiday* met Cameron Diaz tot en met *Barbie*. Maar sinds kerst heeft ze een doel met een grote, een heel grote D. Ze voelt dat ze verrijst nog vóór het laatste oordeel, des te beter.

Gisterenavond, na de vrijlating van De Wever, heeft haar dochter Bente Namen verlaten. In het treinstation voegde ze zich bij een grote groep jonge reizigers om in de massa op te gaan. De grote kap van haar hoodie camoufleerde haar gezicht. Voor één keer wilde ze allesbehalve fotogeniek zijn. Onderweg naar Essen veranderde ze in de toiletten een paar keer van tenue. Ze ging daarna telkens op een andere plaats zitten om haar identificatie onmogelijk te maken. Eenmaal thuis verzekerde ze haar ouders dat alles prima was verlopen.

— Toppunt van geluk: ik heb niet eens een strategie moeten bedenken om een van de drie jongens zijn identiteitskaart te ontfutselen zoals we hadden gepland. Een van hen heeft toevallig zijn portefeuille verloren voor de ingang van de ondergrondse gang. Ik heb die opgeraapt en aan hem teruggeven. Je had zijn opluchting moeten zien: 'Formidabel dat je zo scherpzinnig bent. Dank je wel! Ik stel voor dat we dat voorval van de gevallen-portefeuille-die-ons-fataal-had-kunnen-worden in onze film opnemen. Het maakt het geheel nog spannender.' Van spanning gesproken: wat de jongen niet zag, is dat zijn identiteitskaart naar mijn broekzak was verhuisd. Ik heb ze niet meteen ergens neergelegd. Ze hadden die alsnog kunnen opmerken. Zo blind zijn ze ook niet.

Gella Geelkens steekt de handen in de lucht, vanuit een gevoel van - nu al - onoverwinnelijkheid. Enig nadeel: haar nacht wordt opnieuw heel kort. Niet erg. Haar levensmotto is dat van de Franse keizer Napoleon, de enige woorden in het Frans die ze graag uitspreekt:

'*Quand on veut, on peut. Et quand on peut, on doit*. Wie wil, kan. En wie kan, moet.'

Gella vertrekt dus om 2u30 in Essen. Een collega-parlementair medewerker van het Vlaams Belang had zijn wagen voor haar deur gezet en de sleutel in haar brievenbus gestopt. Er staat geen file op de ring rond Antwerpen. Ook rond Brussel gaat het vlot. Na 1 uur 45 minuten

rijden is ze al in Namen. Wanneer ze de stad binnenrijdt, kijkt ze amper naar de Maas en de maan die samen lijken te glanzen.

Ze beschikt over de gps-locatie van de gewezen detentieplaats van De Wever en over een zaklamp, meer moet dat niet zijn. De kaart van Thomas Cuypers legt ze neer in de buurt van de ondergrondse gang, onder een van die schermen die de ingang versperren. In de komende uren zal heel Vlaanderen vernemen dat de ontvoerders van De Wever – zoals te vermoeden viel – Walen waren. Haar Vlaamse dochter is dan meteen buiten schot. En nu snel terug weg. Vooral niet achter het stuur indommelen, dat zou te stom zijn. Vermoeidheid is een fout. Het kan nooit als een excuus gelden. Wie wil, kan. Wie kan, moet. Om 7u00 ligt ze weer in haar bed. Het is vandaag zaterdag. Naast haar wordt Marnix niet eens wakker. Een leerkracht is geprogrammeerd om in het weekend zo lang mogelijk van zijn zalige bed te kunnen genieten.[67] Ze zal kunnen uitslapen.

67 Luie leerkrachten, dit denkt Gella. Niet de auteur van dit boek, van wie beide ouders leraars waren. Elk weekend stonden ze vroeg op. Niet echt naar de smaak van de drie tieners thuis die hun voorbeeld moesten volgen.

Hoofdstuk 20

Hoe een paar minuten alles veranderen

Vrijdag 20 februari 2026, 04u00, Leuven

Lore heeft zich niet vergist. Bente en Baudouin hebben kort en krachtig gevreeën na de ontvoering van De Wever. Op initiatief van Bente, zoals zo vaak.

— Vermoeidheid is een fout, stelt de oudste van de dochters Roosens. Het kan nooit als excuus gelden.

Ze vrijen dus. Zij bovenop hem. Hij onder haar, terwijl hij doet alsof hij nog klaarwakker is en fluistert:

— Het is zo heerlijk om in iemand die ik zo graag zie klaar te komen.

Wat hij met veel gratie en toch een kreun volbrengt.

— Mijn beurt, zegt ze.

Maar net voor hij haar oraal begint te bevredigen - een luchtigere omschrijving dan beffen, het eerste 'vuil woord' dat een Franstalige student leert als hij in Vlaanderen komt - neemt zij zijn hoofd in haar handen:

— Ik neem al twee weken de pil niet meer. Ik dacht: als ons plan lukt, wil ik een kind met jou.

Baudouin stapt even uit het bed. Zoals iemand die iets waardevols ziet liggen op de weg en afremt om het voorzichtig op te rapen in plaats van erover te rijden. Hij denkt even na. En zegt dan met een glimlach:

— Mijn allerliefste... Qua hoeveelheid sperma heb ik in elk geval mijn best gedaan, zonder het goed te beseffen, weliswaar. Wat jij wil, wil ik ook. Een baby inbegrepen.

— 't Is al goed. Zwijg nu maar. En doe voort.

Noot 4 van de auteur: Handleiding om verder te lezen

Een boek, twee eindes

Het einde van dit boek en (misschien) van België nadert.

'S Lands lot ligt in onze handen. Het wordt niet gedicteerd door een romanschrijver met al dan niet goede bedoelingen. Iedere Belg bepaalt zelf de geschiedenis, wij samen dus.

Daarom kunt u kiezen tussen twee mogelijke eindes aan dit verhaal. Daarna leest u de ontknoping die u wil zien gebeuren.

Om u bij uw keuze te helpen, heb ik een zelftest ontwikkeld. Op basis van het resultaat daarvan zult u weten of u het best opteert voor Einde 1 of voor Einde 2. Of voor allebei.

Veel testgenot! België moet een plezier blijven, zelfs als het verdwijnt.

Zelftest: hoeveel punten voor welk einde?

Wie 5 punten behaalt, leest Einde 1.

Wie 15 punten scoort, leest Einde 2.

Langs de stippellijntjes kunt u het deel dat u niet leest verwijderen. Zo wordt het boek echt het uwe. Het weegt dan ook meteen wat lichter.

Wie tussen 6 en 14 punten behaalt, leest Einde 1 én Einde 2 en kan daarna achterhalen wat hij of zij met dit land verder wil.

Als u 5 of 15 punten hebt, bent u natuurlijk vrij om ook het voor u verboden Einde te lezen. Zoals het land is dit boek honderd procent van u, omdat u het cadeau hebt gekregen, geleend, gekocht, gevonden of gestolen. Maar in uw plaats zou ik niet van het reglement afwijken. Uw basisovertuiging wordt dan te zwaar in vraag gesteld. Als u het er toch op waagt, zult u begrijpen waarom.

Zelftest: de vragen

Vraag 1: Ik stem voor het Vlaams Belang:

elke keer opnieuw, volgende keer ook:	1 punt
dat is al eens gebeurd:	2 punten
nooit:	3 punten

Vraag 2: Mijn favoriete personage in het boek tot nu toe is:

Bente:	1 punt
Baudouin/Boudewijn (of vice versa):	2 punten
Lore (of is het Claire?):	3 punten

Vraag 3: België splitst:

ten laatste in 2026[68]:	1 punt
tussen 2026 en 2130:	2 punten
is dat een grap of wat?:	3 punten

Vraag 4: Bij het horen van de Vlaamse Leeuw, word ik:

opgewonden:	1 punt
mottig:	2 punten
ik luister nooit naar de Vlaamse Leeuw:	3 punten

Vraag 5: ik associeer Walen met:

landverraders:	1 punt
landgenoten:	2 punten
lotgenoten:	3 punten

= 5: lees Einde 1
≥ 6 en ≤ 14: lees Einde 1 en Einde 2
= 15: lees Einde 2

68 Of in het jaar dat u dit boek leest als dat later dan in 2026 zou zijn, waarvoor dank.

Einde 1

De val van België

Hoofdstuk 1.21

Hoe Bente de boel opblaast

Dinsdag 4 maart 2026, 18u00, Essen

Bente is terug thuis in Essen na het verhoor op het commissariaat. Ze zit aan tafel bij haar ouders in de woonkamer. De kerstboom staat er nog. Niemand heeft al tijd gehad om die weg te halen. De tv staat aan. Er komt een extra uitzending van het VRT NWS journaal met als thema: 'Vlaanderen, wat nu?' Gella zet het geluid zachter. De beelden spreken voor zich: het na-Belgiëtijdperk is gestart. Marnix heeft te veel eten besteld bij afhaalchinees Xiang Yang in de Stationsstraat. Lekker en vooral: lekker dichtbij. Zo kent u nu ook de echte naam van het restaurant van de ouders van Jian, de ex van Bente.

Marnix steekt de lichtjes van de kerstboom weer aan. Het feest kan beginnen. Want alles is hen gelukt. Met dank aan de traditionele en de sociale media, die steeds meer als brandversneller dienen. België staat op de brandstapel.

Toch is Marnix Roosens niet van al zijn zorgen verlost. Hij fronst zijn zwarte wenkbrauwen met een paar grijze haartjes erin. Hij moet eraan denken ze te epileren. Of het door zijn vrouw te laten doen, ze speelt zo graag met een pincet.

Marnix klinkt opeens ongerust.

— Bente, ben je zeker dat Baudouin niet gaat praten? Dat hij jou en ons niet aangeeft?

— Ja, papa.

— Waarom ben je zo zeker?

— Omwille van deze nieuwe digitale zwangerschapstest. Die kan detecteren of een vrouw zwanger is vanaf zes dagen voor de uitblijvende menstruatie. En ja: ik heb prijs. Ik heb hem de foto van mijn positieve test via zijn advocate laten geworden. De moeder van je baby verklik je toch niet? Zijn grootouders evenmin.

Gella wordt nog bleker dan de vermeende lijkwade van Christus in Turijn, al verkeert haar gezicht gelukkig voor haar in een betere staat dan dat van Jezus op het doek. Oma worden ziet ze duidelijk nog niet zitten. Ze neemt plaats naast haar dochter. Ze omhelst haar zoals je dat doet met iemand die net heeft aangekondigd dat hij of zij over enkele maanden doodgaat en voor wie men al in de rouw is.

— Je nam toch de pil? Ik ga ze zelf voor je halen bij de apotheek, het geeft me het gevoel dat ik nog jong ben. Jij, zwanger van een Waalse misdadiger? Wat is er in godsnaam gebeurd?

Dat de misdaad in kwestie op haar initiatief gebeurde, heeft Gella al verdrongen. Zo kan ze de donkere kant van haar succes vergeten. Haar dochter antwoordt rustig. Ze had geen vreugdekreet van haar ouders verwacht.

— Waarom een baby? Ik weet het zelf niet goed. Misschien omdat ik me zoals altijd van de rest wil onderscheiden. Van die meisjes die zo 'zeker' willen zijn en zolang wachten om zwanger te worden tot het te laat is. Misschien was ik ook gewoonweg verliefd. Ik ben het niet meer. Toen hij werd opgepakt, heeft Boudewijn gefaald. Walen blijven Walen, namelijk losers. Zo iemand zal me nooit meer gek of geil kunnen maken. Maar de hoofdreden van deze zwangerschap is dat het ons plan nog perfecter maakt. Dit heeft niemand me gevraagd. Ik heb het zelf bedacht. En zelfs dat is geslaagd. Dat zou jullie blij moeten maken!

— Wat ga je met dat kind doen dan?

Bente legt haar twee handen onbewust op haar buik. Ze krijgt het even moeilijk, maar kan zich snel herpakken.

— Ik zal het embryo - eigenlijk zeg ik liever niet kind - een paar weken houden, tot aan de eerste echografie. Ik zal die naar Baudouin sturen, als ultiem bewijs. Om hem voorgoed te doen zwijgen. Op dat

moment zal nog niemand zien dat ik in verwachting ben. Dat is het goede moment om te aborteren. Ik denk niet dat ik deze half-Waalse baby een dienst bewijs met hem hier in Vlaanderen te laten geboren worden. Denk aan de mestiezen tijdens de koloniale periode in Congo. Ze zijn zo slecht behandeld en klagen er vandaag nog over. Ik weet dat abortus in jullie oren als heiligschennis klinkt. Zelf geloof ik al lang niet meer echt in God. Behalve voor de schijn. Omdat het chic is. Omdat niemand het nog doet bij de jongeren. Alweer: als de eeuwige dwarsligger die ik ben. Religie is zoals seks. Je moet er zin in hebben. Ik zie niet in waarom God, als Hij toch bestaat, kwaad zou zijn. Jezus zei iets wat mij volledig geruststelt: 'Uw zonden zijn u vergeven, al waren het er vele, want u heeft veel liefde betoond.'[69] Op dat vlak heeft Hij over mij niet te klagen, denk ik.

Bente laat haar buik los en legt haar handen weer op tafel. Ze trillen niet meer. Gella ziet het.

— Ik zal met je meegaan naar het ziekenhuis. Je mama laat je nooit in de steek, schat.

Marnix en Gella willen haar samen een dikke knuffel geven, zoals ze zo vaak deden toe ze klein was. Ze stappen naar voren, naar hun dochter die zelf opstaat en voor de al drie maanden knipperende kerstboom gaat staan, met aan de voet de kerststal. 'Het symbool van een kind dat de wereld redt,' denkt Marnix ongewild. Maar Bente is al weg. Naar boven.

Als ze op haar bed ligt, ruikt ze een laatste keer aan het hoofdkussen waarop Baudouin sliep. Ze spreekt luidop tegen hem:

— Sorry, Boudewijn, dat het allemaal zo verloopt. Ik hoop dat je niet te lang vastzit. En dat je na je vrijlating een mooi leven opbouwt. Je zoon of dochter die nooit zal bestaan zal ik geen voornaam geven. Daar wil ik geen tijd mee verliezen. Ik hoop niet eens dat je me vergeeft. De waarheid zal je toch nooit kennen. Ik wil de laatste jaren, tot en met weldra de abortus, zo snel mogelijk vergeten.

69 Lucas 7:47.

Ze vertrekt naar de Rex. Daar op café hoopt ze een paar jeugdvrienden te zien. Bente droomt zoals veel jongvolwassenen en waarschijnlijk veel mensen in het algemeen van een terugkeer naar de zorgeloosheid. Naar de ongeremdheid. Zo snel mogelijk rijden zonder aan de flitscamera's te moeten denken. Onbeperkt drinken zonder solidair te moeten zijn met wie dorst lijdt. Zo veel mogelijk uitgeven zonder te vrezen dat je morgen minder hebt.

— In het begin dacht ik dat met Baudouin te kunnen bereiken. In feite is die jongen mijn verlengde geweest in plaats van me hoger te tillen. Hoe bizar zijn de mannen vandaag: ze verwarren graag zien met zich als een schoothondje gedragen. Ik ben te lang bij hem gebleven. Omwille van mijn ouders. Omwille van het plan. Omwille van Vlaanderen. Ik hoop nu echt dat mijn nieuwe land me niet teleurstelt.

Hoofdstuk 1.22

Hoe Vlaanderen Vlaanderen wordt

Er hoeft niet eens tot 2030 te worden gewacht. Op vrijdag 19 maart 2027 om 19u00 is het zover. Vier parlementen, Vlaams, Waals, Brussels en Duitstalig, roepen elk hun eigen onafhankelijkheid uit. Een scheiding op exact hetzelfde moment en in een vriendschappelijke sfeer. Het komt erop aan de hele wereld te laten zien dat wij, ex-Belgen, nog altijd betrouwbare mensen zijn met wie je zaken kan blijven doen.

Niet veel meer dan een jaar is er nodig geweest om een akkoord te bereiken. Een land dat nooit heeft bestaan, wordt als het ware snel ontbonden. Toeval of niet: 19 maart is de dag waarop Sint-Jozef, de patroonheilige van België, wordt gevierd. Jozef had al moeten slikken dat zijn zoon niet de zijne was. Nu verliest hij een van de landen uit zijn portefeuille. Maar hij heeft China en de Verenigde Staten nog, dat zal hem toch een beetje troosten.

De internationale gemeenschap kan niets anders doen dan zich neerleggen bij de situatie. De vier nieuwe landen worden lid van de Verenigde Naties, de Europese Unie en de NAVO zodat ze, ondanks hun scheiding, toch een beetje samenblijven.

Twee dagen later, op zondag 21 maart 2027, wordt het feest van de bevrijding op de Grote Markt in Antwerpen een daverend succes. Geen Tomorrowland meer, de omwonenden zullen niet klagen. Er wordt gedronken, geklonken, en er zijn een paar toespraken. Bart De Wever wordt staatshoofd ad interim in afwachting van de verkiezing van de eerste Vlaamse president. Hij neemt het woord vanop het balkon van het stadhuis.

— Beste landgenoten, na mijn ontvoering heb ik moeilijke momenten gekend. Ik voelde me opeens zo broos, zo kwetsbaar. Dank nog eens voor jullie steun. Nu ben ik klaar om een nieuwe maar tijdelijke politieke opdracht op te nemen. Zodra onze eerste volwaardige president wordt aangesteld, trek ik me definitief terug. Het is vandaag de eerste dag van de lente. De lente van Vlaanderen. Dag, Vlaanderen!

Dat hij aan zijn allerlaatste mandaat toe is, gelooft niemand, hij heeft het vroeger al duizend keer beweerd. Maar de massa juicht.

Ergens in de menigte: Bente. Een onderzoeksjournalist van de nieuwe succesvolle website *Vrij Vlaanderen* heeft haar echte rol in het onafhankelijkheidsproces onthuld zonder haar bij naam te noemen. In het artikel zweert ze bij hoog en bij laag dat Baudouin en zij alleen hebben gehandeld toen ze De Wever ontvoerden. Bij de politie is er hoe dan ook weinig animo om haar te identificeren. Er komt al veel te veel werk kijken bij het uitbouwen van de nieuwe Vlaamse Marechaussee.

De scheiding komt Vlaanderen duur te staan. De Walen en de Brusselaars slagen erin hun linkse gouden regel perfect toe te passen: 'Doe de rijken alles zo veel mogelijk betalen.' De nochtans rechtsere Duitstaligen profiteren mee van dat manna uit het noorden. De Vlaamse kas is nu leeg, maar ze is ten minste Vlaams.

De drie andere neo-staten vieren hun nieuwe vrijheid, als trouwe erfgenamen van het oude België, pas op 21 juli. Wallonië en Brussel vieren samen en vormen een nieuw confederaal land onder de naam *Belgique du Sud.* Koning Filip wordt staatshoofd. Elisabeth maakt zich al klaar om hem op te volgen, met enorme kosten in het verschiet voor het grote volksfeest naar aanleiding van haar kroning. Filip en vooral Mathilde eisen en krijgen een pensioen 'naar hun verdiensten', met andere woorden: heel hoog. Zuid-België kan dan niets anders doen dan de uitkeringen fors optrekken, ook van wie geen koning of koningin is geweest. Dat wil zeggen: veel volk. Als het zo doorgaat, zal het Vlaamse geld dat bij de splitsing hun kant op vloeide zoals lava in IJsland of kajaks op de Lesse, heel snel op zijn. In afwachting: wat is het leven leuk in het Zuiden! Er wordt gezegd dat steeds meer Vlamingen willen immigreren.

Ostbelgien wil Astrid als koningin. Ze weigert, omdat zij in alle rust wil genieten van haar laatste levensfase, samen met haar steenrijke man. De Duitstaligen kiezen uiteindelijk voor Delphine en Laurent, een onuitgegeven duobaan aan het hoofd van een land. De redenering is: hoe meer kronen, hoe meer toeristen. Een rendabele investering, in Eupen hebben ze altijd kunnen tellen. De halfbroer en halfzus krijgen elk een vleugel van het middeleeuwse kasteel van Raeren, dat tot dan toe een pottenbakkerijmuseum herbergde. Kwatongen beweren dat er weinig zal veranderen...

Hoofdstuk 1.23

Hoe alles eindigt

Een priemgetal is een natuurlijk getal groter dan één dat slechts twee natuurlijke getallen als deler heeft: één en zichzelf. Priemgetal 23, zoals het nummer van dit hoofdstuk, heeft daarom iets unieks en mysterieus. Dat geldt uiteraard ook voor de post-Belgische toekomst, net zo uitzonderlijk in al haar onzekerheid als die van het oorspronkelijke land ooit is geweest. We leven op de boeiendste plek ter wereld, wat een geluk toch. 23 is ten slotte het geluksgetal van de auteur van dit boek: hij werd geboren op 23 april 1965. Daarom wilde hij absoluut met hoofdstuk 23 eindigen. Niet dat hij bijgelovig is. Maar toch.

'*Bis repetita placent*'[70], zouden Marnix Roosens en Bart De Wever zeggen. Het is inderdaad een herhaling waard: de toekomst staat nergens beschreven, zoals de regels die volgen ook niet bestaan als de journalist die zich schrijver waant deze zin op zijn klavier tokkelt. De inhoud van het echte hoofdstuk 23 is uw verantwoordelijkheid. En die van onze helden.

À propos: u vraagt zich misschien af hoe het Bente en Baudouin is vergaan.

In 2027 laat de jongedame van intussen 25 het grote publiek eindelijk weten dat zij de geheime heldin is van wie *Vrij Vlaanderen* het bestaan anoniem had onthuld. Ze wordt meteen een eersteklas BV - ja, ook bij de Bekende Vlamingen zijn er verschillende afdelingen. Najaar 2027 wordt ze verkozen in het eerste volwaardige Vlaams parlement. Maar bij de volgende stembusgang in 2032 verliest het Vlaams Belang

70 Wat ons behaagt, is een herhaling waard.

fors. De partij had ondertussen definitief laten zien wat ze echt is: onverdraagzaam, wat niet nieuw is en blijkbaar geen bezwaar om ervoor te stemmen. Maar vooral: inefficiënt. Grote hervormingen die hun doel missen of in eigen doel trappen en hervormingen van de hervormingen die het nog erger maken volgen elkaar op. De 'Belgische bricolage' die de partij vroeger hekelde, wordt haar manier van regeren. Na deze zwarter-dan-zwarte periode is democratisch Vlaanderen, dat het vroeger eigenlijk niet zo slecht deed, volledig terug van weggeweest. De Republiek Vlaanderen wordt van dan af een drijvende kracht in Europa.

Na haar korte carrière als parlementair leidt Bente een anoniem leven in Antwerpen. Ze wordt gerante van een klerenwinkel. Haar ouders en zus Lore ziet ze nog alleen op kerstdag, het enige moment waarop ze allemaal de moed hebben om te doen alsof ze een normale familie vormen. Lore is psychologe in Poperinge op 180 kilometer van Essen, een grotere afstand binnen Vlaanderen kon niet. Ook zij komt maar die ene keer per jaar terug naar het ouderlijke huis. De traditie van het goede kerstgesprek waarbij ze hun dromen of voornemens voor het komende jaar uitten, durft niemand opnieuw in het leven te roepen. Bente trouwt met een leerkracht Frans die, als u hem goed bekijkt, veel op Baudouin lijkt. Kinderen krijgen ze niet.

— Ik ben ooit twee maanden zwanger geweest. Gedane zaken nemen geen keer.

En Baudouin dan? Drie jaar in de gevangenis hebben hem niet gebroken. 'Ik heb nooit zoveel vrije tijd gehad als achter de tralies,' zegt hij met een vleugje ironie. Hij maakte daarvan gebruik om zijn studie geschiedenis af te maken, deze keer in het Frans aan de UC Louvain en - uiteraard - vanop afstand. Zijn eindwerk heeft een wat lange titel: 'Hoe Wallonië gedurende meer dan een eeuw een economische grootmacht was en het opnieuw kan worden.' Nu woont hij weer in Dinant. Langs de Maas waarin hij in de weerspiegeling zijn zus Kim en zijn papa meent te zien als de zon hoog staat en de wind gaat liggen.

In de stad fluisteren steeds minder mensen dat het 'de Baudouin is die België kapot heeft gemaakt'. Hij neemt stilaan de zaak van zijn moeder over en wordt een succesvolle begrafenisondernemer.

— Zelfs het land heb ik een graf bezorgd. Het is toch uitstekende reclame, kan hij nu al lachend zeggen.

Hij trouwt met een leerkracht Nederlands die, als u haar goed bekijkt, veel op Bente lijkt. Ze krijgen drie kinderen. Zijn zus Claire is meter van de oudste. Ze is nu psychologe in Dinant. Op de muur van de wachtkamer van haar praktijk staat deze zin van de Waalse dichter Achille Chavée: 'Laten we in het meervoud vergeven om zeker niemand te vergeten.'

Na de onafhankelijkheid doet Wallonië-Brussel het na vijf aartsmoeilijke jaren economisch beter dan verwacht. Wie de bodem raakt, veert op. Vlaamse toeristen komen opnieuw massaal naar de Maasvallei. De animositeit tussen Walen en Vlamingen van meteen na de scheiding - 'goede vrienden blijven' was toen meer een wens dan werkelijkheid - is verdwenen. In het oude België, het koninkrijk van de *arrangeurs*, kwam alles snel goed: klein land, kleine drama's. De vier nieuwe landen zetten die traditie prachtig verder. Als een toerist uit het Noorden hem in Dinant herkent en aanspreekt, antwoordt Baudouin daarom altijd hetzelfde:

— U bent hier thuis. Welkom in Wallonië.

EINDE 1

Einde 2:

De wil van België

Hoofdstuk 2.21

Hoe Bente op haar beurt breekt

Dinsdag 4 maart 2026, 18u00, Essen

Bente is terug thuis in Essen na het verhoor op het commissariaat. Ze zit aan tafel bij haar ouders in de woonkamer. De kerstboom staat er nog. Niemand heeft al tijd gehad om die weg te halen. De tv staat aan. Er komt een extra uitzending van het VRT NWS journaal met als thema: 'Vlaanderen, wat nu?' Gella zet het geluid zachter. De beelden spreken voor zich: het na-Belgiëtijdperk is gestart. Marnix heeft te veel eten besteld bij afhaalchinees Xiang Yang in de Stationsstraat. Lekker en vooral: lekker dichtbij. Zo kent u nu ook de echte naam van het restaurant van de ouders van Jian, de ex van Bente. De jongeman staat zelf achter de toog. Goed geluimd.

— Dag, meneer Roosens. Wat een fijne verrassing! Hoe gaat het met Bente?

— Prima, hoor. En met jou?

— Met mij is alles oké. Ik ga binnenkort én het restaurant overnemen én trouwen.

Meer wil Marnix niet weten. Er wordt thuis op hem gewacht. Hij neemt zo snel mogelijk afscheid.

Marnix steekt de lichtjes van de kerstboom weer aan. Het moet een feestmaal worden. Alles is de Roosens gelukt. Of toch bijna, want Lore is woedend. Op haar vader en nog meer op haar moeder. Omdat ze zich

misbruikt voelt. Omdat ze niet hebben willen luisteren. Doven horen de donder niet. Bij haar ouders is het erger: ze zien niet eens dat het regent.

Iemand anders baart Marnix Roosens nog meer zorgen. Hij fronst zijn zwarte wenkbrauwen met een paar grijze haartjes erin. Hij moet er dringend aan denken ze te epileren. Of het door zijn vrouw te laten doen, ze speelt zo graag met een pincet: 'Het gaat zo snel vooruit, je ziet echt wat je doet,' gniffelt Gella elke keer. Pincet of niet: Marnix klinkt ongerust.

— Bente, ben je zeker dat Baudouin ons niet zal verraden? Dat hij jou en ons niet aangeeft?

— Zeker kun je nooit zijn, papa. Ik had bijvoorbeeld nooit gedacht dat de identiteitskaart van Thomas Cuypers die ik aan mama bezorgde de politie op het spoor van mijn geliefde zou brengen. Waarom hebben jullie me daar niet voor gewaarschuwd? Ik ben nog altijd maar 23. Ik doe stoer, ja. Maar ik ben zo naïef geweest. Door jullie schuld! Het Waalse gerecht belooft hem nu loodzwaar aan te pakken. Het wordt hem nooit vergeven dat hij aan de basis lag van de splitsing van België. Zonder ons zullen de Walen 25 procent van hun middelen verliezen. Eén arts op vier minder. Eén leerkracht op vier minder. Eén bus op vier minder. Ja, ook één cipier op vier minder, zo kan Baudouin gemakkelijker ontsnappen. Maar ik heb werkelijk geen zin om te lachen. Zelfs mijn ergste vijand wens ik dit niet toe.

De wenkbrauwen van Marnix die een M vormden als teken van malaise zijn nu de W van woede. Hij houdt zich vast aan de armleuning van de zetel om te bedaren. Het feest is meteen voorbij. Waarom heb je nooit het recht om je langer dan een paar minuten te verheugen op deze kutplaneet? Naast hem rolt Gella zo fel met haar ogen dat ze doet denken aan de flikkerlichtjes van de kerstboom. Zij reageert als eerste:

— Ik geloof mijn oren niet. Het is alsof je je ex en de Walen beklaagt. Hou daar alsjeblieft mee op! Wij zijn niet verantwoordelijk voor hun situatie, wel integendeel. Ze gaan als het ware al vijftig jaar elke dag gratis naar de kermis dankzij ons Vlaams geld. Dat maakt van hen verwende kinderen. Daarna zullen ze beweren dat ze motivatie missen omdat we hen te weinig draaimolens ter beschikking stellen. Komaan...

Bente is niet onder de indruk. Ze is uit hetzelfde Kempense zomereikhout gemaakt als haar ouders. In één woord: stevig.

— Het is niet omdat je beeldspraak geestig lijkt dat ze waar is, mama. Alle oude industriële regio's in Europa hadden na de crisis in de jaren zeventig decennia nodig om weer langzaam naar de top te kruipen. Denk aan Noord-Frankrijk. Zelfs aan Limburg. Ik weet dat ik jullie verras met mijn nieuwe inzichten. Maar ik besef nu dat jullie pertinent wisten dat Baudouin vroeg of laat - en eerder vroeg dan laat - in de bak zou belanden. Het maakt mij woest. Mijn ex is hij hoegenaamd niet, in tegenstelling tot wat je rondbazuint, mama. Maar jullie zijn misschien mijn ex-ouders. Jullie hebben tegen me gelogen. Wat ik nu voel, is exact hetzelfde als de dag dat me werd verteld dat Sinterklaas niet bestaat. Iedereen herinnert zich dat moment, ik ook natuurlijk. Een toenmalige vriendin verklapte het, zogezegd om me een dienst te bewijzen. Ik haat haar daar nu nog voor. Ik ben toen begonnen met alles in vraag te stellen wat jullie me tot dan toe hadden aangepraat. Ik geloofde zelfs niet meer in God. Als de Sint een verzinsel was, waarom ook niet zijn hiërarchische overste? Eerlijk gezegd: ik denk dat ik mijn geloof op dat moment voor een groot deel ben kwijtgespeeld. Sindsdien doe ik alsof om jullie te plezieren. Ik ben daar redelijk goed in. Jullie hebben me zo vaak ontgoocheld...

— Maar je bent geen kind meer, probeert Marnix.

— Veel meer dan ik zelf dacht, vrees ik. Anders had ik me niet zo laten manipuleren. Nu is het gedaan.

Bente breekt. Een paar van haar opmerkingen klonken zoals zo vaak feller dan ze zelf had gewenst, zoals die over haar ex-ouders. Maar ze is overmand door emoties. Na het verhoor bij de politie is ze op haar kamer gaan bekomen. Op haar telefoon keek ze naar haar foto's met Baudouin. Van de eerste maanden, op het college. Ze herontdekte een filmpje waarin hij amper Nederlands kende. Hij sprak zo schattig. Ze herinnerde zich wat hij in het begin van hun relatie vertelde. Over de jonge Walen, hij inbegrepen, die Wallonië gingen redden. Over hoe ze zich aan het goede voorbeeld van Vlaanderen optrokken. Daarom kwam hij trouwens als zeventienjarige in Essen studeren.

Hij wist niet wat hem te wachten stond.

Dat hij de verkeerde personen op het verkeerde moment zou ontmoeten.

Dat hij daardoor zijn bijna vijf miljoen taalgenoten in dit land een slag onder de gordel zou toebrengen, zoals zelfs MMA-kampioenen Conor McGregor en Chabib Noermagomedov samen het niet hadden kunnen doen.

— Ik veronderstel dat mijn ouders ook niets van MMA afweten, denkt ze. Ze worden echt oud. Nochtans is 'Mixed Martial Arts' tegenwoordig de vechtsport nummer 1 in de wereld.

Marnix probeert zich nog altijd te herpakken. Zijn beminde dochter lijkt volledig van haar melk. Dat zij 's ochtends op YouTube naar een interview met een zekere Noermagomedov heeft gekeken, stelt hem allerminst gerust.

Hij maakt gebruik van de stilte om zich te verdedigen.

— Schat, wat is er nu met jou? Je mama wist natuurlijk niet dat de Waalse politiemensen zo snel bij Baudouin zouden uitkomen. Voor één keer dat ze goed werk leveren. De uitzondering die de regel bevestigt. Het kan gebeuren.

— Het kan gebeuren? Mijn Baudouin zit in de gevangenis! Zijn foto staat op de voorpagina's van alle kranten ter wereld! En wie zijn verantwoordelijk? Mijn ouders. En ik, die hij de vrouw van zijn leven noemt en door wie zijn leven naar de haaien is.

Oké, oké. Even terugspoelen. Wat Bente op dit eigenste ogenblik doormaakt, is verrassend. Een soort instantbekering, zoals er een paar in de geschiedenis voorkomen. De apostel Paulus valt van zijn paard onderweg naar Damascus. Van fanatieke vervolger van christenen wordt hij de trouwste volger van Christus. Franciscus van Assisi hoort een stem vragen: 'Wie moet je dienen: de meester of de dienaar?' Hij die zo rijk is, gaat voor de dienaar. De Hongaarse-Britse journalist Arthur Kœstler wordt in 1931 plots communist wanneer hij inziet dat zijn eigen vader 'door het kapitalisme' is geruïneerd. In 1938 zou hij de partij even schielijk verlaten uit onvrede met Stalins wandaden in de Sovjet-Unie. Je zou zelfs het voorbeeld kunnen aanhalen van Conner Rousseau, die

opeens bazelt dat Roma met knuppels moeten worden getemd. Toch even gecheckt... Nee: dat laatste ging eerder over 'stop met drinken'.

Zo'n instantbekering blijft dus een zeldzaamheid. Maar zelden kan ook. Het gebeurt vaker bij jonge mensen. Door een onverwachte storm evolueren ze in geen tijd van het ene waardesysteem naar het andere. Ze veranderen van familie en stellen alles in het werk om die hernieuwde omgeving ter wille te zijn om coherent te worden met de nieuwe groep en met zichzelf. Precies wat Baudouin ook overkwam toen hij Boudewijn werd. Die bekering komt niet uit het niets. Er was dikwijls iets latents aanwezig. Bij Baudouin: twee dode gezinsleden, twee mislukte jaren rechten, zijn isolement in Essen. Bij Bente heeft het onder meer te maken met zoveel mooie momenten in de beginjaren met Baudouin, op haar manier is ze dolverliefd op die jongen. En dan is er die enorme teleurstelling in haar ouders. Einde van het terugspoelen. Het verhaal stopt nooit.

Bente gaat terug naar boven. Naar haar kamer. Haar veilige plek sinds haar kindertijd. Ze doet de deur op slot zoals vroeger. Tot grote ergernis van haar ouders toen: 'Stel je voor dat er brand uitbreekt en dat je niet meer kan opendoen!'

Een brand is er tot nu toe nooit geweest.

Opeens voelt ze iets in haar buik. Een soort kramp in de baarmoeder. Het duurt maar even. 'Het is omdat ik de pil niet meer neem,' zegt ze bij zichzelf.

Haar telefoon gaat. Een vast nummer dat met 081 begint, het zonenummer van Namen.

— Dag, liefste. Ik bel je vanuit de gevangenis. Stoor ik?

— Jij mij storen? Ben je zot of wat?

— Zot, zeker. Van jou, dat nog meer. Ik heb weinig tijd. Ik mag maar vijf minuten bellen, sorry daarvoor.

— Vertel me snel hoe het met jou gaat!

— Ik word al bij al goed behandeld. Het personeel en mijn nieuwe collega's, je weet wie ik bedoel, zijn niet agressief tegen mij. Eerder gelaten. Met alle consequenties van de val van België die ze op tv te horen krijgen, vallen ze zelf in een zwart gat. Ze zijn meer op zoek naar

een matras die hen op de bodem kan opvangen dan naar een zondebok. Maar ik vraag me steeds meer af of we er goed aan hebben gedaan. Ik zie het verdriet van mijn medegevangenen. Dat van de cipiers. Ik herken hun accent, dat van mijn provincie, de provincie Namen. Die nadruk op de i's vind ik zo aandoenlijk. De Antwerpenaren spreken overigens hun i's uit op dezelfde overdreven lange manier, een grappige gelijkenis die ik ook vertederend vond, in het begin in Essen. Ja, hier zijn het mensen zoals ik. En ja, ze zijn zo diep ongerust. Over geldverlies spreken vanuit het veilige Vlaanderen, vanop afstand, los van elke menselijke warmte is één ding. Betrokkenen in wie je je herkent van dichtbij zien beven van angst is iets anders.

Bente heeft de indruk dat ze met de Baudouin van vroeger praat. De jongen op wie ze verliefd is geworden. Voor zijn transformatie. Door haar. Door haar ouders. Ze zegt:

— Ik zal niet te veel antwoorden aan de telefoon. Je wordt zeker afgeluisterd. Maar wat je me nu zegt raakt me, schat. Ik vertel je veel meer als ik op bezoek kom in Namen. Vandaag kon ik niet wegens dat politieverhoor.

— Over bezoek gesproken: ik heb er mijn eerste *parloir* opzitten met mijn zus Claire en jouw zus Lore. Wist je dat ze elkaar kenden?

— Helemaal niet, ongelooflijk.

Bente hoort iemand 'Coignoul, het is tijd' roepen. Een lange bieptoon vervangt zijn stem.

4 maart, 12u30, Namen

Claire en Lore hebben hun braafste kleren aangetrokken. Als je voor het eerst een penitentiaire instelling binnengaat, zelfs als bezoekster, wil je niet opvallen.

Net een tweeling, zo assorti. Elk een zwarte broek en een donkergrijze vest op een sobere witte T-shirt, die van hun eerste ontmoeting. Ze houden van symbolen. Anders waren ze geen psychologie gaan studeren. Zonder nadenken houden ze altijd dezelfde tred. Zelfs de steentjes op het trottoir knarsen in duet onder hun zolen.

De Naamse gevangenis bevindt zich op tweehonderd meter van het treinstation, een handige erfenis uit de tweede helft van de negentiende eeuw toen de twee gebouwen zijn opgericht. Toen wisten ze al dat gedetineerden met meer contacten met hun familie zich gedisciplineerder gedragen.

Claire en Lore zijn wat vroeg. Zestig minuten hebben ze nog, het bezoekuur begint pas om 13u30. Naast het imposante bouwwerk zijn er twee cafés. Ze kiezen Brasserie La Belle Époque omdat de naam hen een goed voorteken lijkt.

Blijft deze niet bepaald hoopgevende vaststelling: Baudouin zit in de gevangenis. Zijn toekomst wordt een beperkt zicht op vier muren voor onbepaalde tijd.

— Optimistisch blijven is de enige optie, zegt Claire als ze aan de donkerbruine tafel gaan zitten.

Optimistisch, in elk geval als ze straks Baudouin zien. Hem vertellen dat hij zijn hele leven voor zich heeft om er nog iets van te maken. Dat hij zijn kruis moet afleggen, hij die soms de mystieke kant opgaat: het hout is nodig voor een vreugdevuur. Goed. Het zou bijzonder mooi klinken op een scoutsvergadering. Maar is 'bijzonder mooi op een scoutsvergadering' altijd even realistisch? Claire heeft zoals de meeste Walen de overdreven neiging om te denken dat alles goed komt. Het gaat al decennia zo slecht in Wallonië dat het de enige manier is om overeind te blijven. Terwijl de Vlamingen zo'n de-toekomst-is-rooskleurig-show minder nodig hebben. Omdat ze zich door hun gunstigere uitgangspositie niet hoeven te troosten met een redding die er toch niet komt.

De kelner kan een pijnlijke grijns niet onderdrukken als hij Lore en Claire Nederlands hoort spreken.

— De vijfde colonne is er al, murmelt hij tegen een collega.

Maar zijn gezicht valt weer in de plooi als hij ziet hoe mooi de meisjes zijn. Schoonheid werkt beter dan de beste aanbevelingsbrief. Op aanraden van de garçon bestellen ze elk een dagschotel. 13 euro per persoon.[71]

— Ik daag je uit om voor zo'n goedkope prijs op restaurant een warme maaltijd te vinden in een Vlaamse grootstad, schertst Claire.

Ze heeft gelijk. De Waalse horeca is ongeveer twintig procent goedkoper dan de Vlaamse. Gewoonweg omdat Walen bijna twintig procent minder verdienen. Je moet je aan je cliënteel aanpassen. En je maag kunnen vullen zonder je portefeuille te plunderen. De Vlamingen zouden nog vaker naar het zuiden trekken om te eten en te drinken als ze dat zouden weten.

De twee jongedames zijn moe na de waterval aan emoties van de voorbije dagen. En de waterval in kwestie leek meer op de *Niagara Falls* dan op de *Cascade de Coo*. Ze heffen hun cola zero aan 2,60 euro op de gezondheid van Baudouin, die ernaast op amper 25 meter in vogelvlucht nog altijd denkt dat zijn zus alleen op bezoek komt.

— Weet je wat, Claire? Ik denk dat Bente, mijn ouders en hij aan het syndroom van Dunning-Kruger hebben geleden en misschien nog lijden, poneert Lore. Je hebt het waarschijnlijk ook in de les gezien, in Luik.

In 1999 hebben David Dunning en Justin Kruger, twee Amerikaanse psychologen, bewezen dat velen van ons te weinig twijfelen. Die 'velen van ons' - of eerder 'die velen van hen', want het principe van zo'n syndroom is dat wie eraan lijdt het niet weet - die mensen dus, koesteren een overdreven zelfvertrouwen. Net daarom zijn ze niet in staat om in te zien dat ze zichzelf overschatten. Zelfs als je zwart op wit bewijst dat ze ongelijk hebben, zullen ze je nog niet geloven.

De psychologie kan achteraf veel verklaren. Voorkomen is iets anders, dat weten de twee meisjes maar al te goed. Op dit moment

71 De prijs in het voorjaar van 2024. Hopelijk blijft dat zo.

voelen ze zich seismologen die een aardbeving niet konden voorspellen maar ze nadien perfect kunnen uitleggen. Ondertussen is het kwaad wel geschied.

— Interessant, dat syndroom van Dunning-Kruger, antwoordt Claire. Het doet me denken aan het recente woord van het jaar in Franstalig België: *ultracrépidarianisme*. Het betekent zoiets als 'ongebreideld zijn mening geven over zaken waar men eigenlijk niets van afweet'. Het woord komt uit een Latijnse quote van Plinius de Oudere: '*Sutor, ne supra crepidam*'. Het verhaal gaat als volgt. Een schilder stelt zijn werken tentoon. Een schoenmaker komt langs. Hij vindt een sandaal - *crepida* in het Latijn - op een van de doeken niet geslaagd en laat dat weten. De dag erna komt diezelfde schoenmaker terug en maakt deze keer een opmerking over het hele schilderij. Antwoord van de kunstenaar: '*Sutor, ne supra crepidam*' - *Schoenmaker, ga niet hoger dan de sandaal*. Blijf bij je leest, dus. Zelfs de meest verstandige mensen trappen in die val van betweterij. Een hoog IQ behoedt allerminst voor zelfoverschatting, 'we zijn toch de allerslimsten, we hebben uiteraard gelijk'. Als ze zich vergissen, vergissen ze zich fors. Dit is ook een verklaring voor wat je ouders overkomt.

Hun bestelling komt snel. In een restaurant naast een gevangenis wordt er niet gewacht, geduld is voor het gebouw aan de overkant.

— Smakelijk, Claire, *primum edere deinde filosofare*: eerst eten dan filosoferen. Volle buik, volle geest. Die *américain-frites* zal ons deugd doen.

De dagschotel aan 13 euro blijkt een verkwikkende zet. En dan wordt het tijd om voor de houten gevangenisdeur te gaan aanschuiven. Het stervormige gebouw uit 1874 torent uit boven de omliggende huizen van de voor de rest rustige woonwijk van Bomel. Bizar contrast tussen het normale leven en dat van mensen die de wereld nog enkel zien door tralies en prikkeldraad. De al dan niet ingebeelde echo's van voetstappen op koude vloeren hangen in de lucht. Toch is hier weinig plaats voor romantiek. Het gebouw ziet er ouder uit dan zijn 150 jaar. Zijn bruine bakstenen brokkelen af. Nog net niet genoeg om een permanente opendeurdag te houden, tot grote spijt van de bewoners.

In de rij zien ze vooral vrouwen, vaak met jonge kinderen op de arm. Na een kwartier wachten mag iedereen binnen. Voorbij het metaaldetectiepoortje, een gang met een koude vloer die dus echt bestaat. En dan: de bezoekerszaal.

De gevangenen en hun naasten vallen elkaar in de armen, met een vrolijk tumult tot gevolg. Baudouin zit aan de verste tafel in een hoek. Twee cipiers bewaken, of eerder, beschermen hem. Tegen mogelijke wraakacties van medegedetineerden en van hun familie. Tegen mogelijke foto's.

Als hij Claire en Lore samen ziet, kijkt hij verbouwereerd.

— Dag, Claire, het doet me ontzettend veel deugd dat je vandaag al kan komen. Wat een verrassing dat jullie met z'n tweeën zijn! Dag, Lore. Ik ben zo blij dat je er ook bij bent. Maar kennen jullie elkaar of zijn jullie hier toevallig samen?

— Dag, Baudouin. Nee, het is geen toeval. We zijn al een paar maanden onafscheidelijk, antwoordt Claire. Of is het Lore.

— Gek dat ik dat niet wist! Waarom hebben jullie dat geheim gehouden?

— Omdat het moment nog niet rijp was, antwoordt Lore. Omdat mijn ouders, Bente en jij maffe plannen aan het bedisselen waren. We wilden net op tijd in actie komen om jullie op andere gedachten te brengen. Het verrassingseffect van onze nieuwe vriendschap was ons geheime wapen. Maar we waren te laat. Naast liefde is timing het belangrijkste op aarde.

Baudouin lijkt geëmotioneerd. Hij had twee engelbewaarders. Hij heeft ze niet gezien. De zichtbaarheid is overigens een weerkerend probleem met dat soort schepsels. Hij ziet er moe uit. De eerste mens die tijdens zijn eerste nacht op een gevangenisbed goed slaapt moet nog worden geboren. De ruwe lakens schuurden tegen zijn huid. Hij draaide, hij woelde. Elk geluid vanop de gang of uit de andere cellen leek versterkt. Een eerste nacht in de gevangenis is tegelijkertijd een realiteitscheck. Voor het eerst bekijk je de wereld waarvan je dan bent afgezonderd vanop een afstand die heilzaam kan zijn.

In de bezoekerszaal begint Baudouin aan een zelfanalyse, een vaak voorkomend fenomeen als er één, laat staan twee psychologen in de buurt zijn:

— We geloofden zo sterk dat ons plan geniaal was. Zelfs samen hadden jullie ons niet van het tegendeel kunnen overtuigen. Bente, haar ouders en ik reden plankgas door een tunnel zonder zijweg. Later, door voortdurend te doen alsof het allemaal een spel was tegenover mijn jonge medeplichtigen, begon ik zelf te geloven dat we aan het spelen waren. Ik liep naast de realiteit. Gezien de plek waar ik nu zit, heeft ze me overduidelijk ingehaald.

Nu neemt Claire het woord:

— Of we je van gedachte hadden kunnen doen veranderen, zullen we nooit weten. Wat wel vaststaat, Baudouin: je bent regelrecht in de val gelokt.

— Een val?

Baudouin verdient ofwel de Ensor of de Magritte voor beste acteur - zowel de Vlamingen als de Franstaligen geven de naam van een schilder aan hun belangrijkste filmprijzen. Ofwel is hij oprecht verrast. Dat tweede is waarschijnlijker. Een prille blijk van opluchting verschijnt in zijn ogen. Zal hij zelf eindelijk beter begrijpen wat hem is overkomen?

— Ja, Baudouin. Mijn ouders hebben Bente als instrument gebruikt om hun doel te bereiken. En met z'n drieën deden ze dat op hun beurt met jou. Je was een wegwerpartikel dat nu in de vuilnisbak van de samenleving is beland: deze gevangenis. Ondertussen heb je precies gedaan wat ze van jou verwachtten. Zij en anderen. Meer kan ik je hier en nu niet vertellen: de muren hebben oren - *les murs ont des oreilles*. Kijk: we hebben zoveel identieke uitdrukkingen in het Nederlands en het Frans. Onze talen zijn geen grenzen, maar ik weet dat je er niet altijd zo over dacht.

Baudouin heeft zijn blik op oneindig, wat in de gevangenis niet zo ver reikt. Hij mompelt meer dan hij spreekt.

— Ik was zo verliefd op Bente. Ik wilde van de weeromstuit dat alle mensen in haar omgeving van me zouden houden. Maar door iedereen worden bemind staat gelijk aan graag worden gezien door de eerste de

beste, besef ik nu. Als ik jullie goed begrijp, is Bente evenveel slachtoffer als ik. Ik verwijt haar niets. Hoe meer ruimte er is tussen ons, hoe moeilijker ik kan ademen.

Lore en Claire zien Baudouin emotioneel worden. Het goede moment om verder aan zijn bewustwording te werken. Een soort deradicaliseringsproces, zo u wil. De partij waarin hij zich lang heeft herkend, noemt zichzelf niet zonder reden 'radicaal maar niet marginaal'. Over dat gebrek aan marginaliteit valt trouwens te discussiëren, maar soit.

De twee psy's in spe zijn het erover eens: zelfs de meest verdwaalde mens kan zichzelf herontdekken, zoals men een verloren voorwerp terugvindt. Ze leggen Baudouin een schema voor van wat hij heeft doorgemaakt. Woorden leggen op een wonde helpt soms meer dan een pleister.

— Lore en ik hebben samen in deze spiekbrief genoteerd hoe je stap voor stap bent veranderd. Zeg ons of je jezelf daarin herkent.

Ze lezen de vijf punten om de beurt voor:

Eerst overtuig je jezelf dat iemand anders aan de oorsprong ligt van jouw problemen. Jou kan uiteraard niets worden verweten, je bent zo goed bezig.

Je voelt stilletjes aan nog alleen respect voor diegenen die hetzelfde meemaken als jij. Op jou lijken. Soort zoekt nog alleen maar soort.

Je ziet elke kritiek op jou en je groep steeds meer als een vorm van onrecht.

Je hebt het recht om het recht in eigen handen te nemen, want het is aan jouw kant.

En dan ontvoer je Bart De Wever, met alle gevolgen van dien.[72]

72 Dit schema is vrij geïnspireerd op het werk van de Franse schrijver Eric-Emmanuel Schmitt.

Bij het horen van elk volgend punt zakt het hoofd van Baudouin steeds lager. Tot het bijna tussen zijn knieën zit, net niet te diep opdat hij de meisjes nog zou kunnen horen en een antwoord geven:

— Ongelooflijk gedaan, dames. Ik heb de indruk dat jullie in mijn ziel hebben gekeken. Ja, zo is het gebeurd. Maar Lore, begrijp jij waarom je ouders dit proces als eerste hebben doorgemaakt en Bente en mij nadien hebben meegesleurd? Kan ik ze zien als zombies die niets liever doen dan gezonde mensen besmetten?

— Je hebt te veel gekeken naar *The Walking Dead* of *The Last of Us*, Baudouin. Ik zou ze eerder vergelijken met missionarissen die zo veel mogelijk mensen willen bekeren omdat ze zelf zo sterk geloven. En er is een extra dimensie: de vrees. Mijn ouders zijn in eerste instantie bang, zoals een missionaris een heilige schrik had voor de hel.

— Bang waarvoor?

— Ze vrezen te verliezen wat zij hebben mogelijk gemaakt, of eigenlijk vooral hun ouders en grootouders: een welvarend Vlaanderen. Dat is niet eens zo gek lang geleden gebeurd. De eerste honderd jaar van België waren voor het noordelijke gedeelte een en al kommer en kwel. Niets werkte, terwijl Wallonië op volle toeren draaide. Waar steeds meer Vlamingen schrik voor hebben is dat ze opnieuw in die armzalige periode zullen belanden.

Wat Lore hier beschrijft, is het 'Vlaamse nieuwerijkensyndroom'. De angst bij sommigen dat de drie wagens op de oprit van de villa tot twee of zelfs één zouden worden herleid. Wie eraan lijdt, is constant bezorgd om morgen, terwijl een Waal gemakkelijker zou zeggen dat morgen voor zichzelf zorgt.[73]

Lore buigt zich voorover en legt haar hand op die van Baudouin om hem te laten voelen dat ze hem niets verwijt, ze stelt slechts een soort diagnose. Claire doet hetzelfde, met meer nadruk, zoals alleen een zus dat kan. Aan de andere tafels spreekt iedereen luid en vrolijk. Niemand

73 Sorry, Waalse lezer in het Nederlands, voor de lichte - en misschien niet lichte - overdrijving. Opgelet voor veralgemening, uiteraard.

let op hen. Na een tijdje zijn de meeste cipiers aan het tokkelen op hun gsm. Een van hen is duidelijk met *Super Mario Run* bezig. Met zijn hele lichaam probeert hij de valstrikken op het parcours te pareren.

Lore kan verder praten. Ze spreekt over haar jonge jaren, vóór haar moeder voor het Belang begon te werken.

— Naarmate ik zelf groter werd, heb ik mijn ouders steeds meer horen praten in termen van minder. Van minderheid. Van minderwaardigheid. Van 'Er is niet meer genoeg voor iedereen, we moeten ons beschermen tegen diegenen die ons geld afpakken: de Walen en de migranten.' Ik had de moed willen hebben om te repliceren: 'Denk niet minder maar ruimer. Leef breed. De Belgen van noord tot zuid zijn sinds kort toch de rijkste mensen ter wereld.[74] Kweek geen gemeenschappelijke vijand, maar een gemeenschappelijke wil. Vlaanderen is veel meer dan een vlak land. Ga op een heuvel staan, zie de horizon.' Ik deed het niet. Te veel van ons reageerden niet. En zie waar we nu staan.

Wat Lore niet vertelt, is dat zo'n bevende middenklasse ook in Wallonië-Brussel bestaat. Maar in het Zuiden is er eerder sprake van een 'Franstalig nieuwearmensyndroom': de onrustwekkende vaststelling dat de staat en vooral de Waalse en Brusselse deelstaten, die zolang een vangnet waren, dat bij gebrek aan geld niet kunnen blijven. Ieder zal zijn eigen vel moeten redden. Door de donkerrode industriële traditie in het Zuiden zal wie daar die onrust voelt eerder naar extreemlinks neigen. Ja, ook wie een beetje centen heeft. De communisten viseren toch alleen de 'miljonairs', nietwaar, als een moderne Robin Hood die de buit genereus zal herverdelen. Zo zouden de bange Walen hun angst kunnen ruilen voor het dagelijkse aanheffen van de Internationale bij het hijsen van de rode vlag met hamer en sikkel. Maar de Luikse leider van de partij is toch zo'n toffe. Nietwaar?

74 De Belgen hadden inderdaad samen het hoogste mediaanvermogen van de wereld in 2022, 228.594 euro elk. Onze eerste plaats was een première in de geschiedenis. Dat staat in het *Global Wealth Report* van Crédit Suisse en UBS, verschenen in augustus 2023. De Australiërs waren tweede.

In de bezoekerszaal van de gevangenis van Namen is de tijd op. In het leven zijn liefde en timing alles, ja.

Claire ziet dat iedereen afscheid begint te nemen. Ze haast zich om een laatste vraag te stellen.

— Wat ik fascinerend blijf vinden, is dat je in dat extreme verhaal bent meegegaan, maar ergens bewaarde je afstand, zoals iemand die slaapt maar die weet dat hij slaapt. Het verklaart allicht waarom je plompverloren ontwaakt. Ik stop nu maar met zelf het antwoord op mijn eigen vragen te geven, dat doen psychologen maar al te graag. Weet je hoe je je zo hebt laten vangen?

Baudouin is zo blij met dit gesprek. Ook omdat hij opnieuw een zus heeft. En omdat hij eindelijk kennis heeft gemaakt met zijn echte schoonzus.

— Ik denk dat het iedereen kan overkomen. Er zit een extremist in elk van ons. Soms duurt het maar een paar seconden. Zoals daarstraks nog bij mij. De bewaker die me uit mijn cel moest halen, vond de juiste sleutel niet. Ik dacht dan, als de flamingant die ik nog een beetje ben: 'Die Walen zijn toch altijd zo lomp.' Maar die gedachte heb ik meteen verdrongen toen zijn collega in een-twee-drie de deur opendeed. Andere mensen blijven heel hun leven in zo'n negatieve spiraal steken. Negativiteit is een zelfbedruipend en gulzig gedrocht dat perfect weet te selecteren wat het steeds groter zal maken.

Claire geeft haar broer een zoen zoals alleen een zus kan doen.

— Straks zal ik Bente proberen te bellen, zegt Baudouin voor hij naar zijn cel terug moet. Ik hoop dat we onze relatie kunnen redden. En, wie weet: het land.

Hoofdstuk 2.22

Hoe België een beter België wordt (en Boudewijn een betere Baudouin)

Prins Laurent had zijn kans geroken. Hij had de vier toekomstige nieuwe landen aangeboden om hun nieuwe vorst te worden. Hij vond zelf dat hij over de beste kaarten beschikte.

— Ik ben de populairste *royal*. Ik ben ook de jongste, een duur pensioen of een staatsbegrafenis financieren is dus niet meteen voor morgen. De jongste op Delphine na, juist. Maar mensen zouden haar op straat amper herkennen. Ze doet bovendien vaak lastig en ze spreekt geen Nederlands.

Overal wordt hij vriendelijk onthaald. Zelfs in Vlaanderen, dat nochtans aan een president denkt. In dat geval toont Laurent zich bereid om aan verkiezingen deel te nemen. Maar op het moment dat het *enfant terrible* van de monarchie op zijn 62e eindelijk de baan van zijn leven kan krijgen, slaat een nieuwsflash in als een bom in Villa Clémentine[75] en overal in het land: Bente en Baudouin geven hun eerste interview, op paasdag, 5 april 2026.

Bovenaan de pas opgerichte en al megasuccesvolle websites van *Vrij Vlaanderen*, *La Wallonie libre*, *Bruxelles libéré* en *Freies Ostbelgien* – in

75 De Villa Clémentine in de Jezus Eiklaan in Tervuren is de woonplaats van Prins Laurent en (voorlopig) geen kasteel.

de vier toekomstige landen denken persbazen blijkbaar nog altijd op dezelfde manier als ze een naam bedenken - verschijnt dezelfde kop om het gesprek in te leiden dat rechtsreeks wordt uitgezonden: 'Exclusief interview met de hoofdrolspelers: *De val van België was een valstrik*'.

Bente zit in de studio die de vier media samen hebben gehuurd in het Groothertogdom Luxemburg, om geen van de toekomstige staten te bevoordelen. Zo te zien zal het einde van België vooral de buurlanden rijker maken. De jonge vrouw is volledig in het wit gekleed, voor één keer quasi even ingetogen als de Maagd Maria die tussen 1932 en 1933 een dertigtal keer in Beauraing bij Dinant zou zijn verschenen. Alleen de kroon ontbreekt. Baudouin zit nog achter slot en grendel in Namen. Maar zoals ongeveer alle gedetineerden van het land kon hij een smartphone binnensmokkelen. De beelden vanuit zijn cel zijn van uitstekende kwaliteit. Het 5G-netwerk werd net vóór de aangekondigde scheiding in de Waalse hoofdstad geïnstalleerd. Gelet op de precaire financiële situatie van Wallonië was het na de splitsing wellicht geen prioriteit meer geweest.

Na de inleiding door de journaliste begint Bente met een bekentenis:

— Ik en niemand anders heb Baudouin overtuigd om Bart De Wever te ontvoeren. Hij moest van mij een paar jongeren uit Namen rekruteren en hen wijsmaken dat het een soort spel was. Onze bedoeling was om er Walen bij te betrekken. De schuld moest in hun al bezoedelde schoenen worden geschoven om zo de val van het koninkrijk te veroorzaken.

De journaliste wacht geduldig tot het einde van Bentes uitleg, onderbreken durft ze niet. In 2026 zijn kijkers te geanimeerde gesprekken die nog amper te volgen zijn meer dan beu.

— U hebt het over 'ik' en dan over 'onze bedoeling'. Hebt u alleen gehandeld, ja of nee?

— Alleen was ik niet. Mijn moeder is parlementair medewerkster voor het Vlaams Belang. Een paar belangrijke mensen binnen de partij hebben het plan van A tot Z ontworpen en het haar opgelegd. Wie ze zijn, zal ik niet zeggen. De betrokkenen zouden onmiddellijk in de zo geliefde slachtofferrol kruipen om er electoraal profijt uit te halen. Het

gebeurde weliswaar op een omfloerste manier. In de stijl van 'Het zou goed zijn dat u het zou doen', 'We zouden het ten zeerste appreciëren dat...' en noem maar op. Dwang is dwang, al is ze zacht. Hoe kon ze tegen het partijapparaat ingaan? Ze werd ook onrechtstreeks onder druk gezet door een vreemde mogendheid, u raadt ongetwijfeld dewelke. Die heeft dezelfde patroonheilige als België, hoewel ze België niet alleen maar goeds toewenst.[76] Meer vertel ik niet. Er zijn landen die je beter niet noemt als je geen gezondheidsklachten wil krijgen. Om een mogelijk misverstand uit de wereld te helpen, zal ik slechts zeggen dat de naam van het land met een C begint. Niet met een V en een S. En dat zijn rol waarschijnlijk nog groter is geweest dan ik zelf vermoed. Van dit alles heeft Baudouin nooit iets geweten. Hij heeft meegewerkt omdat hij van mij hield.

De jonge vrouw kijkt naar het beeld van haar geliefde in zijn cel. Ze gooit hem een kus toe. De interviewster laat begaan. Een goed tv-moment heette zoiets in de glorieperiode van de televisie. Na drie seconden stilte komt ze wel tussen. Anders zouden de kijkers kunnen denken dat er een technisch probleem is en afhaken.

— Ik begrijp uw emotie. Maar hebt u tastbare bewijzen van wat u poneert?

Het accent van de journaliste, hier tegen Bente in het Nederlands, is perfect. Ze hanteert zo goed de drie nationale talen dat niemand hoort van welke kant van het land ze komt. Haar moeder is Waals, haar vader Vlaams en ze woont sinds haar geboorte in Eupen. Ze ziet er neutraal uit, een fantastische troef. Maar ze is amper een paar jaar aan de slag, net te laat, dus. In België werd iedereen op basis van zijn moedertaal en zijn woonplaats met een bepaalde kant geïdentificeerd. De constante wedstrijd binnen het koninkrijk kon niet eerlijk verlopen, bij gebrek aan onpartijdige scheidsrechters.

76 Over Sint-Jozef, patroonheilige van België, maar ook van China en de Verenigde Staten, zie ook hoofdstuk 1.22.

Bente antwoordt:

— Tastbare bewijzen heb ik niet, nee. De voorzitter van het Vlaams Belang is niet voor niets de zoon van een ex-rijkswachter. En de vreemde mogendheid controleert een groot deel van het internet. Maar als ik nu de gevolgen zie, walg ik. De Walen en Brusselaars zullen aanzienlijk verarmen. Heel Europa beschuldigt ons, Vlamingen, van puur egoïsme. Meer dan een eeuw geleden, in het begin van de Eerste Wereldoorlog, heeft de vrije wereld ons gesteund tegen de Duitse agressie. We waren '*Poor Little Belgium*'. Nu is Vlaanderen de agressor geworden tegen '*Poor little Wallonia and Brussels*'. Toeristen komen nu al minder naar onze kunststeden en naar de kust. Binnenkort helemaal niet meer. De orderboeken van onze bedrijven beginnen stilaan leeg te lopen. In een oorlog zonder wapens zorgt perceptie voor de zege. We hebben verloren.

— Ja, dat is inderdaad de situatie vandaag. Baudouin, hebt u daar iets aan toe te voegen?

Het beeld stokt even. Het is echt niet het moment, denkt de journaliste, die het interview van haar leven leidt. Na vijf seconden van technische hapering die haar bijna een maagzweer én een hartinfarct bezorgen, is Baudouin Coignoul weer scherp. 'Geluk hebben is beroepskwaliteit nummer één', heeft ze zo vaak van oudere collega's gehoord. Check!

Baudouin heeft ook een wit hemd aan, die kleur is duidelijk in trek vandaag. Hij ziet er wat ouder uit dan op de foto's die tot nu toe van hem werden verspreid. Iets in hem is manifest veranderd.

— Ik wil eerst zeggen dat ik Bente meer dan ooit graag zie. Dat mijn gevoelens overeind blijven is het beste bewijs dat wat ze zegt klopt. Ik weet dat de extreme partij in alle talen, enfin, vooral in het Nederlands, zal ontkennen. En ik heb het niet eens over die vreemde mogendheid. Maar laat u geen rad voor ogen draaien. Neem dat aan van iemand die jarenlang goedgelovig is geweest en er nu de gevolgen van moet dragen. De val van België heb ik niet alleen veroorzaakt. Na mij zijn jullie allemaal in dezelfde val getrapt. Maar er is nog tijd om eraan te ontsnappen. Ik roep daarom alle politici in noord, centrum, oost en zuid op om de aangekondigde scheiding terug te draaien. Die kwam er op basis van bedrog. In een rechtsstaat leidt bedrog tot nietigheid. En ik wens ook

iets persoonlijks mee te delen. Bente en ik verwachten een kind samen. We willen dat hij of zij als Belg wordt geboren.

Het brein van de journaliste wordt overspoeld door gelukshormonen. Zo'n onverwacht *happy end* zal minstens het jaaroverzicht halen. Allicht ook dat van het decennium. De breder dan brede glimlach die later haar handelsmerk zal worden, verschijnt op haar gezicht. Niet alleen voor het kind op komst. Met dat interview van haar leven gaat het met haar beroepsleven beslist de goede kant uit.

Quasi elke Belg ziet het exclusieve gesprek, live of uitgesteld. De rest van de wereld kijkt mee. Zoals verwacht, gebruikt de beschuldigde partij meteen haar overtuigingskracht en artificiële intelligentie om de geloofwaardigheid van Bente en Baudouin met grof geschut onderuit te halen (wellicht samen met de vreemde mogendheid, maar als we zo over haar blijven spreken, gaan we echt allemaal problemen krijgen). Van drugshandel toegeschreven aan Baudouin – 'zelfs tijdens zijn interview zag hij er stoned uit', 'een van zijn klanten getuigt' – tot heel lichte zeden en zelfs ontucht wat Bente betreft – '2.000 euro per nacht maar het was blijkbaar de moeite', 'meer dan de helft van haar inkomen ging naar haar Waalse pooier', 'zie hier de onthullende en onthutsende beelden' enz., enz. De moeder van Bente, Gella Geelkens, wordt zwaar onder druk gezet om haar eigen dochter tegen te spreken. Ze weigert. De hele zaak heeft haar bijna haar familie gekost, het enige wat ze nog heeft. Marnix steunt zijn vrouw. Zij speelt prompt haar job als parlementair medewerkster kwijt. Hij verliest de zijne niet. Het college van Essen toont dat zijn hart even goed als eucharistisch is.[77] Gella en Marnix overwegen een B&B in Noorwegen te openen, het nieuwe beloofde land, hebben ze op tv gezien, daar is nog plaats. Maar dan pas na de geboorte van hun eerste kleinkind.

Ondertussen ontstaat er weer zoiets als een Belgische publieke opinie. De vakbonden, die nog altijd unitair zijn, overwegen de grootste

77 Ter herinnering: de exacte naam van het college is: het College van het Eucharistisch Hart.

mars op Brussel ooit te organiseren om op die 'Vaarwel België/*Belgique Adieu*' terug te komen. De politici vrezen alweer grote onrust. Vijf dagen na het interview, op 10 april 2026, beslissen ze dat alle gesprekken over de boedelscheiding per direct moeten stoppen. Slechts één partij verzet zich, die waarvan de initialen V en B zijn, maar niemand die daar van opkijkt.

Er wordt grondig onderhandeld over een 'België 2.0'. Met de nadruk op meer contacten tussen de deelstaten en tussen de mensen. Dat ze aan de rand van de Belgische afgrond heeft gezeten, zorgt bij de bevolking voor een opflakkering van wederzijdse belangstelling. Je beseft vaak pas dat iets belangrijk is als je het dreigt te verliezen en dikwijls is het dan al te laat. Hier niet.

Op 21 juli 2030 vindt het mooiste feest ooit in dit land plaats naar aanleiding van tweehonderd jaar Belgische onafhankelijkheid. Walen komen in Vlaanderen meevieren en vice versa, met een paar zwoele nachten tot gevolg. Nogal wat gemengde huwelijken eveneens.

Van de Walen leren de Vlamingen dat elkaar vanop afstand met een simpele 'hoi' of 'hey' begroeten wat mager uitvalt. Een handje, een kus, een aanmoediging, een felicitatie maken ons soms te kille land warmer. De peilingen laten zien wat in werkelijkheid al twee eeuwen geldt: de burgers van beide kanten denken meestal hetzelfde over alle grote maatschappelijke thema's. Bijna zeshonderd jaar gemeenschappelijke geschiedenis sinds de Bourgondiërs van Bart Van Loo wis je niet zomaar uit. Het begon in 1464 met de Staten-Generaal in Brugge, onder Filips de Goede. Sindsdien zijn alle Belgische provincies onder hetzelfde staatsdak gebleven, al had de staat in kwestie tot 1830 verschillende vormen en namen. Op het Prinsbisdom Luik na, dat er pas in 1794 bij kwam, tijdens de Franse periode. Luikenaars willen graag anders doen. Zoals de Antwerpenaren in Vlaanderen met hun rare heimwee naar Groot-Nederland. Maar dat is nu ook (voor bijna iedereen) verleden tijd.

Om van het ei zo na ex-land een heuse nieuwe staat te maken, wordt het onderwijs voortaan verstrekt in vier talen: Nederlands, Frans, Duits en Engels, naar het voorbeeld van het Groothertogdom. Er ontstaat een nationaal mediakanaal dat over het hele grondgebied informeert. Alle

uitzendingen zijn tweetalig. Naar Afrikaans voorbeeld wordt het tv-journaal door een tweetalig duo journalisten gepresenteerd, die - voor *la petite* en *la grande histoire* - heel snel een koppel vormen.

België wordt een wereldwijd symbool voor herboren liefde. Toeristen uit de hele wereld komen massaal hun trouwbeloftes hernieuwen in een van onze talrijke kerken of kastelen, we hebben er meer per inwoner dan welk land ook. Onze *country where love wins* wordt *Person of the year 2030* in *Time Magazine*. Onze bedrijven profiteren voluit van de hype. '*Made in Belgium*' wordt in een Amerikaanse zakenkrant die niet voor grootspraak terugdeinst, omschreven als '*Made in Paradise*'.

Hoofdstuk 2.23

Hoe alles eindigt

Een priemgetal is een natuurlijk getal groter dan één dat slechts twee natuurlijke getallen als deler heeft: één en zichzelf. Priemgetal 23 zoals het nummer van dit hoofdstuk heeft daarom iets unieks en mysterieus. Dat geldt uiteraard ook voor de toekomst van het nieuwe België, die onzeker blijft, bij ons gaat niets vanzelf. We leven nog altijd op de boeiendste plek ter wereld, wat een geluk toch. 23 is ten slotte het geluksgetal van de auteur van dit boek: hij werd geboren op 23 april 1965. Daarom wilde hij absoluut met hoofdstuk 23 eindigen. Hij is niet bijgelovig. Of misschien toch een beetje.

'*Bis repetita placent*', zouden Marnix Roosens en Bart De Wever zeggen. Het is inderdaad een herhaling waard: de toekomst staat nergens beschreven, zoals de regels die volgen ook niet bestaan als de journalist die zich schrijver waant deze zin op zijn klavier tokkelt. De inhoud van het echte hoofdstuk 23 is uw verantwoordelijkheid. En die van onze helden.

À propos: u vraagt zich misschien af hoe het Bente en Baudouin nadien nog is vergaan.

De Dinantees wordt een paar dagen na zijn dubbelinterview met Bente vrijgelaten uit de Naamse gevangenis. Hij krijgt uitzonderlijk gratie voor bewezen diensten aan het land dat hij heeft gered nadat hij het bijna de dood had ingestuurd. De gsm waarmee hij het interview op paasdag weggaf, wordt wel in beslag genomen. Een Belgische tuchtprocedure blijft een Belgische tuchtprocedure. Ooit wordt die vermoedelijk geveild bij *Christie's* of *Sotheby's*, maar het is nog wat te vroeg om in te schrijven.

In 2030 - het jaar van de grote vieringen - verwachten Bente en Baudouin hun tweede baby. De onverwoestbare burgemeester van

Antwerpen, Bart De Wever, heeft alvast aanvaard peter te worden. Hij heeft net een huisje in de Maasvallei gekocht. Misschien komt hij hier na zijn pensioen wonen. Politieman René Bouchat wordt dan zijn buurman. Hun vurige discussies zullen zorgen voor permanente ambiance in de wijk. Ze zouden zelfs kunnen praten over hun respectieve ervaring met buitenlandse geheime diensten.[78] Bente en Baudouin organiseren wandeltochten in het hele land om het wederzijdse begrip tussen noord en zuid nog eens aan te wakkeren. Samen stappen doet wonderen. De mens is mens geworden toen hij opstond en zich op twee benen leerde voortbewegen. Zijn horizon werd de planeet. 's Avonds na aankomst vertelt Baudouin graag een kort, ietwat geromantiseerd verhaal dat laat zien dat er nog iets overblijft van zijn mystieke kant. Mystiek en sympathiek:

— Ik voel me als een dief die naar Vlaanderen kwam om met de Vlaamse schat te gaan lopen: de seks en de centen. Maar ik ben op heterdaad betrapt. Ik heb toen ontdekt dat ik iets anders had gevonden: de vrouw van mijn leven. En mezelf.

Elk jaar op kerstdag gaat het bekendste gemengde koppel van het land naar Dinant. De ouders van Bente komen speciaal over uit Noorwegen. Annemie Struyf heeft hen gecontacteerd voor de zoveelste aflevering in haar reeks *Het Hoge Noorden*. Ze houden hun antwoord in beraad. Tante Rosa is erbij en ook Lore, Claire en mama Vinciane. Het goede kerstgesprek is van Essen naar Wallonië verplaatst, weliswaar met een nieuwe voorwaarde: dromen of voornemens in verband met de politiek zijn ten strengste verboden. Claire heeft zopas de zaak van haar moeder overgenomen, samen met Lore. De twee psychologen-begrafenisonderneemsters organiseren naast uitvaarten ook mentale begeleiding met als motto 'de dood is het ultieme teken van leven'. De zaak floreert als nooit tevoren. Lore zal eerstdaags trouwen met Arthur,

78 Als dit wordt geschreven, in het voorjaar 2024, is er niets geweten over spionageactiviteiten van een buitenlandse geheime dienst tegen Bart De Wever. Maar in onze snel veranderende wereld kan er over twee, drie jaar veel gebeuren. In dit boek is alles waar, behalve wat niet waar is.

de beste maat van Baudouin die bij hem was toen hij werd aangehouden. Claire heeft de ware nog niet gevonden. Ze verzorgt haar mama, die aan een zeldzame vorm van jongdementie lijdt. Nee, het echte leven is geen ideale wereld.

Op die kerstdag 2030 doet een verrassend warme winterzon de Maas blozen en Dinant uitblazen. Het hele gezelschap gaat langs het jaagpad tot aan de rots Beiaard wandelen, aan de grens met Anseremme. Onderweg herkent een toerist uit het Noorden Bente en Baudouin. Het koppel heeft geen kans om te antwoorden, Baudouins moeder Vinciane is hen voor. Ze zal een paar weken later overlijden.

Dit zijn de laatste zinnige woorden die ze ooit uitspreekt:

— U bent hier thuis. Welkom in Wallonië.

EINDE 2

Epiloog

of het echte einde van het verhaal

Over de zaak Bente en Baudouin kent u nu de hele waarheid. Of bijna. Want ik, Christophe Deborsu, verneem nu pas – of heb ik gedroomd? – dat tante Rosa deel uitmaakt van de Belgicistische vereniging BBX2, acroniem van 'Belgische beweging – Bloc belge'. Ze deed al die jaren paradoxaal genoeg haar best om haar broer Marnix en zijn vrouw Gella verder te laten radicaliseren opdat ze hun voornemen om België een fatale slag toe te dienen werkelijk ten uitvoer zouden brengen. Lore, haar geliefkoosde nicht, had haar daarvan op de hoogte gebracht. De jonge vrouw was trouwens ook lid van BBX2. Daarom had zij er bijvoorbeeld bij haar vriendin Claire begin 2026 niet op aangedrongen om snel bij Baudouin tussen te komen terwijl ze pertinent wist dat de ontvoering van Bart De Wever reeds op 19 februari zou plaatsvinden. Als het zover zou komen, zo dachten Rosa en Lore, zou het land zijn weerbaarheid tonen. En zou België steviger dan ooit uit het conflict komen, wat uit Einde 2 van dit boek blijkt. Van dit hele verhaal waren dus Rosa en Lore – als ik goed wakker ben – de echte deus ex machina. Niet eens de andere Roosens, hun partij of (eventueel, ik dring zeker niet aan) een vreemde mogendheid. *Tel est pris qui croyait prendre* of in het Nederlands nog toepasselijker: 'Wie een kuil graaft voor een ander valt er zelf in.' Tussen 49°30′ noorderbreedte in Meerle en 51°30' in Torgny, namelijk in België, is echt niet alles altijd wat het lijkt. Als de rest van de familie dit ontdekt in deze paar laatste regels, weet ik niet hoe ze zal reageren.

Welk van de twee eindes van het boek zal het dan volgens mij in het echt halen? Het antwoord hierop is hoogst onzeker. Vandaag denk ik Einde 1. Morgen, Einde 2. En overmorgen weet ik het niet meer.

Ja, er is nog zoveel te leren. Maar er is nog iets beters te doen.

Want we zijn nog niet eens ons glas gaan heffen in de Rex in Essen of op La Croisette in Dinant: een *Demi-Demi* of Half-en-half, een drankje dat bestaat uit de helft cava of champagne en de helft witte wijn. Elk zijn zin. We hebben zoveel te delen.

Niet meer schrijven. Meer zien. Meer doen. Samen.

EINDE
(tout court)

Rochefort 1995 – Namen, Dinant, Essen en Schelle 2024

Nog eens dank aan

Mijn vrouw Annick De Wit, mijn eerste lezeres, mijn eerste in (bijna) alles. Zoals mijn zonen Jean, Pol en Roch Deborsu: het idee van de twee eindes kwam van Jean. Mijn vader Philippe Deborsu, geboren en getogen in Anseremme, die de Franse vertaling heeft nagelezen samen met mijn moeder Marie-Céline Destoquay, die vaak naar Dinant kwam maar nooit in Essen was. Mijn zus Nathalie, die ook verbeterde en met haar is het altijd beter. Axel Tixhon, historicus en oud-burgemeester van Dinant. Frans Schrauwen, oud-burgemeester van Essen en lokale historicus. Wekke Buyens van de gemeente Essen. Hans Suijkerbuijk, ex-Essen en nu Schelle. Kevin Ruyts, directeur van het college in Essen. Tanné Bogaerts voor haar levenslessen. Pieter-Jan Crombez van Katholiek Onderwijs Vlaanderen. Wijlen Pater Jef Breugelmans, die mijn eigen leraar Nederlands was en die ik mis. De leerkracht van het Scheideggerinstituut die me heeft leren blindtypen, zijn naam ben ik kwijt, de techniek niet. Mijn hp-laptop pavilion 14-dv1. Mijn *Dikke Van Dale* en mijn *Grand Robert*. Lize Spit en Bart Van Loo omdat ze de lat qua taal zo hoog leggen. Het Belang van Limburg waarin ik elke dinsdag (zeer graag) een column schrijf en dat me over dit land vrolijk doet nadenken. Mijn zender RTL die me de kans biedt de wijde wereld te verkennen. Alle sympathisanten van de extreme partij die zijn blijven lezen (diegenen die zijn gestopt ook, maar toch minder). Eindredactrices eersteklas Beatrijs en An, twee zalige zussen. Redacteur Nils De Malsche, die zowel jeugdigheid als talent heeft, daar droomt iedereen van. Bente Roosens en Baudouin Coignoul, die in mijn ogen echt bestaan. En uitgever Sam De Graeve, die gelukkig nog veel meer bestaat, op hem heb ik altijd kunnen rekenen. Zijn altijd positieve blik en inzicht hebben een mirakel mogelijk gemaakt: dit boek.

Schrijfproces

Dit boek is geschreven:

— al stappend en lopend: dan komen de beste ideeën, want het lichaam produceert endorfine en serotonine; ik weet niet hoe het werkt, feit is dat het werkt.

— al slapend: het schrift en de balpen naast mijn bed zijn mijn grootste (materiële) schatten.

— in de trein: schrijven is reizen.

— achter mijn bureaus: ik heb er twee, één in Namen en één in Schelle.

— altijd en overal: dat heet bezeten zijn door een boek, maar als u dit leest, is het van u.

Nabeschouwing

Naar de woorden van barones en journaliste (of is het omgekeerd) Mia Doornaert: 'Het leuke aan een boek is het geschreven hebben.'

Naar de woorden van een boekhandelaar in Namen: 'Als elk verkocht boek was gelezen, zou onze omzet niet fameus zijn.' Als u tot hier bent geraakt, een ultieme dikke merci.

Van dezelfde auteur

Deborsu, C., *Dag Vlaanderen! Hoe Walen écht leven en denken*, Gent, Borgerhoff & Lamberigts, 2011.

De Wit, A. & Deborsu, C., *Dag, Bonjour!: Waarom Vlamingen en Walen gedoemd zijn om te scheiden (maar wij misschien niet)*, Gent, Borgerhoff & Lamberigts, 2014.

Deborsu, C., *Le Petit Deborsu Namen,* Antwerpen, Manteau, 2016.

BORGERHOFF
& LAMBERIGTS

Gent, België
info@borgerhoff-lamberigts.be
www.borgerhoff-lamberigts.be

ISBN 9789464778281
NUR 301
Thema FBA
D2024/11.089/117

Auteur: Christophe Deborsu
Coördinatie: Sam De Graeve, Nils De Malsche, Joni Verhulst
Eindredactie: Beatrijs Vermaercke, AB Correct
Vormgeving: Mary Mamian
Cover: Herman Houbrechts
Coverbeelden: Johan Jacobs

Gedrukt in Europa

Eerste druk: april 2024
Tweede druk: april 2024
Derde druk: mei 2024